刘志伟

著

英雄文化與魏晉文學

修订版

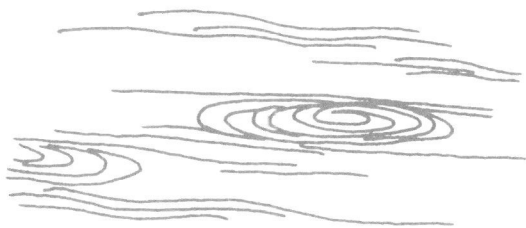

上海古籍出版社

图书在版编目(CIP)数据

"英雄"文化与魏晋文学 / 刘志伟著. —修订版.
—上海：上海古籍出版社，2018.12
ISBN 978-7-5325-8949-4

Ⅰ.①英… Ⅱ.①刘… Ⅲ.①中国文学-古典文学研
究-魏晋南北朝时代 Ⅳ.①I206.35

中国版本图书馆 CIP 数据核字(2018)第 170356 号

本书获郑州大学"文选与活体文献研究"
优势特色学科项目经费资助

"英雄"文化与魏晋文学(修订版)

刘志伟　著
上海古籍出版社出版、发行
(上海瑞金二路 272 号　邮政编码 200020)
(1) 网址：www.guji.com.cn
(2) E-mail：guji1@guji.com.cn
(3) 易文网网址：www.ewen.co
苏州越洋印刷有限公司印刷
开本 890×1240　1/32　印张 16.625　插页 5　字数 402,000
2018 年 12 月第 1 版　2018 年 12 月第 1 次印刷
印数：1—1,800
ISBN 978-7-5325-8949-4
Ⅰ·3309　定价 78.00 元
如有质量问题,请与承印公司联系

序　一

　　与中国历史上的六朝（中国学术界亦习惯称之为魏晋南北朝）同一时期，西方处于一些欧洲史学家所称的"古风时代晚期"。当时，东方的汉帝国与西方的罗马帝国都进入了衰败、崩溃和分裂的状态，同时又分别处于恢复和过渡的前夜：中国方面，从分裂的汉帝国过渡到重新得到统一的唐帝国；欧洲方面，则是从分裂的罗马帝国过渡到欧洲中世纪各个王国分处的时代。然而，在引起这两个东西方世界历史变更和过渡的文化因素中，一个非常重要的因素是外来宗教的影响：分别是从印度进入中国的佛教和从近东地区进入罗马帝国的基督教。东、西两个世界的民众对新宗教的进入都持积极的态度，渴望得到精神上的回应。因为传统的宗教——无论是汉帝国时期还是罗马帝国时期的传统宗教——都显得过于官僚化和纯粹的社会仪式化，无法回应民众的个人精神需求，特别是当时不断加剧的内忧外患以及连绵战争所引起的焦虑。

　　在中国，佛教的传入同时伴随着庄子思想的复兴，这一点可庄西晋郭象及其思想得到集中体现。而在西方，基督教精神与柏拉图哲学的混合，赋予了奥古斯丁（圣·奥古斯丁）所代表思潮以新的内涵。

包括道家在内的新精神，是如何在中国本土文化中产生"英雄"的概念，体现"英雄"的理想呢？在西方文坛卷帙浩繁的著作中，可以与中国思想史上"英雄"文学研究相比拟的代表作品，是西方文学史上最杰出的代表人物奥古斯丁首创的《忏悔录》（*Confession*）。在奥古斯丁的笔下，内心深处隐藏着的圣洁基督教的神圣理念，通过文学的方式得以巧妙地阐述、表达，这在西方文学史上是前所未有的。"英雄"时代诞育"英雄"文学，人的文学本质与必然的历史逻辑被予以真实的揭示，这正是刘志伟这部著作《"英雄"文化与魏晋文学》最精到之处。

汪德迈（Léon VANDERMEERSCH）

（本序作者为法兰西学士院通讯院士，由汉学"儒莲奖"得主、法国阿尔瓦大学李晓红女士翻译）

序　二

　　2000 年应赵逵夫先生之召，赴兰州西北师大，参加赵先生门下博士生的论文答辩，读到刘志伟兄的《“英雄”文化与魏晋文学》，感觉眼界高远，气象宏阔。在兰州数日间，得与志伟亲近，说古今书、人间事，略识其性情，可谓浑朴而慷慨，仿佛其故乡陇上之土厚云高。

　　志伟的论文设计，格局很大，他对自己的要求也高，短时间无法全部完成，答辩时提交的仅是计划中的一部分。当时与志伟说及：这一题目值得做深广的开拓，足以成一家之言，对魏晋文学与文化研究当有整体上的推进之力。志伟以为深合其意。别来久远，碌碌于世间，常顾影自哂。忽然接到刘志伟来电并寄来这部书稿，嘱为序，知道他一直都在坚持他的“英雄”事业。

　　魏晋是中国历史上继春秋战国之后又一个思想活跃而富于创造力的时代。说到中国古代哲学与艺术（包括绘画、书法、音乐、文学诸领域），一般都认为在这个时代发生了质的改变和飞跃性的发展。因而对魏晋文学的研究，历来多名家关注，成果丰富，难以为继。而这一阶段存世文献数量有限，线索跳脱，又加深了研究的难度。后来者想要在这里有小小的创新与开拓，也并非易事。至于说拈出一个核心概念，从大文化的视野，在整体上给魏晋文学以全新的描述，这就不是一般人所敢想象的了。

刘志伟要做的就是这样一桩事情。他提出的核心概念是"英雄"；他认为崇尚英雄的文化精神，是魏晋文学内在的生命活力。虽然上世纪三四十年代，汤用彤、贺昌群诸前辈曾就魏晋时代崇尚"英雄"与"名士"的现象做过一些申发，但专门以魏晋"英雄文化"为选题的全面性研究尚属空白，以此为主脉阐释魏晋文学更属创新。

我在复旦中文系讲《世说新语》，也沿着汤、贺两先生的思路谈"英雄与名士"这一话题，曾经用电子文本检索"英雄"一词在古籍中使用的情况，发现在魏晋以前的文献中这一词汇很少出现，到魏晋时代则被空前广泛地使用。也就是说，"英雄"这个概念在魏晋时代才真正确立，崇尚英雄是魏晋文化的一个重要特征。

这应该是中国文化史上一个重要的现象，为什么以前人们没有给予足够的重视呢？

最初读刘志伟的博士论文时就注意到他在这方面做了很好的研究，而在本书中我们可以看到更为清晰、系统的论述。

这里有一个问题：当我们用一个汉语固有的词汇去翻译一个西方词汇时，会在这个汉语词汇中引入新的涵义；而由于20世纪以来西方文化处于强势地位，引入的新意常常会遮蔽这个词的原意。茅盾于20世纪20年代末出版的《中国神话研究ABC》中，说到中国"古代史的帝皇，至少禹以前的，都是神话中人物——神及半神的英雄"，这个"英雄"其实就是西方神话学所说的"英雄"，完全不是中国的古典概念。

刘志伟研究魏晋"英雄文化"与文学，第一项工作就是正本清源，彻底厘清"英雄"这个概念在中西两个文化系统中各自的内涵与演变，以及它们在汉语中交融的过程。这样，才能清楚地还原中国古典的"英雄"概念，从而真正认识到魏晋时代形成"英雄文化"的历史过程和深刻意义，并在此视野下对魏晋文学展开一种新的解读，我们不能不说，这是一项杰出的工作。

这项工作也在更大的范围内给我们一种启发：20世纪以来，我们的学术界强烈地受到西方文化与学术话语的冲击、影响乃至遮蔽。反思今天的中国学术系统的如何构成，其源头在哪里，我们会发现，它跟古人固有的学术传统是很不一样的。那么要追问：中国的学术传统与西方的学术体系，这两个东西是怎么组合起来的？组合得好不好？我们要深刻地领会和继承本民族固有的学术传统，在这过程中，当然需要努力地学习西方的学术传统，但是不能够被它完全左右。

说到魏晋的英雄，曹操无疑是一个典范式的人物。以前有一种说法，认为曹操所谓"奸雄"的形象，是小说《三国演义》对历史人物加以歪曲的结果，乃至有大名人提出要为他"平反"。但实际上，作为真实历史人物的曹操究竟是何种面貌暂且不论，《三国演义》描写曹操所使用的材料，大都出于魏晋南朝。而且不仅曹操，司马懿、王敦、桓温之流，都被当世人目为"英雄"，他们也都是曹操式的人物。《世说新语》记桥玄对曹操的评语，是"乱世之英雄，治世之奸贼"，"奸雄"一语，由此而来。但桥玄要表达的，乃是一种赞赏的态度。也就是说，在魏晋时代，人们心目中的英雄，正不妨带有几分"奸恶"。

这是一个复杂的现象。刘志伟把它放在由崇尚"圣贤"到崇尚

"英雄"的历史变化中来理解，给出了合理的解释。他阐述桥玄评曹操之语，认为：在汉末严重的政治社会危机下，以儒家封建纲常伦理为核心的道德价值观念系统趋于崩溃，"圣贤"不再成为整个社会崇尚的对象。凭借"圣贤"思想，以天命、道德等作号召拯世，已是一厢情愿的幻想；桥玄等人以通达眼光看待道德与人才的关系，将才能置于第一位，重才智而轻道德，以为唯有英雄方能拯世。这代表了新的时代条件下，一种新的价值观念的出现，是"英雄"人格形象取代"圣人"形象成为必然趋势的重要思想基础。简而言之，推崇英雄，就是推崇人所具有的创造力量；而这种创造力量的实现，每以突破约制它的道德规范为条件。这样看曹操一类人物，颇觉得意味丰富。

试图用"英雄"概念从整体上重新阐释魏晋文化与文学，借用一个日语词汇，是"野望"，相当于"奢望"与"雄心"的混合吧，本身也是带英雄气概的。但学术研究需要以艰苦而踏实的工作为基础，徒有意气飞扬是没有结果的。我前面说志伟之为人，如陇上之土厚云高，既有慷慨豪迈的一面，亦有敦厚朴实的一面。表现在做学问上，就是孤诣独往，耐得寂寞，吃得苦。本书中谈论各种问题，就其本愿，大抵皆以穷尽文献之可能为前提，奇思妙想，不肯脱空。有些论题，如《"胡须"作为权力意志异化的象征符号》，初读上去颇有突兀之感，但仔细读下来，却又言之成理。因为作者读书多，又有对史料的敏感和深入解析的能力，方能说得透。《尚书·盘庚上》："若农服田力穑，乃亦有秋。"岂虚言哉！

志伟从博士论文开始，为自己设计了一项宏大的工作，十数年屹屹于此，有今日之成就，作为老朋友，我很为他高兴。但我们这一行的人，凡做事认真的，都知道学无止境而力有不逮。志伟要实现他的"野望"，还需要付出许多辛苦。其实，中国古诗人多有以"野望"为题之作，这当然是用汉语本意，大抵写极目原野，大好风光，天地有我，如此多情。

骆玉明

2018 年 11 月 24 日

序 三

　　刘志伟先生的著作《"英雄"文化与魏晋文学》，由他在上个世纪用了二十多年时间写出的十八篇论文结集而成。2002年，由甘肃人民出版社出版。是真金自然就会发光，此书次年便被收入"两岸文化星系"丛书，由兰州大学出版社再版。随着时间的推移，志伟先生的学术精义越来越为人们认同，于十五年后又得以三版，让今天更多的学人能够"汲古得修绠"（韩愈《秋怀诗》之五），实乃学界幸事！

　　志伟先生深入地研究了"英雄"一词的语义发生学来源和作为文化概念的真正内涵，廓清了20世纪初期以来西学东渐过程中，人们借用"英雄"二字来引进西方人"hero"这个概念所产生的混淆和错误，当时的一些学者在研究中没能注意到"圣贤"与"英雄"的差别。他独具匠心，从文化生成学的多重层面、多个角度，如"胡须"、"崇友"、"癫狂"、"音乐"来研究魏晋名士的种种文化取向和张扬的个性，并把这些现象和中国文化深层的"英雄"概念联系起来加以研究，在一个原来已经成果累累的领域里，又开拓出一片新天地。经过如此精耕细作，他在一个成熟的学术园地里又灌溉出新的花丛，堪称厥功至伟。

这十八篇文章，篇篇都有真知灼见。读者各取所需，会有大开眼界的感觉。细读这些文章，我们会发现第一篇《魏晋文化与中国古典"英雄"概念》，不但追溯了中国古典英雄概念的起源，并且能条分缕析、旁引曲证，把前人使用中国固有的"英雄"概念来对应、翻译西方的"hero"概念所发生的混淆和误差分析得清清楚楚，使读者心悦诚服。书中的第二篇以曹操为例，勾画出汉末三国的英雄典型。读了这两篇，我们对中国传统中英雄的正面轮廓和细节有了基本的认识。以后诸篇，则是从生活方式、意识形态、音乐、句法、诗赋等侧面展开魏晋英雄人物的连环肖像。读罢全书，我不禁感叹志伟先生治学之精深、积累之厚重、视角之新颖。赞叹之余，个人感想最深的，是志伟先生对中国"英雄"和西方"hero"的分析对比。

志伟先生为分析西方"英雄"的语义发生，借助了一些西方权威经典，例如英国的《简明不列颠百科全书》、美国的《韦氏大词典》、普鲁塔克的《希腊罗马英雄传》（Plutarch，*The Lives of the Noble Grecians and Romans*）、维柯的《新科学》（Giovanni Battista Vico，*The New Science*）等等。另外还参考了格罗特、摩尔根、卡莱尔、罗曼罗兰等人的著作。在前面提到书名的四部经典里面，前两部的原始写作语言是英文，第三部是希腊文，第四部是意大利文。我的英文较强而其它语种较弱，所以根据志伟提供的汉译，核对了英文版本的有关章节，而希腊、拉丁和意大利语的部分，只查阅了书名和几个关键词。前两部涉及"英雄"概念的英文单词用的是"hero"；第四部相应的意大利原文是"eroe"，英文译者使用的也是"hero"这个词。意大利文"eroe"和英文"hero"，都源于古希腊文"ἥρως"。由于古希腊字母与后来欧洲各语种的字母体系差异较大,后人把希腊字母罗马化,或曰拉丁化,以利初学者辨认。古希腊文"ἥρως"这个词的罗马化拼写方式是"hērōs"。通过把希腊文罗马化,我们能够清楚地看到该词的语源:从希腊文"hērōs"到意大利文"eroe",或英文"hero",语源清楚,语义稳定,一目了然。唯有第三部有些麻烦,因为该书标题的希腊原文中并无"英雄"的字样。原文是 *Βίοι Παράλληλοι*(拉丁化拼写:*Bioi Parallēloi*),严格的直译应该是《平行的生命》或《相似的生命》;稍微延伸一下,译成《平行的人生》才显得贴切。其内容是挑选出性格相似、可供对比的希腊人物与罗马人物,两两对应地写成传记。其最具传统权威性的英文译文是屈来顿(John Dryden)主持翻译的 *The Lives of Noble Grecians and Romans*,朱光潜先生把它转译成《希腊罗马英雄传》是自由发挥的意译,所以 1990 年黄宏煦等人把它改译为《希腊罗马名人传》。这个翻译历程很有意思。在希腊原文中,只说是"生命",延伸为"人物传记"当然没有什么问题。到了英文译本,加上了"noble"一词,意为"高尚的""高贵的""贵族的";再到汉译的"英雄"与"名人",就增加了原著者并未着意而书中内容却可以接纳的衍生部分。这个现象是语言现象,也是文化现象。语言乃文化之载体,与文化融通而共生,多数时候帮助、促进文化的交流与会通。可惜,作为文化载体的语言永远也不能十全十美,所以也不可避免地给文化交流带来一些混淆甚至混乱。以上述几部著作为例,从文化角度看,几部作品都是希腊罗马以降的欧洲文化传统;从语言角度看,都是印欧语系里的语言分支。所以从希腊文"ἥρως"(拉丁化拼写为 hērōs)到意大利文"eroe",再到英文"hero"的翻译过程,语源清楚,词义稳定,没有任何不妥之处。但是在 20 世纪初期,西学东渐,从"hero"到

"英雄"的替代却产生了志伟认为比较严重的问题。志伟指出问题产生的来龙去脉，去粗取精，理清了"英雄"与"圣贤"的区别，为这个研究领域作出了重要贡献。

志伟的研究显示，20世纪二三十年代，茅盾在他的《中国神话研究 ABC》一书里首先使用"英雄神话"的提法，并把中国上古的伏羲、黄帝、帝夋、后羿和禹看成类似希腊神话中半神半人的英雄人物。如此使用"英雄"二字，似乎同时代的学者也稍觉不妥，所以贺麟在1941年加以微调修正："英雄概括来说，就是伟大人格……不但指豪杰，而且包括圣贤在内。"这样一来，定义稍宽，普通读者可能不去刻意追溯语义发生学的根源，也无暇对先秦至魏晋的文化做一次彻底梳理，容易简单地接受茅盾与贺麟为"英雄"所做的解释和定义，因此不会觉得他们的说法有何不妥。学者群里的小众读者，或许会从文化原型的角度看，因而欣赏茅盾、贺麟的观点，甚至可以为他们找到更多的依据。比如孟子说："禹思天下有溺者，由己溺之也；稷思天下有饥者，由己饥之也。"（《孟子·离娄下》）正如茅、贺二位所说，大禹和后稷作为人类的杰出分子，和希腊神话里的普罗米修斯确实有类似的地方：他们有超人的道德、智慧和力量，也有半神的传说身世和伟大的人格。大禹以族群的安危为己任，用超人的智慧设计疏导方案；胼手胝足，用超人力量开辟安全的河道；过门不入，用超人的道德引导治水的队伍，不畏艰辛，完成了上古时期最伟大的水利工程，造福人类。后稷也是如此，半神出身，生有异象。童稚时期便有超人智慧，熟知谷物稼穑；长而道德超群，教导农人耕种炊爨，引导周族民众解决了最重要的生存问题。他们和希腊神话里的盗火者普罗米修斯一样，牺牲小我，造福人群，当得起ήρως（罗马拼法 hērōs）eroe、hero 这样的称号。

但是，普通读者和一般的学者小众不注意的地方，正是专家们展示其天才洞察力的关键之处。茅、贺等先辈在会通中西方文化时，使用了中国文化中固有的一个词语，即"英雄"。志伟认为这是一个令人扼腕的失误，而且这个失误一直在影响着我们族群的文化思维，直至 20 世纪的后期。志伟用大禹劈山引流的精神，筚路蓝缕，从浩瀚的原始文献材料当中，排沙拣金，抽丝剥茧，条分缕析，厘清了中国文化先秦至魏晋这一特殊历史语境中褒扬人物品格的词语，例如"圣""贤""俊""豪""杰""彦"等词语的演进嬗替，找到了"英雄"二字语义发生学之源——"不会早于西汉晚期"。志伟还判定，作为文化概念，"英"和"雄"合二为一，形成一种固定搭配"真正生成于汉末三国时代"。他从汉末的王粲、刘邵的英雄理论开始分析，指出中国传统意义上的"英雄"兼备善恶两方面的品质、兼具聪明与胆识两方面的条件；以"宁我负人，毋人负我"的曹操为例，说明中国古典"英雄"概念中所谓的"英雄"不是"半神"，而是不重天命的现实社会中人，是封建政治体制中的文臣武将"英雄"和创业帝王"英雄"。因此，中国式英雄与希腊罗马文化中描写的 hero "有着本质不同"。

我完全同意志伟在文化层面得到的结论，同时也想借此机会提醒读者，文化层面的误解与混淆很有可能是语言层面引发的问题。前面说过，同在希腊罗马文化传统和印欧语系的大框架之下，ἥρως、hērōs、eroe、hero 这一组词的翻译与流通障碍较少，语义较稳定，误解和混淆的可能性不大。然而，一旦从希腊文化转到中土文化，从印欧语系移到汉藏语系，就容易出现问题。从神话原型的角度看，茅盾认为大禹和希腊神话的某些 heroes 相似，是可以理解、值得肯定的。他的失误，就是因为没有慎重地审视"英雄"一词的来源。想当初 telephone（电话）作为新技术产品刚刚传到中国的时候，人们并未急于用中文的固有名词来称呼这个新生事物，而是采取了音译"德律风"，后来久经磨合，采纳了"电话"这个意译。假设茅盾当初不用"英雄"一词来意译西方的ἥρως、hērōs、eroe、hero，而是用"希兰"来音译这个西方神话关键词，或许就能避免志伟所批评的种种问题。而汉语的消化功能强大，时间长了，也许能在中国传统词汇中的"圣贤"与"英雄"之间，生成一个新的词语，专门描述大禹、后稷这类既有智慧又有执行力的、带有传奇色彩的伟大人物。

我从志伟这部著作里学到的，不仅仅是开拓学术新领域的气魄，也不限于先秦乃至魏晋文学史的具体细节。作为英美文学和西方文论专业的学者、翻译工作者，我还领悟到文化交流和语言功底之间的重要联系。今后的工作中，怎敢不慎而又慎？偶得愚见，不敢自珍，拿来和大家分享，因为这是志伟大著的又一个重要贡献。

大家之言，焉敢妄序？学习心得，聊以代序。

丁酉年寒食俞宁写于西雅图

自　序

一

　　说起来，著者近20年来致力于魏晋文化与文学，呕心沥血而结集成此著作。耗费如此时间与心血，除了天分与学养之愧，尚有不得不如此的缘由。最主要的，是亟思以"英雄"文化研究来更新、拓展、深化魏晋文化与文学的研究。

　　众所周知，魏晋时代在中国思想和文化史上至为重要，也是20世纪学术界关注的热点和焦点。从魏晋学术研究的开山之人章炳麟迄今，可谓大师云集，名家辈出。仅就大陆而言，黄节、鲁迅、余嘉锡、刘师培、黄侃、陈寅恪、冯友兰、宗白华、朱光潜、容肇祖、贺昌群、吕思勉、侯外庐、唐长孺、周一良、王瑶、王明、戴明扬、陆侃如、王仲荦、何兹全、尚钺、王利器、杨明照、田余庆、王运熙、曹道衡、罗宗强、傅璇琮、周勋初、卞孝萱、袁行霈、汤一介、李泽厚、孔繁、许抗生、徐公持、葛兆光、王葆玹、王晓毅等，都享有盛名，汤用彤更被季羡林誉为难以超越的名家。

· ⒌ ·

台湾与海外研究魏晋文化的方家巨擘,亦难尽数。经由几代学人的艰苦努力,这一研究领域硕果累累,学术积累相当深厚。以至有学者不胜惆怅:关于魏晋的研究似乎已达竭泽而渔的程度,不但重大课题大多被研究过,连细微的题目也见爬梳,重复研究现象尤其严重。

但是,繁花虽欲迷人眼,慷慨犹当披肝胆!难道成果累累就意味着学术创新、拓展与深化研究的终结?深厚的学术积累不正呼唤全方位的整合研究?值得高度警惕的,反而是表面的极度繁荣往往造成普遍的视力盲点。它将泛化或真正掩盖对事物真相与本质的认识。魏晋文化创造的真正起点究竟是什么?魏晋文化的特质究竟是什么?魏晋文化创造不同于其他时代的原因究竟何在?显然,这些有关魏晋学术研究领域的关键问题,在20世纪并没有得到很好的解决;在21世纪甚至还有被忽略、漠视、遗忘的危险。这些问题的解决与否,也直接关系到21世纪的中国文化研究。对此,著者忧患意识殊深。故愿不避谫陋,在前贤时修的研究基础上,尝试作出回答。

概括而言,著者对魏晋文化的基本认识,主要是这样一段话:由"英雄"崇拜到"文化英雄"(著者所用"文化英雄"与西方式概念有异)崇拜,由功业之思到追寻审美化的生活方式与追求文化不朽,魏晋文化思潮有其合乎逻辑的必然发展。"英雄"崇拜与追寻审美化的生活方式,是魏晋文化创造时代的两大基本精神特征。曹操等汉末"英雄"群体的崛起,是名副其实的中国"英雄"时代的开始,汉末建安"英雄"时代也是光辉灿烂的魏晋文化创造时代的真正起点。汉末建安"英雄时代"的文化创造,其基点是"英雄"精神、"英雄"追求。正是"慷慨以任气,磊落以使才"的"英雄气"、"英雄才"与"英雄"追求,谱写出黄钟大吕般的"英雄"华章，造就了建安文化与文学的辉煌。魏晋之际直到两晋，虽然"英雄"已渐远逝，政治环境也每多动荡、黑暗、腐败，但"英雄"精神仍被当时的"文化英雄"嵇康、阮籍、潘岳、陆机、左思直至刘琨、郭璞等所吸纳、接受与转化。故"英雄"精神是建安文化与文学的灵魂，是魏晋文化与文学鲜明特质的重要方面。同时，"英雄"文化又直接养育、深刻影响了魏晋文化与文学创造，是赋予魏晋文化与文学鲜明特质的重要因素。魏晋文化与文学具有高贵精神气质与崇高文化境界，多半由此。对于后世文化与文学创造来说，魏晋"英雄"文化深具"范式"意义，其"衣被后人"、"沾溉后世"者，多矣。

本书上编所收五篇文章，勾画魏晋文化创造时代的基本精神特征，讨论"英雄"概念、"英雄崇拜"、"英雄反思"与追寻审美化的生活方式。前三篇实为魏晋"英雄"论，后两篇可称为魏晋审美人生论。

前三篇中，首篇《中国古典"英雄"概念的生成》，不止探讨魏晋"英雄"文化。

著者认为，反思20世纪"英雄"文化研究，深究魏晋文化与中国古典"英雄"概念生成的关系，弄清中国古典"英雄"概念与西方式"英雄"概念的同异，对魏晋文化、文学研究与中国古代文化、文学研究，以及21世纪的文化、文学研究，均深具意义。故不惮辞费，以中、西文化比较为背景，花大气力考源辨异，以为中国"英雄"概念与西方式"英雄"概念实有质的不同。在西方文化中，"英雄"本指具有半神半人性质、主宰早期人类社会的杰出人物。中国古代"英雄"则特指不重天命的现实社会中杰出人物，只是依凭其个人的高度创造才能与后天奋斗精神，"英雄"才能够成为封建政治体制中杰出的文臣武将与创业帝王。中国古典"英雄"

概念孕育于中华文化的深厚土壤，有着广阔的历史文化背景，其生成过程也经历了较为漫长的历史时期。将"英""雄"首次铸为新词究为何时，虽不能完全确定，但西汉末年班彪、方望等人，的确是较早使用"英雄"一词的。至于"英雄"概念的真正生成，则在汉末三国时代。当"圣贤"所代表的天命、道德无以拨乱救世，强调个人才智至上的曹操等汉末"英雄"应运崛起，"英雄"崇拜遂成为占据主导地位的时代文化思潮，"英雄"概念也就取代"圣贤"而成为时代的核心概念。故以曹操为典型的汉末"英雄"群体的崛起，不但直接影响到中华民族历史上"英雄"概念的真正生成，也标志着汉末三国"英雄"时代的开始。

就中国古典"英雄"概念的内涵来看，中华民族向有天人合一的特定文化心理，高度重视杰出人物与自然密切相关、相融的关系。对"英雄"概念的建构，既渗透着中华民族天人合一的特定文化心理、思维方式和审美观念，也与现实社会所谓"英雄"有所矛盾：由分别作为植物界和动物界精华"英"和"雄"作比，是高度肯定如同自然界的精华"英"与"雄"，"英雄"是中华民族人才最高层级的代表。同时，缺少了天命与道德的约束、制衡，"英雄"能否完美，端看其自我行事如何了。而就封建时代现实政治而言，一方面，"英雄"每每挑战帝王之位，对以天命、道德为基的封建王朝构成严重威胁；另一方面，封建统治者对"英雄"每多猜忌、迫害，"天下杀英雄"！故说到底，"英雄"概念的创造者是代表中华人文理想的封建知识分子，他们以理想眼光看待"英雄"，期望在"圣贤"概念已趋衰微、无能为力的时代，"英雄"能够真正安世济民，创造天人亲和、文明昌盛的太平盛世。今天来看，这样期待"英雄"与当时现实社会"英雄"自有反差，但"英雄"概念所蕴含的这种文化语义，的确是为一种伟大气象、高贵气质和人文理想精神写照，是弥足珍贵的！

著者由此想到：在 20 世纪，套用西方式"英雄"概念，把中国上古传说时代说成"英雄时代"几为定论，并对 20 世纪迄今的神话学、人类学研究产生深刻影响，也扩展、渗透到整个人文、社会科学研究领域，甚至还成为一些学者构建其中国文化研究体系的基石。但究其实际，还是对中西文化的严重误判。就中国历史文化的演变而言，紧接上古神话传说时代之后的先秦两汉时期，正当我国"圣贤"概念生成和盛行时期，自为"圣贤"时代；至汉末三国时期，中国古典"英雄"概念方始真正生成，称其为中国历史上的第一个"英雄"时代，名副其实。中国"英雄"时代晚于"圣贤"时代，这是不容置疑的历史事实。

《曹操是汉末三国"英雄"典型》，探讨汉末三国时代是"圣贤"淡出、"英雄"盛行的时代，崇拜"英雄"，呼唤"英雄"是汉末三国时代主潮，"英雄"崇拜体现了人们对才智超群、能够安世济民的政治人物的崇拜和渴盼，曹操则是时代"英雄"的典型。他文能治国，武能安邦，追求建功立业，被视为拨乱反正的"英雄"典型；曹操也具有善、恶兼备的人格特点。他不仅成为创业帝王"英雄"典型，也被当时和后世视为阴谋篡权的典型人物。此外，著者还探讨了刘备作为汉末三国"潜圣"人格形象典型的意义。

《"胡须"作为权力意志异化的象征符号》，追求把握魏晋时代的文化思维模式，详辨魏晋时代与"胡须"相关的政治权势人物，如曹操、崔琰、孙权、司马懿、刘琨、王敦、桓温等，考辨《诗经》《世说新语》《晋纪》《说文》《玉篇》《释名》《晋书》《风俗通义》等多种文献，由"胡须"作为"英雄"权力意志异化符号象征的事实，揭示魏晋有关"胡须"文化叙事中所深藏的重要政治文化信息。

后两篇，《"崇友"意识与魏晋家庭观念的演变》，由辨析"五伦"与"朋友"关系开篇，探讨"崇友"意识与魏晋风流人物追求审美化生活方式的关系。《"痴"与魏晋文化》，则从文化语义学角度出发，探讨魏晋时代"痴"这一文化现象所蕴含的文化及审美价值。通过散见于史书说部的各种材料，详考"痴"这一文化现象大量存在于魏晋时代，是与当时门阀士族崇尚"早慧"相关联，并非后世所谓"痴呆"、"愚蠢"，而往往是被视作大器晚成的表现。认为"痴"气人生的本质是审美移情，是魏晋时代艺术化人生追求的高度象征。

中编十一篇文章，专门探讨著者所认为的魏晋文化与文学的四大家曹植、嵇康、阮籍、陆机，这是关于魏晋文化与文学代表人物的特定认识，与学界的习见不尽相同。下编之《音乐意象与魏晋诗歌》，探讨汉末建安之音"雅好慷慨"，并以美女与音乐同构象征审美理想；关注正始之音的沉思倾向，深度考察魏晋"人"的自觉发展进程。这些，也都体现了著者关注魏晋"文化英雄"怎样承接、吸纳、转化"英雄"气为巨大文化创造能量的思考。

二

新视角也与研究思路及方法有所变革密切相关。

第一，追求使魏晋文化研究回归于以文化人类学为基点。强调"英雄"时代为魏晋文化的真正起点，以曹操的个案研究作为研究魏晋"英雄"群体的典型，揭示以"胡须"与形貌象征权力意志异化的魏晋文化叙事模式，强调崇"友"意识与"痴"气人生对魏晋文化的深刻影响，注重曹植、嵇康、阮籍、陆机等个体创造对魏晋文化与文学创造的代表意义，都意在彰显作为能动创造者的人的主体精神，在追寻、建构美好世界与人生，高扬人的崇高性与独立价值方面，具有无可替代的作用。这种主体精神对形成文化与文学创造时代影响至巨。

第二，与注重归纳事实、现象的传统文化研究者不尽相同，著者高度关注探讨中国文化语义学的研究方法。概括来说，就是重视特定时代的核心文化概念、重要文化意象与时代文化事实、现象的互动关系；由文化概念、文化意象的生成演变来深入考察、揭示其对时代文化的深刻影响；也关注由时代文化的发展变化所引起的意识观念的深刻变革。拙著既考察由"英雄"与"圣贤"、"名士"、"游侠"、"痴"、"才气"等特定核心文化概念所构成的魏晋文化概念框架系统，深入考察其消长变化的轨迹；由对文化概念框架系统的认知，来把握魏晋文化的深层结构；也以"崇友"、"胡须"、"人格"与音乐意象等，作为研究魏晋文化与文学的重要切入点。这种对文化语义的敏感与关注，自与借鉴20世纪文化语义学研究方法有关，但更多的仍然是借重传统小学功夫。故著者追求对文化语义的阐释、发掘，渗透于严格的传统考释方法之中，也服务于魏晋文化与文学的理论探讨目的。

第三，关注探讨文化与文学的深层关系。20世纪90年代以来，反思百年中国古代文学研究的利弊得失，呼吁向传统回归以拓展研究新路的呼声渐高：必须把中国古代文学放到其赖以产生和发展的中国古代文化大背景下去考察、认识，依据中国古代文学是文、史、哲浑然一体的"大文学"、"泛文学"这种综合性、混合型特征，去诠释，去评判，从中发掘传统文化的精华和审美意义，揭示其对人类文明所作出的巨大贡献，推动中华民族的精神文明在新世纪向更高层次发展。这既是研究观念、认识的转变，也是具有高度紧迫性的学术实践课题。如何回归？回归何处？怎样拓展？拓展什么？这些问题，都需要学界同仁以探索真理的勇气与责任感去探索、解决。拙著尝试以魏晋"英雄"研究切入魏晋特定历史阶段的时代精神，也是期盼能够掌握进入和解读魏晋文学的钥匙，探寻这一时代文学研究真正的"阿基米德支点"，并为中国古代文学研究作出有益的思考。故拙著严忌空论、奇谈，以论为本，注重考信，追求义理、考据、辞章结合，期望打通文学、史学、哲学的学科壁垒，重视多学科的文化整合与客观实证的有机结合，重视中国古典文化传统、现代中西学术背景与魏晋文化研究的关系，以扎实的考据功夫做严谨的理论、思想研究，力图从文化与文学的深层关系来研究文学现象与文学创作。

故拙著上编五篇，集中探讨对魏晋文学创作具有深刻影响的魏晋文化的基本精神特征；中编九篇，集中探讨魏晋文学四大家及其创作与魏晋文化的关系；下编四篇，着重论述与魏晋文化有重要关联的文学创作现象。上编不再赘言。就中编说，如从"才气"探讨曹植的文学创作，从人格探讨嵇康与阮籍，从"崇友"探讨嵇康文学创作与文化的关系，从"长兄半父"考辨嵇康兄弟关系，从文化病理辨析阮籍人格现象，从审美意象探讨阮籍诗歌的审美系统、审美特征与阮诗"范式"，从音乐意象探讨阮籍的文学创作与音乐之间的关系，从创作时间探讨阮籍赋体理论思维的形成；从陆机诗赋论探讨陆机的诗学、赋学思想价值等。就下编说，《音乐意象与魏晋诗歌》与《萧统与音乐赋》两文，给予学界所忽略的文学与音乐的关系较多关注。前篇结合魏晋诗歌中大量出现的音乐意象和音乐语汇，探讨音乐意象与魏晋诗歌创作的关系；后篇则关注萧统《文选》所收录的音乐赋，通过具体文本分析，考察汉晋音乐赋业已形成的固定创作程序，音乐赋所表现的汉晋审美观念演进以及对后世的影响。《句型文化与魏晋诗赋》以句型文化入手，检讨魏晋作家在增强诗赋的抒情功能时所采用的方式以及诗赋的骈偶化历程。《"文心"与"人心"正误》从文化创造与作家个人的关系出发，纠正相关学者对颜延之、曹丕、陶潜等人的文化误读。

三

毫无疑问，学术研究必须严谨求"真"。但严谨求"真"并不意味着扼杀性灵与思想。想必每个学者都会有自己的学术梦想。著者以为，重性情、养气与养心，深恶平庸与人云亦云，贯注充沛的文化精气与原创精神，符合魏晋文化精神，甚至也为研究魏晋文化所必需。读者或当深谅拙著不可避免地带有著者趣味、性情与感悟的烙印。

首先，在中国历史上，魏晋文化创造时代最具艺术情调与浪漫气质，也是高度哲学化的，审美的灵光与理性的智慧达到空前的高度和谐统一。而这个时代的大部分时间，其黑暗程度，竟然在中国历史上也是空前的。这种情形，在人类文化史上大概也是罕见的。故魏晋文化创造时代对著者具有永远的魅力，也引起著者无尽的感叹与沉思。选择魏晋文化研究，不能不说著者是服从于无限神往的强烈生命冲动。

其次，关注平凡出奇，发掘庸常、甚至不登大雅之堂的事物与魏晋文化创造时代的关系，以强调魏晋文化创造的难以企及。如从魏晋之"痴"发掘魏晋文化创造与审美特点；从"尘埃"来探讨化腐朽为神奇是子建天才的重要标记。尤其由阐释"尘埃"的文化语义，来解释困扰古今学者的"凌波微步，罗袜生尘"难题。著者认为，与子建每每在建安"歌手"中"唱"得最好相比，"凌波微步，罗袜生尘"只有子建会"唱"，这是子建"八斗"天才的独占标记，窃以为有一得之见。

第三，拙著选题中的"英雄""痴""崇友""人格""才气"与"胡须"等，固然出于著者对魏晋文化与文学现象的感悟、体认，也多与著者的人生以及对现实社会人生的观察、体认联系紧密。

著者喜欢沉潜式的涵蕴研究方式，不少选题的萌芽，也许可以追溯到十数年前，甚至源于著者的童年之梦。选题从提出到写作，也往往经历了较长或漫长的涵咏过程。如"英雄"问题，是著者十数年来一直关注、思考的，今后相当长的时期恐怕还要继续下去。他如音乐意象与文学的关系问题，嵇康与阮籍的文化创造问题，亦复如此。而一些论据的关键点，则来自生命深处对一些微渺生命符号的接收。如发显"玄学"传统与王湛家族五代为"痴"的家风传承，认为在古今中外文化史上只此一家，绝无他人；如论魏晋之"痴"被用来形容大器晚成时，还存在着公认的人物原型参照系统（如王济评价其叔王湛比魏舒为强，谢安评价"罗友讵减魏阳元"，阳元正是魏舒之字，被评价三人恰好都为"痴"类人物，倘不识"阳元"为谁，就可能与这一论点失之交臂）；论权力意志的异化，由殷仲文叹息"当复出一孙伯符"（伯符正为东吴创业者孙策之字）发掘殷仲文的政治野心，也是同类之例。

著者也喜欢情聚缘生与渗透主观感悟的著述方式。犹忆在台湾佛光大学，师范大学博士范纯武兄尖锐发问：提高到天地生成、男女生成的高度，来理解曹植"君若清路尘，妾若浊水泥"诗句，怕是曹植本人未必想到，后人未必想到，应是有刘氏标记的解释。除了悦服承认，追求主观感悟的客观化，也不放弃以感悟激活、深化对事物的理解，当是著者努力的方向。

发掘刘邵对中国古典"英雄"概念的阐释，是著者遭遇千载一

晦的特例。在新世纪初一个深夜的两点多钟，万籁俱寂，整个世界都在黑暗之中酣睡，著者生命史上一个艰难然而幸福的特定时刻悄然来临。著者深信，今生今世，只有在这一时刻，才有可能真正把握住循名求实、综练名理的名家重镇刘邵。倘昏然睡去，则将永失此千年一会！著者是以灵魂的颤栗与虔诚向一位往古先贤致敬。在经历了这一夜晚后，著者对学术与人生的认识，若有所悟。

第四，著者崇仰太史公的学究天人之际、通古今之变。而在著者的求学经历中，的确也遇到了像杜经国师、高尔泰师这样具有敏锐历史感悟力与穿透力以及学术预见的非凡特点的学者。杜师在20世纪70年代末即已预言苏联的解体，并以非凡胆识主讲实践与真理的关系；高尔泰师则被流放到敦煌莫高窟，在几乎与世隔绝的恶劣环境中，炼就他对中国文化与美学的基本观念，并在复出后显示了超前于学术潮流的哲人风范。他们的胆识与不凡的经历使得著者对中华文化持有更加坚定的信心。故本书对"英雄"问题在魏晋文化与文学研究中的关键意义的发掘，以及对学术明流与暗流关系的重视，都是著者颇具见贤思齐意味的尝试。比如，阮籍在魏晋易代那样的敏感时候，反而公开评价写《鹪鹩赋》以自"小"的张华为"王佐之才"，著者在考究二人特定深层关系时，从这样一个独特点契入，全面展开阮籍创作时间与赋体创作思维的探讨，正是其例。

第五，著者也尝试从感悟出发革新传统研究方式。如传统意义上的考据，多是单向度的。著者则抓住阮籍全部6篇赋作的创作时间与司马氏从窃权到篡权时间高度一致的巧合，考辨阮籍后期"不与时事"、谨慎待时的真相，似乎能够较好解释阮籍后期不少为学界认为矛盾难解的问题。一般认为理论探讨与考证难并行，著者则通过考辨阮籍6篇赋来揭示阮籍的赋体创作思维。

四

简单说明一下本书的出版缘起。

本书曾以《魏晋文化与文学论考》作书名，于 2002 年 5 月由甘肃人民出版社出版，但当时时间紧张，书中不少内容未及修订；并且印数较少，仅以赠书方式与海内外学界前辈与朋友交流，实际没有进入流通市场。尤为痛心的是，8 篇自认为最重要的文章，有数篇甚至是十余年殚精竭虑写成，都收在书中首次发表，因版权问题，也无法以论文形式在更广范围向学界朋友请教。

2002 年 11 月，著者应邀赴台湾佛光大学、中国文化大学进行学术交流，当时"'英雄'与'英雄'时代的文学"为讲题，受到关心中华文化的台湾同仁的重视。佛光龚鹏程校长、李纪祥教授等提出编辑两岸文化交流丛书，这一构想得到兰州大学出版社领导的高度支持，本书也因此得以作为丛书首辑中的一本出版。有缘携本书为两岸文化交流略尽寸心，深感荣幸。尤其要衷心感谢甘肃人民出版社韩慧言主任、责编连凌云先生、特邀责编范海成先生的宽容、理解与支持，也感佩兰大出版社关心文化事业的热情与魄力。

需要特别感谢的是，本书初版时，著者博士生时的导师赵逵夫先生曾于百忙之中赐序，硕士研究生时的导师郑文先生也以 93 岁高龄赐序，劝勉有加。这次因为丛书体例的缘故，他们的序言没有收入，这是十分遗憾的。赵师严格督导著者下苦功研读文史哲原著、别集，对培养著者养成严谨学风和提高写作能力，付出很多心血；郑师长期关怀、悉心指导，著者将永远铭记师恩，以加倍努力来报答他们的厚望。

龚鹏程校长欣然为本书题签，特致谢忱。

对以各种方式帮助著者完成本书的前辈、老师、同仁、朋友与亲人致以衷心感谢。正是你们的支持与鼓励，使著者孤寂的学术研究之途充满力量与勇气。

五

最后，向读者朋友三致歉焉。

其一，尽管此次出版，著者在初版基础上作了较大范围的修改，但就目前而言，拙著所涉及内容，深思熟虑仍然很少，多具初步探讨性质，不少方面仅为粗线条式的勾勒。

其二，20 世纪以来，材料与理论关系问题为学界所普遍关注，却不是所有的学者都能够处理妥当。类似的问题还有性灵与学术、创作与学术研究等。站在学术的角度，绝对排斥理论、性灵与文学性表述，未免矫枉过正了，此类篱笆墙自以拆除为宜。而著者为学生涯中，较长时甚曾为理论性灵派与材料功夫派这两大界域分明、性质完全不同的学术营养所困，那种冷热剧病的苦楚，怕只有在金庸的武侠小说中，才能找到真切的描述。著者对纯理论表述依然心有余悸，对堆砌材料又有所未安。故理论表述不够明晰，材料冗赘，几为痼疾。画虎不成反类犬也，其著者之谓乎？

其三，魏晋文风特具简约隽永传神佳趣，前辈学者每得其真。任继愈先生就评价汤用彤先生的文章古朴、厚重、寓高华于简古，深具魏晋风骨。著者浅而不清，芜而难深，诚有深愧焉。

刘志伟

2003 年 6 月 21 日

写于兰州"望云楼"

附　记

　　拙著《"英雄"文化与魏晋文学》修订版即将问世，本拟再写个前言，思忖再三，还是用了兰州大学出版社 2004 年版的自序。原因是：本书虽从文字表述到文献征引，都已做了大幅修订，甚至造成重新录入排版，给出版社平添了很多额外负担，但大要仍不出原自序范围。从 2002 年甘肃人民出版社以《魏晋文化与文学》首版，到 2004 年兰州大学出版社以《"英雄"文化与魏晋文学》再版，再到这次修订版，一本小书已有了点属于他自己的小历史；近年著者关涉"英雄"与中国文化整体的思考，也当留待下回分解、再续新篇。

　　特别感谢汪德迈先生、骆玉明先生和俞宁先生为拙著修订版赐序，三位先生因厚爱著者而多鼓励之词，愧不敢当。他们以中西文化的宽博视野和人类思想史的高度垂范点化，惠我者多。《周易·系辞上》有言："神以知来，知以藏往。"身处全球一体化的当代世界，建构更为完备的知识价值体系，探究中国文化的核心精神与审美心灵结构，弘扬民族正气，为中华思想文化智慧与人类未来发展道路而上下求索，正是我辈学人的历史责任担当。期望不要让以各种方式关爱、鼓励、教正著者的各位先生过于失望吧。

　　法国阿尔瓦大学李晓红教授为精准翻译汪序而煞费苦心，对拙著修订多有建言；河南省社科院席彦昭先生、台湾佛光大学李纪祥先生和兰州大学雷紫翰先生也多谈议鼎助。至为铭感他们的深情厚谊。

　　上海古籍出版社刘赛和奚彤云两位老师，为拙著修订版付出了格外多的心血。没有他们的宽容、严谨、负责，很难想象拙著修订版能够如期问世。要向两位老师致以诚挚的敬意与谢意。

我的在读博士和硕士研究生，分担了本书前期的数次校对和资料查阅工作，除了感谢他们的辛劳，也期许他们能因参与此项工作而有些许的学术收获。

2018 年 11 月 24 日凌晨
北京香山景明园宾馆

目　录

中　编

下　编

上　编

魏晋文化与中国古典"英雄"概念

如所周知,"英雄"概念乃重要的中国文化概念。不过,对"英雄"概念的原初意义及其演变,即使专门研究中国文化者,也未必详悉。以西方式"英雄"概念替代中国古典"英雄"概念的研究,对中国文化研究和人们所持的"英雄"概念,尤多负面影响。当代"英雄"一词虽被高频使用,却并未凸显经济文化转型时代的人文理想。恰恰相反,解构"英雄"之风甚嚣尘上,而人文理想关怀的空气却愈益稀薄,正反映了时代精神文化的深刻危机。因此,由强烈忧患意识出发,深刻反思以西方式"英雄"概念为主导的现代"英雄"文化研究方法,深入研究与中国古典"英雄"概念生成关系紧密的魏晋文化,真正厘清中国古典"英雄"概念与西方式"英雄"概念的同异,不仅对中国古代文化与文学,乃至 21 世纪中国文化与文学的研究,具有重要意义,也对弘扬中华人文理想,推动中华文化在 21 世纪向更高层次发展,并对世界文化发展作出新的贡献,具有重要意义。

一、20世纪"英雄"文化研究反思

（一）西方式"英雄"研究方法反思

19世纪末叶以来，在西风东渐、中西文化强烈碰撞交融的历史潮流中，以林纾、严复等为代表的一批中国学人，对西方文化的翻译介绍，对于中华民族"开眼看世界"、建立我们自己的现代学术规范和学术研究方法、加速现代化的历史进程，居功至伟。但是，回顾、反思这一百多年来对西方文化的认知、接受，我们仍然不无遗憾。其中之一便是：当不得不借用我们自己固有的某些具有特定语义蕴含的语词来翻译西方语词时，同时也付出了斫伤中华民族固有文化语义与元气的代价。对"英雄"一词的翻译，以及20世纪迄今以西方式"英雄"概念替代对中华民族固有"英雄"概念的认知、使用与研究，就是显例。①

为便于讨论，先概述西方式"英雄"概念与西方文化研究的关系。

1. 西方式"英雄"概念与西方式"英雄"文化研究

（1）西方式"英雄"概念的具体涵义

关于西方式"英雄"概念的具体涵义，《简明不列颠百科全书》有十分明确的界定。"英雄和英雄文学"条解释说：

> 在荷马史诗里，英雄一词指在《伊利亚特》和《奥德赛》中所描述的早期自由人，尤指杰出人物：在战争与惊险中出类

---

① 实际上，19世纪末叶迄今东西方通译中怎样精准表达中华文化语义，以保真、弘扬中华文化精义，仍是具有挑战性的重要学术课题。

拔萃的和珍视勇敢、忠诚等美德的超人。有些英雄的双亲之一是神；这种半神族出身用于说明许多英雄具有超自然威力的原因。此外，英雄业绩不一定仅限于人世，其惊险历程可以引导他进入地府或神界。①

"英雄的性质与神圣地位"条又进一步解释：

> 许多英雄以超人本领使人不仅提出英雄同神的关系问题。神话和英雄传奇不像有些学者提出的那样，存在着细致和严格的区分。希腊神话作家欧赫美罗斯认为大众崇拜的神，本是一些伟大的征服者、英雄或贤人，为后世所崇敬。后世学者为此争论并有两种不同的意见：一种认为英雄是神化了的人，对他们的崇拜就是对上升为神的死人崇拜；另一种则相反地认为英雄是"失去光彩的"神，对他们的崇拜就是他们从正式神的地位降级后剩下来的残余。②

至于被翻译为"文化英雄"的西方文化概念，美国《韦氏大词典》如是解释：

> 文化英雄，系传说人物，常以兽、鸟、人、半神等各种形态出现。一民族把一些对于他们的生活方式、文化来说最基本的因素（诸如各类重大发明、各种主要障碍的克服、神圣活动，以及民族自身、人类、自然现象和世界的起源），加诸于

---

① 见《简明不列颠百科全书》，中国大百科全书出版社，1986 年版，第 163 页。
② 同上。

文化英雄身上。[①]

这种蕴含半神半人特性的西方式"英雄"概念，对西方文化研究具有极为关键、深远的影响，被作为构建西方文化价值体系的重要基石。

(2) 西方对"英雄"概念认知的主流倾向

早在公元 1 世纪罗马统治时期，希腊传记作家普鲁塔克（约46—120）就著有希腊、罗马人物的传记，被译作《希腊罗马英雄传》。[②] 西方历史哲学之父维柯（1668—1744），则将"英雄时代"作为构建其宏大"新科学"体系（力图用严格的规律性来说明全部人类历史文化）的三大基石之一。在《新科学》之《置在卷首的图形的说明，作为本书的序论》中，维柯划分了包括"英雄时代"在内的人类历史文化发展的三大重要时代：

> ……因此这门新科学就成了玄学，从天神意旨的角度去研究各异教民族的共同本性，发现到异教民族中神和人的两类制度的起源，从而建立了一套部落自然法体系。这种体系经过三个时代都以最大限度的一致性和经常性在继续发生效力。这三个时代的划分是由埃及人传给我们的，埃及人把世界从开始到他们的那个时代所经历的时间划分为三个时代：(1) 神的时代，其中诸异教民族相信他们在神的政权统治下过生活，神通过预

① 《韦氏大词典》，戴韦·B·格拉尔尼克主编，世界出版公司纽约 & 克利夫兰，1953年。译文参马昌仪《文化英雄论析——印第安神话中的兽人时代》，载《民间文学论坛》，1987 年第 1 期，第 55 页。另参陈建宪《神祇与英雄——中国古代神话的母题》，生活·读书·新知三联书店，1994 年版，第 143—160 页。

② 朱光潜译《歌德谈话录》第 45 页译作《希腊罗马英雄传》。商务印书馆 1990 年版黄宏煦等中译本则译为《希腊罗马名人传》。

兆和神谕来向他们指挥一切，预兆和神谕是一切世俗史中最古老的制度。（2）英雄时代，其时英雄们到处都在贵族政体下统治着，因为他们自以为比平民具有某种自然的优越性。（3）人的时代，其时一切人都承认自己在人性上是平等的，因此首次建立了一种民众（或民主）的政体，后来又建立了君主专政政体。①

维柯视"英雄时代"为由"神的时代"向"人的时代"过渡的时代，即原始氏族社会向文明社会演进时期。指出在这一时期，"英雄"具有无可争议的统治地位，并概括论述了与"英雄"本性和政权相对应的语言、文字与法律体系等。在《新科学》第二卷《诗性的智慧》第五部分《诗性的政治》之第六章《续论英雄时代的政治》、第八章《关于最初各民族英雄体制的系定理》，第七部分《诗性的物理》之第二章《关于人或英雄本性的诗性物理》、第三章《关于英雄式语句的系定理》、第四章《关于英雄式描绘语的系定理》、第五章《关于英雄习俗的系定理》，第十一部分《诗性地理》之第三章《诸英雄城市的称呼和描述》，第三卷《发现真正的荷马》第一部分《寻找真正的荷马》之第四章《荷马在英雄诗方面的无比才能》，第四卷《诸民族所经历的历史过程》之第一部分《三种自然本性》、第二部分《三种习俗》、第三部分《三种自然法》、第四部分《三种政府（或政体）》、第五部分《三种语言》、第六部分

---

① 参看《朱光潜全集》，安徽人民出版社，1990年版，第13卷所收朱先生译维柯《新科学》，第75—82页。维柯所提由埃及人所传的有关"三大时代"的划分，让人联想"轴心时代"以及中华民族关于"上古""中古""近古"的分类思维。中西方关于以时间纵轴划分人类思想文化时代的思维特征，颇值得深入研析。参《何谓"中古"——"中古"一词及其指涉时段在中国史学中的模塑》，谢伟杰，《中国中古史集刊》（第2辑），张达志编，商务印书馆，2016年版，第3—19页。

《三种字母（文字）》、第七部分《三种法学》、第八部分《三种权威》、第九部分《三种理性》、第十部分《三种裁判》、第十一部分《三段时期》、第十二部分《从英雄贵族整体诸特征中索引来的其他证据》等章节中，维柯对所谓"英雄时代"与"英雄"问题，作了几乎毫发无遗的分析、探讨。[①] 维柯"英雄时代"的提法，为西方学术界所普遍接受。

格罗特（1794—1871）《希腊史》是专门研究希腊"英雄"的经典之作。正文分"传说的希腊"与"历史的希腊"两大部分。第一、二卷共十二章，专论"传说的希腊"，对希腊传说时代与"英雄"的关系有着全面详尽的研究。第一至三章论述希腊的神、英雄与传说，以及"英雄"与神和人的关系。指出：

> 希腊的神话世界，以神为开端，神在时间上早于人类而且比人类优越，它逐渐产生了后代，先是英雄，然后是人类。

第四至十五章论述希腊各民族英雄的谱系，详细叙述了爱奥尼亚、伊奥利亚和多利安人的英雄祖先，以及传说中阿耳戈英雄远征、七英雄攻打底比斯和特洛伊战争等三次远征。第十六至十七章论析了古希腊人的神话观念。[②]

摩尔根（1866—1945）在《古代社会》第一编之第八章《希腊人的氏族》、第九章《希腊人的胞族、部落和民族》、第十章《希腊政治社会的建立》等章节中，揭示希腊人的家庭"它们共同崇奉某一位神祇或英雄，这位神祇或英雄有其独用的名号，并被他们视为

---

① 可参单行本《新科学》，维柯著，朱光潜译，人民文学出版社，2008年修订版。亦可参《朱光潜全集》本。
② 《格罗特〈希腊史〉选》，格罗特著，郭圣铭译，商务印书馆，1980年版。

共同的祖先";讨论了"英雄时代的雅典民族在其政府方面有三个不同的部或权力机构",即酋长会议、阿哥腊、巴赛勒斯,指出"将阿哥腊同酋长会议联系起来看,就可以确证他们经历整个英雄时代和传说时代的氏族制度是民主的制度",而巴赛勒斯(军事首领)"这个职位在英雄时代的希腊社会中开始成为一个显要角色",并对亚里士多德(前384—前322)所谓包括"英雄时代"的巴勒赛亚在内的四种巴勒赛亚制予以辨析。①

格罗特、摩尔根等人的研究,对马克思(1818—1883)、恩格斯(1820—1895)有深刻影响。马克思对格罗特有关英雄谱系的看法提出质疑,并专门撰写《摩尔根〈古代社会〉一书摘要》,细致研究摩尔根与"英雄"研究密切相关的学说。② 恩格斯《家庭、私有制和国家的起源》副标题就是"就路易斯·亨·摩尔根的研究成果而作"。他在第一部分将"史前各文化阶段"分属于"蒙昧时代"和"野蛮时代",称"英雄时代的希腊人"处于"野蛮时代"的第三阶段也就是高级阶段。在第四部分专论"希腊人的氏族"时,恩格斯认为:

> 希腊人,在他们出现在历史舞台上的时候,已经站在文明时代的门槛上了;他们与上述美洲部落(按指易洛魁人)之间,横亘着差不多整整两个很大的发展时期,亦即英雄时代的希腊人超过易洛魁人两个时期。

并且他指出"希腊人关于他们的历史所保存下来的记忆仅仅追溯到

---

① 《古代社会》,摩尔根著,杨东苑、马雍、马巨中译,商务印书馆,1977年版,第228—229、240—254页。
② 《摩尔根〈古代社会〉一书摘要》,马克思著,人民出版社,1965年版。

英雄时代为止"。①

与上述主要着眼于时代与"英雄"关系的研究不同,黑格尔
(1770—1831)在其《美学》第三章《艺术美,或理想》中,专门
讨论了最足以体现"个体的独立自足性"的"英雄时代"与艺术理
想的关系,认为与其所谓"散文气味时代"相比,"英雄时代"是
最合于艺术理想实现的社会阶段。他将《荷马史诗》所描写的公元
前11—前9世纪的古希腊称为"英雄时代",认为在"英雄时代",
希腊人所了解的"道德"成为行为的基础。这与"已经有了城邦和
法律制度,在作为公共目的的国家面前,私人的人格是应被否定
的"罗马人不同:

> 古代英雄却不然,他们都是些个人,根据自己性格的独立
> 自足性,服从自己的专断意志,承担和完成自己的一切事务,
> 如果他们实现了正义和道德,那也显得只是由于他们个人的意
> 向。这种有实体性的东西与个人的欲望、冲动和意志的直接的
> 统一就是希腊道德的特点。所以在这种情况之下,个人自己就
> 是法律,无需受制于另外一种独立的法律、裁判和法庭。希腊
> 英雄们都出现在法律尚未制定的时代,或则他们自己就是国家
> 的创造者,所以正义和秩序,法律和道德,都是由他们制定出
> 来的,作为和他们分不开的个人工作而完成的。②

这种集普遍性(道德、正义)与个性于一身,真正独立自足的人,
就是"英雄","英雄"只能出现于没有政权、没有法律,个人意志

---

① 《马克思恩格斯选集》第4卷,中共中央马克思格斯列宁斯大林著作编译局,人民
出版社,2012年版,第12、174页。
② 参见《朱光潜全集》第13卷所收朱译黑格尔《美学》第1卷,第227—228页。

与社会道德要求完全统一的时代，即"英雄时代"。而艺术理想正要求独立自足性只能表现为从内心到外表都是完整、和谐、自由、坚强的人：

> 所以细看起来，远古英雄时代比起较晚的较文明的情况有这样一个优点：就是在英雄时代里，个别的性格还不感觉到有实体性的、道德的、正义的东西是一种必然规律，跟他自己对立，因而直接现在诗人面前的就正是艺术理想所要求的。①

故"英雄时代"是艺术生长最理想的"一般世界情况"，产生了最符合理想的古典希腊艺术。②

弗洛伊德曾在"很惊异地发现早期希腊的艺术与图腾式的情景有着显著相似的关联"时，论述了希腊悲剧与"英雄"的关系：

> 我个人对希腊的早期悲剧有极深的印象，它们常是：一群群众围绕着一位英雄的化身并听从他的命令和指示。这位英雄的化身在开始时是惟一的演员。接着才出现了第二第三位演员，他们就像是由他所分离出来的一样，可是，却又常违亢他；不过，这位英雄与群众的关系并未因其他演员之出现而受到改变。这位悲剧中的英雄注定必须受苦，这也是构成悲剧的中心。他必须背负那些被认定的"悲剧性罪恶"；那些罪恶并不容易为人所发现，因为就现在眼光看来，它已并不构成罪恶。通常，它们都是起源于反抗某些神或权威（此指人类之权

---

① 《朱光潜全集》第 13 卷，第 232 页。
② 同上书，第 220—253 页。

威）；在此时，群众和英雄都极感关切，于是他们将他抓起来
警告他，并且在他受到应得惩罚后，人们才又开始哀悼他。①

从维柯、格罗特、摩尔根、马克思、恩格斯、黑格尔与弗洛伊
德等人所论来看，尽管他们强调的侧重点不尽相同，但在认为"英
雄时代"是指称早期人类社会，特别是早期希腊社会上，及以具有
半神半人特征的"英雄"为如此社会时代的主宰或悲剧代表方面，
则是完全相同的。他们的思想，代表了西方文化研究中对"英雄"
概念认知的主流倾向。②

（3）对西方式"英雄"概念特定涵义的改造使用

当然，也存在对西方式"英雄"概念的特定涵义予以改造使用
的情形。如卡莱尔（1795—1881）《英雄与英雄崇拜》，③ 分别以北
欧斯堪底那维亚神话人物欧丁，伊斯兰教创始者穆罕默德（约
570—632），诗人但丁（1265—1321）与莎士比亚（1564—1616），
宗教改革领袖路德（1483—1546）与清教领袖诺克斯（1505—1572），
约翰生（1709—1784）、卢梭（1712—1778）与彭斯（1759—1796）
三人，政治领袖克伦威尔（1599—1658）与拿破仑（1769—1821）
等，作为其讨论的六大"英雄"类型——"神明英雄"、"先知英
雄"、"诗人英雄"、"教士英雄"、"文人英雄"、"帝王英雄"的代
表。在卡莱尔看来，所谓"英雄"就是伟人：

……"宇宙历史"，这部记载人类在这世界中完成的事业

① 《图腾与禁忌》，弗洛伊德著，杨庸一译，中国民间文艺出版社，1986 年版，第
191—192 页。
② 《英雄与英雄崇拜》，卡莱尔著，何欣中译，辽宁教育出版社，《新世纪万有文库》第
2 辑，1983 年版。
③ 参见何欣中译本，辽宁教育出版社《新世纪万有文库》第 2 辑，1998 年版。

的历史,基本上是那些曾在这世界上工作的"伟人的历史"。他们是人类的领袖,是些伟大的人物;他们是一般人们期欲做或欲获得的一切的雕塑者,模范,从更广大的意义而言,是创造者。我们所见到的世界上一切完成的东西,主要地是这些被遣派到这儿来的伟人们的"思想"的外在的有形的结果,实际的实现和具体的表现:整个世界历史的精神,很公正地说,就是这些伟人的历史。①

他写作该书的目的,就是为了能够向他所处时代的人们解释明白"英雄主义"的意义,解释清楚在所有时代中,一个"伟人"联系于其他人的神圣关系,好好观察"他们",以"瞥见世界历史的精华";宣示"在各时代、各地方英雄受到崇拜。永远会如此……我们大家都崇敬且必须永远崇敬伟人"。②尽管卡莱尔对西方式"英雄"概念的特指意义予以扩大,以包容他所谓的后世其他"英雄"类型,但他所谓新的"英雄"概念,显然是继承传统"英雄"概念而予以发展的。他所谓"神话英雄"、"先知英雄",都具有神性特征。

在卡莱尔"英雄即伟人"说基础上,罗曼·罗兰有了更大跨越。在世称"三大英雄传"(傅雷称作"三巨人传",即《贝多芬传》《米开朗琪罗传》《托尔斯泰传》)之《托尔斯泰传》中译本序言中,罗曼·罗兰阐述了其"英雄"概念:

当今之世,英雄主义之光威复炽,英雄崇拜亦复与之俱

---

① 《傅译传记五种》,傅雷译,生活·读书·新知三联书店,2010年版,第1页。
② 同上书,第2页。

盛。唯此光威有时能酿巨灾；故最要莫如将"英雄"二字下一确切之界说。

夫吾人所处之时代乃一切民众遭受磨炼与战斗之时代也；为骄傲为荣誉而成为伟大，未足也；必当为公众服务而成为伟大。最伟大之领袖必为一民族乃至全人类之忠仆。昔之孙逸仙、列宁，今之甘地，皆是也。至凡天才不表于行动而发为思想与艺术者，则贝多芬、托尔斯泰是已。吾人在艺术与行动上所应唤醒者，盖亦此崇高之社会意义与深刻之人道观念耳。①

显然，罗曼·罗兰是在新的历史背景下，痛感卡莱尔式的"英雄"概念过于宽泛，"英雄即伟人"命题潜含着"唯此光威有时能酿巨灾"的巨大危险。故杨绛（1911—2016）在为傅雷译本所写序中补充说，罗曼·罗兰所谓英雄：

> ……不是通常所称道的英雄人物。那种人凭借强力，在虚荣或个人野心的驱策下，能为人类酿成巨大的灾害。罗曼·罗兰所指的英雄，只不过是"人类的忠仆"，只因为具有伟大的品格；他们之所以伟大，是因为他们能倾心为公众服务。②

我们还可再补充一点，选择贝多芬（1770—1827）、米开朗琪罗（1475—1504）、托尔斯泰（1828—1910）这些文化巨人做"英雄"代表，是罗曼·罗兰认为与政治领袖等相比，文化巨人更足以代表现代"英雄"的人文主义理想。正如罗曼·罗兰自己所说：

---

① 《傅译传记五种》，第351页。
② 同上书，第2页。

> 我绝不会造成不可几及的英雄范型。我恨那懦怯的理想主
> 义。它只教人不去注视人生底苦难和心灵底弱点。我们当和太
> 容易被梦想与甘言所欺骗的民众说:英雄的谎言只是懦怯的表
> 现。世界上只有一种英雄主义:便是注视世界底真面目——并
> 且爱世界。①

故"吾人在艺术上与行动上所应唤醒者,盖亦此崇高之社会意义与
深刻之人道观念耳"。

卡莱尔与罗曼·罗兰等对传统"英雄"概念的改造使用,正体
现了文化概念在与时代文化发展的交互影响中,会出现核心意义潜
移、演变的一般特征。

2. 西方式"英雄"研究对 20 世纪中国文化研究的深刻影响

目前尚难以确知,中华民族的"英雄"一词,是在何时、被何
人借用来翻译西方式"英雄"概念的,但可以确定的是:自这一概
念被翻译传入以后,西方式"英雄"研究思维方式与研究方法,对
20 世纪以来的中国文化研究产生了极为深刻的影响。既有对西方
主流"英雄"概念的接受,也有对卡莱尔与罗曼·罗兰等的"英
雄"概念的接受。

概括而言,20 世纪以来对西方式"英雄"研究方法的借鉴使
用,有两大高潮时期。一在 20 世纪 30 年代至 40 年代中期,一在
20 世纪 80 年代中期至 21 世纪初。

(1) 第一高潮期

在神话学研究领域,茅盾是较早借鉴使用西方式"英雄"概念
的代表。他于 20 世纪 20 年代末出版的《中国神话研究 ABC》(再

---

① 《傅译传记五种》,第 230 页。

版时易名为《中国神话研究初探》）中，已使用了"英雄神话"的提法。如在讨论关于中国神话的历史化问题时，他以希腊和北欧神话的历史化现象作比较，并引述公元前316年前后希腊学者赫梅鲁斯等关于"神话里的神们便是该民族古代的帝皇或英雄"的看法为证。茅盾认为：

> 中国神话在最早时即已历史化，而且"化"的很完全。古代史的帝皇，至少禹以前的，都是神话中人物——神及半神的英雄。[①]

但既然"中国神话在最早时即已历史化，而且'化'的很完全"，即便使用西方式"英雄"概念，中国神话被历史化后之"英雄"被"圣贤"化意义，也是需要予以高度重视的。因为这关涉中国神话中之所谓"英雄"与西方式"英雄"的根本差异所在。他举伏羲、黄帝、帝俊作"神及半神的英雄"帝皇的代表，并说羿和禹也是"半神的英雄"。茅盾的看法，显然与西方式"英雄"是早期人类社会即所谓半人半神时代主角的涵义相合。茅盾写于1933年的《希腊神话》，[②]数处直接使用了"英雄"一词。茅盾的研究对20世纪80年代以来神话学、文化人类学等研究领域具有深远影响。

20世纪30年代至40年代中期，世界历史与中国历史都演进到一个特殊形态的历史时期。就世界历史看，法西斯主义的抬头与猖狂，对世界和平与文化造成了巨大的威胁与损害。就中国历史看，一方面，民国初期军阀混战局面渐歇，蒋介石所代表的国民党政府

① 参见《中国神话研究初探》，茅盾撰，上海古籍出版社，2011年版，第82页。
② 《希腊神话》，茅盾（署名沈德鸿）著，商务印书馆，1933年版。

以统一国家的代表自居，而中国共产党的力量正在发展壮大；另一方面，30 年代至 40 年代中期，日寇入侵使中华民族经历了八年严峻的抗战历程。在这样的时代历史背景下，卡莱尔式的"英雄即伟人"概念，与作为世界文化思潮重要方面的罗曼·罗兰等的"英雄"观念，都受到我国学术界的关注、重视。如傅雷与罗曼·罗兰本人有较深的学术交往，我们所引罗曼·罗兰的"英雄"概念，就出自 1934 年 6 月 30 日《罗曼·罗兰致译者书》。傅雷《贝多芬传》译者序则称，其翻译动机是：

> ……现在阴霾遮蔽了整个天空，我们比任何时都更需要精神的支持，比任何时都需要坚忍、奋斗、敢于向神明挑战的大勇主义。①

而汤用彤《读刘邵〈人物志〉》、贺昌群《英雄与名士》、余嘉锡《世说新语笺疏》等研究或涉及中国古典"英雄"概念的作品，也都受到这一时代政治形势和重视、反思"英雄"的世界文化思潮的影响。关于对现代中国古典"英雄"概念的研究，我们留在第二部分讨论。

值得关注的是，在 20 世纪 30 年代后期到 40 年代初，由陈铨发表于《战国策》第四期的《论英雄崇拜》一文，引发了一场关于"英雄"的大论战。1941 年，贺麟发表《论英雄崇拜》，对这场论战予以回顾、总结，并全面论述了自己的"英雄"观。②

首先，贺麟既反对从政治立场误认陈铨提倡"英雄崇拜"即是

---

① 《贝多芬专》，傅雷译，中国友谊出版公司，2000 年版，第 8 页。
② 《文化与人生》，贺麟著，商务印书馆，2005 年版，第 75—84 页。

为法西斯主义张目，也反对站在政治立场提倡"英雄崇拜"。认为"英雄崇拜"根本上是文化方面、道德方面和人格修养方面的问题。

其次，要求明确解释"英雄"的本质与"英雄崇拜"的意义。贺麟借鉴卡莱尔、罗曼·罗兰等的"英雄"概念，并区分中国传统"英雄"与"圣贤"概念，提出了他自己的"英雄"观：

> 英雄概括来说，就是伟大人格，确切点说，英雄就是永恒价值的代表者或实现者。永恒价值乃是指真美善的价值而言，能够代表或实现真美善的人就可以叫做英雄。真美善是人类文化最高的理想，所以英雄可以说是人类文化的创造者或贡献者，也可以说是使人类理想价值具体化的人。
>
> 英雄不但指豪杰之士，而且包括圣贤在内。中国过去特别崇拜圣贤，因为中国特别注重道德，所以特别崇拜道德价值的实现者。英雄这一个名词，含义比圣贤一名词较广，他包括文人、宗教家、道德家、政治家、科学家和预言家。英雄崇拜的名词比圣贤崇拜的名词好，因为英雄崇拜不仅崇拜上文庙吃冷猪肉的人，只要有本事进其他的庙的人，也一样地在崇拜之列。英雄崇拜比圣贤崇拜更积极，更有生气，更有战斗的精神。圣贤表示静穆圆满的图画，英雄却表示生活上的战斗性和奋斗性。譬如当我们说孔子是圣人，我们便想到他是大成至圣万世师表的圆满性。但当说孔子是一个英雄时，我们便想到他一生发愤忘食，自强不息，战胜种种困难的经历。所以我们认为与其提倡崇拜圣贤，不如提倡崇拜英雄，较能表示近代精神。[①]

① 《文化与人生》，第72—73页。

由对"英雄"本质的揭示,贺麟认为"与其提倡崇拜圣贤,不如提倡崇拜英雄,较能表示近代精神"。他指出"崇拜英雄"并不是崇拜武力、崇拜霸王、崇拜侵略。他分别引述了中、西两个例子为证。卡莱尔的"英雄"概念只以拿破仑一人作"帝王英雄"的代表,并不崇拜其武力,而只崇拜他的政治军事天才,太史公崇拜项羽的乃是他的勇敢豪爽和其他表示英雄气概的美德,而不是他拔山扛鼎的气力和坑杀秦卒二十万的凶残。并且他细致区分了崇拜"英雄"与服从领袖的不同,崇拜"英雄","乃所以修养高尚的人格,体验伟大的精神生活。简言之,英雄崇拜不是属于政治范围的实用行为,乃是增进学术文化和发展人格方面的事"。① 指出"崇拜英雄基于认识英雄。没有思想学问智识眼光,就不能够认识英雄;因此也更说不上崇拜"。②

第三,概括了生者崇拜死者、下崇拜上、同辈崇拜、上崇拜下等四种"英雄"崇拜者与"英雄"的关系。

第四,文章最后指出了在当时特定历史条件下崇拜英雄的现实意义:

就理论言,有许多学术艺术文化工作,都必须以英雄崇拜为前提。史学方面的人物志和传记文学,没有英雄作题材,如何会写来有声有色?小说和戏剧大半有主人翁,没有英雄性格的刻画,如何能感人?艺术方面的人物画,没有英雄做对象,如何能有杰作?

就个人修养言,我们明白英雄崇拜的理论,必须力求虚心

---

① 《文化与人生》,第74页。
② 同上。

认识英雄，崇拜英雄。……

就教育方面言，英雄崇拜就包含中国人名言所谓"以身教从"的以身作则的"身教"。……所以我们认为精神与精神的交契，人格与人格的感召，是英雄崇拜的真义所在，亦是推动并促进学术文化使之活跃而有生气的主要条件。①

读贺麟的文章，我们强烈感受到前辈学者学贯中西、熔铸古今的恢宏学术气度与大家风范。我们认为，这是 20 世纪迄今对古、今和中、西"英雄"概念研究最为全面的经典之作，对今天关于"英雄"的全面研究，仍具有重要的指导意义。

(2) 第二高潮期

从 20 世纪 80 年代兴起文化研究热潮迄今，是继茅盾之后，借鉴、套用西方式"英雄"概念的研究方法凸显其旺盛活力的时期。并逐渐由神话学、文化人类学研究领域扩展、渗透到整个人文、社会科学研究领域。尽管学术界对西方当代神话学、文化人类学知识系统有了更深入的研究，但遗憾的是，由于从事与"英雄"相关研究的一些学者，对中国古代典籍不够熟悉，或对西方文化缺乏深入的了解，忽略了中、西文化传统的差异，就以西方式的"英雄"、"文化英雄"概念来代替中华民族古典"英雄"概念。我们看到，在中国神话学和文化人类学研究领域，几乎对中国古典"英雄"概念视而不见。不少学者直接套用西方式"英雄"概念，作为建构其中国文化研究学术体系的基石。直接以"英雄"命名书名的，仅我们所见，就有萧兵的《中国文化的精英——太阳英雄神话的比较》，叶舒宪的《英雄与太阳——中国上古史诗的原型重构》，陈建宪的

① 《文化与人生》，第 78—79 页。

《神祇与英雄——中国古代神话的母题》，孙绍先的《英雄之死与美人迟暮》，何新的《爱情与英雄——〈离骚·九歌〉新解》等，以专章、专文论述的，就更多了。①

我们并不否认，借鉴西方式"英雄"概念，对研究中国古代早期社会文化具有重要启示意义。我们感到惊讶的是：当人们直接套用西方式"英雄"概念时，缺乏反思精神，竟然毫不理会其所用"英雄"一词本是我们中华民族固有的，我们有自己的"英雄"概念，而这"英雄"概念无论就其生成的时代，还是就其实际内涵，都与西方式"英雄"概念有一定差异！

俗话说，入乡问俗。日常生活尚须如此，在中国自有"英雄"概念的情况下，讨论中国古代文化中与"英雄"相关的问题，总该对中国固有"英雄"概念有所认识，对中、西"英雄"概念的异同有所比较，对二者分别代表的中、西方两种不同的文化语义表述方式有所体认吧？直接照搬西方式"英雄"概念，将其等同于中国古典"英雄"概念，这符合中国古典"英雄"概念生成的实际吗？从文化语义表述方式的科学性、严密性来看，以西方式"英雄"概念框套中华民族的古典"英雄"概念，说中华民族的历史以"英雄"时代为先，"圣贤"时代为后，不是正好颠倒了中华民族有关"圣贤"、"英雄"概念生成先后次序的固有表述方式了吗？将两种语义

---

① 有关这方面的论文数量很大，限于篇幅，试举数篇：潜明兹《英雄史诗浅释》，载《民间文学》1983 年第 1 期；杨丽珍《南北方英雄史诗比较》，载《中南民族学院学报》1989 年第 6 期；王四代《"英雄"神话辨析》，载《中南民族学院学报》1993 年第 3 期；张振军《宏伟的造像：古代神话中的悲剧英雄》，载《中国人民大学学报》1994 年第 6 期；陈怀荃《黄帝、炎帝和我国的英雄时代》，载《安徽师大学报》1997 年第 1 期；胡军利《神·人·神——中国上古神话英雄悲剧的神秘主义解读》，载《文史博览》2006 年第 1 期；潘天强《论英雄主义——历史观中的光环和阴影》，载《人文杂志》2007 年第 3 期；王建强《后现代语境中的英雄空间与英雄再生》，载《文学评论》2014 年第 3 期等。

表述方式混为一谈，不是造成语义表述方式的淆乱吗？

我们认为：如果不深入了解并明确区分中、西方"英雄"概念，而是直接套用西方式"英雄"概念，对于我国古代神话学、人类文化学的研究会造成较多的讹误、淆乱；对于不是神话学、人类文化学专家的人们，特别是对于我们的子孙后代，如果我们连用来准确阐释我们的历史文化的语义表述都含混不清，无论怎样都说不过去。无视我国古典"英雄"概念生成的历史事实，机械照搬西方文化的研究方法是否可靠，还需要予以仔细斟酌。因此，我们应由强烈的历史使命感、责任感出发，全面、深入地研究中华民族有关"英雄"文化的特定语义表述方式，为能够真正借鉴、融合世界其他民族文化提供有益参考。

（二）魏晋"英雄"问题现代研究反思

就现当代对魏晋"英雄"问题的研究来看，尽管不乏重要研究成果，但总的来说，成果较少，研究面较为狭窄，主要聚焦于对刘邵（180—242）《人物志·英雄》、王粲（177—217）《英雄记》和曹操的研究等。

1. 刘邵《人物志·英雄》研究

现代最早关注汉魏间"英雄"问题的，是汤用彤与贺昌群。汤用彤于 20 世纪 30 年代发表了《读〈人物志〉》。这篇全面论述《人物志》一书价值的文章，高屋建瓴，从时代政治、社会风气、人物品评、"英雄"与拨乱反正、"英雄"与创业、"英雄"与名士，以及"英雄"与名士的变异性特征等方面，对汉末三国时代的"英雄"问题作了较为全面的概括：

> ……英雄者，汉魏间月旦人物所有名目之一也。天下大乱，拨乱反正则需英雄。汉末豪俊并起，群欲平定天下，均以

英雄自许，故王粲著有《汉末英雄传》（刘案：当为《英雄记》，说详后），当时四方鼎沸，亟须定乱，故曹操曰："方今收英雄时也。"夫拨乱端仗英雄，故《后汉书》言许子将目曹操曰："子清平之奸贼，乱世之英雄也。"（此引《后汉书》）而孟德为之大悦。盖素以创业自任也。又天下豪俊既均以英雄自许，然皆实不当名。故曹操谓刘备曰："天下英雄惟使君与操耳。"而玄德闻之大惊。盖英雄可以创业，正中操贼之忌也。刘邵《人物志》论英雄，著有专篇，亦正为其时流行之讨论……按汉魏之际，在社会中具有位势者有二。一为名士，蔡邕、王粲、夏侯玄、何晏等是也。一为英雄，刘备、曹操等是矣。魏初名士尚多具名法之精神，其后乃多趋于道德虚无。汉魏中英雄犹有正人，否则亦具文武兼备有豪气。其后亦流为司马懿辈，专运阴谋，狼顾狗偷，品格更下。则英雄抑亦仅为虚名矣。①

这是现代较早论述中国古典"英雄"问题的文章，影响深远。此后的一些相关研究，多为对汤用彤观点的阐发和补充。今天看，仍具有经典意义，可以作为我们全面研究魏晋"英雄"问题的指针。

贺昌群发表于同一时期的《英雄与名士》，②是对汤用彤观点的进一步阐析。他主要做了四方面的工作：一是考察英雄与名士在汉末发生的历史意义，指出"名士之名，起于桓帝（132—167）时宦官政治高压下的党锢之狱"，"英雄之名，起于灵帝（156—189）时黄巾起义"（刘案：贺论"英雄"一词出现的时间有误，说详第二

---

① 《汤用彤全集》第4卷，汤用彤著，河北人民出版社，2000年版，第7—8页。
② 《贺昌群史学论著选》，贺昌群著，吴泽主编，虞明英选编，中国社会科学出版社，1985年版，第233—248页。

部分）；二是论述了拨乱反正"英雄"与创业"英雄"的关系；三
是论述了"名士"一词随着"英雄"出现的意义变化；四是论述了
"英雄"与"豪杰"的区别。这些，也有重要启示意义。

汤一介（1927—2014）《刘邵与魏晋玄学》，除承续汤用彤有关
"英雄"的论述外，还正面探讨揭示了刘邵关于"英雄"与"圣人"
关系的认识：

> ……但英雄只是英雄，他们只能创大业，行霸道，成为齐
> 桓晋文式的人物，而不能致太平、行王道，成为尧、舜、禹、
> 汤、文、武、周公这样的圣王。所以，在《人物志》中又有关
> 于什么样的人才能称得上"圣人"问题的讨论，亦即"圣人"
> 的人格应该是怎样的问题。①

因为刘邵《英雄》篇并未正面触及"英雄"与"圣贤"的问题，这
一论述从《人物志》的整体把握出发，解决了刘邵到底怎样看待
"英雄"与"圣贤"这一关键问题。

伏俊琏的《人物志研究》，② 针对汉末以来评说古今人物风气对
刘邵"英雄"论的深刻影响，有较深入的研究，在《英雄》篇校注
中，对原文中的一些讹误做了订正，并对如李德裕《人物志论》关
于"英雄"的研究做了具有学术史意义的发掘。此外，王玫评注
《人物志·英雄》篇所作的简析部分，也对刘邵"英雄"论有所
述论。③

---

① 《刘邵与魏晋玄学》，收入汤一介《儒道释与内在超越问题》，江西人民出版社，1991
年版，第114页。
② 《人物志研究》，伏俊琏著，甘肃人民出版社，1999年版。
③ 《人物志》，刘邵著，刘昞原注，王玫评注，红旗出版社，1996年版，第113—
114页。

2. 王粲《英雄记》研究

关于王粲《英雄记》，由于原书已佚，故研究成果主要体现在作品辑佚、文字校订和对书名、作者、写作年代的考辨方面，以俞绍初的成绩最为突出。《英雄记》宛委山堂本《说郛》、《汉魏丛书》、《黄氏遗书考》等都有辑本，俞判定"以黄氏所辑最称精洽"，故在《王粲集》中根据黄奭辑本对《英雄记》的文字内容予以校补，① 并从《太平御览》第二百五十二卷、第七百六十卷、第九百卷分别辑得关于董卓的三条材料，作为附录一《英雄记补遗》。吴云、唐绍忠的《王粲集注》附录一《英雄记》即收入俞辑佚本。此后，俞在其辑校的《建安七子集》中，② 不但附录二《建安七子杂著汇编·英雄记》在《王粲集》辑校基础上，对文字内容作了更多校补，又从《太平御览》第三百五十二卷，《北堂书钞》第一百一十八卷、第一百五十六卷、第七十七卷、第三十四卷、第十三卷，分别辑得吕布事迹两条、袁尚事迹一条、成瑨事迹两条。至此，已辑得八条珍贵材料，使《英雄记》辑本更为完善。关于书名、材料真伪、作者问题，也有所论考。韩格平《建安七子综论》下编之第三章《王粲研究》除了对《英雄记》书名有所论述外，认为该书的创作动机是"意在仿效蔡邕修治汉史，编撰这一时期的断代史"，并推断成书时间当在王粲归曹之后。③ 这一判断也有启发意义。

3. 曹操与"英雄"关系问题

主要有三方面的成果：

(1) 对桥玄（109—185）、许劭（生卒不详）、何颙（生卒不详）等评价曹操为拨乱反正"英雄"的具体时间的考辨

---

① 《王粲集》，俞绍初校点，中华书局，1980 年版。
② 《建安七子集》，俞绍初辑校，中华书局，2005 年版。
③ 《建安七子综论》，韩格平著，东北师范大学出版社，1998 年版，第 139 页。

张可礼《三曹年谱》，推断何颙评价曹操当在灵帝建宁二年，曹操时年十五岁；[①] 陆侃如（1903—1978）《中古文学系年》认为桥玄、许劭评价曹操为"英雄"当在熹平三年（174）曹操二十岁举孝廉时，[②] 张可礼则认为在熹平二年（173）；[③] 万绳楠《廓清曹操少年时代的迷雾》[④] 认为桥玄评价曹操为"英雄"与何颙在同一年，即建宁二年曹操十五岁时，并论证二人相见地在洛阳，许劭评价曹操也在曹操在太学为诸生时，即十九岁前。尽管他们的结论不尽一致，但对我们研究何以曹操年少时会被评为"英雄"提供了较为确切的时间坐标。再如《世说新语·识鉴》桥玄识鉴曹操为"英雄"条，余嘉锡笺疏引述汤用彤的说法；裴潜（？—244）品评刘备条时，余嘉锡则细致考定曹操与裴潜谈论刘备的时间在建安二十一年（216）冬，曹操与刘备争汉中时，为全面理解曹操、刘备被视为"善恶"兼备型"英雄"提供了特定的时间坐标。根据周祖谟所写的前言，余嘉锡的《世说新语笺疏》写作始于 1937 年，基本完成于 1953 年。[⑤]

（2）对曹操作为"英雄"的具体研究

方诗铭《三国人物散论》之《曹操与袁绍为首的政治集团》《"清平之奸贼，乱世之英雄"》等文，对曹操的"英雄"问题作了较深入探讨。[⑥] 特别需要提出的是万绳楠《廓清曹操少年时代的迷雾》一文，以"少年曹操之谜"提出曹操少年时代与"英雄"的关系问题，分别从谯县曹氏宗族与曹操、"魏武帝为诸生"两大方面

---

① 《三曹年谱》，张可礼著，齐鲁书社，1983 年版，第 16 页。
② 《中古文学系年》，陆侃如著，人民文学出版社，1985 年版，第 257 页。
③ 《三曹年谱》，第 19 页。
④ 《廓清曹操少年时代的迷雾》，万绳楠著，载《安徽师大学报》，1988 年第 2 期。
⑤ 《世说新语笺疏》，余嘉锡笺疏，中华书局，2007 年版，前言第 2 页。
⑥ 《三国人物散论》，方诗铭著，上海古籍出版社，2000 年版，第 33—39、31—32 页。

入手，对曹操何以在少年时代会被称为"英雄"，他是怎样成长为文、武兼备的"英雄"作出了创造性的研究，颇富启发意义。

（3）以曹操为主，辨析汉末"游侠"与"英雄"的关系

方诗铭《三国人物散论》之《作为游侠之士的曹操》《曹操与袁绍为首的政治集团》，[①] 韩云波《论东汉和三国时期的游侠》、汪涌豪《中国游侠史》都有程度不等的论述。[②]

（三）小结

从前面的讨论，可以看到：

其一，西方式"英雄"概念与中国古典"英雄"概念有着质的不同，分别代表了中、西方两种文化语义表达方式。虽然现代"英雄"研究中有贺麟等学贯中西、熔铸古今的研究成果，但总的来说，无视中、西文化传统差异，以西方式的"英雄"、"文化英雄"来代替中华民族古典"英雄"概念，是相当突出的研究倾向。

其二，虽然有汤用彤等对中国古典"英雄"予以较全面深入研究的经典性成果，在"英雄"问题的一些方面也有较深入研究，但总体研究水平不高，专门以"英雄"与魏晋文化为选题的全面性研究，尚属空白。

其三，现代对魏晋"英雄"问题的研究，正好与以西方式的"英雄"、"文化英雄"来代替中华民族古典"英雄"概念的研究形成鲜明对照。很少关注从中、西文化比较视角来发掘"英雄"与魏晋文化的研究，对中国古典"英雄"问题与中国古代文化、文学研究，乃至对21世纪文化、文学研究所具有的重要意义。

基于以上三点认识，我们认为，对中国古典"英雄"概念进行

---

① 《三国人物散论》，方诗铭著，上海古籍出版社，2000年版，第33—39、31—32页。
② 《论东汉和三国时期的游侠》，韩云波著，载《西南师范大学学报》，1995年第2期。《中国游侠史》，汪涌豪著，复旦大学出版社，2001年版。

全面、深入、系统的研究，不但对深化魏晋文化的研究与中国古代文化、文学的研究，而且对 21 世纪的文化与文学研究，都具有重要的意义。

二、中国古典"英雄"概念
生成的广阔文化背景

（一）中国古典"英雄"概念的语义溯源

从具体语义追溯，我们看到，中华古典"英雄"概念的生成，实际经历了较长的历史时期。

1. 先秦"英""雄"二词各自为用

可以肯定地说，先秦还没有将"英""雄"搭配铸为新词。这一时期，"英"与"雄"是分别被作为两个单音节词使用的。"英""雄"二词最早出现于何时，今已难以确考。但在如今所可认知的甲骨文、金文中，都不见"英"、"雄"。在《尚书》《周易》《逸周书》《老子》《论语》《国语》等典籍中，都无"英"字出现。《诗经》中的"英"字，或指花，或指物饰。① 《左传》中出现的"英丘"、"英氏"，则分别指地名、氏族。故"英"的本义指花。毛传："英犹华也。"《说文》："英，草之荣而不实者。"《尔雅·释草》："荣而不实者谓之英。"早期往往借"英"喻指人、物之美。

以"英"借喻杰出人物的用法当晚于"雄"。《礼记·礼运》引有孔子的话："大道之行也，与三代之英，丘未之逮也。"《孟

---

① 如《郑风·有女同车》的"有女同行，颜如舜英"，《魏风·汾沮洳》的二重复句"美如英"和《齐风·著》的"尚之以琼英乎而"等句中的"英"，都是指花；《郑风·羔裘》"三英粲兮"，《郑风·清人》"二矛重英"和《鲁颂·泌宫》"朱英绿縢"等句的"英"，都指物饰。

子·尽心上》的"得天下英才而育之",是"英"较早被用来借喻出众人才之例。至战国中后期,这种用法才较普遍。① 在战国中后期,"英"既可指称尧舜这样的圣贤,也可指称通常所谓优秀人物。

"雄"本指公鸟。《说文》:"雄,鸟父也。从隹,厷声。"② 后泛指雄性动物,与"雌"相对。③ 又借喻强有力的或杰出的人物。④ 故《正字通·隹部》:"雄,武力过人曰雄。"

可见,在先秦时期,"英"、"雄"都经历了由本义、引申义发展到后期多义并存的阶段,在被借指杰出人物这一引申义上,二词用法相近,"雄"早于"英",尤强调勇武之意。

2. 西汉晚期前少见"英""雄"搭配

将"英""雄"搭配铸为新词,最早当不会在西汉晚期前。举例说,刘邦《大风歌》呼唤"安得猛士兮守四方",而没有呼唤"英雄"。而在后世"英雄"概念流行后的相近情势下,如唐昭宗落难而制《菩萨蛮》词,就向"英雄"求救了:"何处是英雄,迎奴归故宫?"刘邦还称被刘邵举为"英雄"典型的张良、韩信为"三杰"中人(说详第五部分)。贾谊《过秦论》数用"豪俊"一词而

① 如《荀子》中就有五例:《非十二子》有"而群天下之英杰",《儒效》有"其通也英杰化之",《王制》有"贤不肖不杂,则英杰至",《正论》有"尧舜者天下之英也",《赋》有"天下幽险,恐失世英"等。

② 如《诗·邶风·雄雉》有"雄雉于飞,上下其音",《小雅·正月》有"谁知乌之雌雄"等。

③ 如《齐风·南山》有"雄狐绥绥",《小雅·无羊》指羊"以雌以雄",《左传·僖公十五年》有"获其雄狐",《逸周书·王会》有"头若雄鸡",《国语》有"见雄鸡自断其尾",《庄子·天运》有"虫,雄鸣于上风,雌应于下风而化"等。

④ 如《逸周书·周祝》有"维彼大心是生雄",《左传·襄公二十一年》记载齐庄公称殖绰、郭最为"寡人之雄",《墨子·修身》有"雄而不修者,其后必惰",《庄子·德充符》有"勇士一人,雄入于九军",《荀子》之《非相》有"夫是之谓奸人之雄",《宥坐》有"此小人之桀雄也",《韩非子》之《扬权》有"毋弛而弓,一栖两雄",《大体》有"竖骏不创寿于旗幢"等。

不用"英雄"。司马相如《难蜀父老》创造"非常之人"、"非常之事"、"非常之功"的提法而不用"英雄"。司马迁《史记》记载了那么多被后世目为"英雄"的人物，也不使用"英雄"一词。董仲舒《举贤良对策》的"则英俊宜可得也"，张敞《为胶东相与朱邑书》的"故事各达其时之英俊"，王褒《圣主得贤臣颂》的"以言天下英俊也"，都不用"英雄"。①

就我们所见，使用"英雄"一词较早的，是在班彪批判隗嚣图谋称王而作的《王命论》中，两次使用了"英雄"一词；方望《辞谢隗嚣书》，也使用了"英雄"一词。② 方望生活于西汉末年，班彪生活于西汉末年至东汉初年。故可推断，"英雄"一词最早当出现于西汉晚、末期。③ 即便如此，在东汉末期以前，"英雄"一词仍然较少使用。如班固为班彪之子，其所著《汉书》之《刑法志》等虽也用到"英雄"一词，但显然仍较谨慎；如王充《论衡·案书》等，仍是偶尔将文士称为"文雅之英雄"；在其他人的著作中，就更为少见了。

3. "英雄"概念生成于汉末三国时代。在东汉后期桓、灵时代，出现桥玄等品评曹操为拨乱反正"英雄"的重要文化现象；到汉末、三国时代，"英雄"才真正成为整个社会层面普遍持续关注、反思的热点话题，"英雄"一词也被广泛使用，并出现了我国历史

① 在"英雄"概念生成后，不少汉代历史人物都被称为"英雄"。如曹植《画赞·汉高帝》"屯云斩蛇，灵母告祥，朱旗既抗，九野披攘。禽婴克羽，扫灭英雄，承机帝世，功著武汤"；薛莹《后汉纪·光武赞》"王莽之际，天下云乱，英雄并发，其跨州据郡，僭制者多矣，人皆冀于非望，然考其聪明仁勇，自无光武俦也。……故能以十数年间，扫除群凶，清复海内，岂非天之所辅赞哉?"；孙楚《韩信赞》"秦失其鹿，英雄交战"等。
② 如《王命论》有"英雄陈力，群策毕举"，"英雄诚知觉寤，畏若祸戒，超然远览，渊然深识"。《辞谢隗嚣书》有"而大事草创，英雄未集"。
③ 《韩诗外传》《淮南子》《孔丛子》《燕丹子》等也有使用"英雄"一词个例，但恐怕真伪难以遽定。

上首部专门记载"英雄"事迹的传记——王粲《英雄记》,刘邵《人物志·英雄》则首次明确为"英雄"概念下了定义,生活于魏、晋之际的嵇康、吕安,其《明胆论》等,也对与"英雄"相关的"明"、"胆"问题予以辨析。故我们认为:"英雄"概念真正生成于汉末三国时代。

(二)广阔文化背景与中国古典"英雄"概念生成的历史必然性

从人物品格褒词生成的广阔文化背景来考察,早在先秦时代,中华民族即形成了以"圣人"、"圣贤"为核心概念的人物品格褒词系统。值得予以深思的是:为何在已有"圣贤"核心概念后,还需要生成"英雄"概念,以作为与之并存的另一核心概念?为什么中华民族古典"英雄"概念的生成,会经历较长的历史时期?为何不选用其他语词,而是要以"英"与"雄"搭配,来界定中华民族褒扬人物崇高美的一种特定类型?"英雄"概念的生成是偶然的,还是有其历史必然性?下面,拟从先秦两汉三国时代生成人物品格褒词的广阔历史文化背景,① 以及中华民族特定的文化心理、思维方式、审美观念等方面,予以探讨。

1. 先秦人物品格褒词生成的基本特点

早在先秦时代,中华民族即以"圣人"、"圣贤"为核心概念,形成了自己的人物品格褒词生成传统,秦汉三国时代使用的人物品格褒词,大多已经在这一时期先后出现。故深入探讨先秦时代人物品格褒词生成的特点,对认知两汉至三国时代人物品格褒词的生成,特别是"英雄"概念的生成,具有重要意义。

深入考察来看,先秦时代人物品格褒词的生成,实际具有四个

---

① 本文使用"品格"一词系赵逵夫师提出。

基本特点：

其一，已形成了以"圣人"、"圣贤"为核心概念的人物品格褒词系统。由于时间、地域、学派和个人认知等的差异，生成人物品格褒词的词或词素出现的先后不同，单音词向双音词演化的早晚不同，对人物品格褒词的使用频率也不尽相同。但随着对"人"的认识不断拓展、深入，为后世所经常使用的人物品格褒词大多已经出现。① 深入考察这些人物品格褒词的相互关系，可以认定：注重道德、强调天命以及区分等级，是先秦生成人物品格褒词的重要趋向。故"圣人"、"圣贤"成为先秦人物品格褒词系统中的核心概念。在先秦典籍中，"圣人"、"贤人"高频出现。如"圣人"在《老子》中出现23次，《论语》中4次，《孟子》中29次；"贤人"在《论语》《孟子》中以高频出现。《墨子》还专列《尚贤》，以明"尚贤者，政之本也"。其他先秦人物品格褒词也多与"圣人"、"圣贤"语义相近或交叉互补，有些则具有对比意义。

其二，有将"圣"、"贤"、"俊"、"杰"、"豪"、"彦"等人物品格褒词互用或连用的特点。如《尚书·太甲上》的"旁求俊彦，启迪后人"；《逸周书·君奭》的"人之彦圣"；《孟子·公孙丑上》的"尊贤使能，俊杰在位"；《孟子·滕文公上》的"彼所谓豪杰之士也"；《荀子·大略》的"天下，国有俊士，世有贤人"等。

其三，已相当关注、重视一些杰出人物与天命、道德存在的紧张关系问题。如《左传·宣公十五年》记载：

---

① 如"圣人"、"贤人"、"大人"、"君子"、"先生"、"夫子"、"大丈夫"、"上丈夫"、"巨子"、"俊"、"俊杰"、"俊士"、"俊才"、"才子"、"豪"、"豪杰"、"豪士"、"髦士"、"秀士"、"贞士"、"造士"、"志士"、"勇士"、"烈士"、"魁士"、"仁者"、"智者"、"至人"、"神人"、"天人"、"真人"、"英"、"英才"、"英杰"、"雄"、"雄桀"、"雄骏"等，可谓名目繁多、不胜枚举。

　　潞子婴儿之夫人，晋景公之姊也。酆舒为政而杀之，又伤潞子之目。晋侯将伐之，诸大夫皆曰："不可。酆舒有三俊才，不如待后之人。"伯宗曰："必伐之。狄有五罪，俊才虽多，何补焉？不祀，一也。耆酒，二也。弃仲章而夺黎氏地，三也。虐我伯姬，四也。伤其君目，五也。怙其俊才，而不以茂德，兹益罪也。……"①

俊才"不以茂德"，与天命、道德冲突，故遭贬斥。

　　战国时期，诸侯力战，注重道德、强调天命的伦理价值观念受到打击，"豪杰"、"豪士"、"雄骏"等特别强调勇武雄强品格的人物褒词，就被高频使用了。

　　其四，存在对人物品格语词、概念进行区分、筛选、比较、归类现象。如《易经》《论语》主要以"大人"、"君子"等构成其人物品格褒词系统，《孟子·万章下》则区分："伯夷，圣之清者也；伊尹，圣之任者也；柳下惠，圣之和者也；孔子，圣之时者也。"《荀子·不苟》区分"通士"、"直士"、"公士"、"悫士"等，《哀公》区分"有庸人，有士，有君子，有贤人，有大圣"等。

　　秦汉三国时代，主要继承先秦人物品格褒词生成的传统，新的人物品格褒词生成并不多见。而新的人物品格褒词的生成，和对一些人物品格褒词使用频率的升高与减少，除了受人物品格褒词生成传统的影响，也与特定时代政治形势、社会风气、文化心理等变化密切相关。"英雄"概念的生成，正代表了新的人物品格褒词生成的情形。

---

① 《十三经注疏·春秋左传正义》，左丘明传，杜预注，孔颖达正义，浦卫东等整理，胡遂等审定，北京大学出版社，1999年版，第668—669页。

一方面，在新的时代历史条件下，既有的人物品格褒词已不足以包容、表达"英雄"概念所具有的特定内涵，这是"英雄"概念应运而生的重要原因；另一方面，在先秦两汉三国人物品格褒词的生成、演进历程中，孕育着"英雄"概念生成的必然性因素。

2."英雄"概念生成的历史必然性

其一，与"圣"、"俊"等词在甲骨文时代已经出现不同，"英"、"雄"远为后出，还分别经历了由本义向引申义演化而多义并存的历程，"英"被作为人物品格褒词更始于春秋战国时期。同时，与不少单音词较早向双音词演化相比，作为人物品格褒词的"英"、"雄"，特别是"英"与其他单音词的组合也较晚。但是，这正好说明，"英"、"雄"分别被作为人物品格褒词，处于先秦时代对"人"的认识渐趋深入、细致，对各种褒扬人物品格的语词、概念有较明确的区分、筛选、比较、归类意识的一定历史阶段。故"英"、"雄"主要是被视为与"圣"、"贤"、"俊"、"杰"、"豪"、"彦"等用来指称最高或较高层级的人物品格褒词词性相近，甚至予以互用的。如前所举，在战国中后期，"英"既可指称尧、舜这样的往古之"圣"，也可指称一般意义上的"世英"；《荀子·王制》的"贤不肖不杂，则英杰至"，及《非十二子》《儒效》的两例"英杰"，《战国策·齐策三》的"小国英桀（同"傑"，"傑"今简化为"杰"，后文所引皆同此例）之士"，则都以"英"、"杰"连用。"雄"既被与"杰"互用，如《荀子·宥坐》的"此小人之桀雄也"，也与"豪杰"连用。如《经法·君正》的"能收天下豪杰骠雄，则守御之备具矣"等。可见，"英"、"雄"被分别作为人物品格褒词时，已经赋予其指称最高和较高层级人物的意义内涵。

其二，虽然先秦也有视"英"、"雄"与"圣"、"贤"意义相近的，但"英"、"雄"分别与其他人物品格褒词的组合，不但较"圣"、"贤"、"俊"、"杰"、"豪"、"彦"等词与其他词的组合为晚，而且也往往被视为与"俊"、"杰"、"豪"这些本身并不特别强调天命、道德，而是突出强调人的才能的品格褒词意义相近。故后世每以这些词语互训，如《广雅·释训》释"雄"："雄，杰也。"《玉篇·豕部》释"豪"："豪，俊也。"《字汇·豕部》释"豪"："豪，英也。"而《荀子》之《非相》称桀、纣为"天下之杰"，指斥"奸人之雄"，《宥坐》批判"小人之桀雄"，都带有贬义性质。

可见，在先秦时代，"英"、"雄"被分别作为人物品格褒词，主要是以已经存在的"圣"、"贤"、"俊"、"杰"、"豪"、"彦"等词的组合模式为参照。在辨析、探讨这些人物品格褒词的相互关系并予以搭配时，还使"英"、"雄"的使用范围与"圣"、"贤"有所不同，其中潜含着铸为新词、表达新内涵的可能性，这可视为"英雄"概念生成的重要步骤。

其三，如前所论，在先秦时代存在对人物品格语词、概念进行区分、筛选、比较、归类的重要文化现象。应该说，对人物品格语词、概念进行区分、筛选、比较、归类，是一个不断演进发展的历史进程。由先秦发其端，汉代承其绪，主要聚焦于"英"、"俊"、"杰"、"豪"四词，对其予以数量化、等级区分的重要文化现象，也是这一历史进程中的有机组成部分。

较早的有《文子·上礼》："智过万人者谓之英，千人者谓之俊，百人者谓之杰，十人者谓之豪。"这种看法由《荀子·非相》可以得到部分印证："古者桀纣长巨姣美，天下之杰也。筋力越劲，百人之敌也。"《淮南子·泰族训》与《文子·上礼》一样，也以"英"、"俊"、"杰"、"豪"为比，但互换了"杰"与"豪"的位置。《春秋繁露·爵国》排序与《文子·上礼》相同，而强调"豪杰俊英不相陵，故治天下如视诸掌上"。《史记·屈贾列传》引《怀沙赋》"诽俊疑桀兮，固庸态也"。集解："王逸曰：'千人才为俊，一国高为桀，庸斯贱之人也。'《索引》：《尹文子》云'千人曰俊，万人曰杰'。"而《诗·魏风·汾沮洳》孔颖达疏此诗引《尹文子》，又以万人为"英"。《鹖冠子·博选》又不同："故德万人者谓之俊，德千人者谓之豪，德百人者谓之英"；《能天》对此予以重复。高诱注《吕氏春秋·功名》："才过百人曰豪，千人曰桀"；注《孟夏纪》又不同："千人为俊，万人为杰。"郑玄（127—200）《礼记·礼运》注："英，俊选之尤者。"孔疏更详细明确：

> 案《辨（即"别"）名记》云："倍人曰茂，十人曰选，倍选曰俊，千人曰英，倍英曰贤万人曰杰，倍杰曰圣。"
>
> 《毛诗传》又云："万人为英。"是英皆多于俊选，而俊选之尤异者，即禹汤文武三王之中俊异者。①

却与《白虎通义·圣人》所引有所不同：

> 《礼别名记》曰："五人曰茂，十人曰选，百人曰俊，千人曰英，倍英曰贤，万人曰杰，万杰曰圣。"②

尽管众说纷纭，仍然可以发现这样的重要趋向：除了《鹖冠子》仍关注"德"与"英"、"俊"、"杰"、"豪"的关系，③ 其他诸

---

① 《十三经注疏·礼记正义》，郑玄注，孔颖达疏，龚抗云整理，王文锦审定，北京大学出版社，1999 年版，第 658 页。

② 《白虎通义》，班固撰，王云五主编，商务印书馆，1937 年版，第 277 页。

③ 参《十三经注疏·礼记正义》，北京大学出版社，1999 年版，第 658 页。

家多以强调"英"、"俊"、"杰"、"豪"的才能为比,构成人物品格褒词等级。最值得关注的是:"英"被视为杰出人物等级中的最高一级,已逐渐成为一种较为统一的思想认识。

综上,由与"圣""贤"等语义相近、互用,到被作为与强调天命、注重道德完善的"圣人""圣贤"概念有所不同,更多强调人的才能的品格褒词,再到在较为固定的由"英"、"俊"、"杰"、"豪"等构成强调人的才能等级的品格褒词系统中,"英"被作为最高层级的人物品格褒词,"英""雄"被作为人物品格褒词的语义的演变与思维发展历程,已然清晰可见。故在强调神圣天命、注重道德完善的"圣贤"观念遭受严重打击而趋于衰微的历史背景中,"英""雄"被搭配铸为新词,"英雄"概念必然应运而生!

三、中国古典"英雄"概念
生成于汉末三国时代

(一)"英雄"新词的出现

实际上,早在东西汉之交,班彪的《王命论》与方望的《辞谢隗嚣书》,就较早使用了"英雄"一词。但我们还不能据此断定:"英雄"一词的较早出现,意味着"英雄"概念已被真正生成。

西汉末年天下大乱,社会持续动荡。"君权神授"的天命观和儒家以"圣贤"为核心的伦理道德观念遭受严重打击,失去约束力,一些强势人物纷纷挑战帝权。在这样的特定历史背景下,为反对隗嚣图谋称王、维护封建王权,班彪写成《王命论》;方望也有《辞谢隗嚣书》。这一"论"一"书",都将"英"、"雄"搭配,当然是发人深省的。

班彪《王命论》专论帝王天命有归、"英雄"不可觊觎。文章声称：

> 帝王之祚，必有明圣显懿之德，丰功厚利积累之业，然后精诚通于神明，流泽加于生民，故能为鬼神所福飨，天下所归往。未见运世无本，功德不纪，而得倔起在此位者也。①

班彪的思想，继承了先秦时代"圣贤"文化思维。《尚书·蔡仲之命》即有"皇天无亲，惟德是辅。民心无常，惟惠之怀"的说法。又《后汉书》载："彪既疾嚣言，又伤时方艰，乃著《王命论》，以为汉德承尧，有灵命之符，王者兴祚，非诈力所致。"② 世俗以为汉高祖刘邦兴于布衣，适遭暴乱，天下逐鹿，"幸捷而得之"，班彪则举出刘邦具备"兴王"的五大条件，并使用了"英雄"一词：

> 一曰帝尧之苗裔，二曰体貌多奇异，三曰神武有征应，四曰宽明而仁恕，五曰知人善任使。加之以信诚好谋，达于听受，见善如不及，用人如由己。从谏如顺流，趣时如响起。当食吐哺，纳子房之策；拔足挥洗，揖郦生之说。悟戍卒之言，断怀土之情；高四皓之名，割肌肤之爱。举韩信于行阵，收陈平于亡命。英雄陈力，群策毕举，此高祖之大略，所以成帝业也。③

---

① 《六臣注文选》，萧统编，李善、吕延济等注，中华书局，1987年版，第964页。
② 《后汉书》，范晔撰，中华书局，1965年版，第1324页。
③ 《六臣注文选》，第965—966页。

所举五大条件，前三条说天命，后两条一说品行，一说识人任能，都是就杰出领导才能立论，以天命道德统驭才能，分明是为刘邦所谓"圣人"而有天命量身定制，而从"英雄陈力，群策毕举"来看，作者将"英雄"的价值定位为"陈力"举"策"，即为具备"明圣显懿之德"等"圣人"品格和"兴王"条件的帝王奉献其出众才能。但文中第二次使用"英雄"一词，则明确劝诫、指斥"英雄"觊觎帝王之位。这正是全文的中心意图：

> 英雄诚知觉寤，畏若祸戒，超然远览，渊然深识。收陵婴之明分，绝信、布之觊觎，距逐鹿之瞽说，审神器之有授。贪不可冀，无为二母之所笑……①

在班彪心目中，显然认为"英雄"与"圣贤"概念是有差异的。因为"圣人"、"圣贤"的道德品质根本毋庸置疑，故他一方面希望"英雄"为真命帝王所用，约束自我，做忠诚而不觊觎王命的股肱之臣；另一方面，则严辞劝诫如隗嚣等"英雄"的觊觎王命行为。"但见愚人习识刘氏姓号之故，而谓汉家复兴，疏矣。昔秦失其鹿，刘季逐而羁之。"② 并且感慨世多觊觎王命者，怒斥其为威胁封建王朝统治的"乱臣贼子"。班彪所说"英雄"既会觊觎王命，则其实力与真命帝王相差不远。特别是封建王朝末世帝王，多平庸或幼童，此时出现能力特出的"英雄"，是否能够真正做到不觊觎王命，就看其道德水准及其自我约束能力如何了。可见，班彪所谓的"英雄"概念，重在强调个人才能，明显不同于强调天命、注重道德的

---

① 《六臣注文选》，第995页。
② 《后汉书》，第1323页。

"圣贤"概念。

方望《辞谢隗嚣书》，是看到隗嚣的野心，写信婉辞隗嚣聘用。他提到隗嚣"将建伊吕之业，弘不世之功，大事草创，英雄未集"，微含希望他做辅汉之臣而不要觊觎王命用意，也可知他所谓"英雄"的含义与班彪一样，是指接受领导、贡献才能方面。只不过这"英雄"也可以是能力、地位较"伊、吕"为低的。

虽然班彪、方望较早使用"英雄"一词，但在东、西汉之交，"英雄"一词尚未被广泛使用，也不用来代表一种时代理想人格形象。班固《汉书·刑法志第三》的"汉兴，高祖躬神武之材，行宽仁之厚，总揽英雄，以诛秦、项。任萧、曹之文，用良、平之谋，骋陆、郦之辩，明叔孙通之仪，文武相配，大略举焉"，[①] 连句式都袭用《王命论》的用法，明显继承了其父关于"英雄"为真命帝王所用的思想认识。但班固使用"英雄"一词实际非常审慎。在《汉书》中，除了这一例以及照录其父的《王命论》，其他地方绝少使用"英雄"一词。直到东汉后期，"英雄"一词也仅被偶尔使用，对其内涵也未见有明确、全面的表述。应该说，"英雄"新词的主要作用，是对汉末三国"英雄"概念的生成有着直接的启示意义。

（二）"英雄"概念的真正生成

我们认为，在经历了自先秦两汉的较长历史时期之后，至汉末三国时代，才真正生成了中国古典"英雄"概念，汉末三国时代也是名副其实的中国"英雄"时代。

如前所论，关于汉末三国时代的"英雄"问题，汤用彤《读人物志》曾作过较为全面的概括，以汤说为指针，可进一步探讨汉末

---

① 《汉书》，班固撰，中华书局，1962年版，第1090页。

三国时代"英雄"概念的生成。

1. 崇尚拨乱反正"英雄"

作为这样一种政治社会文化思潮起点的,是在东汉后期天下将乱时代,出现了桥玄等有识之士聚焦于治"乱",以曹操为品评对象,呼唤拨乱反正"英雄"的重要文化现象。

东汉桓、灵两次党锢之禁,加深了皇纲不振、宦官与外戚专权腐败的黑暗政治局面。桓、灵等帝王大权旁落,实为宦官、外戚手中傀儡,而代表社会良心与政治监督力量的清流,其以儒林清议方式参政也宣告彻底失败。党锢之禁等不但引发严重的政治社会危机,也使以儒家封建纲常伦理为核心的道德价值观念系统趋于崩溃,君权神授的天命观遭受严重挑战。整个社会层面的道德意识空前淡薄。"圣贤"观念衰微,"圣贤"不再成为社会崇尚的对象。凭借严重腐败、衰弱的东汉王朝自身和儒林清议已难救世,以"圣贤"所代表的天命、道德等作号召拯世,已是一厢情愿的幻想。时代的当务之急不是如何维护旧的价值观念体系,而是如何救世。重新认识道德与才能的关系,遂成为最迫切的重大时代课题。①

正是在这样的历史时代,桥玄等有识之士,已清醒地预见到天下大乱势成必然,"非命世之才,不能济也"。桥玄等聚焦于汉乱之"治",以曹操为特定品评对象,预言有宦官出身色彩,"善""恶"兼备,但主流倾向趋于"善",并且在年少时已表现出非同寻常之"文""武"才能的曹操为救世的"命世之才",这是值得予以特别关注的。桥玄等的品评,显然不是偶然的一时兴味,而是出于对国

---

① 《金城丛稿·汉末社会思潮的转变》,郑文著,齐鲁书社,2000 年版,第 409—422 页。

家前途的严重关切与忧虑，故能超越既有道德观念的束缚，以通达眼光看待道德与人才的关系，将才能放于第一位，重才智而轻道德，以"善""恶"兼备的曹操作为拨乱反正的理想"英雄"人格形象。这的确是在新的历史条件下出现的一种重要文化现象，不但代表了与"圣贤"观念完全不同的一种新的思想价值观念的出现，也是"英雄"人格形象取代"圣贤"形象的重要思想基础。①

迭遭党锢之禁、黄巾起义和群雄混战，汉末至三国时代，救世呼声愈高，注重才能而轻视道德的思想更为盛行，拨乱反正的"英雄"成为被普遍崇尚的理想人格形象。一方面，诚如汤用彤所说："汉末豪俊并起，群欲平定天下，均以英雄自许。"②汉末群雄在其登上政治舞台的初始阶段，多以维护东汉王朝政治、做拨乱反正的"英雄"为其人生崇高使命。另一方面，他们也的确被拥戴者视为拨乱反正的"英雄"。最典型的要数曹操（本书《曹操是汉末三国"英雄"人格形象的典型》将有详细分析）。此外如凭借汉四世三公的家庭背景和游侠起家的袁绍，早期就颇以拨乱反正"英雄"自许。如王粲《英雄记》记载：

……董卓谓袁绍曰："皇帝冲闇，非万机之主。陈留王犹胜，今欲立之。"绍勃然曰："天下健者，岂惟董公！"横刀长揖径出，悬节于东门，而奔冀州。

是时年号初平，绍字本初，自以为年与字合，必能克平祸乱。③

---

① 参看本书第二篇的相关内容。
② 《汤用彤全集》，第7页。
③ 《建安七子集》，附录二，第242页。

袁绍《上书自讼》称"故遂引会英雄，兴师百万，饮马孟津，歃血漳河"。① 而其属下也对他寄予厚望。《三国志·袁绍传》记载：

> 从事沮授说袁绍曰："……比及数年，此功不难。"绍喜曰："此吾心也。"即表授为监军、奋威将军。②

陈琳《为袁绍檄豫州》也宣称：

> 幕府昔统鹰扬，扫夷凶逆。续遇董卓侵官暴国，于是提剑挥鼓，发命东夏。方收罗英雄，弃瑕录用，故遂与操参咨策略，谓其鹰犬之才，爪牙可任……③

再如刘备、孙坚、孙策、孙权等：

> 亮答曰："……将军既帝室之胄，信义著于四海，总揽英雄，思贤如渴……"（《三国志·蜀书五·诸葛亮传》）④
>
> （朱）治说贲曰："破虏将军昔率义兵，入讨董卓，声冠中夏，义士壮之……"（《三国志·吴书十一·朱治朱然吕范朱桓传》裴松之注引《江表传》）⑤
>
> 初策在江都时，张纮有母丧。策数诣纮，咨以世务？曰："方今汉祚中微，天下扰攘，英雄俊杰各拥众营私，未有能扶危济乱者也。先君与袁氏共破董卓，功业未遂，卒为黄祖所

---

① 《后汉书》，第2385页。
② 《三国志》，陈寿撰，裴松之注，中华书局，1982年版，第192页。
③ 《三国志》，裴松之注引《魏氏春秋》，第197页。
④ 《三国志》，第912—913页。
⑤ 同上书，第1304页。

害。策虽暗稚，窃有微志，欲从袁扬州求先君余兵，就舅氏于丹杨。收合流散，东据吴、会，报仇雪耻，为朝廷外藩。君以为何如？"（《三国志·吴书一·孙破虏讨逆传》裴松之注引《吴历》）①

（周）瑜曰："不然。操虽托名汉相，其实汉贼也。将军以神武雄才，兼仗父兄之烈，割据江东，地方数千里，兵精足用，英雄乐用，尚当横行天下，为汉家除残去秽。况操自送死，而可迎之邪？"（《三国志·吴书九·周瑜传》）②

2. 崇尚创业帝王"英雄"

随着各路诸侯势力强大，帝王之势至弱，以维护东汉王朝、拨乱反正为己任的"英雄"，多转型追求创帝王之业的"英雄"，故创帝王之业的"英雄"也是汉末三国时代崇尚的对象。当时各路诸侯多自许为创业"英雄"，如曹操毫不掩饰视自己与刘备为创业"英雄"的看法，坦言"天下英雄惟使君与操耳"，本纪记载程昱劝说曹操杀刘备，曹操以"方今收英雄时也，杀一人而失天下之心，不可"，予以拒绝。刘备等则较为含蓄。他们也被其拥戴、追随者推崇、期许为创业"英雄"：

郭图、淳于琼（刘按：此为劝说袁绍）曰："汉室陵迟，为日久矣。今欲兴之，不亦难乎！且今英雄据有州郡，众动万计，所谓秦失其鹿，先得者王。若迎天子以自近，动辄表闻，从之则权轻，违之则拒命，非计之善者也。"（《三国志·魏书

① 《三国志》，第1102页。
② 同上书，第1261页。

六·袁绍传》裴注引《献帝传》）①

《魏书》曰：刘备来奔，以为豫州牧。或谓太祖曰："备有英雄志，今不早图，后必为患。"太祖以问嘉，嘉曰："有是。然公提剑起义兵，为百姓除暴，推诚杖信以招俊杰，犹惧其未也。今备有英雄名，以穷归己而害之，是以害贤为名，则智士将自疑，回心择主，公谁与定天下？夫除一人之患，以沮四海之望，安危之机，不可不察！"太祖笑曰："君得之矣。"（《三国志·魏书十四·郭嘉传》裴注引《魏书》）②

（朱）治说贲曰："……虽昔萧王之在河北，无以加也。必克成王基，应运东南。"（《三国志·吴书十一·朱治朱然吕范朱桓传》裴注引《江表传》）③

张昭劝谏孙权："夫为人君者，谓能驾御英雄，驱使群贤。"（《三国志·吴书七·张昭传》）④

3."英雄"一词被空前广泛使用

既可称帝王，也可称人臣；既可称他人，也可自称；既可称武将，也可称文臣；既可特指，也可泛指。关于特指帝王"英雄"等用法，前面所举已多。在泛指意义上使用的也颇多，如：

高柔，字文惠，陈留圉人也。父靖，为蜀郡都尉。柔留乡里，谓邑中曰："今者英雄并起，陈留四战之地也。"（《三国

---

① 《三国志》，第195页。
② 同上书，第433页。
③ 同上书，第1304页。
④ 同上书，第1220页。

志·魏书二十四·高柔传》）①

冲、质不永，桓、灵坠败，英雄云布，豪杰盖世，家挟殊议，人怀异计。（《三国志·蜀书十二·郤正传》，郤正《释讥》）②

方今天下云扰，群雄虎争，英豪踊跃。（《三国志·吴书十三·陆逊传》，陆逊《乞息亲征公孙渊疏》）③

田丰说绍曰："曹公善用兵，变化无方，众虽少，未可轻也。不如以久持之。将军据山河之固，拥四州之众，外结英雄，内修农战，然后简其精锐，分为奇兵，乘虚迭出，以扰河南。"（《三国志·魏书六·袁绍传》）④

初平中，焦和为青州刺史。是时，英雄并起，黄巾寇暴，和务及同盟，俱入京畿，不暇为民保障，引军逾河而西。（《三国志·魏书七·吕布传》裴注引《九州春秋》）⑤

时权太子登驻武昌，爱人好善，与骘书曰……（步骘）因上疏奖劝曰："……诚揽英雄，拔俊任贤之时也。愿明太子重以经意，则天下幸甚。"（《三国志·吴书七·步骘传》）⑥

分别指称文臣、武将的，如：

时蜀人以诸葛亮、蒋琬、费祎及允为四相，一号四英也。（《三国志·蜀书九·董允传》，裴注引《华阳国志》）⑦

---

① 《三国志》，第682页。
② 同上书，第1036页。
③ 同上书，第1350页。
④ 同上书，第200页。
⑤ 同上书，第232页。
⑥ 同上书，第1237—1238页。
⑦ 同上书，第987页。

孟起兼资文武，雄烈过人，一世之杰，黥彭之徒，当与翼德并驱争先，犹未及髯之绝伦逸群也。(《三国志·蜀书六·关羽传》，诸葛亮《答关羽书》)①

当时对"英雄"的宽严标准，也颇有仁智不同的看法。从较严格标准出发，就有刘巴看不起武将张飞，宣称"大丈夫处世，当交四海英雄，如何与兵子共语乎"；② 有傅巽（生卒不详）在荆州，认为庞统不合"英雄"之"武"的标准，就"目庞统为半英雄"。③ 从最宽的标准出发，就有王粲将汉末各种人才都视为"英雄"，特为撰写《英雄记》。

4. 王粲《英雄记》与刘邵《人物志·英雄》

在汉末三国时代，出现了我国历史上首部专记"英雄"的传记——王粲的《英雄记》，和首次专门深入研究"英雄"问题，并为"英雄"做较全面定义的刘邵《人物志》。

综上可见，"英雄"取代"圣贤"而成为汉末三国时代所普遍崇尚的人格形象，关注、思考"英雄"成为汉末三国时代重要的社会文化思潮，刘邵等更从理论层面对"英雄"概念的内涵作了较为系统、全面的界定。故我们认为，中国古典"英雄"概念真正生成于汉末三国时代。

四、王粲《英雄记》、刘邵《人物志》
与"英雄"概念

在"英雄"一词受到广泛关注的汉末三国时代文化氛围中，出现

---

① 《三国志》，第940页。
② 同上书，第981页。
③ 同上书，第214页。

了王粲的《英雄记》，专记汉末各类"英雄"；刘邵《人物志·英雄》则对"英雄"问题做了较为深入的专题研究，并首次明确为"英雄"下了定义。这些，在中国政治思想史与文化史上都深具重要意义。下面，就以王粲与刘邵作代表，管窥汉末三国时代"英雄"概念的内涵。

（一）王粲《英雄记》与"英雄"概念

王粲的《英雄记》是我国历史上首部专记"英雄"的传记。但全书已佚，今仅存部分佚文、残句。《隋书·经籍志》著录《汉末英雄记》8卷，王粲撰，残缺，梁时有10卷。《旧唐书·经籍志》著录为《汉书英雄记》10卷，王粲等撰。《新唐书·艺文志》著录为王粲《汉书英雄记》10卷。至宋亡佚。《四库全书总目提要》称有明王世贞杂抄裴松之《三国志》注诸书本，记44人事迹。宛委堂本《说郛》《汉魏丛书》及《黄氏逸书考》黄奭有辑本。今人俞绍初在其校点《王粲集》辑佚基础上，又于《建安七子集》附录中多所订补，是今所可见最权威的辑本。《英雄记》存在书名讹误、材料真伪与具体作时问题。

1. 关于书名、真伪与成书年代问题

（1）书名

王粲卒于建安二十二年（217），写作该书时间自当更早（说详后），曹丕代汉在延康一年（即黄初元年，220年），故不可能以"汉末"冠于书名。唐志"汉书"二字亦当为后人所加。姚振宗《后汉书·艺文志》曾提出疑问并予以辨析：

> 按《续汉·郡国志》会稽郡注引《英雄交争记》，言初平三年事，似即此书本名。《英雄交争记》后人省"交争"字，加"汉末"字。①

----
① 《建安七子集》，附录三，第339页。

俞绍初又引述刘知幾《史通·内篇·杂述》:

> 普天率土,人物弘多,求其行事,罕能周悉,则有独举所
> 知,编为短部,若戴逵《竹林名士》、王粲《汉末英雄》、萧世
> 诚《怀旧志》、卢子行《知己传》。此谓之小录者也。[①]

认为《英雄记》与《英雄交争记》未必同是一书。我们认为,刘知
幾所见《英雄交争记》为《续汉·郡国志》所引,究竟是哪部《续
汉书》,今已难确认。但可推断当是修史风气浓厚的晋、宋时代之
作。今所可知的〈续汉书〉《后汉书》尚有 12 家之多,但大部分材
料已亡佚,周天游著有《八家后汉书辑注》,未见有任何材料提到
除王粲《英雄记》外,尚另有《英雄交争记》。而《续汉书·郡国
志》会稽郡注引言初平三年事,与王粲记汉末"英雄"相合。故可
推断,《英雄交争记》仍当是王粲《英雄记》的异名。刘宋裴松之
注《三国志》博采群书 140 余种,以补缺、备异、惩妄、论辩等为
宗旨,写作态度十分严谨,他称王粲书为《英雄记》,时间较《隋
志》等为早,当为正确的书名。[②]

(2) 材料真伪

姚振宗《后汉书·艺文志》卷二指出:"又其中不尽王粲一人
之作,故旧《唐志》题王粲等撰。"旧《唐书》已著录作者为王粲
等人,可见在唐代就已怀疑有些内容非王粲亲写。我们认为,掺入
他人内容的现象确实存在。如"公孙瓒条"记公孙瓒被称为"白马
将军",就同时存在三条内容相近的异文,不可能为王粲一人所写。

---

① 《建安七子集》,附录三,第 339 页。
② 参《建安七子集》附录二。

至于部分内容在流传过程中出现讹误，或经过后人改写加工，也很有可能。但主要内容为王粲所写，应予肯定。

（3）成书年代

韩格平以为书中记有赤壁战后事，当成书于王粲归曹之后。[①]对此书最后完成时间在归曹后，我们没有异议。但还可以补充：此书主体部分，当在建安十三年（208）九月王粲归曹前已经完成：

其一，诚如韩所说，王粲归曹后，保持了其贞正人格，但他在归曹前对曹魏政权的认识，的确已有改变。故在曹操平定荆州而"置酒汉滨"时，归曹的王粲奉觞为劝，历数袁绍、刘表之失而歌颂曹操：

> 明公定冀州之日，下车即缮其甲卒，收其豪杰而用之，以横行天下；及平江、汉，引其贤俊而置之列位，使海内回心，望风而愿治，文武并用，英雄毕力，此三王之举也。[②]

反映的应是其真实的思想认识，而非言不由衷的歌功颂德之词。归曹后王粲更焕发了政治热情，他把在荆州写《登楼赋》时"冀王道之一平兮，假高衢而骋力"的希望，全部寄托在曹魏政权上，不但《从军诗》称颂曹操为"圣君"，甚至《吊夷齐文》比更早归顺曹操的阮瑀等更激进，认为伯夷、叔齐隐居的做法"不同于大道"，是"知养老之可归，忘除暴之为世，洁己躬以骋志，愆圣哲之大伦"。[③] 可见，如是归曹后所作，即使追求实录，对

---

① 参韩格平《建安七子综论·王粲研究》，第139页。
② 《三国志》，第598页。
③ 《建安七子集》，第142页。

《英雄记》中"曹操于南皮攻袁谭,斩之,操作鼓吹,自称万岁,于马上舞"这样的写法也会有所改变。[①] 而将隐者向栩("向"当写做"尚")及其先人尚子平的事迹写入《英雄记》,显然也与其后期思想不合。

其二,虽然不排除亡佚的可能性,但从今辑本看,除了火烧赤壁等条,所记绝大多数事件的时间均较早。特别是于袁氏集团所记有袁绍、袁遗、袁术、袁谭、袁熙、袁尚及其从臣,而对曹氏则仅记曹操、曹纯二人,如是在归曹后,则建安十四年(209)七月,王粲已奉曹丕之命作《浮淮赋》,而建安十六年(211),曹丕为五官中郎将时,王粲迁军谋祭酒,与曹丕、曹植兄弟和徐幹、陈琳、阮瑀、应玚、刘桢等有密切的文学交往,其《英雄记》不可能不提及曹丕兄弟等。

其三,建安元年(196)曹操迁献帝于许,"挟天子以令诸侯",在政治上开始取得优势,而王粲在建安五年(200)为刘表作《荆州文学记官志》,建安八年(203)作《为刘荆州谏袁谭书》《为刘荆州与袁尚书》,此年曹操已开始进击刘表。至建安十一年(206),王粲始写《登楼赋》予发不为刘表重用的郁闷心情,建安十三年(208)九月,王粲遂劝刘琮降曹。可见从初平三年(192)往依刘表至建安八年(203)这一段较长的时间里,王粲即使对刘表有一定失望情绪,仍较直接地参与了刘表集团的政治活动,并维护刘表集团特别是刘表家族的团结(关于王粲与刘表的关系,说详后)。《英雄记》"刘表"条今存惟一一条材料,记"州界群寇既尽,表乃开立学馆,博求儒士,使綦毋闿、宋忠等撰定《五经章句》,谓之

---

① 《建安七子集》,附录二,第219页。

《后定》",① 与王粲《荆州文学记官志》的"……（刘表）乃命五业从事宋衷新作文学，延朋徒焉，宣德音以赞之，降嘉礼以劝之，五载之间，道化大行……"说法完全一致。② 而建安十三年（208）归曹，则指斥"刘表雍容荆楚，坐观时变，自以为西伯可规，士之避乱荆州者，皆海内俊杰也；表不知所任，故国危而无辅"，③ 可见王粲思想发生质变有一个过程，以建安十一年到十三年这一时期变化较大。故归曹时的指斥，反映的正是王粲从建安十一年以后变化了的思想认识。此也可佐证王粲《英雄记》作时较早。

由上述三条理由，我们认为：王粲《英雄记》主体部分，当写成于建安十三年九月归曹前。

2.《英雄记》所体现的"英雄"概念

由王粲《英雄记》主体部分写成于建安十三年九月归曹前，可进一步推断，王粲《英雄记》反映了曹操统一北方以前汉末群雄割据时代最宽泛的"英雄"概念。这从《英雄记》如下几个特点不难看出。

（1）"英雄"兼备"善""恶"人格

与注重天命、强调道德的"圣贤"人格形象不同，《英雄记》所记人物，明显体现了汉末道德解构时代"英雄"特定的"善""恶"兼备人格形象特点。如记曹操，不但记其斩袁谭后"作鼓吹，自称万岁，于马上舞"的僭妄狂态，也记他与"英雄"刘备的钩心斗角：

> 曹操与刘备密言，备泄之于袁绍，绍知操有图己之意。操

---

① 《建安七子集》，附录二，第252页。
② 同上书，第137页。
③ 《三国志》，第598页。

自咋其舌流血，以失言戒后世。①

而在记袁绍、公孙瓒等人时，除了记其阴暗方面，对他们的善名、壮举也多所表彰，如：

> 公孙瓒每闻边警，辄厉色作气如赴仇。尝乘白马，又白马数十匹，选骑射之士，号为"白马义从"，以为左右翼。胡甚畏之，相告曰："当避白马长史。"（公孙瓒条）②
>
> 袁绍生而孤，幼为郎。容貌端正，威仪进止，动见仿效。弱冠除服长，有清能名。
>
> 绍既破瓒，引军南到薄落津，方与宾客诸将共会，闻魏郡兵反，与黑山贼二毒共覆邺城，遂杀太守栗成。贼十余部，众数万人，聚会邺中。坐上诸客有家在邺者，皆忧怖失色，或起啼泣，绍容貌不变，自若也。（袁绍条）③

同时，也以兼容并收方式收入汉末"善""恶"分明的特殊人物。《英雄记》专门表彰了盖勋、臧洪、耿武、闵纯、刘虞、刘翊等义士、良吏的节义与善行：

> 董卓废少帝，自公卿已下，莫不卑下于卓，唯京兆尹盖勋长揖争礼，见者皆为失色。（盖勋条）④
>
> 袁绍以臧洪为东都太守，时曹操围张超于雍丘。洪始闻超

① 《建安七子集》，附录二，第219页。
② 同上书，附录二，第237页。
③ 同上书，附录二，第241页。
④ 同上书，附录二，第260页。

被围，乃徒跣号泣，并勒所领，将赴其难。从绍请兵，绍竟不听之。超城遂陷，张氏族灭。洪由是怨绍，绝不与通。绍增兵急攻洪。城中粮尽，厨米三升，使为薄糜，遍颁众；又杀其爱妾以食兵将，咸流涕无能仰视。男女七八千，相枕而死，莫有离叛。城陷，生执洪。绍谓曰："臧洪，何相负若是！今日服未？"洪据地瞋目曰："诸袁事汉，四世五公，可谓受恩。今王室衰弱，无辅翼之意，而欲因际会，觊望非冀。惜洪力劣，不能推刃为天下报仇，何为服乎？"绍乃命杀之。洪邑人陈容在坐，见洪当死，起谓绍曰："将军今举大事，欲为天下除暴，而先诛忠义，岂合天意？"绍惭，遣人牵出，谓曰："汝非臧洪俦轶？空复尔为！"容顾曰："夫仁义岂有常所？蹈之则君子，背之则小人。今日宁与臧洪同日死，不与将军同日生！"遂复见杀。在绍坐者，无不叹息。（臧洪条）①

耿武字文成。闵纯字伯典。后袁绍至，馥从事十余人弃馥去，唯恐在后。独武、纯杖刀拒，兵不能禁。绍后令田丰杀此二人。（耿武、闵纯条）②

（刘）虞为博平令，治正推平，高尚纯朴，境内无盗贼，灾害不生。时邻县接壤，蝗虫为害，至博平界，飞过不入。（刘虞条）③

刘翊字子相，颍川人。迁陈留太守，出关数百里，见士大夫病亡道次，翊以马易棺，脱衣殓之。又逢知故困饿于路，不忍委去，因杀所驾牛以救之。众人止之，翊曰："视没不救，

① 《建安七子集》，附录二，第235页。
② 同上书，附录二，第250页。
③ 同上书，附录二，第251页。

非志士。"遂俱饿死。（刘翊条）①

　　成瑨为南阳太守，用岑晊为功曹，褒善诎恶。（成瑨条）②

也将董卓、丁原、李傕、郭汜、关靖等逆臣贼子，写入《英雄记》中。这些人，只能说在汉末曾经拥有过一定权力或大权在握，就道德意义上讲，他们不但留下了千秋骂名，即使在他们所处的轻忽道德的汉末时代，人们也多予鄙视。这种将"善""恶"分明的人物予以兼容并收的做法，只能出现于汉末这样特定的道德解构时代，不可想象后世人会认可董卓等为"英雄"！可见，在王粲所谓"英雄"概念的内涵中，不但包含汉末道德解构时代"英雄"的"善""恶"兼备特征，也包含各类人物在汉末所起的正反作用和影响。

　　（2）王粲所谓"英雄"实为汉末各类人才的代称

　　《英雄记》广收汉末各类"英雄"，其标准之宽让人难以想象。除了收入"善""恶"兼备型"英雄"，也收忠臣义士，还收恶贯满盈的逆臣贼子。既收曹操、吕布、公孙瓒、袁绍、袁术、刘表、刘璋、刘备、孙坚等汉末群雄，也收其部属、从臣；既收文臣，也收武将；既收博平令刘虞、陈留太守刘翊、南阳太守成瑨等良吏，已收公孙瓒的佞臣关靖等；既收王匡等游侠，也收凉茂、张俭等名士，甚至隐逸之士句栩等也被收入其中。收入标准如此之宽，与通常史书收入各类人物相近，自然容易让人想到：王粲所谓《英雄记》，原其本心，当是效仿蔡邕修治汉史的做法。《后汉书·蔡邕传》：

------

① 《建安七子集》，附录二，第252页。
② 同上书，附录二，第261页。

　　及卓被诛，邕在司徒王允坐，殊不意言之而叹，有动于色。允勃然叱之曰："董卓国之大贼，几倾汉室。君为王臣，所宜同忿，而怀其私遇，以忘大节！今天诛有罪，而反相伤痛，岂不共为逆哉？"即收付廷尉治罪。邕陈辞谢，乞黥首刖足，继成汉史。士大夫多矜救之，不能得。太尉马日䃅驰往谓允曰："伯喈旷世逸才，多识汉事，当续成后史，为一代大典。且忠孝素著，而所坐无名，诛之无乃失人望乎？"允曰："昔武帝不杀司马迁，使作谤书，流于后世。方今国祚中衰，神器不固，不可令佞臣执笔在幼主左右。既无益圣德，复使吾党蒙其讪议。"日䃅退而告人曰："王公岂不长世乎？善人，国之纪也；制作，国之典也。灭纪废典，其能久乎？"邕遂死狱中。允悔，欲止而不及。时年六十一。搢绅诸儒莫不流涕。北海郑玄闻而叹曰："汉世之事，谁与正之！"兖州、陈留间皆画像而颂焉。[1]

可以推断，王粲也想如蔡邕修治汉史一样，撰写专记到曹操统一北方前汉末一段历史的史书，但又不能直接称为"汉末"，无以为名，故由当时最宽泛的"英雄"概念出发，直接命名为《英雄记》。[2] 这

---

[1] 《后汉书》，第 2006 页。

[2] 《两汉三国学案·尚书》记两汉《尚书》诸家传说大旨，将蔡邕和王粲都归于"不知宗派"类。关于蔡邕，引其《独断》以《尚书》分别佐论"四代狱之别名"和"天子之社"的两例；关于王粲，则以他难郑玄《尚书》事为证。郑玄和其师马融则被归于"杜林漆书派"类中。《尚书》政治学，郑玄为"圣贤"思想主导无疑，蔡邕既于王允宴席哀叹董卓，则其《尚书》政治学与王粲以宽泛态度认知"英雄"的王粲有相近处。王粲难郑玄《尚书》事今已难确知，但其与郑玄思想必不及与蔡邕思想相近，或可推断：王粲《尚书》学除了家学，或当受到蔡邕的影响；其"英雄"认知也当受到蔡邕的影响，限于史料缺失，难以论定，谨提出拙见，以就教于高明君子。参看《两汉三国学案》，唐晏著，吴东明点校，中华书局，1986 年版，第 99—110、179—183、199、202 页。

也可佐证原书名中当没有"汉末"、"汉书"等字样。

既然名为《英雄记》,其所记人物自然都是包含于他所认同的"英雄"概念中的。且如此宽泛的标准,我们认为王粲的"英雄"概念实际以才能至上为标准,将各类有能力的代表人物都视为"英雄",故才有可能将董卓类有能力而恶贯满盈的人物,以及有才能却不参与世事的向栩等,也收入其"英雄"人物谱系。显然,这是我们所见的汉末最宽泛的"英雄"概念。

(3)王粲重视文士"英雄"

王粲少获蔡邕赏识,并得承其大批藏书。① 初平三年(192)与族兄王凯等避乱前往荆州投奔"党锢之禁"时期中号称"八俊"之一的刘表。这种选择既有刘表为王粲祖父王畅学生的因素,也因刘表为当时著名文化领袖,在他治理下,荆州处于战乱时代却相对安宁,文化事业兴盛,对作为著名文士的王粲有强烈的吸引力。故如前所说,王粲初到荆州,积极参与当时的各种文化活动,并在建安五年(200)为刘表作《荆州文学记官志》。这种著名文士身份与对文化的热爱情怀,也使王粲《英雄记》关注与文化事业有关的事件与人物。除了前举今存惟一一条"刘表"事迹对刘表平定州郡之乱,关心文化事业特予表彰,如"曹纯"条,在记载其事迹时,不忘特别称道"好学问,敬爱学士,学士多归焉,由是为远近所称"。② 又记凉茂、张俭等"党锢之禁"中的名士事迹。联系蔡邕藏书中有王充《论衡》等珍贵孤本,而王充《论衡·案书》中就有

① 参《三国志·魏书·王粲传》:"左中郎将蔡邕见而奇之。时邕才学显著,贵重朝廷,常车骑填巷,宾客盈坐。闻粲在门,倒屣迎之。粲至,年既幼弱,容状短小,一坐尽惊。邕曰:'此王公孙也,有异才,吾不如也。吾家书籍文章,尽当与之。'"张华《博物志》:"蔡邕有书近万卷,末年载数车与粲……"又见《博物志》,张华撰,范宁校证,中华书局,1980年版,第71页。
② 《建安七子集》,附录二,第220页。

"文雅之英雄"的说法，蔡邕既熟悉王充之学，则王粲从蔡邕那儿听到，或在其赠书中读到以文士为"英雄"的说法，是很有可能的。故他当是继承王充之说，在《英雄记》中对热爱、重视文化事业者特予关注、表彰，以文士为"英雄"。

（4）小结

上面对《英雄记》三个特点的讨论可知，王粲所谓"英雄"概念，要比本书第三部分我们所提到的汉末"英雄"概念更宽泛。但这种宽泛并不完全是王粲的随意所为，而是有其一定的时代思想基础的。正是由于注重、强调"英雄"的才能，以才能论"英雄"，承认"英雄""善""恶"兼备是汉末乱世普遍性社会文化心理，王粲才有可能以"英雄"作为各类人才的代名词，甚至连董卓等也收入其专记"英雄"之传。而随着曹操统一北方，曹丕代汉，形势逐渐由"乱"趋"治"，王粲写作《英雄记》时所持的"英雄"概念，不但不能反映新的历史条件下人们对"英雄"的思想认识，也不能代表王粲后期转变了的思想观念。

比之于王粲等人，刘邵对"英雄"问题的研究更深入，其所持"英雄"概念，不但融入了"治世"时代的一些特点，更体现了在新的历史条件下对"英雄"概念的全面反思。

（二）《人物志·英雄》与刘邵的"英雄"概念研究

刘邵字孔才，广平邯郸（今河北邯郸）人，约生于灵帝光和年间（180年左右），比生于嘉平六年（177）的王粲小四岁左右。大约在建安十五年（210）为计吏。建安二十年（215）拜为太子舍人，期间曾与王粲一起为朝廷制定过《爵制》。此时王粲的《英雄记》早已完成，推想二人当有机会交流有关"英雄"问题的认识。魏文帝曹丕黄初年间（220—226），曾任尚书郎、散骑侍郎，并受诏参与集五经群书，编撰《皇览》。明帝曹叡时期（226—239），曾受诏作《都官考课》七十二条。齐王芳正始年间（240—245），撰成《人物志》等著作。卒于正始六年（245）左右。从他一生经历可知：一是他亲历汉末三国时代，对时代"英雄"文化与概念有直接的体认；二是与对"英雄"问题有专门研究的王粲等人有较多接触；三是亲历汉末之"乱"与曹魏时代之"治"，对"英雄"文化与概念的流变有较深刻体认；四是所从事的"集经"与设计人才考课工作，使他能够从更为广阔的文化思想史视野看待"英雄"问题，并融入其专门从事人才工作的经验感受。①

《人物志》纵论人才，首重"圣人"。《人物志序》言：

> 夫圣贤之所美，莫美乎聪明。聪明之所贵，莫贵乎知人。知人诚智，则众材得其序，而庶绩之业兴矣。②

故在整个《人物志》中，是将"英雄"纳入其以"圣贤"为主导的宏大人才谱系的一个方面，予以深入探讨的。这与汉末时代"英雄"取代"圣贤"成为时代核心概念，"英雄"取代"圣人"成为时代崇尚的人格形象大为异趣，明显是曹魏"治世""圣贤"思想复归为时代主导思想潮流的产物。尽管如此，以专篇方式讨论"英雄"问题，这在中国文化史上尚属首次，而且，在《九征》《体别》《流业》《材理》《材能》《利害》《接识》等篇中，也论及与"英雄"问题相关的方面。刘邵对"英雄"问题的研究，以及对"英雄"所下的定义，具有创举和系统总结性质，代表了汉末魏晋时代"英雄"研究的最高水平。下面，试论刘邵对"英雄"所作的定义。

---

① 参《人物志研究》，伏俊琏著，第1—4页。
② 《人物志》，梁满仓译注，中华书局，2009年版，第2页。

1. 刘邵首次从语义发生学角度阐释"英雄"概念

《人物志·英雄》开篇就指出：

> 夫草之精秀者为英，兽之特群者为雄。故人之文武茂异，取名于此。①

"草之精秀者为英，兽之特群者为雄"，这实际从语义发生学角度切入，深刻揭示了特选以"英"与"雄"搭配铸成的文化语词，作为中华民族特定人物品格褒词的必然理由。

在本书第二部分我们已经详细讨论过，"英"与"雄"首先是在以"圣贤"为核心的人物品格褒词系统的发展演进中，被借用来作为人物品格褒词的。在"英"与"雄"由单音节词向双音节词演进中，也曾分别与以"俊"、"杰"、"豪"为主的其他词语组合，而生成"英俊"、"英杰"、"英豪"、"杰雄"等词。但这些词语的意蕴却无法与"英雄"相提并论。不选用与诸如"俊"、"杰"、"豪"、"彦"等其他词语相搭配，而是选取"英"与"雄"，以分别喻指杰出人物，特别是由"英"被喻指最高层级人才的引申义出发，赋予"雄"与"英"对等的地位，这是值得予以特别关注的。

我国古代人物品格褒词的语义生成，多遵循"仰则观象于天，俯则观法于地"，"近取诸身，远取诸物"的原则。主要从人自身和自然两大方面取法。从人自身直接取法的，如以人耳取义为"圣"，以人的身形取法为"大人"等。从自然取法的，如"俊"的最早意义就由"日月夋"而来。帝夋是日月的创造者："日月夋生。……

---

① 《人物志》，梁满仓译注，第93页。

帝夋乃为日月之行。"① 从人与自然的关系取法的，如《易经》有"大人虎变，君子豹变"的说法，又有"龙见于田，利见大人"的说法；至于以"龙"、"凤"、"麒麟"等喻"圣贤"，就更为普遍了。

总的来说，有些人物品格褒词较关注人自身、自然，以及人与自然关系中的直接对应方面，更重视凸显杰出人物的巨大原始本能与兽性力量。而在逐渐演化的过程中，重视人文进化成为重要趋势。

早在先秦时代，中华民族就表现出很高的人文化育自觉。如"圣贤"概念就特别强调文明化育，《易经》《论语》等典籍也格外重视"文"、"质"，"文"、"野"之别。

我们注意到，在《易经》《老子》《论语》等经典已经十分流行、"圣贤"观念深入人心的先秦时代，"英""雄"分别被作为人物品格褒词，虽然也取法自然，但却显然不是选取自然界中具体的某种植物如桃花、杏花，或具体的某种动物如虎、豹等为喻，而是直接以具有概括、抽象性质的指称自然的"类"概念为喻。故将"英"与"雄"搭配，就既与一方是自然物，一方是与人搭配的品格褒词如"豪杰"等不同，也与直接取譬于人的"大人"等不同，更与"大人虎变"、"君子豹变"等还保留着原始兽性内容的思想观念不同。

选取自然界对等的两大类别的代表，即植物界的"英"——"草之精秀者"，与动物界的"雄"——"兽之特群者"，搭配铸为"英雄"一词，这实际是由"英"与"雄"可分别作为植物界与动物界的最高代表这种思想认识出发，组合新的双音节人物品格褒

① 注"日月夋生"见楚帛书（甲四·三五），一说"日月允行"；"帝夋乃为日月之行"见楚帛书（甲七·二），《楚帛书诂林》，徐在国编著，安徽大学出版社，2010年版，第889页。

词。不但体现了中华民族天人合一的特有文化心理，强调了杰出人物与自然密切相关、相融、相合的内在关系，也含有人是自然界的主宰，"英雄"就如同自然界的最高代表"英"与"雄"一样，是中华民族人才最高层级代表的意义。

可见，"英雄"一词的生成，已超越了早期视自然物为恐惧、神秘的认识阶段，它是中华民族在征服和改造自然的历史进程中，与自然的关系由对立逐渐走向亲和，表现出相当自信的产物。故单就语义发生学角度看，"英雄"确实从全面和最高层面的代表意义上，象征了中华民族的"英雄"与自然的紧密联系。

至于这种"英雄"概念所具有的语义蕴涵，与现实"英雄"人物往往具有一定的矛盾性，正好说明，这一概念的创造者是代表着中华民族人文理想的文士，他们以理想眼光看待"英雄"，期望在"圣贤"概念已趋衰微、无能为力的时代，那些所谓"英雄"能够真正安世济民，创造天人亲和、文明昌盛的太平盛世。

而从汉末三国时代来看，这只是封建时代文士的理想，现实中的"英雄"往往有其变异特征，以血缘伦常为纽带的封建家天下政治体制，则是造成理念层面的"英雄"与现实层面的"英雄"相矛盾的根本原因。

在今天来看，"英雄"概念所蕴涵的这种文化语义，是为一种伟大气象、高贵气质和理想精神写照，是弥足珍贵的！

2. 刘邵从封建王朝以"文""武"立国的思想观念出发，突出强调"英雄"概念的核心内涵是："英雄"具备"文""武"兼善的全面性能力

刘邵深刻揭示以"草之精秀者为英，兽之特群者为雄"比拟"人之文武茂异"，是取名为"英雄"的根本语义原因，并进而解释：

是故聪明秀出谓之英，胆力过人谓之雄，此其大体之别名也。若校其分数，则互相须各以二分，取彼一分，然后乃成。①

为了以"草之精秀者为英"对应人的"聪明秀出"之"文""英"，并使这种对应方式能够与以"兽之特群者为雄"对应人的"胆力过人"之"武""雄"相匹配，刘邵特意强调了对"英"释义的侧重点。我们在第二部分曾讨论过"英"的释义问题。毛传："英犹华也。"《说文》："英，草之荣而不实者。"《尔雅·释草》："荣而不实者谓之英。"作为一位著名经学家，刘邵当然谙熟这些释义。但是，如果照搬释"英"为"花"的释义，显然有些模糊含混，不能准确阐释"英"在"英雄"概念中的特定含义，甚至还会生发"华而不实"之类的歧义。故刘邵特意强调"草之精秀者为英"。在分别解释了"英雄"概念中"英"与"雄"的特定含义后，刘邵指出，"英雄"乃是一个完整概念，"英"与"雄"二者不可或缺，"则互相须各以二分，取彼一分，然后乃成"，不能将"英"与"雄"割裂开来看待。② 对此，他有更为详尽的阐述：

何以论其然？夫聪明者英之分也，不得雄之胆，则说不行。胆力者雄之分，不得英之智，则事不立。是故英以其聪谋始，以其明见机，待雄之胆行之。雄以其力服众，以其勇排难，待英之智成之。然后乃能各济其所长也。若聪能谋始，而明不见机，乃可以坐论，而不可以处事。若聪能谋始，明能见机，而勇不能行，可以循常，而不可以虑变。若力能过人，而

---

① 《人物志》梁满仓译注，第93页。
② 刘昞《人物志注》解释说："英得雄分，然后成章；雄得英分，然后成刚。""胆者雄之分，智者英之分。英有聪明，须胆而后成；雄有胆力，须智而后立。"

勇不能行，可以为力人，未可以为先登。力能过人，勇能行之，而智不能断事，可以为先登，未足以为将帅。①

我们看到，刘邵采取了极为严密的反、正括论，正、反分论的论述方式。

首先，以反论方式指出反、正括论。反面括论以直接陈述方式提出：有"英"的两大素质"聪"与"明"，而无"雄"之"胆"，则其"说不行"，其"说不行"，就是徒有"聪明"，徒有"聪明"，自然不能称为需将"英"才与"雄"才相匹配的"英雄"；有"雄"的两大素质"胆"与"力"，而无"英"之"智"，则其"事不成"，其"事不成"，就是徒有"胆力"，徒有"胆力"，也不能称为需将"雄"才与"英"才相匹配的"英雄"。正面括论蕴涵在反面括论之中：与这种"英"与"雄"、"雄"与"英"不相匹配情形相反的，乃真"英雄"也！

其次，紧承反、正括论，以正、反论述方式进一步补充论述是否"英雄"的具体标准。

正论指出，就偏重于"英"的"英雄"来看，"聪"司其"谋始"职责，即《人物志·材理》所谓"聪能听序，思能造端"，也就是刘昞注所谓"智以谋事之始"；"明"司其"见机"职责，也就是刘昞注所谓"明以见事之机"；其所具有的"雄胆"则司其决策行动职责，因为正如刘昞注所说，"不决则不能行"。可见，"聪"足以"谋始"，"明"足以"见机"，胆足以决策行动，是偏重于"英"的"英雄"成功之不可或缺的三大基本要素。就偏重于"雄"的"英雄"来看，"力"能"服众"，"勇"可"排难"，又具有"英

---

① 《人物志》，梁满仓译注，第93—94页。

智",是其取得成功不可或缺的三大基本要素。

紧承正论,作者笔锋陡转,又从反论指出:如果作为两类"英雄"的三大基本要素无以完备,不足以称为"英雄"。

就偏重于"英"的情形来看,主要分两种:一种是"聪""明"不相匹配,"聪能谋始,而明不见机",这样的人才,是"可以坐论,而不可以处事"的平常人才,不足以称为"英雄";一种是"聪""明"相配,"聪能谋始,明能见机","而勇不能行",这样的人才,"可以循常,而不可以虑变",是缺乏果决魄力的平常人才,而不是果于决非常之策、行非常之事的"英雄"。

就偏重于"雄"的情形来看,也主要分为两种:一种是,作为"雄"的两种素质的"力"与"勇"本就不相匹配,"力能过人,而勇不能行",这样的人,充其量不过是徒有力量的"力人",连身先士卒的勇士、先锋都算不上,更不用说称其为"英雄"了;一种是,具备"雄"的两种素质"力"与"勇","力能过人,勇能行之",而缺乏"英智","智不能断事",这样的人,是名副其实的勇士与先锋之才,但"未足以为将帅",难称其为"英雄"矣!

这段让人叹为观止的透辟分析,充分体现了刘邵循名求实、综练名理的名家重镇风范。但同时,他能有如此深刻透辟的认识,也绝非仅凭循名求实、综练名理,还与这样三个因素有着密切关联:

一是如前所论,汉末三国时代人才多以"英雄"自居,所持"英雄"概念有宽严之分,有泛称特指之别。但一方面,正如汤用彤先生所说,当时"英雄"多名不副实,能够真正称为"英雄"的,实际并不多见。若循名求实,则不但当时常人所持"英雄"概念显得过于宽泛,如王粲的"英雄"概念,仅是关于各种人才的泛称了。另一方面,如曹操所谓"天下英雄,惟使君与操耳"式的说法，又过于狭窄了。① 而没有相对统一的标准，势必引起"英雄"称谓以及人们在思想认知方面的混乱。故傅巽目庞统为"半英雄"的说法，与刘巴不认可武将张飞为"英雄"，虽未必允当，却也反映了要求按照较严格的标准衡量"英雄"的思想意识。

刘邵亲历汉末三国时代，有机会研究各类人物对"英雄"概念的认知，并深入考量各种"英雄"人物以及"英雄"概念的优劣得失。随着乱世烟云渐散，在"治世"时代怎样认识"英雄"，调和"圣贤"与"英雄"概念的矛盾冲突，赋予"英雄"以相对客观、准确、统一的标准，成为时代的迫切需要。故刘邵以其深入的观察省思与研究为出发点，严格循名求实，力求赋予"英雄"概念以统一的标准。刘邵认为：所谓"英雄"，应该是国家的杰出股肱、栋梁乃至主宰。虽然因禀赋的不同，"英雄"身上的"英"份与"雄"份会各有所偏，但封建王朝以"文""武"立国，"英雄"应该也必须符合"文""武"兼善原则。以其"英"与"雄"之"一分"相匹配，或以其"雄"与"英"之"一分"相匹配，只"文"无"武"，或纯"武"无"文"，也就是只占有"英雄"概念中的"英"材或"雄"材，甚至在"英"材中或缺"聪"，或少"明"，在"雄"材中或乏"力"，或无"勇"，都是偏至之材，不能称其为真正意义上的"英雄"。②

二是在《英雄》篇中，刘邵虽然没有提及"圣贤"问题，但从他讨论"英雄"的"聪明"与偏至之才、兼善之才，可知他是关注"英雄"与"圣贤"关系的。因为"聪明"关涉"圣贤"概念者实

① 《汤用彤全集》第4卷，第7—8页。
② 嵇康《明胆论》对"英雄"的"明胆"问题有过阐释："……故吾谓明胆异气，不能相生。明以见物，胆以决断，专明无胆，则虽见不断，专胆无明，违理失机。"二人所论可谓"英雄"所见略同。可看《嵇康集校注》，戴明扬校注，中华书局，2015年版，第428页。

多，并且是"英雄"概念的导源性因素。故可知刘邵对"英雄"概念的阐释，实际吸收了先秦以来人们对"圣贤"的认知成分，并注重对二者关系予以区分。

除了在《人物志序》中强调"聪明"为"圣贤"之至美品质，"圣贤"的可贵正在于以其"聪明"之"智""知人"，使"众材得其序"而"庶绩之业兴"，刘邵又在《九徵》中对"圣人"所谓"聪明"予以详细释释：

> 是故观人察质，必先察其平淡，而后求其聪明。聪明者，阴阳之精。阴阳清和，则中睿外明。圣人淳耀，能兼二美。知微知章，自非圣人，莫能两遂。①

强调"聪明""自非圣人，莫能两遂"，似乎与"英雄"的"英"材即"聪明"有矛盾。其实不然。因为刘邵接着又论述了能兼有"平淡"品格的"圣人"集"明白"与"玄虑"于一身，这种与天地"阴阳""动静"合德的"平淡"品质，不是通常所谓"英雄"所能达到的：

> ……故明白之士，达动之机，而暗于玄虑；玄虑之人，识静之原，而困于速捷，犹火日外照不能内见，金水内映不能外光。二者之义，盖阴阳之别也。②

可见"圣贤"的"聪明"，是内外澄澈光明、洞察阴阳动静的。也就是能够在更高层次上把握天地自然规律。故比以"聪""谋始"、

---

① 《人物志》，梁满仓译注，第 11 页。
② 同上。

以"明""见机"的"英雄"更为高明。虽然如此,"英雄"有人臣"英雄"与创业帝王"英雄"之分,创业帝王"英雄"中如刘邦这种偏重于"英"之"聪明"的人物(后面将予详论),其与"圣贤"的"聪明",又当怎样予以区分呢?刘邵没有回答这个问题。

无论如何,刘邵在论述"英雄"之"聪明"时,是注意到与"圣贤""聪明"的相似之处,并予以认可的。这种区分、融合现象,恰好体现了在"英雄"概念一度取代"圣贤"成为时代普遍崇尚的人格形象之后,"圣贤"概念重新复归时,自觉融合、区分"英雄"与"圣贤"概念的思想潮流。因为在建安以来,品评、比较历史或现实人物之风大盛,写作专文也为时风。如孔融《周武王汉高祖论》《圣人优劣论》,曹丕《周成汉昭论》《汉文贾谊论》《太宗论》,曹植《汉二祖优劣论》《汉高祖赞》《汉武帝赞》《白起论》,丁仪《周成汉昭论》,何晏《韩白论》《白起论》,钟会《太极东堂夏少康汉高祖论》,严尤《三将军论》,诸葛亮《光武论》,严畯、裴玄、张承等分别写作《管仲季路论》,张俨《诸葛亮与司马宣王优劣论》等。在这些文章中,不少文章也涉及人臣"英雄"、帝王"英雄"或"圣人"帝王,反映了汉末三国逐渐由"乱"趋"治"时代所出现的比较"英雄"与"圣贤"概念,或使"圣贤"与"英雄"概念融合的倾向,故刘邵受此影响,而予以较为自觉、系统的理论总结,显示了这一时期区分、融合"英雄"与"圣贤"概念的最高理论水平。

三是刘邵以对立统一的辩证关系为原则,将"英"与"雄"相配,"文"与"武"相配,"聪明"与"胆力"相配,"智"与"勇"相配。融"阴""阳"、"刚""柔"、"文""武"于"英雄"概念中,不但揭示出"英雄"概念是中华民族特有的"阴""阳"和谐、"刚""柔"兼济、"文""武"兼善哲学思想与思维方式的直接产物，渗透和折射了中华民族特定的深层文化心理和审美趣味，也表明他阐释"英雄"概念，受到这种哲学思想、思维方式、文化心理和审美趣味的深刻影响。关于中华民族"阴""阳"和谐、"刚""柔"兼济、"文""武"兼善的哲学思想与思维方式，前贤今修有深入、系统的研究，就不再多谈了。

3. 刘邵系统归纳了"英雄"的四种类型、三个层次

在进行了严密的理论辨析后，刘邵以具体实例系统归纳了"英雄"的四种类型，实际可以分为三个层次：

首先，刘邵以张良、韩信为典型，指出偏重于"英"和偏重于"雄"这两种属于人臣层次的"英雄"类型：

> 必聪能谋始，明能见机，胆能决之，然后可以为英，张良是也。气力过人，勇能行之，智足断事，乃可以为雄，韩信是也。体分不同，以多为目，故英、雄异名。然皆偏至之材，人臣之任也。[1]

"英雄"的"体分不同"，造成"英"或"雄"的多寡不等。故刘邵指出，应"以多为目"，"则互相须各以二分，取彼一分，然后乃成"，故有虽"异名"却都可称作"英雄"的两种类型：一类是如张良一样，"聪能谋始，明能见机，胆能决之"，偏于"英"的"英雄"；一类是如韩信一样，"气力过人，勇能行之，智足断事"，偏于"雄"的"英雄"。但是，这两种类型的"英雄"，"皆偏至之材"，故属于同一层次——"人臣之任也"。刘邵的这一概括，体现了希望在维护封建王朝的前提下，"英雄"以其"文""武"才能做

---

① 《人物志》，梁满仓译注，第94页。

帝王的股肱之臣的文化心理。虽所举为汉代开国元勋，实则以古例今，显然是从由班彪、方望直至汉末建安时代渴望拨乱反正"英雄"的政治文化思潮，而推广至"英雄"概念尚未形成的秦汉之交时代。

其次，刘邵例举了刘邦、项羽作为创业"英雄"的典型：

> 若一人之身兼有英、雄，则能长世，高祖、项羽是也。①

虽然作者这里并举刘、项二人，做"一人之身兼有英雄"、"能长世"的创业帝王"英雄"，但实际上，刘、项不但分别代表了创业帝王"英雄"的两种类型，也属于创业"英雄"的两个层次。故刘邵接着分析道：

> 然英之分以多于雄，而英不可以少也。英分少，则智者去之。故项羽气力盖世，明能合变，而不能听采奇异，有一范增不用，是以陈平之徒皆亡归。高祖英分多，故群雄服之，英材归之，两得其用。故能吞秦破楚，宅有天下。然则英、雄多少，能自任之数也。徒英而不雄，则雄才不服也。徒雄而不英，则智者不归往也。故雄能得雄，不能得英。英能得英，不能得雄。故一人之身，兼有英、雄，乃能役英与雄。能役英与雄，故能成大业也。②

在以刘邦、项羽为代表的这两种创业帝王"英雄"类型中，又以

---

① 《人物志》，梁满仓译注，第94页。
② 同上书，第96—97页。

"英"多为胜,故刘邦高于项羽一筹,而最终得了天下。为什么以"英"多为胜呢?正如刘邵所说,"夫聪明者英之分也","英以其聪谋始,以其明见机",这种"英之分",于"气力过人,勇能行之"的"雄之分"为优。说到底,智慧是人类才能的最高表现,代表了比"力勇"更高的才能层次。故《史记·项羽本纪》记刘邦对项羽说"吾宁斗智,不能斗力",《三国志·魏武帝纪》记曹操对袁绍说"吾任天下之智力,以道御之,无所不可"。

偏重于"雄"的"英雄"必须"待英之智成之"。项羽的智慧不够全面,有"明"少"聪",故"不能听采奇异",拒用范增之谋,陈平等"奇""异"之士也纷纷离去。刘邦比项羽"英分多,故群雄服之,英材归之,两得其用。故能吞秦破楚,宅有天下"。

最后,刘邵指出,尽管刘邦、项羽属于创业帝王"英雄"的两个层次,但他们都是以"一人之身,兼有英雄","能役英与雄","成大业"的"英雄"。明显地,刘邵对创业"英雄"的区分,也有以古例今之意味,融入了对汉末三国创业"英雄"的体认。

4. 刘邵有意回避了"英雄"与天命、道德的关系问题

但从他论"夫聪明者英之分也","英以其聪谋始,以其明见机",创业帝王"英雄"刘邦的"英分多",其"聪明睿智"的能力不就近于或同于"圣贤"所具有的"聪明睿智"特质了吗?那么,在刘邵心目中,刘邦到底算不算"圣贤"呢?刘邵是否也如班彪《王命论》那样实际视刘邦为"圣贤"呢?他既以"圣贤"为其"人才"谱系的最高层次,又有折衷、融合"英雄"与"圣贤"概念的思想倾向,曹魏的创业者曹操又是名副其实的真"英雄",为什么他不予以明确提出呢?

推原刘邵本心,不明确点出"英雄"与天命、道德的关系问题,当是出于两方面的原因:

一是衡量"英雄"本自以才能为标准，现实社会的"英雄"多与天命、道德有所冲突。班彪《王命论》虽表面上声色俱厉，举出似乎很充足的五大条件，以证明创业帝王刘邦为"圣贤"，实则底气不足，举不出真正有说服力的证据。在经历了汉末道德解构时代洗礼，汉代谶纬符命等已难以真正厌服人心，刘邵不取班彪之说，当是不视刘邦为"圣贤"。

二是如以刘邦为"圣贤"，会触及现实敏感的天命有无问题，也就是创业"英雄"改朝换代的合法性问题。考虑到刘邵写作《人物志》已在由曹爽专权的齐王芳正始时代，卧兽司马懿正虎视眈眈，弱主危臣的曹魏政权，又走到了与汉末依稀相似的艰危情境，新的历史轮回又将重现。如以刘邦为"圣贤"，不但会使人联想到创业"英雄"曹操大成问题的出身背景，也会为新的政治强人提供颠覆现存政权的口实，作为惯看汉末三国政治风云谲变的曹魏老臣，刘邵岂无忧虑乎？

需要指出的是，无论刘邵是否真的在回避，实力直逼"圣贤"的"英雄"，其与天命、道德的关系问题，在现实政治中是无法回避的。关于这一点，汉末仲长统在《昌言·理乱》中谈的较为清楚。虽然他使用的是"豪杰"一词，但他所谓"豪杰"，正与"英雄"同义：

> 豪杰之当天命者，未始有天下之分者也。无天下之分，故战争者竞起焉。于斯之时，并伪假天威，矫据方国，拥甲兵与我角才智，程勇力与我竞雌雄，不知去就，疑误天下，盖不可数也。角知者皆穷，角力者皆负，形不堪复伉，势不足复校，乃始羁首系颈，就我之衔绁耳。夫或曾为我之尊长矣，或曾与我为等侪矣，或曾臣虏我矣，或曾执囚我矣。彼之蔚蔚，皆匈

晋腹诅，幸戎之不成，而以奋其前志，讵肯用此为终死之分邪？①

若将"豪杰"替换为"英雄"，正可补刘邵《英雄》正文之缺。寻于刘邵的仲长统，岂预代刘邵吐其胸中不快耶？言其所难言耶？

综上所论，刘邵第一次从语义发生学角度研究"英雄"概念，揭示以"英"与"雄"分别作为植物界与动物界的最高代表，强调杰出人物与自然密切相关、相融、相合的关系，也含有人是自然的主宰，"英雄"就如同自然界的最高代表"英"与"雄"一样，是中华民族人才最高层级代表的意义；突出强调"英雄"概念的核心内涵，是具备"文""武"兼善的全面性能力；系统归纳了作为人臣"英雄"、创业帝王"英雄"的四种类型，三个层次；再加上他所推崇的"英雄"突出强调个人才能，而相对轻忽天命、道德问题，实际就是对汉末魏晋"英雄"概念相当全面的概括了。

五、结　　语

综括前面四部分的内容，可以看出：中国古典"英雄"概念与西方式"英雄"概念，分别代表了东西方两种不同的文化语义表述方式。从中华民族固有的文化语义表述方式看，中华民族古典形态"英雄"概念的生成，实际经历了较长的历史时期。先秦时代崇尚"圣贤"而没有生成"英雄"概念，是不容置疑的历史事实。作为中华民族对于"人"的认识逐渐趋于深入、细致，并对与此相关的

---

① 《后汉书》，第1646—1647页。

各种语词、概念进行区分、筛选、比较、归类的历史进程中，被特别选择用来界定相关崇高美好类型的特定文化语词，"英雄"渗透和折射着中华民族特定的文化心理、思维方式和审美特征。应该说：至汉末三国时代，才真正生成了中国古典"英雄"概念，这一时代也是中国名副其实的"英雄"时代。中华民族的古典"英雄"概念，既与强调天命神圣、注重道德完善的"圣贤"概念有较大差异，更与所谓半神半人、主宰早期人类社会的西方式"英雄"概念，有质的不同。与西方所谓"英雄是神化了的人"或"'失去光彩的'神"，"英雄的双亲之一是神"，"英雄"具有"半神族出身"和"超自然威力"，"英雄业绩不一定仅限于人世，其惊险历程可以引导他进入地府或神界"，以及"文化英雄，系传说人物，常以兽、鸟、人、半神等各种形态出现"等关于"英雄"的说解不同，中国古典"英雄"概念，由"英"与"雄"可分别作为植物界与动物界的最高代表为比，体现了中华民族天人合一的特有文化心理，强调了杰出人物与自然密切相关、相融、相合的关系，也含有人是自然的主宰，"英雄"就如同自然界的最高代表"英"与"雄"一样，是中华民族人才最高层级的代表意义；中国古典"英雄"概念不包含什么神性、"半神"特质，而是从封建"文""武"立国对最高层面人才的要求出发，强调"英雄""文""武"兼备的全面性才能；中国古典"英雄"概念之所谓"英雄"，不是"半神"人物，而是不重天命的现实社会中人，是封建政治体制中的文臣武将"英雄"与创业帝王"英雄"。我们不反对借鉴西方式"英雄"概念，但确实应该对二者的异同关系，特别是对二者有着本质不同有清醒的认知，这是我们从事传统文化研究者的庄严使命！

最后，需要特别强调的是：理性建构层面的"英雄"概念，其所具有的语义蕴涵，与封建时代现实"英雄"人物相比，往往具有一定的矛盾性。因为这一概念的创造者，是封建时期代表中华民族人文理想的文士，他们以理想眼光看待"英雄"，期望在"圣贤"概念已趋衰微、无能为力的时代，那些现实世界中的所谓"英雄"，能够真正安世济民，创造天人亲和、文明昌盛的太平盛世。这多半只是封建时代文士的理想，现实中的"英雄"往往有其变异特征，以血缘伦常为纽带的封建家天下政治体制，是造成这种理念层面的"英雄"概念与现实"英雄"相矛盾的根本原因。但在今天来看，"英雄"概念所蕴涵的这种文化语义，实为一种伟大气象、高贵气质和理想精神写照，是弥足珍贵的！

曹操是汉末三国"英雄"典型

汉末三国时代,"英雄"取代"圣人"而成为被崇尚的人格形象。就当时一般情形而论,"英雄"既可自封,也可称人;既可称帝王,也可称人臣;既可称武将,也可称文士。[①] 故王粲以《英雄记》专记汉末各类"英雄"。[②] 但从典型意义上说,真正符合标准的"英雄",就寥若晨星了。[③] 文臣武将中,如被司马徽评为"伏龙凤雏"的诸葛亮、庞统,[④] 前者被蜀人称为"四英"之一,被刘备誉称"十倍曹丕",[⑤] 却少有人称他为"英雄";后者仅被傅巽目为"半英雄"。[⑥] 而据《蜀书·刘巴传》记载,像张飞这样举世公认的

---

① 参看本书首篇《魏晋文化与中国古典"英雄"概念》第三部分的相关论述。
② 参看本书首篇第四部分关于王粲《英雄记》的相关论述;拙文《中国历史上第一部"英雄"传记——试论王粲〈英雄记〉》,《兰州大学学报》2002年第3期。
③ 参看汤用彤《读人物志》:"又天下豪俊既均以英雄自许,然皆实不当名。"《汤用彤全集》,第4卷,第7页。
④ 《三国志》,第912页。
⑤ 同上书,第918页。
⑥ 同上书,第214页。

"熊虎之将",① 竟被"大丈夫处世,当交四海英雄"的刘巴视同"兵子",不屑共语。② 汉末各路诸侯虽无不以"英雄"自许,但被公认者又有几人?如程昱对吕布的定评是:"粗中少亲,刚而无礼,匹夫之雄耳。"③ 荀彧评袁绍是"能聚人而不能用"的"布衣之雄"。④ 王粲评价刘表"雍容荆楚,坐观时变,自以为西伯可规,士之避乱荆州者,皆海内之俊杰也,表不知所任,故国危而无辅"。⑤ 孔融则"负其高气,志在靖难,而才疏意广,迄无成功"。⑥ 故《蜀书·先主传》记载曹操煮酒论"英雄"说:"天下英雄,惟使君与操耳。本初之徒,不足数也。"⑦ 此外,本纪还记载曹操由衷赞叹"生子当如孙仲谋"。⑧ 因为,孙权于建安五年(200)继承父兄之业时年仅十九,而曹操此时已四十六岁,刘备已三十九岁。孙权以子侄辈身份对抗曹、刘,三分天下得其一,更显"英雄"本色。若以成败论三国"英雄",确乎以曹操、刘备、孙权三人为当之无愧。如《晋书·华谭传》就记华谭称"英雄鼎峙,蜀栖岷陇,吴据江表";⑨ 辛弃疾《南乡子·登京口北固亭怀古》:"天下英雄谁敌手?曹刘。……生子当如孙仲谋。"⑩《永遇乐·京口北固亭怀古》:"千古江山,英雄无觅,孙仲谋处。"⑪

① 《三国志》,第1264页。
② 同上书,第982页。
③ 同上书,第426页。
④ 同上书,第20页。
⑤ 同上书,第598页。
⑥ 《后汉书》,第2264页。
⑦ 《三国志》,第875页。
⑧ 同上书,第1119页。
⑨ 《晋书》,房玄龄等撰,中华书局,1974年版,第1448页。
⑩ 《稼轩词编年笺注》,辛弃疾撰,邓广铭笺注,上海古籍出版社,1993年版,第548页。
⑪ 同上书,第553页。

今天来看，三人当中，孙权、刘备皆不及曹操典型。

就孙权说，尽管他被曹操等由衷赞叹，《吴书·吴主传》也高度评价："孙权屈身忍辱，任才尚计，有勾践之奇英，人之杰矣。"①但这些评价并非魏晋迄于刘宋时代的舆论主流。孙权毕竟是曹、刘的子侄辈，曹操死后又与其子曹丕对敌。既然曹魏在与孙吴政权的对峙中占优，而代表曹魏政权的曹丕，即使自称"文"、"武"兼备（说详见后文），都不被当时评为"英雄"；既然晋承曹魏，孙吴政权至晋初更是大势去矣，故魏晋迄于刘宋时代的主流舆论，多不将孙权与曹、刘相提并论。如专记魏晋风流人物的《世说新语》，就只认可曹操关于他与刘备是真"英雄"的看法，其《识鉴》中记载"英雄"的仅两条，即第1—2条，专记曹操、刘备而不提孙权，甚至在《容止》中对孙权予以贬斥。② 即使撇开这些古人偏见，孙权也毕竟"略输文采"，其对魏晋文化创造的贡献，尤其不能与曹操相提并论。至于刘备，实际代表了三国时代的"潜圣"人格形象。故我们说：曹操是汉末三国时代"英雄"的真正典型。

一、刘备与汉末三国"潜圣"人格形象

在"英雄"观念盛行的汉末三国时代，很少有人明确将刘备与"圣贤"相联系。恰恰相反，有关刘备是"英雄之器"、"备有英雄志"、"备有英雄名"、"刘备，天下英雄，一世所惮"等评

---

① 《三国志》，第1149页。

② 参见本书上编第三篇，另，赵翼《廿二史劄记》论"借荆州之非"时引《山阳公载记》曹操评价"刘备吾俦也"，以证曹操"所指数者惟备，未尝及权也"，又引《程昱传》昱谓"曹公无敌于天下，权不能当也，备有英名，权必资以御我"，以证"魏之人亦只指数备，而未尝及权也"，亦可参考。《廿二史劄记校证》，赵翼著，王树民校证，中华书局，1984年版，第140页。

价，屡见不鲜。① 刘备在当时被高频称为"英雄"仅次于曹操。但历史地看，刘备的成功，更多与他特意树立"潜圣"形象密切相关。

第一，《蜀书·先主传》记载，刘备"少孤，与母贩履织席为业"，"祖雄、父弘世仕州郡，雄举孝廉，官至东郡范令"，可谓家世凋落、生计困窘。但他以"汉景帝中山靖王胜之后也"自居，使他在汉末群雄中具有更多感召力。②

第二，与曹操一样，刘备少年时代具有游侠习气，本传说他"不甚乐读书，喜狗马音乐，美衣服"，"好交结豪侠，年少争附之"，其"合徒众"起家，也由于中山大商人张世平、苏双等"多与之金财"。但起事后的刘备，特别注重树立重"德"的个人形象，每每以"德"的化身自居，这在汉末群雄中显得特别突出。如：

> 刘平结客刺备，备不知而待客甚厚，客以状语之而去。是时人民饥馑，屯聚钞暴。备外御寇难，内丰财施，士之下者，必与同席而坐，同簋而食，无所简择。众多归焉。（裴注引《魏书》）③

> 比到当阳，众十余万，辎重数千辆，日行十余里，别遣关羽乘船数百艘，使会江陵。或谓先主曰："宜速行保江陵！今虽拥大众，被甲者少，若曹公兵至，何以拒之？"先主曰："夫济大事必以人为本，今人归吾，吾何忍弃去！"（《蜀书·先主传》）④

---

① 参见《魏书·郭嘉传》、裴松之注引《傅子》、《吴书·陆逊传》。另，周瑜还称刘备为"枭雄"。《吴书·周瑜传》记载刘备赴京口见孙权，周瑜上疏曰："刘备以枭雄之资，而有关羽、张飞熊虎之将，必非久屈为人用者。"
② 《三国志》，第 871 页。
③ 同上书，第 873 页。
④ 同上书，第 877 页。

习凿齿（328—412）评价刘备当阳之败，不忍弃十余万众，而强调"夫济大事必以人为本，今人归吾，吾何忍弃去"时说：

> 先主虽颠沛险难而信义愈明；势逼事危而言不失道。追景升之顾，则情感三军；恋赴义之士，则甘与同败。观其所以结物情者，岂徒投醪抚寒含蓼问疾而已哉！其终济大业，不亦宜乎！[①]

注重德行，正是刘备"以结物情"、"终济大业"的重要手段。

关于前两方面的特点，诸葛亮《隆中对》讲得十分清楚。他特别强调刘备可"总揽英雄"、成就大业的优势在于："将军既帝室之胄，信义著于四海。"[②] 在劝刘备称尊号时，诸葛亮还特意将他与具有皇族血统的光武帝刘秀建立东汉相比。[③] 习凿齿《汉晋春秋》也指出："今玄德，汉高之正胄也，信义著于当年，将使汉室亡而更立，宗庙绝而复继。"这才使"龙蟠江南，托好管乐，有匡汉之望"，"有宗本之心"的诸葛亮"竭其忠直"以予辅佐。[④] 魏晋时代高度评价刘备而贬低曹操的言论，多出于同样的文化心理。如蜀亡后入晋的陈寿，他以"高祖之风"、"英雄之器"评价刘备，[⑤] 而在

---

① 《三国志·蜀书·先主传》裴注引，第876页。
② 《三国志·蜀书·诸葛亮传》，第913页。
③ 《三国志·蜀书·诸葛亮传》："二十六年，群下劝先主称尊号，先主未许。亮说曰：'昔吴汉、耿弇等初劝世祖即帝位，世祖辞让，前后数四，耿纯进言曰："天下英雄喁喁，冀有所望。如不从议者，士大夫各归求主，无为从公也。"世祖感纯言深至，遂然诺之。今曹氏篡汉，天下无主，大王刘氏苗族，绍世而起，今即帝位，乃其宜也。士大夫随大王久勤苦者，亦欲望尺寸之功如纯言耳。'先主于是即帝位……"，第916页。
④ 参《众家编年体晋史》，汤球、黄奭辑，乔治忠校注，天津古籍出版社，1989年版，第8页；《三国志》裴松之注所论与习说相近。
⑤ 《三国志·蜀书·先主传》，第892页。

曹操本纪中，则仅以"非常之人"、"超世之杰"评价曹操；[1] 张辅《名士优劣论》，也重刘备而轻曹操。[2]

第三，有近于"圣"的长相。吴金华指出：

> 《蜀书·先主传》叙家世曰"汉景帝中山靖王之后也"，叙形貌曰"身长七尺五寸，垂手下膝，顾自见其耳"，这表明刘备不仅是帝王之胄，更有圣人相貌。[3]

揭出刘备形貌与"圣人"的关系，实为洞见。惜未能明确指出：刘备所谓"圣人相貌"，其实与其"耳"的关联最为直接。今稍予申说。

从语义考察，"圣"的本义即来源于人耳形象。《甲骨文字典》卷十二：

> 从𠂤从口。𦔮乃以耳形著于人首部位强调耳之功用；从口者，口有言咏。耳得感知者为声；以耳知声则为听；耳具敏感之听闻之功效是为圣。……𦔮之会意为圣，既言其听觉功能之精通，又谓其效果之明确。故其引申义亦训通、训明、训贤、乃至于以精通者为圣。……《说文》："圣，通也。从耳、呈声。"壬本与耳为一体，而许慎以口壬结合为声符呈，显误。[4]

---

① 《三国志·魏书·武帝纪》，第 55 页。
② 参《三国志丛考》，吴金华撰，上海古籍出版社，2000 年版，第 47 页。
③ 同上书，第 46 页。另，《三国演义》称刘备"两耳垂肩"说虽不确，但有意将刘备的特异形貌予以神化，毫无疑问。
④ 见《甲骨文字典》，徐中舒主编，四川辞书出版社，1989 年版，第 1287 页。

可见，早期关于"圣人"的概念与以"耳"为主的面部形貌密切相关。尽管在"圣贤"概念大盛后，人们不再特意关注"圣"与"耳"的本义关系，但在有意无意间，仍然会将二者互相联系比附。这种情形，我们可以《西游记》将"孙悟空式"的"圣"与耳朵相联系作佐证。如第四回"官封弼马心何足，名注齐天意未宁"，记孙悟空纳独角鬼王建议自封为"齐天大圣"。而当李靖率哪吒、巨灵神等前往花果山征讨，巨灵神挑战时看"真好猴王"："一双怪眼似明星，两耳过肩眉又硬……心高要做齐天圣。"玉皇大帝在书中第一次出场时被称为："高天上圣大慈仁者玉皇大天尊玄穹高皇帝"，实为"天"的形象的人格化。故孙悟空"心高要做齐天圣"，就是要与玉皇大帝竞争。第五十六回"神狂诛草寇，道昧放心猿"和第五十七回"真行者落伽山诉苦，假猴王水帘洞誊文"，详叙孙悟空与六耳猕猴斗法。而斗到分际，如来说出六耳猕猴出处，称此猴"故善聆音，能察理，知前后，万物皆明"。[①] 这说法，正与"圣"的涵义相合。《西游记》中关于"齐天大圣"的艺术构思，来源于唐玄宗开元十三年，封泰山神为天齐神。天齐庙在《红楼梦》中尚见记载，俞平伯甚至以为，书中所记天齐庙正和今之北京朝阳门外东岳庙相合。[②] 此外，福建清源山道教老君岩关于老聃的石刻，也特别夸张老子作为"圣人"的巨大耳朵。[③] 可知，将"圣"与"耳"联系的思想观念，确是源远流长的。故刘备"顾自见其耳"，正可被视为具有"潜圣"形貌特征。

---

① 《西游记》，吴承恩著，人民文学出版社，2005年版，第709页。
② 参见《唐书·礼仪志》；俞平伯《西城门外天齐庙》，载《北京日报》1953年11月21日。
③ 关于耳朵与"圣"的关联，从人类学视角有大量材料可予证明，可参看萧兵、叶舒宪等的相关著作，不再赘述。

而如本书所论，① 禀承帝系血统与天赋圣人形貌，加上注重德行，这不正是"圣人"天人合一形象的重要特征？尽管注重天命、血统、德行的"圣贤"观念，在汉末受到严重打击，但其影响仍然是深远的。故在三国风流人物中，刘备的才能有逊于曹操，但其所具有的"潜圣"人格形象，对于拥护刘氏且期望天下太平的民众而言，仍具有较强的感召力。既然刘备具有"潜圣"人格形象特征，就与不大注重天命、血统、德行，而是强调才能至上的"英雄"形象，不相吻合。很难说他是汉末三国乱世"英雄"人格形象的典型。

二、曹操是拨乱反正"英雄" 人格形象的典型

（一）曹操年少时已被预言为拨乱反正的"英雄"典型

如果统计汉末三国时代被目为"英雄"的概率，曹操无人可以匹敌。早在东汉天下将乱时，执当时人物品鉴牛耳的桥玄、许劭等政治家与名士，就已品评年少时的曹操为"英雄"，认为他是拯救汉乱的最佳人选。这是值得予以特别关注的。古今学者对这些品评虽都有所论析，却还缺乏更全面、深入的研究。为便于讨论，特不避冗赘，集中引述有关桥玄等品评的记载于下：

> （曹操）少机警，有权数，而任侠放荡，不治行业，故世人未之奇也。惟梁国桥玄、南阳何颙异焉。玄谓太祖曰："天下将乱，非命世之才不能济也。能安之者，其在君乎！"②

① 参本书首篇的相关论述。
② 《三国志》，第2页。

曹操少时见乔公，玄谓曰："天下方乱。群雄虎争，拨而理之，非君乎？然君实乱世之英雄，治世之奸贼。恨吾老矣，不见君富贵，当以子孙相累。"①

初，魏武帝为诸生，未知名也，玄甚异之。（《识鉴》刘孝标注引《续汉书》）②

初，曹操微时，人莫知者。尝往候玄，玄见而异焉。谓曰："今天下将乱，安生民者，其在君乎！"③

太尉桥玄，世名知人，睹太祖而异之。曰："吾见天下名士多矣，未有若君者也。君善自持。吾老矣，愿以妻子为托。"由是声名益重。④（《三国志》裴注引《魏书》）

玄谓太祖曰："君未有名，可交许子将。"太祖乃造子将，子将纳焉，由是知名。⑤

初，颙见曹操，叹曰："汉家将亡，安天下者必此人也。"操以是嘉之。⑥

（曹操）尝问许子将："我何如人？"子将不答。固问之，子将答曰："治世之能臣，乱世之奸雄。"⑦

曹操微时，常卑辞厚礼，求为己目。劭鄙其人而不肯对。操乃伺隙胁劭，劭不得已，曰："君清平之奸贼，乱世之英雄。"操大悦而去。⑧

（膺）子瓒，位至东平相。初，曹操微时，瓒异其才。将

---

① 《世说新语笺疏》，第 453 页。
② 同上书，第 453 页。
③ 《后汉书》，第 1697 页。
④ 《三国志》，第 2 页。
⑤ 同上书，第 3 页。
⑥ 《后汉书》，第 2218 页。
⑦ 《三国志》，第 3 页。
⑧ 《后汉书》，第 2234 页。

> 没，谓子宣等曰："时将乱矣，天下英雄无过曹操。张孟卓与吾善，袁本初汝外亲，虽尔勿依，必归曹氏。"诸子从之，并免于乱世。①

上述记载用词互有歧异，有的没有明确使用"英雄"一词。但聚焦于东汉之"乱"与"治"，以曹操为拯救世乱的最佳人选，则是桥玄等政治家和名士的共识。桥玄、许劭等更认为曹操兼具"善""恶"两极趋向，故以"乱世之英雄，治世之奸贼"、"清平之奸贼，乱世之英雄"相评。② 为什么只有曹操被这么多当时的政治家和名士公认为拯救世乱的最佳人选，并且桥玄等还是预言少年曹操？为什么拯救世乱需要曹操这种类型的"英雄"？为什么曹操是在乱世能够"治世"的"英雄"，在"清平""治世"（"治"这里作名词）则为"奸贼"、"奸雄"？一句话，究竟是哪些因素，促使桥玄等只聚焦于曹操，而作出如此的品评？

实际上，桥玄等对曹操的品评本身，已构成了一种重要的文化现象。从政治思想史的角度，深入考察"乱世"特征与"乱世""英雄"的辩证关系，以及曹操年少时的作为，是真正发显桥玄等名士以"治""乱"为前提评价曹操这一文化现象，所蕴涵的深刻思想文化意义的重要途径。

---

① 《后汉书》，第2197页。
② 对桥玄、许劭的评价，相关记载用词不尽相同。卢弼《三国志集解》认同刘孝标注认为"《世说》所言谬矣"的说法，认为："若桥公谓为奸贼，魏武必不祀以太牢矣。"但《后汉书·许劭传》记载许劭评价曹操是"清平之奸贼，乱世之英雄"时，"操大悦而去"，可见通达而不重德行如曹操，必不介意这样的评价。二人评价寓意相近。故会嘉锡笺疏专门引汤用彤《读人物志》说明桥玄以创业自任。另，表面看，《异同杂语》记许劭"治世之能臣，乱世之奸雄"与《后汉书·许劭传》"清平之奸贼，乱世之英雄"似有矛盾，其实是将同一说法换了一个角度。前评"治世"之"治"、"乱世"之"乱"均当做动词，后评"清平"与"乱世"均当做名词，故用意是完全相同的。参《世说新语笺疏》，第453页。

从政治思想史的角度来看，"治""乱"交替本是封建王朝新陈代谢的基本规律。封建时代所谓"乱世"，有两大基本特征：

其一，当各种社会政治矛盾郁积到火山爆发的时候，中央王朝彻底失控、瘫痪，乱世的"潘多拉盒子"被打开，显示空前"乱"象。"乱"之"恶"——恶德肆虐；"乱"之"祸"——天灾人祸交织；"乱"之"怨"——天怒人怨、怨声载道。

其二，长期被郁积、压抑的社会创造能量，也借社会之乱的大动力喷薄汹涌。当此时也，一方面急需强有力的人物出来拨乱反正，"治"此"乱世"；另一方面，也需要强有力的人物对盲动的社会创造能量予以引导、疏通、激励，使其融入有序之"治"中，完成充满活力的"治世"建构。

桥玄等正是在这种乱世将临的时代，对曹操作出了品评。从前引记载可以确知，曹操获得桥玄等的品评在其"少时"、"微时"、"为诸生"、"世人未之奇也"、"未有名"、"未知名"时，即在他正式登上政治舞台之前。张可礼认为何颙评曹操为灵帝建宁二年（169），曹操时年十五岁；桥玄、许劭评曹操为灵帝嘉平二年（173），曹操时年十九岁。① 万绳楠认为桥玄评价曹操在建宁二年。以万说为是（说见后）。② 而李瓒在"曹操微时"品评，当也在他二十岁前。因为正如张可礼所说，曹操二十岁被举孝廉，为郎，上述诸事则均在举孝廉之前。由此可以确定：桥玄等品评曹操恰在两次"党禁"之后不久或后数年。

第一次"党锢之禁"，发生于桓帝延熹九年（166），即曹操十二岁时。宦官集团诬告清流领袖李膺私养太学游士，共为部党，诽

---

① 参张可礼《三曹年谱》，第16、19页。
② 参万绳楠《廓清曹操少年时代的迷雾》，载《安徽师大学报》1988年第2期。

讪朝廷，桓帝命郡国逮捕党人，布告天下，遂酿成李膺、杜密、陈
翔、陈寔、范滂等二百人下狱。灵帝建宁元年（168）九月，即曹
操十四岁时，窦武、陈蕃等谋诛宦官集团事泄，中常侍曹节、王甫
等矫诏诛窦武、陈蕃，幽太后，收武、蕃门生故吏、宗亲、宾客，
悉诛之。李膺等复被废锢。灵帝建宁二年十月，即曹操十五岁时，
以李膺等虽被废锢，天下士大夫仍崇尚其道，宦官集团又兴第二次
"党锢之禁"。大长秋曹节讽有司奏李膺、杜密为钩党，李、杜等百
余人被杀，妻子皆徙边，州郡大举钩党，天下豪杰及儒学有行义
者，其死、徙、废、禁者六七百人。遭逢两次"党锢之禁"，儒林
清议救国的图谋全面失败，宦官集团之势臻于极盛，东汉王朝则元
气大伤，政治黑暗腐败、民不聊生，天下大乱已成必然之势。积十
余年，至中平元年（184），曹操三十岁时，黄巾起义爆发，天下
大乱。

　　由上述时代背景，我们能够明了：在天下将乱前夜，桥玄等有
识之士，已预见到天下大乱势成必然。故他们将品评聚焦于"治"
"乱"，绝非是偶然的一时兴味，而是出于对国家前途的严重关注与
忧虑。那么，桥玄等为什么会认为汉乱"非命世之才，不能济也"？
具备怎样的条件才能谓之"命世之才"？为什么会视"善""恶"兼
备的曹操为"命世之才"？他们又是怎样在年少、尚未登上政治舞
台的曹操身上看出这一点的？

　　关于桥玄等认为汉乱"非命世之才，不能济也"，以及其"命
世之才"的标准问题，可从东汉封建王朝的上层建筑与意识形态两
个层面来看。

　　就前一层面而言，党锢之禁等加剧了皇纲不振、宦官与外戚专
权的黑暗政治局面。桓、灵等帝王大权旁落，实为宦官、外戚手中
的傀儡，而代表社会良心与政治监督力量的清流，其以儒林清议方

式参政、议政，也宣告彻底失败。故桥玄等有识之士清醒地看到：仅依凭严重腐败、衰弱的东汉王朝自身和儒林清议，已绝难救世。

就意识形态领域看，党锢之禁等不但引发严重的政治社会危机，也使得以儒家封建纲常伦理为核心的道德价值观念系统趋于崩溃，"君权神授"的天命观受到强有力的挑战，整个社会层面的道德意识空前淡薄，"圣贤"观念衰微，"圣贤"不再成为整个社会崇尚的对象。凭借"圣贤"思想，以天命、道德等作号召拯世，已是一厢情愿的幻想。东汉后期如大儒郑玄等，也张扬"圣贤"思想呼唤太平盛世，但这种呼声在当时过于微弱，且被视为书生空谈，迂阔而不切时用。①

时代的当务之急，不是怎样维护旧的价值观念体系，而是怎样才能拯世，重新认识道德与才能的关系，遂成为最迫切的时代课题。故桥玄等着眼于怎样拯世，而超迈旧的道德观念的束缚，以通达眼光看待道德与人才的关系，将才能放于第一位，重才智而轻道德。这代表了新的时代条件下，一种新的价值思想观念的出现，是"英雄"人格形象取代"圣人"形象成为必然趋势的重要思想基础。

以这种重才能而轻道德的新价值观为指导，曹操虽年少且"善""恶"兼备，但其主流倾向趋于"善"，并且在年少时已表现出非同寻常之"文""武"才能，就被桥玄等预言为救世的"命世之才"。

曹操年少时颇有顽劣放荡之迹。前引《魏书·武帝纪》称他"少机警有权数，而任侠放荡不治行业，故世人未之奇也"。《世说新语·假谲》刘孝标注引《曹瞒传》称："操小字阿瞒，少好谲诈，

---

① 参看《体察天道　维护治道　传承学道——论郑玄之圣人情结和拯世情怀》，陈其圣，载《中国文化研究》1999 年第 4 期，第 35 页。

游放无度。"裴松之注引《曹瞒传》记载：

> 太祖少好飞鹰走狗，游荡无度，其叔父数言之于嵩。太祖
> 患之，后逢叔父于路，乃阳败而面喝口，叔父怪而问其故。太
> 祖曰："卒中恶风。"叔父以告嵩。嵩惊愕，呼太祖，太祖口貌
> 如故。嵩问曰："叔父言汝中风，已差乎？"太祖曰："初不中
> 风，但失爱于叔父，故见罔耳。"嵩乃疑焉。自后叔父有所告，
> 嵩终不复信，太祖于是益得肆意矣。[①]

在伴有少年郎恶作剧意味的"游侠"行为中，也可见其机变横生。
《世说新语·假谲》记载：

> 魏武少时，尝与袁绍好为游侠，观人新婚，因潜入主人园
> 中，夜叫呼云："有偷儿贼！"青庐中人皆出观，魏武乃入，抽
> 刃劫新妇与绍还出。失道，坠枳棘中，绍不能得动。复大叫
> 云："偷儿在此！"绍遑迫自掷出，遂以俱免。[②]

甚至如前所引，曹操对就许劭求名一事也是"伺隙胁劭"。可见，
除了天性机警等特征，少时曹操尚权变、好谲诈、任侠放荡、无视
道德，表现出放荡不羁的性格与行为特征。故在常人眼中，他被视
为典型的"坏小子"。桥玄等当然不会赞叹他迹近于"恶"的行为。
但由此而预言，在注重道德建设的和平年代即治世，他有可能是
"奸贼"，则是合乎情理的。真正让桥玄等心折称赞的，当是这样几

---

① 《三国志》，第2页。
② 《世说新语笺疏》，第999页。

个因素：

其一，曹操游侠行为中所表现出的"英雄"气质。作为对"党锢之禁"的强力反弹，以及对儒林清议救国的绝望，东汉以来遭受严重压抑、打击的任侠之风，又大盛于桓、灵之时，布衣匹夫之侠、公族之侠、流民之侠等横行于社会各个层面。故汉末三国时代一些著名人物，如袁绍、袁术、刘备、孙坚等，在其少年时代，多有过游侠经历。具体来看当时所谓任侠行为的性质，则颇为复杂。故荀悦《汉纪》说：

> 立气势，作威福，结私交以立强于世者，谓之游侠。
> 游侠之本，生于武毅不挠，久要不忘平生之言，见危授命，以救时难而济同类。以正行之者，谓之武毅；其失之甚者，至于为盗贼也。①

曹操少时也为游侠。尽管其有些游侠行为迹近于"恶"，但主要倾向还是以"武毅""救时难而济同类"，将矛头直指宦官专权，以拯救处于严重危机中的东汉封建王朝。他不但与袁绍、张邈、何颙、许攸等反对宦官集团的游侠群体联系密切，②他以少年郎身份竟能单枪匹马挑战宦官的勇气胆略，实非游侠群体中人袁绍辈所及。裴松之注引孙盛《异同杂语》记载：

> 太祖尝私入中常侍张让室，让觉之，乃舞手戟于庭，逾垣

---

① 参《两汉纪》，荀悦撰，中华书局，2002年版，第158页。《中国游侠史》，韩之波《论东汉和三国时期的游侠》《西南师大学报》1995年第2期。
② 参方诗铭《曹操起家与袁曹政治集团》，《学术月刊》1987年第2期；《三国人物散论》，上海古籍出版社，2000年版。

而出。才武绝人，莫之能害。①

巧的是，就是这位中常侍张让之弟，倚仗乃兄权势而贪残无道的野王令张朔，被任司隶校尉的李膺予以诛杀。曹操所为，显然继承前辈党人领袖李膺作风，而胆略过之。

其二，灵帝建宁元年（168），大将军窦武、太傅陈蕃计划诛杀宦官失败，为宦官曹节等所杀。曹操竟公然为窦武、陈蕃翻案。根据万绳楠的考证，曹操为窦、陈翻案的时间，当在建宁二年十月第二次党锢事起之前，建宁二年正月他入太学为诸生之后。当曹操以年仅十五岁的少年郎身份，甫入太学即敢于挺身而出为窦武、陈蕃翻案，确实对于朝野是一大震动。②看他所用词语"武等正直，而见陷害，奸邪盈朝，善人壅塞"，矛头直指整个宦官集团，表现出大无畏的精神气概，可谓"文""武"双绝。故桥玄等"睹"此而异之，由衷赞叹他为真正的"英雄"。

其三，尽管曹操有宦官家庭出身色彩，③但其宗族实为谯县世族。"曹操自生至十四岁（汉桓帝永寿元年至汉灵帝建宁元年），是在谯县曹氏宗族田庄中度过的。田庄中既有小学，又有武学，既学六甲（六十甲子）、九九、《急就》、《三仓》，又学战射，曹操的文才武略，其基础便是在田庄中打下来的。"④卢弼引刘昭《幼童传》称曹操"幼而智勇。年十岁，常浴于谯水，有蛟逼之，自水奋击、

① 《三国志》，第3页。
② 参万绳楠《廓清曹操少年时代的迷雾》一文，《安徽师范大学学报》1988年第2期。
③ 关于曹操与其宦官家庭关系问题，亦须予以全面考察。如此家庭，对曹操性格之"恶"的影响，自无疑义，但如其祖父曹腾曾以宦官身侍太子刘保读书，"好进达贤能"（《三国志》，第1页），重视文化及人才等，对曹操早期思想形成也有一定积极性影响，未可一概抹杀。
④ 万绳楠《廓清曹操少年时代的迷雾》，第156页。

蛟乃潜退",就由于用上了练武功夫。十五岁时,曹操以父亲曹嵩位居列侯,而得以入太学,直至十九岁。在太学期间,曹操进一步加强了其文才武略,故日后既"以能明古学,复征拜议郎",又"才力绝人,手射飞鸟,躬禽猛兽"。①

从前面的讨论可以推知,由于年少时的曹操,能以罕见的大无畏勇气,以"文""武"两手向宦官集团挑战,加上对他"文""武"全才资质的了解,在灵帝初以度辽将军被征为河南尹、转少府、大鸿胪的桥玄,一当与正在洛阳太学读书的曹操相见,便预言他为拨乱反正的"英雄",并指点他求得许劭的品鉴;与袁绍为"奔走之友"的何颙,以少游学洛阳、后"常私入洛阳,从绍计议",也见而由衷赞叹;李膺之子李瓒,也以曹操行为有类于其父而"文""武"兼备,视他为胜过反对宦官集团领袖袁绍等的真"英雄"。当然,桥玄等的品评,一方面代表了呼唤强有力的人物救世的主流社会舆论倾向;另一方面,对他之"恶"的评价,也表现出了对他有可能"乱"世的警惕。

而对于曹操来说,桥玄对其政治人生鼎助之功莫大焉,实际充当了具有关键定向、引路作用的导师。曹操本人也是这样认为的:

> 吾以幼年逮升堂室,特以顽鄙之姿,为大君子所纳。增荣益观,皆由奖助。犹仲尼称不如颜渊,李生之厚叹贾复,士死知己,怀此无忘……②

一方面,受到桥玄等品评的鼓舞、激励,更坚定了他人生高远的志

---

① 语出《武帝纪》裴松之注引《魏书》,《三国志》,第54页。
② 《祀故太尉桥玄文》,参见《曹操集译注》,安徽亳县《曹操集》译注小组编,中华书局,1979年版,第80页。

向追求；另一方面，桥玄等对天下大势的判断，也使他对时局发展有了更清醒的认识。对怎样处理乱世时代道德与才能的关系，有了一定的认识，从此逐渐走上了追求"英雄"功业之路。

（二）曹操代表了追求功业的崭新"英雄"理想

赵翼《廿二史劄记》论"东汉尚名节"说：

> 自战国豫让、聂政、荆轲、侯嬴之徒，以意气相尚，一意孤行，能为人所不敢为，世竞慕之。其后贯高、田叔、朱家、郭解辈，徇人刻己，然诺不欺，以立名节。驯至东汉，其风益盛。盖当时荐举征辟，必采名誉，故凡可以得名者，必全力赴之，好为苟难，遂成风俗。①

至东汉后期，反对宦官、外戚专权，激浊扬清的儒林清议，使士人立"名"风气为之一变。汉末乱起，救世济民的使命感与责任感，激发了一代青年才俊崇尚"英雄"、追求功业的豪情，立"名"风气又为之一变。曹操则是追求"英雄"之"名"这种风气变化的代表人物。

在同代人中，曹操追求名誉的狂热，几乎鲜有其比。前引桥玄品鉴曹操的六条事迹中，四条对二人到底怎样相见的方式，没有明确记载；两条则指明：曹操"少时见桥玄"，"微时，人莫知者。尝往候玄"。应该说，年少时的曹操主动求见"世名知人"的桥玄，以求得其高评，是合乎情理的。受桥玄的指点，他甚至为印证、再获"英雄"之"名"，而"伺隙"胁迫过许劭。

具体来看，曹操的追求名誉，随着时代形势的变化，经历了由

---

① 《廿二史劄记校证》，第102页。

追求做东汉王朝的良吏，到追求"英雄"功业之"名"的变化过程。之所以如此，既出于其非凡的使命感、责任感，还受到来自其特定宦官家庭出身的反面推力。

黄巾乱起前，即三十岁以前，曹操将其人生追求定位为做东汉王朝的良吏。他继承党人传统，打击危害东汉王朝政治的宦官集团，以澄清吏治为己任。他曾在《让县自明本志令》中自明心迹：

> 孤始举孝廉，年少，自以本非岩穴知名之士，恐为海内人之所见凡愚，欲为一郡守，好作政教以建立名誉，使世士明知之；故在济南，始除残去秽，平心选举，违迕诸常侍，以为强豪所忿，恐致家祸，故以病还。①

"自以本非岩穴知名之士，恐为海内人之所见凡愚"，自然包含担忧年少而未知名和没有建立好的声誉，但最忧心的，恐怕还是有碍其追求的宦官家庭出身。曹操为沛国谯人，其曾祖父曹萌为处士；②祖父为桓帝时的宦官曹腾；父亲曹嵩为曹腾养子，出生不明，灵帝时为太尉。《三国志·武帝纪》称"未能审其出处"，"嵩生太祖"。③刘知幾《史通·称谓》指出：

> 古者天子庙号，祖有功而宗有德，始自三代，迄于两汉，名实相允，今古共传。降及曹氏，祖名多滥，必无惭德，其惟

---

① 《曹操集译注》，第132页。
② 曹操曾祖父为曹节说误。卢弼《三国志集解》引梁章钜曰："《艺文类聚》卷九四引《续汉书》：'曹腾父萌。''节''萌'字形相近，或本作'萌'而误作'节'欤？"（中华书局，1982年版，第4页）亦可参吴金华《三国志丛考》（第164页）的详细考证。
③ 《三国志》，第1页。

武王。故陈寿《国志》独呼武曰祖。[1]

在曹操日后成为汉司空，"挟天子以令诸侯"时，其出身还每被敌对阵营作为攻击的口实。如陈琳《为袁绍檄豫州》下笔就颇严苛：

> 司空曹操，祖父中常侍腾与左悺、徐璜并作妖孽，饕餮放横，伤化虐民，父嵩乞丐携养，因赃假位，舆金輦璧，输货权门，窃盗鼎司，倾覆重器。操赘阉遗丑，本无懿德，犭票狡锋协，好乱乐祸……[2]

对如此出身，曹操本人确实不能引以为荣，[3] 其心态实际是相当矛盾的。诚然，曹操对其父、祖怀有深厚感情，心存眷恋。如其《谏袭费亭侯表》《上书让封》《上书让费亭侯》等，多次提到祖父曹腾拥立桓帝之功；本纪更记载兴平元年（194），以"太祖父嵩去官后还谯，董卓之乱，避难琅琊，为陶谦所害，故太祖志在复仇东伐……所过多所残戮"。[4] 但对其出身抱愧，也毫无疑问。曹操毕竟不能如帝室贵胄，或是如出于四世三公之家的袁绍等那样，年少就已显名；或虽以年少尚未知名，却绝不至于为海内人士所轻视。年少时的曹操志向远大，但与同代出身显贵的才俊们相比，明显有更

---

① 《史通》，白云译注，中华书局，2014年版，第177页。
② 《六臣注文选》，第825页。
③ 大约曹操对自己的出身问题颇为头疼。《三国志·蒋济传》裴注："魏武作《家传》，自云曹叔振铎之后。"按周武王封母弟振铎于曹，后以国为氏。这只是曹操自称而已。当时曹魏之臣也多所粉饰。如王沈《魏书》等称曹氏之先出于黄帝，出于邾；高堂隆以魏为舜后。参看张可礼《三曹年谱》第1—2页；又《二十五史补编·三国艺文志》姚振宗撰，《二十五史补编》编委会编，北京图书馆出版社，2005年版，第645页。
④ 《三国志》，第11页。

多的自卑情结。他不但没有显赫的家庭背景可资依傍，自身也没有建立好的名誉，加上又有宦官家庭背景，"恐为海内人之所见凡愚"，理所当然。故一方面，曹操追求建立名誉之心，比当日其他才俊更切：亟"欲为一郡守，好作政教，以建立名誉"；另一方面，则深恶痛绝于宦官政治，打击宦官集团最力。对于曹操来说，要建立清白名誉，就必须与宦官集团彻底划清界限，做最出色的党人传人；而只有严厉打击宦官集团，才能真正建立清白声誉。明乎此，就可知道何以有宦官家庭色彩的曹操，竟然少时已仿效李膺挑战宦官，复上疏为窦武、陈蕃翻案，在登上政治舞台后，打击宦官集团更力。《三国志·武帝纪》载："年二十（按此年为熹平三年，即公元 174 年），举孝廉为郎，除洛阳北部尉。"在北部尉任上，曹操严厉打击宦官集团。裴松之注引《曹瞒传》：

> 太祖初入尉廨，缮治四门，造五色棒，县门左右各十余枚，有犯禁者，不避豪强，皆棒杀之。后数月，灵帝爱幸小黄门蹇硕叔父夜行，即杀之。京师敛迹，莫敢犯者，近习宠臣咸疾之，然不能伤。于是共称荐之，故迁为顿丘令。①

曹操二十三岁（177）以忤宦官而被迁为顿丘令，但对其所为无怨无悔。②灵帝光和五年（182），曹操又与陈耽上书指斥宦官政治。《后汉书·刘陶传》：

> 光和五年，诏公卿以谣言举刺史、二千石为民蠹害者。时

---

① 《三国志》，第 3 页。
② 曹操《戒子植》："吾昔为顿丘令，年二十三，思此时所行，无悔于今……"《曹操集译注》，第 156 页。

太尉许馘、司空张济承望内官，受取货赂，其宦者子弟宾客，虽贪污秽浊，皆不敢问，而虚纠边远小郡清修有惠化者二十六人。吏人诣阙陈诉，耽与议郎曹操上言："公卿所举，率党其私，所谓放鸱枭而囚鸾凤。"其言忠切，帝以让馘、济，由是诸坐谣言征者悉拜议郎。①

至中平元年（184）．曹操三十岁时，任济南相。在而立之年，曹操终于接近了其所追求的"欲为一郡守，好作政教"的理想地位，故他自称"始除残去秽，平心选举"。《武帝纪》对他此时所为，有较详细记载：

> 拜骑都尉，讨颍川贼。迁为济南相，国有十余县，长吏多阿附贵戚，赃污狼藉，于是奏免其八；禁断淫祀，奸宄逃窜，郡界肃然。②

可见，曹操三十岁前确实以党人传人自居，向与自己家庭出身有关联的宦官集团开战．以追求封建良吏的令誉。并因此"违迕诸常侍"而"以病还"。即便如此，曹操仍念念不忘将来天下清平后，

① 《后汉书》，第1851页。
② 《三国志》，第3页。又裴松之注引《魏书》："长吏受取贪饕，依倚贵势，历前相不见举；闻太祖至，咸皆举免，小大震怖，奸宄遁逃，窜入他郡。政教大行，一郡清平。初，城阳景王刘章以有功于汉，故其国为立祠，青州诸郡转相仿效，济南尤盛，至六百余祠。贾人或假二千石舆服导从作倡乐，奢侈日甚，民坐贫穷，历世长吏无敢禁绝者。太祖到，皆毁坏祠屋，止绝官吏民不得祠祀。及至秉政，遂除奸邪鬼神之事，世之淫祀由此遂绝。"（第4页）《武帝纪》注引《魏书》曰："于是权臣专朝，贵戚横恣。太祖不能违道取容，数数干忤，恐为家祸，遂乞留宿卫。"（第4页）应劭《风俗通义·城阳景王祠》也有详细记载："自琅琊、青州六郡及渤海都邑、乡亭、聚落皆为城阳景王立祠。……唯乐安太傅陈蕃、济南相曹操一切禁绝，肃然政清，陈、曹之后，稍复如故。"（参《四库全书》所收《风俗通义》卷九）

要以"中举"方式建立名誉：

> 去官之后，年纪尚少，顾视同岁中，年有五十，未名为老，内自图之，从此却去二十年，待天下清，乃与同岁中始举者等耳，故以四时归乡里，于谯东五十里筑精舍，欲秋夏读书，冬春射猎，求底下之地，欲以泥水自蔽，绝宾客往来之望，然不能得如意。[1]

至汉末天下大乱，曹操的良吏之思，遂变而为讨贼立功。《让县自明本志令》自述这种思想变化较详：

> 后征为都尉，迁典军校尉，意遂更欲为国家讨贼立功，欲望封侯作征西将军，然后题墓道言"汉故征西将军曹侯之墓"，此其志也。……此其本志有限也。[2]

天下大乱使其良吏之梦破灭，故曹操"意遂更欲为国家讨贼立功"。曹操为国讨贼立功的思想，代表了汉末一代青年才俊的理想追求。在曹操前期相当长的政治生涯中，为国讨贼与坚决维护东汉王朝的权威紧密相连。当他三十四岁，即灵帝中平五年（188）六月，拒绝冀州刺史王芬等图谋废灵帝而立合肥侯的计划，认为废立之事是"天下之至不详也"；当董卓废少帝立献帝为乱，曹操与袁绍等"合大众，兴义兵"；当袁绍等谋立刘虞为帝，另立朝廷，曹操坚决反对；袁术称帝，曹操起兵讨伐。尽管《让县自明本志令》

---

① 《曹操集译注》，第132—133页。
② 同上书，第132—133页。

之"设使国家无有孤，不知当几人称帝，几人称王"，口气很大，但确实道出了在汉末形成诸侯割据局面时，曹操是坚决维护国家统一，维护东汉王朝统治，以拨乱反正为己任的。对此，当时一些知名人物，也是予以充分肯定的。如《三国志》载：

> 时绍众最盛，豪杰多向之。（鲍）信独谓太祖曰："夫略不世出，能总英雄以拨乱反正者，君也。苟非其人，虽强必毙。君殆天之所启！"（《魏书·鲍勋传》）①

> 信言于太祖曰："奸臣乘衅，荡覆王室，英雄奋节，天下响应者，义也。今绍为盟主，因权专利，将自生乱，是复有一卓也。"②

> （董）昭说（张）扬曰："袁曹虽为一家，势不久群。曹今虽弱，然实天下之英雄也，当故结之。"（《魏书·董昭传》）③

> 太祖克冀州，（刘）放说（王）松曰："往者董卓作逆，英雄并起，阻兵擅命，人自封殖，惟曹公能拔拯危乱，翼戴天子，奉辞伐罪，所向必克……"（《魏书·刘放传》）④

> （钟）繇说傕、汜曰："方今英雄并起，各矫命专制，惟曹兖州乃心王室，而逆其忠款，非所以副将来之望也。"（《魏书·钟繇传》）⑤

> 程昱过范，说其令靳允曰："今天下大乱，英雄并起，必有命世，能息天下之乱者，此智者所详择也。得主者昌，失主

---

① 《三国志》，第384页。
② 同上书，第384页。
③ 同上书，第437页。
④ 同上书，第456页。
⑤ 同上书，第391页。

者亡……"(《魏书·程昱传》)①

故汉末乱起,以曹操为核心,形成的以拨乱反正为旨归的"英雄"群体,是当时一股重要的政治势力。至于其后情势发生变化,则属于另外一个问题。我们因此不同意否定曹操,认为他开始登上政治舞台时就有代汉野心的论点。

(三)曹操与"文""武"兼通的"英雄"才能特征

如前所论,由于依凭帝王血统、天命、道德等,已无以拯救世乱,故拨乱反正亟需"英雄"。"文""武"兼通则是"英雄"杰出才能的具体表征。明张溥《汉魏六朝百三家集题辞》说:"汉末名人,文有孔融,武有吕布,孟德实兼其长。"② 在曹操身上,最为突出地体现了"英雄""文""武"兼通的才能特征。前已讨论年少时的曹操"文""武"双修,《让县自明本志令》追忆:其早期所向往的一种读书生活是"欲秋夏读书,冬春射猎","文""武"并重,以适合"治乱"的通才、全才标准,设计自我奋斗目标。

曹操兼具突出"文""武"才能的典型意义在于:

第一,适合救世的特定需要。在遭受宦官集团的政治打击,"去官之后",受到强烈刺激,二十出头年纪的曹操,规划以"二十年""待天下清",③ 说明被桥玄等人品评为有拯世长才的曹操,也受到桥玄等人对天下大势判断的影响,由强烈使命感出发,读、射双修,以期将来能够真正拯世。这与当时一些世家子弟的单纯读书生活,是颇有不同的。尽管曹操也重视学问根底,甚至灵帝于光和

---

① 《三国志》,第426页。
② 《汉魏六朝百三家集题辞注》,张溥著,殷孟伦注,人民文学出版社,1960年版,第64页。
③ 《曹操集译注》,第132—133页。

三年（180）六月，命公卿推荐能通《尚书》《毛诗》《左传》《穀梁春秋》等各一人，曹操就因能"明古学"又被征召，任为议郎，且曹操在天下将要大乱时，着眼于救世而重视经世济用之学，与常儒章句之学有别。尤其裴松之注引孙盛《异同杂语》记载其"博览群书，特好兵法，抄集诸家兵法，名曰《接要》。又注《孙武》十三篇，皆传于世"。① 他对军事理论的情有独钟，不完全出于个人趣味，更多当是着眼于救世需要。

第二，长期被郁积、压抑的社会创造能量，也借社会之"乱"的大动力喷薄汹涌，需要强有力的人物对盲动的才气与创造能量，予以引导、疏通、激励，使其融入有序之"治"中，完成充满活力的"治世"建构，曹操不但以兼具"文""武"的突出才能，成为符合救世特定需求的"英雄"典型，他所具有的通才、全才质素，使他本人更成为社会创造动能的典型象征，可以凝聚、引领、疏通、激活社会创造能量。前人对曹操的通才、全才，可谓推崇备至：

> 太祖自统御海内，芟夷群丑，其行军用师，大较依孙、吴之法而因事设奇，谲敌制胜，变化如神，自作《兵书》十余万言……御军三十余年，手不舍书，昼则讲武策，夜则思经传，登高必赋，及造新诗，被之管弦，皆成乐章。才力绝人，手射飞鸟，躬禽猛兽，尝于南皮一日射雉获六十三头，及造作宫室，缮治器械，无不为之法则，皆尽其意。……又好养性法，亦解方药……（裴松之注引张华《博物志》）②

---

① 《三国志》，第3页。
② 同上书，第54页。侯康撰《补三国艺文志》，记曹操还撰有《太公阴谋解》三卷，《续孙子兵法》三卷；姚振宗撰《三国艺文志》又记曹操还撰有《司马法注》。

汉世，安平崔瑗、瑗子寔，弘农张芝、芝弟昶并善草书，而太祖亚之。桓谭、蔡邕善音乐，冯翊山子道、王九真、郭凯等善围棋，太祖皆与埒能。（裴松之注引张华《博物志》）①

孟德御军三十余年，手不舍书，兼草书亚崔、张，音乐比桓、蔡，围棋埒王、郭，复好养性，解方药，周公所谓多才多艺，孟德诚有之。（张溥《汉魏六朝百三家集题辞·魏武帝集》）②

曹操诸凡兵法、经传、诸子百家、书法、围棋、药理、建筑等，靡不旁通，尤好文学、音乐，如此多才多艺，令人不可思议。故他既可以让"诸将征伐皆以新书（他所自作兵法）从事，又手为节度"，往往"从令者克捷，违教者负败"，又在战争时代关注、倾心于文化，"昼则讲武策，夜则思经传"。

特别值得关注的是，随着逐渐掌握政权，虽在乱中，曹操已开始着手文化建设。如在攻破袁绍后于建安七年（202）春所下《军谯令》：

吾起义兵，为天下除暴乱。旧土人民，死丧略尽，国中终日行，不见所识，使吾悽怆伤怀。其举义兵已来，将士绝无后者，求其亲戚以后之，授土田，官给耕牛，置学师以教之，为存者立庙，使祀其先人。魂而有灵，吾百年之后何恨哉！③

---

① 《三国志》，第54页。
② 《汉魏六朝百三家集题辞注》，张溥撰，人民文学出版社，1960年版，《魏武帝集》，第64页。
③ 《曹操集译注》，第80页。

建安八年（203 年）秋七月又下《修学令》：

> 丧乱以来，十有五年，后生者不见仁义礼让之风，吾甚伤
> 之。其令郡国各修文学，县满五百户置校官，选其乡之俊造而
> 教学之，庶几先王之道不废，而有以益于天下。①

在天下纷乱之时，曹操能够致力于文化教育之事，这在汉末群雄
中，颇显突出。正如周寿昌所论："曹氏父子文才超绝，实非当日
诸臣所及，故尚知留心文学。"②

曹操也高度重视对地方文化名流的崇褒。如他下《军谯令》后
不久，就遣使至睢阳以太牢祭祀桥玄，既表达他对桥玄知遇之恩的
感念，也以"国念明训，士思令谟"，褒扬桥玄的"诞敷明德，泛
爱博容"。再如平荆州后，曾祭祀汝南王儁，"表为先贤"，③ 并特意
访求文化人才。④《集》中还有《修卢植坟墓令》，称誉卢植"名著
海内，学为儒宗，士之楷模，乃国之桢干也"。⑤

而在文学艺术方面，曹操既"以相王之尊，雅爱诗章"，带动
建安邺下文人集团"俊才云蒸"，⑥ 做"改造文章的祖师"，⑦ 倡导

---

① 《曹操集译注》，第 88 页。
② 《三国志集解》，卢弼集解，中华书局，1982 年版，第 28 页。
③ 皇甫谧《高士传》记或王儁早年评曹操"济天下者舍卿复谁"，曾劝刘表事操，后以
　六十四岁死于武陵，曹操"闻而哀伤，及平荆州，自临江而迎丧，改墓于江陵，表
　为先贤"。
④ 如平荆州后引用韩嵩、邓义、梁鹄等人。参《本纪》及卢弼《集解》第 36—37 页引
　裴松之注。
⑤ 《曹操集译注》，第 107 页。
⑥ 见《文心雕龙·时序》。《文心雕龙注》，刘勰著，范文澜注，人民文学出版社，1958
　年版，第 673 页。
⑦ 《魏晋风度及文章与药及酒之关系》，《鲁迅全集》，鲁迅著，人民文学出版社，2005
　年版，第 502 页。

清峻、通脱的文学风格，又以对书法、音乐、建筑等艺术门类的热爱，深刻影响艺术创作的繁荣与发展。

要之，魏晋时代文化创造的繁富、多姿多彩与多成就，曹操的倡导、推动与有力焉，刘备、孙权等是无法望其项背的。

（四）曹操提出了适合治"乱"的超越甚或反道德主义用人观

在《让县自明本志令》中，曹操宣称"性不信天命之事"。对于像曹操这样连自身出处都暧昧难明的政治家，很难想象他会如袁绍、刘备等那样以高贵血统、门第作依凭，或通过道德声誉作号召。故就曹操的个人奋斗历程而言，轻忽血统、门第、道德，注重、张扬才智至上，是不难理解的。而特别重要的是，作为政治领袖，曹操提出了符合拨乱反正时代需要的超越甚或反道德主义用人思想。

东汉后期迄于汉末，面对将乱或已乱的天下局势，针对如何救世，出现了各种不同的思想。最直接的因应方式，就是如大儒郑玄等那样，维护儒家伦理纲常，张扬"圣贤"思想而呼唤太平盛世。但是如前所论，当以儒家封建纲常伦理为核心的道德价值观念系统趋于崩溃，"君权神授"的天命观受到强有力的挑战，整个社会层面的道德意识空前淡薄，"圣贤"观念趋于衰微，"圣贤"不再成为整个社会崇尚的对象时，单纯凭借"圣贤"思想，以天命、道德等作号召拯世，只是一厢情愿的幻想。故郑玄等的呼声在当时过于微弱，且被视为书生空谈，迂阔而不切时用。刘备式的"潜圣"思想与形象，虽具有一定的感召作用，但并不足以吸引各方面的人才。至于依靠四世三公的家庭背景和游侠起家的袁绍，只是幻想割据地方，其襟抱识见就等而下之了。《三国志·魏书·武帝纪》记载：

　　初，绍与公共起兵，绍问公曰："若事不辑，则方面何所可据?"公曰:"足下意以为何如?"绍曰:"吾南据河,北阻燕、代,兼戎狄之众,南向以争天下,庶可以济乎?"公曰:"吾任天下之智力,以道御之,无所不可。"①

"吾任天下之智力",让人容易联想楚汉相争时,刘邦对项羽宣称"吾宁用智不用力";"以道御之,无所不可"则彰显曹操式的高度自信。曹操针锋相对的回答,集中体现了他崇尚、追求任人"智力"、才智至上的用人思想。实际上,对怎样处理道德与才能的关系这一最为迫切的时代课题,曹操继承桥玄等的思想,超迈旧道德观念的束缚,以通达眼光看待道德与人才的关系,将才能放于第一位,明确提出重才智而超越甚或轻忽道德这种新的思想价值观念。而其敢于公开提出超越甚或反道德主义的用人思想,则表现了非凡的胆识。当然,在汉末时代,突破道德束缚而重才的不仅曹操。如暨艳任孙吴尚书,与张温"更相表里","臧否区别,贤愚异贯",贬降位居贪鄙、志节卑污者,陆逊之弟陆瑁写信劝说暨艳:"若令善恶异流,贵汝颖月旦之评,诚可以厉俗明教,然恐未易行也。"孙权则以暨艳、张温所为"使怨愤之声积,浸润之潜行",迫令暨艳自杀,废黜张温。而诸葛亮也以张温"于清浊太明,善恶太分",而认同孙权废黜张温的做法。② 但是,在政治上敢冒天下之大不韪,公开倡导惟才是举、超越甚且反道德主义的用人政策的,却只有曹操。他于建安十五年(210)春、建安十九年、建安二十二年,曾三次下令求贤:

① 《三国志》,第26页。
② 同上书,第1334页。另参李乐民《崔琰被杀原因考辨兼论曹操的用人》,载《史学月刊》1991年第2集,第15—18页。

今天下尚未定，此特求贤之急时也。"孟公绰为赵、魏老则优，不可以为滕、薛大夫。"若必廉士而后可用，则齐桓其何以霸世！今天下得无被褐怀玉而钓于渭滨者乎？又得无盗嫂受金而未遇无知者乎？二三子其佐我明扬仄陋，惟才是举，吾得而用之。(《求贤令》)①

夫有行之士，未必能进取，进取之士，未必能有行也。陈平岂笃行，苏秦岂守信邪？而陈平定汉业，苏秦济弱燕。由此言之，士有偏短，庸可废乎！有司明思此义，则士无遗滞，官无废业矣。(《敕有司取士毋废偏短令》)②

昔伊挚、傅说出于贱人，管仲，桓公贼也，皆用之以兴。萧何、曹参，县吏也，韩信、陈平负污辱之名，有见笑之耻，卒能成就王业，声著千载。吴起贪将，杀妻自信，散金求官，母死不归，然在魏，秦人不敢东向，在楚，则三晋不敢南谋。今天下得无有至德之人放在民间，及果勇不顾，临敌力战，若文俗之吏，高才异质，或堪为将守；负污辱之名，见笑之行，或不仁不孝而有治国用兵之术，其各举所知，勿有所遗。(《举贤勿拘品行令》)③

李乐民认为，这三令是针对崔琰以及如崔琰一样忠于东汉王朝的党人的。④ 这种认识虽有助于更全面认识曹操三令的确切时代背景，但显然，这三令所强调的惟才是举、要求超越甚或彻底反道德主义的用人政策，与曹操一贯思想并不冲突，实际是其一贯思想的更明

---

① 《曹操集译注》，第130页。
② 同上书，第160页。
③ 同上书，第170页。
④ 参李乐民《崔琰被杀原因考辨——兼论曹操的用人》，载《史学月刊》1991年第2期，第15—18页。

确化表达。

第一，曹操指出"今天下尚未定，此特求贤之急时也"，认为天下未定的时代是求贤之急时，对乱世与人才的特定关系，作出了最明确论述。

第二，曹操明确强调了"才"与"德"往往难于两全的关系："夫有行之士，未必能进取；进取之士，未必有行也。"故强调重才能而轻德行，提出了超迈道德、惟才是举的用人主张。应该承认，这种用人思想包含曹操特定的个人因素：曹操以其名不正言不顺之身，欲治平天下，难以天命攸归这样的传统道德观念做号召，只有加强吸引人才力度，最大限度凝聚激发创造潜力，方可达到其政治目的，故在天下大乱时反而彻底解构道德，尽可能使其思想在社会价值观念层面得到认同。如此做法有其负面作用是毫无疑问的，[1]但客观上，确实顺应了拨乱反正的时代需要，具有重要的意义。

一是可以最大限度地吸引、凝聚人才，形成其人才集团。根据张大可对《三国志》与裴注的统计，曹操仅其智囊团就约有 86 人之多。[2] 虽然这些人物未必都是曹操下求贤令时聚集到其阵营的，但显然与曹操一贯的用人政策密切相关。在汉末群雄中，曹操的用人政策，是促其成功的最重要因素之一。

二是腐朽的道德系统严重压抑、限制了整个社会的创造能力。曹操的提倡，对于解放思想，引导、疏通、激励创造能量，使其融

---

① 如顾炎武《日知录·两汉风俗》的深刻剖析："而孟德既有冀州，崇奖跅弛之士，观其下令再三，至于负污辱之名、见笑之行，不仁不孝而有治国用兵之术者，于是权诈迭进，奸逆萌生。故董昭太和之疏，已谓当今年少，不复以学问为本，专更以交游为业；国士不以孝悌清修为首，乃以趋势利为先……夫以经术之治、节义之防，光武、明、章数世为之而未足；股方败常之俗，孟德一人变之而有余。"《日知录校注》，顾炎武著，陈垣校注，安徽大学出版社，2007 年版，第 718 页。
② 参张大可《论曹操智囊团的形成及其历史作用》，载《西北大学学报》1987 年第 3期，第 98—104 页。

入有序之"治"中，完成充满活力的"治世"建构，具有重要意义。

三是汉末道德价值观念的虚伪、腐朽、衰弱，乃显超迈道德主义新价值观的新、真与活力。曹操的倡导，与时代的需要，在一定程度上是相适应的。

要之，曹操强调创造才能本位，具有强烈的功利实用倾向，是一种适合乱世之"治"的特定人才文化思想观念，既对魏晋政治文化的发展具有重要导向作用，同时也有相当的负面作用。

三、曹操代表了"英雄"人格的
复杂、变异特征

关于曹操人格的复杂性、变异性问题，学界研究已相当深入，不拟赘论。但从曹操代表"英雄"人格的复杂性、变异性特征来看，还需要强调以下几点：

第一，曹操代汉问题。关于这一点，曹操本人也不掩饰。《让县自明本志令》就以周文王自居。他公开谈论："《论语》云'三分天下有其二，以服事殷，周之德可谓至德矣'。夫能以大事小也。"[①]对他的代汉行为，不但使蜀、吴阵营称他"托名汉相，其实汉贼"，即使在曹操阵营内部，也引起强烈反弹，孔融、杨彪、荀彧等都持强烈反对态度，并因此而受到陷害或诛杀。故认为曹操有代汉之心，在其生前已是相当普遍的看法。历史地看，在旧的封建王朝已无可救药的特定历史条件下，"英雄"以拨乱反正之身登上帝王之位，客观上符合时代进步的需要。正如《后汉书·荀彧传》评价曹

① 《曹操集译注》，第132—133页。

操:"方时运之屯邅,非雄才无以济其溺,功高势强,则皇器自移矣。"① 而就曹操本人品德看,则显然不能排除其个人野心膨胀问题。其代汉过程也是处心积虑、充满权谋的。曹操的行为在魏晋"英雄"身上,实际具有普遍性。

第二,必须看到,曹操个人野心的膨胀有一个发展过程。我们不能同意曹操似乎从一开始就以夺取政权为目的。正如前面所论,曹操在早期确实是追求拨乱反正、维护东汉王朝的杰出"英雄"。故应该说,曹操的个人野心膨胀,是兼备"善""恶"两种发展趋向的"英雄",在其"恶"的趋向有了适合其发展土壤的必然产物,正体现了"英雄"的变异性特征。从更广阔的视野看,曹操所表现的变异性,实际是以血缘伦常为纽带的封建家天下政治体制的必然产物。曹操由拨乱反正的"英雄"登上政治舞台,但当他实际执掌了政治实权,缺乏必要的制度约束,只能取决于他有无道德的自律。故对于兼具"善""恶"两种人格倾向的"英雄"而言,个人野心膨胀就是必然而普遍的了,有道德自律的"英雄"实不多见!

第三,关于曹操人格的复杂性问题。应该严格区分曹操的个人品行、权谋手段与其个人野心问题。曹操个人野心的膨胀,属于变异性问题,而其个人品行"恶"的成分与其权谋手段,则属于其个人人格形象的组成部分。个人野心的膨胀,必然伴以个人品行之"恶"与权谋手段。而其拨乱反正行为,则需具体分析:有时带有权谋,有时手段也是光明正大的,有时则具复杂混合特征。曹操出生于宦官家庭,他所受的熏陶教育,显然与正统封建儒教家庭不尽相同,这也在一定程度上强化了其善、恶兼备的人格形象特征。尽

---

① 《后汉书》,第 2292 页。

管"挟天子以令诸侯"古已有之,但作为出身于宦官之家的政治家,不能不说他对宦官集团"挟天子以令诸侯"之道,是有所继承的。他在建安十九年(214)所颁布的《以高柔为理曹掾令》中宣称:"夫治定之化,以礼为首;拨乱之政,以刑为先。"①认为在乱世必须施行严刑苛法才能达其治世目的。同时,对凡是有碍于达到其政治目的的文化精英,也一律予以无情打击、残酷杀戮。如孔融与祢衡相交,在思想言论方面对其篡权以及所标榜的孝道形成妨害,就指使路粹等枉状告发,以所谓"不孝"罪名处死;荀彧在曹操阵营功勋赫赫,曾被他表封为"万岁亭侯",但一当反对他代汉,即予迫害,置之死地而后快;崔琰、毛玠等也因政治原因被枉杀。

四、结　语

由比较曹操与作为三国"潜圣"人格形象典型的刘备,并探讨曹操年少时已被视为拨乱反正"英雄"的典型,曹操代表了追求功业的崭新"英雄"理想人生观,代表了"英雄""文""武"兼通的才能特征,曹操提出了适合拨乱反正的反道德主义用人思想,代表了"英雄"复杂性、变异性人格特征等,我们认定:曹操是代表汉末三国时代"英雄"人格形象的典型。

附论:"英雄"价值观念与曹操的家族文化教育

作为汉末三国"英雄"的典型,曹操不但重视文化教育与文化

① 《曹操集译注》,第163页。

建设，尤其重视家庭文化教育。研究曹操与家庭文化教育的关系，一方面，可以更准确地理解曹操"英雄"追求的精神实质，全面认知"英雄"曹操的人格形象；另一方面，也可以参研其"英雄"价值观念对家庭文化教育的深刻影响。

（一）"英雄"追求与文化士族价值观念

通常，学界多以曹丕为门阀士族政权的代表，却忽略了曹操作为门阀士族政权的奠基人的作用。

曹操的先祖虽不出名，但曹氏家族仍为谯县世族；其父祖虽出于宦官集团，但与当时士族关系颇为密切。而从前面的讨论，我们能够清楚地看到，曹操努力建立令誉以清洗其宦官家世之羞，明显在向文化士族靠拢。而桥玄、李颙以及当时众多名人看好曹操，除了救世，也将他视为能够保护其门阀家族利益的最佳人选，故多以妻子后代相托。尽管曹操对反对自己政治利益的士族集团，采取了严厉的打击、镇压手段，但他主要依靠的仍然是士族力量，对追随、顺从的则采取怀柔保护政策。而无论是在以拨乱反正自任时期，还是处心积虑代汉时期，曹操实际都有促使自己家族跻身门阀士族的强烈愿望。①

从家族文化教育来看，可以毫不夸张地说：曹操家族是当之无愧的三国第一政治文化家族。曹氏作为帝王政治文化家族的兴盛，与曹操高度重视家族教育有很大关系。而与其他汉末乱世诸侯不同，曹操能够高度重视家庭教育，与他希望曹氏家族作门阀士族杰出代表紧密相关。

为什么曹操希望曹氏家族作门阀士族的杰出代表？这需要仔细辨析政治权势与文化才能的关系问题。

---

① 参《论曹操智囊集团的形成及其历史作用》，第98—104页。

众所周知，政治权力的获得，固可借助于权势，甚至可以说：权势产生权势，是以血缘伦常为纽带的封建专制政体的常态。但文化才能的获得，特别是文化名人的成功及其价值，则与继承权势没有必然因果关系。文化才能更多属于个人禀赋与后天努力，借用曹丕《典论·论文》的话说："虽在父兄，不能以遗子弟。"同时，文化创造所具有的永恒性价值，在通常意义上，也如《典论·论文》所说，是权势所难以达到的："年寿有时而尽，荣乐止乎其身，二者必至之常期，未若文章之无穷。是以古之作者，寄身于翰墨，见意于篇籍，不假良史之辞，不托飞驰之势，而声名自传于后。"① 关于这一点，不烦例举他人，后人关于曹操的功业与文化创造话语，就足以说明问题。苏东坡《前赤壁赋》：

> 客曰："'月明星稀，乌鹊南飞'此非曹孟德之诗乎？西望夏口，东望武昌，山川相缪，郁乎苍苍，此非孟德之困于周郎者乎？方其破荆州，下江陵，顺流而东也，舳舻千里，旌旗蔽空，酾酒临江，横槊赋诗，固一世之雄也，而今安在哉！"②

而今，东坡也早已成了古人。可我们与东坡一样记住并吟诵曹操诗句，我们也与东坡一样发问：曹操这"一世之雄"，"而今安在哉"？明乎此，可以蠡测：曹丕作为曹操之子，其《典论·论文》的说法，未必就不是曹操高度重视家族教育的心声！

曹操未必希望其子如自己一样做乱世"英雄"，甚至在权势继承方面，作为深算的政治家，他也不希望其后代火中取栗，乘乱为

---

① 《曹丕集校注》，魏宏灿校注，安徽大学出版社，2009年10月第1版，第313页。
② 《苏轼文集》，孔凡礼点校，中华书局，1986年版，第6页。

王，而是希望其子做平稳过渡的受禅天子。故他宁可效仿三分天下
有其二，犹服侍殷的周文王。虽"天下大宝曰位"，帝王终归只有
一人做得，子孙则世代繁衍，曹操曾为立嗣伤尽脑筋，临终以爱子
托人尤其令人酸鼻。① 那么，通过文化教育途径，使其家族做文化
家族，以获得更为长久的家族发展，当亦为曹操所高度重视。故曹
丕篡汉做了门阀士族根本利益的总代表，既顺理成章，也是为曹操
所乐见的事吧？

（二）家族文化教育与"英雄"价值观念的渗透

具体来看曹操的家庭教育方式，既具有如门阀士族重视文化教
育的特点，更重视以政治文化为主导的方面，"英雄"价值观念起
着重要的影响作用。

第一，曹操以救世为己任，故高度重视以"文""武"兼善的
方式来熏陶教育曹丕、曹植等。《魏书》记载曹丕"年八岁，能属
文，有逸才，遂博贯古今经传诸子百家之书，善骑射，好击剑"。
曹丕在《典论·自序》中自称：

> 予时年五岁。上以世方扰乱，教余学射，六岁而知射，又
> 教余骑马，八岁而知骑射矣。以时之多故，每征，余常从。②

曹丕"生于中平之季，长于戎旅之间"，曹操自培养了他"好弓马"
的爱好，使他得以"善左右射"，"又学击剑，阅师多矣"，甚至与
当时最高剑手论剑比试而能取胜；也使曹丕认识到"夫文武之道，

---

① 陆机《吊魏武帝文序》："观其所以顾命冢嗣，贻谋四子，经国之谋既远，隆家之训
   亦弘……持姬女而指季豹，以示四子曰：'以累汝。'因泣下。伤哉！曩以天下自
   任，今以爱子托人……"
② 《曹丕集校注》，第301页。

各随时而用"。① 即便曹丕出色如此，曹操犹不满意，曾下《百辟刀令》，称百辟刀是"百炼利器，以辟不详，摄服奸宄者也"，"往岁作百辟刀五枚适成，先以一与五官将。其余四，吾诸子中有不好武而好文学，将以次与之"。② 以赐予百辟刀的方式对曹丕予以鞭策。曹丕自序还追忆曹操在"文"的方面，对他进行熏陶教育：

> 上雅好诗书文籍，虽在军旅，手不释卷，每每定省从容，常言人少好学则思专，长则善忘，长大而能勤学者，惟吾与袁伯业耳。余是以少诵《诗》、论，及长而备历五经、四部、《史》、《汉》，诸子百家之言，靡不毕览……③

熏陶、教育曹植更见曹操苦心。本传称曹植"十余岁诵读《诗》论及辞赋数十万言，善属文"，曾因援笔立成《铜雀台赋》，"言出为论，下笔成章"，"每进见难问，应声而对，特见宠爱"，早年被曹操视为诸子中"最可定大事"者，④ 经常带在身边悉心予以特别培养。曹植曾多次跟随曹操出征。如建安十一年（206）征管承，十二年征三郡乌桓，十三年征刘表，二十年征张鲁诸役。建安十九年征孙权则留守，曹操并以他本人二十三岁为顿丘令，寄厚望于当时也二十三岁的曹植。故曹植《求自试表》深情追忆：

> 昔从先武皇帝，南极赤岸，东临沧海，西望玉门，北出玄

---

① 《曹丕集校注》，第 301 页。
② 《曹操集译注》，第 174 页。
③ 《曹丕集校注》，第 301 页。
④ 《三国志》，第 557 页。

塞，伐见所以行师用兵之势，可谓神妙矣。①

再如对其族弟武将夏侯渊的教育。《魏书·诸夏侯曹传·夏侯渊传》：

> 初，渊虽数战胜，太祖常戒之曰："为将当有怯弱时，不可但恃勇也。当以勇为本，行之以智计，但只任勇，一匹夫敌耳。"②

可见，曹操注重"文""武"兼善方式的教育，注重"文""武"兼善能力的实践锻炼。

第二，注重因材培养。如《三国志·魏书·任城陈萧王传》记载：

> 仁城威王彰，字子文。少善射御，膂力过人，手格猛兽，不避险阻，数从征伐，志意慷慨。太祖尝抑之曰："汝不念读书、慕圣道，而好乘汗马击剑，此一夫之用，何足贵也。"课彰读《诗》《书》。彰谓左右曰："丈夫一为卫、霍，将十万骑驰沙漠，驱戎狄，立功建号耳。何能作博士邪？"太祖尝问诸子所好，使各言其志。彰曰："好为将。"太祖曰："为将奈何？"对曰："披坚执锐，临难不顾，为士卒先，赏必行，罚必信。"太祖大笑。③

对像曹彰这样有特殊军事禀赋的儿子，曹操开始虽仍期望他文、武

---

① 《三国志》，第 567 页。另参《建安文学史》，顾农著，湖南教育出版社，2000 年版，第 26 页。
② 《三国志》，第 272 页。
③ 同上书，第 555 页。

兼顾，全面发展，但当发现他确实宜于在军事方面发展，就予以鼓励。故后来曹彰建立军事奇功，曹操"喜持彰须"，由衷称赞"黄须儿竟大奇也"。

第三，注重利用特殊情境氛围。如前所举曹操既以《百辟刀令》鞭策曹丕，也告诫其他诸子；如利用家庭聚会，鼓励诸子各言其志；如对左右夸誉其族子曹休"此吾家千里驹也"，以族子曹真射虎"鸷勇"为壮；[①] 如曹植本传记载"时邺铜爵台新成，太祖悉将诸子登台使各为赋"，既褒奖"植援笔立成，可观"，[②] 也激励其他诸子发奋努力；如经常将曹植带在身边，使其有更多的观摩实践机会；如对比评价孙权与刘表的后代，也必然对其子弟产生强烈的激励作用。

第四，注重为子弟创造更多与当时著名人物交接往来的机会。如特别提供让他们与曹操幕僚接触的机会；如特意派邯郸淳去见曹植，使其惊赞曹植为"天人"；如为曹丕、曹植等精心选择著名文士做属从，此虽导致形成争夺太子的两大阵营，但邺下文人集团确实是围绕曹操的儿子曹丕、曹植而形成的。建安七子、杨修等对其儿子们才能的提高有很大帮助。不仅曹操的"英雄"价值观念与文化眼光，深刻影响了曹丕、曹植兄弟，曹操特意创造、提供的文化氛围，对他们也有很好的熏陶、影响。

正由于曹操高度重视家族教育培养，营造了良好的文化教育氛围，其"英雄"价值观念与士族文化本位思想，对后代产生了深刻的影响，曹操的儿子们多渴望建功立业，曹彰以名将著称，曹植直到晚年都念念不忘建功立业；曹氏后人也多有文化名人。这与汉末

---

① 参见《三国志·曹休传》和《曹真传》，第 279、280 页。
② 《三国志·陈思王传》，第 557 页。

群雄形成鲜明对比：汉末群雄中，袁绍后人多外强中干之辈；刘表自身为"八俊"之首，① 其后人竟被曹操叹为"若犬豚耳"；孙坚后人也只有孙策、孙权两人突出，却谈不上文采风流；刘备家族人才更少，后主刘禅还被视为扶不起的阿斗，留下乐不思蜀的千秋笑名。而曹操二十五男中，不但曹丕、曹植、曹彰彪炳史册，其他诸子中，曹冲"聪察歧嶷，六岁智意所及，有若成人之智"；曹衮乜"少好学，年十余岁，能属文，每读书，文学左右常恐以精力为病，数谏止之，然性所系，不能废也"。被曹操视同亲子的何晏也成为了不起的玄学家。② 而受到曹操深刻影响的曹丕、曹植等，又使这种家族教育形成传统，其后代中曹睿、曹髦、曹冏、曹志等，都有所建树。至于其家族中其他人，如夏侯惇、夏侯渊、曹休、曹真等也为一时名将。可见，曹氏家族体现了以帝王家族而兼有文化家族的鲜明特点。

正如张溥《汉魏六朝百三家集题辞·魏武帝集》所说："帝王之家，文章瑰玮，前有曹魏，后有萧梁，然曹氏称最矣。"③ 而与汉末魏晋时代杨彪、贾逵等著名文化士族相比，曹操家族也是毫不逊色的。

---

① 据《三国志》裴松之注引《汉末名士录》，刘表与另七人为"八友"：陈翔、范滂、孔昱、苑康、檀敷、张俭、岑晊。

② 《二十五史补编·补三国艺文志》，第 603 页，《何晏别传》条目引《初学记》《太平御览》记何晏至七八岁，惠心天悟，形貌绝美，武帝雅奇之。"魏武帝读兵书，有所未解，试以问晏，晏分散所题，无不冰释。"

③ 《汉魏六朝百三家集题辞注》，第 64 页。

"胡须"作为权力意志异化的象征符号

魏晋时期，"英雄"以能够拨乱反正、拯世救民，而成为被普遍崇尚的人格形象。但是，当时被视为"英雄"的人物多具有"善""恶"兼备的复杂、变异人格特征。而权力欲空前膨胀、追逐帝王之位，也往往是魏晋"英雄"的特点。对于"英雄"的追求帝王之位，有两点需要仔细辨析：

其一，历史地看，尽管不排除有个人野心问题，但在旧的封建王朝已无可救药的特定历史条件下，"英雄"以拨乱反正之身登上帝王之位，客观上符合时代进步的需要。正如《后汉书·荀彧传》评价曹操："方时运之屯邅，非雄才无以济其溺，功高势强，则皇器自移矣。"①

其二，并不存在这样的特定历史条件，一些"英雄"人物实际由拯世救民、建功立业，而异化为处心积虑、变本加厉地追逐帝王之位的个人野心家。

---

① 《后汉书》，第 2292 页。

魏晋时期，尽管注重天命、血统、道德的政治伦理文化价值观念体系遭受严重打击，但对群体文化心理仍然具有重要影响作用。故对不具有血统、道德代表意义，而追逐帝王之位的"英雄"行为，社会舆论往往予以否定。这种否定性社会舆论与汉末直到魏晋不重乃至贬斥"胡须"的文化心理、审美风气的变化，以及骨相学意味浓厚的人物品鉴等相结合，就形成了一种奇特的魏晋文化叙事模式：以"胡须"作为"善""恶"兼备型"英雄"外在形貌的共同符号标志，来象征魏晋"英雄"权力意志的异化。本文拟"文""史"互证，以《世说新语》与"英雄"相关的记载为线索，全面比较关于魏晋"英雄"的其他相关文献材料，尝试解读这种独特的文化叙事模式，深入探讨魏晋"英雄"权力意志的异化问题。

一、"胡须"象征"英雄"权力意志异化

作为专门记载魏晋风流人物事迹的志人小说，《世说新语》有关魏晋"英雄"的记载，有些虽也认同、凸显这种象征"英雄"权力意志异化的"胡须"文化叙事模式，更多则是进行了改写。尽管如此，以《世说新语》与"英雄"相关的记载为线索，全面比较关于魏晋"英雄"的其他相关文献材料，我们仍然能够看到：确实存在这样一种相当明晰的魏晋文化叙事模式。

《世说新语·识鉴》采用先记载帝王"英雄"，再记载其他风流人物的"识鉴"顺序，显出特意凸显"善""恶"兼备型"英雄"的创作意图：

> 曹公少时见桥玄，玄谓曰："天下方乱，群雄虎争，拨而理之，非君乎？然君实乱世之英雄，治世之奸贼。恨吾老矣，

不见君富贵，当以子孙相累。"

　　曹公问裴潜曰："卿昔与刘备共在荆州，卿以备才如何?"潜曰："使居中国，能乱人，不能为治。若乘边守险，足为一方之主。"①

　　以"识鉴"第一、二条的显要位置，专门记载"善""恶"兼备型"英雄"，显然不是偶然而为。虽然《世说新语》三十六门的类目设置，差不多都以人物品题和鉴赏为旨归，但《识鉴》《赏誉》《品藻》《容止》《企羡》等门类，是直接记录人物品题、鉴赏的。作者对这些类目的品题和鉴赏，当有予以专门凸显的意图。作为直接专门记录人物品题的《识鉴》一门，共辑收 28 条相关材料。值得关注的是，本门 26 条与"英雄"无关，涉及的只有 2 条，记载了对帝王"英雄"的识鉴，且恰记曹操与刘备二人，这容易让人想到：作者只选两条"英雄"品评的依据，当是来自曹操"天下英雄，惟使君与操耳"的著名品评。② 而首门《德行》并不收入曹、刘事迹，却在本门选择有违魏晋时代有关刘备"德行"之普遍看法的材料，将刘备也视为"善""恶"兼备型"英雄"，这说明作者认同魏晋时代关于"英雄"兼具"善""恶"两种价值趋向的思想观念。故书中不但记载"英雄"曹操的各种"善""恶"兼备事迹，甚至在《任诞》《假谲》《尤悔》等门中，对其明显行迹近于"恶"的种种事件津津乐道。

　　《容止》门还触及这样一个饶有兴味的话题：根据儒家正统思想，真命帝王必然具有天命、血统、德行等"圣人"特征，自然也

---

① 《世说新语笺疏》，第 453—454 页。
② 《三国志·蜀书·先主传》，第 875 页。

具有特异形貌，那么，没有天命、血统等可以依凭，而是"善""恶"兼备，纯粹以其才智追逐帝王之位的"英雄"，其形貌是否已有其特殊表征？其结论则令人拍案称绝！

《容止》门也采用先记载帝王"英雄"，再记载品评、赏鉴其他风流人物形貌的顺序。而在全部 39 条材料中，首条也是惟一一条专门记载帝王"英雄"的仍属曹操。这就留下了广阔的思考空间：魏晋时代被目为"英雄"的帝王远非曹、刘两位，难道他们就不可以专条方式入选记载"容止"之门？如《容止》记载对桓温形貌的识鉴时，曾提到孙权与司马懿。二人也因形貌极有特色，而获时人识鉴，却无专条事迹见收。如是以曹、刘为"善""恶"兼备型"英雄"的典型，刘备的特异形貌曾被时人大加渲染，为何也不见收？

实际上，在表现"英雄"帝王的外在形貌时，作者以独到眼光，选择能够凸显帝王"英雄"之内在精神气质与其外在形貌矛盾冲突的题材，作《容止》门的首条。《容止》首条的叙事视角，聚焦于人们对真假"英雄"形貌的认知上，从而与其他 38 条所记风流人物形象或土木形骸、龙章凤姿，或眸子精芒逼人，或耳、口、鼻、眉、手等部位的特异超群，形成鲜明对照，甚至造成某种反讽性效果：

> 魏武将见匈奴使，自以形陋，不足雄远国，使崔季珪代，帝自捉刀立床头。既毕，令间谍问曰："魏王何如？"匈奴使答曰："魏王雅望非常，然床头捉刀人，此乃英雄也。"魏武闻之，追杀此使。[①]

---

① 《世说新语笺疏》，第 713 页。

关于这条记载是否真实可靠，古今都有较多质疑。① 我们颇怀疑是
由承宫事迹巧妙嫁接改写的。司马彪《续后汉书·承宫传》：

> 承宫……名称闻于匈奴。单于遣使来贡，求见宫。诏敕宫
> 自整顿，宫曰："夷狄眩名，非识实也。闻臣虚称，故欲见臣。
> 臣丑陋形寝，见必轻贱，不如选长大有威容者［示之也］。"时
> 以大鸿胪魏应示之。②

二者的相似非常明显。转嫁名臣事迹于帝王"英雄"，就明白写
出：像曹操这样一位既可"治世"又可"乱世"、一人而已的"英
雄"，甚至并不具有与其"英雄"本质足以相配的外在形象！曹
操的"形陋"，连他本人都过意不去，而其内在的"英雄"相，
要靠真正的"识"者方可辨认；崔琰虽"雅望非常"，"识"者仍
可看穿他实非"英雄"。可见，"英雄"并不一定仅凭外在形貌可
予识鉴，那些"非常之人"、"超世之杰"所具有的"真"精神，
完全可能超越形貌皮相。不"貌"之"貌"才是"容止"的最高
境界！

除了有对曹操作为"英雄"，其外在形象与其"英雄"内在特
质不相符合的戏剧化表现，这条记载以反讽手段颠覆、解构了魏晋
时代重视并热衷于识鉴风流人物外在形象的固有标准，凸显了当以
才智与内在精神作为评价"英雄"的真正标准的思想观念。这样的
思想，明显受到"英雄"取代"圣贤"人格形象成为全社会崇尚对

---

① 参看《史通》，刘知幾撰，上海古籍出版社，2015 年版，第 539 页；《三国志集解》，
第 350 页；《世说新语笺疏》，第 713 页。
② 参看《八家后汉书辑注》，周天游辑注，上海古籍出版社，1986 年版，第 372—
373 页。

象的魏晋文化思潮的影响。由此也可知：刘备落选的真正原因，就在于其形貌具有"潜圣"特征！①

至于曹操究竟怎样的"形陋"，崔琰怎样的"雅望非常"，《容止》首条没有具体点出。但为什么会将曹操的外在形象与崔琰相比，却显然关涉二人包括"胡须"在内的形貌关系。

由于曹操"形陋"，与正史对帝王形象标志大做文章的惯常手法不同，《三国志·魏书·武帝纪》不提曹操的形貌。提到的，如《魏氏春秋》，只好说：

> 武王姿貌短小，而神明英发。②

三国时代吴人所撰的《曹瞒传》则予以贬述：

> 太祖为人佻易无威重，好音乐，倡优在侧，常以日达夕，被服轻绡，身自佩小鞶囊，以盛手巾细物，时或冠帢帽以见宾客。每与人谈论，戏弄言诵，尽无所隐，及欢悦大笑，至以头没杯案中，肴膳皆沾污巾帻，其轻易如此。③

崔琰则据《魏书》本传记载：

> 声姿高畅，眉目疏朗，须长四尺，甚有威重，朝士瞻望，而太祖亦敬惮焉。④

---

① 参本书第二篇《曹操是汉末三国"英雄"典型》。
② 《三国志补注》，杭世骏撰，商务印书馆，1938年版，第1页。
③ 《三国志》，第54页。
④ 同上书，第369页。

曹操《赐死崔琰令》,竟然还对崔琰的"虬须"威胁耿耿于怀:

> 琰虽见刑,而通宾客,门若市人,对宾客虬须直视,若有
> 所瞋。①

可见,曹操的"敬惮"崔琰,当有因自身"形陋"而心存自卑,嫉妒崔琰"甚有威重"的成分。而"虬须直视"作为崔琰"甚有威重"标志,令不及崔琰"须长四尺"的曹操,即便"琰虽见刑",仍感受到其"若有所瞋"的强烈威胁。

可见,受特定创作意图的影响,《容止》首条隐去关于曹操与崔琰之间包括"胡须"在内的形貌关系史实,但其关于二人形貌的话题,还是容易使人关注关涉二人"胡须"等复杂恩怨的史实关系,并联想其他魏晋"英雄"与胡须相关的记载。

《世说新语》所记载的其他"英雄",也是"善""恶"兼备型的,并且或直接以胡须作为其外在形貌的象征,或使人想到胡须与"英雄"形貌的相关史实。据《晋书》本传记载,② 桓温儿时曾被温峤叹为"英物",他也是《世说新语》着力描述、表现的"善""恶"兼备型"英雄"。如《轻诋》记载他的"善":

> 桓公入洛,过淮、泗,践北境,与诸僚属登平乘楼,眺瞩中原,慨然曰:"遂使神州陆沉,百年丘墟,王夷甫诸人,不得不任其责!"袁虎率而对曰:"运自有废兴,岂必诸人之过?"桓公懔然作色,顾谓四坐曰:"诸君颇闻刘景升不?有大牛重

---

① 《三国志》,第369页。
② 《晋书》,第2568页。

千斤，啖刍豆十倍于常牛，负重致远，曾不若一羸牸，魏武入荆州，烹以飨士卒，于时莫不称快。"意以况袁。四坐既骇，袁亦失色。①

《尤悔》则记载他的"恶"：

> 桓公卧语曰："作此寂寂，将为文、景所笑！"既而屈起坐曰："既不能流芳后世，亦不足复遗臭万载邪？"②

此条檀道鸾《续晋阳秋》也有记载：

> 桓温既以雄武专朝，任兼将相，其不臣之心，形于音迹。曾卧对亲僚，抚枕而起曰："为尔寂寂，为文、景所笑！"众莫敢对。③

像桓温这样一位"善""恶"兼备型"英雄"，《容止》第二十七条也借刘惔之口，描述了其外在形貌与孙权、司马懿的相像：

> 刘尹道桓公："鬓如反猬皮，眉如紫石棱，自是孙仲谋、司马宣王一流人。"④

此条存在异文问题。余嘉锡《笺疏》引程炎震云：

---

① 《世说新语笺疏》，第 979 页。
② 同上书，第 1058 页。
③ 同上。
④ 同上书，第 730 页。

《晋书·温传》作"眼如紫石棱，须作蝟毛磔，孙仲谋、晋宣王之流亚也。"《御览》三百六十六引"眉"亦作"眼"。①

又清汤球辑东晋邓粲《晋纪》：

桓温少，［与］沛国刘惔善。惔常称之曰："温眼如紫石棱，须似猬毛磔，孙仲谋、晋宣王之流。"②

《容止》之"鬓"究竟是否如《晋纪》《晋书》一样作"须"，今无确证。但即便是"鬓"，《说文》："鬓，颊发也。"段玉裁注："谓发之在面旁者也。"③ 这种脸旁靠近耳朵的头发，与络腮胡须即连鬓胡须并无截然的区别，"鬓如反猬皮"，岂非尤近于络腮胡须？而既与孙权的形貌相像，则更为当作"须"添了证据。

魏晋迄于刘宋时代的主流舆论，也视孙权为"善""恶"兼备型"英雄"。《三国志·吴书·吴主传》评价说：

孙权屈身忍辱，任才尚计，有勾践之奇英，人之杰矣。④

《三国志·吴书·吴主传》记载了刘琬对他的识鉴，其中涉及孙权的形貌：

（刘）琬语人曰："吾观孙氏兄弟虽各才秀明达，然皆禄祚

---

① 《世说新语笺疏》，第 731 页。
② 《众家编年体晋史》，第 398 页。
③ 《说文解字注》，许慎撰，段玉裁注，上海古籍出版社，1981 年版，第 425 页。
④ 《三国志》，第 1149 页。

不终，惟中弟孝廉，形貌奇伟，骨体不恒，有大贵之表，年又最寿，尔试识之。"①

《宋书·符瑞志》重复了刘琬的话，并更明确孙权"形貌奇伟，骨体不恒，有大贵之表"的突出标志是："权方颐大口紫髯，长上短下"。②《吴主传》裴松之注引《献帝春秋》：

> 张辽问吴降人："向有紫髯将军，长上短下，便马善射。是谁?"降人答曰："是孙会稽。"辽及乐进相遇，言不早知之，急追自得，举军叹恨。③

按"髯"指两颊的胡须。《释名·释形体》："在颊耳旁曰髯，随口动摇冉冉然也。"④《玉篇》："髯，颊须。"⑤ 张辽直称孙权为"紫髯将军"，可见"紫髯"正是孙权外在形貌的最显著标志。桓温眼紫而胡须络腮有如"反猬皮"，岂非与孙权"紫髯"极其相似?

至于司马懿，《魏书·崔琰传》记载：

> 姑琰与司马朗善，晋宣王方壮，琰谓朗曰："子之弟，聪哲明允，刚断英跱，殆非子之所及也。"⑥

刘孝标注引《晋阳秋》曰：

---

① 《三国志》，第1115页。
② 《宋书》，沈约撰，中华书局，1974年版，第780页。
③ 《三国志》，第1120页。
④ 《释名汇校》，任继昉纂，齐鲁书社，2006年版，第105页。
⑤ 《宋本玉篇》，顾野王撰，中国书店，1983年版，第113页。
⑥ 《三国志》，第370页。

> 宣王天姿杰迈，有英雄之略。①

司马懿也是"善""恶"兼备型"英雄"，其形貌的特异也与胡须有关。《晋书·帝纪·宣帝》记载：

> 魏武察帝有雄豪志，闻有狼顾相，欲验之。乃召使前行，令反顾，面正向后而身不动。②

所谓"狼顾相"，典出《诗·豳风·狼跋》："狼跋其胡，载疐其尾"、"狼疐其尾，载跋其胡。"③ 按"胡"指兽颔下下垂的肉。《诗集传》："胡，颔下悬肉也。"④ 由于兽的胡上总是生着较长的毛，老狼的胡肉长，胡毛也长，故前进踩着胡，后退又踩着尾。高亨先生说："胡"字又变为"须"，"胡本含有须意"。⑤ 故应劭《风俗通义·正失》就将《史记·封禅书》《汉书·郊祀志》所记"有龙垂胡髯下迎黄帝"之"胡"写为"鬍"。⑥ 可知，"狼顾相"正以司马懿包括胡须在内的特异形貌，象征其对曹魏的持有二心。由于桓温对东晋王朝也怀有二心，人们自然就将他与司马懿相联系，而关注二人以胡须为主的形貌相像特征。

《太平御览》卷三百九十六引《语林》，又将桓温描述为与刘琨、王敦相像。与王敦的关系是虚写，与刘琨的相像，则直接提到了二人包括胡须在内的外在形貌的相似：

---

① 《世说新语笺疏》，第 730 页。
② 《晋书》，第 20 页。
③ 《诗经今注》，高亨注，上海古籍出版社，1980 年版，第 215 页。
④ 《诗集传》，朱熹集注，中华书局，2011 年版，第 127 页。
⑤ 《诗经今注》，第 215 页。
⑥ 《风俗通义校注》，应劭撰，王利器校注，中华书局，1981 年版，第 65 页。

桓温自以雄姿风气是司马宣王、刘越石一辈器。有以叱王
大将军者，意大不平。征苻健还，于北方得一巧作老婢，乃是
刘越石妓女。一见温入，潸然而泣。温问其故，答曰："官家
甚似刘司空。"温大悦，即出外修整衣冠，又入呼问："我何处
似司空？"婢答曰："眼甚似，恨小；面甚似，恨薄；须甚似，
恨赤；形甚似，恨短；声甚似，恨雌。"宣武于是弛冠解带，
不觉惆然而睡，不怡者数日。①

此条以戏剧化笔调指出：包括"须甚似，恨赤"，桓温形貌的各个
细部，都极相似而又稍逊于刘琨。而刘琨也被时人视为"善""恶"
兼备型"英雄"。《世说新语·赏誉》：

刘琨称祖车骑为朗诣，曰："少为王敦所叹。"②

刘孝标注引《晋阳秋》：

（祖）逊与司空刘琨俱以雄豪著名。年二十四，与琨同辟
司州主簿，情好绸缪，共被而寝。中夜闻鸡鸣，俱起曰："此
非恶声也。"每语世事，则中宵起坐，相谓曰："若四海鼎沸，
豪杰共起，吾与足下相避中原耳！"……③

余嘉锡笺疏引《文选集注》六十三引《续文章志》云：

---

① 《太平御览》，李昉等撰，中华书局，1960 年版，第 1831 页。
② 《世说新语笺疏》，第 527 页。
③ 同上。

> 早与祖逖友善，尝二大角枕同寐，闻鸡夜鸣，意而相蹋，
> 逖遂坠地。①

余嘉锡对此有精当评说：

> 《开元占经》百十五引京房曰："鸡夜半鸣，有军。"又曰：
> "鸡夜半鸣，流血滂沱。"盖时人恶中夜鸡鸣为不祥。逖、琨素
> 有大志，以兵起世乱，正英雄立功名之秋，故喜而相蹋。且曰
> "非恶声也"。此与尹纬见袄星喜而再拜（见《晋书·姚兴载
> 记》），用心虽异，立意则同。……明胡侍《真珠船》七云：
> "《晋书》：……史臣曰：'祖逖闻鸡暗舞，思中原之燎火，幸天
> 步之多艰。原其素怀，抑为贪乱者矣。'"②

此评说可以为刘琨作为"善""恶"兼备"英雄"盖棺论定！关于
王敦，虽然不见有关桓温与他形貌何处相像的具体记载，但《世说
新语·赏誉》第 79 条，确实记载了桓温对王敦的高度赏鉴：

> 桓温行经王敦墓边过，望之云："可儿！可儿！"③

按"可儿"即"可人"，魏晋时习用语，谓其为可爱之人。余嘉锡
引李慈铭说：

> 案此是桓温包藏逆谋，引为同类，正与"作此寂寂，将令

---

① 《世说新语笺疏》，第 528 页。
② 同上书，第 528—529 页。
③ 同上书，第 553 页。

文景笑人"语同一致。深识之士，当屏弗谈；既欲收之，亦当在《假谲》《尤悔》之列。而归之《赏誉》，自为不伦。①

余嘉锡也以为桓温是"赞敦能为非常之举，犹其自命为司马宣王一流人物云耳"。② 而《世说新语·豪爽》也记载：

> 桓宣武平蜀，集参僚置酒于李势殿，巴、蜀缙绅，莫不来萃。桓既素有雄情爽气，加尔日音调英发，叙古今成败由人，存亡系才，其状磊落，一坐叹赏。既散，诸人追味余言。于时寻阳周馥曰："恨卿辈不见王大将军。"③

可见时人确有桓温与王敦气类相像而不及的看法，这同他与刘琨相像而不及同一思致。实际上，虽然不必是胡须，《世说新语·识鉴》记载了对王敦"恶"貌的识鉴：

> 潘阳仲见王敦小时，谓曰："君蜂目已露，但豺声未振耳。必能食人，亦当为人所食。"④

可知，与司马懿的"狼顾相"一样，王敦的形貌也被视为有谋逆野心的象征符号。《豪爽》还记载王敦刻意效法"善""恶"兼备型"英雄"曹操：

---

① 《世说新语笺疏》，第553页。
② 同上书，第554页。
③ 同上书，第708页。
④ 同上书，第463页。

> 王处仲每酒后辄咏"老骥伏枥，志在千里。烈士暮年，壮心不已。"以如意打唾壶，壶口尽缺。[1]

而有趣的是，《世说新语·假谲》所记王敦与晋明帝（299—325）的事迹，又关涉胡须：

> 王大将军既为逆，顿军姑孰。晋明帝以英武之才，犹相猜惮，乃箸戎服，骑巴賨马，赍一金马鞭，阴察军形势。未至十余里，有一客姥，居店卖食，帝过憩之，谓姥曰："王敦举兵图逆，猜害忠良，朝廷骇惧，社稷是忧。故匆劳晨夕，用相觇察。恐行迹危露，或致狼狈。追迫之日，姥其匿之。"便与客姥马鞭而去。行敦营匝而出，军士觉，曰："此非常人也！"敦卧心动，曰："此必黄须鲜卑奴来！"命骑追之，已觉多许里，追士因问向姥："不见一黄须人骑马度此邪？"姥曰："去已久矣，不可复及。"于是骑人息意而反。[2]

刘孝标注还引《异苑》予以补充：

> 帝躬往姑孰，敦时昼寝，卓然惊悟曰："营中有黄头鲜卑奴来，何不缚取？"帝所生母荀氏，燕国人，故貌类焉。[3]

颇疑此类传说即为唐传奇《虬髯客传》的原型故事。因为，《虬髯客传》的另一原型故事，就叫《黄须翁》，而《虬髯客传》是以李

---

① 《世说新语笺疏》，第 703 页。
② 同上书，第 1002—1003 页。
③ 同上书，第 1003 页。

世民的"虬须"为原型，虚构了与其竞争帝位的"虬髯客"形象。①
关于本条明帝之黄须，虽然与"善""恶"兼备型"英雄"的"胡
须"象征意蕴不同，但仍使我们想象：王敦这位"善""恶"兼备
型"英雄"与"胡须"复杂纠缠的形象特点。

由前面的讨论，能够看到：以"胡须"作为"善""恶"兼备
型"英雄"外在形貌的共同象征符号，确实是相当明晰地存在于魏
晋时代的一种文化叙事模式。如果说，曹操外在形貌与"胡须"关
系的记载，还只是引发人们关于"胡须"与权力意志的想象，关于
桓温与孙权、司马懿、刘琨、王敦等"胡须"相像的记载，则给人
以这样的深刻印象：魏晋时代在谈论"善""恶"兼备型"英雄"
时，显然有其共同遵守的人物标准参照系统。如果前述记载中的某
条，说这些人当中的某两位形貌相像，或许有其偶然性；让如此之
多的"英雄"形貌相像，就很难说这是无意之巧合了。而以"胡
须"作为"善""恶"兼备型"英雄"外在形貌的共同符号标志，
其目的显然是：借以象征魏晋"英雄"权力意志的异化。

二、"胡须"文化叙事模式成因探讨

接下来需要讨论的问题是：为什么在有关魏晋"英雄"的文化
叙事中，不以其他特征，而要以"胡须"作为"善""恶"兼备型
"英雄"共同的象征符号？这就必须探讨"胡须"与权力意志的深
层关系。

（一）"胡须"作为帝王权力意志的象征符号

从人类学的视角看，由象征男性力量，到象征男性的才能与权

---

① 参看拙作《古今〈虬髯客传〉研究反思》，载《西北师范大学学报》2000年第1期。

力意志，以"胡须"象征帝王权力意志，也成为重要的文化叙事模式。

　　"胡须"首先是以男性的第二性征，而被视为男性雄强力量的象征符号。事实上，人类早期就已盛行"胡须"崇拜。如林惠祥先生《文化人类学·原始艺术》提到：爱斯基摩女子有关"胡须"崇拜的一种人体"黥涅"妆饰：

　　　　他们自 8 岁便施黥涅，其地位大都是面、臂、手、股及胸。其纹样大都是在眉上加以二条斜形曲线，自鼻翼起作二条曲线亘于两颊，又自嘴的下端引出扇形的纹样到下颏，其形似乎摹仿男人的须髯。[1]

这种"黥涅"对男性"须髯"的模仿，显然是将"胡须"作为男性雄强力量的象征而予以崇拜。蔼理士《性心理学》也论述了早期"胡须"崇拜观念的演变：

　　　　须髯的培养是因时代与文明程度而有不同的。但在未开化的民族里，培养的功夫最为精到：这种民族甚至于把个人的须髯认为与人格的神圣有关，不许侵犯。……初期的罗马人是很讲究须髯与长发的美观的，但到了后来，风气一变，须髯成为从事于学问的人的一种专利的点缀品。只有读书人才配有这种庄严的标志，其他行业的人就没有了。[2]

---

[1]　《文化人类学》，林惠祥著，商务印书馆，1991 年版，第 306 页。
[2]　《性心理学》，潘光旦译注，生活·读书·新知三联书店，1987 年版，第 71 页。

可知在人类早期，有的民族"甚至于把个人的须髯认为与人格的神圣有关，不许侵犯"。孟德斯鸠在《波斯人信礼》中则借黎伽之口，描述了西班牙和葡萄牙人，以戴眼镜与蓄髭须，作为态度庄重的两大表现方式。黎伽就蓄髭须发表的高见是：

> 至于髭须，它本身就令人肃然起敬，且不管有何后果，尽管如此，有时人们却从髭须上取得极大的功用，为了服务于君王，或为了国家的体面。例如在印度的某一个著名的葡萄牙将军，就是很好的证明。因为，那将军在需要钱的时候，就剪下两撇髭须中的一撇，送给果阿的居民，凭此抵押，要索两万比斯多尔。钱先借给了他，后来，他又神气十足地把那撇髭须收了回去。[①]

于此，也可见此两国家"胡须"崇拜风俗之一斑。

在我国古代，崇尚"胡须"的文化心理也显得源远流长。中医阴阳五行学说以胡须属"肾"，胡须的浓密茂盛，意味着男性生命力的旺盛。故古人直接以"须眉"代称男子。清徐时栋《烟屿楼笔记》卷二："古人称男子为须眉。"[②] 也由此生出美感，将美"胡须"视为男子壮美形象的突出标志。如《左传·昭公二十六年》："有君子白皙鬒须眉，甚口。"[③] 孔颖达疏："鬒须眉者，言须眉皆稠多也。"[④] 再如《诗·齐风·卢令》：

---

① 《波斯人信札》，罗大冈译，人民文学出版社，1958年版，第136页。
② 《续修四库全书》，子部杂家类，第1162册，上海古籍出版社，2002年版，第613页。
③ 《春秋左传注》，杨伯峻编著，中华书局，1990年版，第1473页。
④ 《春秋左传正义（下）》，李学勤主编，北京大学出版社，1999年版，第1470页。

> 卢令令，其人美且仁。
> 卢重环，其人美且鬈。
> 卢重鋂，其人美且偲。①

《毛传》："鬈，好貌。"② 朱熹《诗集传》："鬈，须鬓好貌。"③ 偲，《经典释文》："多须貌。"④ 头发与胡须的浓密漂亮，显示了"其人"的超群相貌之美与雄强孔武气概。

复如：

> ……于是摇鬓奋髭，则论说虞唐；鼓鬐动鬣，则研覆否臧；内育环形，外阐宫商，相如以之都雅，颛孙以之堂堂……（王褒《责须髯奴辞》）⑤
>
> 为人洁白皙，鬑鬑颇有须。（《艳歌罗敷行》）⑥
>
> 先生于是方捧罂承槽，衔杯漱醪，奋髯箕踞，枕麹藉糟。无思无虑，其乐陶陶。（刘伶《酒德颂》）⑦

受这种崇尚"胡须"之文化心理的影响，徒有美胡须而形不符实，就会为人所鄙了。如《南史·褚彦回传》记载山阴公主质问褚渊："君须髯如戟，何无丈夫意?"⑧ 钱钟书《管锥编》对胡须作为男性标志也有论述：

---

① 《诗经今注》，第 136 页。
② 《诗毛氏传疏》，陈奂撰，商务印书馆，1935 年版，第 100 页 。
③ 《诗集传》，第 79 页。
④ 《经典释文》，陆德明撰，中华书局，1983 年版，第 244 页。
⑤ 《初学记》，徐坚撰，中华书局，1962 年版，第 466 页。
⑥ 《宋书》，第 617 页。
⑦ 《世说新语笺疏》，第 296 页。
⑧ 《南史》，李延寿撰，中华书局，1975 年版，第 749 页 。

《长须僧》（出《王氏见闻》）曰："落发除烦恼，留须表丈夫。"按明陆粲《庚巳编》卷七载僧时蔚自赞、郎瑛《七修类稿》卷四七吴肃公《明语林》卷二记来复见心答明太祖语大同；《西洋记通俗演义》第四、第五回金碧峰亦云然，并引"汉末美髯公"、"唐初虬髯客"为比。《水浒》第四回鲁达受戒时，不愿剃须，曰"留下这些儿还洒家也好"，即"留须表丈夫"也。①

其次，由象征男性力量，胡须也被作为男性才能突出与权力的象征。如高亨就释前举《卢令》之"偲"字义为"多才"。汉和帝时代的李郃，以"长七尺八寸，多须髯，八眉，左耳有奇表"等，被视为"三公之相"。② 诸葛亮《答关羽书》："孟起兼资文武，雄烈过人，一世之杰，黥、彭之徒，当与翼德并驱争先，犹未及髯之绝伦逸群也。"③ 明蒋一葵《尧山堂外纪》："为官不用好文章，只要胡须及胖长。"④

当然，徒有好须而才能低下，也会受人嘲弄。如《左传·宣公二年》，就记载了华元与宋"城者"上演的一出"胡须"轻喜剧：

宋城，华元为植，巡功。城者讴曰："睅其目，皤其腹，弃甲而复。于思于思，弃甲复来。"使其骖乘谓之曰："牛则有皮，犀兕尚多。弃甲则那？"役人曰："从其有皮，丹漆若何？"华元曰："去之！夫其口众我寡。"⑤

① 《管锥编》钱钟书著，中华书局，1979年版，第751页。
② 《二十五史补编·补后汉书艺文志》，第459页。
③ 《诸葛亮集校注》，张连科、管淑珍校注，天津古籍出版社，2008年版，第81页。
④ 《续修四库全书》，子部，杂家类，第1195册，《尧山堂外纪》，卷七九，第17页。
⑤ 《春秋左传注》，第653—654页。

杜预注："于思，多须之貌。"① 郑宋战争中的宋国主将华元，有雄伟的多须之貌，却大败逃归。此后，当他若无其事地去巡视筑城工程，筑城的老百姓就嘲笑他徒有"于思"，专为他作讥讽"胡须"的"将军之歌"。喜剧尾声：华元徒众往返论辩受窘，只好含羞离去。

第三，以"胡须"象征帝王权力意志，也成为重要的文化叙事模式。如周灵王就被称为"髭王"，"髭"被作为其神圣的象征。《左传·昭公二十六年》记载：

> 王子朝使告于诸侯曰："……在定王六年，秦人降妖，曰：'周其有髭王，亦克能修其职，诸侯服享，二世共职……'至于灵王，生而有髭，王甚神圣，无恶于诸侯。灵王、景王克终其世……"②

再如《论衡》之《骨相篇》《语增篇》，都以包括"胡须"在内的相貌特征作为刘邦神圣帝王的标志：

> 高祖隆准龙颜美须，左股有七十二黑子。③
> 高祖之相，龙颜、隆准、项紫、美须髯，身有七十二黑子。④

---

① 《春秋左传注》，第 653 页。
② 同上书，第 1475—1477 页。应劭《风俗通义》："不举生髭须子，俗说人十四五乃当生髭须，今生而有之，妨害父母也。谨案《周书》，灵王生而有髭，王甚神圣，亦克修其职，诸侯服享，二世休和，安在其有害乎？"见《太平御览》，第 1726 页。
③ 《论衡校释》，黄晖撰，中华书局，1990 年版，第 113 页。
④ 同上书，第 343 页。

复如《晋书·载记》第一、第三分别以胡须作为刘元海、刘曜帝王形貌的标志：

> 〔刘元海〕姿仪魁伟，身长八尺四寸，须长三尺余，当心有赤毫毛三根，长三尺六寸。有屯留崔懿之、襄陵公师彧等，皆善相人，及见元海，惊而相谓曰："此人形貌非常，吾所未见也。"①
>
> 刘曜字永明，元海之族子也……身长九尺三寸，垂手过膝，生而眉白，目有赤光，须髯不过百余根，而皆长五尺。②

尽管将二人列入"载记"，但在胡汉一家的唐人观念中，确实将"胡须"作为少数民族帝王神圣相貌的标志之一。此外，如唐太宗李世民的"虬须"被作为其真命天子的象征，也是十分著名的。③

　　（二）以"胡须"象征魏晋"英雄"权力意志的异化

　　1. 之所以出现以"胡须"象征"英雄"权力意志异化的文化叙事模式，首先由于魏晋"英雄"权力意志的异化问题空前凸显。

　　总的来看，魏晋时期政权更迭频繁、战乱频仍。而即便在少有的相对和平时代，帝王与门阀士族分权的政治体制，也使帝权遭到严重削弱。帝王地位不再被视为神圣，思欲篡权的野心家大为增多。《世说新语》□就记有不少思欲篡权的言行。如：

---

① 《晋书》，第 2646 页。
② 同上书，第 2683 页。
③ 关于中国古代帝王形貌与胡须的论述，还可参看季羡林《三国两晋南北朝正史与印度传说》，收入《中印文化关系史论丛》，人民出版社，1957 年版；《三国演义与民间文学传统》，（俄）李福清撰，尹锡康、田大畏译，上海古籍出版社，1997 年版；《中国古典文学研究在苏联》，（俄）李福清撰，田大畏译，书目文献出版社，1987 年版。

> 小庾在荆州，公朝大会，问诸僚佐曰："我欲为汉高、魏武何如？"一座莫答，长史江虨曰："愿明公为桓、文之事，不愿作汉高、魏武也。"（《规箴》）①
>
> 殷仲文既素有名望，自谓必当阿衡朝政。忽作东阳太守，意甚不平。及之郡，至富阳，慨然叹曰："看此山川形势，当复出一孙伯符！"（《黜免》）②
>
> 桓公初报破殷荆州，曾讲《论语》，至"富与贵，是人之所欲，不以其道得之不处"，玄意色甚恶。（《尤悔》）③

这些人能否称为"英雄"，自可讨论。但庾翼在公朝大会上，公然宣示其觊觎帝王之位的野心，殷仲文被黜免后仍以孙吴创业者孙策自比，桓玄毫不掩饰对不利于其篡逆的思想观念的愤怒之情，他们的确是在仿效"英雄"，而袒露其称王野心。至于第一部分所引的桓温，则公然宣称："既不能流芳后世，亦不足复遗臭万载邪？"

从魏晋社会舆论的主流倾向来看，对魏晋"英雄"权力意志的异化显然持否定态度。如本书所论，曹操以能够拨乱反正而被当时誉称"英雄"，可当他暴露篡汉野心，不但遭受敌对各方的普遍谴责，也遭受来自自己阵营的荀彧、孔融、崔琰等的巨大压力。曹丕篡汉，诸葛亮予以严词抨击，《又与杜微书》宣称："曹丕篡弑，自立为帝，是犹土龙刍狗之有名也。"④ 至于司马懿以阴谋手段篡权的事迹，连其后代都羞愧难当：

---

① 《世说新语笺疏》，第 671 页。
② 同上书，第 1023 页。
③ 同上书，第 1065 页，引程炎震说，"桓公"当作"桓玄"；引李慈铭说"曾"当作"会"。
④ 《三国志》，第 1019 页。

王导、温峤俱见明帝，帝问前世所以得天下之由。温未答。顷，王曰："温峤年少未谙，臣为陛下陈之。"王乃具叙宣王创业之始，诛夷名族，宠树同己。及文王之末，高贵乡公事。明帝闻之，覆面著床曰："若如公言，祚安得长！"（《世说新语·尤悔》）①

再如《世说新语·排调》记载：

孝武属王珣求女婿，曰："王敦、桓温，磊砢之流，既不可复得，上小如意，亦好豫人家事，酷非所须。正如真长、子敬比，最佳。"珣举谢混。后袁山松欲拟谢婚，王曰："卿莫近禁脔。"②

磊砢"英雄"虽然难得，但即使真有，"英雄""好豫人家事"，也为帝王所惧，"酷非所须"，故宁愿求得二流可以放心的人物。孝武帝的话，可谓道出了魏晋弱势帝王的普遍心声。

2. 汉末魏晋不重乃至贬斥胡须的审美风气与文化心理的变化，也是魏晋文化叙事以"胡须"象征"英雄"权力意志异化的重要原因。

尽管如前所论，我国古代的确存在崇尚"胡须"的文化心理，但这种情形在魏晋时期发生很大变化。对此，沈从文依据文物考古，作了较为深入的论述：

至于汉魏之际时代风气，则有更丰富的石刻、壁画、漆

① 《世说新语笺疏》，第1054页。
② 同上书，第963页。

画、泥塑及小铜铸相可供参考。很具体地反映出许多劳动人民
形象。如打猎、捕鱼、耕地、熬盐、舂碓、取水、奏乐，以及
好些在厨房执行切鱼烧肉的大司务，很少有留胡子的……那时
的确也有些留胡子的，例如：守门的卫士和拥篲迎客的侍仆，
以及荷戈前驱的伍伯，即历史书上所谓身执贱役的某一类封建
爪牙，却多的是一大把胡子，而统治者上中层本人，倒少有这
种现象……

　　其实还有个社会风气形成的相反趋势在继续发展，值得注
意，即魏晋以来有一段长长时期，胡子殊不受重视……到这时
期美须髯不仅不能成为上层社会美的对象，而且相反已经成为
歌舞喜剧中的笑料了……①

造成魏晋时期不重乃至鄙视胡须社会风尚的因素，主要有三点：

　　第一，如沈从文所说，"它和年青皇族贵戚即宦官得宠专权必
有一定联系。文献中如《后汉书》之《佞幸传》《贵戚传》《宦者
传》，和干宝《晋纪·总论》《晋书·五行志》《抱朴子》《世说新
语》《颜氏家训·勉学篇》，以及乐府诗歌，都为我们记载下好些重
要可靠说明材料"。

　　第二，"魏晋之际社会日趋病态，所以'何郎敷粉，荀令熏
香'，以男子而具妇女柔媚姿态竟为一时美的标准。史传叙述到这
一点时，尽管具有深刻讽刺，可是这种对男性的病态审美观，在社
会中却继续发生显明影响。直到南北朝末期。这从《世说新语》记
载潘安上街，妇女掷果满车，左思入市，群妪大掷石头故事及其他

---

① 　本页所引沈从文的观点，均见于其与王力论辩的文章《从文物谈谈古人的胡子问
　　题》，载 1961 年 10 月 8 日《光明日报》。

叙述可知。总之,这个时代实在不大利于胡子多的人!"[1]

第三,众所周知,脸颊狭而多毛须,是有些少数民族之人外在形貌的突出特征。魏晋时期胡汉矛盾十分突出,对少数民族的鄙视,也造成鄙视胡须的特定文化心理。甚至曾出现见高鼻梁、多胡须的人,不分青红皂白格杀勿论的极端情形。[2] 在有关这一时期的文学艺术创作中,充斥着这类记载。如繁钦专门创作《三胡赋》以予贬斥:

> 莎车之胡,黄目深精,员耳狭颐;康居之胡,焦头折颏,高辅陷□,眼无黑眸,颊无余肉。罽宾之胡,面象炙蝟,顶如持囊,隅目赤眦,洞颏卬鼻。[3]

再如沈从文所举《文康午》的主要角色,固然是一个醉意朦胧的大胡子,而弄狮子的醉拂鬃,还是个大胡子的罗马人;即使脸颊本来多毛的匈奴使者,也不承认须长四尺的崔琰品貌如何出众等,也是有力的证明。

3. 魏晋时期盛行骨相学意味浓厚的人物品鉴。

如集"当世识鉴之术"的刘邵《人物志》,品鉴人物最重由形

所显，以观心之所蕴。对此，汤用彤《读〈人物志〉》有精当的概括揭示：

> 人物之本出于情性。情性之理玄而难察。然人禀阴阳以立性，体五行而著形。苟有形质，犹可即而求之。故识鉴人伦，相其外而识其中，察其章以推其微。就人之形容声色情味而知其才性。才性有中庸，有偏至，有依似，各有名目。故形质异而才性不同，因才性之不同，而名目亦殊。此根本为形名之辨也。汉代选士首为察举（魏因之而以九品官人），察举则重识鉴。刘邵之书，集当世识鉴之术。论形容则尚骨法。昔王充既论性命之原，遭遇之理（《论衡》第一至第十），继说骨相（第十一），谓察表候以知命，犹察斗斛以知容。其原理与刘邵所据者同也。①

在相其外形而推知内在精神的"识鉴"方法中，"胡须"也被作为观知精神的重要形貌标志。

综合第二部分所论，就可以看到，胡须被作为帝王权力意志的符号象征。魏晋时期，还出现了轻视、鄙弃、否定胡须的特定文化心理，社会舆论又对"英雄"觊觎帝王权力意志的行为予以否定。既然如前所说，觊觎、篡夺帝王之位，被诸葛亮贬斥为"是犹土龙刍狗之有名也"，被张敏《奇士刘披赋》比拟为"盖土龙不可以升天，石人不任为亭长，容貌虽似，蹄足难奖"。② 那么，由骨相学意

---

① 《汤用彤全集》第4卷，第3—4页。
② 《初学记》，第107页。

味浓厚的人物识鉴出发，出现以"胡须"象征"英雄"权力意志异化的魏晋文化叙事模式，就有其必然性了。而当我们回头再联想第一部分对桓温、孙权等形貌特征的"鬓如反猬皮，眉如紫石棱"，"须作蝟毛磔"、"紫髯"的描写，眼紫而胡须络腮有如"反猬皮"，岂非与繁钦《三胡赋》中描写的"黄目深精"、"眼无黑眸"、"面象炙蝟"、"隅目赤眦"颇为相似？具有觊觎、篡夺帝王之位野心的"英雄"，他们被当时社会舆论贬斥，不正有如当时社会舆论对少数民族侵犯华夏正统之行为的强烈贬斥？

"崇友"意识与魏晋家庭观念的演变

在中国古代社会最基本的五种人伦关系中，"朋友"一伦"叨陪末座"。魏晋时代，"崇友"则是较为普遍的社会文化现象，并与受门阀士族主导的魏晋家庭观念交相影响，深刻折射了魏晋时代文化的特定精神内涵，值得予以特别关注。

一、"朋友"与"五伦"

（一）"朋友"与"五伦"

先从"朋友"与"五伦"的关系谈起。

要讨论"朋友"与"五伦"的关系，就必须先对"五伦"有基本的认识。类似"五伦"的说法，出现时代较早，《尚书·尧典下》已有记载：

> 慎徽五典，五典克从，纳于百揆，百揆时叙，宾于四门，四门穆穆。

……

帝曰："契，百姓不亲，五品不逊，汝作司徒，敬敷五教，在宽。"①

所谓"典"，《尔雅·释诂》："典，常也。"② 孔颖达疏："五常即五典……五者人之常行。"③ 指基本的人伦关系。所谓"五教"，即"五品之教"，《左传·文公十八年》："父义，母慈，兄友，弟共，子孝。"④ 所谓"五品"，品指阶格、等级。郑康成注："五品，父、母、兄、弟、子也。"⑤《逸周书·常训解》又有"夫妻、父子、兄弟、君臣""八政"之说，⑥ 与近年出土的郭店楚简《六德》之"夫夫、妇妇、父父、子子、君君、臣臣""六德"说相合。⑦ 可见，作为儒家伦理纲常核心的"五伦"观念，由来已久，早期所谓"五伦"关系，主要是指家庭伦常关系，其后演变为以家庭自然人伦为基础的社会政治伦常关系。

在春秋战国时期，"君臣"关系还没有超居自然人伦之前，但"家"与"国"的关系越来越紧密。从一定意义上说，家为最小形式的"国"，国为最大形式的"家"。故"士"追求人生价值实现，不能避开报"国"为"家"，或化"家"为"国"，治国者离不开组成国家的基本元素"家庭"。

① 《尚书今古文注疏》，孙星衍撰，中华书局，1986年版，第36页。
② 《尔雅义疏》，郝懿行撰，上海古籍出版社，1983年版，第40页。
③ 《尚书正义》，李学勤主编《十三经注疏》标点本，北京大学出版社，1999年版，第279页。
④ 《春秋左传注》，第638页。
⑤ 《尚书今古文注疏》，第64页。
⑥ 《逸周书汇校集注》，黄怀信、张懋镕、田旭东撰，李学勤审定，上海古籍出版社，1995年版，第56页。
⑦ 参《从郭店楚简论先秦儒家与〈周易〉的关系》，廖名春，载台湾《汉学研究》第18卷第1期，第55—71页。

思孟学派有大量论述,从《郭店楚简》中也能看到这方面的论述。《大学》"修身齐家治国平天下",① 确凿无疑地表明了这一家国观念:居家为亲情,即父子夫妻兄弟;于国为亲情关系的扩大化,即君臣。《孟子·梁惠王上》引《诗·大雅·思齐》"刑于寡妻,至于兄弟,以御于家邦",②重申了如此"家"、"国"的关系实质。《孟子·梁惠王上》更具体论述了"无恒产而有恒心者,惟士为能",③"士"担负着以"五伦"为基础的人伦教化这种"王者师"的重要职责。孟子强调:

> 民之为道也,有恒产者有恒心,无恒产者无恒心。苟无恒心,放辟邪侈,无不为已。④

要治理好国家,首先就必须做到:保障人民拥有能够满足其基本生活条件的固定资产。有好的生活才能有安定的心态,社会也就稳定了。如果连这样的起码条件都不具备,人民方救死不暇,怎么能够做到不"放辟邪侈,无不为已"!那么,如何才能免除无恒心之态呢?孟子认为,重要的途径就是:

> 设为庠序学校以教之……学则三代共之,皆所以明人伦也,人伦明于上,小民亲于下。有王者起,必来取法,是为王者师也。
>
> ……

---

① 《四书章句集注》,朱熹,中华书局,1983年版,第3页。
② 《孟子正义》,焦循撰,沈文倬点校,中华书局,1987年版,第87页。
③ 同上书,第93页。
④ 同上书,第333页。

> 人之有道也，饱食暖衣，逸居而无教，则近于禽兽。圣人
> 有忧之，使契为司徒，教以人伦：父子有亲，君臣有义，夫妇
> 有别，长幼有叙，朋友有信。①

在孟子所处的时代，虽然君臣之义已显得十分重要，但从孟子的论述还可以看出，这一时期儒家思想仍未能超越以血缘关系为基础的宗法制伦理规范。无论是《孟子·离娄》的"孟子曰'事孰为大，事亲为大'"，②还是"父子有亲，君臣有义，夫妇有别，长幼有叙，朋友有信"，③都以"五伦"关系中的父子一伦居于第一位。君臣关系则比附父子关系而位居第二。

到了汉代，大一统政治思想趋于成熟，《白虎通·三纲六纪》规定："三纲者，何谓也？君臣，父子，夫妇也。"④至此，封建时代的"五伦"关系就被固定为这样的顺序：君臣，父子，兄弟，夫妇，朋友。这五种关系，实际包含了政治关系（君臣）、自然人伦关系（父子，兄弟，夫妇）、社会人际关系（朋友）三种类型。

在以血缘伦常为纽带的封建政治体制中，"五伦"关系主要强调的是尊卑、等级和人身依附关系。"朋友"一伦则相对而言较重平等、自由关系，正如《孟子·万章下》所说："不挟长，不挟贵，不挟兄弟而友。友也者，友其德也，不可以有挟也。"⑤这正是"朋友"何以能够成为"五伦"关系之一的重要原因。

具体来说：

一方面，在以血缘伦常为纽带的中国古代等级社会中，人伦关

① 《孟子正义》，第 343、386 页。
② 同上书，第 524 页。
③ 同上书，第 386 页。
④ 《白虎通疏证》，陈立撰，吴则虞校点，中华书局，1994 年版，第 373 页。
⑤ 《孟子正义》，第 690 页。

系中的任何一伦，都不可能与家族关系绝对脱离。比如"君臣"关系、"师生"关系，就往往被比拟为"父子"一伦，而"朋友"一伦，也每与"兄弟"一伦相提并论。《左传·文公十八年》以"兄友""弟恭"比拟"友"，正是这种思想认识的反映。故从家族的立场上看，凡家人的朋友，往往被家庭成员视为比他人关系更亲近的人，而受到特别的欢迎、接纳。朋友间的关系再亲近一点，就有可能通过"结拜"等正式的盟誓行为等，结为异姓兄弟，从而使异姓朋友关系，也具有了家庭中特定的长幼等级关系。如《三国演义》中刘、关、张桃园三结义，即表现了这种朋友结为异姓兄弟，"不愿同年同月生，但愿同年同月死"的典型文化现象。

另一方面，朋友关系显然有异于家庭伦常关系。因为这种关系强调了交友的自主选择，而非天伦命定。"朋友以义合。"① 朋友间的自由平等交往，明显不同于强迫性的或重等级、尊卑、贵贱的交往；朋友关系的分合变化，也比其他伦常关系要宽松自由。故从一定意义上说，"朋友"一伦是对以等级、贵贱、尊卑为基础的血缘伦常关系的一个重要补充，同时也是对被等级、贵贱、尊卑关系所压抑的个性心理的必要纾解与反拨，体现了中华民族兼顾追求自由、平等的社会人伦关系的特定文化心理。

可见，从总体上说，"朋友"与"家庭"伦常关系既矛盾对立，又相辅相成。而从根本上讲，"朋友"有着为家庭伦常关系所无法替代的功能作用。很难设想，不重"朋友"一伦，中华民族的精神状态会是怎样（比如"师生"一伦，就不被列为"五伦"之中，在古代社会它仍然反映等级、尊卑关系）！

_____

① 《四书章句集注》，第 122 页。

（二）"朋友"的具体功能作用

首先，一般来说，所谓夫妻、师生、朋友关系，是攸关古代官本位社会"士"之人生价值追求成功与否的最为重要的三种人际关系。《儒林外史》第二回解释"朋友"最为透彻："原来明朝士大夫称儒学生员叫做朋友，称童生是小友。"[1] "朋友"一伦，往往强调男权居于主导的社会政治生活中，男性生命价值自我实现的合力作用，交友在一定意义上说，也就是为事业而寻求一种助力、联合关系。正如前引孟子的论述，"无恒产而有恒心"的"士"，以担负教化人伦的"王者师"的重要职责，为其梦寐以求的人生目标。而仅凭借个人之力，难以以最快速度，或根本无法登上政治坦途，故"嘤其鸣矣，求其友声"（《诗经·小雅·伐木》）。《易·兑》："君子以朋友讲习。"《周礼·地官·大司徒》："五曰联朋友。"郑玄注："同门曰朋，同志曰友。"[2] 所谓"同门"是指在思想传承上趋同，"同志"是指志向情趣相投。故同学关系最易于结为政治上的知音，即朋友关系，以互相援引，共登政治舞台。"如切如磋，如琢如磨"（《诗经·卫风·淇奥》）、"益者三友、损者三友"（《论语·季氏》）、"见贤思齐"（《论语·里仁》）云云，就是这种同学间朋友关系的真实写照。

其次，朋者，比也。比者，并也。朋友关系最具平等意义，具有精神、交游、文化情趣的价值指趋。故《论语·学而》记孔子向往"有朋自远方来，不亦乐乎"的美好人生境界。特别需要强调的是，性爱、家族亲情在家庭关系意义层面无疑十分重要，但人作为社会性的生命个体，其人生需求诚如马斯洛所说，是多层次的，其

---

[1] 《儒林外史汇校汇评本》，吴敬梓著，李汉秋辑校，上海古籍出版社，1999年版，第22页。

[2] 《周礼正义》，孙诒让正义，王文锦、陈玉霞点校中华书局，1987年版，第750页。

精神交游的需要，也是多方面的。家庭功能显然不可能涵盖一切。有些话题与活动，只宜于在平等的朋友中交谈、进行。"世并举而好朋兮，夫何茕独而不予听"，[①] 屈原《离骚》所忧念的，是在一种不正常的"朋党"关系甚嚣尘上时，忠贞正直之人的"茕独"生存样态，但这也正说明：其实人是难耐孤寂、怕成孤家寡人的。现代人最大的精神困惑，不正在于无法排解心灵的孤独？

第三，追求审美精神方面的知音，维护耿介独立人格，也是朋友关系的重要功能。关于这些，后面具体讨论魏晋时期的崇"友"意识时详谈。

二、平等自由意识与魏晋"家庭"观念演变

考察魏晋家庭观念的演变，大略可分为：重视、强调家庭功能特征，漠视、分解、弱化家庭功能特征这两大趋向。就重视家庭功能特征趋向而言，又可分为虚伪礼法"名教"系统的重视家庭功能，和从门阀士族新道德价值标准出发重视家庭功能两类。这两类趋向复杂纠结，远非判然分明，需要予以仔细辨别。[②]

就虚伪礼法"名教"系统重视家庭功能的情形看，由于曹魏与司马氏都很难用"忠"来作为统治招牌，故"孝悌"便成为统治者所提倡的"名教"突出强调的核心内容。只要"不孝"，便可做天大的罪名。曹操之诛杀孔融，司马氏之诛杀吕安等，就都借不"孝"做幌子。正因如此，被阮籍《大人先生传》讥斥为"夫虱之处于裈中"，"行不敢离缝际，动不敢出裈裆，自以为得绳墨也"的

---

① 《楚辞集注》，朱熹，上海古籍出版社，2001年版，第15页。
② 参看《士与中国文化》，余英时，上海人民出版社，1987年版，第217—440页。

"礼法之士",视维护以"孝悌"为核心观念的"名教"为其人生头等大事。如何曾指斥阮籍即借不"孝"无"礼"发端,阮籍被视为"礼法"公敌,也从对嵇喜这位礼法中人施以"白眼"开始。① 可见,这一类人重视礼法、重视家庭功能的实质,乃是出于维护、粉饰、强化篡权统治的需要,和为自身无耻之"恶"提供堂皇理由及转移视线路径。因此,作为伪化道德系统化身的礼法之士,其真正意图并非单纯为了加强家族功能。关于这一点,只要想想衣冠禽兽吕巽奸污亲弟吕安之妻,反而诬告吕安不孝,司马氏居然坐视、纵容、包庇他,反以吕安不孝等罪名判其死罪,② 就可知道其虚伪"孝"道之颠倒黑白、混淆是非,实为杀人利器的实质。这且不去谈它。

需要关注的是:在魏晋时代,门阀士族阶层从新道德生活价值标准出发,重视家庭功能,使家庭关系相对平等、宽松、自由,含有向朋友关系靠拢的趋向,这是魏晋时代在家庭观念方面一大重要变化。主要有以下几方面的特点:

第一,这种强化门阀家庭观念的新道德生活价值标准的核心,是凸显人生的价值意义,在于维护以文化传家的门阀士族的根本利益,使家族的荣光发扬光大。陆机所提出的"述祖德"的文化价值追求原则,代表了其最强音。在专门记载魏晋风流人物事迹的《世说新语》中,随处可见这样的思想内容。如:

> 客有问陈季方:"足下家君太丘,有何功名而荷天下重名?"季方曰:"吾家君譬如桂树生泰山之阿,上有万仞之高,下有不测之深,上为甘露所沾,下为渊泉所润。当斯之时,桂树焉知

---

① 《阮籍集校注》,陈伯君撰,中华书局,2015 年版,第 165—166 页。参见本书《阮籍人格之"谜"》。
② 参本书《崇"友"意识与嵇康的文学创作》。

泰山之高，渊泉之深，不知有功德与无也！"（《德行》）①

孔文举年十岁，随父到洛。时李元礼有盛名，为司隶校尉，诣门者皆儁才清称及中表亲戚乃通。文举至门，谓吏曰："我是李府君亲。"既通，前坐，元礼问曰："君与仆有何亲？"对曰："昔先君仲尼与君先人伯阳，有师资之尊，是仆与君奕世为通好也。"元礼及宾客莫不奇之。太中大夫陈韪后至，人以其语语之。韪曰："小时了了，大未必佳！"文举曰："想君小时，必当了了！"韪大踧踖。（《言语》）②

陈元方子长文有英才，与季方子孝先，各论其父功德，争之不能决，咨于太丘。太丘曰："元方难为兄，季方难为弟。"（《德行》）③

张苍梧是张凭之祖，尝语凭父曰："我不如汝。"凭父未解所以。苍梧曰："汝有佳儿。"凭时年数岁，敛手曰："阿翁，讵宜以子戏父？"（《排调》）④

正始中，人士比论，以五荀方五陈："荀淑方陈寔，荀靖方陈谌，荀爽方陈纪，荀彧方陈群，荀颙方陈泰。"又以八裴方八王："裴徽方王祥，裴楷方王夷甫，裴康方王绥，裴绰方王澄，裴瓒方王敦，裴遐方王导，裴颀方王戎，裴邈方王玄。"（《品藻》）⑤

---

① 《世说新语笺疏》，第12页。
② 同上书，第66页。
③ 同上书，第13页。
④ 同上书，第945页。
⑤ 同上书，第599页。刘孝标注引宋明帝《文章志》曰："献之善隶书，变右军法为今体。字画秀媚，妙绝时伦，与父俱得名。其章草疏弱，殊不及父。或讯献之云：'羲之书胜不？''莫能判。'有问羲之云：'世论卿书不逮献？'答曰：'殊不尔也。'它日见献之，问：'尊君书何如？'献之不答。又问：'论者云，君固当不如？'献之笑而答曰：'人那得知之也。'"

谢太傅问诸子侄:"子弟亦何预人事,而正欲使其佳?"诸人莫有言者。车骑答曰:"譬如芝兰玉树,欲使其生于阶庭耳。"(《言语》)①

卢志于众坐,问陆士衡:"陆逊、陆抗,是君何物?"答曰:"如卿于卢毓、卢珽。"士龙失色。既出户,谓兄曰:"何至如此,彼容不相知也?"士衡正色曰:"我父祖名播海内,宁有不知,鬼子敢尔!"(《方正》)②

简文与许玄度共语,许云:"举君、亲以为难。"简文便不复答。许去后而言曰:"玄度故不可至于此!"(《轻诋》)③

……

这些记载或有失实、夸张的成分,但就其真实再现门阀士族所追求的最高"德行",在于保护家族利益,传承、发扬光大家族的荣光,则是毫无疑问的。

第二,家庭关系相对宽松平等。小辈可自由参与长辈之间的各类聚会活动,长辈也可与晚辈结为忘年之交;父亲可以羡慕儿子生有佳儿,孙子也可以指责爷爷不能对孙子的父亲无礼;儿子可以直呼父亲名讳,女婿可以嘲笑岳丈缺陷;阮籍叔侄两人都能参与竹林七贤之"游",王谢子弟的"乌衣之游"不分兄弟长幼。这样的魏晋佳话,在《世说新语》中触目即是,不胜枚举。甚至父子也可争长论短。《世说新语·品藻》:

谢公问王子敬:"君书何如君家尊?"答曰:"固当不同。"

---

① 《世说新语笺疏》,第173页。
② 同上书,第354页。
③ 同上书,第986页。

公曰:"外人论殊不尔。"王曰:"外人那得知?"①

如此家庭关系,就在相当程度上打破了封建家庭固有的尊卑、长幼等级关系,营造了一种相对宽松、平等、自由的家庭环境氛围,较好地满足了人们多方面的精神、情感需求,颇有些居家有如处友的味道了,这也当是魏晋时代能够成为中国历史上的文化创造时代的重要前提条件吧。

第三,特别需要提出的是,封建礼法规定:闺闱之内严夫妇之礼,魏晋时代,门阀士族妇女的地位空前提高,不但男性能在一定程度上以平等眼光看待女性,尊重女性,注重夫妻感情的交流表达,女性也往往以较平等眼光看待夫妻关系,以较外露的方式表达夫妻感情。如《世说新语·惑溺》记载:

> 荀奉倩与妇至笃,冬月妇病热,乃出中庭自取冷,还以身熨之。妇亡,奉倩后少时亦卒,以是获讥于世。奉倩曰:"妇人德不足称,当以色为主。"裴令闻之曰:"此乃是兴到之事,非盛德言,冀后人未昧此语。"②

刘孝标注引《粲别传》:

> 粲常以妇人才智不足论,自宜以色为主。骠骑将军曹洪女

---

① 《世说新语笺疏》,第638页。刘孝标注引宋明帝《文章志》曰:"献之善隶书,变右军法为今体。字画秀媚,妙绝时伦,与父俱得名。其章草疏弱,殊不及父。或讥献之云:'羲之书胜不?''莫能判。'有问羲之云:'世论卿书不逮献之?'答曰:'殊不尔也。'它日见献之,问:'尊君书何如?'献之不答。又问:'论者云,君固当不如?'献之笑而答曰:'人那得知之也。'"
② 同上书,第1075页。

有色。粲于是聘焉。容服帷帐甚丽，专房燕婉，历年后妇病亡。未殡，傅嘏往唁粲，粲不哭而神伤。嘏问曰："妇人才色并茂为难。子之聘也，遗才存色，非难遇也，何哀之甚？"粲曰："佳人难再得！顾逝者不能有倾城之异，然未可易遇也。"痛悼不能已已。岁余亦亡。亡时年二十九。粲简贵，不与常人交接，所交者一时俊杰。至葬夕，赴期者裁十余人，悉同年相知名士也。哭之，感恸路人，粲虽褊隘，以燕婉自丧，然有识犹追惜其能言。①

荀粲如此溺于夫妻之情，若非以平等眼光看待夫妻关系，就绝难做到。再如：

> 孙子荆除妇服，作诗以示王武子。王曰："未知文生于情，情生于文。览之凄然，增伉俪之重。"（《世说新语·文学》）②

可谓荀粲事迹的另一种书写方式。《世说新语·文学》所记陆退条也表现出对妇女的重视：

> 谢太傅问主簿陆退："张凭何以作母诔，而不作父诔？"退答曰："故当是丈夫之德，表于事行；妇人之美，非诔不显。"③

而女性在夫妻关系中的表现，也可圈可点。如：

---

① 《世说新语笺疏》，第1075页。
② 同上书，第300页。刘孝标注："《孙楚集》云：'妇胡毋氏也。'其诗曰：'时迈不停，日月电流。神爽登遐，忽已一周。礼制有叙，告除灵丘。临祠感痛，中心若抽。'"
③ 同上书，第307页。

王安丰妇常卿安丰。安丰曰："妇人卿婿，于礼为不敬，后勿复尔。"妇曰："亲卿爱卿，是以卿卿，我不卿卿，谁当卿卿？"遂恒听之。(《世说新语·惑溺》)①

袁羊尝诣刘恢，恢在内眠未起。袁因作诗调之曰："角枕粲文茵，锦衾烂长筵。"刘尚妻晋明帝女（庐陵长公主），主见诗，不平曰："袁羊，古之遗狂！"（《世说新语·排调》）②

许允妇是阮卫尉女，德如妹，奇丑。交礼竟，允无复入理，家人深以为忧。会允有客至，妇令婢视之，还，答曰："是桓郎。"桓郎者，桓范也。妇云："无忧，桓必劝入。"桓果语许云："阮家妇既嫁丑女与卿，故当有意，卿宜察之。"许便回入内。既见妇，即欲出。妇料其此出，无复入理，便捉裾停之。许因谓曰："妇有四德，卿有其几？"妇曰："新妇所乏唯容尔。然士有百行，君有几？"许云："皆备。"妇曰："夫百行以德为首，君好色不好德，何谓皆备？"允有惭色，遂相敬重。(《世说新语·贤媛》)③

王公渊娶诸葛诞女。入室，言语始交，王谓妇曰："新妇神色卑下，殊不似公休！"妇曰："大丈夫不能仿佛彦云，而令妇人比踪英杰！"（同上）④

王凝之谢夫人既往王氏，大薄凝之。既还谢家，意大不说。太傅慰释之曰："王郎，逸少之子，人材亦不恶，汝何以恨乃尔？"答曰："一门叔父，则有阿大、中郎，群从兄弟，则

---

① 《世说新语笺疏》，第1080页。
② 同上书，第947页。
③ 同上书，第789页。
④ 同上书，第796页。

有封、胡、遏、末。不意天壤之中，乃有王郎。"（同上）①

　　山公与嵇、阮一面，契若金兰。山妻韩氏，觉公与二人异于常交，问公，公曰："我当年可以为友者，唯此二生耳！"妻曰："负羁之妻亦亲观狐、赵，意欲窥之，可乎？"他日，二人来，妻劝公止之宿，具酒肉。夜穿墉以视之，达旦忘反。公入曰："二人何如？"妻曰："君才致殊不如，正当以识度相友耳。"公曰："伊辈亦常以我度为胜。"（同上）②

　　……

《世说新语》所谓"贤媛"，并非完全以所谓"三从"（从父、从夫、从子）、"四德"（妇德、妇容、妇功、妇言）自律，而是表现出一定的人格独立，追求人的尊严，向往相对宽松、自由、平等的男女、夫妻关系，要求正当的社会交游权利，和适当发挥其才艺的空间环境。王戎妻爱到深处，以卿卿自任；许允、王广两对夫妻，夫嫌妻时妻亦嫌夫；谢道韫才女眼瞧不起俗丈夫，山涛妻以识见与丈夫比高；袁羊作诗调笑刘恢夫妻，刘恢妻也引古反击。可见，魏晋女性向往追求相对宽松、平等、自由的男女、夫妻关系，渴望赋予男女、夫妻关系以"友"的实质内涵，特别是她们较多参与精神文化生活，不但提升了自身的精神生活品质，也提升了魏晋文化生活的品质。

　　至于魏晋时代漠视、分解、弱化家庭功能的趋向，实际与对汉末魏晋权力意志、虚伪礼法名教的反弹与否定有直接关系，将结合与"友"的关系来谈。

---

① 《世说新语笺疏》，第820页。
② 同上书，第799页。

三、魏晋崇"友"社会文化现象

关于魏晋时代的"崇友"社会文化现象，可以从以下几个方面来看：

首先，东汉晚期，为对抗宦官、外戚专权，当时的文化领袖李膺、陈蕃、郭泰等倡导士流结交，同气相求，同声呼应，共同形成一种士人参政议政运动，以激浊扬清，清洁风俗与政教。这种以朋友为社会良心、公德化身的结友方式，其实质是凝聚社会良心，以与腐朽变异了的权力意志进行对抗。①《世说新语·德行》开篇头条即写：

> 陈仲举言为士则，行为世范，登车揽辔，有澄清天下之志。为豫章太守，至，便问徐（稺）孺子所在，欲先看之。主簿白："群情欲府君先入廨。"陈曰："武王式商容之闾，席不暇暖。吾之礼贤，有何不可！"②

陈蕃所谓"礼贤"，有鲜明的求"友"色彩。而孔融与祢衡莫逆，竹林七贤的"越名教而任自然"，嵇康与吕安、向秀等的交往，都在不同程度上可视为此一类型。

第二，交友以助益政治人生追求。如《古诗十九首》反复所咏，建安七子为代表的各类文友集团，以贾谧为领袖，潘岳、陆机等为羽翼的二十四友集团等，都属于此类。

---

① 第三部分所论"家"与"友"关系，可参看余英时《士与中国文化》，第217—440页。另可参照葛兆光《中国思想史》第1卷，第431—435页。
② 《世说新语笺疏》，第1页。

第三，注重精神与心灵的交往，注重文化生活的质量。如《世说新语·德行》：

> 周子居常云："吾时月不见黄叔度，则鄙吝之心，已复生矣。"[1]
>
> 郭林宗至汝南造袁奉高，车不停轨，鸾不辍轭。诣黄叔度，乃弥日信宿。人问其故，林宗曰："叔度汪汪如万顷之陂，澄之不清，扰之不浊，其器深广，难测量也。"[2]

像东汉晚期周乘、黄宪、郭泰、袁阆等的交往，就绝重精神的交流。而嵇康、阮籍、山涛等的结为"神交"，嵇康的每思吕安千里命驾，王戎的悼念嵇康、阮籍，张翰的以琴哭悼顾荣，何充诀别庾亮，感叹"埋玉树箸土中，使人情何能已已"，[3] 都体现了交友满足其精神渴求的特点。同时，魏晋交友也是文化创造的重要方式，魏晋玄学的许多重要命题与创造性言论，都通过朋友间的清谈、论难催生；魏晋文学艺术的创造，也往往离不开朋友间的交流切磋探讨：邺下风流与正始之音异趣同芳，金谷与兰亭文会前后辉映，王弼与何晏以玄学论交，嵇康与阮籍借朋友激发其文学创作才情，顾恺之为朋友传神写照……

第四，值得提出的是，显示、培育独立耿介的人格，在魏晋交友中，显得特别重要：

> 南阳宗世林，魏武同时，而甚薄其为人，不与之交。及

---

[1] 《世说新语笺疏》，第 4 页。
[2] 同上书，第 5 页。
[3] 同上书，第 754 页。

> 魏武作司空，总朝政，从容问宗曰："可以交未?"答曰："松柏之志犹存。"世林既以忤旨见疏，位不配德。文帝兄弟每造其门，皆独拜床下，其见礼如此。(《世说新语·方正》)①
>
> 夏侯玄既被桎梏，时钟毓为廷尉，钟会先不与玄相知，因便狎之。玄曰："虽复刑余之人，未敢闻命!"考掠初无一言，临刑东市，颜色不异。(同上)②
>
> 夏侯泰初与广陵陈本善。本与玄在本母前宴饮，本弟骞行还，径入，至堂户。泰初因起曰："可得同，不可得而杂。"(同上)③
>
> 王太尉不与庾子嵩交，庾卿之不置。王曰："君不得为尔。"庾曰："卿自君我，我自卿卿，我自用我法，卿自用卿法。"(同上)④

无论曹操地位如何变化，宗承都不改"甚薄其人"的看法，拒绝与他交友，曹操的儿子们反而特别敬重他；夏侯玄无论平常还是在牢狱中，都不改其交友初志；王衍拒绝庾敳"卿"他，庾敳居然要求恪守自己的交友之"法"，同意王衍"君我"而"我自卿卿"，以为两便! 此外，如嵇康的拒绝与钟会为友，阮籍的翻白眼于嵇喜，也都是同类性质的例证。可见，当时知识阶层所向往高蹈远举、遗世

---

① 《世说新语笺疏》，第332页。
② 同上书，第338页。
③ 同上书，第340页。刘孝标注引习凿齿《汉晋春秋》："陈骞兄石，有名于世，与夏侯玄亲交。玄拜其母，骞时为中领军，闻玄会于其家，说而归，既入户，玄曰：'相与未至于此。'骞当户立良久，曰：'如君言。'乃趋而出，意气自若，玄大以此知之。"
④ 同上书，第359页。

独立，追求"隐不违亲，贞不绝俗，天子不得臣，诸侯不得友"的理想人生境界。①

第五，特别值得关注的是，由于政治黑暗、社会动荡，人们对精神交流的需求，甚至使"朋友"一伦的重要程度超过了家庭。在东汉晚、末期即是这样。《汉书·陈遵传》：

> 遵嗜酒，每大饮，宴客满堂，辄关门，取宾客车辖投井中，虽有急，终不得去。②

最著名的是孔融。他所追求的人生最高境界是："座中客常满，樽前酒不空。"③ 在通常情况下，家固定向内，相对封闭，主要是家人团聚交流的有限空间环境；而与朋友交往，则意味着广阔、自由、无拘无束的空间世界和精神世界的开拓。孔融充分享受走出家庭之外与朋友的忘情欢乐犹嫌不足，居然要将家庭作为与满座高朋饮酒作乐的乐园，如此崇"友"，想必与家庭生活有所冲突吧？负时代盛名的嵇康，有关他交友的记载，用的是"同居"这样的词语，来形容他与王戎、向秀等的交往，难怪荷兰人高罗佩《中国古代房内考》一书要误解他为同性恋者了。④ 嵇康又不惜远离人群，与高蹈红尘之外的孙登、王烈等隐士相伴。关于嵇康独特的崇友方式，本书《崇"友"意识与嵇康的文学创作》有较详论述，不再多谈了。

第六，由反对魏晋虚伪礼法"名教"，有意轻忽家庭伦理而走

---

① 《后汉书》，第2226页。
② 《汉书》，第3710页。
③ 参见《三国志·魏书·崔琰传》裴松之注引张璠《汉纪》，第372页。
④ 《中国古代房内考》，李零、郭晓惠译，上海人民出版社，1990年版。

向交友。鲁迅《魏晋风度及文章与药及酒之关系》，对魏晋时代的真"孝"与假"孝"，有过透辟论述：

> 魏晋时代，崇奉礼教的看来似乎很不错，而实在是毁坏礼教，不信礼教的。表面上毁坏礼教者，实则倒是承认礼教，太相信礼教。因为魏晋时所谓崇奉礼教，是用以自利，那崇奉也不过偶然崇奉，如曹操杀孔融，司马懿杀嵇康，那是因为他们和不孝有关，但实在曹操司马懿何尝是著名的孝子，不过将这个名义，加罪于反对自己的人罢了。于是老实人以为如此利用，亵渎了礼教，不平之极，无计可施，激而变成不谈礼教，不信礼教，甚至于反对礼教。——但其实不过是态度，至于他们的本心，恐怕倒是相信礼教，当做宝贝，比曹操司马懿们要迂执得多。①

真"孝"如孔融，幼时以"让梨"的孝行著称，对曹操专政多所不满，在他五十六岁时，曹操还使丞相军谋祭酒路粹，枉状奏告孔融不孝：

> 又前与白衣祢衡跌荡放言，云"父之于子，当有何亲，论其本意，实为情欲发耳。子之于母，亦复奚为，譬如寄物瓶中，出则离矣"。②

曹操又亲自下令：

---

① 《鲁迅全集》，第517页。
② 《后汉书》，第2278页。

比州人说平原祢衡，受传融论，以为父母与人无亲，譬如
缻器。寄盛其中，又言若遭饥馑，而父不肖，宁赡活余人。融
违天反道，败伦乱理。号肆市朝，犹恨其晚。[1]

虽污蔑、捏造成分居多，但孔融与祢衡以朋友声气呼应方式，激愤
抨击虚伪礼法，确是事实。再如阮籍等出于同样的理由，愤而违反
家庭"孝"礼，有意不顾母丧而与嵇康等交游，[2]又如嵇康亲近阮
籍、山涛而与嵇喜关系一般，都是显例。

第七，由于政见不同，而造成家庭关系的变化，表现出重友轻
家的倾向。如嵇康之于嵇喜，吕安之于吕巽，阮侃之于阮共等，都
因政治人生思想趣味不同，而打破家庭天伦关系约束，趋向于自主
选择朋友。这实际意味着在复杂黑暗的政治气候下，知识阶层对以
血缘伦常为纽带的社会政治关系的拒绝，凸显出选择"以义取是"
真理标准的价值意义。

四、结　论

由前面三部分的讨论，我们可以得出以下结论：

（一）受魏晋时代特定社会风气的影响，这一时期人们对交友
的精神需求，远较其他时代为甚。嵇康式的"以高契难期，每思郢
质"，[3]嵇、阮、山涛的追求"神交"，阮籍的向往"鸾凤之交"，都
奏出了中国古代交"友"的高山流水之曲。

（二）魏晋时代，一些门阀士族从新道德生活价值标准出发，

---

① 《三国志集解》，第354页。
② 参看本书《阮籍人格之"谜"》。
③ 《晋书》，第1370页。

重视家庭功能，使家庭关系相对平等、宽松、自由，父子、夫妻、兄弟之间，都有向朋友关系靠拢的趋向，既拓展了人们的生活空间与情感天地，也从家庭本位走向个体本位。这是魏晋时代在家庭观念和社会、人际关系方面的重要变化。故从一定意义上说，这种重要变化，与儒家传统生活方式和道家小国寡民思想不相谐和，而与现代倡导张扬个体、追求自由平等的思想潮流秘响旁通，为魏晋风流增添了光彩，在封建思想并没有完全退隐的当代社会，也有着重要的启示意义。

（三）魏晋崇"友"社会文化现象，深刻折射了魏晋文化的特定精神内涵。一方面，魏晋文化创造时代赋予魏晋交友观念与行为以丰富的人文思想内涵，而注重精神、思想的交流与创造，注重扩大精神自由的向度，使交友成为激发魏晋文化创造、开拓审美空间的重要方式、途径。特别值得关注的是，由于政治黑暗、社会动荡，魏晋时代人们格外渴求精神交流，一些"文化英雄"甚至使其朋友关系超越了家庭藩篱；由反对魏晋虚伪礼法"名教"，有意轻视家庭伦理而走向崇"友"，以朋友声气呼应方式，激愤抨击虚伪礼法；甚至由于政见不同而出现家庭关系的变化，表现出重"友"轻"家"的倾向，以及培育、维护独立耿介的人格等，都成为魏晋崇"友"的重要内容。

附论：阮籍的"崇友"方式

虽然由反对虚伪、腐朽的礼法"名教"，阮籍故意不守母丧礼仪，而与人赌围棋输赢，与嵇康结"神交"之缘，对嵇喜大翻其"白眼"，对当时的礼法制度造成极大破坏。但实际上，阮籍颇重家庭，也受到家族的推崇。如本传记载，他的出名，就由于族兄阮武的褒扬；侄儿阮咸则追随他参与竹林之"游"。在人际交往方面，作为魏晋之际最孤寂的哲人，阮籍对社会人群保持高度警惕，以"至慎"闻名，其交友方式也颇与凡俗不同。故特别提出来稍加探讨。

大体上，阮籍之"友"可以归纳为这样几个等级：

阮籍交"友"追求的最高境界是鸾凤之交。与孙登的交往最为典型。为了说明问题，详引相关记载于下：

> 阮步兵啸，闻数百步。苏门山中，忽有真人，樵伐者咸共传说。阮籍往观，见其人拥膝岩侧。籍登岭就之，箕踞相对。籍商略终古，上陈黄、农玄寂之道，下考三代盛德之美，以问之，仡然不应。复叙有为之教，栖神导气之术以观之，彼犹如前，凝瞩不转。籍因对之长啸，良久，乃笑曰："可更作。"籍复啸。意尽，退，还半岭许，闻上啾然有声，如数部鼓吹，林谷传响，顾看，乃向人啸也。（《世说新语·栖逸》）①
>
> 《魏氏春秋》曰："阮籍常率意独驾，不由径路，车迹所穷，辄恸哭而反。尝游苏门山，有隐者莫知姓名，有竹实数斛，杵臼而已。籍闻而从之，谈太古无为之道，论五帝三王之义，苏门先生脩然曾不眄之。籍乃嘐然长啸，韵响寥亮。苏门先生乃逌尔而笑。籍既降，先生喟然高啸，有如凤音。籍素知音，乃假门先生之论以寄所怀……"（戴逵）《竹林七贤论》曰："籍归，遂著《大人先生论》，所言皆胸怀间本趣，大意谓先生与己不异也。观其长啸相和，亦近乎目击道存也。"（刘孝标注）

---

① 《世说新语笺疏》，第762页。

臧荣绪《晋书》称:"孙登尝经宜阳山,作炭人见之,与语,登不应。作炭者觉其精神非常,咸共传说。太祖闻之,使阮籍往观,与语,亦不应。籍因大啸。登笑曰:'复作向声。'又为啸。求与俱出,登不肯,籍因别去。登上峰,行且啸,如《箫》《韶》笙簧之音,声振山谷。籍怪而问作炭人,作炭人曰:'故是向人声。'籍更求之,不知所止。推问久之,乃知姓名。余按孙绰叙《高士传》言在苏门山。又别作《登传》。孙盛《魏氏春秋》亦言在苏门山,又不列姓名。阮嗣宗感著《大人先生论》,言'吾不知其人。既神游自得,不与物交'。阮氏尚不能动其英操,复不识何人,而能得其姓名。"①

尽管这些记载关注点各有不同,所记地点、事实也有淆乱失实之处,但所传达的基本精神是相近的。本传称阮籍考察广武楚汉战场慨叹,"时无英雄,使竖子成名",② 以如此胸襟,而处魏晋之际乱世,可以想见:他在现实世界的确很难找到真正知音。"阮籍常率意独驾,不由径路,车迹所穷,辄恸哭而反。"因此他以"啸""闻数百步",将自然视作知音。但这样做何尝不是以"啸"追寻超迈人世的真正知音?故当"忽有真人",他就欣然前往,以"近乎目击道存"的方式,在远离红尘的最高审美境界中,与"神游自得,不与物交"、因达"道"而被阮籍视为"道"的化身的孙登"长啸相和",进行成功的关于"道"的对话。这种交往追求的是那种生命可遇不可求的千年一会。它不重交流时间的长短,不重形迹的相接相亲,不重包含现实生活内容,不以有声语言,而是要求高蹈尘

① 余疏引李慈铭所举《水经·洛水篇》注。
② 《晋书》,第1361页。

外，在真正的超越意义上，以神"遇"而不以目"合"，借助于传"道"的工具"啸"等，以特殊的超语言对话方式，完成其纯粹内在精神的交流。

第二种类型，是现实社会中的"神交"。《世说新语·贤媛》称："山公与嵇、阮一面，契若金兰。"袁宏《山涛别传》称："陈留阮籍，谯国嵇康，并高才远识，少有陪其契者，涛初不识，一与相遇，便为神交。"① 既然是"神交"，自然就特别重视精神的交流。但阮籍的"神交"，仍然是现实社会中人，只不过与阮籍精神志趣特别投合，是真正意义上的"朋友"，阮籍与他们相互之间，虽然肯定会有很多的精神交流活动，但也不排斥与现实生活相关的内容。这与阮籍以"近乎目击道存"的方式看待孙登，是有所不同的。

第三种类型，是阮籍超越辈分高低，长幼、尊卑的区分，以精神志趣特别投合论交，故结忘年之交，他与王戎就是这样。戴逵《竹林七贤论》：

> 初，籍与戎父浑俱为尚书郎，每造浑，坐未安，辄曰："与卿语，不如与阿戎语。"就戎必日夕而返。籍长戎二十岁，相得如时辈……②

此外，他与阮咸为至亲叔侄，也为至交。

第四种类型当为酒交，阮籍与竹林七贤相聚多为饮酒。我们甚至可以从阮籍的饮酒事迹，读出其对人际交往区分类型的趋向。

---

① 《太平御览》，第1887页。
② 《全晋文》，严可均辑，何宛屏等审订，商务印书馆，1999年版，第1489—1492页。

《世说新语·简傲》：

> 王戎弱冠诣阮籍，时刘公荣在坐。阮谓王曰："偶有二斗美酒，当与君共饮，彼公荣者，无预焉。"二人交觞酬酢，公荣遂不得一杯，而言语谈戏，三人无异。或有问之者，阮答曰："胜公荣者，不得不与饮酒；不如公荣者，不可不与饮酒；唯公荣，可不与饮酒。"①

刘孝标注：

> （孙盛）《晋阳秋》曰："戎年十五，随父浑在郎舍，阮籍见而悦焉。每适浑俄顷，辄在戎室久之。乃谓浑曰：'濬冲清尚，非卿伦也。'"戎尝诣籍共饮，而刘昶在座，不与焉，昶无恨色。既而戎问籍曰："彼为谁也？"曰："刘公荣也。"濬冲曰："胜公荣，故与酒；不如公荣，不可不与酒；唯公荣者，可不与酒。"

戴逵《竹林七贤论》也有"刘公荣通士，性犹好酒，籍与戎酬酢终日，而公荣不蒙一杯，三人各自得也"的说法。那么，阮籍所谓"胜公荣者"所指者谁？如是指山涛、嵇康等"神交"或王戎这样的忘年交，自然非饮酒就无以尽酣畅淋漓、快慰人心之事；如是指政治强力人物，非饮酒就无以为谈；或必须以饮酒避开其他敏感话题，这酒就饮得有些无奈了。所谓"不如公荣者"，他们既然在政

---

① 《世说新语笺疏》，第899页。《世说新语·任诞》又记为刘昶事迹，非阮籍事迹。余疏以为是一事的传闻异辞。

治人事交往中无妨于己，自己也未必愿以其他方式与其交往，除了饮酒还有什么好谈？故"不可不与饮酒"！只有刘公荣，论交未达"神交"、忘年交地步，也非关系泛泛，以他"通士"性格，不怕开罪于他，况他"性犹好酒"，何必浪费美酒呢？于此，我们既读出了阮籍饮酒交友的风度与哲思，也读出了他人生的无奈与苦涩。

"痴"与魏晋文化

桓公初报破殷荆州，曾讲《论语》，至"富与贵，是人之
所⋯⋯，下以其时闻之不久"，玄叹色甚恶。（《文学》）

一个大的文化与文学时代的出现，其突出标志之一就是：一批
能够集中表现时代精神、风貌的文化语词的凸显。这些文化语词，
有些是应时代之运而新生的；有些是旧有语词被予以改造的；甚
至，有些通常为人们所轻忽或不齿的语词，也蒙因缘际会之幸，被
化腐朽为神奇，堂而皇之地频繁登台亮相了。如在魏晋文化与文学
时代，"雅好慷慨"为建安文士所共同嗜好；呼唤、崇拜、反思
"英雄"，是贯穿整个魏晋时代的重要文化现象；曹操等使"朝露"
成为象征建安文士生命意识的"符号"；曹植等甚至以"尘埃"张
扬难以企及的时代才情；阮籍、刘伶特铸"大人先生"以象征魏晋
之际文士的理想人格形象；魏晋风流人物对"虱"类语词的高频使
用，则为中国文化史的奇观。

在魏晋时代，"痴"也是在特定文化语境中，能够多方体现、
折射魏晋风度与魏晋文化精神的重要文化语词，其所具有的重要的
审美与文化价值意义，不容忽视。借助于全面考索"痴"的文化语
义，及其在魏晋特定文化语境的使用情况，今试对以"痴"为名的

魏晋文化现象，进行较为深入、系统的探讨。

一、大器晚成："痴"① 与"早慧"交相辉映

考索语义，"痴"适与"早慧"背反。

从语源看，今已难以确知"痴"字最早出现于何时，但在先秦时代大约少见。《太平御览》卷四九○所引《周书》逸文有"痴"："太公望忽然曰：'不痴不狂，其名不彰；不狂不痴，大事不成。'"②《文子·守法》："任臣者，危亡之道也。尚贤者，痴惑之原也。法天者，治天地之道也。"③《山海经·北山经》："（人鱼）食之无痴疾。"④《韩非子·内储说上七术·说二》："婴儿、痴聋、狂悖之人尝有入此者乎?"⑤ 但这些或指性情特点，或指生理残疾之"痴"，还不能被确认一定就是先秦时代的。

---

① 本文认为，所见先秦时代4条"痴"例是否可靠，值得质疑。一是关于《逸周书》的时代、真伪问题，学界看法分歧较大。90年代以来，逐渐倾向于肯定为真，可参看西北大学出版社1992年出版的黄怀信《〈逸周书〉源流考辨》之《时代与编、籑者》《各篇内容、性质与时代》及李学勤序。但此逸文以"痴""狂"多句式工整对举成文，著者颇疑非先秦用法。二是关于《文子》一书真伪一直有争论，近20年来倾向于肯定为真，但经后人改易当无疑义。著者认为本书所引，似非先秦时代用法。参看李定生《文子其人考》，见《道家文化研究》第5辑，1994年版；饶恒久《范蠡与文子之师承关系考论》，见《宁夏大学学报》2000年4期。三是关于《山海经》的作时，学界看法亦颇分歧，袁珂《〈山海经〉写作的时地及篇目考》认为，包括《北山经》在内的《五藏山经》作于战国中期以后。见《神话论文集》，上海古籍出版社1982年版。四是关于《韩非子》中的"痴"，王先慎《韩非子集解》改为"盲"："各本'盲'作'痴'，今据《文选·永明九年册秀才文》注引改。《艺文类聚》《御览》引'盲'作'狂'，亦误。"陈奇猷亦从王说。其说甚是，今从。王说见《诸子集成》第5册，第165页，上海书店，1986年版；陈说见《韩非子新校注》第581—582页，上海古籍出版社2000年版。
② 《太平御览》，第2244页。
③ 《文子疏义》，王利器撰，《新编诸子集成》本，中华书局，2000年版，第152页。
④ 《山海经校注》，袁珂校注，上海古籍出版社，1980年版，第86页。
⑤ 《韩非子新校注》，韩非撰，陈奇猷校注，上海古籍出版社，2000年版，第581页。

西汉时期使用"痴"字则肯定无疑。如史游《急就篇》已将"痴"等明确归入"疒"类七病中；《淮南子·俶真篇》有"或通于神明，或不免于痴狂者，何也"① 之问；《汉书·韦玄成传》记载韦玄成"阳为病狂"，而为人指为有意"为狂痴"。②

东汉就较多使用了。如王充《论衡·率性》记载"有痴狂之疾，歌啼于路"，③《道虚》言"痴愚之人，尚知怪之"；④《越绝书》之《计倪内经》言"慧种生圣，痴种生狂"，⑤《越绝外传纪策考》言范蠡"其为结僮之时，一痴一醒，时人尽以为狂"；⑥ 应劭《风俗通义》言蛮夷"外痴内黠"；⑦《周礼·秋官·司刺》"三赦曰蠢愚"郑玄注言"蠢愚，生而痴騃童昏者"；⑧ 王符《潜夫论·边议》称"而痴儿騃子，尚云不当救助，且待天时"；⑨《三国志·魏书·董卓传》裴松之注引《献帝春秋》记载，董卓找借口欲废献帝就谈到"人有少智，大或痴"等。⑩

由前引例句看，在对"痴"字的早期使用中，虽然受人类自身认识水平和科学水平的局限，人们还不能够明晰、准确区分"痴"与疾病的关系，有时或视"痴"为疾病，或将"痴狂"疾病混同于"痴"，但已经关注、探讨"痴"与疾病的关系。扬雄《方言》谓

① 《淮南鸿烈集解》，刘安等撰，刘文典集解，冯逸、乔华点校，《新编诸子集成》本，中华书局，2013年版，第81页。
② 《汉书》，第3108—3109页。
③ 《论衡校释》，第79页。
④ 同上书，第329页。
⑤ 《越绝书校释》，李步嘉校释，武汉大学出版社，1992年版，第98页。
⑥ 同上书，第137页。
⑦ 《风俗通义校注》，1981年版，第490页。
⑧ 《周礼注疏》，郑玄注，贾公彦疏，赵伯雄整理，北京大学出版社，2000年版，第947页。
⑨ 《潜夫论笺校正》，王符撰，汪继培笺，彭铎校正，《新编诸子集成》本，中华书局，1985年版，第270页。
⑩ 《三国志》，第190页。

"痴,骇也",① "骇"意为呆傻；许慎《说文解字》"痴，不慧也。从疒，疑声"，段玉裁注："心部曰：'慧者，儇也。'犬部曰：'儇者，急也。'痴者，迟钝之意，故与慧正相反。此非疾病也，而亦疾病之类也。"② 庾敳《意赋》云"蠢动皆神之为兮，痴圣惟质所建"，③ 由上述说解可知，"痴"与"圣"一样，具有非后天人为的因素，与真正的疾病有着本质不同。但它确有病态性成分，以个人心智的呆傻迟钝为其重要特征，是个人心智发育处于晚熟状态，或永远停留在较为低下的智力水准上的特定表现，适与"早慧"背反。

魏晋时代，"痴"则往往被用来指称大器晚成的异量之美，与"早慧"交相辉映，也是表现、象征魏晋风流人物强烈生命意识的特指"符号"。"痴"的本义既为"不慧"，与"早慧"正相背反，就其性状而言，"痴"就意味着连正常人都不如，极有可能终身难有出息，遑论大器晚成。故在具有崇尚"早慧"文化传统的古代社会，"痴"人往往为人们所轻视、嘲辱。汉末、魏晋时代，以文化高门为主体的门阀士族，逐渐取得并巩固其政治统治权。受门阀士族主导的整个社会层面，不但高度重视对儿童智力的早期开发，对"早慧"儿童的崇尚、褒扬风气更是空前的。这可视为魏晋时代高度重视人的生命存在质量与追求生命价值的思想意识的重要表征。故在专门记载魏晋风流人物事迹的《世说新语》中，不但有《夙慧》专篇表彰陈纪与陈谌兄弟、何晏、司马绍、张玄之、顾敷、韩康伯、司马昌明、桓玄等的"早慧"事迹，在其他篇中也随处可见

① 《方言笺疏》，扬雄撰，钱绎笺疏，李发舜、黄建中点校，中华书局，1991年版，第359页。
② 《说文解字注》，第353页。
③ 《全晋文》，第367页。

这些人物，以及对别的"早慧"者如徐穉、孔融及其二子、祢衡、曹植、曹冲、曹髦、杨修、王戎、范宣、钟毓、钟会、孙潜、孙放、谢尚、谢玄、谢道韫、谢灵运、王弼、卫玠、袁宏、王献之、祖纳、桓温、羊孚、戴逵、车胤、裴楷、裴秀、竹林七贤的后人等的记载。① 可以说，以"早慧"而为父兄、亲故、他人识赏，简直直通魏晋风流人物之路。因此，身处魏晋时代，如是常人而不"早慧"，或即便"早慧"而没有早被识赏，那就很有可能被视为不正常或"痴"了。如果被视为"痴"而终无特异表现，自然也就是通常所谓"痴"人，只能"痴"活一生而无足挂齿了。

尽管如此，"早慧"却并非通往魏晋风流人物的唯一之路。因为"早慧"也会如《世说新语·言语》所说："小时了了，大未必佳！"故大器晚成也为魏晋时代所普遍崇尚。在魏晋时代，那些曾被视之为"痴"的风流人物，往往就是大器晚成型的！经常的情形是：或原本就不"痴"，甚至是"早慧"的，但由于没有早被识赏的机遇，也会被误认为"痴"，这样的人物，一朝被人发现，就会大得盛名；或早期表现庸常甚至具有"痴"的表象，后来却有上乘表现为自己正名，这就正所谓大器晚成了。这些人物一旦成功，则曾被作为其人定性标志的"痴"，就有如美人之"痣"、颊上三毫、月中微影，直接为其名士风范锦上添花、倍增光彩了。比之于"早慧"名士，那些晚成名士的"痴"气、"迟钝"，不但不比"早慧"逊色，甚至如影随形，相伴大器晚成而与"早慧"交相辉映，饶具异量之美。因此，如果不能以"早慧"成名，那么，"早痴"也是通往魏晋风流人物的蹊径。可以说，"早慧"更强调加速、提升生

---

① 《世说新语》关于早慧儿童的记载，多有夸张、失真之处。参见余嘉锡《世说新语笺疏》与徐震堮《世说新语校笺》。

命的质量与价值，"痴"慧更强调加强、拓展、充实生命的厚度、质量与价值。这样，与"早慧"一样，"痴"也就成为表现、象征魏晋风流人物强烈生命意识的特指"符号"。

"痴"名远扬的王湛，其事迹最具代表性。《世说新语·赏誉》记载：

> 王汝南（王湛）既除所生服，遂停墓所。兄子济每来拜墓，略不过叔，叔亦不候。济脱时过，止寒温而已。后聊试问近事，答对甚有音辞，出济意外，济极惋愕。仍与语，转造清微。济先略无子侄之敬，既闻其言，不觉懔然，心形俱肃。遂留共语，弥日累夜。济虽俊爽，自视缺然，乃喟然叹曰："家有名士，三十年而不知！"济去，叔送至门。济从骑有一马绝难乘，少能骑者。济聊问叔："好骑乘不？"曰："亦好尔。"济又使骑难乘马，叔姿形既妙，回策如萦，名骑无以过之。济益叹其难测，非复一事。既还，浑问济："何以暂行累日？"济曰："始得一叔。"浑问其故，济具叹述如此。浑曰："何如我？"济曰："济以上人。"武帝每见济，辄以湛调之曰："卿家痴叔死未？"济常无以答。既而得叔，后武帝又问如前，济曰："臣叔不痴。"称其实美。帝曰："谁比？"济曰："山涛以下，魏舒以上。"于是显名。年二十八，始宦。①

刘孝标注又分别补充引述邓粲《晋记》："王湛字处冲，太原人。隐德，人莫之知，虽兄弟宗族，亦以为痴。惟父昶异焉……"和《晋阳秋》："济有人伦鉴识，其雅俗是非，少有优润。见湛，叹服其德

---

① 《世说新语笺疏》，第508—509页。

宇。时人谓湛'上方山涛不足，下比魏舒有余'。湛闻之曰：'欲以
我处季孟之间乎？'"① 可见，王湛之"痴"著名当时，"虽兄弟宗
族，亦以为痴"，连皇帝都知其"痴"名。宜乎当侄儿王济早为风
流人物，他还为"痴叔"；也宜乎如《世说新语·贤媛》记载，"以
其痴"、"无婚处"。但是，当王湛以多能折服名士之侄，使其"憬
然"且"自视缺然"、愧叹"难测"，追悔得识家有佳叔之晚，他就
以"痴"而声名鹊起，一跃成为处于山涛、魏舒伯仲间的名士了。
其"自求郝普女"为婚，也颇具"痴"相，连其父也"以其痴，会
无婚处，任其意，便许之"。可是，"既婚，果有令姿淑德。生东
海，遂为王氏母仪"。在王湛已是名士后，"或问汝南何以知之？
曰：'尝见井上取水，举动容止不失常，未尝忤观。以此知之。'"②
人们这才明白：原来其求婚"痴"相中，深藏着"难测"的远
"识"！③

　　有趣的是，被王济借以与其叔相比的山涛、魏舒，据《晋书》
本传记载，二人都是四十或四十多岁才步入仕途，又正好由魏舒接
替山涛司徒之职，魏舒更是一位以"迟钝"近"痴"、大器晚成的
人物，刘孝标注引王隐《晋书》：

　　　　魏舒字阳元，任城人。幼孤，为外氏宁家所养。宁氏起
　　宅，相者曰："当出贵甥。"外祖母意以盛氏甥小而惠，谓应相
　　也。舒曰："当为外氏成此宅相。"少名迟钝，叔父衡使守水
　　碓，每言："舒堪八百户长，我愿毕矣。"舒不以介意。身长八

①　《世说新语笺疏》，第508—509页。
②　同上书，第806页。
③　关于王湛事迹，《世说新语》《晋书》等多种书籍记载颇多不同与讹误处，不过，就
　　"痴"而言，大体可信。对其不同与讹误处，余嘉锡《笺疏》、徐震堮《校笺》证谬
　　较多，可参看。

尺二寸，不修常人近事。少工射，著韦衣入山泽，每猎大获。
为后将军钟毓长史，毓与参佐射戏，舒常为坐画筹。后值朋人
少，以舒充数，于是发无不中，加博措闲雅，殆尽其妙。毓叹
谢之曰："吾之不足尽卿，如此射矣！"转相国参军。晋王每朝
罢，目送之曰："魏舒堂堂，人之领袖。"累迁侍中、司徒。①

可见，以"痴"相十足而终成正果，在魏晋时代甚至是造就名士的
传统。故三济在"发现"其叔时，很容易就联想起魏舒来。

王湛之孙王述颇有乃祖遗风。《世说新语·赏誉》记载，"王蓝
田为人晚成，时人乃谓之痴。"②《晋书·王述传》记载：

> （王述）年三十，尚未知名，人或谓之痴。司徒王导以门
> 地辟为中兵属。既见，无他言，惟问以江东米价。述但张目不
> 答。导曰："王掾不痴，人何言痴也？"尝见导每发言，一坐莫
> 不赞美，述正色曰："人非尧舜，何得每事尽善！"导改容
> 谢之。③

这些，几乎就是王湛事迹的改写版。

在对魏晋风流人物的有关记载中，以"早痴"而晚得大名，是
一种相当固定的惯用笔法。除了上述人物，如《晋书·阮籍传》记
载阮籍早年"时人多谓之痴，惟族兄文业每叹服之，以为胜己，由
是咸共称异"；④《晋书·皇甫谧传》记载，皇甫谧"年二十，不好

---

① 《世说新语笺疏》，第 509 页。
② 同上书，第 541 页。
③ 《晋书》，第 1961 页。
④ 同上书，第 1359 页。

学，游荡无度，或以为痴"，[①] 后励志而终成大器；《世说新语·任诞》记载，"襄阳罗友有大韵，少时多谓之痴"。罗友事迹尤其发人深省。罗友，东晋人，"为人有记功，从桓宣武平蜀，按行蜀城阙观宇，内外道陌广狭，植种果竹多少，皆默记之。后宣武溧州与简文集，友亦预焉。共道蜀中事，亦有所遗忘，友皆名列，曾无错漏。宣武验以蜀城阙簿，皆如其言。坐者叹服。谢公曰：'罗友讵减魏阳元！'"[②] 而"阳元"正是魏舒之字，罗友被以魏舒相比，其事略同王湛！

为什么在谈论大器晚成型的"痴"人时，人们会不约而同地聚集于这些人，以彼此事迹互比？可以认为：在魏晋时代，当人们形容魏晋"痴"类风流人物大器晚成的异量之美时，甚至还存在着公认的人物原型参照系统。

综上所述，在一定程度上，说魏晋风流人物之"痴"与"早慧"相辅相成、交相辉映，并非夸张。实际上，这充分表现了魏晋风流人物执著热爱生命，高度重视人的生命存在质量，向往、追求生命价值的重要思想意识，"早慧"更强调加速、提升生命的质量与价值，"痴"更强调加强、拓展、充实生命的厚度、质量与价值。要是没有"早痴"这一名士类型，则魏晋时代的"早慧"一"花"独放，岂不是有失单调、孤寂了？

二、审美"移情"与追求审美化生活方式

魏晋时代是中国历史上最具浪漫气质和艺术情调的时代，魏晋

---

① 《晋书》，第 1409 页。
② 《世说新语笺疏》，第 885—886 页。

文士的自我生活与其文化艺术生活有着紧密关联。

　　一方面，嵇康《释私论》中提出的"越名教而任自然"的主张，代表了处于魏晋特殊时代文士普遍而强烈的心理欲求。所谓"越名教而任自然"，实际就是要求以审美态度看待人生，通过张扬自我人格和建构审美化的自我生活，来实现对受魏晋特殊现实政治与伪化的外在伦理道德系统支配的社会关系与社会生活的超越。魏晋风流人物往往以"礼岂为我辈设哉"（阮籍语），和"情之所钟，正在我辈"（王戎语）的生命实践方式，来实现对保洁存真的情感生活和审美理想的执著追求；也以追求和建构一种自然的、适合心灵自由、精神解放的异态生活和生活秩序，对抗阮籍《大人先生传》所指出的、礼法之士刻意追求的充满矫饰诈伪的"服有常色，貌有常则，言有常度，行有常式"的常态生活状态和生活秩序。[①]由于"艺术对于人的目的在使他在对象里寻回自我"，[②]魏晋文士富于审美情趣的自我生活必然更多向其文化艺术生活靠拢。另一方面，魏晋风流人物大多具有多方面的文化艺术修养，甚至在某些专门方面造诣精深。故其文化艺术生活也必然对其自我生活产生深刻影响。这种审美化的自我生活与其文化艺术生活的有机互动，既催生大量具有鲜明审美"移情"特征的文化行为，[③]也容易造成一种被常人视之为"痴"的"痴"气人生样态。有四种被称为"痴"的情形就值得予以充分关注：

---

① 参看刘康德《阮籍青白眼、癫狂症及其他》，载《复旦学报》1994 年第 2 期；另参本书《阮籍"癫狂"症说辩》。
② 《西方美学史》，朱光潜著，人民文学出版社，1979 年版，第 587 页。
③ 此处及后面所涉及有关审美"移情"说与"酒神"精神说的内容，均参见朱光潜《西方美学史》下卷第 18 章《"审美的移情说"的主要代表：……》，第 597—629 页；周国平《悲剧的诞生——尼采美学文选》，生活·读书·新知三联书店，1986 年版。

其一，专注入神于所热爱之事，因"得意"而"忘形"，或通"神"，被称为"痴"。魏晋文士使其自我生活与文化艺术生活高度合一的现象，给人印象最深。《晋书·阮籍传》记载：

> （阮）籍容貌瑰杰，志气宏放，傲然独得，任性不羁，而喜怒不形于色。或闭户视书，累月不出；或登临山水，经日忘归；博览群籍，尤好《庄》《老》。嗜酒能啸，善弹琴。当其得意，忽忘形骸。时人多谓之痴。①

其中，"任性不羁"、"当其得意，忽忘形骸"，最能代表魏晋文士专注入神于所热爱之事，而"得意""忘形"的"移情"之"痴"。当阮籍有时"痴"迷于"书"或"山水"，就索性"闭户"而"累月不出"，或"登临山水，经日忘归"，无论他封闭或开放自我，都往往处于半由意志半不由意志、半有意识半无意识的审美观照之中，完全泯灭了时间的长短与空间的广狭界限；尤其当他"痴"迷于所嗜爱的"庄老"、"酒"、"啸"、"琴"等文化艺术活动中，更常常进入有如尼采所说的"酒神"精神与西方所谓审美"移情"境界，完全将自己外射、移置、投入于所热爱之事中，达到"无我"、"忘我"境界，"意"醉"神"迷，灵魂都已与之融合为一，不复知道身在何处，如何能够顾及他人存在！故他或静、或动、或哭、或笑、或叫、或闹，不觉眉飞色舞，足之蹈之，歌之舞之，一任自然，这就被时人视为"痴"气十足。

大艺术家顾恺之，是自我生活与其绘画艺术高度冥合而经常"通神"，被称为"痴"的典型。《晋书·文苑传·顾恺之》全传，

---

① 《晋书》，第1359页。

几乎就是为一位"痴"其终身的画家写照：

> 尤善丹青，图写特妙，谢安深重之，以为有苍生以来未之有也。恺之每画人成，或数年不点目睛。人问其故，答曰："四体妍蚩，本无阙少于妙处，传神写照，正在阿堵中。"……恺之每重嵇康四言诗，因为之图，恒云："手挥五弦易，目送归鸿难。"每写起人形，妙绝于时，尝图裴楷象，颊上加三毛，观者觉神明殊胜。又为谢鲲象，在石岩里，云："此子宜置丘壑中。"欲图殷仲堪，仲堪有目病，固辞。恺之曰："明府正为眼耳，若明点瞳子，飞白拂上，使如轻云之蔽月，岂不美乎！"仲堪乃从之……初，恺之在桓温府，常云："恺之体中痴黠各半，合而论之，正得平耳。"故俗传恺之有三绝：才绝、画绝、痴绝。①

作为被谢安称为"有苍生以来未之有也"的绘画巨匠，恺之几乎全"痴"于画。除了具有与阮籍相同的审美"移情"特点，在进行具体审美创造时，受其绘画审美想象与情感的驱使，恺之更注重有意扩大、加强、夸张其主观的审美认知：一是通过对"对象的人化"这种审美"移情"，刻意追求使不具生命的画作通"神"而"活"；二是通过对作为其绘画创作对象的特定个人的审美化"物化"，与设身处地的想象等审美"移情"，来创造"神明殊胜"的伟大作品；三是充分进行其他文化艺术门类与绘画的审美"移情"，使其成为绘画艺术的有机组成部分。故其画法、画思、画趣、画境、画论，

---

① 《晋书》，第2405—2406页。《晋书·顾恺之传》系统合《世说新语·巧艺》《续晋阳秋》等书有关顾恺之事迹的记载而成，可参看余嘉锡《世说新语笺疏》相关部分内容。

处处通"神",极尽痴黠灵妙之至,具有浓厚的浪漫色彩。宜乎为时人目为画"痴"!

此外,《晋书》本传所载的阮籍因"钟情"而送嫂归宁、醉卧于酒家老板娘脚下、前往并不相识的早逝少女坟前哭祭等,也是审美"移情"的典型事例。再如,《世说新语·惑溺》所记荀粲的因"痴"于"情"而冬月以其身体为妇取冰祛病,终于为"情"而死;同书《文学》所记王弼的"痴"想"梦"之玄理过苦成疾;《晋书·袁山松传》所记张湛好于宅前种松柏,山松出游好让左右作挽歌,被人称为"张屋下陈尸,袁道上行殡"等,虽有违常情,同样也是嗜好至极才有的极端"移情"行为。至于《世说新语·术解》刘孝标注引《意林》所记载的:杜预称王济有马癖、和峤有钱癖,他自己有《左传》癖等,虽不以"痴"见称,有些也未必具有审美意味,仍可列入具有"移情"特点的"痴"人事迹。

其二,由"痴"于所热爱之事,进而影响到人生的其他方面,表现出富有"痴"意的特异思维、思想、语言与行为举止。魏晋文士使其自我生活与文化艺术生活的高度合一,往往造成某种失衡与错位,甚至会使其自我生活完全混同于其艺术生活。最典型的仍是顾恺之。顾恺之几乎总是以艺术思维或眼光看待、错认现实实际生活,经常有被视为"痴"的特异思维、思想、语言与行为举止,甚至闹出种种笑话。如《晋书》本传所记载的:"恺之每食甘蔗,恒自尾至本。人或怪之。云'渐入佳境'";"恺之尝以一厨画糊题其前,寄桓玄,皆其深所珍惜者。玄乃发其厨后,窃取画,而缄闭如旧以还之,绐云未开。恺之见封题如初,但失其画,直云妙画通灵,变化而去,亦犹人之登仙,了无怪色";"义熙初,为散骑常侍,与谢瞻连省,夜于月下长咏,瞻每遥赞之,恺之弥自力忘倦。瞻将眠,令人代己,恺之不觉有异,遂申旦而止";"恺之矜伐过实，少年因相称誉以为戏弄"① 等。可见，正是因艺术"痴"气的弥漫，使顾恺之的人生具有了十足"痴"气与浓厚的浪漫色彩。

其三，于所热爱之事达到通"神"境界，而在人生其他方面表现幼稚、迟钝，亦被称为"痴"。这种偏能、偏弱的严重失衡、错位现象，主要由如曹丕《典论·论文》所谓"虽在父兄不能以移子弟"的先天性因素，和后天过分用力、关注于所热爱之事，而严重忽视人生其他方面等因素所造成。如《三国志·魏书·许褚传》记载"军中以褚力如虎而痴，故号曰'虎痴'"；② 以及《晋书》本传所记载的顾恺之"尤信小术"而为桓玄捉弄"就溺"，和前引恺之为桓玄、谢瞻等所戏弄等，都有"痴"于所热爱之"事"而不通人情世故，在日常生活中表现出"痴"气十足、呆傻、幼稚的特点，堪称典型事例。

其四，魏晋时代普遍崇尚特异，往往特异就是美，就称"痴"。崇尚特异、张扬个性被视为"痴"，早在汉末已开风气。如《三国志·魏书·陶谦传》裴松之注引《吴书》记载：陶谦为司空张温所重，而谦"轻其行事"，曾于酒会上"众辱温"。后经人调解，陶谦答应道歉。见面则仰头谓温："自谢朝廷，岂为公耶？"就被张温称为"痴病尚未除"。③ 故梁章钜评价"恭祖（陶谦字）之痴病与元龙之豪气正可作对"。④ 如此之"痴"，所表现的其实是一种特别的士节之美。以嵇、阮为代表的魏晋文士"越名教而任自然"，极力张扬自我人格和建构审美化的自我生活，更倡导了普遍崇尚特异、张扬个性的魏晋文化风气。尽管他们的言行常人往往容易误解，礼法之士不予宽容，如伏义《与阮籍书》就极力指斥阮籍这位礼法"公

① 《晋书》，第2405页。
② 《三国志》，第543页。
③ 同上书，第249页。
④ 《三国志集解》，第848页。

敌"："而闻吾子乃长啸慷慨，悲涕潺湲，又或拊腹大笑，腾目高视，行性悄张，动与世乖，抗风立侯，蔑若无人……"①所指固有阮籍故为姿态以辱礼法之士的方面，许多正是被刻意歪曲的阮籍之"痴"。实际上，阮籍等的"痴"更多是其真情至性的自然流露，展现了他们以审美态度进入人生的丰神韵致。《晋书》对此有着恰切评价："外坦荡而内醇至。"

与嵇、阮等一样，魏晋风流人物展现与众不同的特异个性之美，许多就被时人视为"痴"。如《世说新语·品藻》："王中郎尝问刘长沙曰：'我何如荀子？'刘答曰：'卿才乃当不胜荀子，然会名处多。'王笑曰：'痴！'"②王坦之本希望刘爽能奉承自己，刘爽却直道真实，坦之笑他不通人情，赏叹他性情真率，以"痴"来形容刘爽，也表现自己的诙谐、风趣。再如《世说新语·简傲》："谢中郎是王蓝田女婿，尝著白纶巾，肩舆径至扬州听事见王，直言曰：'人言君侯痴，君侯信自痴。'蓝田曰：'非无此论，但晚令耳。'"③谢万目无岳丈，直言其"痴"，故是真率狂豪；王述毫不计较，平心静气地解释自己"痴"名有自，然非真"痴"，则显示了平等、宽厚待婿风度。两"痴"相较，谁究是真"痴"？要之，魏晋风流人物的审美"移情"，与对审美化生活方式的追求，确实起到了解放自我和扩大心灵境界的重要作用。

三、"玄学"传统与"痴"的门风传承

实际上，在早期"痴"的语义使用中，人们已关注到"痴"与

① 《阮籍集校注》，第74页。
② 《世说新语笺疏》，第627页。
③ 同上书，第908页。

智慧的深层关系。如前举《太平御览》所引《周书》逸文有关吕望谈论"痴""狂"是"大智""人师"或名"成事"的必备素质，特别《越绝外传纪策考》详细描述、渲染帝王师范蠡的"痴""醒""狂"态，[1] 就都可视为在"痴"被赋予大智若愚意义后，人们对吕望、范蠡这类智者型"痴"人的接受、认同。又如《三国志·魏书·管宁传》裴注引《傅子》记载，焦先以裸身、食秽、不言等极近"痴狂"的病理损伤或失语症状的怪异行为，而被视为"痴狂人"；他的许多颇具智慧的言行、义举和准确预见，却又使"人颇疑其不痴"。裴注引皇甫谧《高士传》称其"见汉室衰乃自绝不言"，"虽上识不能尚也"，"自羲皇已来一人而已矣"。可知焦先实际是隐于乱世的智者。对阮籍、嵇康等都有深刻影响的孙登也与焦先同调。[2] 而在魏晋玄风大盛，《老》《庄》《易》作为时人崇尚、研读的"三玄"，对人们的思维与生活方式、行为举止有着深刻影响的文化氛围中，魏晋之"痴"更被视为受哲学思想指导，蕴涵高度人生智慧的特定文化行为。也可以说：哲学思想尤其提升了魏晋之"痴"的文化理性与智慧品质。

先看韬晦自保之"痴"。汉末、魏晋时代政局动荡，人心险恶："早慧"而锋芒毕露，往往难以善终。不善藏"锋"也会招致杀身之祸。故人们每奉《易》《老》的处柔弱、示愚拙、求稳健，韬晦以自保。极端的例子，如《三国志·魏书·管宁传》裴注引《傅子》记载，石德林于汉末乱中，"遂痴愚不复识人"，以"乞食"为生，甚至得到"寒贫"外号，后被发现"不痴"。他的思想言谈举止，正受到"常读老子五千文及诸内书，昼夜吟咏"的熏陶。而受

① 参看乐祖谋点校《越绝书》，上海古籍出版社，1985年版，第45页。
② 参看《世说新语·栖逸》及余嘉锡《笺疏》、徐震堮《校笺》相关部分；《晋书·隐逸·孙登传》。

到"玄学"深刻影响的阮籍，其全身远祸的"至慎"，甚至被时人推崇为难以企及的榜样，司马氏不但称他"至慎"，还许其"至慎"为"为官"的最高境界。①

再看培育朴拙、厚重、深沉、稳健、大智若愚的人生涵养、功夫与境界之"痴"。以《老》《庄》《易》精神培育朴拙、厚重、深沉、稳健、大智若愚的人生涵养、功夫与境界，是魏晋风流人物的普遍性追求。前所举享有"痴"名的风流人物，不少就深受影响而常常表现出时代智者的气质、风度。

三看"玄学"传统与"痴"的门风传承。通常，一方面，如《越绝书》所说，"慧种生圣，痴种生狂"，"痴"的确存在家族遗传因素。如三国时代虞翻《与某书》为其四岁小儿求妇，自嘲"虾不生鲤子"，自称"老痴"；其《与弟书》谈为长子求婚，谓"虞家世法出痴子"，自述"有数头男皆如奴仆，伯安虽痴，诸儿不及。观我所生，有儿无子。伯安三男，阿思似父，思其两弟，有似人也。……"② 从《三国志·吴书·虞翻传》等有关事迹看，其十一子中，第四子虞汜最有出息，另外数人也有声名，虞翻的说法显然有夸张与牢骚成分，但数代中皆有"不慧"的"痴"者，大约也是事实。故他为家族性之"痴"而焦虑、苦恼。但如此家庭遗传之"痴"，似仍是通常意义上的。另一方面，如前所举，受"玄学"传统影响之"痴"，往往具有个体性特征，而非家族性的，更非家风传统意义上的。

本文所要着重指出的，是在家世传习《易》《老》《庄》，浸淫于"玄学"文化传统中，以至于出现了明显具有《易》《老》思想倾向的"痴"家门风，这在其他时代是极其罕见的！前所提及的王

---

① 参看嵇康《与山巨源绝交书》《晋书·阮籍传》《世说新语·德行》及刘孝标注引李康《家戒》。

② 《全三国文》，严可均辑，马志伟审订，商务印书馆，1999 年版，第 685 页。

湛家族正是这样。王昶以精通"玄理"著名。第二代王湛则以"玄学"修炼其"痴",开家族"痴"风。《世说新语·赏誉》注引邓粲《晋纪》记载:当其父"昶丧,居墓次,兄子济往省湛,见床头有《周易》,谓湛曰:'叔父用此何为?颇曾看不?'湛笑曰:'体中佳时,脱复看耳。今日当与汝言。'因共谈《易》。剖析入微,妙言奇趣,济所未闻,叹不能测。"[1] 第三代王承也被本传称为"清虚寡欲,无所修尚,言理辩物,但明其指要,而不饰文辞,有识者服其约而能通",[2] 所不同的是他出名稍早。第四代王述本传称其"少孤","安贫守约,不求闻达。性沉静,每坐客驰辩,异端竞起,而述处之恬如也。年三十,尚未出名,人或谓之痴"。"既跻重位,每以柔克为用",甚至能够面壁半日忍受谢奕的极言詈骂。王导论王述"清贞简贵,不减祖父,但旷淡微不及耳"。[3] 第五代坦之"真率"又不及述,故述有"人言汝胜我,定不及也"的感叹。"论者以为自昶至承,世有高名,而祖不及孙,孙不及父",[4] 恰以"痴"名之程度最深的王湛为最高,"痴"名第二的王述亚之。如此家族"痴"风所体现的,实际是以"玄学"精神培养的一种高度人生涵养与境界,其所谓"迟钝"其实是朴拙、厚重、渊茂、深沉、稳健,是大智若愚,其突出功效便是以冲淡谦退、沉静裕如自保,并取得更大的人生成功。

四、"痴"是病态时代的病态之"花"

如前所说,"痴"虽非病,却有似病的特点。而从文化病理视

---

[1] 《世说新语笺疏》,第 508—509 页。
[2] 《晋书》,第 1960 页。
[3] 同上书,第 1960—1964 页。
[4] 同上书,第 1961—1963 页。

角审视，魏晋时代动荡、血腥，毫无疑问是非正常的病态时代。当时的所谓风流人物，都或多或少会受到影响，而存在人格缺陷。故"痴"作为在魏晋这样非正常的病态时代文化土壤中生长的美丽之"花"，必然具有某些心理疾病特征。

一方面，如前所举大量"痴"例，虽然多具有审美价值意义，但也多是病态时代直接或间接催生的，具有心理疾病之"痴"的印记。另一方面，魏晋时代往往视心理疾病为"痴"。关于后一点，一是魏晋心理疾病远较其他时代为多；二是魏晋时代往往称"痴狂"为"痴"，其他一些心理疾病也往往被称为"痴"，有些就发生在享有"痴"名的名士身上。如《世说新语·任诞》记载，罗友"尝伺人祠，欲乞食，往太蚤，门未开。主人迎神出见，问以非时，何得在此。答曰：'闻卿祠，欲乞一顿食耳。'遂隐门侧。至晓，得食便退，了无作容。"后为广州刺史，当之镇，刺史桓豁语令莫来宿。答曰：'民已有前期。主人贫，或有酒馔之费，见与甚有旧，请别日奉命。'征西密遣人察之。至日，乃往荆州门下书佐家，处之怡然，不异胜达。"① 以上流社会中人而嗜于"乞食"，此确为有身心之疾；以"刺史"身份而参与其"门下书佐家"酒馔，也极不合当时为官规矩，实有变相"乞食"之嫌。再如《世说新语·纰漏》记载：

> 任育长年少时，甚有令名。武帝崩，选百二十挽郎，一时之秀彦，育长亦在其中。王安丰选女婿，从挽郎搜其胜者，且择取四人，任犹在其中。童少时神明可爱，时人谓育长影亦好。自过江，便失志。王丞相请先度时贤共至石头迎之，犹作

---

① 《世说新语笺疏》，第886页。

畴日相待，一见便觉有异。坐席竟，下饮，便问人云："此为茶，为茗?"觉有异色，乃自申明云："向问饮为热，为冷耳。"尝行从棺邸下度，流涕悲哀。王丞相闻之曰："此是有情痴。"①

任育长早有声名，后因"失志"而致有一定程度的精神失常，被王导视为"有情痴"。此外如《世说新语·忿狷》记载王述吃"鸡子"不得，焦躁而举止失常，则虽以"忿狷"为特征，其实质是由于受"五服散"毒害，而造成大脑指挥系统不灵敏，表现出动作的迟钝；《世说新语·轻诋》与《晋书·王羲之传》记载，"王右军少时甚涩讷"，"羲之幼讷于言，人未之奇"，《太平御览》引裴启《语林》记"王右军少重患，一二年辄发动，后答许洵诗，《忽复恶中得二十字》云……既醒，左右诵之，读竟，乃叹曰：'癫何预盛德事耶?'"② 如此"癫狂"，也当与"痴狂"疾不远。

值得关注的是，"痴"也进入了魏晋佛教视野。如郗超《奉法要》指"不信大法，疑昧经道"为"痴"，称"痴"是"十善"必戒的"十恶"之一；又指"系于缚著，触理倒惑"的"愚痴"为厉谓"五盖"之一，称"生死因缘，痴为本。一切诸著，皆始于痴"。③ 可见，在佛教教义中，"痴"不只是"病"，甚至是罪不容赦的"十恶"之一！

对"痴"的错误解读。受汉末、魏晋动乱时代的影响，一些正常人甚至智者，如前举焦先、石德林、孙登等，不得不佯装"痴狂"以自保于乱世，则折射了如此动荡时代的凶险与罪恶。至于阮籍的不遵丧"礼"、好为"青白眼"等貌似"痴狂"、非理性的文化

---

① 《世说新语笺疏》，第 1069 页。
② 《太平御览》，第 3280 页。
③ 《全晋文》，第 1166 页。

行为，则或是蔑视礼法之士，或是任"性"而动，完全受其理性控制，与真正的"痴狂"有着本质的不同。

五、余　论

前面，主要通过全面考索"痴"的文化语义，及其在魏晋文化语境的使用情况，探讨"痴"在魏晋时代的主要审美与文化认知价值。一是从"痴"与"早慧"的关系，探讨"痴"被用来指称大器晚成的异量之美，充分表现了魏晋风流人物执著热爱生命，高度重视人的生命存在质量，向往、追求生命价值的重要思想意识，认为与强调加速提升生命的质量与价值的"早慧"相比，"痴"更强调了加强、拓展、充实生命的质量与价值。二是从魏晋风流人物的审美"移情"与对审美化生活方式的追求，所起到的解放自我和扩大心灵境界的重要作用，探讨"痴"被用来表现浑忘形骸、专注通"神"的审美境界与所谓"痴"气人生。三是从魏晋"玄学"传统与"痴"的门风传承，考察哲学思想对"痴"的文化理性与智慧品质的提升，探讨"痴"被用来指称韬晦自保、后发制人的人生战略与朴拙、厚重、深沉、稳健、大智若愚的人生修养、与境界。四是从"痴"与文化病理的内在联系，揭示"痴"是病态时代的病态之"花"。要之，著者认为：魏晋之"痴"多方体现、折射了魏晋时代所特有的强烈生命意识、浪漫气质、艺术情调、哲人深致与"病"理色彩。

此外，如下五点也需要予以特别强调：

其一，尽管我们分了四个方面来认识魏晋时代之"痴"，但事实上"痴"的文化语义往往相互胶着，甚至处于混沌状态，远非判然分明、一望可知。同时，魏晋时代"痴"也被在通常意义层面使用。如《世说新语·方正》记载，三述抱怨王坦之"畏桓温面"，而许下嫁其女于桓温之子，违反门阀与"兵"不相通婚之规，"已复痴"；同书《纰漏》记载谢据竟上屋熏鼠，以"痴"成为时人笑柄，连其子谢朗也因不知情而戏笑"痴人有作此者"；《晋书·慕容超载记》引谚语"妍皮不裹痴骨"等；至于杨济《又与傅咸书》劝诫对"官事"过于执著、认真的傅咸，应该"痴了官事"，"了事正作痴，复为快耳"，以游戏官场之"痴"为快慰，虽折射了魏晋时代对于"官事"所持的较普遍的文化心态，但也是在通常意义上使用"痴"的。

其二，魏晋之"痴"对魏晋时代的文化、文学艺术创作具有直接而强烈的影响。如阮籍能够独悟"咏怀"，以音乐进入"达庄"境界，以目击道存创为《大人先生传》，顾恺之的绘画创作等，应该说就都是"痴"的结晶。关于这方面的例子不胜枚举，就不多说了。

其三，魏晋时代对"痴"的审美与文化价值的认知，在相当程度上规范、影响了后世对有关"痴"的审美与文化价值意蕴的认知；魏晋时代体现、折射所谓魏晋风度、魏晋文化精神之"痴"，有许多成为中华民族文化传统的有益养分，深远持久地影响着民族精神风范，滋润着民族文化精神。对于后世文士的理想人格塑造、文化艺术生活以及文学艺术创作，更产生了直接而深远的影响。我们从后世的大批思想家、文学家、艺术家，如陶潜、张旭、李白、怀素、柳永、苏轼、米芾、王守仁、李贽、徐渭、袁宏道、汤显祖、金圣叹、傅山、朱耷、李渔、蒲松龄、郑燮等人身上，都能直接而强烈地感受到这一点。

其四，魏晋之"痴"对后世的文化、文学艺术创作具有深远影响。需要特别标出的是：曹雪芹最得表现、折射魏晋风度、魏晋文化精神之"痴"的神髓,他自许"慕阮(籍)",自述《红楼梦》是"满纸荒唐言,一把辛酸泪。都云作者痴,谁解其中味"。他以其全部人生的"辛酸泪",写出了一部巨大的"痴"人说"梦"书,可谓深得"三昧"至真。"顽石"宝玉患有一种不可救药的"痴病"[1],"颦儿"黛玉几乎有着无处、无时不在之"痴",至于其他众多人物纷至沓来、令人目不暇接的"痴"相、"痴"态、"痴"情、"痴"精神、"痴"境界,都令我们想到魏晋之"痴"的方方面面。

其五,魏晋之"痴"与西方"酒神"精神说和审美"移情"说颇多相近之处。这说明,尽管时空条件不尽相同,人类的文化是共通的。这是异质文化能够对话、交流、融合的必要前提。但与西方"酒神"精神说和审美"移情"说相比较,"痴"具有更为宽广多面的、互补圆融的审美与文化价值蕴涵,为人们的解读与发挥留下了巨大空间。因为联想与想象的展开程度,有赖于意义的解释空间。而思维是否有创造力,则取决于联想与想象之有无及丰富与否。相对于现代实证科学的精确、明晰甚至单一,就思力的大气与文明开新的生命力而言,我们认为"痴"所显示的中华民族的思维模式,自有其优势方面。而其"潜"文化、"潜"美学命题的泛化,语义指涉的感性、模糊、混沌、多趋向特征,也显示了中华民族思维模式的潜在缺陷,无可讳言。

最后要说的是:俱往矣,以"痴"为名的魏晋文化现象,产生于魏晋特定时代的文化土壤,其所存在的消极方面,显然需要予以否定与批判。

---

[1] 见《红楼梦》第29回。

中 编

子建"尘埃"与魏晋文学创造

一、关于子建才气

说到曹植，最让人关注的，莫过于其才气问题了。

有关曹植文学创作的事迹和传说，几乎就是关于天才的神话：他十余岁就"出言为论，下笔成章"，援笔立成《铜雀台赋》，七步为诗，赋洛神"凌波微步，罗袜生尘"……不要说常人，知子莫如父，连有逼才美誉的曹操有时也难以置信！[①] 赞美曹植使语言表达苍白无力，就出现了用极端化语言的文化现象。[②] 如《魏书·王粲传附邯郸淳》注引《魏略》，记邯郸淳夸曹植为"天人"，《魏书·陈思王植传》注引鱼豢《魏略·武诸王传》说："植之华采，思若

---

① 《三国志·魏书·陈思王植传》："陈思王植字子建。年十岁余，诵读《诗》论及辞赋数十万言，善属文。太祖尝视其文，谓植曰：'汝倩人邪？'植跪曰：'言出为论，下笔成章，顾当面试，奈何倩人！'时邺铜爵台新成，太祖悉将诸子登台，使各为赋，植援笔立成，可观，太祖甚异之。"见《三国志》，第416页。
② 对于从道德角度赞美曹植的评价，不在本篇讨论范围。

有神"。世又号他为"绣虎",① 《周礼·考工记》说"五采备谓之绣",所谓"绣虎"是将他比拟为统领文坛"百兽"的锦绣王了。钟嵘《诗品序》称述所推崇的三大时代诗坛主将时,以曹植为"建安之杰"。根据古人对"杰"、"英"、"雄"的用法,② 这分明视他为建安第一"文化英雄"。而以他居于"太康之英"陆机、"元嘉之雄"谢灵运之前,固然根据时间先后顺序,但认为他高于陆、谢,也肯定无疑。《诗品上》评价曹植文学成就时说:"故孔氏如用诗,则公幹升堂,思王入室,景阳、潘、陆,自可坐于廊庑之间也。"③ 这"陆"指的就是陆机。而钟嵘评价陆机、谢灵运二人的首句完全相同:"其源出于陈思!"至于《诗品序》说他"粲溢古今,卓尔不群",钟嵘将之列入"上品",感慨"陈思之于文章也,比人伦之有周、孔,鳞羽之有龙凤,音乐之有琴瑟,女工之有黼黻……",④ 评价之高,简直无以复加。就陆、谢说,陆机悦服曹植不待言,而根据后人的说法,谢灵运公然宣称天下才共一石,曹植独占八斗,他自己占一斗,天下人共一斗!⑤

也有稍抑曹植为当时最高文学天才的说法,但多出自特殊的情境、背景。如刘勰《文心雕龙·才略》:

> 魏文之才,洋洋清绮,旧谈抑之,谓去植千里,然子建思捷而才俊,诗丽而表逸,子桓虑详而思缓,故不竞于先鸣。而乐府清越,《典论》辩要,迭用所长,亦无懵焉。俗情抑扬,

---

① 曾慥《类说》卷四引《玉箱杂记》:"曹植七步成章,号绣虎。"
② 参看本书首篇的相关内容。
③ 同见《诗品集注》,钟嵘著,曹旭集注,上海古籍出版社,1994年版,第98页。
④ 《诗品集注》,第97—98页。
⑤ 说见宋元以来类书、旧注,如《古今合璧事类备要》《韵府群玉》等。

雷同一响,遂令文帝以位尊减才,思王以势窘益价,未为笃
论也。①

谓曹丕"去植千里",的确不公;从敏捷、迟缓评价二人才性,自
有道理。丁晏《曹植集诠评》指斥刘勰是"文士识见之陋",显然
过于轻率了。不过,考虑到:刘勰与萧统太子关系至为密切,萧统
弟兄三人都为当时著名作家,萧统太子身份有似于曹丕,且思与比
高,以"兴同漳川之赏"为美,② 我们说刘勰扬丕抑植,有个人感
情因素,应该能够成立吧!现代如郭沫若《论曹植》也扬丕抑植,
甚至从刘勰的敏捷、迟缓论,发展到谈论曹氏父子的血型。③ 但除
了特定文化背景因素,郭沫若自己有特出的才子气质,又以其才子
风格臧否人物,是否也是不能客观评价曹植的重要原因呢?我们还
可以鲁迅《魏晋风度及文章与药及酒之关系》评价"子建的文章做
的好","于是他便敢说文章是小道"作为佐证。

由上述讨论可以看出,曹植富有文学天才是客观事实,贬抑的
言论,往往有其特殊的文化历史情境、背景,难以作为客观、科学
的结论。但前人的褒扬,许多也未免过于夸大其辞了。

我们认为,曹植的才气固然有其鲜明的个性特色,为常人所难
以企及,但绝不是孤立的存在。必须深入考察天才与时代的内在深
层关系,客观、科学地看待曹植的才气问题。

关于天才与时代、与时代创造群体的关系,丹纳在《艺术哲
学》中有着透辟的揭示。他说:

---

① 《文心雕龙义证》,刘勰著,詹锳义证,上海古籍出版社,1989 年版,第 1798 页。
② 参本书下编第三篇的有关论述。
③ 参郭沫若《历史人物》,新文艺出版社,1951 年版,第 3—29 页。

艺术家本身，连同他所产生的全部作品，也不是孤立的。有一个包括艺术家在内的总体，比艺术家更广大，就是他所隶属的同时同地的艺术宗派和艺术家族。例如莎士比亚，初看似乎是从天上掉下来的奇迹，从别个星球上来的陨石，但在他的周围，我们发现十来个优秀的剧作家，如韦白斯忒、福特、玛星球、马洛、本·琼生、弗赖契、菩蒙，都用同样的风格，同样的思想感情写作。……在画家方面，卢本斯好像也是独一无二的人物，前无师承，后无来者。但只要到比利时去参观根特、布鲁塞尔、布鲁日、盎凡尔斯各地的教堂，就发觉有整批的画家才具都和卢本斯相仿……到了今天，他们同时代的大宗师的荣名似乎把他们湮没了；但要了解那位大师，仍然需要把这些有才能的作家集中在他周围，因为他只是其中最高的一根枝条，只是这个艺术家庭中最显赫的一个代表。

……

艺术家不是孤立的人，我们隔了几世纪只听到艺术家的声音；但在传到我们耳边的响亮的声音之下，还能辨别出群众的复杂而无穷无尽的歌声，像一大片低沉的嗡嗡声一样，在艺术家四周合唱。①

正如丹纳所揭示的一样，曹植也属于建安时代，是建安文化创造时代的特定产物。一方面，没有建安这样一个特定的文化创造时代，就不可能出现曹植这样的文化天才。如本书所论，建安时代是中国历史上名副其实的"英雄"时代，否定天命、厌弃伪德、张扬才

———————

① 《艺术哲学》，傅雷译，人民文学出版社，1963年版，第5—6页。

气、注重文学创造,是这一时代社会文化风气的主要方面。[①] 正是在这种渴求、呼唤、张扬激情与才气的文学创造时代,出现了以"三曹"、"七子"为代表的文化创造群体。没有这样一个特定的文化创造群体,不可能出现曹植这样的文学天才。曹植"只是其中最高的一根枝条,只是这个艺术家庭中最显赫的一个代表",只是"他所隶属的同时同地的艺术宗派和艺术家族"之"复杂而无穷无尽的歌声"中最"响亮的声音"。另一方面,为什么时代会选择他,而不是其他人,做建安时代文化创造群体中"最显赫的一个代表",他为什么会有最"响亮的声音",显然与其自身特质有很大关系。可以断言:如果没有曹植,则建安文学创造"最显赫""代表"的分量与"响亮的声音"的质量,都会有所减轻和弱化。

曹植的创造主要在于文学方面。关于曹植才气的形成与其具体文学创作的问题,学界讨论已经很多,不再赘论。今选择他对"尘埃"语词的使用这样一个特殊视角,看他怎样化腐朽为神奇,以使其文学创造臻于极至,看他文学创造与时代互动影响的辩证关系,看他对魏晋文学创造产生的深刻影响。

二、"尘埃"与子建的文学创造

"尘埃"就其本质而言,不过是自然宇宙的渺小低贱之物,似实微不足道。但在一些哲人、诗人、作家的作品中,"尘埃"不但堂而皇之地登上大雅之堂,甚至可以占有相当重要的地位。比如在《庄子》中:

---

① 参看本书首篇。

野马也，尘埃也，生物之以息相吹也。（《逍遥游》）①

是其尘垢秕糠，将犹陶铸尧舜者也。（同上）②

瞿鹊子问乎长梧子曰："吾闻诸夫子，圣人不从事于务，不就利，不违害，不喜求，不缘道；无谓有谓，有谓无谓，而游乎尘垢之外。"（《齐物论》）③

申徒嘉曰："闻之曰：'鉴明则尘垢不止，止则不明也，久与贤人处则无过。'"（《德充符》）④

芒然彷徨乎尘埃之外，逍遥乎无为之业。（《大宗师》）⑤

滑介叔曰："亡，予何恶！生者，假借也；假之而生生者，尘垢也。死生为昼夜。且吾与子观化而化及我，我又何恶焉！"（《至乐》）⑥

颜渊问于仲尼曰："……夫子奔逸绝尘，而回瞠若乎后矣！"（《田子方》）⑦

夫天下也者，万物之所一也。得其所一而同焉，则四支百体将为尘垢，而死生终始将为昼夜而莫之能滑，而况得丧祸福之所介乎？（同上）⑧

庄子不但以全面的眼光看待"尘埃"，并且，正言若反，以"尘埃"的微小、暗淡无光乃至污浊，来透视、颠覆、解构大千世界所谓"正""大"、"圣""明"、"光""洁"的物情与人事。再如在《文

---

① 《庄子集注》，庄子著，郭庆藩集注，王孝鱼点校，中华书局，1985年版，第4页。
② 同上书，第4页。
③ 同上书，第31页。
④ 同上书，第97页。
⑤ 同上书，第197页。
⑥ 同上书，第268页。
⑦ 同上书，第616页。
⑧ 同上书，第714页。

子》与《淮南子》中,"尘垢"与至清形成强烈的反差对比:

> 澧水之深,十仞而不受尘垢。金石在中,形见于外。非不深且清也,鱼鳖蛟龙莫之归也。(《文子·上礼》)①
>
> 澧水之深,千仞而不受尘垢。投金铁箴焉,则形见于外。非不深且清也,鱼鳖蛟龙莫之肯归也。(《淮南子·道应训》)②

而《小雅·无将大车》,则是《诗经》中写出"尘"与诗人深层感情联系的难得之作:

> 无将大车,祇自尘兮。无思百忧,祇自疧兮。无将大车,维尘冥冥。无思百忧,不出于颎。无将大车,维尘雍兮。无思百忧,祇自重兮。③

在屈原的创作中,"尘"也与诗人的感情联系紧密:

> 驷玉虬以乘鹥兮,溘埃风余上征。(《离骚》)④
> 令飘风兮先驱,使冻雨兮洒尘。(《大司命》)⑤
> 闻赤松之清尘兮,愿承风乎遗则。(《远游》)⑥

《三国志·魏志·陈思王传》称曹植"年十余岁,诵读《诗》论及

---

① 《文子疏义》,第535页。
② 《淮南子·集释》,何宁撰,中华书局,1998年版,第902页。
③ 《诗三家义集疏》,王先谦撰,中华书局,1987年版,第741页。
④ 《楚辞集注》,第26页。
⑤ 同上书,第38页。
⑥ 同上书,第104页。

辞赋数十万言，善属文"；钟嵘《诗品上》评价曹植"其源出于《国风》"，"情兼雅怨"。他继承《诗经》、屈骚、《庄子》等的创作传统，关注"尘"与诗人的深层感情联系，以出色表现其"响亮的声音"。可主要从两个方面来看：

第一方面，表面看，曹植用"尘"喻指男女关系，象征君臣关系。深层看，则直接触及宇宙天地、阴阳、男女关系生成的本原问题。先录出曹植使用"尘"字数例：

> 以才薄之陋质，奉君子之清尘。(《出妇赋》)①
>
> 君若清路尘，妾若浊水泥；浮沉各异势，会合何时谐。(《七哀》)②
>
> 民生期于必死，何自苦以终身。宁作清水之沉泥，不为浊路之飞尘。(《九愁赋》)③
>
> 五岳虽高大，不逆垢与尘。(《当欲游南山行》)④
>
> 人居一世间，忽若风吹尘。(《薤露行》)⑤

头一例"清尘"，《文选》卢谌赠刘琨诗注："人行必尘起，不敢指斥尊者，故假尘以言之。言清，尊之也。""奉君子之清尘"也就是借"清尘"含蓄指称君子以表尊敬。这种女性自视为"陋"，视君子（丈夫）"清尘"犹高，故借以尊崇丈夫的运思，与《愍志赋》"妾秽宗之陋女，蒙日月之余辉。委薄躯于贵戚，奉君子之裳衣"十分接近。故以此"清尘"与美丽"裳衣"匹配可也。像这种以

---

① 《曹植集校注》，曹植著，赵幼文校注，中华书局，2016 年版，第 53 页。
② 同上书，第 465 页。
③ 同上书，第 375 页。
④ 同上书，见 632 页。
⑤ 同上书，见 645 页。

"清尘"喻指男女关系的表现手法,在建安时代繁钦《定情诗》中也可见到:"邂逅承清尘。"而且,这还只是借"清尘"指代人物用法中的一种。如曹植《陌上桑》(逸文)的"望云际,有真人,安得轻举继清尘","清尘"即代指"真人"。

第二例化腐朽为神奇,颇值得关注。以"清路尘"喻"君",以"浊水泥"喻"妾",表面指男女关系,实则象征君臣关系。这里有两个问题:一是为何以"清路尘"与"浊水泥"搭配喻指男女关系?二是为何以"清路尘"与"浊水泥"搭配喻男女关系的方式象征君臣关系?尽管《诗经》三百篇和以屈原为代表的"楚辞"作家,并不以男女关系喻指君臣关系,可在汉代经师穿凿附会《诗经》、"楚辞"的文化风气影响下,汉魏时代确已形成了关于"男女君臣之喻"的比兴传统。① 但这种"男女君臣之喻"每以香草美人等作为喻体。因此,"奉君子之裳衣"式的喻指(如果是喻指君臣关系的话)或可纳入这种比喻模式,以"清路尘"与"浊水泥"搭配为男女关系喻指君臣关系,就明显是曹植的创造了。因为从深层看,以"清路尘"与"浊水泥"搭配喻指男女关系,直接触及宇宙自然、天地、阴阳、男女关系生成的本原问题。《艺文类聚》卷一引徐整《三五历记》说:

> 天地混沌如鸡子,盘古生其中,一万八千岁。天地开辟,阳清为天,阴浊为地……

徐整为三国时吴人,曹植《惟汉行》也谈到"太极定二仪,清浊始

---

① 参赵逵夫《屈骚探幽》"关于'男女君臣之喻'比兴传统的形成与发展",甘肃人民出版社,1998年版,第52—57页。

以形"。故徐整有关宇宙本是一团混沌元气，当气之清而阳轻者上升为天，浊而阴重者下凝为地，天地乃始生成的理论，与曹植的认识是完全一致的。而以天阳尊、地阴卑拟指男女、君臣关系，在《易经》体系中，就已是习见性思维方式。如《易象传·坤第二》：

> 阴虽有美，含之以从王事，弗敢成也。地道也，妻道也，臣道也。①

《系辞上传》也说"天尊地卑，乾坤定矣"、"乾道成男，坤道成女"、"一阴一阳之谓道"。故《易经》系统视乾为天道、君道、夫道，坤为地道、妻道、臣道。在这样的伦理、哲学基础上，人生际遇坎坷的曹植，当他痛苦郁闷、经常追索而"问彼道原"时，就将以自贬和怨愤交集心情，看待与乃兄曹丕之特殊君臣关系的认识，提升到探究宇宙阴阳、天地男女关系生成的本原，深刻表现其对人生际遇的反思，表现他失望中有渴望，渴望而终归绝望的沉痛心情。正因与曹丕的特殊兄弟、君臣关系，是曹植心中永远的痛，难解的结，才下眉头，又上心头，故不免颠之倒之，反复诘问、自审或自誓。三、四例就表达了其盘桓于心头的自誓：既然"浮沉各异势"，"会合"之"谐"永无可能，人固有一死，就应坚持操守不为违心之事，即使已为"沉泥"，也当与"清水"相依；浊路"飞尘"虽有飞腾之势，其奈违背我心何？曹植在这里只改换"清""浊"二字，立刻就完成了思维方向的逆反！五、六两例则又明显以"尘"自比，寓自贬意味，显示了作者用笔的龙蛇变化。

关于男女爱情与天地生成的关系，古希腊诗人赫西俄德在《诸

---

① 《周易译注》，黄寿祺、张善文译注，上海古籍出版社，2007年版，第23页。

神谱系》里讲到地母该亚怎样在混沌深渊中诞生，金发爱神埃罗斯（或埃罗特）也和她一起出现，埃罗斯的名字就象征着宇宙被分开的各个部分的动机、意向和结合。① 但是，中国文化关于宇宙阴阳二气的存在、天地的诞生、男女爱情和君臣关系的同构，是更为完整的思想观念。曹植以其特有的敏锐与深刻，竟以最凡庸不过的"尘埃"之小，深刻表现关于宇宙自然、天地人生、男女君臣等的本原问题，就使他在这方面跨越同代作家，而登上了时代的巅峰。

第二方面，如果说，前面所论表现了曹植在建安众人歌声中最"响亮的声音"，那么，"陵波微步，罗袜生尘"这令人口颊生香的句子，简直就是只有曹植一人会唱的"声音"。《洛神赋》之名章佳句，纷至沓来，美不胜收，自为千古不朽之作。② 但"陵波微步，罗袜生尘"两句，是名句中的名句，是王冠上的珍珠，不似从人间来！李善注：

> 陵波而袜生尘，言神人异也。洛灵即神，而言若者，夫神万灵之总称，言若所以类彼，非谓此为非神也。《淮南子》曰："圣足（人）行于水，无迹也；众生行于霜，有迹也。"《说文》曰："袜，足衣也。"③

赵幼文详引李善注后说：

---

① 转引自瓦西列夫《情爱论》，第2—3页。
② 丁晏以为：曹植《洛神赋》"序明云拟宋玉神女为赋、寄心君王、托之宓妃、洛神犹屈宋之志也。"关于《洛神赋》创作旨趣，论者多矣，丁说"寄心君王说"甚有影响力。《曹集铨评》，曹植撰，丁晏纂，叶菊生校订，文学古籍刊行社，1957年版，第16页。
③ 《文选》，李善注，中华书局，1977年版，第271页。

案陵，躐也。"陵波"犹言踏波。神行无迹而人行则有迹，窃疑子建盖以洛神拟人，故其思想、感情、行为一如人也，因曰如神、生尘以喻之。①

首先，必须注意这两句是紧接洛神"飘忽若神"的。我们认为，曹植写洛神以神灵身份"飘忽"时竟然又"若神"，这显然是由于他感受、体味洛神之"神"时，也已达到忘我入"神"境界，便忽忘她是"神"而视她为人了。故赵说不同意李善从洛神是"神"解释此句，而"窃疑子建盖以洛神拟人，故其思想、感情、行为一如人也，因曰如神"，是很有道理的。但这仍然无法解释"陵波微步"时的"罗袜生尘"问题。李善说"圣足（人）行于水无迹也，众生行于霜有迹也"。按常理说，如是神，行于水就根本不会有"尘"；如是人，即使"行于霜有迹"，行于水怎会有"尘"？如按赵说是比拟洛神是人而"如神"，行于水更不会有"尘"。这里，我们尝试提出三个思考的角度：

其一，汉字以陆行为"步"，"步"本初的意思是脚，甲骨文作""或""，像脚趾分开的一只脚的形象，有时候是左脚，有时候是右脚。故后来称双脚迈出为"一步"。《说文》："步，行也。从止相背。"而古人称水行为"涉"，完全出于比附陆行之"步"的思维。《说文》："涉，徒行濿水也。"故在特殊情境下，也称水行为"步"。如潘尼《玳瑁碗赋》："或步趾于清源，或掉尾于泥中。"就说玳瑁这种海龟科爬行动物游于水中为"步"。曹植是否由水行联想陆行，视洛神为人，故生"陵波"微"步"有如陆上行"步"的奇想？

① 《曹植集校注》，第290页。

其二，在曹植关于"尘"的艺术表现中，"尘"与水是相当固定的搭配。既然洛神"践远游之文履，曳雾绡之轻裾，微幽兰之芳蔼兮"，那么，当她缥缥缈缈，若神若人，"徙倚彷徨"、"乍阴乍阳"、"忽焉纵体"、"若危若安"时，固可或因"步踟蹰于山隅"而"罗袜生尘"，或因"践椒途之郁烈，步蘅薄而流芳"时，生芳尘于罗袜，也可因"陵波微步"，而"罗袜生尘"！因为，洛神行于微波水雾之间，就既使作者以有情人眼光"雾"里看洛神，由审美距离而产生审美移情，疑是之间"雾"成"尘"，表现作者虽"人神之道殊"，一为陆居之"君王"，一为潜处太阴之水神，但水"雾"与陆"尘"同样芳香，倘两心相悦，固无论陆居水处！而推原曹植高妙的审美想象，"奉君子之裳衣"既与"奉君子之清尘"同芳，那么，费尽"八斗才"赋其深情的陈思王，当有甘愿拜倒在洛神"罗袜"芳尘之前的心愿吧！

其三，有情人却不能相谐终始，故欢会将尽，永难相见的无限恨憾，就如轻"雾"似微"尘"，从无"尘"清水升腾而起，弥漫笼罩在洛水之上，散落于洛神与陈思王的心里，尘埃落无定啊！

曹植对"尘埃"的使用，使我们联想到海德格尔关于大地与灵魂的看法。海德格尔引特拉克尔《灵魂之春》的诗句"灵魂，大地上的异乡者"，来阐发其对大地与灵魂关系的认识。大地本意味着稍纵即逝的尘世的东西，灵魂则是永恒的、超凡的。灵魂不属于大地。但在海德格尔的笔下，灵魂既是一个异乡者，灵魂同时又寻找大地，寻找诗意地栖居于大地的位置。根据海德格尔的理论，曹植不正拥有永远渴求超越的灵魂，这灵魂又寻找大地，近乎绝望地寻找诗意地栖居于大地的位置？他的最大痛苦，不正在于无法完成真正的超越，和在大地上寻找到他"诗意地栖居"的归宿？一句话，他如此关注"尘埃"，是因为他真正发掘、把握了"尘埃"与生命灵魂的本质联系，一如海德格尔捕捉到大地与灵魂的本质联系！

自然，曹植对"尘"的表现是多方面的。关于他的其他有关"尘"的表现，如：

> 愿得策马执鞭，首当尘露。(《陈审举表》)①
> 车不及回，尘不获举。(《游观赋》)②
> 大风隐其四起，扬黄尘之冥冥。(《感节赋》)③
> ……

虽也有其才气的烙印，但并非"响亮的声音"，就不再具体分析了。

在建安时代其他作家笔下，也经常使用"尘"的词语。如：

> 甘雨露以洒尘，既洒尘而为途。(曹丕《喜霁赋》)④
> 惟方今之疏绝，若惊风之吹尘。(曹丕《出妇赋》)⑤
> 炉薰阖不用，镜匣上生尘。(徐幹《情诗》)⑥
> ……

但多不能与前面所论曹植两大方面的成就相提并论。曹植无疑是建安作家群体中最"响亮的声音"，有些"声音"更是只有他一人会唱的。故我们认同钟嵘的定论式评价：他是当之无愧的"建安之杰"。

---

① 《曹植集校注》，第 663 页。
② 同上书，第 98 页。
③ 同上书，第 747 页。
④ 《全三国文》，严可均辑，马志伟审订，1999 年版，第 125 页。
⑤ 同上书，第 131 页。
⑥ 《建安七子集》，第 144 页。

三、"尘埃"与魏晋文学创造

有以曹植为代表的建安作家榜样在前,"尘埃"必然成为魏晋作家进行文学创造的重要材料。下面选择阮籍、嵇康、陆机、陶渊明等几位典型作家进行讨论。

阮籍的几首诗给我们以深刻印象。如《四言诗十首·三》:

> 玄黄尘垢,红紫光鲜。嗟我孔父,圣懿通玄。非义之荣,忽若尘烟。……①

诗人之笔真能功参造化,改易乾坤。"尘埃"这土灰的元素,竟然会被变为"玄黄""红紫"的"光鲜"物。尽管在班固《西都赋》描写城市的喧闹繁华时,已用了"红尘四合,烟云相连"这样的句子,但阮籍赋予尘垢以缤纷色彩,却是文化之子为赞美其精神之父孔圣的达"道"玄素,而特意指称"非义之荣"就是"玄黄""红紫"的"光鲜"尘垢。如此鲜明的对比,意在倍增诗人的爱憎褒贬。再看《咏怀·其六十二》:

> 平昼整衣冠,思见客与宾。宾客者谁子,倏忽若飞尘。裳衣佩云气,言语究灵神。须臾相背弃,何时见斯人!②

"倏忽若飞尘",当然也可理解为"谓如飞尘之绝迹不见也"。③ 但总

---

① 《阮籍集校注》,第238页。
② 同上书,第366页。
③ 同上书,第367页。

该考虑诗人"平昼整衣冠",如此郑重"思见"的"宾客"是何样贵宾?你看:他是"裳衣佩云气,言语究灵神"的神仙样人!而这样的宾客,"须臾"之间就与诗人"相背弃","倏忽"之间就化为了"飞尘",留给诗人的痛惜、缺憾有多么巨大!故有人以为"此人似指嵇康等亡友",①应是颇有见地的。对诗人以"飞尘"痛惜富有价值的生命被毁灭,实可玩味孔融《杂诗》:"白骨归黄泉,肌体乘尘飞。"仅解释为"如飞尘之绝迹不见",总是不够的!

如果说《咏怀·其六十二》借"飞尘"咏叹个人生命价值,《咏怀·其三十一》则赋予"尘埃"惊心动魄的宏大:

夹林非吾有,朱宫生尘埃。②军被华阳下,身竟为土灰。

将此"朱宫生尘埃"、"身竟为土灰"与诗人《其三》"繁华有憔悴,堂上生荆杞"对读,多少世上人生滋味!

嵇康对"尘埃"的使用,往往表现其高洁人品与外在异己力量的冲突对抗。如:

自谓绝尘埃,终始永不亏。③(《五言赠秀才诗》)
屡增惟尘。④(《幽愤诗》)
何为秽浊间,动摇增垢尘。⑤(《五言诗三首》)

陆机也有自己的创造。如《豪士赋序》:

① 《竹林七贤诗文全集译注》,韩格平译注,吉林文史出版社,1997年版,第261页。
② 《阮籍集校注》,第255页。
③ 《嵇康集校注》,戴明扬校注,中华书局,2015年版,第5页。
④ 同上书,第38页。
⑤ 同上书,第122页。

是以事穷运尽，必于颠仆；风起尘合，而祸至常酷也。①

李善注班固《答宾戏》之"彼皆蹑风尘之会，履颠沛之势"："风发于上，以喻君上，尘从下起，以喻斯（案斯指李斯）等。"从陆机所写看，"势穷运尽"与"风起尘合"对举，可见都是借喻政治情势的变化不测，以警示齐王同等"豪士"。②再如《为顾彦先赠妇·其一》："京洛多风尘，素衣化为缁。"固然表达吴亡后由山清水秀的故国初次入北，对北方多"风尘"天气难以认同的强烈感受，又何尝没有借"风尘"表达对政治人事极度不适的意味？故其弟陆云《答张士然诗》："行迈越长川，飘飘冒风尘。"就学他表达同样的感慨。

陶渊明归隐田园，他对"尘埃"的使用，主要是将其视为现实政治社会异己力量的象征。如：

闲居三十载，遂与尘事冥。③（《辛丑岁七月赴假还江陵夜行途中诗》）
借问游方士，焉测尘嚣外。④（《桃花源记并诗》）
误落尘网中，一去三十年。⑤（《归园田居诗·其一》）

此外，《悲从弟仲德诗》"流尘集虚坐，宿草旅前庭"，也颇用思精巧。

① 《陆机集校笺》，陆机著，杨明校笺，上海古籍出版社，2016年版，第66页。
② 根据李善注引臧荣绪《晋书》的说法，陆机"恶齐王同矜功自伐不让，齐亡，作《豪士赋》"。参《文选》卷四十六，第643页。
③ 《陶渊明集笺注》，陶渊明著，袁行霈撰，中华书局，2011年版，第137页。
④ 同上书，第330页。
⑤ 同上书，第53页。

其他一些晋代作家使用"尘埃"而有创造意味的句子，如：

鼓谍山渊动，冲尘云雾连。（张华《游猎篇》）①
戢流波于桂水兮，起芳尘于沉泥。（陆云《喜霁赋》）②
零露浚江海，飞尘崇山岳。（傅咸《诗》）③
长袂生回飚，曲裾扬清尘。（潘尼《皇太子集应令诗》）④
人咸饰其容，鲜能离尘垢。（应亨《赠四王冠诗》）⑤
岂骥德之足慕，睎万里之清尘。（傅玄《驰射马赋》）⑥
床空委清尘，室虚来悲风。（潘岳《悼亡诗》）⑦
贵者虽自贵，视之若尘埃。（左思《咏史诗八首》）⑧
微风扇秒，朝露翳尘。（闾丘冲《三月三日应诏诗》）⑨
于今为神奇，信宿同尘滓。（王羲之《兰亭诗》）⑩

这些对"尘埃"词语的使用，或学曹植、阮籍等而有开拓，或造语精工，与情景事境密合，都创造性地表现了作家的特定感情。

四、几点启示

探讨曹植与魏晋文学创造的关系，对我们有如下启示：

---

① 《先秦汉魏晋南北朝诗》，逯钦立辑校，中华书局，1982年版，第613页。
② 《全晋文》，第1059页。
③ 《先秦汉魏晋南北朝诗》，第608页。
④ 同上书，第766页。
⑤ 同上书，第582页。
⑥ 《全晋文》，第467页。
⑦ 《先秦汉魏晋南北朝诗》，第636页。
⑧ 同上书，第733页。
⑨ 同上书，第749页。
⑩ 同上书，第896页。

其一，作家的文学创造绝不是孤立的存在，而必然会被打上鲜明的时代印记。没有建安这样一个特定的文化创造时代，就不可能出现曹植这样的文学天才。没有这样一个特定的文化创造群体，也不可能出现曹植这样的文学天才。曹植"只是其中最高的一根枝条，只是这个艺术家庭中最显赫的一个代表"，只是"他所隶属的同时同地的艺术宗派和艺术家族"之"复杂而无穷无尽的歌声"中最"响亮的声音"。

其二，曹植的文学创造确实具有鲜明的个人特色，为常人所难以企及。为什么时代会选择他而不是其他人做建安时代文学创造群体中"最显赫的一个代表"、他为什么会有最"响亮的声音"，甚至有些"声音"只有他一人会唱，显然与其自身特质有很大关系。如果没有曹植，则建安文学创造有无"最显赫"的"代表"，其"最显赫""代表"的分量与"响亮的声音"的质量，都会有所减轻和弱化。

其三，不能静止、片面地看待曹植的文学创造。虽然必须承认在曹植早期，甚至童年就显露出惊人才气，其创造潜能中的有些成分，如以生命直觉敏锐感知、把握事物之间的联系的能力，保持强烈持续的生命激情的能力，丰富活跃旺盛的联想想象能力等，明显如曹丕《典论·论文》所说，是"虽在父兄，不能以移子弟"的。但还必须承认，这些属于生命创造潜能的方面，也有待后天的开拓、完善、发展。如丰富而有质量的读书活动和深广的人生阅历、强烈的生命体验等，就都是很重要的方面。曹植十余岁就"出言为论，下笔成章"，尽管神奇，总还是可能的。如他在这样的年龄写出"凌波微步，罗袜生尘"，就绝难想象了。因为这样的句子不仅需要前面提到的创造素质，更需要他后期那样的坎坷人生经历，需要能以强烈的生命体验将书本上的知识和其他间接经验转换为自己的生命活水，甚至还需要有如《洛神赋序》所称的黄初三年朝曹丕于京师那样特定生活事件的强刺激。

其四，人类富有魅力的生命心智创造是一个持续的继往开来的过程，尽管有山高水低的波折起伏，有柳暗花明的转折变化，但向前发展应当是主流方向。如曹植就是处于先秦以来文学创造传统与汉末魏初文学创造活动之间，进行其极富魅力的文学创造活动的。没有先秦时代《诗经》、"楚辞"和庄子等的文学创造，则曹植的所谓创新，只能是空中楼阁；而没有曹植的创新，也很难想象魏晋作家的创新，会呈现多样的风格。

在继承中创新、在发展中继承，这是谁也不能违背的人类创造活动的根本规律！

嵇康兄弟之"谜"与兄弟关系

在嵇康研究中，有两个互有关联的问题令人困惑：嵇康究竟有兄弟几人？嵇康与他哥哥的关系如何？对此，学界虽然曾提出疑问，但缺乏更为深入、细致的研究。而这两个问题解决与否，直接影响到对嵇康身世的研究，和对他的《与山巨源绝交书》《幽愤诗》《思亲诗》等诗文的正确解读。今试予探讨。

一、嵇康兄弟当为三人

嵇康究竟有兄弟几人？史家都只提及他有一位哥哥，就是嵇喜。根据《晋书》本传的记载，嵇康"早孤"。嵇康在《幽愤诗》中也自述他"少遭不造"，"哀茕靡识，越在襁褓"。①《三国志·魏书》卷二十一《王粲传》注说："案《嵇氏谱》，康父昭，字子远，

---

① 《嵇康集校注》，第38页。

督军粮治书侍御史。"① 可知当康父嵇昭死时，嵇康尚处于襁褓之中，对丧父之哀还浑然不觉。这样看来，似乎嵇康只有哥哥嵇喜和他兄弟两人。而嵇康《与山巨源绝交书》中提到："吾新失母兄之欢，意常凄切。"② 其《思亲诗》也是为"嗟母兄兮永潜藏"而作。陆侃如《中古文学系年》确定《与山巨源绝交书》的写作时间在魏景元二年（261），嵇康时年 38 岁。③ 可知他有哥哥在他 38 岁时或稍前的时间已经去世。李善认为这位哥哥就是指嵇喜。《文选·幽愤诗》注："《嵇氏谱》曰'康兄喜，字公穆，历徐扬州史，太仆宗正卿。母孙氏。'"④ 故其《与山巨源绝交书》注不再注"母兄"为谁。但这位哥哥显然不是指嵇喜。因为，《世说新语·雅量第六》注引《文士传》提到：嵇康临死前与兄弟亲族诀别，"康颜色不变，问其兄曰：'向以琴不耶？'兄曰：'以来。'康取调之，为《太平引》，曲成，叹曰：'《太平引》于今绝也！'"⑤ 按嵇康死于景元四年（263），时年 40，当他死时，还有一"兄"在世，此"兄"就绝不可能是两年前已经亡故之兄，故所指应是嵇喜。这从嵇喜在嵇康死后仍然在世，可以证明。《晋书》卷三十八《齐王传》记载，当齐王攸"居文帝丧，哀毁过礼"时，司马嵇喜进谏。齐王攸还曾对左右感叹："嵇司马将令我不忘居丧之节，得存区区之身耳。"⑥ 按这里所说"文帝"是指魏大将军司马昭，他死后被晋朝追尊为"文帝"。司马昭死于咸熙元年（264），即嵇康被杀后一年。据此可断定：嵇喜向齐王攸进谏之事应在嵇康被杀一年后的咸熙元年。此

---

① 《三国志》，第 605 页。
② 《嵇康集校注》，第 180 页。
③ 《中古文学系年》，第 600 页。
④ 《六臣注文选》，第 426 页。
⑤ 《世说新语笺疏》，第 407 页。
⑥ 《晋书》，第 1131 页。

外,《三国志·魏书》卷二十一《王粲传》注引《嵇氏谱》提及嵇喜曾任晋扬州刺史。① 可知,嵇喜在嵇康死后,直到晋初仍然活着。② 那么,是否除嵇喜外,嵇康还有一位哥哥呢?对此,戴明扬《嵇康集校注》注《思亲诗》"嗟母兄兮永潜藏"句引了叶渭清的质疑:"下云'念畴昔兮母兄在',与山巨源书:'吾新失母兄之欢',并母兄连言,岂同时又有兄丧邪?按康兄喜死后于康,喜外不闻有兄,此兄字无以释之。"③ 叶说甚有力。故戴明扬推断:"嵇喜而外,自当尚有一长兄也。"其《幽愤诗》注有同样的推断。另外,从嵇康字叔夜来看,嵇隶当排行老三。根据伯仲叔季的命字规律,嵇康也应有两位哥哥。综上,可以肯定地说,嵇康确实有两位哥哥。那么,为什么史家都只提及嵇喜,而不谈他的另一位哥哥呢?如前所说,在嵇康38岁或稍前时间,这位哥哥才去世,显然不是因为早夭的缘故。可能的解释只有两个:或嵇康这位哥哥较为平庸,不及康、喜有名,故史家不屑提及;或由于有关史料过早散佚,无从确切得知嵇康这位哥哥的生平概况了。

二、嵇康兄弟关系考辨

嵇康兄弟当为三人之事既已辨明,接踵而来的问题是:在这两位哥哥之中,谁居兄长之位?《与山巨源绝交书》《幽愤诗》所咏"母兄见骄"、"母兄鞠育"之"兄",既然并没有确指是亡兄,那么,究竟是指这另一位哥哥,还是指嵇喜?或统指二人?嵇康与两

① 《三国志》,第605页。
② 《中古文学史料丛考·嵇喜事迹》,曹道衡、沈玉成著,中华书局,2003年版,第115—116页。
③ 《嵇康集校注》,第81页。

位哥哥的关系如何？由于史料欠缺，我们无法确切证实究竟谁为兄长。但从嵇康的诗文和有关嵇喜的史料以及嵇喜答嵇康之诗等，仍可作出这样的推论：这位我们不能确知其名的嵇康哥哥居兄长之位，嵇喜排行第二。相较而论，这位哥哥与嵇康的关系当更密切，对嵇康的整个人生历程起了关键性影响。

深入考察可知，除了《赠兄秀才入军》18 首诗写给哥哥嵇喜的，嵇康诗文中提到"兄"字的，有《与山巨源绝交书》《幽愤诗》和《思亲诗》3 篇诗文。从这 3 篇诗文分析，嵇康所提之"兄"当为特指，特指他的这位兄长。在这 3 篇诗文中，除《思亲诗》"慈母没兮谁予骄"一句单指母亲外，其余各处全都将"兄"与母亲并称，"兄"对嵇康的功能作用完全与母亲相同。这说明，在嵇康心目中，将"兄"目为近似长辈的角色。如前所论，《思亲诗》毫无疑问是为母亲和这另一位哥哥所写的。诗人痛感母兄的去世，使自己"奄失恃兮孤茕茕，内自悼兮欷失声；思报德兮邈已绝，感鞠育兮情剥裂"。[1] 这些内容真实反映出嵇康与"母兄"的关系内涵：一是"母兄"的去世，使诗人"失恃"而"孤茕"，因失去依靠、孤立无援而暗自伤悼；二是"母兄"对诗人有深厚的"鞠育"之恩；三是诗人有强烈的"报德"之情。为什么"母兄"的去世，令已经处于壮年 38 岁的嵇康，竟如此"内自悼"于他的"失恃"与"孤茕"？"母兄"如何"鞠育"于他？他对"鞠育"之情的"报德"属于何种感情？《与山巨源绝交书》和《幽愤诗》正可看作对《思亲诗》内容的补充和具体化。

《与山巨源绝交书》强调自己"加少孤露，母兄见骄，不涉经学"；《幽愤诗》追忆"嗟余薄祜，少遭不造；哀茕靡识，越在襁

---

[1] 《嵇康集校注》，第 79 页。

褓,母兄鞠育,有慈无威,恃爱肆姐,不训不师。爰及冠带,冯宠自放;抗心希古,任其所尚"。从这些内容可以看出:

第一,由于稽康尚在襁褓之中父亲就已去世,母与兄共同担负起了父亲的职责,而且因顾念稽康这"孤露",以加倍的疼爱"鞠育"他。这位哥哥既已能因小弟"孤露"的缘故而加倍疼爱他,并且与母亲一道担负起父亲的职责,不难想见,他的年龄当与稽康差距较大。《思亲诗》说:"念畴昔兮母兄在,心逸豫兮寿四海。"① 稽康对"母"与"兄"都用了"寿"字,正说明了这一点。按照中国传统伦理观念,除父母外,长兄对整个家庭负有更多的责任和义务。在父亲早逝的情况下,长兄的责任更为重大。俗语"长兄半父"就是形容这种情形的。由于稽康"早孤",长兄这种半"兄"半"父"的角色特征会显得更加明显。稽康这位哥哥的行为举措,正与这种长兄形象吻合。此外,稽康"感鞠育兮情剥裂"所用"鞠育"一词,也体现的是年龄差距较大的长辈与晚辈之间抚育、保护与被抚育、被保护的关系内涵。《诗·小雅·蓼莪》:"父兮生我,母兮鞠我。""思报德兮邈已绝"之"思报德",更是晚辈要求补偿报答长辈"鞠育"之情这种心理的外化。《诗·小雅·蓼莪》:"欲报之德,昊天罔极。"稽康在谈到"鞠育"和对"鞠育"之情的报答时,都将"母兄"并举,其"诉苍天兮天不闻,泪如雨兮叹青云,欲弃忧兮寻复来,痛殷殷兮不可裁",就显然包括"母兄"。这都说明这位哥哥正是长兄。

第二,由于"早孤","母兄"对稽康特别疼爱,"有慈无威",稽康因此而"恃爱肆姐,不训不师"。这种被骄宠情形,一直持续到他成年以后:"爰及冠带,冯宠自放,抗心希古,任其所尚。"这

① 《稽康集校注》,第79页。

一方面对嵇康的人格发展产生了深远的影响，使他得以不受儒家经学的束缚，而更加追求如《幽愤诗》所咏的"托好老庄，贱物贵身，志在守朴，养素全真"，养成了追求个性自由和精神解放的人生品格。另一方面，在这种"鞠育"生活中，嵇康与长兄建立了一种较平常兄长与小弟关系更为密切的亲情关系，对长兄形成了一种特别的视他如父亲般的依赖感。长兄的这种支柱作用，即使在嵇康成年后也是不可或缺的。当"母兄"在世而"寿四海"时，嵇康因有所归依而内心格外踏实；当"母兄"相继突兀谢世，娇宠骤失，失去精神支柱时，嵇康就倍感孤单，因"奄失恃兮孤茕茕"，而"内自悼兮欷失声"了。

第三，正因这位哥哥担当了介于父、兄之间的角色，付出了比一般兄长更多的辛劳与慈爱，"母兄"之爱才在嵇康心目中具有几近同等的地位，嵇康才将他与母亲并称，视他犹同长辈，而期望报德于他，并因他去世不能报答而追悔不已。

从嵇喜的情况来看，他与长兄角色存在较大差距。嵇喜与嵇康虽一母同胞，其人生道路却与嵇康迥异。他热衷仕进，奔走于司马氏之门，颇得司马氏赏识，是当时礼法之士中的著名人物。《书钞》六十八《嵇喜集》记载："晋武为抚军，妙选官属，以喜为功曹。"又《太平御览》四百五引王隐《晋书》说："兄喜，为太仆厩驺，冯陵知其英俊，待以宾友之礼，以状表上。"此外，前引他诣事齐王攸事迹，也表明他对权势十分热衷。正因这样，与嵇康一道"越名教而任自然"的"竹林"人物普遍反感他。如阮籍就对他赐以"白眼"。《晋书》卷四十九《阮籍传》记载："籍又能为青白眼，见礼俗之士，以白眼对之。及嵇喜来吊，籍作白眼，喜不怿而退。"①

———————————

① 《晋书》，第 1361 页。

直到"喜弟康闻之，乃赍酒挟琴造焉。籍大悦，乃见青眼。"又据
《世说新语·简傲》记载，嵇康朋友辈甚至视嵇喜为他们与嵇康交
往的障碍物："嵇康与吕安善，每一相思，千里命驾。安后来，值
康不在，喜出户延之，不入。题门上作'凤'字而去。喜不觉，犹
以为欣故作。'凤'字，凡鸟也。"① 干宝《晋纪》也有类似的记载。
嵇喜在嵇康死后为乃弟作传，都不忘特意点缀"家世儒学"，与嵇
康自称"不涉经学"适成反讽。嵇康赠他 18 首诗，充分表达自己
的人生志趣与理想追求。嵇喜 4 首答诗，则多谈论"列仙殉生命，
松乔安足达"；"都邑可优游，何必栖山原。孔父策良驷，不云世路
难"。劝嵇康在司马氏当权时代仕进，这虽或有保护弟弟之思，毕
竟与嵇康的思想格格不入。可见，嵇喜与嵇康虽为兄弟，实非同
道。两人在精神趣味方面，差距不可以道里计。正因这样，当嵇康
听到哥哥受阮籍羞辱的消息，才特意"赍酒挟琴"，前去做阮籍的
"知音"。嵇康痛失母兄，而"内自悼兮欸失声"于"奄失恃兮孤茕
茕"，当也与此相关。嵇喜其人其事，与前所举三篇诗文中的
"兄"，显然相差甚远。倘嵇喜为兄长，他对已经成年的嵇康，尚且
教训以孔孟入世之说，对"早孤"的弟弟，怎能做到娇纵而放任他
"不涉经学"，使弟弟走向反叛"世教"的道路？他甚至在嵇康死
后，都不忘以儒学强加于其弟之《传》，如何能不将他的人生追求
施教于嵇康？大约正因两人年龄差距不是太大，嵇喜才不能如兄长
那样，对小弟具有很强的权威性，他的说教才不能对小弟产生很大
影响。另外，嵇康托孤一事，也能间接证明：嵇喜与嵇康二人关系
较为疏远。嵇康《与山巨源绝交书》对"女年十三，男年八岁，未
及成人，况复多病"倍感焦虑，因而有"顾此恨恨，如何可言"的

---

① 《世说新语笺疏》，第 903、904 页。

喟叹。《晋书·忠义传》指明"嵇绍……十岁而孤"。嵇康临终前安排后事时，将托孤重任交予山涛，而不是他的哥哥嵇喜。《晋书·山涛传》记载："康后坐事，临诛，谓子绍曰：'巨源在，汝不孤矣。'"① 这种亲、疏颠倒的行为有悖常理，正说明嵇康对山涛的信任超过了他的亲哥哥嵇喜。事实也证明嵇康所托得人。关于山涛关照、荐举嵇康之子嵇绍，《世说新语·政事第三》及刘孝标注所引《山公启事》、《晋诸公赞》、王隐《晋书》，还有《晋书·忠义传》等，多有详细记载，此不赘述。由嵇喜其人其事，与嵇康所描述的长兄形象的诸多矛盾之处，以及嵇康托孤的亲、疏颠倒，我们可以断定：嵇喜当为嵇康二兄，与嵇康的年龄差距不是很大，并且关系未必密切。

需要指出的是：虽然嵇康与嵇喜志趣不同，一母同胞之情仍在。二人互有诗作对答，在嵇康诗中，虽不谈及家事，而兄弟之情实存；嵇喜诗规劝嵇康出仕，反复谈论"君子体通变"、"达人鉴通塞"，也蕴涵着对其弟安危的忧虑与关怀。嵇康被杀前，因嵇康性喜音乐，酷爱弹琴，嵇喜特意为其弟带来心爱之琴，并与他诀别。嵇康死后，嵇喜还专为他作《传》。前引《王粲传》注有嵇喜称誉其弟"少有俊才，旷迈不群，高亮任性，不修名誉，宽简有大量"的言论。至于嵇康作《赠兄秀才入军》的缘由，当与他作《与山巨源绝交书》相类。《世说新语》卷五《栖逸第十八》注引《康别传》："山巨源为吏部郎，迁散骑常侍，举康，康辞之，并与山绝。岂不识山之不以一官遇己情邪？亦欲标不屈之节，以杜举者之口耳！"② 借兄弟、朋友之情，表达自己的政治观念、人生准则和生活

---

① 《晋书》，第 1223 页。
② 《世说新语笺疏》，第 767 页。

理想，正是嵇康创作思维的一大突出特征。《赠兄秀才入军》亦当作如是观，方能消解大家对嵇康与嵇喜关系非密，却又作有如此热烈亲近之赠诗的疑问。

三、结　　论

概括前论如下：

（一）嵇康当有两位哥哥，这名字不为我们所知的哥哥居兄长之位，他与母亲一道共同担当了"鞠育"小弟的重任，对小弟的人格形成和整个人生产生了深远的影响。嵇康与他兄弟之情笃厚，充满报德之思。这位兄长于嵇康 38 岁或稍前时间谢世。

（二）嵇喜为嵇康二兄，两人年龄差距不是很大，由于他与嵇康人生道路迥异，两人但有兄弟之情，而无同道之谊，兄弟关系也较平淡，他对嵇康的生活与思想影响不大，他在嵇康死后，直到晋初仍然活着。

（三）《与山巨源绝交书》《幽愤诗》《思亲诗》所出现之"兄"系特指，都等指他的长兄。《思亲诗》写作时间与《与山巨源绝交书》相近，系为母亲与兄长而作。

崇"友"意识与嵇康的文学创作

　　《晋书》本传称嵇康"以高契难期，每思郢质"，[①] 可谓抓住了嵇康为人与为文的一个重要特质。在魏晋之际政局嬗变的特殊时代，嵇康渴求知音与曲高和寡的孤独，不但是其人生苦闷的表征，也是时代政治文化影响下的必然产物。嵇康一生执著追求友情，也曾数度吞食交"友"苦果。从某种意义上说，甚至连死也是为了友情。这与他跟二哥嵇喜，虽有同胞之情而无同道之谊，形成鲜明对照。中国文学史中，绝交文章较少，嵇康竟有两篇。嵇康习惯借与友人书信讨论的方式，阐述其哲学思想、政治观念、人生准则和生活理想；擅长写以朋友之情比况政治人事的妙文；诗文充溢着对崇高友情的呼唤与追求。

　　可以这样说：嵇康重"友"甚于家人，"每思郢质"是贯穿其文学创作的重要主题旋律。

---

① 《晋书》，第 1370 页。

一、早期生活与崇"友"意识

嵇康崇"友",受到魏晋之际特定政治文化思潮的深刻影响,这为古今所认同。但还有一个研究视角值得关注:从其个人早期生活追溯。

实际上,嵇康本人就曾多次剖析过他的早期生活。如在《与山巨源绝交书》中自述,幼儿期的"孤露"、"母兄见骄"、"不涉经学",是形成他生活习性和自我人格的重要因素。[①] 在狱中写《幽愤诗》,[②] 也追悔其"卒致囹圄","匪降自天,实由顽疏"。并指出这种"顽疏"与早期家庭教育有莫大关系:

> 嗟余薄祜,少遭不造。哀茕靡识,越在襁褓。母兄鞠育,有慈无威。恃爱肆姐,不训不师。爰及冠带,冯宠自放。抗心希古,任其所尚。托好老庄,贱物贵身。志在守朴,养素全真。曰予不敏,好善暗人。子玉之败,屡增惟尘。大人含弘,藏垢怀耻。民之多僻,政不由己。惟此褊心,显明臧否。感寤思愆,怛若创痏。欲寡其过,谤议沸腾。性不伤物,频致怨憎。昔惭柳下,今愧孙登。内负宿心,外恧良朋。……

虽有意而为不无激愤,但客观分析这段沉痛追述,有两个问题值得关注:

第一,由于父亲早逝,嵇康婴幼时代甚至直到成年后,都得到

① 《嵇康集校注》,第178页。
② 同上书,第37页。

母、兄的加倍慈爱保护。

关于嵇康所称"母兄"的"兄"，我们已辨明非嵇喜，当指另一位与嵇康年龄差距较大，担负"半父"职责的长兄。[①] 母、兄的"有慈无威"、"不训不师"，使嵇康被娇宠爱护，同时也创造了一种十分宽松的成长环境，使嵇康甚至到成年时还"冯宠自放"，依其性之所近、情之所悦，来"抗心希古，任其所尚"，充分发展自我。在这种自主性极强的自我选择过程中，嵇康必然轻忽社会人格，而强化对自我人格的发展。因为所谓社会人格，是由于人类在社会生活中所必须扮演某种角色，而发展起来的、使人在各种社会关系中得以适应和生存的方面；而自我人格则是反映人的天性要求和自由心灵，体现人格本质的方面。在封建时代，以儒家学说为核心的经学，由于具体规范社会伦理秩序、道德准则，而成为个人人格教育方面的必修内容。对于嵇康自称"不涉经学"，我们当然不能完全当真。[②] 但母、兄由于溺爱直到他成年还"任其所尚"，对其社会人格的培养相对忽略和有所放弃，则对嵇康成年后由反感司马氏篡权主导的虚伪礼法走向对"经学"所规范的伦理原则和道德秩序的反叛有直接的影响。嵇康《难自然好学论》说：

> 六经以抑引为主，人性以从欲为欢。抑引则违其愿，从欲则得自然。然则自然之得，不由抑引之六经；全性之本，不须犯情之礼律。故知仁义务于理伪，非养真之要术；廉让生于争夺，非自然之所出也。由是言之：则鸟不毁以求驯，兽不群而求畜，则人之真性，无为正当，自然耽此礼学矣。

---

① 参看本书《嵇康兄弟之"谜"与兄弟关系》。
② 《晋书》，第 465 页。据《晋书·赵至传》记载，赵至甘露年间曾在太学看到嵇康抄写石经，嵇康本就是古文经学家，曾著《春秋左氏传音》。

嵇康这种鄙弃"六经"、崇尚自然的思想认识，固然与时代社会文化思潮密切相关，也当受到早年人生经验的影响。而《幽愤诗》《与山巨源绝交书》宣称其早期的自主性选择是"托好老庄，贱物贵身，志在守朴，养素全真"；"又读庄、老，重增其放，故使荣进之心日颓，任实之情转笃"，明显是对强化和发展了的自我人格的认同。社会人格的被弱化与自我人格的被强化，必然造成二者之间的分离、悖反，使他在面对由司马氏篡权统治主导的魏晋之际特殊社会生活与社会关系时，缺乏相应的心理承受能力和调解机制。正如《与山巨源绝交书》的自我剖析："此犹禽鹿，少见驯育，则服从教制；长而见羁，则狂顾顿缨，赴蹈汤火，虽饰以金镳，飨以嘉肴，愈思长林而志在丰草也。"①虽然就嵇康自身说，他"性不伤物"，主观上"欲寡其过"，但其"好善暗人"、"惟此褊心，显明臧否"，必然会招致礼法社会的伤害。"频致怨憎"、"谤议沸腾"，就使他的痛苦远较常人为甚。

嵇康也曾思考怎样矫己适俗。但一方面，在魏晋之际矫己从俗，本就是极艰难的事情。以阮籍的"至慎"，与"与物无伤"的"过人""至性"，也"为礼法之士所绳，疾之若仇"。嵇康虽信服阮籍而不及："阮嗣宗口不论人过，吾每师之，而未能及。"他"以不如嗣宗之贤，而有慢弛之阙；又不识人情，暗于机宜，无万石之慎，而有好尽之累。久与事接，疵衅日兴，虽欲无患，其可得乎?"另一方面，为矫己从俗而放弃自我，尤非所愿。所以，受司马氏篡权主导的社会生活与社会关系固然摈拒嵇康于门外，嵇康也甘愿自我放逐，坚执"循性而动，各附所安"、"性有不堪，真不可强"、"志气所托，不可夺也"。这样，朋友对于嵇康就显得格外重要。只

① 《嵇康集校注》，第178页。

有志趣相投的朋友才能宽容他。《与山巨源绝交书》就坦述:"又纵逸来久,情意傲散,简与礼相背,懒与慢相成。"① 只有朋友才能宽容见谅:"而为侪类见宽,不攻其过。"嵇康也情愿和那些与自己志趣相投的朋友一道,过适合自我的生活。

第二,特定的"早孤"生活,对他人格模式的形成产生了深远影响。现代心理学指出,个人人格模式的形成,与对父母的天然模仿有着必然关联。对于男性来说,首先是通过对父亲形象的认同,来建构其自我形象的。父亲早逝,母、兄共同担当父亲职责,就在一定程度上使嵇康男性人格形象的建构失去了可资参照的对象。因为在男性身上,总是或多或少地存在某些"女性侧面",即女性的性格和行为特征;在女性身上,也总是或多或少地存在某些"男性侧面",即男性的性格和行为特征。二者比例如果失调,就会出现一定程度的角色错位现象。嵇康"早孤",固然使他享受了更多母亲的慈爱关怀,但母亲的影响过多,也会使他较多地发展其"女性侧面",在其男性气质中注入更多渴望被人关怀、抚慰,特别是寻找依靠的成分。我们认为,嵇康在成年后轻视女色,好似从心底里对女色持一种鄙夷的态度,当与他早期较多发展了自身的"女性侧面"有关。关于这一点,第三部分讨论为什么嵇康作品中女性形象较少时详谈。嵇康更多渴望被人关怀、抚慰,特别是寻找依靠,则可从《思亲诗》中读出:"奄失恃兮孤茕茕"、"上空堂兮廓无依"、"中夜悲兮当谁告"、"慈母没兮谁与骄"。② 因失去亲人而感到孤独,本是人之常情。但作为老大不小的男性,如此反复感伤母亲逝去后的孤立无依,则不但说明母亲生前是他人生的重要依靠,也显露了

---

① 《嵇康集校注》,第178页。
② 同上书,第79、80页。

嵇康男性人格中特别脆弱，甚至有近于女性化的一面。可见，嵇康甚于常人的焦虑躁动与"遇事便发"、较为脆弱等性格特点，虽主要是受魏晋之际特殊政治与社会生活以及服食之风等的影响，但似乎也能从父亲早逝留给他巨大精神创伤，母、兄格外溺爱使其人格模式存在缺憾中找出痕迹。如此说来，为世人所公认的嵇康性格的"婞直"、"峻切"、刚烈，是否还有其脆弱性格外现的成分呢？

长兄对于嵇康来说，介于父、兄之间，对小弟的溺爱既使其无意效仿严父，也较少长兄之威，二人关系相对平等、友好、宽松，这也很有可能对嵇康成年后总是渴望一种相对平等、无拘无束的人际关系产生重要影响。至于嵇康与嵇喜虽为兄弟，一母同胞之情仍在，却实非同道，两人在精神方面形同陌路。在某些事情上，嵇康更看重朋友而不是哥哥嵇喜。《晋书·山涛传》所载嵇康托孤一事正说明，他对山涛的信任实际超过了亲哥哥嵇喜。[①]

从嵇康的婚姻生活看，他娶曹魏宗室沛王曹林之女长乐亭公主为妻，[②]嵇康作品中无一字提及其妻，我们无从确知二人真正感情关系。从他为婚姻选择而付出了政治上的惨痛代价推断，大约夫妻感情不错。但夫妻感情不错，并不妨碍嵇康对女性仍持轻视态度；也不能说明其妻就如《世说新语·贤媛》所记山涛之妻，做丈夫的精神知音。故与其崇"友"情结亦不矛盾。

由上述讨论可以说明：特定的"早孤"家庭生活，也是嵇康更多渴求友情的重要因素。当与现实社会生活与社会关系格格不入时，巨大孤寂感的填充与矛盾痛苦的纾解、宣泄，以及寻找某种微带女性化特征的依靠感等，都使他更多追求友情；而在寻找一种较

---

① 参看本书《嵇康兄弟之"谜"与兄弟关系》。
② 王隐《晋书》载："嵇康妻，魏武帝孙穆王林女也。"《九家旧晋书辑本》，汤球辑，杨朝明校补，中州古籍出版社，1991年版，第243页。

为平等、友好、宽松无拘束的人际关系时，朋友更是最佳选择。同时，在强化自我人格、追求更高人生境界时，也非常需要在与知音的共同参与中印证、确认自我生命价值与人生追求，故嵇康"每思郢质"。

从嵇康的生平行事看，他与朋友的交往主要表现出以下五方面的特点：

其一，以认同自我人格为主，交友标准具有强烈的选择性。嵇康一生中交往较多的人有：阮籍、山涛、向秀、刘伶、阮咸、王戎、王烈、孙登、吕安、郭遐周、郭遐叔、阮德如、赵至等。据《晋书》本传载，即使嵇康与竹林名士的交往，其深浅程度也不一样："所与神交者，惟陈留阮籍，河内山涛"，余则"豫其流者"。①《世说新语·简傲》《晋书·阮籍传》都记载，嵇康听说阮籍对哥哥嵇喜翻了"白眼"，就挟琴造访，赢得阮籍大开"青眼"，结为神交。山涛更是嵇康能够"托孤"的神交。而当司马氏的亲信钟会造访时，既有意一言不发使其难堪，又以"何所闻而来，何所见而去"的诘问使其恼怒。嵇康亲善"友"的做法与阮籍十分相近。如阮籍分"青""白"眼看嵇康兄弟，吕安重嵇康而轻嵇喜。这些，说明嵇康与朋友的择"友"趋向是互相影响的，也间接体现了魏晋之际特定政治文化背景对择"友"趋向的影响。

其二，嵇康习惯于与朋友一道，形成与礼法社会相对立的小圈子，并一道追寻审美化的生活方式。如《世说新语》等记载的有嵇康参与的竹林七贤之游。而与王戎等同居山阳，与向秀、吕安等以锻铁为业，与吕安的亲密交往等，与常人交友颇有不同，明显带有曾在一起共同生活的特征。

① 《晋书》，第1370页。

其三，为朋友输诚竭智，极重朋友之情。两封绝交信就足证嵇康对友情的珍视。而导致嵇康之死的直接原因，也是由于被牵入了朋友的事件。关于这一点，在论《与吕长悌绝交书》时详谈。

其四，嵇康的高洁人格及其交友方式，对朋友具有极大的感召力，嵇康往往成为朋友群体的领袖，赵至等人甚至不惜千里追随（《晋书·赵至传》）。①

其五，嵇康"以高契难期，每思郢质"，即因曲高和寡而渴求知音，追求超越现实社会而在更高层次与"友"同游。如他曾于汲郡山中遇著名隐士孙登，"遂与之游"。②《太平御览》曾引《神仙传》，说他还曾与道士王烈交往。③ 他也羡慕古代前贤和神仙。如《与山巨源绝交书》称："吾每读尚子平、台孝威传，慨然慕之，想其为人。"④ 并专门著《高士传》，撰上古以来高士老聃、长沮、桀溺、庄周、黄石公等人事迹，"为之传赞，欲友其人于千载也"。⑤

总之，交友在嵇康的生活中占有特别重要的位置。他"每思郢质"，注重以强烈的选择性交"友"，对抗礼法，追寻审美化的生活方式。不但交友方式在当时独标高帜，其崇"友"意识与思想内涵也具有重要的文化与审美价值。

二、崇"友"意识与嵇康诗文创作

刘勰《文心雕龙·才略》对比嵇康、阮籍时指出："嵇康师心

① 《晋书》，第 2377 页。
② 《世说新语笺疏》，第 764 页。
③ 《太平御览》，第 663、839 页。
④ 《嵇康集校注》，第 177 页。
⑤ 《晋书》，第 1374 页。

以遣论。"① 学界通常认为嵇康"婞直"、"峻切"的情性实际更适合
于创作散文。其散文创作"所触即形"、"径遂直陈、有言必尽",②
析理深透,嬉笑怒骂皆成文章;而在诗歌创作中,这种优势就不甚
明显,有时还会转变为劣势。因为"诗诚关乎性情,婞直之人,必
不能为婉转之调,审矣"。这种评价大致不错。嵇康的有些诗作,
确实较少剪裁,"所触即形"、直抒胸臆、流于质直,而缺乏某种蕴
藉含蓄之美。总体上说,其散文成就要高于诗歌。但这并不意味着
嵇康的诗都是质直平庸之作。换个角度来看,在嵇康的诗歌创作
中,主要侧重于描绘他所向往的理想社会与世界图式,表现他高洁
的人品胸次和人生追求,以"立"为主;而在散文创作中,则侧重
于淋漓尽致地批判、抨击和否定充满丑恶的现实生活世界图式,以
"破"为主。"破""立"难、易有别,这也是造成其散文总体成就
高于诗歌的一个重要原因。而"破""立"各有侧重,诗歌侧重于
"立",不少诗歌高朗俊爽,浪漫主义色彩浓郁,堪称佳作。同时,
一方面,无论"破"、"立",受其"崇友"意识的深刻影响,"每思
郢质"都是贯穿嵇康文学创作的重要主题旋律;另一方面,这一主
题旋律也为嵇康的文学创作增添了感情力度、理性色彩、浪漫主义
情调和鲜明个性特征。

(一)崇"友"意识与诗歌创作

从诗歌创作看,自我与"友""双象"图式是嵇康构建其诗歌
审美系统的最重要表现方式。如前所论,在嵇康的生活世界,朋友
具有至为重要的地位;在其精神世界,崇"友"意识也占据重要地
位。相应地,嵇康艺术世界的主人往往也是两位:审美主体与知

---

① 《文心雕龙注》,第978页。
② 《采菽堂古诗选》,陈祚明评选,上海古籍出版社,2008年版,第218页。

音。如嵇康《五言诗》与《与阮德如诗》所言:"郢人审匠石,钟子识伯牙";① "郢人忽已逝,匠石寝不言",② 二者互为存在的前提。嵇康所追求的理想生活方式,就是与知音共同居处于理想之境中:

> 携我好仇,载我轻车。南凌长阜,北厉清渠。仰落惊鸿,俯引渊鱼。盘游于田,其乐只且。③ (《兄秀才穆入军赠诗十九首》第十一首)

作为这种审美理想的外化,嵇康诗中反复出现具有超越精神、无拘无束生活的"双鸟"飞翔意象:

> 双鸾匿景曜,戢翼太山崖。抗首嗽朝露,晞阳振羽仪。长鸣戏云中,时下息兰池。自谓绝尘埃,终始永不亏。④ (《兄秀才穆入军赠诗十九首》第一首)
>
> 鸳鸯于飞,肃肃其羽。朝游高原,夕宿兰渚。邕邕和鸣,顾眄俦侣。俯仰慷慨,优游容与。⑤ (《兄秀才穆入军赠诗十九首》,第二首)
>
> 鸳鸯于飞,啸侣命俦。朝游高原,夕宿中洲。交颈振翼,容与清流。吸嚼兰蕙,俯仰优游。⑥ (《兄秀才穆入军赠诗十九首》,第三首)

---

① 《嵇康集校注》,第122页。
② 同上书,第101页。
③ 同上书,第15页。
④ 同上书,第5页。
⑤ 同上书,第8页。
⑥ 同上书,第9页。

比翼双飞，本多用来指喻男女关系，鸳鸯尤多特指夫妻，嵇康则用以指喻知音。追求与知音比翼双飞的理想境界，既是一种对现实孤寂环境的精神弥补与超越，也是难以实现真正超越苦闷的象征。正由于现实环境与审美主体形成严重的对峙与冲突，故迫切要求超越和渴求知音。

《答二郭三首》其一追述与二郭"良时遭其愿，遂结欢爱情。君子义是亲，恩好笃平生"，慨叹自己"寡智自生灾，屡使众衅成。豫子匿梁侧，聂政变其形。顾此怀怛惕，虑在苟自宁。今当寄他域，严驾不得停"，而怅然于"本图终宴婉，今更不克并"，故十分珍视"二子赠嘉诗，馥如幽兰馨"。① 其二追述"昔蒙父兄祚，少得离负荷。因疏遂成懒，寝迹北山阿。但愿养性命，终已靡有他。良辰不我期，当年值纷华。坎壈趣世教，常恐缨网罗。羲农邈以远，拊膺独咨嗟"，渴求超越而与知音同游："岂若翔区外，餐琼漱朝霞。遗物弃鄙累，逍遥游太和。结友集灵岳，弹琴登清歌。有能从我者，古人何足多。"② 再如：

> 潜龙育神躯，濯鳞戏兰池。延颈慕大庭，寝足俟皇羲。庆云未垂景，盘桓朝阳陂。悠悠非我匹，畴肯应俗宜。殊类难遍周，鄙议纷流离。……焦鹏振六翮，罗者安所羁。浮游太清中，更求新相知。比翼翔云汉，饮露餐琼枝。③ ……（《述志诗二首》其一）

与朋友相处可以获得精神力量，来对抗异己的生命表象世界，可以

---

① 《嵇康集校注》，第93页。
② 参综嵇康诗文的用法，"昔蒙父兄祚"之"父"，疑当作"母"。同上书，第95页。
③ 《嵇康集校注》，第52页。

分享审美化生活。但在强大的社会现实之中，这种超越是极难实现的。

《五言赠秀才诗》描述了现实世界对这种美好"双飞"境界的破坏与打击：

> 何意世多艰，虞人来我维。云网塞四区，高罗正参差。奋迅势不便，六翮无所施。隐姿就长缨，卒为时所羁。单雄翻孤逝，哀吟伤生离。徘徊恋俦侣，慷慨高山陂。鸟尽良弓藏，谋极身必危。吉凶虽在己，世路多崄巇。安得反初服，抱玉宝六奇。逍遥游太清，携手长相随。①

异化的现实社会环境，造成了对这种审美世界的残暴破坏。而一旦知音缺席，审美世界就变得严重残缺和无比空旷起来。同时，由于"高契难期"，审美主体往往独自完成审美活动，这就更加激发了其思"友"之情。《赠兄秀才入军》集中表现了这种苦闷。其三、其四叙写"嗟我征迈，独行踽踽"这种强烈的孤寂，使审美主体失去了希望和依靠。"有怀遐人"、"所亲安在"、"我友焉之"、"仰顾我友"、"思我良朋"，就成为反复出现在其艺术世界的强烈回声。再如：

> 凌高远眄，俯仰咨嗟：怨彼幽絷，室迩路遐。虽有好音，谁与清歌？虽有姝颜，谁与发华？仰讯高云，俯托清波。乘流远遁，抱恨山阿。②（第十二首）

---

① 《嵇康集校注》，第5页。
② 同上书，第16页。

轻车迅迈，息彼长林。春木载荣，布叶垂阴。习习谷风，吹我素琴。交交黄鸟，顾俦弄音。感寤驰情，思我所钦。心之忧矣，永啸长吟。①（第十三首）

浩浩洪流，带我邦畿。萋萋绿林，奋荣扬晖。鱼龙瀺灂，山鸟群飞。驾言出游，日夕忘归。思我良朋，如渴如饥。愿言不获，怆矣其悲。②（第十四首）

息徒兰圃，秣马华山。流磻平皋，垂纶长川。目送归鸿，手挥五弦。俯仰自得，游心太玄。嘉彼钓叟，得鱼忘筌。郢人逝矣，谁可尽言。③（第十五首）

闲夜肃清，朗月照轩。微风动袿，组帐高褰。旨酒盈樽，莫与交欢。琴瑟在御，谁与鼓弹。仰慕同趣，其馨若兰。佳人不存，能不永叹。④（第十六首）

其他诗作如：

斯会岂不乐，恨无东野子。酒中念幽人，守故弥终始。但当体七弦，寄心在知已。⑤（《酒会诗》其一）

□□兰池，和声激朗，操缦清商，游心大象。倾昧修身，惠音遗响，钟期不存，我志谁赏？⑥（《酒会诗》其四）

将游区外，啸侣长鸣，神□不存，谁与独征。⑦ （《四言

---

① 《嵇康集校注》，第 18 页。
② 同上书，第 19 页。
③ 同上书，第 21 页。
④ 同上书，第 24 页。
⑤ 同上书，第 111 页。
⑥ 同上书，第 115 页。
⑦ 同上书，第 121 页。

诗·其二》）

　　郢人审匠石，钟子识伯牙。真人不屡存，高唱谁当和。①

（《五言诗·其一》）

在"思友"、"求友"的苦闷之中，嵇康也有以仙为友，以自然为友，以古人为友的想法。

以人世为苦而求仙友的如：

　　遥望山上松，隆谷郁青葱。自遇一何高，独立迥无双。愿想游其下，蹊路绝不通。王乔弃我去，乘云驾六龙。飘飖戏玄圃，黄老路相逢。授我自然道，旷若发童蒙。采药钟山隅，服食改姿容。蝉蜕弃秽累，结友家板桐。临殇奏九韶，雅歌何邕邕？长与俗人别，谁能睹其踪。②（《游仙诗》）

　　俗人不可亲，松乔是可邻。何为秽浊间，动摇增垢尘。慷慨之远游，整驾俟良辰。轻举翔区外，濯翼扶桑津。徘徊戏灵岳，弹琴咏泰真。沧水澡五藏，变化忽若神。姮娥进妙药，毛羽翕光新。一纵发开阳，俯视当路人。哀哉世间人，何足久托身。③（《五言诗·其三》）

审美主体期望通过游仙，实现对尘俗世界的隔离与超越，从而弃除污秽，澡雪精神，在审美灵境中以艺术化方式生活。

以现实为苦而希求与古人为友的，如《述志诗·其二》：

---

① 《嵇康集校注》，第122页。
② 同上书，第58页。
③ 同上书，第122页。

斥晏擅蒿林，仰笑鸾凤飞。坎井蜻蛭宅，神龟安所归？恨自用身拙，任意多永思。远实与世殊，义誉非所希。往事既已谬，来者犹可追。何为人事间，自令心不夷？慷慨思古人，梦想见容辉。愿与知己遇，舒愤启幽微。岩穴多隐逸，轻举求吾师。晨登箕山巅，日夕不知饥。玄居养营魄，千载长自绥。①

但是，如前所引，倘"结友集灵岳，弹琴登清歌。有能从我者，古人何足多？"

（二）"崇友"意识与嵇康散文及赋体创造思维

嵇康的许多哲理散文，都是在与知音、"郢质"的热烈讨论中产生的，实融他与"郢质"的智慧、哲思、激情于一体。如他与向秀多次往复论难"养生"问题，是文坛千秋佳话。《晋书·向秀传》记载此事就特别指出，向秀"又与康论养生，辞难往复，盖欲发康高致也"。② 阮德如是他的另一位好友，二人互相唱和的诗作有《与阮德如一首》和《阮德如答二首》。为"宅无吉凶摄生"问题，二人有过往返两次的热烈论辩。《明胆论》系与吕安论难之作。此外，还曾与张邈论难"自然好学"命题。而内容表现直接与友情关联的是三篇：《与山巨源绝交书》《管蔡论》《与吕长悌绝交书》。

关于《与山巨源绝交书》的写法，《世说新语·栖逸》刘孝标注引《嵇康别传》说：

山巨源为吏部郎，迁散骑常侍，举康，康辞之，并与山绝。岂不识山之不以一官遇己情邪？亦欲标不屈之节，以杜举

---

① 《嵇康集校注》，第 55 页。
② 《晋书》，第 1374 页。

者之口耳！乃答涛书，自说不堪流俗，而非薄汤武。大将军闻而恶之。①

这段颇具概括力的分析，真为千古不易之快论！嵇康写作此"书"，正是选择自己的神交，号称当时"雅量"天下第一的山涛。以这种决绝方式来标示自己的不屈精神，杜绝好事者的骚扰。"书"的主旨是两条：以"必不堪者七，甚不可者二"，对司马氏篡夺政权公然宣称自己对立的政治态度，对受司马氏篡权统治主导的社会生活与社会关系以决绝态度拒绝。这种决绝，实际是受其执著维护自我人格、追求理想人生境界的思想意识支配的。也可以看作是对自我人格受到严重压抑约苦闷的宣泄，和对戕害自我人格的社会网罗的宣言。因此，"书"痛陈异己社会对自我人格的戕害之烈与使人无所避身；强烈讥讽所谓"傍通"、"多可而少怪"、"无所不堪，外不殊俗，而内不失正，与一世同其波流，而悔吝不生耳"的达人。指出当此黑暗时代，要么保持自我人格，要么妥协，并无调和之路可走。尤其厌恶己欲妥协，反胁迫人者："不可自见好章甫，强越人以文冕也；己嗜臭腐，养鸳雏以死鼠也"；"野人有快炙背而美芹子者，欲献之至尊，虽有区区之意，亦已疏矣。愿足下勿似之。"

《与吕长悌绝交书》甚短，主要谴责卖"友"行为，表现了凛然的精神风范。据《世说新语》《晋书》本传等记载，嵇康与吕安友善，吕安兄吕巽借酒奸污了吕安妻，从而引发弟兄纠纷。为维护吕巽弟兄亲情，嵇康以同为二人之友身份，不惜置身纠纷，居中调解。他天真相信吕巽，故劝服吕安。吕巽却自恃司马氏亲信，竟然诬告吕安不孝，吕安因此被收。嵇康也因挺身为吕安辩诬而被牵

---

① 《世说新语笺疏》，第 767 页。

连，司马氏听信钟会谗言，嵇康终于被杀。“书”中嵇康既愤恨于自己满腔热忱，反为吕巽的无耻所欺：“足下阴自阻疑，密表系都，先首服诬都，此为都故，信吾又无言，何意足下包藏祸心耶?”又痛心疾首于辜负阿都：“怅然失图，复何言哉!”而在“书”末，仍然恪守古风：“绝交不出丑言”，“临别恨恨”于掩抑之间，透露出无比愤激，也显示了不屑与衣冠禽兽论难的高贵气质。

《管蔡论》则借兄弟之情喻指政治人事，这种翻案文章可谓发前人所未发：

> 且明父圣兄，曾不鉴凶愚于幼稚，觉无良之子弟；而乃使理乱殷之弊民，显荣爵于藩国；使恶积罪成，终遇祸害。于理不通，心所未安。①

虽借他人之口诘问，实为嵇康惊世骇俗快论。如此为管蔡翻案，明显针对现实政治。按其时司马氏挟持着曹魏少帝，常以周公摄政自拟。所以以周公兄弟的一段历史公案来做论，显然是有意冒犯。故戴明扬《嵇康集校注》引张采说：“周公摄政，管、蔡流言；司马执权，淮南三叛，其事正对。叔夜盛称管、蔡，所以讥切司马也。”②

另外，《卜疑》也有“于是远念长想，超然自失，郢人既没，谁为吾质”思想。③ 至于《琴赋》铺写最足发人琴思的特定场合，也与朋友聚会紧密相关，因本书《萧统与音乐赋》有较详论述，就不再多谈了。

---

① 《嵇康集校注》，第384、385页。
② 同上书，第391页。
③ 同上书，第214页。

综上可见，嵇康的崇"友"意识确实对嵇康的诗文创作有着深刻而全面的影响。与嵇康相比，阮籍亦是"早孤"，他与嵇康同时而年龄稍长，在生活方式上也与嵇康有相近处。但相近的人生经历在两人的心灵中有不尽相同的投影。"早孤"使阮籍更精心于磨炼自己避祸防身的意志与能力。他以"至慎"对待现实政治与人事交接，对朋友的追求也不如嵇康强烈、迫切。阮籍是魏晋之际最孤寂、也最偏爱孤寂的哲人。这种至慎至隐的人生态度，表现在文学创作上，就形成"厥旨渊放，归趣难求"的风格。在阮诗系统中，创作主体保持着一种相当稳定的心理场，总是用高、远、深、幽、僻、静的空间环境构成一种审美灵境，从而实现对生命表象世界的转换和超越。所以，阮诗的审美主体总是以独坐空堂、独夜徘徊、登高独立等遗世风貌独立存在于审美灵境中。① 虽然相较于诗，阮籍的赋与文要显豁明了，但阮籍更重视以赋而不是散文作为其理性批判的思想武器，仍然与他至隐人生相关。比较嵇、阮为人与为文的异同，对于我们全面认识魏晋文学创作的精神特质，无疑具有重要启示意义。

三、女性文学形象缺失与崇"友"意识

古人习惯以女性形象作为一种审美象征。但在嵇康作品中，女性形象则较少出现，与"每思郢质"适成鲜明对照，这也颇发人深思。而有限的几个女性形象，其出现还分不同情况。

第一种以正面意义出现，即"游女"、"老莱妻"、"佳人"等。"游女"作为妙解音律的审美形象出现在《琴赋》中："于时也，金

---

① 参看本书中编第八篇。

石寝声，匏竹屏气，王豹辍讴，狄牙丧味，天吴踊跃于重渊，王乔披云而下坠。舞鸾鹜于庭阶，游女飘焉而来萃。"① 但同类情形在其他作品中就极为罕见了。嵇康《六言诗》第九首赞美"老莱妻"："不愿夫子相荆，相将避禄隐耕，乐道闲居采萍，终厉高节不倾。"② 实际是受魏晋隐居也重家庭生活思想意识的影响，借以表现以古人为友的一种理想生活方式。而赞美这种生活方式，更多是赞美"妻"与老莱高古的隐逸志趣投合，甚至为老莱人生抉择之师。如此夫妻实为"郢人""匠石"关系，而非男欢女爱的红尘情侣。可见，这仍然是嵇康理想之"友"的一种变体。至于"佳人"，只在《赠兄秀才入军》第十五首出现一次："佳人不存，能不永叹。"③ 但在魏晋时代，"佳人"既可称女，亦可谓男。这里似指佳友。

第二种是一般提及。《答释难宅无吉凶摄生论》："宅是外物，方圆由人，有可为之理，犹西施之洁不可为，而西施之服可为也"；"若薄姬之困而后昌，皆不可为、不可求。"④ 两例都借美女客观说理而看不出作者好恶。《卜疑》："将如箕山之夫，颖水之女，轻贱唐、虞，而笑大禹乎？"⑤ 男女对称，只限于客观谈论美女嘲笑不懂追求男女风情享乐的苦行者。《琴赋》："《王昭》《楚妃》，《千里》《别鹤》，犹有一切，承间簋乏，亦有可观者焉。"⑥ 由曲名或能生发联想，但作者之意，肯定不在表现美女。

第三种是或泯灭美丑界限，或以丑为高，或赞美弃绝女色，或谈论好色之害，往往表现出对女色一定程度的鄙弃意味。如：

---

① 《嵇康集校注》，第 131 页。
② 同上书，第 66 页。
③ 同上书，第 24 页。
④ 同上书，第 467、463 页。
⑤ 同上书，第 215 页。
⑥ 同上书，第 130 页。

今使瞽者遇室，则西施与嫫母同情。聩者忘味，则糟糠与精粹等甘。岂只贤、愚、好、丑，以爱憎乱心哉？

且逆旅之妾，恶者以自恶为贵，美者以自美得贱。美恶之形在目，而贵贱不同，是非之情先著，故美恶不得移也。（《答难养生论》）

嗟古贤原宪，弃背膏粱朱颜……（《六言诗十首》第十首）

宁聚货千亿，击钟鼎食，枕藉芬芳，婉娈美色乎？（《卜疑》）

其自用甚者，饮食不节，以生百病，好色不倦，以致乏绝……（《养生论》）

酒色乃身之仇也，莫能弃之。（同上）

明天下之轻于其身，酒色之轻于天下，又可知矣。（同上）

以酒色为供养，谓长生为无聊。（同上）

然则荣华酒色，有可疏之时。（同上）

以恬淡为至味，则酒色不足钦也。（同上）

养生有五难：名利不灭，此一难也。喜怒不除，此二难也。声色不去，此三难也。（同上）

妙音感人，犹美色惑志，耽槃荒酒，易以丧业。（《声无哀乐论》）①

这些足以说明：无论在嵇康的理性意识层面，还是艺术审美表现中，女性都显得无足轻重。在嵇康文学创作中，很少以女性形象作为审美理想的象征，崇"友"意识才是其文学创作的重要主题旋律！

---

① 《嵇康集校注》，以上所引分别见于第 271、272、67、215、230、272、272、276、277、277、278、329 页。

与嵇康不同，阮籍诗文中有较多女性形象出现：

　　昔黄帝登仙于荆山之上，振咸池于南□之冈，鬼神其幽，而夔牙不闻其章；女娃耀荣于东海之滨，而翩翻于西山之旁，林石之陨从，而瑶台不照其光。(《清思赋》)①
　　麾常仪使先好兮，命河女以胥归。(同上)②
　　瞻朝霞之相承兮，似美人之怀忧。(同上)
　　既不以万物累心兮，岂一女子之足思！(同上)
　　召大幽之玉女兮，接上王之美人。(《大人先生传》)
　　二妃游江滨，逍遥顺风翔。(《咏怀诗》其二)
　　西方有佳人，皎若白日光。(《咏怀诗》其十九)
　　赵女媚中山，谦柔愈见欺。(《咏怀诗》其二十)
　　念我平居时，郁然思妖姬。(《咏怀诗》其六十四)
　　思从二女，适彼湘沅。(四言《咏怀诗》其二)③

除了《咏怀诗》其二十九有"应龙沉冀州，妖女不得眠"④之"妖女"被作为批判对象外，绝大多数女性形象，寄托了阮籍的美好志意。这些形象的使用，使阮籍的诗文在朦胧隐约中，有了一种顾盼流光、逸丽曼妙的境界。无疑，这和他的为人也有密切关系。据《世说新语》《晋书》本传等载，阮籍既能欣赏女性之美，也能以坦荡真淳之心对待她们：嫂尝归宁，籍相见与别；邻家少妇有美色，当垆沽酒，籍便诣饮，醉卧其侧；兵家女有才色，未嫁而死，籍不

① 《阮籍集校注》，第 29 页。
② 同上书，第 35 页。
③ 同上书，以上所引分别见于第 38、39、182、212、279、282、369、202 页。
④ 同上书，第 301 页。

识其父兄，径往哭之，尽哀而还。可见，不管是在现实生活中，还是在文学创作中，阮籍都把聪慧美丽的女性形象纳入其审美视野，并给予充分肯定和多方表现。

而从前面嵇康大量作品的引用，可以看出，嵇康实质上不重女色，甚至从心底里对女色持一种鄙夷的态度。他不可能像阮籍那样发现、欣赏、倾倒于女性的聪慧美丽，较少把她们当作"郢质"而有靠近的意愿，更少将其纳入审美视野予以审美地表现。

嵇康文学作品中女性审美形象的缺失，正好印证"每思郢质"是嵇康文学创作的重要主题旋律。

阮籍人格之"谜"

阮籍的为文，向以至隐难解著称。而为文的至隐，受到他为人至隐的深刻影响。至慎与佯狂则是他为人至隐的表现方式。阮籍以至慎著名于当时，连最高当政都叹服；但他将语言的表达降低到最低限度，宁愿用身体和行为语言表达其情感态度与价值判断，却不全出于至慎。阮籍使礼法之士疾若仇敌，但他的越礼悖俗，却非都是佯狂放诞。阮籍的至慎与佯狂，具有非常复杂丰富的文化内涵。既构成其人格的巨大魅力，也为后世的研究留下重重迷雾。直至今日，对阮籍至慎与佯狂关系模糊、偏执、片面的认识，仍是制约深入研究阮籍全人及其为文"渊放""归趣"的关键问题，也直接影响着对魏晋文化与文学的深入研究。今试从阮籍社会人格、自我人格与魏晋之际知识分子群体的比较中，探讨其至慎、佯狂的人格之"谜"。

一、从社会人格看

心理学告诉我们，个体人格结构由社会人格与自我人格构成。

社会人格浮在人格结构的表层，是表现于外的自我。它是由人类必须在社会生活中扮演某种角色而发展起来的，使人在各种社会关系中得以适应和生存，故又称"人格面具"。自我人格则呈现内在自我，反映人的天性要求和自由心灵，体现人格的本质部分。就此而言，每个人都具有双重人格，阮籍也不例外。

在阮籍所处的魏晋之际这一特殊时代，篡权的司马氏以其强大的统治力量直接制约、影响着当时的社会生活与社会关系。因此，从知识分子群体的社会人格层面看，是否调适与怎样调适自我，是与受司马氏篡权统治主导的特殊社会生活及其社会关系构成怎样关系的重大人生课题。主要包括两个方面：一是是否以及怎样接受和服从以屠杀和高压进行统治的司马氏集团，二是是否以及怎样协调与受司马氏篡权统治主导的社会伦理道德系统的关系。

就第一方面说，谨言慎行、全身避害成为魏晋之际知识分子群体的普遍心态。虽然司马氏的高压与屠杀明显不得人心，但无论主观意愿如何，在司马氏篡权已成定局、个体反抗无力回天的情势下，有良知的知识分子若非迫不得已，就会选择避免正面冲突，甚或选择表面形式的接受与服从。即使"婞直"如嵇康，也并不希望成为无谓的政治牺牲品。他在《与山巨源绝交书》中坦陈"阮嗣宗口不论人过，吾每师之，而未能及"。[1]"未能及"是说客观上不能做到，而决非主观上不愿做。至于能否真正全身避害，除了司马氏生杀予夺的强权等外在因素，还取决于其他多种主观因素的综合作用，如个人的政治立场与影响、气质的内向与外倾、心理承受能力及防卫机制的强弱、特别是对现实政治认识的深刻程度等。

从魏晋之际知识分子群体看，有三种类型最值得关注：

---

[1] 《嵇康集校注》，第178页。

一类以被司马氏杀害的嵇康为代表。

在崇仰嵇康高洁的人品、谴责司马氏凶残的同时,作为一代文化领袖的嵇康,惨死于在表面上看与他并无深刻关联的普通民事诉讼案件,令人痛惜。深思这样的话题虽然沉重却并非多余:嵇康是否就注定必死?除了可能致嵇康于死的种种外在客观因素,嵇康毫不掩饰的政治立场、"婞直"外倾的性格、心理承受能力及防卫机制的相对较弱、对现实政治认识的深刻程度不够等,也是导致他被害的重要原因。

实际上,嵇康的《与山巨源绝交书》、特别是《忧愤诗》,对自己"婞直"外倾、心理承受能力及防卫机制的弱点,就有沉痛反省。虽然就本心而言,嵇康经常"欲寡其过"而"性不伤物",不但不愿主动招惹政治麻烦,在现实人事交际中也希望避免是非。但以他为曹魏宗室沛穆王林之婿、感情明显倾向曹魏以及"人中鸾凤"的声望影响,本就处于非常敏感、险恶的境地。而在这样的险恶情势下,他还以"婞直"外倾方式,来面对魏晋之际特殊的社会生活与社会关系,"刚肠疾恶,轻肆直言,遇事便发"、① "好善暗人"、"惟此褊心,显明臧否",② 这就使他很难避开政治麻烦和人事纠纷了。

其一,在特殊情境下,嵇康会难于控制理智而公开对现实政治说三道四,如宣称与山涛绝交时,也会借题宣称"每非汤、武而薄周、孔";③ 其二,容易在人事交际中"频致怨憎"。④ 这样,当原本单纯的人事纠纷发生时,使一些别有用心的人,如钟会辈有机可

---

① 《嵇康集校注》,第179页。
② 《晋书》,房玄龄等撰,中华书局,1974年版,本段所引均见第1372页。
③ 《嵇康集校注》,第179页。
④ 《晋书》,第1373页。

乘而"谤议沸腾"，① 将普通人事纠纷与现实政治相纠缠，从而引发整个事件性质的异变；也为统治者的政治迫害甚至凶残杀戮提供口实。嵇康介入吕安家事终被司马氏所杀，正是最为惨痛的教训。虽然他的介入动机，如他所说"义直"高尚，他的"好善暗人"，却使他轻信人品低下的吕巽，善意的调解反因吕巽的诬告，而使民事纠纷变为民事诉讼案件，醒悟后虽以《与吕长悌绝交书》舒愤，但已于事无补；而钟会借机诬陷，虽主要由于其积怨过深，但他政治上的激愤言行，毕竟使其有机可乘；加上司马氏对他"卧龙"威胁的担忧等因素，嵇康之死已无可避免！②

可见，嵇康"感悟思愆，怛若创痏"、"昔惭柳惠，今愧孙登，内负宿心，外恶良朋"、"咨予不淑，婴累多虞，匪降自天，实由顽疏"、"澡身沧浪，曷云能补"，③ 这些沉痛反省，虽有激愤情绪，却基本合于事实。除了嵇康自己所着重反省的内容，之所以理智对自我约束强度不够，最重要的原因，还在于孙登所指出的"才多识寡"，④ 其思想认识的深度，不足以指导其具体的调适行为。⑤ 虽然嵇康曾撰《明胆论》推阐"明以见物，胆以决断，专明无胆，则虽见不断；专胆无明，违理失机"；⑥《家诫》恳切训诫后代不能"不堪近患，不忍小情"、轻易"议于去就"，⑦ 而要加强理智控制以避祸患。但作为才不世出、浪漫气质很浓的文人，他虽被时人目为

---

① 《晋书》，第 1372 页。
② 嵇康之死由多种因素构成，学界看法不一。但他与钟会关系交恶，并受其诬陷陷害确是重要原因。可参看《三国志·魏书》卷二十一《王粲传》注引《魏氏春秋》；《世说新语·雅量》注引《文士传》；《晋书·嵇康传》等。
③ 《晋书》，以上所引分别见于第 1372、1373 页。
④ 《三国志》，第 606 页。
⑤ 《世说新语笺疏》，第 766 页。
⑥ 《嵇康集校注》，第 392 页。
⑦ 同上书，第 494 页。

"卧龙",在现实政治方面,实际"胆"强"明"弱,对现实政治的认识不够深刻,故难以彻底约束自我。

一类以向秀为代表。

向秀早年与吕安追随嵇康,三人最为莫逆,甚至曾同居洛邑、山阳。当嵇康公然藐视钟会时,他与吕安显然站在嵇康一边。[①] 钟会与他关系如何不见于史载,但可想见钟会也会怀恨于他。其《〈思旧赋〉序》称"余与嵇康、吕安居止接近",可见他早年确与嵇、吕"不羁"相近,故在现实政治方面大约也未必完全谨小慎微。而在嵇康被诛后第二年,即咸熙元年,向秀被迫出仕。据《世说新语·言语》注引《别传》载:

> 后康被诛,秀遂失图,乃应岁举到京师,诣大将军司马文王。文王问曰:"闻有箕山之志,何能自屈?"秀曰:"常谓彼人不达尧意,本非所慕也。"一座皆悦。[②]

从司马昭的发问可知,向秀早被列在司马氏所关注的不合作者名单中;向秀之答则表明,迫于嵇康被害后的险恶形势,他不得不以表面的接受与服从来全身避害。而其内心正如鲁迅先生所说,《思旧赋》的吞吐掩抑、欲言又止,才是其极度压抑的苦闷心情的真实表达。[③] 其他竹林人物如山涛、王戎等,在司马氏统治时代似乎官运亨通。但从山涛屡次企图保护嵇康,王戎于嵇康死后经过从前交游之地,悼念故人而慨叹藐若河山,可知他们珍视情谊,其内心其实也不

---

① 《世说新语笺疏》,第 93 页。
② 同上。
③ 《鲁迅全集》卷四《南腔北调集》,第 502 页。

无压抑苦闷，只不过对司马氏的被迫接受与服从程度更深罢了。①

一类以阮籍为代表。

阮籍与嵇康虽为神契之交，却是当时最具政治家禀赋的知识分子。据《晋书》本传载，阮籍"容貌瑰杰，志气宏放"，他登广武楚汉战场，竟然得出"时无英雄，使竖子成名"的结论。目无刘项，可见他确有非凡襟抱。② 本传又载他"登牢山还京邑而叹，于是赋《豪杰诗》"，也可窥见他对司马氏的真实评价。他曾于一年前预见到曹爽的失败，而使时人由衷地"服其远识"。司马氏想与他联姻，并容忍他种种越礼悖俗的言行，实际当是出于对他政治家禀赋的认识。由于有着透彻深邃的政治识见，阮籍能够以较客观的眼光审视曹魏的腐朽与司马氏的篡权，以较冷静超然的态度看待特殊的现实政治情势，并以惊人的意志力约束和调适自我，戴着"至慎"的"人格面具"，来对待现实政治人事关系。③

从阮籍的行事方式看，在现实政治人事方面，他实际恪守三条人生准则：

其一，对与现实政治人事相关涉的敏感问题，严格奉行"口不臧否人物"主义，实在无法避开，就"王顾左右而言他"。或出语玄远，或出语惊世骇俗，尽量将政治人事方面的敏感话题扯开，或使其变调。如此苦心孤诣的至慎，不但使嵇康等无不佩服，连司马氏也大为叹服。

---

① 《世说新语笺疏》，第766、749—750页。《太平御览》，第1648页。
② 关于阮籍目无刘项的所指，学界向有不同看法。如苏轼就认为并非实指，而是讽喻现实政治。参看《东坡志林》阮籍条。王松龄点校，中华书局，1981年版，第7页。
③ 关于阮籍对曹魏政权与司马氏的态度，学界看法较为混乱。或认为阮籍实际上站在司马氏一边，恐怕是误解之论。著者认为阮籍内心否定司马氏而不得不违心消极合作，同情曹魏而对曹魏的腐朽亦予彻底否定，才是他真实的政治态度。这是本书解读阮籍人格之谜的基本前提。

其二，对与政治人物的交往，采取严格的距离主义和虚与委蛇的应付，以避免不测之祸。如兖州刺史王昶慕他大名，请求相见，阮籍竟能做到晤面时"终日不开一言"。钟会多次以"时事"刺探，"欲因其可否而致之罪"，他却"皆以酣醉获免"。钟会置嵇康于死地的伎俩，在阮籍身上始终无法得逞。①

其三，对参与政治持极为消极的态度。《世说新语》刘孝标注引《文士传》说他"不乐仕宦"。《晋书》本传论此尤其精辟：

> 籍本有济世志，属魏晋之际天下多故，名士少有全者，籍由是不与世事，遂酣饮为常。②

司马氏想与他联姻，他竟佯醉六十余日，使司马氏"不得言而止"。③ 如此罕见的大醉，既曲折表明不愿心曲，也使司马氏有台阶可下。太尉蒋济想起用他，在表明拒绝态度还不获准时，虽被迫前往，最后仍然装病回家。他两次主动请求的任职，则或因乐东平风土之美，或因步兵厨有酒可饮。郑冲请他代写劝进表，他佯以"沉醉忘作"推延，并预先想好应变之法。直到迫不得已，才一写了之。而写表时居然一气呵成，无所更改。明眼人当能知晓：劝进之表对措词要求远比寻常文体严格，醉中人如何能够写就篇幅冗长、又须字斟句酌、"辞甚清壮"的劝进之表？阮籍正借醉中所为，以求醉中多谬误，"君当恕醉人"！

可见，阮籍面对现实政治人事时，极端化的"口不臧否人物"是至慎，煞费苦心的佯狂、佯醉也是别样方式的至慎。无论至慎还

---

① 《三国志》，第 605 页。又《晋书》，第 1359 页。
② 《晋书》，第 1360 页。
③ 同上。

是佯狂，全身避害是其唯一的政治功利目的。

就第二方面说，相对而言，调适自我以面对受司马氏主导的社会伦理道德系统问题，就较有弹性。众所周知，以儒家思想为核心的封建伦理道德观念系统，在汉末魏晋时代遭到彻底毁坏，与此同时，新的门阀士族价值观念系统也处于形成之中。际此新旧嬗变，整个社会的价值观念，以空前混乱和多元的方式表现出来。虽然司马氏标榜以孝道治天下，阴谋篡权行为却使其在人心向背与社会舆论方面处于不利地位。在一般知识分子心目中，司马氏所提倡的以孝道为核心的伦理价值观念，尤其显得虚伪腐朽。与此同时，追求个性自由、高扬精神自由意志，成为难以阻遏的普遍性社会文化思潮。为后世所崇尚的"魏晋风度"，就是这种社会文化思潮的直接产物。因此，现实伦理道德观念系统与追求个性解放、高扬精神自由意志的社会文化思潮之间，存在着深刻矛盾。而如何调适二者的矛盾冲突，以建构门阀士族的价值观念系统，不但是门阀士族哲学家们所必须解决的时代课题，也是司马氏政权所必须时时在念、不敢稍予疏忽的重大问题。需要指出的是，在魏晋之际，所谓"魏晋风度"是为门阀士族知识分子所普遍崇尚、追求的人生理想和生活态度。参与者不仅有司马氏的敌人和反对者，也有其同情者和支持者。面对这种复杂的社会文化心理与文化行为，司马氏一方面必须予以适度引导，而不致使其严重威胁其统治，另一方面也不能采取简单的行政手段予以阻止或粗暴干涉。而掌握适当恰切的火候，是司马氏集团折中魏晋之际文化与政治冲突的一大难题。① 正是洞悉司马氏统治集团与独特社会文化思潮之间的微妙复杂关系，阮籍谨慎对待现实政治人事问题，而对现实社会伦理道德系统进行公开的

① 参看本卷中编第五篇。

抨击、破坏。其激烈的程度，甚至比嵇康都有过之而无不及。这种抨击、破坏也可从两方面来看：

其一，阮籍以追求个性解放、高扬精神自由意志为己任，而对代表司马氏集团统治意愿的虚伪礼法系统进行无情嘲弄和抨击。他宣称"礼岂为我辈设邪"，公然向礼法挑战。① 本传记载司马氏倡导以孝道治天下，至孝的阮籍偏偏在母丧期间违背有关守丧仪礼，以至何充当着司马昭的面，指斥他为礼法罪人，要求予以严惩。礼法对叔嫂交往颇多限制，阮籍偏偏送嫂归宁。《世说新语·简傲》还特意记载阮籍藐视封建尊卑秩序的事迹："晋文王功德盛大，坐席严敬，拟于王者。惟阮籍在坐箕踞啸歌，酣放自若。"他甚至在司马昭面前大讲"杀父乃可"、"杀母禽兽之不若"之类的"黑色幽默"。②

其二，不遗余力地攻击礼法之士。作为依附司马氏统治集团而存在的寄生群体，魏晋之际的礼法之士以社会人格取代自我人格，不但丧失了独立自我，也成为司马氏统治集团行动意志的传声筒，是虚伪礼法的代表和化身。阮籍对礼法之士的攻击，无所不用其极。他在《答伏义书》中，这样描述伏义等礼法之士的生存状态与心理欲求：

> 观吾子之趋：欲炫倾城之金，求百钱之售；制造天之礼，拟肤寸之检；劳玉躬以役物，守膜秒以自毕；沉牛迹之涸薄，恤河汉之无根；其陋可愧，其事可悲。③

---

① 《晋书》，第 1361 页。
② 《世说新语笺疏》，第 899 页。
③ 《阮籍集校注》，第 72 页。

《大人先生传》更辛辣讥讽礼法之士"服有常色,貌有常则,言有常度,行有常式"是"处乎裈中,逃乎深缝、匿夫坏絮,自以为吉宅也。行不敢离缝际,动不敢出裈裆,自以为得绳墨也。饥则啮人,自以为无穷食也"的"群虱"伎俩,指出他们的下场,将与"炎邱火流,焦邑灭都"、"死于裈中而不能出"的"群虱"一样。①《咏怀》其四、其五十八等诗,亦同一思致。② 本传记载了他待礼法之士的著名例子:"籍又能为青白眼,见礼俗之士,以白眼对之,及嵇喜来吊,籍作白眼,喜不怿而退……由是礼法之士疾之若仇。"③ 阮籍的言行,不但惊世骇俗,也造成礼法之士群起攻击的局面。但是,阮籍虽在《达庄论》等作品中公开否定王权,却从不直接攻击当政,对参与政治尤其不感兴趣,因此,即使恨阮籍入骨的礼法之士,也并不能指出,阮籍这些言行与现实政治人事有什么关涉。如伏义《与阮籍书》指斥阮籍就只限于其越礼悖俗方面:"而闻吾子乃长啸慷慨,悲涕潺湲,又或拊腹大笑,腾目高视,形性惝张,动与世乖,抗风立侯,蔑若无人。"④ 连主张对阮籍绳之以法的何曾,也只是指斥阮籍为"纵情背礼,败俗之人"。⑤

与阮籍相比,嵇康固然以同样的态度对待礼法与礼法之士,但他对现实政治与现实社会生活、社会关系的深刻认识,"不能及"于阮籍。他在《与山巨源绝交书》中公开宣称,对于参与魏晋之际的政治生活,他有"必不堪者七,甚不可者二",特别"非汤、武

① 《阮籍集校注》,第 163、166 页。
② 同上书,第 219、359—360 页。
③ 《晋书》,第 1361 页。
④ 《阮籍集校注》,第 74 页。
⑤ 《晋书》,第 995 页。

而薄周、孔",将矛头直指司马氏的篡权。^① 他不但攻讦当政,也给司马氏造成"卧龙"隐患的强烈印象。这说明嵇康虽有"至慎"的愿望,而无足以使他"至慎"的政治识见与自我控制能力,直接酿成被杀悲剧。阮籍则虽受到礼法之士的群起攻击,司马氏对他仍予以宽容、庇护,使他得保天年。

司马氏之所以宽容、庇护阮籍的一个重要原因,是由于处理魏晋之际的政治文化冲突,需要更为高妙的政治手段。如前所论,阮籍虽在现实政治人事方面以至慎出名,但他对王权持公开否定态度,对礼法与礼法之士竭尽破坏、攻击之能事,这都表明他对司马氏政权持消极抵制态度。司马昭对此岂能看不出来?但阮籍既能对现实政治人事"三缄其口",对参与政治毫无兴趣,他对司马氏的威胁就不如嵇康那样直接和严重。在人心向背与社会舆论明显不利于司马氏的情势下,只要不直接干预政治和严重威胁司马氏统治,即使对礼法有所毁坏,实际并不妨碍大局。而表面的宽容、礼遇与庇护,却正好树立了一块招牌,表明司马氏政权对知识分子的一种政策导向。借"阮籍牌"收买人心,以减少知识分子群体的强烈对抗情绪,其政治价值意义是不言而喻的。^② 倘失之简单,一意孤行,诚如前所论,社会文化思潮每每难以人的主观意志逆转,必然会造成严重的负面影响。司马昭之心,虽路人难知,阮籍当是心知肚明的!

综上可知,与嵇康摒弃社会人格以张扬自我人格不同,阮籍面对魏晋之际特殊社会生活与社会关系时,力图在自我人格与社会人格之间保持一个适当的"度",这个"度"就是在现实政治

---

① 《嵇康集校注》,第 197 页。
② 参看本书中编《阮籍"癫狂"症说辩》。

人事方面严格恪守不介入主义，以"至慎"的社会"人格面具"掩盖真实的自我人格；而在对待礼法与礼法之士时则出之以佯狂放诞，竭力维护、张扬自我人格，反对社会人格对自我的压抑与异化。

二、从自我人格看

从自我人格层面看，阮籍的言行，使人想起嵇康《释私论》所提出的"越名教而任自然"的主张。所谓"越名教而任自然"，实际就是要求以审美态度看待人生，通过张扬自我人格和建构审美化的自我生活，来实现对受现实政治与外在伦理道德系统支配的社会关系与社会生活的超越。这一主张代表了魏晋之际知识分子普遍而强烈的心理欲求。阮籍之追求艺术化的自我生活，张扬具有浓郁浪漫色彩的自我人格，与嵇康等人同调；他自觉探求维护和保持自我生活与自我人格的艺术，则为嵇康等所不及。

（一）基于"礼岂为我辈设哉"这种特定的情感认知态度与价值判断，阮籍要求彻底摆脱受现实政治主导的、伪化的外在伦理道德系统的束缚，完全忠实于自我，以"情之所钟，正在我辈"（王戎语）的生命实践方式，来实现对保洁存真的情感生活和审美理想的执著追求。他在母丧期间的各种特异表现，最足以体现这种思想倾向：

> 性至孝，母终，正与人围棋，对者求止，籍留与决赌。既而饮酒二斗，举声一号，吐血数升。及将葬，食一蒸肫，饮二斗酒，然后临诀，直言穷矣。举声一号，因又吐血数升。毁脊骨立，殆致灭性。裴楷往吊之，籍散发箕踞，醉而直视，楷吊

唁毕便去。或问楷："凡吊者，主哭，客乃为礼。籍既不哭，君何为哭？"楷曰："阮籍既方外人士，故不崇礼典，我俗中之士，故以轨仪自居。"时人叹为两得。①

丧母的哀痛，使阮籍"直言穷矣"，两次"吐血数斗"，以至于"毁脊骨立，殆致灭性"。在如此情形下，他的留人一决围棋输赢、饮酒食肉以及对裴楷的"散发箕踞，醉而直视"，虽因"不崇礼典"而被常人视为狂诞怪异，却确非矫饰诈伪，而是他宣泄巨大哀痛的独特表达方式。故连"以轨仪自居"的裴楷也颇表理解。至于他的送嫂归宁，"邻家少妇有美色，当垆沽酒，籍尝诣饮，醉便卧其侧，籍既不自嫌，其夫察之，亦不疑也"，"兵家女有才色，未嫁而死，籍不识其父兄，径往哭之，尽哀而还"等，虽狂放不羁，却正如《晋书》的恰切评价："外坦荡而内淳至"，②不但是他真情至性的自然流露，更展现了他以审美态度进入人生的丰神韵致。

（二）与礼法之士维护社会人格而泯灭自我人格，刻意追求充满矫饰诈伪的"服有常色，貌有常则，言有常度，行有常式"的常态生活状态和生活秩序不同，阮籍追求和建构一种自然的适合心灵自由、精神解放的异态生活和生活秩序。《晋书》这样描述他的日常生活：

> （籍）或闭户视书，累月不出；或登临山水，经日忘归。博览群籍，尤好《庄》《老》，嗜酒善啸，善弹琴。当其得意，忽忘形骸，时人多谓为痴。③

① 《晋书》，第1361页。
② 同上书，第1361—1363页。
③ 《晋书》，第1359页。

阮籍这种日常生活表现，明显具有对自我开放而对社会封闭的鲜明特征。他有意淡化具体的时空观念，"累月不出"、"经日忘归"于情性所近的自我生活内容，构建与自然保持亲情关系的、能够舒展自我身心的宽松生活秩序，并通过对文化气息极浓的读书、饮酒、弹琴、啸歌、登临山水、研习学理这些特定文化活动与行为的自觉选择，来全面拓展和丰富他的日常生活领域，充分表现了一个极富生命情趣和充满浪漫色彩的文化人的典型生活状态：率性适意，悠闲自在，一切都顺应自然生命的律动，和来自生命精神自由意志追求方面的需求与嗜好。这就使他能够沉浸于艺术化的情境氛围之中，以至于经常出现"当其得意，忽忘形骸"的意醉神迷状态。阮籍这种与众不同的自我生活状态与生活秩序，使他既于污浊社会现实之外，开辟了一方属于自我的净土，达到精神自由、个性解放的极致，淋漓尽致地宣泄和表现自我；也成功实现了与现实社会生活和社会关系的疏离，诱导了"时人多谓为痴"的误解，给其自我生活与自我人格涂上了一层浓厚的保护色。而当不得不面对现实社会生活和社会关系时，阮籍则偏爱用饮酒、弹琴、长啸、青白眼等身体与行为语言，建构一整套严密的隐喻符号系统，取代语言本身的功能，来巧妙表达其情感态度和价值判断，维护自我人格和保持自我生活。这些扑朔迷离、变化莫测的身体与行为语言，极富神秘意味，充分表现了他维护、保持自我人格与生活的高超艺术。这与嵇康等刻意张扬自我人格，却缺乏有效的自我保护机制，颇有不同。

（三）阮籍对人生取境极高。《晋书》评价他"容貌瑰杰，志气宏放"，他不仅目无刘、项，也对当世"英雄"的有无发出慨叹。他傲然面对封建尊卑等级秩序，对礼法之士尤其嗤之以鼻，不屑与之同一沉浮，《咏怀》其五十八发出"岂与蓬户士，弹琴诵言誓"

的誓言。① 这些都表现了他的非凡识见和平视王侯、粪土伦理道德与礼法之士的高迈精神气度。因此，阮籍要求以审美态度对待人生，而否定低级官能娱乐享受。正如《乐论》所论："故达道之化者可与审乐，好音之声者不足与论律也。"② 他与竹林诸贤的交往，与孙登的酬答，都表现了他追求更高人生境界、超凡脱俗的精神风范。《晋书》记载：

> 籍尝于苏门山遇孙登，与商略终古及栖神导气之术，登皆不应，籍因长啸而退。至半岭，闻有声若鸾凤之音，响乎岩谷，乃登之啸也。遂归著《大人先生传》。③

阮籍取境极高的生命追求，不但赋予他非凡的人格力量，也使他的生活具有了浓郁的哲思意味。诸如《大人先生传》之类的作品，都得益于这种缘自高层次生活的艺术感悟。

（四）阮籍注重独立不羁的精神品格。《晋书》称阮籍"傲然独得，任性不羁"。④ 他这种"傲然独得，任性不羁"，是与其"容貌瑰杰，志气宏放"互为表里的。如前所论，阮籍对魏晋之际现实政治的洞察最为透彻，对现实社会生活与社会关系有深刻清醒的认识，他高度警惕现实社会生活与社会关系对自我的侵蚀、伤害，尤其不屑于与世同浮沉。因此，他每每将自己放逐于社会与人群之外。其次，阮籍虽然也渴求知音，但他对人性的深刻了解，和对艺术化生活的追求与建构，都使他更执著于自我的表现。第三，他对

---

① 《阮籍集校注》，第360页。
② 同上书，第93页。
③ 《晋书》，第1362页。
④ 同上书，第1359页。

审美历程的独立特性有深刻的体悟，更偏爱独自体味、独自完成审美活动。这与嵇康等有所不同。《晋书》称嵇康"以高契难期，每思郢质"。① 嵇康一生都追求高山流水式的友情，生命价值的大半都与追求崇高的友谊相关，中国文学史上寥寥数篇绝交书中，他竟占有两篇。相对而言，阮籍堪称魏晋之际最为孤寂沉静的哲人，他的至隐与其独立特性，有很大关联。

三、结　论

总括前面所论，可以得出如下结论：

虽然阮籍以至慎与佯狂复杂交织，构成其为人的至隐，其人格表现令人目迷五色，却并非难以理喻。深入研究阮籍社会人格与自我人格的关系，就可看到，阮籍表面上看似非理性色彩突出的文化活动与行为，其实完全是受其理性支配的，具有强烈的理性主义特征。与嵇康等摈弃社会人格以张扬自我人格不同，面对魏晋之际受司马氏篡权统治所主导的特殊社会生活与社会关系，阮籍以透彻深邃的政治识见为指导，能够较客观、冷静地审视曹魏的腐朽与司马氏的篡权，并以惊人的意志力约束和调适自我，力图在自我人格与社会人格之间保持适当的"度"。他对现实政治人事的敏感问题，严格奉行"口不臧否人物"主义；对与政治人物的交往，采取严格的距离主义和虚与委蛇的应付；对参与政治持极消极态度。其极端化的至慎，与煞费苦心的佯狂、佯醉，全身避害是惟一的政治功利目的。而在对待礼法与礼法之士时，阮籍洞悉现实伦理道德观念系统与追求个性解放、高扬精神自由意志的独特社会文化思潮之间所

---

① 《晋书》，第1370页。

存在的深刻矛盾与微妙复杂关系，既公然挑战、无情嘲弄、抨击和破坏代表司马氏统治意志的虚伪礼法系统，也对以社会人格取代自我人格，丧失独立自我，成为司马氏统治的传声筒，是虚伪礼法的代表和化身的礼法之士，予以不遗余力的攻击。其无所不用其极的佯狂放诞，是竭力维护、张扬自我人格而反对社会人格对自我的压抑、异化的重要手段。阮籍崇尚"越名教而任自然"，要求以审美态度看待人生，通过张扬自我人格，来实现对魏晋之际特殊社会关系与社会生活的超越。阮籍对自我人格的张扬与对审美化的自我生活的建构，使他于污浊社会之外，开辟了一方属于自我的净土，能够淋漓尽致地宣泄、表现自我；也赋予他非凡的人格魅力和浓郁的哲思情趣，其创作灵感也多源自崇高生活境界的艺术感悟；更使他成功实现了与现实社会生活、社会关系的疏离，诱导了"时人多谓为痴"的误解，给其自我生活与自我人格涂上了一层浓厚的保护色。而当迫不得已时，他每每用饮酒、弹琴、长啸、青白眼等身体与行为语言，建构一整套严密的隐喻符号系统，来取代语言本身的功能，巧妙表达其情感态度与价值判断，充分表现了他维护、保持自我人格的高超艺术。

阮籍"癫狂"症说辩

在《复旦学报》1994 年第 2 期，读到刘康德先生《阮籍青白眼、癫狂症及其他》一文（下简称"刘文"）。刘文提出的核心论点是：阮籍青白眼确证他患有"癫狂"症，因此判定几乎与阮籍整个文学创作、学术著述相关的个人活动与行为，都是他"癫狂"症发作的表现。刘文发现：阮籍所谓的率意独驾，不由径路，途穷恸哭；傲然独得，任性不羁；闭户读书，累月不出；登临山水，经日忘归；箕踞啸歌，酣放自若；当其得意，忽忘形骸；沉醉妄作，饮酒歌呼；眠其妇侧，并不自嫌……①毫无例外地符合《内经·灵枢·癫狂》的相关描述。

著者陋见，自鲁迅《魏晋风度及文章与药及酒之关系》以病理剖析魏晋人的文化行为以来，运用医学科学知识来研究古代作家这一领域，大有可予开拓的空间。刘文无疑提供了一个较为新颖的视角。但是，阮籍的"青白眼"是否就是"癫狂"症？这里关涉两大

---

① 参见《晋书》，第 1361 页。

重要问题：第一，倘刘说成立，则学界所公认的阮籍佯狂避世说就成为无稽之谈；第二，照刘文的论证，几乎与阮籍整个文学创作、学术著述相关的个人活动与行为，全都是"癫狂"症发作的表现。这样，阮籍的整个文学创作与学术著述活动，就有都受他"癫狂"症支配的嫌疑。刘文的文外之旨，说白了就是：阮籍的全部文学作品与学术著作，不过是"癫狂"症患者的呓语而已！阮籍真的就是所谓"癫狂"症患者吗？著者认为，对此需要持审慎的科学态度。刘文观点虽新奇而饶有趣味，还有必要予以进一步推敲。

一、"青白眼"不是青白"口"

刘文首先对《晋书》有关阮籍"青白眼"的记载提出质疑，认为阮籍的青白眼将其喜爱、憎恶意向暴露无遗，表现了他十分明确的臧否人物意向，因而《晋书》关于阮籍"口不臧否人物"的论断是错误的。细绎文意，刘文大约是认为"佯狂"才会把握分寸，因谨慎而"口不臧否人物"，"癫狂"则要表现出十分明确的臧否人物意向，为后文判定青白眼就是"癫狂"症张目。但是需要指出，青白眼非青白"口"，这在《晋书》原本不误，是刘文弄错了。《晋书》分两处讲"阮籍虽不拘礼教，然发语玄远，口不臧否人物"和"籍又能为青白眼"，这里之"口"指语言系统，"眼"指身体和行为语言系统，明白无误。怎能以"口"为"眼"，而说《晋书》否定阮籍青白眼臧否人物的功能？以"眼"为"口"，而否定《晋书》"口不臧否人物"的说法？可见，青白眼表不表现十分明确的臧否人物意向，与《晋书》"口不臧否人物"了无关涉。况且，《晋书》所载阮籍"口不臧否人物"，这是客观事实，不容置疑。与《晋书》相近的记载有《世说新语·德行》：

> 晋文王称阮嗣宗至慎，每与之言，言皆玄远，未尝臧否人物。①

刘孝标注引李康《家诫》：

> 昔尝侍坐于先帝，时有三长史俱见，临辞出，上曰："为官长当清、当慎、当勤，修此三者，何患不治乎？"并受诏。上顾谓吾等曰："必不得已而去，于斯三者何先？"或对曰："清固为本。"复问吾，吾对曰："清慎之道，相须而成，必不得已，慎乃为大。"上曰："卿言得之矣，可举近世能慎者谁乎？"……上曰："……然天下之至慎者，其唯阮嗣宗乎！每与之言，言及玄远，而未尝评论时事，臧否人物，可谓至慎乎！"②

此正司马昭语的出处。刘孝标注还引了《魏氏春秋》：

> 兖州刺史王昶请与相见，终日不得与言，昶愧叹之，自以不能测也。口不论事，自然高迈。③

倘认为这些论据还不够有力，那么，请再读阮籍的"神契之交"嵇康的《与山巨源绝交书》：

> 阮嗣宗口不论人过，吾每师之。④

---

① 《世说新语笺疏》，第 21 页。
② 同上。
③ 同上。
④ 《嵇康集校注》，第 173 页。

可见，阮籍的"出言""至慎"在当时何等著名！怎能不顾事实，说《晋书》"口不臧否人物"的说法没有根据？

二、病理视角：是"佯狂"，还是"癫狂"

要真正判定阮籍青白眼是佯狂之举还是癫狂之症，关键需看与"癫狂"病理吻合与否。刘文的核心论据是《内经·灵枢·癫狂》的记载：

> 癫疾始生，先不乐，头重痛，视举目赤，其作极已而烦心。①

刘文认为所谓"视举"，"是指目上视而现出眼白来"。又引《名义考》卷六"人平视睛圆则青，上视睛藏则白"②的说法予以佐证。这里，需要提出讨论的问题是：

第一，刘文引用医学典籍时，前引"视举"指"白眼"，后引指"青白眼"，在谈及阮籍青白眼时，却只谈"白"眼，避而不提"青"眼。若只有"白"眼为"癫狂"之疾，又怎涵盖青白眼的全部？从周密性来说，刘文未免片面。

第二，从中医学史来看，秦汉至金元时期所谓"癫狂"对"癫"、"狂"、"痫"是同时并称、混而未分的。刘文文内注也承认"《内经》中的癫疾泛指精神异常的疾病"，《内经》对"癫"、"狂"、"痫"泛指当可无疑。但是，在现代医学高度发达的今天，涉及这

---

① 《灵枢经校释》，河北医学院校注，人民卫生出版社，1982年版，第395页。
② 《名义考》，周祈撰，文渊阁《四库全书》，台北商务印书馆，1986年版，子部856册，第356页。

些医学知识时，就不应如《内经》那样含而混之，而应予以明确区分。那么，阮籍的青白眼究竟是"癫"症、"狂"症、"癫狂"症，还是"痫"症？是轻度的，还是重度的？是时犯时好的，还是长期性的？对此，刘文的论述显然较为含混。

从现代医学视角看阮籍青白眼的特征，最有可能的应是"痫"病。王肯堂《证治准绳·癫狂症总论》：

> 痫病，发则昏不知人，眩仆倒地，不省高下，甚而瘛疭抽掣，目上视，或口眼㖞斜，或口作六畜之声。[1]

但是，仅从阮籍青白眼与"痫"病"目上视"、"口眼㖞斜"的相似，并不能确定阮籍一定就患有"痫"症。因为，此病也可佯装。如《三国志·魏武帝纪》裴松之注引《曹瞒传》：

> 太祖少好飞鹰走狗，游荡无度，其叔父数言之于嵩。太祖患之。后逢叔父于路，乃阳败面㖞口，叔父怪而问其故。太祖曰："卒中恶风。"叔父以告嵩。嵩惊愕，呼太祖，太祖口貌如故。嵩问曰："叔父言汝中风，已差乎？"太祖曰："初不中风，但失爱于叔父，故见罔耳。"嵩乃疑焉。自后叔父有所告，嵩终不复信。太祖于是益得肆意矣。[2]

曹操即以伪装发痫疯，而表达了对叔父的憎恶之情。而《晋书》也正是这样记载阮籍青白眼的喜恶功能的。在没有确凿的病理论据

---

① 《证治准绳》，王肯堂辑，人民卫生出版社，2001年版，第185页。
② 《三国志》，第2页。

前，著者宁愿相信《晋书》的说法：阮籍青白眼受他主观情志的支配而各有职司，"白眼"对礼法之士，"青眼"对所爱之人。正因这样，他才招致了礼法之士的"疾之若仇"，赢得嵇康的"赍酒挟琴造焉"。① 倘真是"痫"病发作，"昏不知人"，他怎会专拣礼法之士翻"白"眼，专对所爱之人"青"眼大开？又怎能肯定他不会颠而倒之，以"白"眼对所爱之人，以"青"眼对礼法之士？倘阮籍青白眼并非是受主观爱憎情绪支配的佯狂之举，礼法之士未必不因同情他患"痫"疾而原谅于他，属正常之人的嵇康也未必那样"闻"之"喜"而"造焉"！可见，阮籍对礼法之士的不悦与对嵇康的"大悦"，都属正常人的情感，而非"狂"发时的异常情绪。青白眼正是他在大悦与不悦情感支配下有意而为的佯狂之举。

刘文由青白眼出发，进而将几乎与阮籍整个文学创作与学术著述相关的个人活动与行为都归纳为"癫狂"症的表现。

就"癫狂"症而言，倘是"癫"症，当以沉默痴呆、语无伦次、静而多喜为特征。更具体点说，是具有：

（1）精神抑郁，表情淡漠，神志痴呆，语无伦次，或喃喃独语，喜怒无常，不思饮食。

（2）神思恍惚，魂梦颠倒，心悸易惊，善悲欲哭，肢体困乏，饮食衰少。

从阮籍来看，起码有四方面与此悖反：

一是如前所论，阮籍"口不臧否人物"，以"至慎"著称，这就与"癫"症之"神志痴呆"、"语无伦次"、"喃喃独语"相异。

二是《晋书》说他"喜怒不形于色"，② 这就与"癫"症之"喜

---

① 《晋书》，第1361页。
② 同上书，第1359页。

怒无常"相异。

三是他的悲哭,有明确的时地选择性,或于母死之后不避众人放声哀哭,或在荒无人迹之处作"途穷恸哭",这就与"癫"症之"心悸易惊、善悲欲哭"相异。

四是他时有豪饮纵食之举,这就与"癫"症之"不思饮食"、"肢体困乏"、"饮食衰少"相异。

有此四异,阮籍怎会是"癫"症患者?

倘是"狂"症,现代医学科学认为,"癫狂"之"狂"以喧扰不宁、躁妄打骂、动而多怒为特征。更具体说,是具有:

(1)病起急骤,性情急躁,头痛失眠,两目怒视,面红耳赤,突然狂乱无知,逾墙上屋,骂詈叫号,不避亲疏,或毁屋伤人,气力逾常,不食不眠。

(2)"狂"病日久其势渐减,且有疲惫之象、多言善惊、时而烦躁的特征。

可知,一方面,"狂"病发作有突然急骤、时间长了又渐减的间歇性特征;另一方面,"狂"发时"狂乱无知",很大程度上是不受人的主观情志支配和控制的。这两方面当可作为区分"狂"与非"狂"的重要标准。

刘文认为,几乎所有见诸史籍的阮籍之个人活动与行为都暗合《内经·灵枢·癫狂》中所描述的"狂"症:

"狂生、自悲、善忘——穷途恸哭,沉眠忘作劝进表;狂发、自高贤、自尊贵、自辨智——傲然独得,恣情任性;狂言、善笑、好歌乐——当其得意,忽忘形骸,箕踞啸歌;狂发妄行不休——登临山水,经日不返;狂时目妄见、耳妄闻——眠于妇侧而自若不嫌,文王在座而能饮吃不辍、神情自若;狂时因少气而喜呼——与刘伶等饮酒歌呼,长啸兀然。"(按:这里连刘伶也有"癫狂"嫌

疑了）

果如刘文所说，阮籍之"狂"症究竟有无间歇性、阶段性特征？

刘文在论述"癫狂"症受不受理性支配与控制方面，更存在多处逻辑破绽。如刘文结尾从发生学视角推测阮籍此病当生于母胎，因为《内经·素问·奇病论》说此病为"胎病"，"此得之在母腹中时，其母有所大惊，气上而不下，精气并居，故令子发癫疾也"。①刘文推断，阮母怀胎时正当三国动荡时代，故阮籍得了此病。"而阮籍一旦具有癫疾，也就无法控制，要发作就有'狂'的表现"。并指明这是阮籍的"本性自然"。既然此病得自娘胎，是"本性自然"，发狂起来"无法控制"，怕未必受意志力的支配与控制吧？可是刘文似乎承认，阮籍的"白"眼，只在面对礼法之士时出现；阮籍的大醉六十余日，只在司马氏逼婚时发生；钟会"数以时事问之，欲因其可否而致之罪"，②阮籍才以"酣醉获免"……而这些，都是被刘文列为与"狂"相关的行为。既是连自己都"无法控制"的精神异常之"狂"病发作，怎还能够根据喜怒爱憎意愿，而做出相应的发"狂"举动？真乃咄咄怪事！

具体分析刘文所引《内经·灵枢·癫狂》的诸"狂"症——"狂生、自悲、善忘"，"狂发、自高贤、自尊贵、自辨智"，"狂言、善笑、好歌乐"，"狂发妄行不休"，"狂时目妄见，耳妄闻"，"狂时因少气而喜呼"等等，很大程度上都是精神迷乱、意识失控后出现的异于常人、有悖物理人情的举动，而刘文所列举的阮籍与这些"狂"症相吻合的个人活动与行为，有些其实完全属于正常人的行

① 《黄帝内经·素问》，王冰撰，人民卫生出版社，1963年版，第263页。
② 《晋书》，第1360页。

为，有些只与"狂"症有表象之相似性，是有意而为的佯狂行为，有些则是其真情至性的体现。

就刘文所引阮籍所谓"狂生、自悲、善忘"的例子说，阮籍率意独驾，不由径路，作途穷恸哭，虽然他任由牛车随意行走，选择无人之处恸哭，却有着强烈的社会化内容。这与《医家四要·癫狂者审阴阳之邪并》所说的"狂"生时"目直骂詈，不识亲疏"，[①] 较少受主观情志控制的"自悲"完全不同。将阮籍"沉眠忘作劝进表"当作"狂"生时的"善忘"尤其荒谬。试想，倘阮籍真的沉醉，作劝进长文又不是于醉中写数行诗句，他怎能够做到一气呵成而无所更改？阮籍正是用沉醉这种消极方式抵制司马氏，挨一刻算一刻，试图借以推脱了事，到万不得已时，方才一写了之。显然，他于此之前，早想好了万一推脱不掉时应写的恰切内容。并且佯醉还有为自己写劝进表一事开脱的特殊功效：既是醉中所写，则醉中多谬误，君当恕醉人！明眼人当不难看出阮籍的苦心孤诣。如此行为，岂能与"狂发"时的"善忘"相提并论？

就刘文所论"狂发、自高贤、自尊贵、自辨智"说，作为一代大名士，连司马昭都以能与阮籍结为儿女亲家为荣，连同是大名士的嵇康都对他钦佩有加，如此一位魏晋之际一人而已的文化名人，他要"自高贤"、"自尊贵"、"自辨智"什么？诚然，他确曾于仔细考察广武楚汉战场后慨叹"时无英雄，遂使竖子成名"，他在司马昭座前也敢惊世骇俗，他的《大人先生传》《豪杰诗》自视甚高，他对礼法之士根本不屑一顾。但是，他这些"出格"的行为举措，究竟是表现了他博大深刻的识见，平视王侯、粪土荣华富贵的精神气度，还是"狂发"时的"自高贤、自尊贵、自辨智"？

---

① 《医家四要》，雷大震、程曦等撰，山西科学技术出版社，2012年版，第62页。

就刘文所论"狂言、善笑、好歌乐"说，阮籍出言至慎，喜怒不形于色。至于他那些惊世骇俗的言论与啸歌，怎与"狂发"时的"狂言、善笑、好歌乐"这类如《证治汇补·癫狂》所说"若抚掌大笑，言出不伦，左顾右盼，如见神鬼，片时正性复明，深为赧悔，少顷状态如故者"的癫狂症状相同？①

就刘文所引"狂发妄行不休——登临山水，经日不返"说，对山水之美的特别倾心，使常人也流连忘返，何况阮籍这位性情中人？即使有异于常人，怎与《素问·阳明脉解篇》所说"狂发"时的"弃衣而走，登高而歌，或至不食数日，逾垣上屋，所上之处，皆非其素所能也"，②《证治汇补·癫狂》所说"一时发越，逾垣上屋……飞奔疾走，涉水如陆"的状态相同？③

就"狂时目妄见，耳妄闻"说，刘文歪曲理解了"妄"的含义。"妄"见"妄"闻是指"狂"病患者逢"神明之乱"时，"如见神灵"，因而出现视听幻觉。而阮籍醉卧邻家少妇脚下一事，不但他自己不以为意，连少妇丈夫也颇能理解。这类放达举动，在《晋书》本传中尚被举为阮籍"外坦荡而内淳至"的著名例证。④ 在文王座饮吃不辍、神情自若，对何曾辈视而不见，实际表现了他对礼法之士的高度藐视。这样两件事情，怎能与"狂"发而失去自我意识后的"目妄见、耳妄闻"拉扯得上？至于他"与刘伶等饮酒歌呼，长啸兀然"，狂则狂矣，却只能是名士饮酒之"狂"，而绝非是"狂时因少气而喜呼"！

从上面的论述不难看出，阮籍与"癫"、"狂"、"痫"病患者均

① 《证治汇补》，李用粹编撰，山西科学技术出版社，2011年版，第232页。
② 《黄帝内经·素问》，第182页。
③ 《证治汇补》，第232页。
④ 《晋书》，第1361页。

有很大距离，刘文将阮籍描述为无时不狂、无处不狂这样彻头彻尾的"癫狂"症患者，实不能自圆其说。

三、司马昭等不认为阮籍患有"癫狂"症

为了支持所谓阮籍患有"癫狂"症的论断，刘文引用了司马昭对阮籍"羸病"（刘文误为"赢"）的说法和时人视阮籍为"痴"的看法。刘文认为，司马昭所说的"羸病"就是指阮籍的"癫狂"症。并认为司马昭"确证阮籍在某种程度上患有'癫狂'（精神异常）的疾病，所以'晋文帝（司马昭）亲爱（阮）籍，恒与谈戏，任其所欲，不迫以职事'（《文士传》），①并'每保护之'"。②这里，刘文显然理解史实有误。

首先，难道司马昭会天真到认为阮籍患有"癫狂"症？他居然主动要求与一位"癫狂"症患者结为儿女亲家？阮籍究患何病？不妨重温一下刘文引为证据的《晋书·何曾传》：

> 时步兵校尉阮籍负才放诞，居丧无礼。曾面质籍于文帝座曰："卿纵情背礼，败俗之人，今忠贤执政，综核名实，若卿之曹，不可长也。"因言于帝曰："公方以孝治天下，而听阮籍以重哀饮酒食肉于公座，宜摈四裔，无令污染华夏。"帝曰："此子羸病若此，君不能为吾忍耶？"③

《世说新语·任诞》所记与此大致相同，所言"毁顿"与"羸病"

① 《世说新语笺疏》，第858页。
② 《晋书》，第1361页。
③ 同上书，第995页。

意思相近。从这些记载看，"羸病"明明是说阮籍在母丧期间，身体很弱。因此，司马昭宽容他违背母丧禁令而"饮酒食肉"的非礼败俗行为。至于阮籍为什么在母丧期间得此"羸病"，《晋书》也记述得很明白：

> 性至孝。母终，正与人围棋，对者求止，籍留与决赌。既而饮酒二斗，举声一号，吐血数升。及将葬，食一蒸豚，饮二斗酒，然后临诀，直言："穷矣！"举声一号，因又吐血数升。毁瘠骨立，殆致灭性。①

阮籍"羸病"是指身体孱弱这一不争的事实！正因为这样，裴楷对他在极度哀痛之中出现的痴迷沉醉状态——"散发箕踞，醉而直视"很能理解（刘文将阮籍对裴楷的举止也视为"癫狂"症发作）。② 可见，司马昭所指"羸病"绝非"癫狂"病，他并没有"确证阮籍在某种程度上是患有'癫狂'（精神异常）的疾病"！

其次，从阮籍在司马昭面前的言谈举止中，也看不出他有"癫狂"的迹象。他在语言方面绝不涉及政治与人事，要讲就或出语玄远，或惊世骇俗，如前所引，连司马昭也对他的出言"至慎"大为叹服。倘真有所谓"癫狂"症，发作起来"狂乱无知"，又怎可肯定他不对政事与人事胡言乱语？他在行为方面，确实狂放不羁，如前所讨论的居丧期间在司马昭座饮酒食肉等。但司马昭宽容他并非认为他患有癫狂症，而是出于政治的功利目的。众所周知，司马氏的篡权行为在当时很不得人心，知识分子大多持抵制甚至反抗态

---

① 《晋书》，第1361页。
② 同上。

度。司马氏除了采取镇压、高压钳口诸手段而外，也极力怀柔以示笼络。阮籍在当时虽声名极大，却不像嵇康那样慷慨激昂地公开对抗，他以至隐至慎来保身避祸，甚至在万不得已的情势下，还代郑冲写了劝进表。对这样一位大名士，司马昭千方百计予以笼络，甚至希望成为儿女亲家。明了司马昭之心的阮籍自然极不情愿，因此才有了沉醉六十余天，而避提婚事的极端之举。阮籍虽至慎出名，但他对礼法的不屑一顾表明，他仍有消极抵制情绪，司马昭对此也未必看不出来。于是，只好退而求其次，只要阮籍不对政事与人事说三道四，即使对礼法有所破坏，但于大局无碍；而表面的礼遇却正好树立了一块招牌，表明他对知识分子的一种政策导向。打"阮籍牌"可以减少知识分子群体的强烈对抗情绪，其政治用意是不言而喻的，这才是司马昭对阮籍持宽容态度、"每保护之"的真正用心之所在！

第三，司马昭"恒与（阮籍）谈戏，任其所欲，不迫以职事"的原因，① 也非他认为并确证阮籍患有"癫狂"症。就司马昭而言，他倒是迫切期望阮籍任职的。《晋书》记载，当阮籍随便谈到他喜欢东平风土时，"帝大悦，即拜东平相"。② 可是，阮籍任职的表现却是"旬日而还"。③ 刘文引《文士传》时漏引了一句至关重要的话："籍放诞有傲世情，不乐仕宦。"④ 这才是司马昭对他"不迫以职事"的真正原因。阮籍"不乐仕宦"，除了魏晋之际的特殊政治原因而外，还与当时整个门阀士族阶层普遍轻忽实际事务、鄙薄"俗务"的时尚有关。比如，稍后于阮籍的毕卓任吏部而沉湎于酒，

① 《世说新语笺疏》，第858页。
② 《晋书》，第1360页。
③ 同上书，第1360页。
④ 《世说新语笺疏》，第858页。

"荒忽职事",以至出现"吏部盗酒"的闹剧,可是时人不但不以为怪,反而羡慕他的所谓"风度"。阮籍行为亦当作如是观。所以才有"帝引为大将军从事中郎"闲职的处置。① 对于如此一位大名士,司马昭当不指望他真愿意任什么实际职事!

既然阮籍是患"羸病"而非"癫狂"之症,当时人"多谓之痴"的"痴",② 与一般意义上的"患疾"是否可同等看待?刘文认定"痴"等于"患疾"后,又将"痴"演绎为"痴狂"("痴"可能有时有"狂"的举动,有时不一定有"狂"的举动)。最后,"痴狂"即"癫狂"了!笔者以为这种三级跨越,距当时人所谓"痴"的内涵过远。关于阮籍之"痴",《晋书》所说的内容是:

> 或闭户视书,累月不出。或登临山水,经日忘归。博览群籍,尤好《庄》《老》。嗜酒能啸,善弹琴。当其得意,忽忘形骸。③

从这些内容看,实际是指阮籍的行事方式与常人有异,有时显得过于专注,沉迷于自己所喜爱的物事。我们很难将这些在魏晋名人事迹中随处可见的举动,与"癫狂"联系起来。事实上,魏晋人称某人为"痴",多不是指精神失常时的疯狂状态,而是指在某方面的过分专注与痴迷、沉溺情形。因此,当时人对阮籍称"痴",起码不含贬斥意。《晋书》评价阮籍"外坦荡而内淳至",④ 著者以为,保持一种天真自然的本色,与阮籍之"痴"庶几近之。

---

① 《晋书》,第 1360 页。
② 同上书,第 1359 页。
③ 同上书,第 1359 页。
④ 同上书,第 1361 页。

四、应严格区辨阮籍的"佯狂"与"至慎"

刘文之所以引述大量并不足以支持他论点的史实，关键当在于：他对阮籍佯狂与"至慎"关系不甚明了。正确理解阮籍的"佯狂"与"至慎"，应严格区辨他对政治人事的态度与对礼法、礼法之士的态度这两个既有联系又有不同的问题。

对于魏晋之际的政局，阮籍认识的透彻程度远高于嵇康等人。他对曹魏的腐朽与司马氏的阴谋夺权均持否定态度，因而他能以较超脱的眼光看待时局。对司马氏他采取了既不合作也尽量避免正面触犯的方式。最极端的一招就是"口不臧否人物"。[1] 他对司马氏如此，对钟会如此，对礼法之士如此，甚至对嵇康等也如此。在人生舞台上，阮籍就像一位哑剧演员，他将自己的情感态度、价值判断等全用行为语言、身体语言等隐喻系统重重包裹起来。因此，他的语言系统便显得充满神秘，无迹无隙可寻，这正是他全身避祸的成功之举。但这并不是说他没有表现真实的情感态度和价值判断。他对虚伪腐朽的礼法即采取一种明确无误的攻击态势。他一方面宣称"礼岂为我辈设哉"，种种惊世骇俗行为令"礼法之士"疾之若仇。另一方面，则以"情之所钟，正在我辈"，放任真实的自然本性，以与礼法的腐朽虚伪对抗。这些行为举措，在影响士林风气方面起了重要的导向作用。这正是他人生谋略的高妙之处。司马氏固可在政治上实行一系列的高压手段，但对士林风气是难以用政治高压手段直接予以干预的。因为这是一个极为复杂的问题。作为门阀士族利益的代表者，司马氏很难堵塞或阻止当时普遍流行于整个门阀士

---

① 《晋书》，第1361页。

族阶层的社会风尚。为后世所神往的"魏晋风流",也为当时上流社会和平民阶层所普遍崇尚。参与者不仅有司马氏政治上的敌人和反对者,也有支持者和同情者。阮籍正是利用这种特定情势,对礼法进行了旗帜鲜明的反叛。对于阮籍等的行为举措,司马氏所能做到的,也只能是把握分寸予以宽容,尽量做到少树敌。因此,阮籍的佯狂既包含有对政治人事不得不尔的苦衷,也有借佯狂方式对礼法进行攻击的主动选择。至于他的所谓"至慎",全身避祸应是其惟一目的。可见,阮籍的"至慎"与"佯狂"行为,都是社会性的个体行为,是受个人主观情志支配的,并非所谓"本性自然"之"癫狂"症的发作。

五、"佯狂"的内里:越名教而任自然

前已辨明:阮籍所谓"癫狂"症纯属子虚乌有,从正常人视角看,见于史籍的阮籍全部个体行为,完全是受正常人主观情志支配的。正是这些具有鲜明特征的个体行为,标识了一种为阮籍所独有的个性风度。更进一步说,他这些表面上多属于非理性主义范畴的个人活动与行为,实际是受他"越名教而任自然"的人生指针指导的,是他成功的人生战略的体现。如前所说,阮籍尊奉两句极其著名的人生宣言:"礼岂为我辈设哉","情之所钟,正在我辈"。前句是说,在整个社会的伦理道德体系已彻底腐朽后,时代智者应超越这种礼法羁绊,追求生命个体的精神自由。由此出发,他对礼法进行激烈反叛,因而出现诸多佯狂之举。后句是说,作为时代智者的"我辈",应善"钟情"——钟情于真实的自我人格,钟情于未受虚伪礼法污染的自然本身。只有在这种意义上,我们才能合情合理地理解、解释前所提及的他的大量有异于常人,貌似"痴"、"狂"的

个人活动与行为。而这些受他明确的人生信念指导的个人活动与行为，说到底是魏晋之际特殊时代的产物，因此是受理性主导的非理性行为。而非处于"癫狂"状态的非理性行为。这种非理性行为表现了魏晋之际最深刻的理性主义精神。因而，与处于"癫狂"状态的非理性行为，不可同日而语。

正是基于这种事实判断和认知，我们才充分肯定，在这些行为背景中产生的阮籍那些千古之下犹令人思慕感怀的文学作品和学术著述的价值，才能真正理解和赏读他那些作品的独特韵味，才能心悦诚服地认同钟嵘《诗品》对阮籍作品的高度评价：阮作"可以陶性灵，发幽思。言在耳目之内，情寄八荒之表。洋洋会于《风》《雅》，使人忘其鄙近，自致远大"！①

综上所述，刘文并不足以否定阮籍"佯狂避世"说，却歪曲和贬低了阮籍作为一代大哲学家、文学家的存在价值，贬低和歪曲了阮籍文学作品与学术论著的真正价值。其讨论的方法与逻辑值得商榷。

---

① 《诗品集注》，第 123 页。

音乐意象与阮籍的文学创作

阮籍与魏晋许多作家一样，精审音律，深明乐理，除了专以音乐为论题的哲学论著《乐论》外，其82首《咏怀》诗有9首出现了音乐意象，四言《咏怀》诗、《清思赋》《东平赋》《大人先生传》等作品，都使用了音乐意象，甚至艰深如《达庄论》，也借助音乐意象开启玄机。如此频繁地使用音乐意象，表明音乐对阮籍的文学创作具有重要作用，是他借以表现和深化其文学创作内容的重要手段。也从一个侧面证明，魏晋时代文学与音乐的关系何等密切！

一、反思自然、社会之理

在普遍关注自然与人的关系的魏晋时代，自然也成为作家借以发现和体认自身的重要参照系。自然生命的景象令作家意醉神迷，作家激荡起伏的生理、心理节奏，也回应着自然生命的音节。在他们的创作中，不仅自我形象与自然景象相融会，自然的声音与人的声音也往往产生共鸣。但具体而论，建安之音与正始之音是魏晋文

学创作中的两大不同声部。在普遍崇尚悲怨，人们的审美习惯以悲
为美的汉末建安时代，作家对外在自然的审美价值取向，更偏重于
与人的悲怨情怀和谐共鸣的方面。因此，模拟悲秋的自然生命之声
为音乐的悲哀之声，使人的悲怨之声与之共鸣，是一种普遍的创作
倾向。"弦急悲声发，聆我慷慨言"（曹植《杂诗·其六》）、①"殷
怀从中发，悲感激清音"（陈琳《游览诗》），②汉末建安作家往往
赋予"清声"、"清音"以悲慨的性质，并普遍认同以悲为主的"清
商"之曲，"慷慨"之音，使自然、音乐与人的悲声异质同构，互
相感发，汇合为慷慨不平的汉末建安时代之音，真实准确地表现了
汉末建安作家追求建功立业，实现个体生命价值的呼声和由此而生
发的各种悲哀痛苦。

阮籍作为正始之音的代表作家，一方面，汉末建安作家的审美
习惯与创作思维对也具有深刻影响，另一方面，面对人与社会、人
与自然的悲哀共鸣现象，阮籍的文学创作明显融入了理性精神内
涵。阮籍诗、赋都借对"首阳"真美的凭吊来审视个体生命与社会
的关系，如《咏怀·其九》：

> 步出上东门，北望首阳岑。下有采薇士，上有嘉树林。良
> 辰在何许？凝霜沾衣衿。寒风振山冈，玄云起重阴。鸣雁飞南
> 征，鹍鸪发哀亭。素质游商声，凄怆伤我心。③

所谓"商声"，就是秋声。把自然之悲音——"寒风"、"鸣雁"、
"鹍鸪发悲音"与"清商"之声相联系，阮籍明显认同前人关于悲

---

① 《曹植集校注》，第97页。
② 《建安七子集》，第39页。
③ 《阮籍集校注》，第240页。

秋之音与"清商"音乐之声的审美习惯。但"步出上东门，北望首阳岑"，就不但由现实步入历史，生命的悲哀弥漫向延伸了的时空。"北望"也出于理性主义审美眼光。创作主体由首阳"采薇士"与首阳"嘉树林"这种人与自然生命中最有价值的美的凋谢，追索深隐于历史与现实背后，却普遍存在的"良辰在何许"这样的关于自然生命与人生本质的大问题。为什么美的生命总是短暂而易于凋零？由这样的思考，阮籍看到了人与自然生命所无法摆脱的外在毁灭力量。认为自然至美的毁灭是由于"群伪"的污秽"乱真"。

与《咏怀·其九》同一机杼的《首阳山赋》，其审美眼光更为冷峻深邃：

> 怀分索之情一兮，秽群伪之射真。信可宝而弗离兮，宁高举而自偯。聊仰首以广顢兮，瞻首阳之冈岑。树丛茂以倾倚兮，纷萧爽而扬音。①

创作主体对"乱真"的"群伪"毁灭生命至美深恶痛绝，由不满社会现实，"秽群伪之乱真"而"聊仰首以广顢"，别注深情于首阳之"真美"，以此获得精神的支撑点。可是眼中世界一片凋零，树木不胜肃杀而扬悲音，"下崎岖而无薄兮，上洞彻而无依，凤翔过而不集兮，鸣枭群而并栖"。②首阳贤士的真美而今安在？况且，首阳贤士的"仁义"之美，早为群伪所秽乱，当时已属茫然："彼背殷而从昌兮，投危败而弗迟；此进而不合兮，又何称乎仁义。"③首阳二贤因追求"仁义"而投奔周文王，却恰与周武王好战的非义行为根

---

① 《阮籍集校注》，第 26 页。
② 同上书，第 27 页。
③ 同上。

本对立。历史本象残酷冷冰如斯，现实社会中还可追求所谓首阳真美之声吗？迷失人约本性之真，去追求和拘守原本虚诞的世俗美誉，又有何益？就只有寄希望于超越这种貌似真实其实根本虚假的生命表象世界，以无为有，在清静虚无却更为合理、真实、美好的心灵造境中坚守本真，完成更高的生命追求，且"清虚以守神"了。

《咏怀·其四十七》借音乐意象，表现了追求这种人生崇高境界而终难以企及的苦闷焦虑：

> 生命辰安在，忧戚涕沾襟。高鸟翔山冈，燕雀栖下林。青云蔽前庭，素琴凄我心。崇山有鸣鹤，岂可相追寻。①

生命当有一个美好而崇高的归宿。可是，在"群伪"乱"真"的现实社会中，又怎能实现这一追求？"翔高栖下，皆有命焉，虽欲追随鸣鹤，不可得也。忧戚流涕，素琴凄心，非复常言所能解矣。"②创作主体力图参透历史的本象，追随更为崇高美好的"鸣鹤"，却终于为已然决定的悲哀命运所限制。冷酷命运与美的追求二者之间，存在一道无法逾越的鸿沟。这种"非复常言所能解"的凄心"素琴"，与自然的悲哀之音共鸣，显得更为沉痛。

可见，作为正始之音的代表作家，阮籍关注自然、音乐与人的悲怨之音时，已由汉末作家往往仅限于表层的不平之鸣而及于追索何以如此的深层动因。虽然汉末建安作家也有"识曲听其真"、"含义俱未伸"这种力图从音乐中听出点什么来的审音尝试，有"高谈

---

① 《阮籍集校注》，第 339、340 页。
② 同上。

阔论，问彼道原"（曹植诗）的愿望，但这种呼声毕竟过于微弱。在阮籍创作中，借助音乐进行理性观照，却是其一贯性倾向。他力图"透过秩序的网幕，使鸿濛之理闪闪发光"，①在更深层次上把握普遍存在于三者之间的共性特征，试图赋予这种共性以某种更深层的答案，并希冀超越悲怨的生命表象世界，而进入一种理想的清虚之境。

阮籍在审视个体生命与现实社会的关系时，不仅把眼光投向毁灭生命真美的外在破坏力量上，同时也将眼光投射在个体与群体生命毁灭互为因果的历史之链上。从此出发，他虽然对汉末建安作家以悲为美的审美习惯予以继承，并有进一步的发掘，但从根本上说，阮籍反对"志不出于淫荡，辞不离于哀思"、②以悲为美的审美创作倾向。《乐论》深刻批判从古到汉末建安时代的以悲为美的审美倾向；《咏怀·其四十五》"乐极消灵神，哀深伤人情"，③沉思停留在感官愉悦层次的以娱乐为目的、以悲哀为主导的音乐表现；《咏怀·其五》借音乐意象对游戏娱乐式人生观提出质疑：

> 平生少年时，轻薄好弦歌。……娱乐未终极，白日忽蹉跎。……北临太行道，失路将如何！④

将徒劳浪费生命的娱乐人生与严肃的"生命辰安在"问题联系起来加以反思。《咏怀·其十》更进一步指出"轻薄闲游子"的"娱乐"、"弦歌"是以悲为美的，⑤它与历史上的亡国之音"北里奇

---

① 《美学散步》，宗白华著，上海人民出版社，1981年版，第66页。
② 《文心雕龙注》，第102页。
③ 《阮籍集校注》，第335页。
④ 同上书，第222页。
⑤ 同上书，第247页。

舞"、"濮上微音"并无二致，这与《乐论》"平王好师延之曲"、^①
君子憎"北里之舞"的说法是一致的。对于阮籍这种以个体生命的
"耽哀不变"、"随哀不返"、"以哀为乐"（均见《乐论》），会造成
个体生命与群体生命的毁灭的思想，李善注得很好：

> 轻薄之辈，随俗浮沉，弃彼大道，好以狭路，不尊恬淡，
> 竞赴荒淫，言可悲甚也。
> 子乔离俗以轻举，全性以保真，其人已远，故云焉见，其
> 法不灭，故云可慰心。^②

阮籍认为，美好的人生应超越生命表象世界这种以悲为美，无谓有
害的"轻薄"、"弦歌"与"北里奇舞"、"濮上之音"，在追求生命
永恒意义的努力中安顿生命的归宿。《咏怀·其三十一》实为"咏
史"之作：

> 驾言发魏都，南向望吹台。箫管有遗音，梁王安在哉！战
> 士食糟糠，贤者处蒿莱。歌舞曲未终，秦兵已复来。夹林非吾
> 有，朱宫生尘埃。军败华阳下，身竟为土灰！^③

这首诗在魏晋之际出现，值得重视。阮籍明显继承了建安作家关注
国家社会兴亡，批判统治者荒淫无道的史诗传统，但在具体表现手
法上，则借梁王无视国家人民，一味嗜爱"吹台"、"箫管"，"耽乐
不变"，反而造成国破身亡的史实，对毫无节制地以悲为美，迷醉

---

① 《阮籍集校注》，第90页。
② 同上书，第249页。
③ 同上书，第307、308页。

于以悲为美的低级官能享受之中，造成社会深重苦难的统治者予以批判。在阮籍看来，"轻薄闲游子"与"梁王"、"平王"辈，只有大小的区分，而无本质的不同，都是造成社会群体毁灭的因素。

阮籍上述作品中的"轻薄闲游子"形象，可从曹植等建安作家作品中多处看到。但在曹植等人的作品中，"轻薄闲游子"形象常常是创作主体追求感官享受密度、快意人生的真实写照，往往被予以正面肯定。在魏晋之际，不少名士则耽于哀乐，醉生梦死。如何晏《言志诗》：

> 鸿鹄比翼游，群飞戏太清。常恐夭网罗，忧祸一旦并。岂若集五湖，顺流唼浮萍。逍遥放志意，何为怵惕惊。[①]

就表现了这样的情调。阮籍作品则与汉末建安时代以娱乐为目的、以悲哀为主导的审美倾向，与正始时代何晏辈"率多浮浅"（《文心雕龙·明诗》）的审美情调不同，[②] 希求超越如此的生命表象世界，而追求理想的审美境界。这种由关注个体与群体的和谐关系构成的审美观照，具有强烈的反思意味。它源于创作主体对现实社会有过于热切的期望，因对现实世界彻底失望而萌发超世意愿，希求以超世独立与社会现实相抗衡。这实际仍是以别样方式表现对社会现实的关注。

二、表现理想审美境界

阮籍认为生命个体应当生活在更为合理、理想的群体社会中，

[①] 《先秦汉魏晋南北朝诗》，逯钦立辑校，中华书局，1983年版，第468页。
[②] 《文心雕龙注》，第67页。

生命个体都应具有更高的责任感。因对这一信念的执着，更加厌恶"群伪乱真"的现实社会和现实社会中生命个体的"率多浮浅"，转而追寻为这种生命表象世界所无的理想境界。阮籍往往偏爱借音乐意象，表现创作主体的高洁形象和对理想之境的追求。在《东平赋》中，有感于东平风土秽杂不洁："是以其唱和矜势，背理向奸，尚气逐利"，① 就出现了"是以伶伦游凤于昆仑之阳……凤鸟自歌，翔鸾自舞"的音乐意象；②《清思赋》中，当创作主体处于世界夜半这种理想的清虚至境，就不禁以音乐接收神妙："开丹山之琴瑟兮，聆崇陵之参差"；③《咏怀·其二十二》也有载"道"之声："凤凰鸣参差，伶伦发其音。"④ 这种高洁、神秘、和谐的"凤凰之音"、"丹山之琴"、"伶伦之音"，实际就是创作主体以纯真生命与自然生命美好之音的共鸣。它们与现实世界中群伪乱真、"率多浮浅"，到处弥漫着矛盾痛苦形成鲜明对照。

阮籍为什么借音乐意象来表达其对理想之境的追求？他所追求的理想之境是什么？从阮籍文艺美学思想考察，他心目中的理想之境，实际上是他所认为的普遍存在于宇宙自然、社会人生之中的"道"的境界。阮籍对这种"道"的建构，出于一种理想的审美建构，他对这种理想之"道"的追求，也追寻一种理想方式。《乐论》中说：

> 夫乐者，天地之体，万物之性也。含其体，得其性，则和；离其体，失其性，则乖。⑤

---

① 《阮籍集校注》，第 9、4、34、287 页。
② 同上书，第 4 页。
③ 同上书，第 34 页。
④ 同上书，第 287 页。
⑤ 同上书，第 78 页。

阮籍继承儒家传统乐论，相信天地万物的根本属性是"和"，和谐就是天地万物之"道"的基本特征，也是他所认同的理想之"道"的基本特征。这种理想之"道""和"的特征，深隐在表象世界的背后，"微妙无形，寂寞无听"①（《清思赋》），必须通过执着追求才能得到。值得注意的是，自然万物与人同为自然的组成部分，都具有"和"的性质，阮籍却更重视音乐表现的客观性质，以音乐作为其理想的载"道"之体、求"道"之具、传"道"之中介。这说明阮籍对"道"的追求过程也就是关于美的历程。这一美的历程的起点，正与音乐的产生同时。这里应该提及一个关于音乐的古老神话"原型"意象。《山海经·南山经·南次三经》记载：

> 又东五百里，曰丹穴之山。……有鸟焉，其状如鸡，五采而文，名曰凤皇。……是鸟也，饮食自然，自歌自舞，见则天下安宁。②

早期音乐观念认为，音乐就是从凤凰这种五彩之鸟合乎自然、"见则上下安宁"的祥瑞和谐之声中产生的。《汉书·律历志》说：

> 黄帝使泠纶，自大夏之西，昆仑之阴，取竹之解谷生，其窍厚均者，断两节间而吹之，以为黄钟之宫。制十二箫以听凤之鸣，其雄鸣为六，雌鸣亦六，比黄钟之宫，而皆可以生之，是为律本。③

---

① 《阮籍集校注》，2015 年版，第 29 页。
② 《山海经校注》，第 16 页。
③ 《汉书》，第 959 页。

这种源自人类童年的美好神话，对阮籍有重要影响。阮籍作品中所谓"凤凰之鸣"、"丹山之琴"、"伶伦之音"，实际上就是对这一古老神话"原型"意象的认知与改写。阮籍也用这一古老神话"原型"意象作为建构其审美和谐论的基石，如《乐论》认为像"空桑之琴"、"云和之瑟"、"孤竹之管"、"泗滨之磬"，"其物皆调和淳均者，声相宜也，故必有常处"。《乐论》还指出：

> 自西陵、青阳之乐皆取之竹，听凤凰之鸣，尊长风之象；采大林之□（按：原缺），当时之所不见，百姓之所希闻，故天下怀其德而化其神也。①

显然，在阮籍看来，这些远离尘世、有"常处"，为凡俗所"不见"、"希闻"，并带有某种神秘色彩的原初音乐器具所发出的声音，"调和淳均"、"声相宜"，与阮籍认同的"微妙无形，寂寞无听"的"道"之和谐精神，其性质是完全相合的。借助这种取材高远的有形音乐之器，就可以最为真实地弹奏出宇宙自然之道的和谐之音。所以，在阮籍的作品中，音乐意象往往是作为希望之声出现的。那种违离音乐本身的变异之音，因被尘世污秽所污染，就只能是远离"道"原的"乖"音了。所以阮籍认为应严格区分和谐的与以悲哀为主导、以娱乐为目的的这两类不同性质的音乐之声。

关于音乐之声以及人与音乐的关系，阮籍《乐论》提出了极为严格的标准：

---

① 《阮籍集校注》，第97、98页。

故达道之化者可与审乐，好音之声者不足与论律也。①

那种只是停留在感官愉悦层次，往往以悲为美的音乐不是理想的音乐，只有传达了"道"的中和之美的音乐才是最好的音乐。同样，只停留在表面层次的音乐意象不是文学作品中最好的音乐意象，只有表现达"道"的音乐意象才是最好的音乐意象。只有具备了人生更高修养，"达道之化者"，才可以听懂这种达"道"之音，也只有这种"达道之化者"才可以借音乐意象在文学中表现这种达"道"之音。自然，那些只是停留在表面层次的欣赏，所谓"好音之声"者，就无从欣赏也无以表现这种达"道"之音了。《咏怀·其二十二》是这种审美理想的最好表现：

夏后乘灵舆，夸父为邓林。存亡从变化，日月有浮沉。凤凰鸣参差，伶伦发其音。王子好箫管，世世相追寻。谁言不可见，青鸟明我心。②

黄节注说：

阮意盖谓：道无有存，无有亡。所谓存亡者，其迹之变化耳。犹日月之有浮沉也。是故以浮沉为日月之存亡，非也。夏后灵舆，夸父邓林，譬道之迹耳。迹往而不可见，遂谓道亡而不可见，皆非也。且道之为道，视之不足见，听之不足闻，而人之闻道，乃更不如乐。若伶伦之凤音，王子之箫管，乐之能

---

① 《阮籍集校注》，第93页。
② 同上书，第287页。

感悦人心者，老子所谓"乐与饵，过客止"也。世乃追寻不已，此非道也。道岂不可见乎？人不能见西王母，而青鸟见之，人不能见道，而我见之矣，故曰"青鸟明我心"。①

黄注已深入到本诗深层意蕴，但仍可予以申说。"人之闻道，乃更不如乐"，那种仅仅停留在表层的"乐之能感慨人心者"，特别那种如前所论以娱乐为目的，以悲哀为主导，为世俗之士"世世相追寻"的音乐，只是"好音之声者"的音乐，而要表现"视之不足见，听之不足闻"这种普遍存在的"道"的声音，必须有待于"人不见道而我见之矣"的、有高度修养的"浩雅之士"（《东平赋》）。《咏怀·其五十八》对这种"浩雅之士"作了更具体的描述：

> 危冠切浮云，长剑出天外。细故何足虑，高度跨一世。非子为我御，逍遥游荒裔。顾谢西王母，吾将从此逝。岂与蓬户士，弹琴诵言誓。②

这种具有无限主观能动精神与自由意志，真正超越生命表象世界的"细故"，而达到了与自然之"道"对话的境界，甚至对传达"道"的声音载体如"伶伦之音"、"凤凰之鸣"都予以超越，在"荒裔"的边界，"顾谢西王母，吾将从此逝"的"大人先生"，才不至于一味"好音之声"，而与拘泥于"细故"的"蓬户士""弹琴诵言誓"，才可以听懂达"道"之乐。这与《大人先生传》中所反复强调的"故不通于自然者不足以言道，暗于昭昭者不足与达明"，

---

① 《阮步兵咏怀诗注》，阮籍著，黄节注，人民文学出版社，1957年版，第29、30页。
② 《阮籍集校注》，第359、360页。

是相一致的，① 也与阮籍的实际人生追求相一致。《晋书》本传载阮籍有"能啸"、"善弹琴"的嗜好，还记载了他对"好音之声者"嵇喜辈极度厌恶，希求借理想音乐，与也追求"达道之化者"境界的嵇康等进行精神对话；《世说新语》还记载了他登苏门山遇苏门先生这样的"达道之化者"，以音乐之"啸"与之进行"道"的对话，并以目击道存者自居。阮籍认为，对于理想之"道"，须由具有高度人生修养的"浩雅之士"用理想音乐之具来探寻。他以自许甚高表现了与凡俗之士的根本对立。这种思想与行为，既有对从古至阮籍时代哲人关于音乐的特殊认识的认同，也有对其父阮瑀以音乐表现独立不苟精神的自觉继承，② 更与他执着追求人生理想相关。

阮籍在现实生活中，虽也追求与"达道之化者"的对话，但有感于现实社会中"达道之化者"的罕见希闻，和"道"的追求历程所具有的独立特性，在具体创作中他特别重视创作主体在独立绝缘状态中独具匠心的灵心妙语。所以，他用来表现求"道"的音乐意象，很少是与他人唱和的，创作主体往往以遗世独立的方式完成其审美历程。这与嵇康《赠兄秀才入军》中"手挥五弦"、"游心太玄"时总有渴求"知音"的苦闷很不相同，表现了阮籍更为深刻的审美眼光。

阮籍认为，这种达"道"之乐还有待于审美灵境的有机生成。《清思赋》说：

> 余以为形之可见，非色之美；音之可闻，非声之善……是

---

① 《阮籍集校注》，第171页。
② 见《三国志·魏书·王粲传》裴松之注引《文士传》："……太祖时征长安，犬延宾客，怒瑀，不与语，使就技人列。瑀善解音，能鼓琴，遂抚弦而歌，因造歌曲曰……为曲既捷，音声殊妙，当时冠坐。太祖大悦。"《三国志》，第600页。

> 以微妙无形，寂寞无听，然后乃可以睹窈窕而淑清。[①]

其他作品如《咏怀·其一》《清思赋》《达庄论》等中的音乐意象，大都出现在夜中，世界夜半既是阮籍偏爱的最佳创构审美灵境的时刻，也是阮籍最偏爱的弹琴时刻。在有如"夜中"这样接近"微妙无形，寂寞无听"的时间流程中，创作主体才可以用最独立真实的状态演奏音乐的和谐之声，从音乐之声去追寻和倾听来自宇宙自然的最为真实的和谐之音。

这种人生更高修养的实现与孤立绝缘的审美灵境的创构，还有待于人自身的不断调节和积极努力。《清思赋》说：

> 夫清虚寥廓，则神物来集；飘飖恍忽，则洞幽贯冥；冰心玉质，则皦洁思存；恬淡无欲，则泰志适情。[②]

只有排除现实世界一切嗜欲的诱惑，放弃所有人为的关于是非、善恶、荣辱的伦理原则，清除外在环境的污染，才可以进入真正"微妙无形，寂寞无听"的无我、忘我状态，才能达到真正的彻悟至境。换句话说，就是在情志平和（"泰志适情"）、保洁存真（"皦洁思存"）的纯洁精神状态中，达到内心与外物的神交（"远物来集"），从而顿悟普遍存在的宇宙自然之"道"（"洞幽贯冥"），只有完成这样的超越，创作主体才可真正由外在表象世界进入"天地制域于内，而浮明开达于外"（《大人先生传》）的精神"自由王国"。音乐就是调节这种矛盾冲突的最好工具。《乐论》说：

---

① 《阮籍集校注》，第 29 页。
② 同上书，第 31 页。

> 乐者，使人精神平和，衰气不入，天地交泰，远物来集，故谓之乐也。①

在人与音乐的关系中，由于人本身也是自然的一部分，人的根本属性也应该是"和"，因此，同样可借助音乐的和谐境界，使人的哀乐情绪得到矫正和导引。在人与自然的关系中，人以万物灵长的身份，它具有以本性之"真"的和谐，去追索、体认、表现宇宙和谐之"道"的特性。人应该追索、体认、表现宇宙和谐之"道"。在寻找迷失于污秽现实中的本性之"真"，并打通与宇宙和谐之"道"的通道方面，音乐正可作为人心与自然的中介。由音乐的和谐调节人心的诸多不谐调状态，诱发和达到"精神平和，衰气不入"的状态，从而实现纯粹审美的最终目的。阮籍《清思赋》写世界夜半"开丹山之琴瑟兮，聆崇陵之参差"，②《咏怀·其一》通过"夜中"、"鸣琴"而追求"清风"、"明月"意象等，就是上述思想的最好体现。

从上面的论述可知，阮籍实际受到魏晋玄学"有""无"、"本""末"、"名""实"、"言""意"等对立统一的哲学思维的影响，在较为系统、深刻的音乐美学思想指导下，自觉用音乐意象建构了关于美的音乐、美的人生应该是怎样的，以及怎样追求和表现美的音乐、美的人生的审美系统，以与自己所鄙弃的停留在感官娱乐层次、以娱乐为目的、以悲哀为主导这种不重修养的乡曲士的"好音之声"相抗衡，阮籍希望通过发现被迷失的人类本性，超越生命表象世界，追求为生命表象世界所无的真正和谐。而这种理想的实

① 《阮籍集校注》，第100页。
② 同上书，第34页。

现，有赖于理想的达"道"之器——特殊的达"道"音乐的导引，有赖于对特殊的达"道"音乐的追寻，有赖于人生修养的提高，有赖于一种更高妙的孤寂审美灵境的创造，有赖于不断随时调整人自身……阮籍不但以这种音乐美学思想为指导，深化了他的文学创作，而且也以深度的文学创作，较完整地表现和丰富了这种音乐美学思想。在阮籍的诗文中，"商声""素琴之音"与汉末建安诗歌中的"清音""清商"一样，都是表现悲怨之情的；其作品中的"清"则明显不表现悲怨，而是表现中和之美和构成理想的审美意象，显示了阮籍更为高妙的审美眼光。应该说，高度重视感性生命与理性精神的和谐相融，突出强调纯粹审美观照的独立价值，以较为系统而深刻的文艺美学思想与其文学创作紧密结合，阮籍是魏晋作家的突出代表。

从前面的论述也不难看出，阮籍仍然禁不住要用音乐意象来表现感性生命的悲哀之音。与汉末建安作家的不同仅仅在于，阮籍力图将这种悲哀之音纳入理性观照之中，使其具有更为深刻的内涵。即使如《咏怀·其一》那些表现理想追求的音乐意象，创作主体的"夜中""鸣琴"确曾召来过"清风""明月"之类的理想之物，仍然不过是昙花一现罢了，转瞬已是"孤鸿""翔鸟"的变奏之音，创作主体最终还是陷入"徘徊将何见，忧思独伤心"之中。在那些没有音乐意象出现的作品中，也充满感性生命欲求与理性精神的矛盾冲突，创作主体追求瞬间之美的尝试往往宣告失败，更多是处于多重矛盾痛苦之中，而难以实现真正的超越。归根结底，魏晋之际那种特定黑暗社会现实，是造成阮籍深重痛苦的真正原因之所在。

从艺术表现功能看，阮籍往往借助音乐语言这种有时甚至更准确、精妙的表达，来表现那些为现实所制约而难以畅所欲言的，或那些为明确语言所限定、表现起来反而含混模糊、易于误解的，或那些处于原初状态的、未形成明确概念形态的感知，从而形成"厥旨渊放，归趣难求"（钟嵘《诗品》）的艺术效果；借助音乐语言，更为出色地布局谋篇，营造"响逸而调远"（《文心雕龙·体性》）的艺术效果等，都是十分重要却又往往被研究者所忽略了的。

三、结　　论

总括所论，阮籍对音乐语言、音乐意象确是情有独钟、"别具只眼"的。关于阮籍文学创作与音乐的关系，大致包括如下几个方面的内容：

（一）借助音乐意象的表现，由汉末建安文学往往停留在表现自然、音乐与人心悲怨之音的共鸣现象，而深入到探究何以产生共鸣的原因，并表现出某种理论追求与创作实践的矛盾。

（二）借助音乐意象的表现，对魏晋时代以娱乐为目的的、以悲哀为主导的生活情调和审美偏向进行了深度反思。

（三）从对魏晋审美倾向的批判出发，在较为系统的音乐美学思想指导下，借助音乐意象建构了理想音乐表现与人生追求的审美系统：以求"道"为审美目的，以理想音乐为理想求"道"之具，理想之"道"必须有待于具有更高人生修养的理想之士，以孤寂、平和的审美精神，在理想的清虚境界中，用理想的音乐去追求。如此，才能真正求得和谐之"道"，与"道"相融共处。这种思想在魏晋作家中是十分突出的。而无论对现实痛苦的深切关注，还是对理想审美境界的热切追求，对生命本身的热爱和对现实社会的依恋、关注，是阮籍文学创作的真正内驱力。阮籍用音乐意象苦心营造的理想之境与现实苦难不可超越的反差对比，深化了其作品的思想内涵。

（四）从艺术表现看，音乐既是阮籍借以布局谋篇、营造"响逸而调远"艺术效果的有效手段，又是阮籍借以探索隐性语言表达功能的理想之具，通过音乐语言与文学语言的有机结合，阮籍作品"厥旨渊放，归趣难求"的多重艺术效果得到有力的表现。

阮籍诸赋创作时间与赋体创作思维

从有机整体层面来看，古今对阮籍各体文学创作的研究不够均衡，整体性研究较少。对《咏怀》诗关注、研究最多，往往自觉不自觉地以对《咏怀》诗的某些认识，来包容、涵盖对阮籍其他各体文学创作的研究；对散文也有相当程度的关注、研究；对赋体创作就较为轻忽了，对赋体创作思维鲜有论及。但实际上，如果我们充分关注阮籍赋体创作与其各体文学创作的关系，特别是打破仅关注单篇作品考证，轻忽创作时间考辨与理论研究关系的习见研究模式,[①] 以实证考辨与理论探讨相结合，从有机整体联系层面，深入考辨阮籍的全部六赋和带有赋体性的《大人先生传》的创作时间，就会发现：阮籍不但有其独特的赋体创作思维，赋体创作也有较高成就。同时，深入研究阮籍的赋体创作与赋体创作思维，一是对于

---

① 前辈学者如姜亮夫、陆侃如、陈伯君、沈玉成、曹道衡、徐公持等，都对阮籍赋创作时间的考辨作出了重要贡献，但主要是从单篇作品着眼的，较少从有机整体层面来把握作家全部或大量作品创作时间的内在联系，鲜将具体考辨功夫与理论探索紧密结合，似是古代文学研究方法方面存在的重要缺陷，企盼本文对研究方法的关注能够引起学界的重视。

深化阮籍其人的研究，深化对其诗歌、散文等各体文学创作与创作思维的整体性研究，具有重要的定位作用；二是对于打破古今魏晋文论研究的习见模式，也具有重要的价值。在古今魏晋文论研究中，人们往往囿于成说，习惯于以有无明确的文论观点为研究前提，而聚焦于曹丕、陆机等个别著名文论家；相对轻视文论与具体创作实践的关系，特别是以作家的具体作品为研究对象，来开拓、发现魏晋文论，对一些虽然没有提出理论观点，实际有其较明确文体观的重要作家，缺乏必要的专门研究，或完全予以忽略。阮籍就是这样一位被完全忽视的重要作家。尽管魏晋文论研究多是从曹丕《典论·论文》直接跳到陆机《文赋》，实际上，阮籍不但有较明确的文体意识和赋体创作思维，并且在魏晋文论演进进程中，有着不可替代的重要"坐标"意义。忽视阮籍这样的重要"坐标"，不能算是真正有机整体意义上的魏晋文论研究。

由以上认识出发，本文试主要从有机整体联系层面，考辨阮籍赋的具体创作时间，对其赋体创作思维进行较深入、系统的探讨。

阮籍赋作今存六篇，加上已经亡逸的，数量当更为可观。在魏晋之际作家的赋体创作中，值得关注。深入考察阮籍赋体创作与其各体文学的关系，就会发现：

其一，阮籍的赋体创作与其散文创作有所不同，在一定程度上，阮籍有偏爱赋体创作的倾向。阮籍的散文以《乐论》《通易论》《通老论》《达庄论》等"论"体类为主，更多关注超越事实与现象本身而进行形而上的哲学探讨，学术意味浓厚，近于纯粹说"理"。除了说"理"散文，阮籍其他的散文作品，就是数篇"书"、"笺"、"奏记"等实用文了。阮籍的赋体创作，除了今存的六篇以"赋"为名之作，"赞"、"诔"等文体中今所仅存的《老子赞》《孔子诔》，皆为数句逸文，就文体表现来说，似更近于赋体而远于散文。阮籍还将赋的表现功能扩大到其以说"理"为主的散文文体上。如对《达庄论》这样本应属纯粹"论"体的文章，也尝试赋予其赋体特征，表现出以赋体对"论"体散文文体的扩张与渗透；而使用纯粹的赋体来表现其深邃的"清思"，也可视为用赋体表现其说"理"散文内容。本应属散文传记的《大人先生传》，有多处是赋体性片段，不妨视为是赋体性的作品。

其二，与以《咏怀》诗为主，或纯粹抒情，或虽涉及事实与现象，而以抒情为主的"诗"体创作不同，除了《清思赋》，阮籍其他五篇以"赋"名篇之作——《东平赋》《亢父赋》《首阳山赋》《猕猴赋》与《鸠赋》，都选取特定局部视角，更偏重于对事实、现象的描述、审视。如《东平赋》与《亢父赋》，主要着眼于对"东平"、"亢父"城邑现实的描述、审视、批判；《首阳山赋》立足现实"首阳山"，而审视与伯夷、叔齐有关的历史真相；《猕猴赋》与《鸠赋》也是对特定局部事实、现象进行描述、审视的。通过对事实、现象的描述、审视，表现其特定的批判、否定等思想感情，是阮籍赋体创作的主要趋向，与"颇多感慨之词"而"言在耳目之内，情寄八荒之表"、"厥旨渊放，归趣难求"、[1]"百代之下，难以情测"（《文选》李善注），更注重深隐婉曲的表现手法的"诗"体创作相比，显然具有更为直观、明晰、深入、细致的特点。

我们认为：阮籍的赋体创作之所以与其散文、"诗"体不同，主要由于阮籍具有较为明确的、与其散文和"诗"体创作不同的赋体创作思维。在诗、赋、散文诸文体中，阮籍主要以"论"体进行纯粹说理，以"诗"体发抒自我情怀，"赋"体则被作为其较为直

————————

[1] 《诗品集注》，第 123 页。

接的现实社会理性批判的重要武器。

更具体些说：将"赋"体视为避免过于质直袒露的散文化倾向，表现既不那么过分直白，而又可正面触及事实本质的创作内容的合适载体，使赋体创作集中于托"物"写"意"，注重选取局部视角，以"小"喻"大"，以"浅"托"深"，对特定具体事实、现象进行较"诗"体而言更为直观、深入、细致的批判、否定与说"理"，就是阮籍偏爱选择介于诗与散文之间的赋体创作的真正"用心"所在。

今以阮籍与张华《鹪鹩赋》的深层关系契入，结合阮籍全部赋创作时间的考辨，深入探讨其赋体创作思维。

据《晋书·张华传》记载：

> 张华器识弘旷，时人罕能测之。初未知名，著《鹪鹩赋》以自寄。……陈留阮籍见之，叹曰："王佐之才也！"由是声名始著。①

事实上，由于从根本上把握了关于时代"大"、"小"的核心问题，张华《鹪鹩赋》的问世，在当时和后世都被视为重要文化事件，引起人们多视角的解读、认知和摹写。②阮籍给予高度评价，而傅咸、贾彪等则表达不同看法。傅咸《仪凤赋序》：

> 《鹪鹩赋》者，广武张侯之所造也。以其形微处卑，物莫之害也。而余以为物生则有害，有害能免，所以贵乎才智也。

---

① 《晋书》，第 1068—1069 页。
② 与此相类的重要文化事件，还有左思《三都赋》、孙绰《游天台山赋》和袁宏《北征赋》的写作与发表。

夫鹪鹩既无智足贵，亦祸害未免，免乎祸害者，其惟仪凤也。[①]

贾彪《鹏赋序》：

> 余览张茂先《鹪鹩赋》质微处衰，而偏于受害。愚以为未
> 若大鹏栖形遐远，自育之全也。此固祸福之机，聊赋之云。[②]

《晋书》关于阮籍与张华赋的这条记载，蕴涵着重要的文化信息，可惜没有引起学术界的足够重视。如姜亮夫《张华年谱》，[③] 虽注意到张华以"鹪鹩"自寄与竹林诸公"柔弱恬退以自适"的相近处，也以模糊口吻谈到其"阴柔"与"王佐之才"相关，却没有正面明确提出这样两个问题：

第一，为什么阮籍读"鹪鹩"之赋，竟会想到"王佐之才"上去？须知，在魏晋之际多事之秋，张华甚至都不愿出仕而以"鹪鹩"自寄了，换句话说，就是要避之犹恐不及地远离"王佐"道路；阮籍又是"属天下多故"，"不与世事"，以"至慎"避开"时事"自保的，[④] 为什么偏偏还要多嘴，指出张华想隐藏的"王佐之才"？难道张华写作《鹪鹩赋》的真正目的，就是要张扬其"王佐之才"？难道阮籍指出"王佐之才"就真是勉励张华永远做真正的"鹪鹩"？难道阮籍指出有着明显否定时局倾向的《鹪鹩赋》与"王佐之才"的关系，一点都没有显出对现实政治的否定，一如其"口

---

① 《艺文类聚》，欧阳询撰，汪绍楹校，上海古籍出版社，1999 年版，第 1559 页。
② 同上书，第 1608 页。
③ 《张华年谱》，姜亮夫撰，古典文学出版社，1957 年版。后面所涉及姜说，皆同此注。
④ 《晋书》，第 1360 页。

不臧否人物"、尽量回避触及现实政治的习见做法？

第二，为什么阮籍的评价影响时人只认同张华的"王佐之才"，使其"由是声名始著"，奠定其日后平步青云的仕途基础，却完全忽略了张华原本是想以"鹪鹩"、"自寄"的？

下面，联系张华赋与阮籍赋的创作时间，进行具体讨论。

关于《鹪鹩赋》的作时，学界看法不一。姜亮夫系于魏嘉平年间，陆侃如《中古文学系年》系于景元二年（261）。① 沈玉成详辩二家说解而以为"《鹪鹩赋》之作，或当在高贵乡公甘露间"。② 沈说可从。

按甘露（256—260）年间，张华年在 25—30 岁。当时的政治现实是：一方面，司马昭承其父兄之蓄志，不但使篡权成为定局，且要加速予以真正实现。如他在甘露二年就曾使何充劝诸葛诞议禅代，甘露五年高贵乡公即公开宣称，"司马昭之心，路人所知也"；另一方面，高贵乡公曹髦想有所作为。《三国志·魏书·高贵乡公髦》记载，高贵乡公年少而具有"才同陈思，武类太祖"的潜质，甘露元年"宴群臣于太极东堂"，而"慕夏少康"，甘露四年又自咏"潜龙"之寺。最终至不胜"威权日去"之忿，孤注一掷攻打司马昭而遇害。面对篡权将要真正出现的节骨眼儿上的凶险时局，对有关"小"、"大"关系问题的认识，就直接决定着魏晋之际士人现实人生的"出"、"处"及其安危。因为，在魏晋之际，怎样认识、处理"小"与"大"的关系问题，一直关涉怎样看待时代、怎样看待自我，以决定其人生"出"、"处"道路，这是每个士人都无可遁逃、而必须做出抉择的首要现实人生课题。如阮籍这样的时代智

---

① 人民文学出版社，1985 年版。后面所涉及陆说，皆同此注。
② 《〈张华年谱〉、〈陆平原年谱〉中的几个问题》，载《文学遗产》1992 年第 3 期。又《中古文学史料丛考·张华〈鹪鹩赋〉作年》，第 105—106 页。

者，自然对时局有着透彻的认识，而当时众多名高、位重的人物，却未必如此。如诸葛诞继毌丘俭、王陵之后，起而举兵反抗，钟会、何曾辈趋走于司马氏之门，嵇康等则欲避之而实际未必能够真正做到……张华正是有感于此，而专门创作《鹪鹩赋》，[①] 以反思时代"小"、"大"关系问题。认为在如此凶险情势下，所谓众"大"，反而是"小"，故否定"形瑰足伟"、"体大妨物"之"大"。

《鹪鹩赋》将所谓"大"者具体详分为四类：

第一类是"雕鹖"、"鹄鹭"、"鹓鸡"、"孔雀"、"凫"、"雁"，以其"美羽"、"丰肌"，"矫翼而增逝"，"无罪而皆毙"。

第二类是前类中的鸟"衔芦以避缴"而"为戮于此世"。

第三类是以"鸷"、"慧"之能而被迫屈服，"变音声以顺旨，思摧翮而为庸"，失去自由意志的"苍鹰"、"鹦鹉"。

第四类是"飘飘畏逼"的"爰居"等远方之鸟。

在这些各不相同，却无不自"大"的众鸟中，我们分明可以看到包括高贵乡公在内的各类现实"大"人物的影像。

以众"大"为参照，张华赞美"鹪鹩"之"小"的处身有"智"：其"毛无施于器用，肉不登乎俎味"、"不怀宝以贾害，不饰表以招累。静守性而不矜，动因循而简易。任自然以为资，无诱慕于世伪"。在张华看来，"鹪鹩"的这种以"小"自居，反而是"小"而能"大"，实为无不自"大"、其实反"小"的众"鸟"所无法企及。

张华以"鹪鹩"之"小""自寄"，又是从"阴阳陶烝，万品一区。巨细舛错，种繁类殊"、"普天壤而退观"的"大"、"小"之辨中得出的结论。以二十多岁的人生阅历，张华居然深得"老"、"庄"神髓，对时局人事有如此老辣透彻的体认，能以"鹪鹩""自

---

① 以下所引《鹪鹩赋》原文，均见于《六臣注文选》，第260—262页。

寄"，求全自保，静以观变，实大不易！张华于赋中宣称："言有浅
而可以托深，类有微而可以喻大"，阮籍正是从他如此赋体创作动
机与创作内容中，产生强烈的愤世共鸣，也看到其人生境界的宏
大，而由衷叹服并予以高度评价。①

更进一步分析，张华创作《鹪鹩赋》而目空当时众"大"，实
际显示出"王佐之才"，原其本心，其以鹪鹩自寄，求全自保，显
然是指现实当下而非将来永远。自保的目的，则是为了谨慎待
"时"，以期为"时"所用。在将来合适空间为"时"所用，显然并
非是张华所反对的。阮籍赞美张华为真正的"王佐之才"，正是看
到了这一点。故阮籍实际表达了他对张华作为"王佐之才"、在将
来能够有所作为的期望。而关注、高度期许他人的"王佐之才"，
则完全是由于阮籍内心的"王佐"之思没有泯灭的缘故，实际正透
出阮籍不但有与张华相同的"小"、"大"观，也包含着其对自我的
认同、期许与待"时"苦闷。要不然就很难解释：为什么在如此多
事之秋，阮籍还要十分突兀地对不愿出仕、以"鹪鹩"自寄的张华
许为"王佐之才"。后世研究者对此显然缺乏会心。

① 《晋书》张华本传记载："华少孤贫，自牧羊，同郡卢钦见而器之。乡人刘放亦奇其
才，以女妻焉。华学业优博，辞藻温丽，朗赡多通，图纬方伎之书莫不详览。少自
修谨，造次必以礼度。勇于赴义，笃于周急。器识弘旷，时人罕能测之。初未知
名，著《鹪鹩赋》以自寄。"张华正是由于得到阮籍"王佐之才也"的赏评，"由
声名始著"，武帝与羊祜筹划伐吴，群臣多以为不可，"唯华赞成其计"。平吴之役
中，张华以度支尚书"量计运漕，决定庙算"，"典掌军事，部分诸方，算定权略，
运筹决胜，有谋谟之勋"，因而被封为广武县侯，增邑万户。此后张华"名重一世，
众所推服"，"有台辅之望"。是西晋末期重要政治领袖，虽因时乱，未能施展其政
治长才，并在"八王之乱"中，被赵王伦与其佞臣孙秀所害，但阮籍的识鉴是精准
的。尤其是张华在文化事业方面成就颇大。《晋书·荀崧传》记荀崧上疏："世祖武
皇帝应运登禅，崇兴儒学……九州之中，师徒相传，学士如林，犹选张华、刘寔居
太常之官，以重儒教。"《晋书·儒林传》称晋武时代"茂先以博物参朝政"。参见
《晋书》，第1068、1377、2346页；《稿本晋会要》，汪兆镛撰，书目文献出版社，
1988年影印版，第40页。

从赋体创作看，张华选择"言有浅而可以托深，类有微而可以喻大"的赋体，作为最适合寄托其宏大人生追求境界的创作载体，这其实也正是阮籍赋体创作之本心所在！故阮籍高度认同张华为赋之良苦用心，"言有浅而可以托深，类有微而可以喻大"，其实就阮籍赋体创作思维的重要特征。换句话说，张华《鹪鹩赋》正是阮籍赋的真正嗣音。对此，细致考辨阮籍赋的具体创作作时，会看得更加清楚。

第一，关于"小"、"大"关系问题的认识。恰好从嘉平元年（249）到正元二年（255），在如此集中的七年中，阮籍完成了今所可看到的全部六赋。这就凸显了这样一个被学术界完全遗忘的重要事实：在嘉平元年，司马懿与曹爽争权、揭开篡权序幕；至正元二年二月，司马昭以大将军辅政，司马氏的篡权成为无可逆转的定局。而阮籍全部六赋，竟正好与司马氏篡权的开始与成为定局相终始，这绝非偶然意义上的巧合！我们因此可以认定：阮籍赋体创作注重对特定具体事实、现象进行描述、审视，使其批判、否定与说理更为直观、细致、深入，始终都与司马氏的篡权有着直接关联。也就是说：阮籍特意选择赋这种文体，在他心目中，赋体创作可作为对司马氏专权时代的社会现实进行理性批判的最合适的思想武器！

《猕猴赋》为今所见最早的阮籍赋。据本传记载：

> 及曹爽辅政，召为参军。籍因以疾辞，屏于田里。岁余而爽诛，时人服其远识。①

陈伯君认为此赋即作于嘉平元年，"疑此文为讽刺或悼叹曹爽而

---

① 《晋书》，第 1360 页。

作”。他引《晋书·宣帝纪》《三国志·曹爽传》之曹爽被司马懿诛杀前，竟有“不失作富家翁”的幼稚幻想，联系项羽“富贵不归故乡”被称为“沐猴而冠”，解释《猕猴赋》主旨，确有慧眼。[①] 还可补证：赋中“近者不弥岁，远者不历年”，似亦暗示曹爽从辅政到失败之短暂迅速。

从全赋看，在集中讽刺“猕猴”之“大”的同时，阮籍还对魏晋之际似“大”实“小”、实“小”而自以为“大”的各类人物予以类型化的概括，分以“以其壮而残其身”的“文豹”、“雏虞”、“夸父”等，和或“乘危”“肆志”，或“畏逼以潜身”、“终惑饵以来兮”、“有利而可欲”、“虽希觌而为禽”、“近者不弥岁，远者不历年，大则有称于万年，细者则为笑于目前”的“熊狚”、“夔”、“蹶”等相喻。[②] 这与其四言《咏怀诗》的“峨峨群龙，跃奋紫庭”而“鳞分委瘁”，“大道夷敞，蹊径争先。玄黄尘垢，红紫光鲜”等看法，[③] 是完全一致的。

张华《鹪鹩赋》实与此同一机杼。甚至可据以推断张华赋当受到阮籍赋的影响，是阮籍赋的嗣音。张华诗歌创作受到阮籍的影响是不争的事实。如张华《轻薄篇》《壮士篇》，明显受到阮籍《咏怀诗》的影响。其中一些句子如“北里献奇舞，大菱奏名歌”，直接改自“北里多奇舞，濮上有微音”；“但畏执法吏，礼防且切磋”，直接改自“但畏工言子，称我三江旁”；“长剑横九野，高冠拂玄穹”，直接改自“危冠切浮云，长剑出天外”等。[④]

---

① 《阮籍集校注》阮籍著，第 46 页。

② 同上书，第 43 页。有论者以为如有厚利而又能够办到，即使十分罕见的动物，也不免为人所擒。由此思路而对后面数句予以解释。似有误。

③ 同上书，第 438 页。

④ 同上书，第 359 页。

《鸠赋》据阮籍自序：

> 嘉平中得两鸠子，常食以黍稷之甘，为狗所杀，故为作赋。①

陆侃如系于嘉平三年（251）；徐公持以为当作于嘉平之后，"似暗寓魏室二少帝先后被废被杀事"；②韩格平以为，这很容易使人联想到嘉平元年，司马懿诛杀曹爽、何晏一党的血雨腥风对士人精神的巨大打击。③究竟以哪一年为准，由于缺乏确凿证据，似难有定论。但是，此赋与魏晋之际特殊现实政治中的"大"人物对"小"人物的残害有关，则确定无疑。

《首阳山赋》据作者自序，作于正元元年（254）秋。本年司马师先后杀害李丰、夏侯玄、张缉、许允，又相继废黜张皇后和齐王芳，立十四岁的曹髦为傀儡，自己独揽大权。正元二年（255），司马师死，司马昭辅政。从嘉平元年到正元二年，在这血雨腥风极为密集的七年间，阮籍惯看了司马懿、师、昭父子兄弟阴谋篡权，和各类自以为"大"的野心家们的各种丑恶表演。对"小""大"问题有着深刻的体认。据《晋书》本传记载：

> 籍本有济世志，属魏晋之际，天下多故，名士少有全者，籍由是不与世事，遂酣饮如常。……钟会数以时事问之，欲因其可否而致之罪，皆以酣醉获免。④

---

① 《阮籍集校注》，第40页。
② 见徐公持《魏晋文学史·阮籍的文与赋》，人民文学出版社，1999年版，第196—197页。
③ 以上引韩格平说见《竹林七贤诗文全集译注》，第43—44、614、5、18页。
④ 《晋书》，第1360页。

陆侃如系此事于正元元年（254）。本传又记载阮籍曾登广武考察楚汉战场，而目无刘、项。也曾"登武牢山，望京邑而叹，于是赋豪杰诗"。陆侃如系此事于甘露三年，与张华《鹪鹩赋》作时正相仿佛。在魏晋之际，那些所谓"刘、项"式的豪杰，其实只是些狂妄凶恶的政治狂人；而在这些政治狂人当政时奔竞不已的，亦为不自量力的跳梁小丑。政治上的黑暗，正拜这些狂徒的上行下效所造成。因此，在魏晋之际这样的特殊时代，只有那些能够明辨"小""大"之别，客观体认自我的人，才能真正保护自己，也能谨慎待"时"，以求进取于将来，而不至于狂妄自"大"，祸国殃民。如此之"小"，反而是"大"，反而能"大"。故阮籍四言《咏怀》诗声称与当时所谓之"大"，"出处殊途，俯仰异容"，而赞美孔子的"圣懿通玄"和"非义之荣，忽若尘埃"，表达"嘉此箕山，忽彼虞龙"、"虽无灵德，愿潜于渊"、"爰潜爰默，永符修龄"的强烈愿望。五言《咏怀》其八也有"宁与燕雀游，不随黄鹄飞"之叹；其四十六则认同"鷽鸠飞桑榆"、"栖树枝"、"下集蓬艾间，上游园圃篱"、"但尔亦自足"的生活。这些思想，都与其赋作相当接近。

第二，关于阮籍对自我的认同及其人生期望。历来认为，阮籍后期"不与世事"、谨慎避开"时事"以自保，这是实情。但有两点尚须澄清：一是不亲身参与世事，并不意味着彻底忘怀世事、全不关注世事。这可从阮籍大量诗、赋作品得到验证，不烦例举。二是说阮籍"不与世事"，大体与其生平行事符合，但不能说绝对就是这样；阮籍只是"属魏晋之际，天下多故"，才"不与世事"的，其"本有"的"济世志"实际并不曾泯灭，而是潜藏于内心深处，谨慎自保以待"时"罢了。要不然，阮籍也就不会时常生发那种途穷之"恸"了。《世说新语·栖逸》刘孝标注引《魏氏春秋》：

> 阮籍常率意独驾，不由径路，车迹所穷，辄恸哭而反。①

另外，如其四言《咏怀》诗句所咏：

> 于赫帝朝，伊衡作辅。才非允文，器非经武，适彼沅湘，托分渔父。（其一）
> 感往悼来，怀古伤今。生年有命，时过虑深。（其四）
> 乐往哀来，怅然心悟。念彼恭人，眷眷怀顾。日月运往，岁聿云暮。嗟余幼人，既顽且固。岂不志远，才难企慕。命非金石，身轻朝露。（其十三）

也都表现了谨慎自保以待"时"的苦闷情绪。按沈玉成说，则阮籍读张华《鹪鹩赋》，当已 47 岁到 50 岁多一点。以如此饱经魏晋之际风霜的年岁，他对张华的未来如无期许，就不会评以"王佐之才"，甚至其中也当蕴涵有他自己深藏于内心的待"时"期望。这可从其《东平赋》与《亢父赋》的创作得到佐证。

阮籍创作《东平赋》明显与他曾任东平相有关。考阮籍平生曾两至东平。第一次是年轻时随叔父至东郡，见兖州刺史王昶，韩格平系于魏黄初七年（226），阮籍时年十七岁。根据《世说新语·任诞第二十三》刘孝标注引《文士传》记载，阮籍曾请求任东平太守，《晋书·阮籍传》记载阮籍任东平相前，曾自言"籍平生曾游东平，乐其风土"，知阮籍黄初七年初游，东平的风土之美，确实

---

① 《世说新语笺疏》，第 762 页。

给他留下了美好印象。而《东平赋》所写，诚如陈伯君所说：

> 今观此赋：无一语道其风土有可乐者，反之，则极道其风土之恶，甚至谓"孰斯邦之可即"……①

可知《东平赋》与其初游东平无关。阮籍第二次到东平，《晋书·阮籍传》记载甚详：

> 及文帝辅政，籍尝从容言于帝曰："籍平生曾游东平，乐其风土。"帝大悦，即拜东平相。籍乘驴到郡，坏府舍屏障，使内外相望，法令清简，旬日而还。帝引为大将军从事中郎。②

按正元二年（255）二月，司马昭以大将军辅政。故知《东平赋》作于正元二年。至于是否如韩格平所说，系于阮籍欲离开东平之前，尚难确定。《文选》颜延之《五君咏》李善注引臧荣绪《晋书》说：

> 籍拜东平相，不以政事为务，沉醉日多。③

阮籍在东平只有十余日任职时间，即使为政"清简"、"清宁"，总会有些政务与人事交接，且其又"沉醉日多"，能否有时间写出赋

---

① 《阮籍集校注》，第 1 页。
② 《晋书》，第 1360 页。
③ 《六臣注文选》，第 896 页。

来，似还可以讨论。①

《亢父赋》据阮籍自序：

> 吾尝游亢父，登其城，使人愁思，作赋以诋之，言不足乐也。②

其内容与《东平赋》颇为相近。按亢父为古县名，西汉时属东平国，东汉属兖州任城国。由于与前述相同的理由，其作时当与《东平赋》相近，即约当作于正元二年（255）。

从《东平赋》与《亢父赋》的具体作时背景，我们可以发现这样几个问题：

一是阮籍初游东平，其时是曹魏政权尚称稳定的黄初年间。东平政风、民风也当有阮籍所乐"风土之美"的方面。而至司马氏篡权时代，政风、民风确实到了使人难以忍受的地步，故阮籍《亢父赋》有"如何君子，栖迟斯邦"的沉重感叹。

二是阮籍初游东平时，诚如《咏怀》其十五所言："昔年十四五，志尚好诗书。被褐怀珠玉，颜闵相与期"，正是他"本有济世志"的青年时代，而在创作二赋前，则曾先后以无奈心情做司马懿、师的从事中郎。司马师在进行了大肆屠杀后死去，司马昭接着辅政。故阮籍的求为东平太守，固然不排除如"闻步兵厨有贮酒三百斛，求为步兵校尉"一样，有为享受"风土之美"的因素，而其如陈伯君所说的"托辞求去"，显然更由于看到司马氏篡权已成定局这一直接原因！

---

① 高晨阳即以为当作于正元二年回到京师，作司马昭的从事中郎时。见高著《阮籍评传》南京大学出版社，1994 年版，第 352 页。
② 《阮籍集校注》，第 19 页。

如前所说，阮籍虽不与世事，却不曾完全放弃了等待。司马昭的辅政，使篡权成为不可逆转的定局，这使阮籍的期待受到沉重打击。由此阮籍不再抱持幻想，做无谓等待，而尝试摆脱司马氏的控制。由于东平风土在其青年时代人生抱负正远大时留下美好记忆，当他"托辞求去"时，自然就想到了东平。故可推断其求为东平太守的真实动机：既享受东平风土之可乐者，又为民做些实际有益之事，聊补早期人生追求之憾！实际上，东平太守正是阮籍所主动要求的最具实际意义的官职。其真正到任后的为政"清简"、"清宁"，除了有追求自身享受的成分，在当时现实政治情势下，也确实是阮籍所能做到不扰民的惟一选择。正由于亲眼看到司马氏的篡权，使政风、民风到了倶人难以忍受的地步，故他彻底失望，十余日而返。①

在正元元年、二年（254—255）如此集中的时段，阮籍竟相继写了《首阳山赋》《东平赋》《亢父赋》《清思赋》，② 还有颇有赋体意味的《大人先生传》。③ 可见，阮籍的思想在这两年经历了急剧的变化，不但对现实的关注更为强烈，甚至还一反表面上"不与世事"，而尝试有所作为。任职东平就是阮籍最后一次试图在政治上稍有实际作为。故《东平赋》《亢父赋》对现实的批判更趋强烈，与二赋大致同时的《大人先生传》甚至敢于彻底否定王权。

关于《大人先生传》，学界通常认为其虽否定王权，对现实政

---

① 如此解释，则学界所认为的《东平赋》的批判内容，与阮籍对东平风土的赞美这一矛盾，便迎刃而解。
② 参看本书《阮籍"癫狂"症说辩》。
③ 《晋书》本传记载："孙登居苏门山，文帝闻之，使阮籍往观……遂归，著《大人先生传》。"《晋书·隐逸传》《世说新语·栖逸第十八》及刘孝标注引《魏氏春秋》《竹林七贤传》等，匀有记载。故陆侃如系于正元二年（255）任司马昭从事中郎之后。

治是回避的。但这实际就很难解释：为什么嵇康《与山巨源绝交书》的"每非汤、武而薄周、孔"，① 就是激烈否定现实政治；阮籍的《大人先生传》连王权都予以激烈否定，却不是针对现实政治的？根据我们上面的考察，阮籍《大人先生传》等作品，在如此敏感的时候否定王权，实际有着其最后一次试图在政治上稍有实际作为的实践失败后这一重要人生插曲背景。其直接针对司马氏篡权已成定局这种现实政治形势的意图毫不回避，强烈愤慨的表达也至为明显，毋庸置疑。而司马氏之所以隐忍，完全由于其杀人太多，阮籍又名声过大。② 关于阮籍谨慎待"时"的苦闷，与对司马氏篡权已成定局的激愤，我们还可从陶渊明后期的人生焦虑与他在刘裕代晋后的激愤互为参看。学界对陶渊明的相关思想的研究，已至为深入，就不再多说了。

可见，正是魏晋之际司马氏篡权的特定时代，促使阮籍特意选择赋体创作，将其作为对现实社会政治进行较为直接的理性批判的重要武器。将其不能实现的宏大人生追求，借赋的形式予以表达，使赋体成为寄托其宏大人生追求的重要载体，正是阮籍为赋的真正"用心"所在。故阮籍以行将老去而不可能再在现实政治层面有所作为之身，看到二十多岁的张华竟能以《鹪鹩赋》自寄，犹如看到了自己年轻时代的影像，故叹其为"王佐之才"，对其将来寄予厚望。这可视为一位"帝王师"型类的哲人，对另一位"帝王师"型类的哲人的激情叹赏，也可说是一位"帝王师"寄望于青年、寄望于未来的殷切心情的表达。③ 自然，阮籍也就对张华"言有浅而可

① 《六臣注文选》，第 802 页。
② 《清思赋》的超越内容有浓厚的现实阴影，当非早期所作。从其对超越过程及特定情境的描写与《东平赋》《首阳山赋》《大人先生传》颇为相近，所用词语也与《东平赋》颇多相同之处，著者以为其作时当与这三篇作品相近。
③ 从东汉晚末期之郭泰到阮籍到张华，都是潜隐型"帝王师"类型。

以托深，类有微而可以喻大"的赋体创作思维甚为赞赏。因为"言有浅而可以托深，类有微而可以喻大"，这也正是阮籍赋体创作思维的重要特征。

而结合对阮籍赋具体创作的考辨来看，正元二年之后即是甘露元年（256），张华又如前所说，对阮籍的文学创作多所研习、借鉴，故可认定：张华作于甘露年间的《鹪鹩赋》，确是阮籍赋的嗣音；张华"言有浅而可以托深，类有微而可以喻大"的赋体创作思维，确是对阮籍赋体创作思维的直接继承与明确表达。

由上述考辨，可以更清楚地看到：除了受特定时代因素的制约，散文文体本身容易流于直白，诗"体"则以抒情为主，要求含蓄蕴藉，避免相对直露的批判、否定与说理。这些特定的文体制约特征，也是促使阮籍选择散文创作以纯粹说"理"为主，诗"体"创作以隐曲委婉为宗的重要原因。但同时，如果不是机械、教条地看，虽然魏晋之际时代特殊，阮籍又处世"至慎"，但他既时有途穷之"恸"，就不可能没有相对而言，需要以较直接、深入、细致的批判、否定与说理，来表现的思想感情。阮籍在要求含蓄蕴藉的诗"体"创作中，有时都忍不住会做直露的批判、否定与说理，《咏怀·其五十四》甚至还期望"夸谈快愤懑"。因此，对这些用散文或"诗"体表现就不是那么适合的创作内容，阮籍往往偏爱借助赋的文体特征予以表现。阮籍的赋体创作，更侧重于表现对魏晋之际社会整体结构的黑暗与群体人性之恶的具体批判、否定的思想感情。而在具体表现时，则注意把握适当的表达方式，注重选取特定局部视角，对特定的具体事实、现象进行描述、审视，使其批判、否定与说理更为直观、细致、深入，追求"言有浅而可以托深，类有微而可以喻大"的创作效果。并且愈到后期，其情绪表达愈发激烈、显豁。

深入考论阮籍赋具体创作时间与赋体创作思维，同时还具有这样的重要价值：

其一，长期以来，对阮籍其人的研究多有处于泛感觉状态之作，一些所谓结论，都建立在主观臆测的基础上。对阮籍赋体创作具体时间的深入研究，显然具有较为重要的定位意义。

其二，对阮籍的各体文学创作，特别是对其《咏怀》诗的研究，也因具体创作时间的难以确定，而存在大量的主观臆说。对阮籍赋体创作具体时间的深入研究，则为《咏怀》诗和阮籍各体文学创作及其整体性研究，提供了较为重要的定位作用。

其三，对阮籍赋体创作思维的研究，更容易使我们看得清楚：为什么阮籍会创造"咏怀"式的诗"体"写作方式？为什么其散文创作会以"论"体为主？这完全由于阮籍有着较明确的文体观。而阮籍这种较明确的文体观，不但在魏晋之际作家中最为突出，并且在从曹丕《典论·论文》到陆机《文赋》的魏晋文体观念演进进程中，也有着不可替代的重要"坐标"意义。

《咏怀·其一》与阮籍"范式"

阮籍《咏怀·其一》只有短短八句：

> 夜中不能寐，起坐弹鸣琴。薄帷鉴明月，清风吹我襟。孤鸿号外野，翔鸟鸣北林。徘徊将何见？忧思独伤心。[1]

在其《咏怀》诗系统中，这首短诗却具有举足轻重的地位。对于《咏怀·其一》的研究，有两种观点最值得注意：

（一）清人方东树认为，《咏怀·其一》是82首《咏怀》诗的发端，"不过总言所以咏怀不能已于言之故"。[2] 这种"诗序"说容易让人想到宋刊《李义山诗集》，将《锦瑟》置于篇首作为李诗诗序的做法。由于没有确凿的史料根据，很难断定《咏怀·其一》的写作时间，也难以确知《咏怀》诗的次序是由谁以怎样的方式编排

---

① 《阮籍集校注》，第210页。
② 《昭昧詹言》，方东树著，汪绍楹校点，人民文学出版社，1961年版，第83页。

的。那么，应该如何看待这种"诗序"说？

（二）近人王闿运指出，《咏怀·其一》"八句而有长篇之气"。[①]古代诗歌中发抒主观情志的长篇，如屈原的《离骚》等，往往集诗人人生经验与创作经验之大成，甚至对其文学创作具有某种"范式"作用。阮籍的《咏怀》诗，"非必一时之作，盖平生感时触事，悲喜拂郁之情感寄焉"，[②]《咏怀·其一》究竟有无"长篇之气"？如有，这种"长篇之气"是被怎样赋予的？它对全部《咏怀》诗是否也具有某种"范式"作用？

方、王二氏的说法，均出之以直觉式感悟，缺乏具体的实证；今人虽重视这首诗，但对之进行全面、深入专门研究的，比之《离骚》《锦瑟》等作品，毕竟是很不够的。著者陋见，《咏怀·其一》之于阮籍的文学作品，与《离骚》之于屈原的文学作品、《锦瑟》之于李商隐的文学作品一样，具有重要的"范式"意义。

一、脱胎于汉末、建安诗歌的《咏怀·其一》

一首"八句而有长篇之气"的诗作，与同样体制短小而蕴涵较少的作品相比，它必然更广泛地吸收前代和同代诗人的丰富营养，也更多地融入自身的东西，以集中表现时代精神。本文先从《咏怀·其一》与《古诗十九首》、建安诗歌的比较中展开讨论。

《古诗十九首》与建安诗歌对《咏怀·其一》的影响是显而易见的。可以大量相关的作品为证：

---

① 《阮籍集校注》，第 211 页。
② 同上书，第 208 页。

明月何皎皎，照我罗床帷。忧愁不能寐，揽衣起徘
徊。……出户独彷徨，愁思当谁告？引领还入房，泪下沾裳
衣。①（《古诗十九首·其十九》）

方舟溯大江，② 日暮愁我心。……狐狸驰赴穴，飞鸟翔故
林。……迅风拂裳袂，白露沾衣衿。独夜不能寐，摄衣起抚
琴。丝桐感人情，为我发悲音。羁旅无终极，忧思壮难任。
（王粲《七哀·其二》）

漫漫秋夜长，烈烈北风凉。展转不能寐，披衣起彷徨。彷
徨忽已久，白露沾我裳。……草虫鸣何悲，孤雁独南翔。……
向风长叹息，断绝我中肠。（曹丕《杂诗·其一》）

终夜不遑寐，叙意于濡翰。明灯曜闺中，清风凄已寒。白
露涂前庭，应门重其关。……涕泣洒衣裳，③ 能不怀所欢。（刘
桢《赠五官中郎将·其三》）

高台多悲风，朝日照北林。……孤雁飞南游，过庭长哀
吟。……形景忽不见，翩翩伤我心。（曹植《杂诗·其一》）

还可举出的如曹睿《乐府诗·昭昭素明月》、无名氏《别诗·晨
风鸣北林》等。无论自然意象还是情感基调，阮诗都与这些诗作
十分相像。有些诗如王粲《七哀·其二》等，甚至可以看作阮诗
直接予以全面模写的范本。至于《咏怀·其一》与《古诗十九
首》、建安诗歌中四句、两句相像的，就不胜枚举了。这说明，
在《古诗一九首》与建安诗歌中，存在着为当时诗人所普遍遵守

---

① 泪下，《六臣注文选》，卷二九注到五臣注作"下泪"。第543页。
② 溯，《太平御览》作"浮"。
③ "涕泣"，《古诗纪》二六作"泣涕"。《古诗纪》，冯惟讷编，影印文渊阁《四库全
书》本。

的创作格式，诗人对审美意象的选择具有广泛的趋同性，阮诗是在学习、借鉴的基础上创作的。但是，与前举诸诗相比，阮诗具有鲜明的特点：

首先，前举诸诗无论是送别、怀人、思乡，都有较为明确而单纯的主题。《咏怀·其一》却"厥旨渊放，归趣难求"，主旨是潜隐的。

其次，前举诸诗大都具有较开放的时空世界，情绪流程较为随意，意象组合较为纷乱，具有"寓目辄书"的特点。在《古诗十九首》与建安诗作中，创作主体与自然的情感联系还较纷乱单一，他们对自然的把握更多局限于表层的描摹，缺乏对物象的整合能力。较为浅层的抒怀遣兴，往往是他们的创作目的，《咏怀·其一》中创作主体的能动作用则大为加强。借助于"夜中"，创作主体更多地沉潜于内心，审视于外物，对审美意象的组合更趋严谨有序。作为有意味的象征符号，这些审美意象超越自然意象本身，表现出阮诗"专以意胜"的特点。使阮诗以更小的篇幅蕴涵，更为丰富的内容，而胜过前举诸诗。

第三，前举诸诗，如《古诗十九首·明月何皎皎》，虽伤所思之人客游，而有"客行"言"乐"，忧思中仍不乏乐观向上的精神意绪。王粲诗的羁旅，则纯由建功立业的时代大潮所造成，这种"羁旅"的"忧思壮难任"，渗透着建功立业抱负难以实现的焦灼感。刘桢诗也是对于建功立业过程中"壮士远征行，戎事将独难"的担忧。等等。《咏怀·其一》则是由逐一审视，而终于否定一切后的"忧思独伤心"，表现出深刻的理性主义精神。

不难想象，面对《古诗十九首》和建安诗歌的沃土，阮籍一定是在无意识的积淀与有意识的独创精神相互作用下，把与自己的情感联想相吻合的方面予以吸收接纳，同时也吸取了自己对生活的独特经验和对文艺的顿悟经验，这才使其《咏怀·其一》与前举诸诗貌近而神远，青出于蓝而胜于蓝。

二、《咏怀·其一》审美意象的深层意蕴

《咏怀·其一》究竟有无"长篇之气"？如有，这种"长篇之气"是怎样形成的？《咏怀·其一》对全部《咏怀》诗有无"范式"作用？"诗序"说能否成立？这一系列问题，都必须从《咏怀·其一》的深层意蕴中寻找答案。而对《咏怀·其一》深层意蕴的考察，又必须从阮籍文艺美学思想，以及整个文学创作与《咏怀·其一》的内在逻辑联系中，予以把握。下面，试分别论述《咏怀·其一》审美意象的深层意蕴。

（一）论"夜中"

研究家们指出，阮籍甚至可以称为"黄昏诗人"，"夜中"也是他所偏爱的。如只从表象看，这种说法并不全面。首先，生命意识的觉醒，使魏晋作家对时间节候都具有强烈的敏感性，不独阮诗，"黄昏"、"夜中"意象在其他诗人作品中也很习见。前举诸诗中，不少就以"夜中"为背景。其次，从全部《咏怀》诗对白昼与夜晚意象的使用频率来看，其中明确提到白昼意象的有 11 首，提到夜晚意象的也有 11 首。可见阮诗对白昼意象的使用也是高频的。但值得注意的是，阮诗无论白昼、黄昏、夜中，创作主体以独到眼光，对宇宙自然、社会人生、历史现实诸方面予以理性主义的审美观照，是一贯性的表现手法。在《咏怀》诗系统里，内蕴着一种创作主体相当稳定的心理场。它总是朝向高、远、深、空、幽、僻的方面辐射。阮籍习惯用这种高、远、深、空、幽、僻的空间环境，建构一种审美灵境，从而实现对生命表象世界的转换与超越。所

以，阮诗中的审美主体，总是以独坐空堂、独夜徘徊、登高独望的遗世风貌，独立存在于审美灵境中。

从阮籍的文艺美学思想考察，阮籍实际是在魏晋"有"、"无"哲学观的影响下，以"无"为"有"，建构了属于自己理想的审美灵境。阮籍认为，审美主体只有在无边无际、无古无今、无形无色而有充溢的生命意识全方位跃动的审美灵境中，才能彻悟宇宙至"道"，妙得"窈窕"纯美，从而完成纯粹的审美活动。[①] 由于这种审美灵境，排除了生命表象世界的尘杂与喧嚣，远离了所有人为的有关是非善恶、荣辱诸伦理原则的制约，使审美主体能够保持"清虚寥廓"、"飘飘恍惚"、"保洁存真"，[②] 从而达到内心与外物的神交（"远物来集"、"神物来集"），顿悟普遍存在于宇宙自然、社会人生、历史现实之中的要妙之"道"（"洞幽贯冥"），享受纯粹的中和美感，创造不朽的生命价值（"激洁思存"、"泰志适情"）。

这些貌似有欠明确、实则相当深刻的描述，自然可以看作他对纯粹审美活动规律的直观感悟。更重要的是，这些描述，与现代美学、心理学关于夜中人的心理活动和审美活动的科学理论，有着惊人的相似。

现代美学和心理学认为，"夜中"整个世界处于沉睡状态，黑暗吞噬了一切外物的"可见"，一切嘈杂的音声复归于寂静。这时的自然世界本身就处于"微妙无形，寂寞无听"的神秘状态，这就使审美主体易于完成纯粹审美活动。而夜中人暂时摆脱了白昼尘俗杂务嗜欲的束缚，远离了现实环境的压迫和白天的喧

---

① 《阮籍集校注》，第 161—193 页。
② 同上书，第 29—40 页。

闹骚动,"动极而静",最容易进入"无我"、"忘我"的状态,从而沉入到"那无远际的'深'";同时,世界夜半,被白天所压抑的潜意识、无意识大量涌现,也使人脑"静极而动",处于最为活跃的状态,审美主体的能动精神得到最大解放,更容易神与物游,思通千载,视接万里,在似恍惚、似惆怅、似喜悦、似觉悟的意醉神迷状态下,使"微渺的心和那遥远的自然","打通了一道地下的深沉的暗道","在绝对的静寂里,获得自然人生最亲密的接触"。①

可知,阮籍在时间流程中偏爱世界"夜半"这特定时分,确乎有着必然的理由。在阮籍营构的"夜中"世界里,审美主体"廓元外以为宅,周宇宙以为庐","不满一朝而天下无人,东西南北莫之与邻",在绝缘去累的绝对孤寂状态中,容易沉入"微妙无形、寂寞无听"的"无我"、"忘我"境界,情志平和,保洁存真,神与物游,"鸿蒙之理"因而"闪闪发光"。②

综上,著者认为,对《咏怀·其一》中的"夜中"意象,不能机械地比附史实,以之为"喻昏乱",③"此嗣宗忧世道之昏乱";④也不能简单地与魏晋诗歌中单纯表示真实时间存在的"夜中"意象画等号。这一"夜中"是为阮籍所独造的,它是诗人为追求一种纯粹形而上的理想审美灵境,而继承前代与同代作家的创作经验,予以创构的"有意味的"象征符号。它主要象征了诗人在绝对孤寂静止状态中,进行理性主义深沉求索的企望。在很大程度上,这一审美意象也代表了阮籍《咏怀》诗追求"清虚寥廓"境界的趋向。在

---

① 见《美学散步》,第285页。
② 同上。
③ 《文选》卷二三吕延济注曰:"夜中喻昏乱。"《六臣注文选》,第419页。
④ 见刘履《选诗补注》。

全部《咏怀》诗中,大量诗作都借助黄昏、夜中进行理性主义审美观照就是明证。

(二)论"鸣琴"

在《咏怀·其一》中,"鸣琴"意象处于第二句的位置。前人对《咏怀·其一》前两句的"工于起调"推崇备至。如唐王昌龄说:"诗有六式:一曰渊雅;……阮嗣宗诗:'夜中不能寐,起坐弹鸣琴。'"① 王闿运说此诗"首二句飘飘仙举,遂为千古名作"。② 与魏晋诗歌中大量音乐意象的位置不同,阮诗前两句布置了"夜中"、"鸣琴"的意象,这种开首即以"响逸而调远"(《文心雕龙·体性》)来造成特殊艺术效果的运思方式,确实让人耳目一新。

与魏晋诗歌中惯用的创作主体于夜中排愁遣恨的多种方式,如:

展转不能寐,披衣起彷徨。(曹丕《杂诗·其一》)

终夜不遑寐,叙意于濡翰。(刘桢《赠五官中郎将诗·其三》)

中夜不能寐,抚剑起踯躅。(司马彪《赠山涛诗》)

长笛响中夕,闻此消胸襟。(刘伶《北芒客舍诗》)

等相较,固然不排除阮诗也有借"鸣琴"排遣忧思的倾向,但在众多的排遣方式中,阮籍对"夜中"弹奏"鸣琴"情有独钟,而且匠心独具地将它置于篇首,使全诗出现"飘飘仙举"与"渊

---

① 《王昌龄集编年校注》,王昌龄著,胡问涛、罗琴校注,巴蜀书社,2000年版,第339页。
② 《阮籍集校注》,第211页。

雅"的特殊效果，这种选择，就不仅仅是一个单纯的表现形式问题，换句话说，其"飘飘仙举"与"渊雅"的内涵远非仅限于排遣"忧思"。

与嵇康等诗人一样，阮籍对于音乐在审美活动中的独特功能，持有特殊的识见。对此，本书《音乐意象与阮籍的文学创作》有较深入的探讨。从《咏怀·其一》全诗的精神意蕴看，夜中"鸣琴"意象，实际是阮籍音乐美学思想的形象化。

第一，有感于现实社会中"达道之化者"（阮籍《乐论》）的罕见希闻与生命表象世界"可见"、"可闻"的干扰，以及审美历程所必然具有的独立特性，阮籍"夜中"无寐，是要借助"夜中"使审美主体在最佳精神状态中，完成一次纯粹的审美活动。阮籍以求"道"为审美目的，而宇宙自然之"道"无形无声，怎样去发现它、把握它、表现它？这就必须假借审美主体之外的他物。在阮籍等魏晋诗人看来，音乐"合天地之纯和兮，吸日月之体光"，体现了"天地之体，万物之性"。而在音乐的"众器"之中，"琴德最优"（嵇康《琴赋》），它以宇宙至"道"的和谐作为本体，其器具却是有形而可发声的。在"夜中"这样一种绝对孤寂静止的状态中，不受白昼干扰的审美主体可以通过对"鸣琴"的演奏，从音乐本身所具有的客观和谐精神中，体认和追索宇宙至"道"的纯"和"精神。

第二，审美主体虽在"夜中"，而仍须借助"鸣琴"，说明其哀乐情绪还没有得到有机的调整，而在使人心达到和谐状态并打通人心与宇宙自然和谐之"道"方面，音乐正可作为人心与自然的审美中介。由代表宇宙和谐精神的音乐，来调节人心的诸多不协调状态，而达到"精神平和，衰气不入"的和谐状态，从而实现"天地交泰，远物来集"的审美理想。

第三，审美主体可以在绝对孤寂状态之中，借音乐传达心灵最真实的声音，以与宇宙自然对话，同时借音乐将这种对话活动表现出来。

第四，还关涉到创作主体将音乐语言作为一种隐性语言使用的问题。审美活动中某些稍纵即逝的审美现象，某些处于模糊或原初状态的感知觉，某些具有多种歧义、剪不断、理还乱的情绪流，某些一半光明、一半黑暗的"思想隧道"，以及为现实环境限制而无法予以明确表达的难言之隐，都可借助音乐语言与文学语言的转换，以音乐语言这种有时甚至更准确、精妙的方式予以更完美的表达，从而使诗歌语言具有更多的神秘性与暗示性。《咏怀·其一》刻意追求"夜中""鸣琴"，原因之一，就是为了这种完美表达的需要。它使阮诗因此而具有了独特的潜隐结构，显得"厥旨渊放，归趣难求"，为读者提供了丰富多变的审美视角。

从上面的论述可知，为什么阮籍的诗文总是偏爱于世界夜半演奏"鸣琴"，在表现创作主体的完美形象和表达其理想之声时，也会借助于音乐意象了。

（三）论"清风""明月"

关于"清风""明月"审美意象，元人刘履认为，"所谓薄帷照明月，已见阴光之盛；而清风吹衿，则又寒气之渐也"。① 所以黄节注"清风"句所引刘桢诗"清风凄已寒"句，繁钦《定情诗》"凄风吹我衿"句，都是表现凄冷清寒的意象。② 当代研究家对此似无异辞。

其实，在汉末魏晋诗歌中，把"日"、"月"之"明"与"风"

① 参《阮籍集校注》，第211页。
② 参《阮步兵咏怀诗注》，第466页。

之“清”对举，是一种习惯性表现手法。如：

穆穆清风至，吹我罗衣裾。……安得抱柱信，皎日以为期。（《古诗五首·其四》）

烛烛晨明光，馥馥秋兰芳。芳馨良夜发，随风吹我堂。（《别诗·其四》）

漫漫秋夜长，烈烈北风凉。……俯视清水波，仰看明月光。（曹丕《杂诗·其一》）

明灯曜闺中，清风凄已寒。（刘桢《赠五官中郎将·其三》）

但这些意象既有表现正面意蕴的，也有表现反面意蕴的。这种现象说明，汉末建安诗人对“风”、“月”这类自然意象与人类情感关系的认识，尚处于不自觉状态。如前所论，阮籍有较独特的文艺美学观，他已较自觉地意识到这些自然意象与人类情感的正反对应关系，并企图用人的主观能动精神改变这种“自然”关系。阮籍在反思汉末建安文学普遍以悲为美风尚的同时，尝试借助自然外物（如音乐）来使人的情感达到某种中和状态。在具体创作中，也就是借自然意象之“和”，转换人的失“和”、不“和”的审美状态。因此，与汉末、建安诗歌相比，阮诗赋予“日”、“月”之“明”与“风”之“清”以较为固定的正面意蕴。阮诗中那些并非与“日”、“月”、“风”搭配，而是用来修饰别的意象的“清”、“明”，也大致是正面意蕴。如“清露披皋兰，凝霜沾野草”（《咏怀·其四》）等。同样，阮诗中的“日”、“月”、“风”与贬义的修饰词搭配，也总是表现反面的意蕴。如：

秋风吹飞藿，零落从此始。（《咏怀·其三》）

灼灼西颓①日，余光照我衣。回风吹四壁，寒鸟因相依。（《咏怀·其八》）

朔风厉严寒，阴气下微霜。（《咏怀·其十六》）

日月径千里，素风发微霜。（《咏怀·其二十五》）

寒风振山冈，玄云起重阴。（《咏怀·其九》）

那么，《咏怀·其一》中表现正面意蕴的"清风"、"明月"意象，究竟是怎样被建构的？它的深层意蕴又是什么？

我们注意到，阮籍在建构其理想的审美系统时，遵循着一个较为固定的创作格式：审美主体——审美灵境——调节机制——审美目的的达到。如《清思赋》《大人先生传》等，或写审美主体在"夜中"这样的审美灵境中，借助音乐的调节，进入纯"和"的审美至境，或写具有无限精神自由意志的"大人先生"，甚至无须假借外物，直接进入纯"和"的审美至境，随时随地、随心所欲地召唤、驱遣各种具有纯"和"之美的自然物，逍遥自在地享受纯"和"之美。至于《咏怀》之《其十九》《其四十三》《其四十四》《其七十八》《其八十一》等作品中所反复描述的"佳人"、"仙者"、"鸿鹄"等，本身就生活在纯"和"之美中，是纯"和"之美的高度象征，它们为审美主体所渴求，为"大人先生"所召唤、所驱遣。因此，联系前所论"夜中"与"鸣琴"意象，"清风"、"明月"实际象征了审美主体所渴求的理想审美之物，与阮诗中反复吟诵的"佳人"、"仙者"、"鸿鹄"一样，是纯"和"之美的象征。

溯源来看，阮籍对"清风"、"明月"审美意象的构建，还继承

---

① 李善注作"隤"。《六臣注文选》，第423页。

了先秦两汉以来文学对美女形象的构建方法。先秦两汉文学总是以穆如清风、皎如旳月这样的笔调，来赞美清轻、明洁这种为女性所特有的阴柔之美。汉末建安诗歌中，"盈盈楼上女，皎皎当窗牖"（《古诗十九首·青青河畔草》），"美人在云端，天路隔无期。夜光照玄阴，长叹恋所思"（《古诗五首·其五》）等，都是习见的描写女性之美的句子。到了曹子建的《美女篇》等诗中，更发展为借皎如明月的美女意象塑造悲怨的自我形象。同时，在汉末、建安诗歌习惯借用音乐意象表达悲怨之情这种创作风气里，以美人弹奏悲哀的曲调来表达创作主体的哀怨之情尤其常见。如《古诗十九首》之《东城高且长》《西北有高楼》、曹丕《燕歌行》等即是。阮籍在继承美女、音乐的习惯表现手法时，则变悲怨为中和，使"清风"、"明月"成为审美主体于世界夜半用琴声追寻的纯"和"审美理想物。"清风"、"明月"中无疑有"美女"、"仙者"等的影子，也是为"大人先生"、"仙者"所自由驱遣、召唤的神妙意象。

那么，为什么从古至今的研究家，都会从这两句得出凄寒清冷的审美感受？这是由于忽略了阮籍与汉末、建安作家审美观念的细微不同，把阮诗与汉末、建安诗歌等量齐观，从审美主体夜中无寐，以鸣琴排遣痛苦，而"清风"、"明月"是与"薄帷"、"我襟"这样质感非常单薄的审美意象组合，下面又连接着"孤鸿"、"翔鸟"意象，这就容易产生清寒凄冷的审美歧误。其实，阮籍对于理想人格形象的塑造，与服饰关联紧密。阮诗中那种轻举欲飞、若有若无的服饰，是要去超越普遍存在于生命表象世界的对立、阻隔的必然产物。在阮诗中，既有"单帷蔽皎日，高树隔微声。谗邪使交疏，浮云令昼冥"（《其三十》）的忧愁，也有"心肠未相好，谁云亮我情"（《其二十四》）的苦闷；既有"多言焉所告，繁辞将诉谁"（《其十四》）的伤感，更有"岂与蓬户士，弹琴诵言誓"

（《其五十八》）的激愤。《咏怀·其一》中"薄帷"、"我襟"与"清风"、"明月"互相生发，表现出一种和谐灵动之美，也体现了审美主体希求超越生命表象世界，与"清风"、"明月"类理想审美物象神交的强烈愿望。

（四）论"孤鸿"、"翔鸟"

关于"孤鸿"、"翔鸟"这类阮诗中的飞翔意象，近年的研究已相当深入，不拟赘论。但"孤鸿"、"翔鸟"与前论诸审美意象的组合，所表现的阮诗构建方式，仍是值得予以重视的。

在《咏怀》诗中，充满了对美的短暂的咏叹。宇宙自然、社会人生悲苦的纷繁持久，总是与美的短暂形成巨大的反差对比。如与美女、知音交往的短暂：

> 悦怿未交接，晤言用感伤。（《其十九》）
> 须臾相背弃，何时见斯人。（《其六十二》）

游乐的短暂：

> 逍遥未终晏，朱阳忽西倾。①（《其二十四》）
> 娱乐未终极，白日忽蹉跎。（《其五》）

自然人生之美的短暂：

> 清露被皋兰，凝霜沾野草；朝为媚少年，夕暮成丑老。

---

① 阳，《古诗纪》作"华"一作"明"《古诗纪》，冯惟讷编，万历吴琯校刊，影印文渊阁《四库全书》本。

（《其四》）

繁花的短暂：

> 繁花有憔悴，堂上生荆杞。（《其三》）
> 视彼桃李花，谁能久荧荧?（《其十八》）

在魏晋这样一个富于哲学精神的时代，对各种对立的概念、范畴，如"有""无"、"本""末"、"名""实"、"言""意"等的细致辨析，已经有了相当的深度。这一时代人建立哲学概念的根本方法之一，就是运用对立统一法则。这种哲学思维方法，对阮籍文学创作有深远的影响。阮诗的审美系统，是由真美善与假丑恶的对立构成的。在《咏怀·其一》中，前四句，"夜中"、"鸣琴"、"明月"、"清风"共同构成了一组表达诗人审美理想的意象群，而"孤鸿"、"翔鸟"正是"夜中"、"鸣琴"的变奏。从艺术建构方式看，阮诗利用"清风"、"明月"意象与"孤鸿"、"翔鸟"意象的严重对立，形成了一个张力场。应力和张力的绷紧与彼此撑持，使两类根本对立的意象，具有了震撼人心的力量。如将"清风"、"明月"意象与"孤鸿"、"翔鸟"视为同类性质的意象，则此诗震撼人心的力量，也就被大为削弱了。同时，这样的构思方式，也使两种意象的对立，有了更为深广的象征意义，它宣告了创作主体理性世界与情感世界的严重对立，是创作主体的理想幻境与严酷现实根本对立的必然产物。也说明：创作主体不能最终从他所鄙弃的生命表象世界中，实现真正的超越。因为音乐归根结底是由不可逃离现实环境的人所弹奏的，无论人们怎样地尝试努力，最终仍是要忠实于人自己的声音的。因此，阮籍在艺术表现的领域内，甚至达到了在他的理论世界中所无法达到的高度：自然宇宙的根本属性在于矛盾斗争，而不是"和"，那种绝对超越是非、善恶、美丑的"和"并不真正存在。所谓的美，只能是短暂的，瞬息变化的。在阮籍所处的那种时代里，人类的苦难倒更是持续的、长久的，这种客观现实非个人主观意志所可改变。希求超越而无法根本超越，"清风"、"明月"既难长久，就出现了"孤鸿"、"翔鸟"这样的变奏之音。这就使"徘徊将何见，忧思独伤心"的理性观照，具有无比的悲怆！钟嵘《诗品》评价阮籍的《咏怀》诗说：

> 可以陶性灵，发幽思。言在耳目之内，情寄八荒之表。洋洋乎会于《风》《雅》，使人忘其鄙近，自致远大。……①

确实，读《咏怀·其一》这样的诗，除了使懦夫更加绝望懦弱外，真正的智者、勇者，会从中得到更大的激励，在人类悲怆的呐喊声中，同无情而长久的悲剧命运，作殊死的搏斗！

三、结　　论

从前面的论述中，可以得出如下的结论：

第一，从深层意蕴看，阮籍实际是在对立统一的哲学思维方式指导下，自觉建构了《咏怀·其一》的审美系统："夜中"、"鸣琴"与"清风"、"明月"互相生发，共同构成了表现审美主体追求、希冀的意象群；"孤鸿"、"翔鸟"则与"徘徊将何见，忧思独伤心"组合，象征不表现于阮籍的理论，而更多表现于他的诗文中的对

---

① 《诗品集注》，第123页。

立，是审美主体理性观照的必然产物。《咏怀·其一》以"夜中"象征审美灵境的有机生成；以"鸣琴"象征调适、求"道"之器，载"道"之体，传"道"之中介，理想人格形象之外化；以"清风"、"明月"象征理想审美物；以"孤鸿"、"翔鸟"象征与"清风"、"明月"相对立的异化物，借以反思普遍存在于宇宙自然、社会人生、历史现实中的"失和"不"和"现象。这正体现了阮籍《咏怀》诗的基本审美倾向。因此，把握了《咏怀·其一》，也就从整体上把握了阮籍的心理图式和创作图式，而要从整体上把握《咏怀》诗，也需从更全面的意义上来把握阮籍为人之"这一个"。从某种意义上讲，全部《咏怀》诗就是对高度凝练、浓缩化的《咏怀·其一》的全面展现和阐释。将《咏怀·其一》视为全部《咏怀》诗的"诗序"，未尝不可。于此也可知，前人"诗序"说这种直觉式的审美感知，是相当准确而深刻的。但是，今已难确知：阮籍是否将《咏怀·其一》作为全部《咏怀》诗的"诗序"，阮籍所处时代的文学创作风气，毕竟与以诗序诗成为传统的唐代不同。即使是已有了以诗序诗的传统，今人对于李商隐《锦瑟》是否为其诗序的看法也不一致。"诗序"说似容易引起理解上的歧误。为了准确区分主、客观这两种立场的不同，我们以为，称《咏怀·其一》对全部《咏怀》诗具有"范式"作用，似更恰切。

第二，《咏怀·其一》作为全部《咏怀》诗的高度概括与浓缩，具有十分丰富的审美蕴涵。与屈原的《离骚》、李商隐的《锦瑟》一样，《咏怀·其一》高度凝结着阮籍的人生经验与艺术经验，是其心理图式与创作图式的外化。所以，前人认为阮诗"八句而有长篇之气"这种直观的感悟，相当准确地把握了阮诗的审美蕴涵。而这种"厥旨渊放，归趣难求"的多重象征意义的出现，也就延伸和拓宽了审美空间，使《咏怀·其一》具有了更为深广的审美内涵。

第三，《咏怀·其一》所表现的这种审美特征，体现了阮籍对汉末、建安诗歌创作方式的自觉继承与改造。汉末、建安诗歌所表现的那种对外在功业的追求，以及对生命表象世界的关注与执着，到了阮籍诗歌中，就表现为超越生命表象世界、再造理想之境的自觉追求；汉末、建安诗歌在对人生的肯定中，表达对生命理想的追求，阮诗则在追求中否定了生命表象世界的合目的性；汉末、建安诗歌自信而开朗，阮诗沉潜而迂曲。两相比较，二者确是貌近而神远的。宗白华先生说：

> 中国艺术家何以不满于纯客观的机械式的模写？因为艺术意境不是一个单层的平面的自然的再现，而是一个境界层深的创构。从直观感相的模写，活跃生命的传达，到最高灵境的启示，可以有三个层次。[1]

著者以为，阮诗自觉追求最高灵境，抒写得自最高灵境的启示，因而达到了较一些汉末、建安诗歌更高的境界。阮诗这种对诗歌意境的自觉追求与营构，无疑是唐诗意境的先声。我们不难在陈子昂的《登幽州台歌》、柳宗元的《江雪》等诗作中依稀辨认出《咏怀·其一》的影子来。

最后，有两点应该予以强调：一是阮籍《咏怀》诗开辟了后世"咏怀"诗的创作传统。左思的《咏史》诗系统、郭璞的《游仙》诗系统、庾信的《拟咏怀》诗系统等，都直接受到"阮籍范式"的深刻影响。至于单篇诗歌借鉴阮籍诗歌创作经验的，就不胜枚举

---

[1] 《美学散步》，第74页。

了。二是虽然《咏怀·其一》具有极强的思辨性，但这并不等于说，它与玄言诗有什么相同之处。阮诗是审美主体的情感体验、艺术经验与哲学思想的神契之物，而玄言诗则只是玄学理论的传声筒。抽去了强烈的感情色彩，缺少了生命外溢的审美意象，以及由浑然一体的审美意象群所构成的艺术意境，玄言诗与《咏怀》诗自不可相提并论。

陆机诗学与赋学思想价值

　　自朱自清揭示陆机"第一次铸成'诗缘情而绮靡'这个新语"的要义，"诗缘情"说之重大理论价值，遂为世所公认。但是，对他的另一论断"他（陆机）还说'赋体物而浏亮'，同样扼要地指出了'辞人之赋'的特征——也就是沈约所谓'形似之言'"，①却未引起足够重视。这种以选择性方式对朱自清研究成果的接受，促使我们反思 20 世纪学术研究的一种固有思维模式与方法：当面对一个特定的研究对象，而这一对象又与另种东西紧密联系时，我们是平等看待，真正认识、把握二者关系之后才对这特定对象作出价值判断，还是仅仅因为要对特定研究对象进行价值判断，就以特定研究对象为统摄，以另一种东西为附庸，对其仅作陪衬式的简单认识？

　　实际上，20 世纪以来，学界对"诗缘情而绮靡，赋体物而浏亮"两句众说纷纭，存在以互文见义而并论诗赋缘情体物、绮靡浏

---

① 《诗言志辨》朱自清著，华东师范大学出版社，1996 年版，第 35、36 页。

亮的特征和两相比较、强调诗赋各自特质的两大主要说解，其根本原因正在于受这种思维模式与研究方法的深刻影响。重诗轻赋，或诗、赋混同，甚至将陆机确指论"诗"泛化理解为论文学总体的说解，固然出于这样的思维模式与研究方法，认同陆机赋论有独特意义的说解，也往往同出一辙。因此，要客观、全面、准确地认识陆机诗学、赋学思想的价值，就必须打破和超越这种固有思维模式与研究方法，以客观、准确地认识、把握陆机诗论与赋论的辩证关系为解决问题的根本前提。

朱自清对陆机诗论与赋论的辩证关系有着深刻的认识，但由于他专论诗由"言志"转为"缘情"的历史意义，重点论述了陆机诗论的价值，对"赋体物"的意义仅以结论性的一句话予以概括，没有具体展开论述。故一方面他对陆机诗论、赋论价值并重的思想被忽略，另一方面受选题限制，他对"诗缘情"说思想内涵的挖掘，也还有待拓展、完善。以认识陆机诗论与赋论的辩证关系为指导，今试从陆机诗论、赋论与其"十体"和《文赋》整体的关系，与太康时代审美新变的关系，与诗学、赋学发展史的关系等方面，对陆机诗论、赋论的思想价值进行较全面、深入、具体的考察。

一、诗、赋论与"十体"以及《文赋》整体

要真正确认陆机之诗学与赋学思想的价值，首先必须准确理解陆机诗、赋论与其"十体"以及《文赋》整体的关系。从陆机诗、赋论与其"十体"的关系看，应该说，陆机主要是以"缘情而绮靡"与"体物而浏亮"相较，各有侧重地分论诗、赋的特质。

陆机《文赋》提出了著名的"十体"区分标准：

> 诗缘情而绮靡，赋体物而浏亮。碑披文以相质，诔缠绵而
> 悽怆。铭博约而温润，箴顿挫而清壮。颂优游以彬蔚，论精微
> 而朗畅。奏平彻以闲雅，说炜晔而谲诳。虽区分之在兹，亦禁
> 邪而制放。要辞达而理举，故无取乎冗长。①

虽然汉代刘向、班固、刘歆、蔡邕等都有关于文体的论述，有的甚
至还析论细致，② 但具体考察陆机"十体"，它显然直接脱胎于曹丕
的"四科"。曹丕《典论·论文》指出：

> 夫文本同而末异，盖奏议宜雅，书论宜理，铭诔尚实，诗
> 赋欲丽。此四科不同，故能之者偏也。惟通才能备其体。③

曹丕虽同时揭出"文"之"本同"与"末异"，但具体分析"此四
科不同"，所重在"四科"文体的"末异"。故有偏才普遍、通才稀
少之论。陆机对文体"异"、"同"的论述明显师承曹丕"大意"：
他紧接析论"十体"而指出"区分之在兹"，与曹丕重"异"义同；
补充"亦禁邪而制放，要辞达而理举，故无取乎冗长"，与曹丕
"本同"说近。陆机的创造在于：

第一，将曹丕"四科"中"叨陪末座"的"诗"、"赋"置于
"十体"前席。曹丕所论实为"八体"，但他因袭儒家孔门"四科"
分类，故用一"科""两体"模式。并且，将"奏"、"议"、"书"、
"论"这四种较诗、赋而言文学性要差得多的文体列为前两"科"。
虽然不排除他以帝王身份论文不得不尔的因素，但我们也无法得出

----

① 《陆机集校笺》，第 17 页。
② 参张少康《先秦两汉文论选》前言，人民文学出版社，1996 年版。
③ 《文选》，第 721 页。

其分类实际特别强调文学性而轻忽儒家诗教说的结论。故陆机将"诗"、"赋"这两种最具文学意味的文体安置在"十体"的前两席，不但强调诗、赋是当时文章众体中最重要的两种文体，也说明他在中国文学批评史上第一次为诗、赋在各种文体中所处的地位予以明确定位。

第二，陆机扩展"四科"为"十体"时，保留"四科"中的"诗"、"赋"、"奏"、"论"、"铭"、"诔"六"体"，而取消"书"、"议"，另外添加"碑"、"箴"、"颂"、"说"四"体"。并且，除"诗"、"赋"略可以对句视角比拟曹丕一"科""两体"模式，其他所保留和添加之"体"，均无法与"四科"模式拟比。陆机对"四科"的增删，说明他不大满意曹丕较为含混、游离的文体分类标准，故他主要以文学性的强弱为标准，对文章众体予以重新分类。这样，在曹丕"四科"中居于前两席的"书"、"议"，或因与其他文体有交叉，或因是文学性较差的实用文体，而被排除于"十体"之外；"碑"、"箴"、"颂"、"说"等文体的入选，则或因有一定的文学性，或因当时较为兴盛；"诗"、"赋"更因最具文学性而被列为"十体"的前两席。

第三，变曹丕"四科"以"两体"一论其同，为"十体"的一句一"论"方式，说明他对以"两体"之同谈论文体区别这种难以真正反映各种具体文体特质的方式不大满意。故由双到单，不仅意味着文体区分的趋于细致，更重要的是，它体现了对一种思维方式的革新，体现了要求把握各具体文体特质这种文体观念的进步。

以上三点足以说明，陆机的思维方式、批评眼光与文体观念比曹丕有了明显提高，其分类标准与分类方法也更为具体、细致、科学了。那么，学界的纷纭论争又从何而来呢？最直接的原因似乎由于曹丕与陆机在论述方法上采用了不同的语体。曹丕以散句持论，其所表达意义相对确定，不易产生歧义；陆机以骈化对句构成《文赋》，而对句每有互文见义的特殊功能。这就容易使人产生陆机究竟是每句分论"十体"之"异"，还是对句以见其"同"的疑问。其实，问题的关键并不在这儿。"多歧亡羊"只是表象，思维模式与研究方法有所欠缺，才是根本原因。

如前所论，如果不受重诗轻赋或诗、赋混同这种固有思维模式与研究方法的影响，从把握诗论与赋论的辩证关系出发，就完全可以避免掉入陆机骈化语言的陷阱。我们固然不能绝对否定陆机对句的互文见义因素，这种骈化对句，其意义蕴涵有时甚至不止互文见义。但陆机每句各有侧重地分论一"体"显然毫无疑问。[1]

如果陆机重互文见义，那就会出现是指每两句为对句互文，还是不止两句的互文问题。纵观"十体"，"诗"固"缘情"，"赋"亦关"情"；"诔"之"缠绵而凄怆"，"铭"之"温润"，"箴"之"清壮"等，不但与"情"不远，甚至是更为精微具体之"情"。难道能说"诗"、"赋"所表为泛化之"情"，"铭"、"诔"、"箴"所表为确指之"情"？同理，"缠绵而凄怆"、"温润"、"清壮"不为"诔"、"铭"、"箴"所独有，为"诗"、"赋"所必无。再如陆云说蔡邕《祖德颂》"有似赋"，[2] 刘熙载称"述德之赋本于颂"，[3] 司马迁、班固称司马相如赋弘丽温雅，[4] 是赋又与"颂"相近。如是互文见义，既然"诗"、"赋"、"铭"、"诔"、"箴"、"颂"等皆为互文见义，又何必说"区分之在兹"？如仅指"诗"、"赋"对句互文见

① 邹思明以为："文别十体，各以四字尽之，确然不可移易。"见张少康《文赋集释》，人民文学出版社，2002年版，第121页。黄侃《文选平议》注"诗缘情而绮靡"时说："此下以数字括论一体，皆塙不可易。"见《文赋集释》第110页。
② 《陆云集》，陆云撰，黄葵点校，中华书局，1988年版，第145页。
③ 见刘熙载《艺概》，上海古籍出版社，1978年版，第86页。
④ 参《史记》《汉书》司马相如本传。

义，又如何理解"十体"之各"体"间所确凿存在的较普遍之相似性？

可见，"诗缘情"非必排斥"体物"，《诗》"六义"之一借重"赋"法明证为"体物"内容而设；"赋体物"非必绝无"缘情"，赋体中甚至有骚体、抒情诸体。"诗"、"赋"等同样也可以有"缠绵而凄怆"、"博约而温润"、"顿挫而清壮"、"精微而朗畅"。但在承认"十体"有共性、有交汇的前提下，各"体""缘情"之轻重，"体物"之远近，毕竟不可等量齐观、混同而论。即就诗、赋而论，不必讳言"诗"、"赋"都与"情"、"物"相关，但二者对"情"、"物"的侧重未必完全相同。陆机正以"缘情而绮靡"与"体物而浏亮"相较，各有侧重地分论诗、赋的特质所在！

二、诗、赋论与诗学、赋学思想

从陆机诗、赋论与《文赋》全赋的关系看，既然陆机"十体"如前所论是每句各有侧重地概括一"体"的本质特征，而《文赋》全赋则从文学总体角度纵论为"文"之"用心"所在，故"十体"与《文赋》全赋的关系便是局部析论各"体"之"异"与整体纵论众"体"之"同"的关系。自然，居于"十体"前两席的诗、赋与《文赋》总体的关系也就是诗、赋之"异"与诗、赋之"同"的关系了。当我们区分诗、赋之"异"的同时，就不能只见其"异"、不见其"同"，而应以圆通眼光把握诗、赋之"同""异"互变的辩证关系。同时，必须将陆机诗、赋论置于整个诗学与赋学发展史的宏观背景上，尤其不能忽视陆机诗、赋论提出的时代及其审美新变。以此为指导进一步考察可以发现：陆机论诗主"缘情"而以"绮靡"当之，论赋重"体物"而以"浏亮"当之，既与太康诗、赋革新理论的总体要求相关，也由于对诗、赋各自性质认识的深化，更由于对诗、赋处于不同发展阶段的体认。下面，分别对陆机"诗缘情"说与"诗绮靡"说，"赋体物"说与"赋浏亮"说进行具体分析。

（一）"诗缘情"说与"诗绮靡"说的意义

陆机"诗缘情"说大约主要包括五个方面的内容：

第一，如朱自清所提出，学界所公认，陆机诗论在中国诗歌史上第一次明确扬弃"言志"而强调"缘情"。自孔子删《诗》至汉代尊《诗》为"五经"之一，"诗言志"这种重伦理教化的儒家诗教愈来愈严重束缚诗歌创作。汉代诗歌创作颇不景气，居于正统地位的是歌功颂德之《安世房中歌》《郊庙歌辞》、柏梁联句之类，绝少成就。文人五言诗至东汉班固时尚且"质木无文"。故诗歌只能借重乐府民歌，而发展出重情的文人五言诗。到了汉末建安时代，随着封建王纲解纽，两汉经学思想与儒家诗教说严重衰微，曹氏父子的通人情、重才智、轻伪德成为流行学术思想，曹丕更倡言包括诗歌在内的文学之独立价值，当时文学创作明显趋于抒情。①但是，虽然建安诗人创作已在很大程度上突破"诗言志"传统，而明确扬弃"言志"传统，强调"诗缘情"，陆机确是中国诗学史上第一人。

第二，为追求文学之独立价值，汉末建安诗人开始了对文章众体的探索，如曹丕区分文章众体有"四科"之分，认为"诗赋欲丽"。但对文章诸体与"情"的关系并没有十分明确的认识。陆机则第一次以"十体"中其他九"体"特别是赋相比较，而明确强调

---

① 参《汉诗选笺》，郑文著，上海古籍出版社，1986年版；《汉诗研究》，郑文著，甘肃人民出版社，1994年版。葛晓音《八代诗史》，陕西人民出版社，1989年版；《汉唐文学的嬗变》，北京大学出版社，1990年版。

"情"为诗本。虽然这一说法并不是说其他九"体"了不关"情"，也不是说诗除表"情"外，绝无其他功能，但确实意味着，在"十体"之中诗的表"情"功能最为突出，为"赋"等其他九"体"所不及，表现了对诗歌本质属性认识的深化。认识这一点十分重要，因为如前所论，"诗缘情"不是在孤立绝缘状态下提出的。而学界在推崇"诗缘情"之重大价值时，似乎隐含着将陆机论"诗"之确指泛化为文学总体的因素，这或许无可厚非，不过就陆机所论而言，还是应回到他所确指的特殊情境中来。

第三，建安时代诗歌创作虽盛，但功业精神实为诗歌之主旋律。曹丕则由诗歌表现与政治人生紧密相关的崇高壮美情感内容，而转为表现细致婉曲的与个人日常生活密切相关的情感与精神世界，体现了新的创作思想。故其"诗赋欲丽"似不仅指艺术表现之"丽"，还包括诗赋创作内容之"丽"。陆机就是在曹丕"诗赋欲丽"基础上更进一步，强调了"诗缘情而绮靡"。虽然参酌古今对陆机"缘情"之"情"的理解，陆机"缘情"之"情"指感情，即所谓喜、怒、哀、惧、爱、恶、欲"七情"。就指感情而言，又在不同的特定情境中含义不同。但是"情"与"绮靡"搭配，显然主要指美好、精粹、内在、诚挚之情。故美丽之"情"与"绮靡"适相匹配。"绮靡"之情主要包括夫妻之情在内的男女情、朋友情、兄弟情、述祖情、乡土情、感物情，以及感物之情与特定感情的交融等，这与曹操等人为代表的主要表现与政治人生紧密相关的崇高壮美情感很不相同，也与粗糙外在浮泛之情不同，而与曹丕倡导表现细致婉曲的与个人日常生活密切相关的感情与精神世界一脉相承，并且要求凸显"情"的美好、精粹、内在、诚挚方面。

第四，在表现"绮靡"美丽之情时，虽不局限于闲情、艳情等，但确实强调凸显了男女之情。① 另一方面，受太康审美新变的影响，陆机之"情"张扬"述祖德"的重要意义，"咏世德之骏烈，诵先人之清芬"，为崇家族、重自我的门阀士族歌功颂德，显示了与汉魏诗歌创作思想的差异。

第五，陆机之"情"似非单指诗人的情感，还包括诗人的主观审美情趣。重视诗人的主观审美情趣，意味着将人自身的情感作为审美对象予以观照。这样，就出现了诗主"缘情"反而淡化感情、特重艺术表现的思想倾向。故陆机"缘情而绮靡"的重心实在"绮靡"。正是这后一点，引领太康诗人开辟一个个新的表现领域。可以说，晋代诗歌是重情而情淡，并从缘人情而逐步走向缘"物"情的重要时代。

再来看陆机"诗绮靡"说。

学界通常将陆机"绮靡"说单纯视为指诗歌的艺术表现功能，这是不够全面的。李善《文选》注："绮靡，精妙之言。"黄侃："绮，文也。靡，细也，微也。"周汝昌解释："绮靡连文，实是同义复词，本义为细好。……原来'绮靡'一词，不过是用织物来譬喻细而精的意思罢了。"② 可见"绮靡"正抓住了"缘情"之要在精细巧妙，强调诗歌重视精致巧妙的情感内容，并以精细巧妙的艺术手段全面表现人情"物"情的根本特征。瞑目以思，"诗"有别于"赋"等诸"体"的重要功能，难道不正在此么？

一方面，"绮靡"指向精粹美丽之情感内容。故陆机"诗缘情"意味着摆脱"诗言志"儒家诗教的束缚，而追求拓展缘人情、"物"情，实际上就是在呼唤对"缘情"诗歌"绮靡"领域的大力开拓；

———————————

① 参周汝昌《陆机〈文赋〉的"缘情绮靡"》。但他对陆机之"情"的范围界定似嫌过窄，特别对陆机言男女之情等说法似可再予以讨论，见《文史哲》1963年第2期。
② 参周汝昌《陆机〈文赋〉的"缘情绮靡"》，《文史哲》1963年第2期。

也意味着"缘情"诗歌在寻找诗歌发展新路时,主要是以"绮靡"眼光直接从诗歌的源头"诗"三百首、汉乐府民歌与"古诗十九首"系统汲取创作营养。这使陆机诗学思想具有某种以复古为"缘情"、"绮靡"革新的意味。

另一方面,重"缘"物"情"而倡"绮靡",更体现了太康诗歌特定的形式美学追求。与赋体等相较,诗的体制本来就小,内容涵蕴亦较少。从《诗经》四言诗时代到汉代五言诗,到汉末建安魏晋之际对诗歌众体的探索,诗体总是在"小"与"少"这种限定前提下发展衍化的。但是,诗体究竟能有多少体式,"小"、"少"、"大"、"多"的极度为何,以及句式的繁多变化,都是有广阔探索空间的。正是在格外重视作家主观审美情趣的太康创作新潮中,诗歌有意淡化感情,不重视重大题材与壮美风格,而关注对诗歌表现的多样性与其所能达到的"极度"的全面探索。有这样的历史背景与时代要求,陆机"诗缘情"诚非"绮靡"无以当之。"绮靡"说尤重丰富性、多样性、全面性之艺术探索,是关于诗歌形式革新与创造的宣言。只有充分把握了这一点,才能深刻理解刘勰《文心雕龙·明诗》所指出的"晋世群才,稍入轻绮"、"采缛力柔"之是非功过。

(二)"赋体物"说与"赋浏亮"说的内涵

就赋而言,由于直接面对汉大赋一代文学正宗的丰厚理论与创作遗产,并受建安、魏晋之际赋学思想与赋体创作的影响,陆机等太康赋论家所面对的主要便是怎样顺应时代审美新变而扬弃改造汉大赋的历史使命。在陆机来说,这一扬弃改造是在与诗歌诸"体"的比较中进行的。

先谈"赋体物"论。

陆机论赋,未必否认其有"缘情"因素,但明确强调"体物"

是赋之本质特征中最为核心部分，在中国赋学史上却是第一次，与"诗缘情"一样值得予以特别关注。除了诗、赋在文章众体所居重要地位，陆机将诗、赋置于"十体"前席予以比较，还因为诗、赋关系困惑着前代、同代赋论家之心。故而他试图予以正面解决：诗赋固然"欲丽"，但诗与赋毕竟是不同文体，那么，其根本区别究竟何在？

实际上，两汉魏晋赋论也多承认赋与诗的区别，如司马迁、班固、扬雄、挚虞、左思等，当他们指出赋出于诗时，对赋由《诗》之"六义"之一而演变为赋体，故有铺采摛文之"体物"，或"登高能赋"与"体物"关系紧密，"升高能赋者，颂其所见也"（左思《三都赋序》），大约并无疑义。可是，当具体考论诗、赋关系时，他们又多受赋为诗之附庸思想的束缚，以诗学思维而不是独立赋学思维论赋。这一方面出现如扬雄所谓诗人之赋、辞人之赋的赋学观。今天看，它显然对辞与赋有所混淆。① 而骚体赋、抒情小赋本为偏锋仄出，非赋之正体所在，汉大赋为无可争议的一代文学正宗，就说明了这一点。另一方面，由"诗言志"而衍生赋"言志"论。如司马迁《史记·司马相如列传》评："相如虽多虚辞滥说，然其要归引之节俭，此与《诗》之风谏何异。"② 而扬雄则以为："赋者，将以风也。"认为赋劝百讽一、曲终奏雅，故予否定。二人持论截然不同，但都从"言志"标准评定赋之价值有无。班固《两都赋序》最具代表性。他认为汉赋"或以抒下情而通讽谕，或以宣上德而尽忠孝，雍容揄扬，著于后嗣，抑亦雅颂之亚也，故孝成之世，论而录之，盖奏御者千有余篇，而后大汉之文章，炳焉与三代

---

① 参看费振刚《辞与赋》，载《文史知识》1984年第12期；徐宗文《辞、赋、颂辨异》，载《江海学刊》1984年第6期。
② 《史记》，第3073页。

同风"。① 而从一定意义上说，汉大赋的劝百讽一传统，正是大赋创作实践与汉代赋学"言志"思想观念相矛盾的产物。这矛盾就在于赋家对于赋以"体物"为主有所体认，而在观念上却无法摆脱赋出于诗，赋必得"言志"！

从陆机赋论看，他之诗论既已突破了"诗言志"束缚而倡言"诗缘情"，赋论自无必要恪守赋"言志"传统。更重要的是，当他以比较眼光谈论诗、赋时，是以较纯粹的诗学思维与较纯粹的赋学思维分论诗、赋的。因此，他不受诗、赋混同思维的影响，不但强调"诗缘情"，也执著于赋"体物"之本义，本赋之正体所在。② 与陆机诗歌之"情"相较，他所谓"体物"之"物"可以有与"内心"相对之"外物"、具体之"物"、抽象之"物"、指"事"之"物"诸多意义蕴涵。故在特定意义上，"体物"之"物"甚至包含"缘情"，"缘情"也就是"体物"之一种了！陆机强调赋以"体物"为本意味着：

第一，认同汉大赋之"体物"主流创作传统，而扬弃汉大赋为帝王歌功颂德的特定"体物"内容，要求赋体创作转型于主要表现个人生活及其思想情趣的"体物"内容。

第二，彻底革除汉大赋"劝百讽一"的"言志"传统，不弃赋之"缘情"。

第三，与门阀士族特定的审美情趣相适应，特别强调"述祖德"在赋体创作中的重要价值意义。

第四，与太康审美新变相一致，在认同赋之创作内容"禁邪"

---

① 《文选》，第21、22页。
② 参看曹道衡《试论汉赋和魏晋南北朝的抒情小赋》，载《文学评论丛刊》3辑，中国社会科学出版社1979年第1版；褚斌杰《古代文体简论·赋》，载《文学遗产》1982年第2期。

的同时，淡化赋之思想意义蕴涵，而追求"浏亮"为赋的艺术表现。陆机这种"赋体物"论，从仍主赋"言志"的另位同代赋论家挚虞《文章流别论》的批评可得到明确印证："今之赋，以事形为本，以义正为助。"也与陆云《与兄平原书》论文"先辞而后情"相呼应。应该说，陆机这种"赋体物"论的提出，是赋学史上具有重大意义的举措，既对后世赋之"体物"创作有着重要影响，又对轻视赋之思想内容的创作倾向推波助澜。

再论"赋浏亮"说。

当陆机等太康赋论家面对扬弃汉大赋艺术表现之"弊"这样的历史使命时，由于赋显然处于比诗更高的历史发展阶段，故太康赋创作虽然也有追求艺术创新的需要，但就艺术表现要求丰富性、多样性、全面性探索而言，赋不及诗歌突出。要求赋体创作革除大赋之"弊"，建立新的规范，追求合宜合"度"，倒是太康赋家所必须解决的重要问题。这样，赋实际是要在繁富、多变、新奇与合宜合"度"、合乎新的规范之间寻找一种平衡，从而开辟有别于汉大赋之太康新体赋的发展道路。

从赋学发展史看，对赋"体物"之理想"度"的思考，不独陆机，两汉魏晋赋论都有所探讨。如司马迁、扬雄对司马相如的赋评价虽截然不同，但在"体物"过"度"，"多虚辞滥说"，"极丽靡之辞，闳侈钜衍，竟于使人不能加也"，都持批评态度。扬雄又有"事胜辞则伉，辞胜事则赋，事辞称则经"、"诗人之赋丽以则，辞人之赋丽以淫"的议论。他甚至由讥评"体物"过"度"而全盘否定赋之价值。曹丕《答卞兰教》也不满赋之铺排过"度"，认为"赋者，言事类之所附也"。[1] 至挚虞《文章流别论》更系统概括赋病四"过"：

---

[1] 参《三国志·魏书·武宣卞皇后传》裴注引《魏略》。《三国志》，第158页。

夫假象过大，则与类相远；逸辞过壮，则与事相违；辩言过理，则与义相失；丽靡过美，则与情相悖。①

所言四"过"都是讨论过"度"问题。处于这样一个对赋怎样表现才最合宜有较多思考的赋学发展背景中，陆机对怎样恰切"体物"，即处理好"体物"与艺术表现的辩证关系，自不漠然视之。所谓"体物而浏亮"，应该说就是他具体思考所得出的答案。李善注："赋以陈事，故曰体物。浏亮，清明之称。"② 强调赋重在"体物"而以清丽明亮的艺术技巧予以表现。这体现了陆机强烈要求把握"体物"之"度"的赋学思想。

为什么非得用"浏亮"，即清丽明亮来作为他所强调的"体物"理想"度"之标准呢？这必须探讨"浏亮"说的具体涵蕴。从两汉魏晋赋学思想的演进与陆机赋论之关系看，"浏亮"说大约主要有如下内容：③

第一，与汉代赋论以"大"为美比，陆机倡"浏亮"意味着赋的体制由大趋小，内容由多到少。虽然这与扬弃汉大赋为帝王歌功颂德的特定"体物"内容，而转型于表现个人普通生活之"体物"内容有很大关系，也与受从东汉已露端倪，至曹魏抒情、体物小赋蔚然成风的影响相关，但在曹魏时代赋于"缘情"、"体物"主次或未明确区分。故陆机明确赋以"体物"为主，并将铺叙清楚明白视为赋"体物"创作的要事，至为关键！这里有数层意思需要辨析。一方面，体物题材小，自然容易铺叙清楚明白，内容因之而少，篇幅因之而小。这样，赋之题材便不能如汉大赋那样，多选择宫殿、

---

① 《艺文类聚》，第1013页。
② 《文选》，第241页。
③ 《文论十笺》，程千帆著，武汉大学出版社，2008年版。

京都、郊庙、耕籍、畋猎之类的重大题材，而多在物色、鸟兽、行役等小题材上下笔。另一方面，所体之"物"少，也较容易把握。如枚乘《七发》、扬雄《羽猎》、班固《两京赋》等，"备举各物之情况以眩其才"，非天才巨手便难于"浏亮"为文了。而说到底，恰切表现所选题材内容，才能真正做到意义表达得清楚明白，而不至丽靡过"度"。对此，太康赋论论述最多。挚虞指出"假象过大，则与类相远"的弊病；陆云评价陆机"《文赋》甚有辞，绮语颇多，文适多体，便欲不清"，劝谕陆机"清省无烦长"，评陆机《感逝赋》"愈前，恐故当小"，认为如体制再小些，就可"一至不复减《漏赋》可谓清工"，① 说的都是这个意思。陆机论"十体"时说"禁邪而制放"，"要辞达而理举"，"故无取乎冗长"，以及讨论"物昭晰而互进"，"虽离方而遁员，期穷形而尽相"，"意不称物"、"文不逮意"，"或文繁理富，而意不指适，极无两致，尽不可益"，强调"立片言而居要，乃一篇之警策"，以期"亮功多而累寡，故取足而不易"，反对"辞害而理比"、"言顺而义妨"、"合之则两伤"，认为"离之则双美"，重视"或清虚以婉约，每除烦而去滥"等等，② 虽非专论赋体，却包括赋体。这显然是对汉大赋一味追求铺排堆砌夸饰之过"度"赋风的扬弃。

第二，既然所重在"浏亮"，则不复追求大赋之"大"中所透出的壮阔、雄浑、劲健的气象、气势、力度等。而是受太康审美新变影响，如陆云所论，"清工"、"清妙"成为评价赋作价值的重要标准。

第三，如挚虞所论避免"辩言过理，则与义相失"之弊。因为陆机强调"辞达"时并论"理举"，指出"理比"当以"离之则双

① 《陆云集》，第 137 页。
② 《陆机集校笺》，第 17、24、33 页。

美"，"合之则两伤"，铨衡合宜，"绳其必当"为原则。

第四，在反对"丽靡"过度的同时，重视赋之艺术美。陆机在强调"十体"之异的同时，还指出"十体"的艺术表现之同："其为物也多姿，其为体也屡迁。其会意也尚巧，其遣言也贵妍，既音声之迭代，若五色之相宣。"① 强调虽"藻思绮合，清丽千眠，炳若缛绣，悽若繁弦"，"苟伤廉而愆义，亦虽爱而必捐"。②

第五，追求以浅易的语言及清亮的"音声"来达"浏亮"之效果。刘勰《文心雕龙·练字》指出："自晋来用字，率从简易，时并习易，人谁取难。"③ 他并且指出缀字属篇必须练择的四大原则。其中有对汉大赋"半字同文"，堆砌状貌山川之弊的批判。陆机虽无刘勰如此完备之论，但他处在"晋来用字，率从简易"的时代，针对汉大赋文字艰涩之弊而强调赋之"浏亮"，无论其实绩如何，理论上认同简易为赋，自无疑义。至于赋之音声，陆机《文赋》亦多处论及这个问题。"含清唱而靡应"，"或奔放以谐合"，"或清虚以婉约，毎除烦而去滥"，都与"浏亮"相关。陆云《与兄平原书》中数处涉及音律问题，亦重"浏亮"。如其十二全书比较陆机、王粲赋之优劣，④ 详尽论述赋之用韵妥帖问题，指出避免音病的方法。从"四言转句，以四句为佳"出发，认为陆机《七羡》只用"回烦

① 《陆机集校笺》，第21页。
② 同上书，第26页。
③ 《文心雕龙注》，第624页。
④ 所见当代诸选本或引文对此段文字标点似有夫惬，本文试予校写。其十二："仲宣文如兄言……《登楼赋》无乃烦（案影宋本翁同书校云："烦疑是类字之讹。"其说是），《感壬》（指陆机《感丘赋》）其《吊夷齐》辞不为伟，兄二《吊》自美之。但其呵二子小工，正当以此言为高文耳。文中有'于是''尔乃'，于转句诚佳，然得不用之盆快，有故不如无。又于文句中自可不用之，便小亦常云，四言转句以四句为佳。往曾以兄《七羡》'回烦手而沉哀'，结上两句为孤，今更视定，自有不应用时。期当尔，复以为不快，故前多有所去。《喜霁》'俯顺习坎，仰炽重离'，此下重得如此语为佳。思不得其韵，愿兄为益之。"

手而沉哀"一句接上两句为"孤"。"不快"即节奏迂缓而不顺畅流利。又指出《喜霁》"俯顺习坎,仰炽重离"以下所接两句"兼明畅而天地晔兮,群生悦而万物齐",① 亦应改为四言并强调佳韵。可见二人之互相影响。

从以上内容看,陆机"浏亮"说与挚虞四"过"论颇为相似,挚虞于公元 313 年谢世,晚陆机 12 年,由于资料欠缺,很难遽定究竟谁影响谁。但二人确实存在多处相似。太康前辈作家张华《鹪鹩赋》有"言有浅而可以托深,类有微而可以喻大"的说法,也可以与陆机"浏亮"说互为补充。由陆机、陆云、挚虞、张华等人的赋论可知,太康时代赋家对赋"病"认识,确有较普遍的一致性。

除了以上所论,深入探讨陆机诗、赋论与其诗、赋创作的互动影响关系,也可帮助我们客观、准确地认识陆机诗学与赋学思想的价值。附论将予以专论,这里就不多谈了。

三、结　　论

总括第一、二部分所论,我们有理由认为:陆机"诗缘情而绮靡"、"赋体物而浏亮",都是思想解放、勇于创新的理论成果,是在曹丕"诗、赋欲丽"基础上迈进的一大步,是太康诗、赋革新的理论宣言,也是太康诗、赋文体观念进步的重要标志。正是由于面对诗、赋理论所承担的不同历史使命,和对诗、赋本质属性认识的深化趋向,陆机诗、赋论表现出不同的价值指向与内涵特征。

陆机诗论在中国诗学史上第一次明确扬弃"诗言志"传统,而提出"诗缘情",指出在文学众体中诗歌的"缘情"功能最为突出,

---

① 《陆云集》,第 13 页。

强调"情"为诗本，而不弃"体物"。陆机"缘情"之"情"主要是指美好、精粹、内在、诚挚之情，并且凸显男女之情、张扬"述祖德"的重要意义。同时，陆机诗论还具有重诗人之主观审美情趣、淡化情感表现的思想倾向。"诗绮靡"说则表达了太康诗人重视精粹美丽的情感内容，追求全面性、多样性、丰富性艺术表现的美学思考，并且具有某种以复古为革新的意味。陆机这种强调诗主"缘情"而兼"体物"、追求"绮靡"为诗的诗学思想，开辟了太康诗歌的新时代，并对后世产生了重大而深远的影响。

陆机在中国赋学史上第一次明确提出"体物"是赋之本质特征中最为核心部分，也具有重要价值意义。就"赋体物"而言，陆机认同汉大赋之"体物"主流创作传统，而扬弃汉大赋为帝王歌功颂德之特定"体物"内容，要求赋体创作转型于主要表现个人生活及其思想情趣的"体物"内容；他彻底割除汉大赋"劝百讽一"的"言志"传统，而不弃赋之"缘情"，并且与门阀士族特定的审美情趣相适应，特别强调"述祖德"在赋体创作中的价值意义。就"赋浏亮"而言，陆机系统思考赋体创作的恰切合"度"法则，敏感把握太康审美新变，自觉扬弃汉大赋之以大为美并追求壮阔、雄浑、劲健的气象、气势、力度，以及铺排过当、理过其辞、艰涩繁芜诸"病"，而特别提出了以强调赋之体制由大趋小、内容由多趋少，追求浅易的吾言，浏亮的音声和清工、清妙、清丽、恰切合理的艺术表现等为主要内容的"赋浏亮"说。陆机这种赋以"体物"为本、不弃"缘情"，而强调恰切合"度"、"浏亮"为赋的赋学思想，从理论上正式宣告了汉大赋时代的终结，开辟了太康赋创作的新时代，并对后世也产生了重要影响。在当代，陆机这种"体物"为本的赋学思想，对从整个赋学发展史的角度把握赋之本质特征，体认赋之"体物"与抒青的辩证关系，明辨诗、赋诸体，以及对当代赋学概念的科

学界定与当代赋学体系的建设，也具有重要的启发意义。

因此，不但要重视陆机诗论是太康诗歌革新的理论宣言和开辟新的诗歌时代，并对后世产生深远影响的重要价值，也要重视他的赋论从理论上正式宣告汉大赋时代的终结和开辟太康赋体理论与创作新时代的重要价值；不但要重视他诗、赋论所具有的独立价值，也要重视他诗、赋论在比较意义上的共同价值。对他赋论不及诗论对后世影响巨大的深层原因，也应深入探讨。通过实事求是、全面综合比较，以得出更为客观、准确、科学的认识。

附论：陆机诗赋创作与其诗学赋学思想

一

陆机兼具文论家与诗赋作家的双重身份。在通常意义上，诗论、赋论家的思想必然对其诗赋创作有重大影响，而创作实践也会促进其诗学赋学思想的形成与完善。当然，不排除理论、思想与创作实践有时会出现悖反。那么，陆机诗赋论与其诗赋创作的关系属于哪种情形呢？我们认为，陆机诗、赋既是对前代与同代创作经验的继承、发展，又是对其诗、赋思想的较为自觉的实践。对其诗、赋创作的考察不但可见他对"诗缘情""赋体物"观念的遵守程度，尤可帮助更确切地印证、认知他所谓"诗"之"缘情而绮靡"，"赋"之"体物而浏亮"的具体涵蕴。

（一）受"诗缘情"、"赋体物"这种明确区分诗、赋特质思想的影响，陆机诗歌创作"缘情"为本，不但兼确指与泛指之"情"义，而且于"缘"包括夫妻之情在内的男女情、朋友情、兄弟情、述祖情、乡土情诸人"情"时，凸显男女之情；赋则"体物"为重，改变汉大赋劝百讽一的创作传统，彻底割除赋以讽谏"言志"

的尾巴，表现男女之情的创作也几近于无，似乎有意漠视男女之情。与此形成鲜明对照，"体物"之赋数量大增，有"缘情"成分之赋亦"体物"意味浓厚。

"诗缘情"意味着进一步摆脱强调伦理教化内容的"言志"诗学理论束缚，故陆机"缘情"说追求拓展人情、物情，对题材领或予以大力开拓。从他的诗作看，与曹丕由表现与政治人生紧密相关的崇高壮美情感，转为表现细致婉曲的、与个人日常生活密切相关的情感与精神世界这种创作风气一脉相承，陆机也不重重大题材，而是多所表现与自己日常生活相关的思想情感与精神世界，表现友朋、行役、乡土、男女之情等的诗作居于其诗歌的主导地位。特别是他于"缘情"中格外重视男女之情。

虽然从《诗经·国风》迄于汉末魏晋之际诗歌，都有大量歌咏男女之情的篇什，但从理论到创作实践完全出于自觉，应该说是以陆机为代表的太康诗歌创作之一大突出特征。陆机除有《婕好怨》、《董逃行》、《为顾彦先赠妇》二首、《为陆思远妇作》、《为周夫人赠车骑》，还刻意拟写《古诗十九首》之《迢迢牵牛星》《涉江采芙蓉》《西北有高楼》《明月何皎皎》等大量有关男女情爱之篇什。其他太康诗人，如潘岳《悼亡》三首催人泪下，张协《杂诗》其一亦以歌咏男女之情著称。当时的前辈作家张华诗被钟嵘《诗品》评为"虽名高曩代，而疏亮之士，犹恨其儿女情长，风云气少"，他与另一位前辈作家傅玄诗的"善言儿女"给人以深刻印象。

而在赋体创作中，"缘"人"情"之友朋赠答诸类题材已较罕见，至于有关男女情爱的内容就更是寥若晨星了。① 今所见《陆机

---

① 清袁枚《答蕺园论诗书》有"情所最先，莫如男女"之论。见《小仓山房文集》卷三十。《小仓山房文集》，袁枚著，周本淳校，上海古籍出版社，1988年版。

集》仅《织女赋》赋题可说与女性沾边，其内容由于仅存残句，全豹难窥，但可以推断属体物赋一类。此外如诗大量言男女之情的傅玄，赋竟无一篇涉及男女之情。张载、张协、潘尼等人赋作亦不关涉男女情爱。只有潘岳有与诗题对应的《悼亡》《寡妇》二赋，张华有《感婚》《永怀》二赋。而张华正是太康代表作家的前辈，潘岳与左思等一样，其赋学观念与太康主流赋家有所不同。

太康诗、赋创作题材上存在的这种明显差异说明，当时作家对"诗缘情"、"赋体物"各有侧重已有相当明确的认识，并在创作中予以较自觉地遵守。

同时，与"赋体物"论相一致，陆机赋创作中改变"劝百讽一"这种失衡、失"度"的大赋创作风格，不再有所谓曲终奏雅式的讽谏言志尾巴，而是以"体物"为主。故陆机等大量创作体物赋，成为太康赋创作中的一大突出现象。学术界对陆机"赋体物"论看法不尽相同，本文不避冗赘，特以《全上古三代秦汉三国六朝文》为据，列举陆机等太康赋名家的"体物"之赋。纯以体物名篇的有：

傅玄：《风赋》《阳春赋》《述夏赋》《大寒赋》《笔赋》《砚赋》《团扇赋》《琴赋》《琵琶赋》《筝赋》《筑赋》《郁金赋》《紫华赋》《芸香赋》《蜀葵赋》《宜男花赋》《菊赋》《蓍赋》《瓜赋》《安石榴赋》《李赋》《桃赋》《橘赋》《枣赋》《蒲桃赋》《桑椹赋》《柳赋》《朝华赋》《雉赋》《山鸡赋》《鹰赋》《鹦鹉赋》《鹰兔赋》《驰射马赋》《猿猴赋》《蝉赋》《良马赋》《走狗赋》《叙酒赋》《弹棋赋》。

傅咸：《羽扇赋》《扇赋》《狗脊扇赋》《栉赋》《镜赋》《画像赋》《烛赋》《款冬花赋》《芸香赋》《玉赋》《桑树赋》《梧桐

赋》《仪凰赋》《鹦鹉赋》《燕赋》《班鸠赋》《粘蝉赋》《鸣蜩
赋》《青蝇赋》《蜉蝣赋》《萤火赋》《叩头虫赋》。

张华：《朽社赋》《鹪鹩赋》。

成公绥：《天地赋》《云赋》《大河赋》《啸赋》《琴赋》《琵
琶赋》《芸香赋》《柳赋》《木兰赋》《鹰赋》《鸟赋》《鹦鹉赋》
《蜘蛛赋》《螳螂赋》。

孙楚：《雪赋》《井赋》《笑赋》《茄赋》《相风赋》《莲华
赋》《杕杜赋》《茱萸赋》《橘赋》《雉赋》《雁赋》《鹰赋》
《蝉赋》。

张载：《濛汜池赋》《鞞舞赋》《羽扇赋》《酃酒赋》《安石
榴赋》《瓜赋》。

张协：《登北芒赋》《玄武馆赋》《安石榴赋》《都蔗赋》。

潘岳：《寒赋》《登虎牢山赋》《沧海赋》《狭室赋》《笙赋》
《相风赋》《秋菊赋》《莲花赋》《芙蓉赋》《朝菌赋》《杨赋》
《果赋》《萤火赋》。

潘尼：《玄武馆赋》《钓赋》《火赋》《琉璃碗赋》《玗琘碗
赋》《扇赋》《安石榴赋》《桑树赋》《芙蓉赋》《朝菌赋》
《鳖赋》。

陆机：《浮云赋》《白云赋》《文赋》《鼓吹赋》《漏刻赋》
《羽扇赋》《陵霄赋》《瓜赋》《桑赋》《果赋》《鳖赋》。

挚虞：《槐赋》《鸡鹄赋》《观鱼赋》。

应贞：《临丹赋》《安石榴赋》《蒲桃赋》。

我们不能说这些赋绝对"体物"而无"缘情"内容，而是说确是
"体物"为重的。也不是说纯粹"体物"为题就肇始于太康时代，
实际上建安、黄初就已风行此类赋作，魏晋之际亦时有创作，但当

时与抒情小赋并重。而在陆机明确提出"赋体物"的太康前后，出现如此大量纯以"体物"为题的赋，正说明陆机"赋体物"论与太康"体物"赋创作实践有很大关系，它不但是对太康赋创作实践的总结，也对太康赋创作起了指导、推动作用。

（二）"缘情"而不弃"体物"，甚至有以"体物"为主之诗，以及"缘"人"情"、"物情"之诗借鉴"赋"法言"情"而诗"情"淡化与赋以"体物"为主而不弃物"情"。

一方面，陆机许多"缘情"之诗都有较多的"体物"内容，一些诗如《园葵》等可谓"体物"佳篇。另一方面，"缘"人"情"物"情"之诗借鉴"赋"法言"情"而诗"情"淡化，成为陆机诗歌创作的突出现象。陆机《文赋》特别强调"自然"与人的关系对文学创作的重要意义：

> 遵四时以叹逝，瞻万物而思纷。悲落叶于劲秋，喜柔条于芳春。[1]

在这里，触物生情、缘情感物已不再单指作家的情感，还包括作家的主观审美情趣。陆机"十体"最重"缘情"之诗，在陆机为代表的太康诗人手中，往往有淡化情感而突出表现其主观审美情趣的特征。这就与不完全摒弃"缘情"，但以"体物"表现其主观审美情趣为根本的赋有相似之处了。因之表现"缘情"题材内容的诗歌也就有了更多借助"赋"法言情的特征。如陆机《又赴洛道中》其一以"悲情触物感"为特征，"呜咽愁密亲"、"世网婴我身"应该算作悲情郁结了。但随着"永叹遵北渚，遗思结南津。行行遂已远，

---

[1] 《陆机集校笺》，第5页。

野途旷无人。山泽纷纡余，林薄杳阡眠。虎啸深谷底，鸡鸣高树巅。哀风中夜流，孤兽更我前"，① 给人的感觉是，极其强烈的"伫立望故乡，顾影凄自怜"之情，已为所铺叙的大段行路历程所间隔，为所见自然景物所发散，而大为淡化了。而同题其二则在很大程度上是着力表现诗人的主观审美情趣了。其"夕息""抱影"之"眠"，"朝徂"、"衔思"之"往"中的孤独悲思，"侧听悲风响"的以情感物，只是衰现其主观审美情趣的陪衬罢了。他的"振策陟崇丘，安辔遵平莽"、"清露坠素辉，明月一何朗"，② 都是其审美感受的待发与被诱发。至其《招隐诗》就与赋之铺陈体物表现手法更近了。此外如《赴洛》二首、《于承明作与士龙》、《赠顾交阯公真》、《答张士然》等诗，都具有同样的表现特征。故陆云《与兄平原书》数处论及陆机诗"省之如不悲苦，无恻然伤心言"。③ 太康其他诗人，如潘岳《河阳县作诗》其一、《在怀县作诗》二首，张载《登成都白菟楼》诗等，都有与陆机同样的倾向。

陆机赋亦不弃"缘情"，有些赋作甚至"缘情"意味至浓。如陆云《与兄平原弓》其八就称赞《述思赋》"深情至言，实为清妙"。陆机以"缘情"为题，而铺叙主观审美情趣的赋作有《感丘赋》《叹逝赋》《怀土赋》《思亲赋》《感时赋》等。其他太康赋家如潘岳《秋兴赋》《怀旧赋》，陆云《岁暮赋》《秋霖赋》《喜霁赋》《登台赋》，潘尼《苦雨赋》等，也与陆机同趣。比较陆机为代表的太康作家相关诗、赋创作内容，可以看到诗、赋互相靠拢趋向明显，尤以诗体为甚。不过，《诗》之"六义"中本自有"赋"，诗用"赋"法并非违背诗法；诗有"体物"成分而表现出与赋相同或相

---

① 《陆机集校笺》，第 216 页。
② 同上书，第 218 页。
③ 《陆云集》，第 135 页。

近的内容，也不能说明陆机等未区分"诗缘情"与"赋体物"。赋以"体物"为主而不弃"缘情"，则自是陆机赋论之应有之义。而站在赋学立场上，赋所"缘"之"情"有时本身也可目以为"物"！在诗主"缘情"而不弃"体物"与赋重"体物"而不弃"缘情"方面，诗、赋二体本来就有交汇区域。在太康时代淡化情感，重主观审美情趣的创作新潮中，这种交汇区域实际被扩大，并且诗之赋化色彩相对而言要更浓一些。至于诗之以"体物"为主，赋之特重"缘情"，当属特殊异变，说明诗、赋"异"中有"同"、"同"中有"异"之关系是辩证的，既不能因这种被扩大之交汇及特殊变异情形，而认为陆机的创作实践背离了他区分"缘情""体物"之诗、赋论，也不应据以断言陆机诗、赋论就是互文见义的。

（三）"绮靡"之诗特别关注丰富性、多样性、全面性之艺术美探索，"浏亮"之赋尤重恰切合"度"与合乎新的规范。

强调"绮靡"，即精妙、精微、细巧，意味着对诗歌表现的多样性与其所能达到的"极度"进行全面的探索。故全面探索诗歌题材内容、体制与句式之变化等，成为陆机等太康诗人的共同追求。

首先，如前所论，陆机倡"缘情"即意味着对诗歌题材内容的开拓，尤其对美丽、精粹、内在、诚挚之情更多着眼。如他诗作中对男女之情、乡土之情、友朋之情乃至述祖之情诸人"情"之表现；如他对"感秋"、"叹逝"诸感"物"之"情"的表现；以及对融感物之"情"与缘人之"情"于一体的内容表现等。

其次，对诗歌体制与句式之变化等进行全面探索，也是陆机等太康诗人的共同追求。如前所论，与赋体等相较，诗的体制本来就小，内容涵蕴亦较少。从《诗经》四言诗时代到汉代五言诗，到汉末建安魏晋之际对诗歌众体进行探索，诗体总是在"小"与"少"这种限定前提下发展衍化的。但是，诗体究竟能有多少体式，"小"

"少""大""多"的"极度"为何，以及句式的繁多变化，都是有广阔探索空间的。如陆机等对诗体的探索，不但承建安、魏晋之际四言正体、五言流制观念，以四言诗追求典雅高贵诗风，诸凡公宴、重大正式的政治外交场合所咏均用四言，赠答、咏时亦多用四言诗，并于四言诗中探讨以学问为诗。此外，对诸凡从一到十数言、到杂言诗体，都予以探索。其中对六言、九言诗等的探索，都是开创性的。至于陆机对五言流制特别是五言句式的探索，简直令人叹为观止，可视为陆机等太康诗人全面实践"绮靡"理论追求的最重要方面。比如陆机偏爱借鉴《诗经》四言句变而为五言，以求典雅，追求以《诗经》词语组成句式，他引经以《诗经》为最多，对汉乐府民歌与《古诗十九首》也多所借鉴。他这种重视对"缘情"之源头"诗"三百首、汉乐府民歌和五言"缘情"典范《古诗十九首》的学习，含有以复古为革新意味的诗歌探索，表现了他追求诗歌多样变化之用心。太康代表诗人潘岳、张载等，亦无不在诗歌句式上煞费苦心。陆机又是中国诗歌史上倾全力于俳偶雕刻的第一人。在后人看来，他所代表的太康诗歌中的对偶功夫是相当机械、呆板的，缺乏自然圆熟的技巧。对此，许学夷多有具体指摘。[①]潘岳等的诗作有同样倾向，如他《悼亡诗》其一"荏苒冬春谢，寒暑忽流易"，其二"清商应秋至，溽暑随节阑"等。

　　陆机等太康之英也追求声韵和谐之美，从《文赋》可知他追求声韵和谐的用心。细审他的诗歌，很难寻绎出某些特殊的声韵规

① 《诗源辨体》卷五：'（陆机五言体）则体皆敷叙，语皆构结，而更入于俳偶雕刻矣。中如'怀往欢绝端，悼来忧成绪'、'永叹遵北渚，遗思结南津'、'夕息抱影寐，朝徂衔思往'、'丰条养春盛，落叶后秋衰'、'淑气与时陨，余芳随风捐'、'男欢智倾愚，女爱衰避妍'、'淑貌色斯升，衰音承颜作'、'福钟恒有兆，祸集非无端'、'烈心厉劲秋，丽服鲜芳春'、'规行无旷迹，矩步岂逮人'等句，皆俳偶雕刻者也。"许学夷著，杜维沫校点，人民文学出版社，1987年版，第89页。

则，但也可知他的对偶不仅在词性的对称和意义的对称上，而且在韵律、节奏的对称上，也是颇为注意的。

综上可见，在"缘情"基础上，追求表现精致妙巧的情感内容、穷尽探索诗歌之精微细致巧妙的艺术表现手段，正是陆机等太康诗人为诗之"用心"所在。至其功过，刘勰《文心雕龙·明诗》评价应属中肯：

> 晋世群才，稍入轻绮，张潘左陆，比肩诗衢，采缛于正始，力柔于建安，或析文以为妙，或流靡以自妍。①

与诗歌极尽精妙细微的艺术追求比，陆机赋创作更执著于赋"体物"之"浏亮"，即"以事形为本"，而以清丽明亮的艺术手段予以表现，故尤重合宜、合"度"，合乎新的规范。

首先，扬弃汉大赋一味追求堆砌铺陈夸饰、"假象过大，则与类相远"之弊，赋的体制由大趋小，内容由多趋少，而将铺叙清楚明白视为赋之创作要事。虽然陆机赋时有陆云批评的"绮语颇多"、"文适多体，便欲不清"、"烦长"诸病，但主观上自觉实践赋"体物""浏亮"之艺术追求，则无疑义。读他的赋，给人的印象是将大赋富丽堂皇的"七宝楼台"全面拆卸，而予以局部的精心组合；扬弃赋的讽谏功能，而主要以纯粹体物赋、体物抒情赋、述先赋三类构成体制较小的赋。陆机没有写"京都"、"郊庙"、"畋猎"、"宫殿"等"体国经野，义尚光大"（《文心雕龙·诠赋》）的体制宏大之赋，也注意改造汉大赋惯用的设客主以问答，从东西南北、上下左右、天地四方等空间位置铺排及"乱以理篇"的结构模式。而在

---

① 《文心雕龙注》，第 67 页。

写纪行、游览、体物抒情类的赋，如《行思赋》《叹逝赋》《遂志赋》《感时赋》等时，都尽量缩小了篇幅。他的以纯粹"体物"为题的赋，也是以述一"物"为主，如《瓜赋》《羽扇赋》《鳖赋》《白云赋》《漏刻赋》《鼓吹赋》等。与汉大赋相比，陆机的赋显然在意义的明白显豁与概括凝练方面有了很大进步。虽然曹魏及魏晋之际赋家对此已有所注意，个别赋甚至颇有实绩。如阮籍《东平赋》即被张溥推许为"凡赋中仍沓、铺张、薰蒸、蹇涩诸病，皆洗濯尽去"。[1] 但太康赋中更为普遍。陆机对体物赋的理想大约如刘勰《文心雕龙·诠赋》所论：

> 至于草区禽族，庶品杂类，则触兴致情，因变取会，拟诸形容，则言务纤密，象其物宜，则理贵侧附；斯又小制之区畛，奇巧之机要也。[2]

只有《文赋》体制宏大，但与大赋之"大"是有所不同的。虽然陆机、陆云也曾有写作"京都类"赋的愿望，一方面由于时代动荡，难以有安定的环境与长期的时间准备，另一方面则由于其所持赋学创作原则使然。太康赋家中除了左思、潘岳而外，普遍的创作倾向是赋的体制趋于短小，在短小的体制中追求思想内容的明白显豁与艺术表现之新变、纤巧、色彩艳丽、音韵和谐。即使是左思、潘岳等以大为美的赋，也多不能与大赋之"大"相提并论，在内容表现与艺术技巧上则明显比大赋高明。

其次，陆机赋虽也重视句式的精巧、细微、繁多与新变，但由

---

① 《汉魏六朝百三家集题辞注》，第 89 页。
② 《文心雕龙注》，第 135 页。

于汉大赋与建安魏晋之际赋创作经验足资借鉴，以汰繁就简为己任的太康赋正向骈体化发展，故赋追求更为圆熟的句式，而不必如诗歌在探索中多有笨拙学步之对句。①考察陆机赋，其句式变化大约主要有这样几个方面：

（1）以六言为赋的基本句式。如《感时赋》除首两句仿宋玉赋"悲哉秋之为气也"，以"悲夫冬之为气，亦何懵懍以萧索"带起全赋，以下二十六句为六言。《思亲赋》前二十句纯为六言，《遂志赋》《怀土赋》《行思赋》《列仙赋》《陵霄赋》《述思赋》《白云赋》全赋均由六言构成。《叹逝赋》主体部分（前三段）亦为纯粹六言。

（2）骈四俪六句式明显增多。如《思亲赋》前二十句为六言，后四句为四言。《应嘉赋》则首四句"傲世公子，体逸怀遐，意邈澄宵，神夷静波"为四言，"仰群轨以遥企"以下十六句为六言，接下来以"于是"带起"葺宇中陵，筑室河曲。轨绝千途，而门瞻百族"，基本为四言句，结尾又以"假妙道以达观"等十句六言相接。《叹逝赋》主体由六言构成，以"然后"带起"弭节安怀，妙思天造。精浮神沦，忽在世表"四句，再以"瘵大暮之同寐"以下十二句六言作结。《大暮赋》以八言、七言、六言等构成，亦有以"于是"带起的"六亲云起，姻族如林，争途淹泪，望门举音"的四言句与"敷幄席以悠想"以下十句六言相对。《浮云赋》开首两句"有轻虚之艳象，无实体之真形"为六言，接下来"原厥本初"等八句为四言。

（3）杂言句式。如《浮云赋》既有四、六言句式相对，又有以"若"带起的四言句与"或如钟首之郁律，乍似塞门之寥廓"之七言句相对，接下来又是"若灵园之列树，攒宝耀之炳粲"两句六

---

① 《诗论》，朱光潜著，上海古籍出版社，2005年版，第152—162页。

言，"金柯分"以下为三言，复有"龙逸蛟起"等六句为四言，然后以"若"带起"秬鬯扬芒"以下六句四言，最后以"有若"带起"芙蓉群披"四句四言作结。再如《大暮赋》亦间用八言、七言、四言、五言。《瓜赋》则除四、六言相对，还间杂五言。

（4）不带"兮"字的六言骚体句式（其第四字为虚字或意义较虚之字）之第一字一般为动词，第二、三字为形名结构。如《怀土赋》：

> 背故都之沃衍，适新邑之丘墟。遵黄川以葺宇，被苍林而卜居。悼孤生之已晏，恨亲没之何速。排虚房而永念，想遗尘其如玉。眇绵邈而莫觌，徒伫立其焉属？感亡景于存物，惋陨年于洪木。悲顾眄而有余，思俯仰而自足。留兹情于江介，寄瘁貌于河曲。玩通川以悠想，抚归途而踯躅。伊踯躅之徒歔，惨归途之良难。愍栖鸟于南枝，吊离禽于别山。念庭树以悟怀，忆路草而解颜。甘菫荼于饴荎，纬萧艾其如兰。神何寝而不梦？形何兴而不言？①

全赋除了少量句式有所变化，多由这种句式构成。在屈赋或汉骚体赋中，因为副词提在句首，故句首多为字顿，而且也多为形容词。但也有名词或代词（如《离骚》开头二句）或动词（如《离骚》中"名余曰正则兮，字余曰灵均"），此则全为动词。《离骚》或汉代骚体赋中也有极个别开首为二字一顿（如《离骚》"摄提贞于孟陬兮"）。一般开首为二字顿者，为五言句，即省去开头的副词（或动词、名词。如"夏桀之常违兮"，"屈心而抑志兮，忍尤而攘诟"

---

① 《陆机集校笺》，第38页。

等)。这样，句中的虚字也就到了第三字上。此赋显由改造骚赋句式而来。《行思赋》前八句"背洛浦之遥遥，浮黄川之裔裔。遵河曲以悠远，观通流之所会。启石门而东萦，沿汴渠其如带。托飘风之习习，冒沉云之蔼蔼"为此种句式，四句后又有"睹川禽之遵渚，看山鸟之归林。挥清波以濯羽，翳绿叶而弄音"四句为此种句式。《思亲赋》《愍思赋》《叹逝赋》等亦多此种句式。

与此种句式基本一样，惟句首词的用法有所变化的是名词居于第一字位置，第二、三字为联绵词，第四字用虚词的六言句。这也是由骚体句中提炼出来的。如《感时赋》即十分明显：

> ……天悠悠其弥高，雾郁郁而四幕。夜绵邈其难终，日晼晚而易落……冰冽冽而寝兴，风漫漫而妄作。……山嵝峣以含瘁，川蜿蛇而抱涸。……鱼微微而求偶，兽岳岳而相攒……①

又如《鼓吹赋》之"舒飘飘以遐洞，卷徘徊其如结。……鼓砰砰以轻投，箫嘈嘈而微吟。……"

以上所举各种句式，与汉大赋的过分堆砌、文繁意寡，特别是对句意义往往属于同一层次相比，在句意的递进、变化、概括诸方面都大有进步。这与他诗歌中还自鸣得意于板滞对句是颇有不同的。

第三，与诗歌创作一样，色彩之美亦是陆机等赋家极力追求的，但注意清丽美艳而不"丽靡"过"度"。如《怀土赋》中"背故都之沃衍，适新邑之丘墟。遵黄川以茸宇，被苍林而卜居"；《应嘉赋》中"袭三闾之奇服，咏南荣之清歌。濯下泉于浚涧，溯凯风

---

① 《陆机集校笺》，第51页。

于卷阿";《瓜赋》中"背芳春以初载,迎朱夏而自延。奋修系之莫莫,迈秀飚之绵绵……发金荣于秀翘,结玉实于柔柯。蔽翠景以自育,缀修茎而星罗";《行思赋》中"背洛浦之遥遥,浮黄川之裔裔。遵河曲以悠远,观通流之所会。……托飘风之习习,冒沉云之蔼蔼。……挥清波以濯羽,翳绿叶而弄音"等等。潘岳《河阳庭前安石榴赋》,张载《蒙汜池赋》《瓜赋》,张协《安石榴赋》都较少汉大赋铺陈淫侈之弊,而有清丽艳美之效。当然陆机在创作实践中时有繁芜之病也是无可讳言的。

第四,陆机赋亦重用字浅易与音声之"浏亮"。如《叹逝赋》:

> 悲夫!川阅水以成川,水滔滔而日度。世阅人而为世,人冉冉而行暮。人何世而弗新,世何人之能故?野每春其必华,草无朝而遗露。经终古而常然,率品物其如素。譬日及之在条,恒虽尽而弗悟。虽不悟其可悲,心惆焉而自伤。亮造化之若兹,吾安取夫久长![1]

绝无刘勰所痛诋之汉大赋过分堆砌夸饰以及文字艰涩之病,真如行云流水般悦人耳目。自然,他的赋也不无"芜而深"及"杂庸音以足曲"等弊。前所提及陆云《与兄平原书》就有恺切指摘。

第五,陆机赋不重壮美风格而以"清工"为美与注意"理"之合宜合度,前举《叹逝赋》即是好例。

从陆机诗、赋比较可以看出,陆机诗歌注重多样性、全面性、丰富性探索,在一定意义上说,不少探索尚处于初始阶段,故每工拙并见,或不计工拙,甚至出现其四言诗体创作观念落后,是诗体

---

① 《陆机集校笺》,第134页。

演化的倒退，和极尽板滞对句之大全而浑不以为意这样的现象。因此，只有站在诗歌由古体走向近体这一历史视角，才可认同这些探索是必要的、有益的。陆机的赋则在一定意义上说，由于面对汉大赋创作高峰，对其优劣成败皆可烛见，故是追求改"制"与进一步完善的产物。由此出发，也许有益于理解何以他之诗、赋各有侧重地追求"绮靡"与"浏亮"的深层原因。

需要说明的是创作实践远比理论构建复杂丰富，明胡应麟说："然平原诸文，模拟何众……故曰：非知之艰而行之艰也，其有以自试也。"① 诚哉斯言！故本文不强作解人，认为陆机诗、赋论与创作实践是完全合拍的。但通过探讨，可以得出这样的认识：陆机诗、赋确实是对他诗、赋论较自觉的实践，而他的创作实践又较充分印证了他之"诗缘情而绮靡"、"赋体物而浏亮"的具体涵蕴。证明他之诗、赋论确是明确区分诗、赋之特质的。

二

由于陆机诗论对后世的影响问题今人讨论较多，下面主要简论陆机赋学思想对后世的影响。

除了陆机从理论上正式宣告汉大赋时代的终结等重大理论价值，陆机在中国赋学史上第一次明确提出赋以"体物"为本，这对把握赋之本质特征，明辨诗、赋诸体显然大有助益。如刘勰《文心雕龙·诠赋》篇虽并称"体物写志"，置"体物"在先，"写志"于后，则见出二者在赋体中之轻重远近。同篇探究"登高之旨"，亦强调"睹物兴情"。故刘熙载《艺概·赋概》以为刘勰与陆机同调："余谓志因物见，故《文赋》佀言'赋体物'也。"其《情采》篇又

① 见《诗薮》外编卷二"六朝"部分。胡应麟，上海古籍出版社，1979年版，第147页。

说"昔诗人篇什，为情而造文；辞人赋颂，为文而造情"。他虽对"为文造情"提出批评，但从对"后之作者""远弃《风》《雅》，近师辞赋，故体情之制日疏，逐文之篇愈盛"的批评看，他对"赋体物"的认识是明确的。元祝尧《古赋辨体·卷四·班固两都赋》注："昌黎曰：'诗正而葩。'子云曰：'诗人之赋丽以则。'愚谓先正而后葩，此诗之所以为诗；先丽而后则，此赋之所以为赋。"所论与机、勰相近。此外如明徐师曾《文体明辨序说》、胡应麟《诗薮》、清吴乔《围炉诗话》、沈德潜《赋钞笺略序》、程廷祚《骚赋论》、孙梅《四六丛话》等，对赋主"体物"都有较明确的论述。近代章太炎先生《国故论衡·文学总略》更以为赋与"情"相去甚远，甚至历举从荀卿、司马相如、扬雄、左思、王延寿、祢衡诸名家各异之赋，以问"其足以感人安在"，"其亦动人哀乐未也"？指出这些赋作令"嫠妇孽子，读之不为泣，介胄戎士，咏之不为奋"。并且推原"当其始造，非自感则无以为也，比文成而感亦替"，故得出关于赋寡情"此不可以一端论"的结论。① 从黄侃《文选平议》以为陆机"十体"之分"皆塙不可易"，也可管窥他对诗、赋诸体的认识。但是，对"赋体物"说即使在晋人也认识不同。如前所论及挚虞就主"言志"而批判"今之赋，以事形为本，以义正为助"是本末倒置。皇甫谧《三都赋序》称"昔之为文者，非苟尚辞而已，将以纽之王教，本乎劝戒也"。② 左思《三都赋序》则全本汉大赋讽谏传统。后代对"体物"说的批评亦多就"体物"、"言志"、"缘情"着眼。当代对赋之"体物"、抒情关系的看法也颇不统一。因此，对陆机"赋体物"说的评价，就不独关涉陆机赋论，对从整

---

① 《国故论衡》，章太炎著，陈平原导读，上海古籍出版社，2003年版，第53页。
② 《文选》，第641页。

个赋学观念发展史的角度明确"赋体物"与抒情的关系，以及对当代"赋"学概念的科学界定，与当代赋学体系的建设，也具有重要的启发意义。

陆机针对汉大赋之"弊"，为建立新的赋"则"而倡言"浏亮"，与曹丕、左思等强调赋之"征实"为美有相近处。特别对赋体创作的恰切合"度"有指导意义。对此前人也有论述，如胡应麟指出，"马、扬诸赋，古奥雄奇，聱涩牙颊，何有于溜（案此处"溜"为"浏"之通假，下同）亮？自溜亮体兴，而江谢接迹矣。"（见前注）清程廷祚《骚赋论》认定"赋宜于浏亮"。孙梅《四六丛话》对"浏亮"说指导下的"左陆以下，渐趋整炼"予以肯定。王芑孙《读赋卮言》认为赋"其旨不尚玄微，其体非宜空衍"，也合于"浏亮"之义。同时，"浏亮"为文对其他文体的创作实践亦有启发意义。如宋朱熹《朱子语类》卷八七："只是说得粗，文意不溜亮。""浏亮"即指意之清楚明白；清李渔《闲情偶寄·词曲·音律》："此句便觉自然，读之溜亮。"即指音律之流畅。

自然，"浏亮"说也有矫枉过正的成分。如倡"体物而浏亮"，一个突出的倾向是赋体制由大趋小，内容由多趋少，这在一定程度上限制了赋的题材内容与风格的全面表现。不但与以大为美的左思、皇甫谧等赋论、赋风异趣，也与后代赋论不同。如重两汉大赋体制的刘勰就只承认受陆机赋论指导的陆机、成公绥辈的赋体创作是"底绩于流制"，与诗之"四言正体"下的"五言流调"一样，①虽代表了太康主流赋流行制作的成就，还不能与他所推崇的十家辞赋英杰相匹敌。他对"颂"的认识，反倒与陆机赋"浏亮"说意有

---

① 左思《三都赋序》谈论赋"征实"为美时谈到了"美物者，贵依其本"，似与强调合"度"相关。至于反对过于藻饰、"侈言无验"，与陆机"浏亮"为赋自有相合处。

相近。《颂赞篇》:"原夫颂惟典雅,辞必清铄,敷写似赋,而不入华侈之区。"① 萧统《文选》也推崇大赋的以大为美,在他心目中,陆机等的"体物"诸赋,不过为"源流实繁,不可胜载"的赋体大河中的一条小小支流而已!胡应麟也认为"'赋体物而浏亮',六朝之赋所自出也,汉以前无有也"。② 谢榛《四溟诗话》以为"浏亮非西汉之体"。这些评价还是比较公允的。因此,我们应准确、客观理解陆机"赋浏亮"说自成一家言的价值。

---

① 《文心雕龙注》,第158页。
② 《诗薮》,第146页。

下 编

"文心"与"人心"正误

1989 年第 5 期《文学评论》所载李建中《论魏晋六朝作家"文心"与"人心"的分裂》一文，从新的视角对魏晋南北朝作家"文心"与"人心"相分裂的文学现象，做了较系统的探索。但文中一些重要用词和征引，却出现了不应有的错误，今试予以订正。

一、"魏晋六朝"提法不尽准确

李文题目中所用"魏晋六朝"一词，非通用性提法。

当代学界规范化的提法，有"魏晋南北朝"和"汉魏六朝"两种，二者可通用。前一种朝代相连，指涉意义甚确；后一种则系沿用历史性说法。

关于"六朝"，《辞海》有清晰界定：

> 朝代名：三国的吴、东晋，南朝的宋、齐、梁、陈，都以建康（吴名建业，今江苏南京）为首都，历史上合称六朝，是

三世纪初到六世纪末前后三百余年的历史时期的泛称。①

　　《汉语大词典》则有三种说法：一种指"三国吴、东晋和南朝宋、齐、梁、陈，相继建都建康（吴名建业，今南京市），史称为六朝"；一种则"指魏、晋、后魏、北齐、北周和隋，这些朝代皆建都北方，称为北朝六朝"；第三种说法是，"三国至隋统一前后三百余年的历史时期亦统称为'六朝'，如：六朝建筑、六朝书法，此兼举南北六朝而言。"②

　　《辞海》的解释和《汉语大词典》的第一种释义，或当来自许嵩《建康实录序》：

　　　　南朝六代四十帝三百三十一年，通西晋革吴之年，并吴首事之年，总四百年间。著东夏之事，勒成二十卷，名曰《建康实录》。具六朝君臣行事，事有详简，文有机要，不必备举。③

　　但《建康实录》成书当在唐肃宗时期，盛唐时期其实已有"六朝"的说法了。如《全唐文》所收吕谭《霍山神传》："嗣是而秦而汉，历魏六朝……隋氏之末，民罹涂炭，圣唐启运……"④ 张九龄《徐文公神道碑铭》："出入六朝，载祀数百。"⑤ 至中唐刘禹锡、杜牧诗中，也多有"六朝"说法。如刘禹锡《台城怀三》有"清江悠

① 《辞海》编辑委员会编，上海辞书出版社，1980年版，第344页。
② 《汉语大词典》编辑委员会、《汉语大词典》编纂处编纂，罗竹风主编，汉语大词典出版社，1997年版，第757页。
③ 《建康实录》，许嵩撰，张忱石点校，中华书局，1986年版，第1页。
④ 《全唐文》，董诰等编，中华书局，1983年版，第3771页。
⑤ 《张九龄集校注》张九龄撰，熊飞校注，中华书局，2008年版，第1020页。

悠王气沈,六朝遗事何处寻"诗句;① 杜牧《题宣州开元寺水阁阁下宛溪夹溪居人》有"六朝文物草连空,天淡云闲今古同"诗句等。② 刘、杜与许嵩生活时代相近,可知在中唐时期,这一概念已颇为流行了。故至宋代,已普遍接受"六朝"概念了。如《苕溪渔隐丛话后集》以"楚汉魏六朝"上、下作为其分卷之专名;③《北涧文集·九万菊磵游吴门序》:"少陵得《三百篇》之旨归,鼓吹汉魏六朝之作,遂集大成。"④

综上可见,"魏晋南北朝"和"汉魏六朝"、"六朝"这类称谓,有其历史依据,应予以尊重并准确使用;"魏晋六朝"类不规范提法,应杜绝使用,以免滋生不必要的讹误、混乱。

二、误指颜延之与颜之推为一人

李文论证"文心"与"人心"的分裂,并非都是黑白易分、泾渭易辨,更多还是犬牙交错情形时,举了颜之推(531—595)为人与其作《颜氏家训》有深刻矛盾的例证。可是接下去却是:

> 还是这位颜介,作《五君咏》,专为"越礼惊自众",比他更怪诞的阮籍、嵇康等人唱赞歌,高傲地宣称:"龙性谁能驯?"《五君咏》中的颜氏与生活中的颜氏是统一的,与《家训》中的颜氏却分裂了。

---

① 《刘禹锡集笺证》,刘禹锡撰,瞿蜕园笺证,上海古籍出版社,1989 年版,第781 页。
② 《杜牧集系年校注》,杜牧撰,吴在庆校注,中华书局,2008 年版,第 352 页。
③ 《苕溪渔隐丛话后集》,胡仔纂集,廖德明校点,人民文学出版社,1962 年版,第1—9 页。
④ 《北涧文集》,释居简著,线装书局,宋集珍本丛刊第 71 册,第 376 页。

在古典文学研究领域，对晋宋时代颜延之（384—456）的《五君咏》人们大多耳熟能详，李文将之归在南北朝后期由梁入仕北齐的颜之推（介）名下，如属一时疏忽，也不应该。[①] 奇怪的是，李文第三部分论及阮籍《咏怀诗》时，却又正确引用了颜延之的《五君咏》：

> 颜延之颇得阮诗真谛："阮公虽沦迹，识密鉴亦洞，沉醉似埋照，寓词类托讽。"所谓"识密"、"鉴洞"、"埋照"云云，较准确地把握了阮诗的美学特征。

显然，这不可能是笔误了。如果作者所指是颜延之，应该说，他所谓"《五君咏》中的颜氏与生活中的颜氏是统一的"说法是正确的。因为根据《南史·颜延之传》的记载，早年的颜延之确实"好饮酒，不护细行，年三十犹未婚"；中年后仍以"疏诞，不能取容当世"，其《五君咏》就是"甚怨愤"因侵犯权要被出为永嘉太守时所作，而"述竹林七贤，山涛、王戎以贵显被黜。咏嵇康云：'鸾翮有时铩，龙性谁能驯。'咏阮籍云：'物故不可论，途穷能无恸。'咏阮咸云：'屡荐不入官，一麾乃出守。'咏刘伶云：'韬精日沉饮，谁知非荒宴。'此四句盖自序也。"并且又因此诗"辞旨不逊"而招致迫害，被迫"屏居不豫人间者七载"，却始终不能改变其"性既偏激，兼有酒过，肆意直言，曾无回隐"[②] 的毛病，甚至被人们冠以"颜彪"外号。但《五君咏》中的颜氏"与《家训》中的颜氏却分裂了"怎么能够相连？由于张冠李戴，其振振有辞的论断成为无

---

① 《关于〈五君咏〉的作者》，郝景鹏，《文学评论》1990 年第 1 期。郝文以颜延之与颜之推的生卒年等的讨论，指出李文将二人混为一谈的错误。
② 《南史》，第 877—880 页。

稽之谈。

李文却一错到底。文章接着推演出并不存在的"这种分裂对颜氏来说无疑是痛苦的",于是又引《颜氏家训·序致》篇自述 20 岁以后,"每常心共口敌,性与情竞,夜觉晓非,今悔昨失,自怜无教,以至于斯"来证明:①

> 欲畅情放言,恐有违儒家德性正统礼教,自我被切割,灵魂受煎熬。然而,在《家训》中戴上"人格面具"的颜介,并没有忘记面具下那个真实自我,于是他才有生活中的"疏诞"和艺术中的"戈性"。

这显然又是在讲颜之推了。实际上,颜之推在性格方面还真与颜延之有相近之处。在梁朝"宰衡以干戈为儿戏,缙绅以清谈为庙略"(庾信《哀江南赋》)的时代风尚的熏陶下,②颜之推确实形成了如《北齐书》本传所说的"好饮酒、多任纵、不修边幅"的"疏诞"性格。③他在《家训·序致》篇中就坦言自己"肆欲轻言,不修边幅"。④在儒、释、道三家鼎立,南北政局风云变幻,知识分子人生维艰的南北朝后期,他的人格发生变异,人生信仰、思想观念、行为准则诸方面具有多重矛盾,也无可讳言。如本传记载青少年时代的颜之推,早传儒学家教,"虚谈非其所好",⑤而梁元帝萧绎(508—554)崇玄设讲,他也附庸风雅。《家训·勉学》篇就自述"颇予末筵,亲承音旨";他在《家训·文章》篇中认同儒家"不屈

---

① 《颜氏家训集解》,颜之推撰,王利器集解,中华书局,2014 年版,第 4 页。
② 《庾子山集注》,庾信撰,倪璠注,许逸民点校,中华书局,1980 年版,第 114 页。
③ 《北齐书》,李百药撰,中华书局,1972 年版,第 617 页。
④ 《颜氏家训集解》,第 4 页。
⑤ 《北齐书》,第 617 页。

二姓，夷齐之节"的节操观，却有宣扬君臣固无常分的论调；他在《家训·养生》篇中赞许儒家的舍身取义，宣称"不可苟惜"，《家训·终制》篇却又强调"人身难得"，即使失节受辱，还要"靦冒人间，不敢坠失"等①，就无不表现出其矛盾复杂多变的特点。这些特点较为集中地反映在其所著《颜氏家训》中，正如李文所指出：《颜氏家训》与颜之推"为人"之间，存在深刻矛盾。但既然他没有写过《五君咏》这样有"龙性"的诗，其"艺术中的'龙性'"是否存在，与生活中的颜氏是否统一，就不能一概而论，更不应穿凿臆测，而是要对其"犬牙交错之状"进行具体辨析、审慎立论。

在梁代文坛，以简文帝、梁元帝为首，倡导严格区别"立身严谨"与"文章放荡"。自然，对士族阶层的立身放荡也起到了推波助澜的作用，如颜之推立身行事就颇受其影响。而"文章放荡"更使儒家"诗教"原则的约束力荡然无存。因此，知识分子大都对萧绎《金楼子·立言》所谓"绮縠纷披，宫征靡曼，唇吻适会，情灵摇荡"的宫体诗趋之若鹜。② 在这股宫体诗创作大潮面前，整个文坛都提倡和追求"畅情放言"，李文所说的那种"欲畅情放言，又恐有违儒家正统礼教，自我被切割，灵魂受煎熬"的限制，殊不存在。倒是在创作中忠实于"儒家德性正统礼教"，反而被视为有悖时宜。颜之推在梁代创作的诗文流传至今的很少。但他在《颜氏家训·文章》篇中对这一时期的创作情形有过一些说明：

> 吾家世文章，甚为典正，不从流俗；梁孝元在蕃邸时，撰

---

① 《颜氏家训集解》，第177、245、342、566页。
② 《金楼子校笺》，萧绎撰，许逸民校笺，中华书局，2011年版，第966页。

《西府新文》，讫无一篇见录者，亦以不偶于世，无郑卫之音故也。①

并不存在外在力量强迫限制他的情形，应该相信这种说法基本符合他的创作实际。《北齐书》本传也指出他的作品以"词情典丽"为特色，② 可见在梁代，颜之推的创作独立于"宫体"大潮之外，恪守儒家"诗教"传统。

后期作品如《古意诗》二首、《观我生赋》等，虽因如《观我生赋》所称"予一生而三化"，节操受到亏损，自悲自慨、自责自谴，而增加了悲慨的内容，但从《古意诗》二首"未获殉陵墓，独生良足耻。惘惘思旧都，恻恻怀君子"的反复表白，③ 对在梁时积极用世的一往情深，以及国亡幻灭情绪的沉痛表达等来看，这些作品大要仍不出儒家"诗教"传统范围。

在颜之推的诗文中，很难看到嵇康、阮籍诗文中所表现的那种大胆反抗与彻底怀疑批判精神，他"疏诞"的生活习性，没有表现在其创作中。恰恰相反，"疏诞"的"为人"甚至与他遵从儒家"诗教"传统的"为文"，具有深刻矛盾，这与写《五君咏》的颜延之是大不相同的。因此，我们对李文所说的颜之推"欲畅情放言，又恐有违儒家正统礼教，自我被切割，灵魂受煎熬"的情形，就不得而知了。颜之推不受儒家正统礼教束缚，畅情放言而不忘记"人格面具"下那个真实的自我，表现出"艺术中的'龙性'"的情形，也并不存在！著者并认为，"疏诞"也非颜之推为人的全部。在文学创作上他能独立于时代大潮之外，与他的儒教家世传统有

---

① 《颜氏家训集解》，第 255 页。
② 《北齐书》，第 617 页。
③ 《先秦汉魏晋南北朝诗》，第 2273 页。

关，与他追求文学上的独立品格有关，也与他"虚谈非其所好"、厌弃浮华的本性，有着密切联系。

　　颜之推论诗"宗经"、"征圣"，多从维护儒家"诗教"出发，少见偏激之言。他自己也谈到"为文"与"为人"之间的矛盾。在《颜氏家训·文章》篇中，他对"自古文人，多陷轻薄"感叹不已，并不厌其烦地列举了从屈原到谢朓以来的种种文人无行现象，其中就有"阮籍无礼败俗，嵇康凌物凶终"。这恰与颜延之《五君咏》的看法相反。颜之推一方面承认"文章之体，标举兴会，发引性灵，使人矜伐，故忽于持操"。但正因如此，另一方面，他更告诫文人在立身方面要"深宜防虑"，[1] 可见他是侧重强调了后一方面的。那么，这是否是颜氏"为文"与"为人"矛盾的又一例证呢？著者的意见是：不管颜之推生活上怎样"疏诞"，这种主张起码对文学创作具有积极意义。在文学创作中并不存在"文人人格卑下＝文学作品优秀"的等式。倘漫无节制、毫不选择地宣泄自我，这种创作终究是要走到死胡同里去的。因此，《颜氏家训》中的这种文学主张，或许与其"为人"相悖，但与颜之推的整个文学创作却并不分裂。

　　另外，李文以颜之推《颜氏家训·序致》篇自述 20 岁后"每常心共口敌，性与情竞，夜觉晓非，今悔昨失，自怜无教，以至于斯"，[2] 来证明"欲畅情放言，又恐有违儒家正统礼教，自我被切割，灵魂受煎熬"，是否失之片面了？《颜氏家训·终制》篇说他"年十九，值梁家丧乱"。[3] 根据王利器《颜氏家训集解》的说法，

① 《颜氏家训集解》，第 224、225 页。
② 同上书，第 4 页。《中国文学批评史》，邹然主编，北京大学出版社，2006 年版，论颜之推，认为颜之推宣称"每常心共口乱……"是努力克制自己、战胜自我、反躬自省的道德修养过程，恐是对颜的误读。
③ 同上书，第 565 页。

颜之推 12 岁为梁大同八年（542），则 20 岁恰为简文帝大宝元年（550）。正是在他 20 岁前后，接连发生了"侯景之乱"、梁亡等重大历史事件，他的人生境遇也由此大变，三为亡国之人，节操受到亏损。可知他的"每常心共口敌，性与情竞，夜觉晓非，今悔昨失，自怜无教，以至于斯"就不一定是"欲畅情放言，又恐有违儒家正统礼教，自我被切割，灵魂受煎熬"，而是具有更为深广的政治社会人乞内容。

三、径指《列异传》为曹丕所作

李文举曹丕（187—226）的例子，论证"人心"的伦理和心理层次，也与"文心"有着不同程度的矛盾，甚至"作文"本身也有分裂倾向：

> ……曹丕在《典论·论文》中振振有词地讨论"文章"的"千载之功"，提出"盖文章，经国之大业，不朽之盛事"的论断；在《列异传》里却津津有味地诉说一些既非"经国大业"，更无"千载之功"的穷书生与富女鬼相恋相爱的爱情故事。

曹丕与《列异传》关系究竟如何？学界认识向来不尽一致。侯康《补三国艺文志》、姚振宗《三国艺文志》多有辨正。① 王瑶《中古文学史论集》认为：

---

① 《二十五史补编》，第 610、688 页。

《隋志》又有《列异传》三卷，题魏文帝撰，今佚，但类书中常有引及，内容正如《隋志》所云"以序鬼物奇怪之事"，且杂有文帝以后之事迹。按《三国志·华佗传注》引魏文帝《典论》论郤俭等事云："人之逐声，乃至于是。"又言："刘向惑于鸿宝之说，君游眩于子政之言，古今愚谬，岂惟一人哉！"可知这书必非魏文帝所作，而且也没有托名魏文帝的必要，《隋志》当系误题。而《唐志》题张华撰，比较近理，一定是有所根据的。①

正因如此证据确凿，游国恩本、余冠英本诸文学史以及众多的研究论著，都明确题为托名魏文帝，李文既然并无新证，那就是用不经之说来作为自己的重要论据了。

四、误指《搜神后记》为陶渊明所作

李文第三部分写道：

陶潜在《搜神后记》这部志怪小说中讲了许多人神相亲且纵情做爱的故事，甚至毫不掩饰地描写枕席之欢（如卷四"张子长与李仲文女"的故事）。作者躲开那些易使人放荡又不许人放荡的浊世，在东篱之下，一边饮酒赋诗，一边编写爱情小说。

这段文字使人容易想到：作者是在用现代意识框套古人了。其实，

---

① 《中古文学史论集》，王瑶著，上海古籍出版社，1982年版，第102页。

稍翻检一下工具书，问题即可迎刃而解。近人张心澂编著的《伪书通考》，明确指出《搜神后记》为伪托。证据主要有两条：

一是相关的沈士龙跋文：

> 潜卒于元嘉四年，而此有十四、十六两年事。《陶集》多不称年号，以干支代之，而此书题永初、元嘉，其为伪托固不待辨。①

一是《四库全书总目提要》指出的：

> 《搜神后记》中记桃花源事一条，全录本《集》所载诗《序》，惟增注"渔人姓黄名道真"七字。又载干宝父婢事，不全录《晋书》，剽掇之迹，显然可见。②

此外，释慧皎《高僧传叙录》提到：

> 宋临川康王义庆《宣验记》及《幽明录》、太原王琰《冥详记》……陶渊明《搜神录》，并傍出诸僧，叙其风素，而皆附见，亚多疏阙。③

从六朝人为宣扬佛教而作托伪志怪小说的角度来说，《搜神后记》非陶渊明所作。大概李文也觉得所说有所不足，于是接着说"或许有人以为《搜神后记》的作者真伪难定，故不足为凭"，这种笔法

---

① 《四库提要辨证》，余嘉锡著，中华书局，2007年版，第1144页。
② 《伪书通考》，张心澂撰，商务印书馆，1954年版，第875页。
③ 《高僧传叙录》，释慧皎撰，汤用彤校注，中华书局，1992年版，第524页。

有欠严肃。已有定论的，就不应让其继续真伪难定；举手之劳可为，不应出之以主观臆想。学术研究总是在不断继承发展中前进的，我们有足够的理由来珍视前人和今人的研究成果。如果忽视学术发展的状况，一切都从原点重复开始，那就是一种绝大浪费了。妄逞主观臆说，会使相关研究止步不前乃至倒退，甚至引起新的混乱，贻害无穷。

音乐意象与魏晋诗歌

魏晋时代是中国文学史和音乐史上的重要时期，文学与音乐的关系十分密切。魏晋作家对音乐与文学的关系，也比前代有了更深刻的认识。他们大多是乐府诗歌的创作者，也普遍使用音乐意象，来表现和深化其文学创作内容；音乐意象以较高的频率，出现在他们的作品中，甚至专以具体的音乐演奏器具为主要表现对象的作品也为数不少。这些现象说明，应该重视对魏晋音乐与文学关系的深入研究。今试从音乐意象角度探讨魏晋诗歌与音乐的关系。

一、以悲为美："雅好慷慨"的
汉末建安之音

与更注重外在伦理原则的汉代作家相比，汉末建安作家都十分重视人与自然的对应关系，更多以审美态度看待自然万象。勃郁生动的自然万象令他们意醉神迷，他们激荡起伏的生理、心理节奏，也更为真实地回应着自然的音节。无论是表达生命的自然律动，还是表现对外在功业的执著追求，作家都用别一种眼光、耳朵去发现、感受自然丽色和倾听自然新声，并借以表现自我的形象和声音；不仅自我形象与自然景象相融，自然新声与人的声音也产生共鸣。

在普遍崇尚悲怨，以悲为美的汉末建安时代风尚中，创作主体往往以悲怨之音，与自然生命的悲怨之音共鸣，悲怨的自然生命之声，也总是引发着创作主体的悲怨之情。如：

> 殷怀从中发，悲感激清音。（陈琳《诗》）
> 黍稷何郁郁，流波激悲声。（曹丕《于玄武陂作诗》）
> 高台多悲风，朝日照北林。……孤雁飞南游，过庭长哀吟。翘思慕远人，愿欲托遗音。形影忽不见，翩翩伤我心。（曹植《杂诗》）
> 商风夕起，悲彼秋蝉。（曹睿《步出夏门行》）①

无论游宴、独居、行役、送别、怀人，诸凡飞鸟、走兽、水流、风声等自然悲音，都与汉末建安诗人的悲怨之声异质同构且产生共鸣。在这样的审美风尚中，音乐在文士生活中显得不可或缺。曹丕《与吴质书》中说：

> 昔日游处，行则连舆，止则接席，何曾须臾相失。每至觞酌流行，丝竹并奏，酒酣耳热，仰而赋诗。当此之时，忽然不自知乐也。②

---

① 分见《先秦汉魏晋南北朝诗》，第 367、400、456、414 页。
② 《六臣注文选》，第 786 页。

从曹丕的说法可以知道，汉末建安作家与音乐的关系十分密切。以悲怨为主的音乐意象，也大量出现在汉末建安诗作中。作为对汉末建安时代音乐的真实反映，这一时期的诗作中，出现了大量有关具体演奏器具的音乐意象，如琴、瑟、筝、筑、箜篌、笙、竽、长笛、洞箫、鼓、铎、磬、钟，以及为魏晋人所偏爱的由口腔这一特殊器具吹奏的"啸"等。这些音乐意象表现出鲜明的地域特色，如湘娥之琴瑟、秦女之笙竽、齐瑟、秦筝、京洛之名讴等。诗人在描述这些具有地域特征的具体演奏之器，并借以表现其思想感情时，虽然也关注这些演奏器具所发出的欢悦之声，或愉悦与悲怨之音共存，如曹植的《闺情诗》之"弹琴抚节，为我弦歌。清浊齐均，既亮且和"；《种葛篇》之"窃慕棠棣篇，好乐和瑟琴"；《野田黄雀行》之"秦筝何慷慨，齐瑟和且柔。阳阿奏奇舞，京洛出名讴"等。就普遍倾向而言，则"高谈娱心，哀筝顺耳"，更为创作主体所偏爱；"清风夜起，悲笳微吟"，尤动诗人情怀。所以，汉末建安诗人常常用这些演奏之器来表现其悲慨情怀，以悲为美，以倾听悲怨之声为乐。如阮瑀《咏史·其二》："渐离击筑歌，悲声感路人。举坐同咨嗟，叹气若青云。"王粲《公宴》："管弦发徽音，曲度清且悲。"《七哀·其二》："独夜不能寐，摄衣起抚琴。丝桐感人情，为我发悲音。"曹丕《善哉行》："悲弦激新声，长笛吐清气。弦歌感人肠，四坐皆欢悦。"《元会》："笙磬既设，筝瑟俱张，悲歌厉响，咀嚼清商……欢笑尽娱……乐哉未央……"等。[1] 无论抒怀遣兴，宴乐酣歌，无论单弦独奏、群器交响的"新声"、"清声"、"徽音"与"清商"，都具有悲慨的性质。刘勰《文心雕龙·乐府》中说：

---

① 《先秦汉魏晋南北朝诗》，第 449、436、425、379、360、366、393、449 页。

> 至于魏之三祖，气爽才丽，宰割辞调，音靡节平。……或述酣宴，或伤羁戍，志不出于慆荡，辞不离于哀思，虽三调之正声，实《韶》《夏》之郑曲也。①

虽然他是就曹操、曹丕和曹睿的乐府诗而言，但也可借以概括汉末建安时代五言诗的"哀思"特征。②

特别值得重视的是，在宫、商、角、徵、羽五音系统中，汉末建安诗人往往更偏爱"清商"之曲。"咀嚼清商"成为他们的共同嗜好。如《古诗十九首·西北有高楼》之"清商随风发，中曲正徘徊"；《古诗·黄鹄一远别》之"欲展清商曲，念子不得归"；曹操《秋胡行》之"坐磐石之上，弹五弦之琴，作清角韵"；曹丕《燕歌行》之"援琴鸣弦发清商，短歌微吟不能长"等。③"清商"曲本为一种乐调名，东汉的"清商"发展至曹魏，更趋昌盛。关于"清商"曲的特点，吴淇《六朝选诗定论》在注曹丕《燕歌行》诗时指出：

> 歌"不能长"者，为琴所限也。古人多以歌配弦，不似今人专鼓不歌。所谓"声依永"也。……其弦因有四调：曰缦宫、缦角、曰紧羽、曰清商……（清商）其节极短促，其音极纤微，长讴曼言不能逐焉。④

钟嵘《诗品序》："五言居文词之要，是众作之有滋味者也。"⑤ 在五

---

① 《文心雕龙义证》，第243页。
② 曹魏对"雅乐"的推扬等，因非关本文主旨，故未涉及，可参看《文献通考·乐一》，马端临撰，中华书局，1986年版，第1147页的相关说解。
③ 《先秦汉魏晋南北朝诗》，第330、338、350、394页。
④ 《六朝选诗定论》，吴淇著，汪俊、黄进德点校，广陵书社，2009年版，第108页。
⑤ 《诗品集注》，第36页。

言诗大盛的汉末建安时代，如此众多的诗作，选择"其节极短促，其音极纤微。长逵曼言，不能逐焉"的"清商"之曲，表明这一时期的诗歌语言节奏与音乐节奏有某种契合关系。从语言发展的角度看，先秦时代的四言诗与当时的节奏性音乐有密切的联系，汉末建安时代五言诗的兴盛亦与旋律音乐有深刻联系。归根结底，诗歌语言与音乐语言的发展变化，是和人类思维、语言与情感丰富的发展趋势相吻合的，同时，这种契合关系还蕴涵了深广的时代内容。自刘勰《文心雕龙·明诗》指出汉末建安文学"雅好慷慨"的特征，①历代论者普遍予以认同。其实，"慷慨"也是这一时期音乐所具有的特征。汉末建安诗人往往直接以"慷慨"来概括音乐的悲怨特点，借音乐的"慷慨"来表现创作主体的悲怨。如曹操《短歌行》之"对酒当歌，人生几何。譬如朝露，去日苦多。慨当以慷，忧思难忘"；②曹植《杂诗》之"弦急悲声发，聆我慷慨言"；③《古诗·黄鹄一远别》之"泠泠一何悲，丝竹厉清声。慷慨有余哀，长歌正激烈"；④《古诗·寂寞君子坐》之"悲意何慷慨，清歌正激扬"；曹丕《于谯作》之"余音赴迅节，慷慨时激扬"；⑤曹植《远游》之"鼓翼舞时风，长啸激清歌。"⑥"抚节弹鸣筝，慷慨有余音"等。⑦这些"慷慨"之音，往往具有"弦急"、"声厉"、"激扬"、"迅节"等特征。此外一些音乐意象，如《古诗·东城高且长》之"音响一何悲，弦急知柱促"；⑧曹植《夏日》之"悲弦激新声"，与《精微》

① 《文心雕龙义证》，第 196 页。
② 《先秦汉魏晋南北朝诗》，第 349 页。
③ 同上书，第 457 页。
④ 同上书，第 338 页。
⑤ 同上书，第 339—400 页。
⑥ 同上书，第 434 页。
⑦ 同上书，第 456 页。
⑧ 同上书，第 332 页。

之"弦歌随风厉"、"河激奏中流"、"弹筝奋逸响"等,[①] 都同样具有激昂、急骤、短促、回旋往复的节奏特点。毫无疑问,这些音乐意象所表现的,正是汉末建安时代"雅好慷慨"这种时代之音的特点。它是这一时代有感于生命短暂,在强烈的生命意识推动下,渴望建功立业,追求生命永恒价值的焦灼、苦闷的回响。这种具有激昂、急骤、短促、回旋往复的旋律节奏特点的"慷慨"之音,与"清商"曲的"其节极短促,其音极纤微,长讴曼言,不能逐焉"的特点是相吻合的。由此可见,汉末建安诗人如此偏爱在五言诗中借"清商"之曲,以表现其"慷慨"之情,确非偶然。虽然在其他诗体中,如七言诗,曹丕的《燕歌行》也出现了"清商"之曲,但毕竟"短歌微吟不能长",故以五言最适合表达汉末建安诗人那种慷慨不平、回旋往复的丰富感情节奏。

二、美女与音乐同构:汉末建安诗人审美理想的象征

在古人心目中,音乐往往是某种思想、人格的象征,也是借以追求道德自我完善的工具。汉末建安诗中的音乐意象表现,普遍继承这一传统,并赋予其新的时代内容。在这一时期诗作中,表现美女弹奏音乐的形象,是一个突出的特点。如曹植的《闺情》诗:

> 有美一人,被服纤罗。妖姿艳丽,蓊若春华。红颜晔晔,云髻嵯峨。弹琴抚节,为我弦歌。清浊齐均,既亮且和。取乐

---

① 按逯钦立《先秦汉魏晋南北朝诗》此句引用混乱。"弦歌随风厉"见于曹丕《夏日》(第404页);"悲弦激新声"见于曹丕《善哉行》(第393页);"弹筝奋逸响"见于《古诗十九首·今日良宴会》(第330页)。

今日，惶恤其他。①

这种"既亮且和"的美女弹琴意象，与曹植的《洛神赋》《美女篇》等作品中的美女形象，出于同一机杼，是诗人刻意追求的审美理想的象征。但"取乐今日，惶恤其他"，也足以说明：这种与美偕欢的欢会短暂难得，创作主体并没有得到彻底的解脱。

更为常见的是，汉末建安诗歌中的美女弹奏音乐形象，具有悲怨特征。这标志着汉末建安诗人对人与自然审美关系认识的进步。首见于《古诗十九首》，如《其十四》：

> 西北有高楼，上与浮云齐。交疏结绮窗，阿阁三重阶。上有弦歌声，音响一何悲。谁能为此曲，无乃杞梁妻。清商随风发，中曲正徘徊。一弹再三叹，慷慨有余哀。不惜歌者苦，但伤知音稀。愿为双鸿鹄，奋翅起高飞。②

这种高出尘表、曲高和寡、阻隔深重、知音难求的美女形象，是汉末建安时代有志之士怀才不遇、志向难遏等人生苦闷的真实写照。这种审美形象对曹植具有深刻影响，其《怨诗行》即全面继承《古诗十九首》：

> 明月照高楼，流光正徘徊。上有愁思妇，悲叹有余哀。借问叹者谁，自云宕子妻。夫行逾十载，贱妾常独栖。念君过于渴，思君剧三饥。君作高山柏，妾为浊水泥。北风行萧萧，烈

---

① 《先秦汉魏晋南北朝诗》，第449页。
② 同上书，第330页。

烈入吾耳。心中念故人，泪堕不能止。浮沉各异路，会合当何
谐。愿作东北风，吹我入君怀。君怀常不开，贱妾当何依。恩
情中道绝，流止任东西。我欲竟此曲，此曲悲且长。今日乐相
乐，别后莫相忘。①

此诗借美女与音乐意象，高度象征了诗人复杂感慨的人生遇合。
《弃妇》诗则塑造了被遗弃的妇女"褰帷更摄带，抚节弹鸣筝。慷
慨有余音，要妙悲且清"的悲怨形象。② 在曹丕塑造的美女音乐形
象中，因追求崇高人生境界而知音难求的象征意味趋于淡化，对征
人思妇之苦的细腻描摹，和对纯粹美感的咀嚼，却被加强了。《善
哉行》是这一类型作品中不可多得的精品：

> 有美一人，婉如清扬。妍姿巧笑，和媚心肠。知音识曲，
> 善为乐方。哀弦微妙，清气含芳。流郑激楚，度宫中商。感心
> 动耳，绮丽难忘。离鸟夕宿，在彼中洲。延颈鼓翼，悲鸣相
> 求。眷然顾之，使我心愁。嗟尔昔人，何以忘忧。③

此诗更为细腻地刻画了美女形象，赞美她出众的仪态，温柔善良的
品格，博雅的音乐修养，并精细描摹了美女演奏音乐的整个过程，
对听觉与视觉形象的互相转换，颇有创新之处。以曹植为代表的侧
重于音乐象征意味的表现方式，与以曹丕为代表的侧重于审美感受
和具体描摹音乐表现的表达方式，对于正始文学与后世文学，提供
了有益的借鉴。

---

① 《先秦汉魏晋南北朝诗》，第 459 页。
② 同上书，第 456 页。
③ 同上书，第 391 页。

三、正始之音的沉思倾向

与充满建功立业精神追求的汉末建安时代相比，正始时代是一个更富有哲学气息和艺术情调的时代。魏晋之际的黑暗与血腥，恰恰成为正始名士思想解放与精神自由的产床。在建安作家的生活中，音乐是其所偏爱的抒怀遣兴的工具，而在"越名教而任自然"的正始名士生活中，音乐不但是其生命存在的崇高象征，更是对抗黑暗时代的有力武器；不但是其所偏爱的抒怀遣兴的工具，更是追索宇宙自然、社会人生和历史现实必然之理的工具。在正始名士与音乐的关系中，闪耀着理性主义与艺术审美的光芒。《晋书·阮籍传》记载：

> 籍又能为青白眼，见礼俗之士，以白眼对之。及嵇喜来吊，籍作白眼，喜不怿而退。喜弟康闻之，乃赍酒挟琴造焉。籍大悦，乃见青眼。由是礼法之士疾之若仇。[1]

阮籍与嵇康以音乐标示了生命的崇高品位，及与礼法之士势不两立的严重对峙。而嵇康在生命的最后一刻，最难以忘怀的，就是音乐。嵇康以将要成为千古绝响的音乐，为他不朽的生命造像，音乐也使他的生命形象具有了永恒的魅力。《晋书·嵇康传》：

> 康将刑东市，太学生三千人请以为师，弗许。康顾视日影，索琴弹之，曰："昔袁孝尼尝从吾学《广陵散》，吾每靳

---

[1] 《晋书》，第 1361 页。

固之。《广陵散》于今绝矣！"时年四十。海内之士，莫不痛之。①

所以，向秀《思旧赋》悼念嵇康，感念最深的，就是嵇康"临当就命，顾视日影，索琴而弹之"的动人情景。②

音乐也是阮籍等正始名士追求精神超越与哲学探索的理想器具。阮籍本传记载：

> 籍尝于苏门山遇孙登，与商略终古及栖神导气之术，登皆不应，籍因长啸而退。至半岭，闻有声若鸾凤之音，响乎岩谷，乃登之啸也。遂归著《大人先生传》。③

阮籍不但以音乐之"啸"激浊扬清，与高雅之士进行精神对话，更以音乐来激发其创作才情与哲思。

从前面的论述可以看出，比之于汉末建安作家，正始作家的生活与音乐的关系更为紧密深广。因此，正始之音虽然是继承了汉末建安文学的，但正如《文心雕龙·才略》论"嵇康师心以遣论，阮籍使气以命诗，殊声而合响，异翮而同飞"，④ 就使正始之音与建安之音成为魏晋"人的自觉"主题旋律中两大不同声部。

正始之音当主要有如下三方面的特征：

---

① 《晋书》，第1374页。
② 《竹林七贤》，曹旭、丁功谊著，中华书局，2010年版，第212页。
③ 《晋书》，第1362页。
④ 《文心雕龙义证》，第1807页。

（一）借音乐意象来塑造理想的自我形象，表现对审美理想的追求，从而实现对生命表象世界的否定与超越

汉末建安诗作中的音乐美女形象，表现了时代审美理想，但汉末建安诗人在营造其审美理想时，美女仍然处于从属、依附的地位，曹植更借美女形象来象征君臣遇合关系。阮籍、嵇康等正始作家，则借助于老庄哲学，高扬人的精神自由意志，获得了平视王侯、视虚伪化的伦理道德为粪土，绝对怀疑、独立思考和重新评价一切的精神力量。因而，他们改变建安诗作中的音乐美女表现模式，为自我高洁形象与音乐意象的组合，音乐意象成为创作主体高洁形象的有机组成部分。这一转变，表现了正始作家对自我生命存在的高度肯定与自信。由于这种理想的自我形象，始终处于世俗社会的罗网中，孤立无援，因而，恨无知音赏只，缺乏志同道合之士一道来对抗世俗社会的罗网，是郁结于正始作家心头的深刻苦闷。渴求知音的苦闷，遂成为他们诗歌创作的重要内容。本传称嵇康"以高契难期，每思郢质"。[1]他的诗作中，审美主体高洁的自我形象，在虚假、丑恶的生命表象世界中罕遇知音，因而表现出对知音的强烈渴求。如《酒会》：

斯会岂不乐，恨无东野子。酒中念幽人，守故弥终始。但当体七弦，寄心在知己。[2]

《四言赠兄秀才入军》：

凌高远眄，俯仰咨嗟。……虽有好音，谁与清歌。虽有姝

① 《晋书》，第1370页。
② 《嵇康集校注》，第111页。

颜，谁与发华。……轻车迅迈，息彼长林……习习谷风，吹我素琴。咬咬黄鸟，顾俦弄音。感寤驰情，思我所钦。心之忧矣，永啸长吟。闲夜肃清，朗月照轩。……瑟琴在御，谁与鼓弹。仰慕同趣，其馨若兰。佳人不存，能不永叹。①

《五言诗三首·其一》：

        郢人审匠石，钟子识伯牙。真人不屡存，高唱谁当和。②

相较而言，阮籍比嵇康具有更深刻的审美眼光。他公开宣称："岂与蓬户士，弹琴诵言誓。"（《咏怀·其五十八》）他总是将希望寄托在对生命表象世界的超越之中。他的诗作中出现"凤凰鸣参差，伶伦发其音"（《咏怀·其二十二》）这样充满希望的音乐意象，③甚至以夜中鸣琴，来呼唤"清风"、"明月"之类的理想审美意象。而这些理想的音乐意象，是与生命表象世界的丑恶、黑暗严重对立的。因此，阮籍尤其偏爱远离和超越这样的生命表象世界，借助音乐独悟妙得，于"世界夜半"自造一个更为美丽的生命幻境。

（二）借音乐意象追求和表现中和之美

正始诗歌中的音乐意象，也继承了建安诗歌以悲为美的审美倾向，如郭遐周《赠嵇康诗三首·其一》诗句：

        援筝执鸣琴，携手游空房。④

---

① 《嵇康集校注》，第16—24页。
② 同上书，第122页。
③ 《阮籍集校注》，第360、287页。
④ 《嵇康集校注》，第83页。

刘伶《北芒客舍诗》：

> 寒鸡思天曙，拥翄吹长音。……何以除斯叹，付之与瑟琴。长笛响中夕，闻此消胸襟。①

阮籍《咏怀·其九》：

> 鸣雁飞南征，鹍鸡发哀音。素质游商声，凄怆伤我心。②

但从整体倾向上看，这一时期有对以悲为美的审美倾向进行深刻反思的创作特征。《晋书·乐志》记载了音乐史上稍后于正始时代的一件大事：

> 荀勖又作新律笛十二枚，以调律吕，正雅乐，正会殿庭作之……时阮咸妙达八音……咸常心讥勖新律声高，以为高近哀思，不合中和。……后有田父耕于野，得周时玉尺，勖以校己所治钟鼓金石丝竹，皆短校一米。于此伏咸之妙……③

可见稍后于正始的晋代风尚，与曹魏时代有所不同，"竹林七贤"之一的阮籍从侄阮咸，对以悲为美的音乐表现持一种批判态度。嵇康在《琴赋》中明确反对"称其才干，则以危苦为上；赋其声音，则以悲哀为主；美其感化，则以垂涕为贵"的审美风尚。④ 阮籍

---

① 《先秦汉魏晋南北朝诗》，第 552 页。
② 《阮籍集校注》，第 240 页。
③ 《晋书》，第 693 页。
④ 《嵇康集校注》，第 126 页。

《咏怀·其四十五》认为满足浅层次官能享受的娱乐，不是真正意义上的审美，指出这种娱乐享受有害无益，"乐极消灵神，哀深伤人情"。① 因此，他反对"志不出乎滔荡，辞不离于哀思"的审美倾向，② 强调以审美的态度对待人生。《咏怀》之《其二》《其五》和《其三十一》等诗作，都表现了对人生与审美关系的深度思考。故阮籍要求借音乐调节审美主体矛盾失衡的心理状态，以平和心态进入中和审美境界。如夜中鸣琴即招来了"明月"、"清风"这样具有中和之美的理想审美意象，其作品中的"伶伦之音"、"丹山之琴"、"凤凰之音"等意象，无不具有高洁、神秘、和谐的特征，与《咏怀》之其九、其四十三、其四十四、其七十八、其八十一等所反复描述的佳人、神者、仙者、鸿鹄一样，是纯"和"之美的高度象征物。

（三）作为审美主体的求"道"之具、载"道"之体、传"道"之器的音乐意象

在正始作家的心目中，音乐最能体现出宇宙自然之道"和"的特征，因而是"自然"的理想化身。如嵇康《琴赋》认为，在音乐器具中，琴"含天地之醇和兮，吸日月之休光"。③ 阮籍《乐论》认为，理想的音乐最大限度地体现了"天地之体"，"万物之性"。同时，音乐又可以作为人心与自然相通的工具，借助音乐能够完成求"道"的审美活动；通过音乐的演奏，可以传达关于宇宙自然、社会人生至道的声音。无论是嵇、阮进行更高层次的精神对话，阮籍与苏门先生以"啸"对答，以及阮籍《达庄论》的开启玄机，都不

① 《阮籍集校注》，第335页。
② 《文心雕龙义证》，第243页。
③ 《嵇康集校注》，第126页。

能不借助于音乐。① 与汉末建安作家借音乐群器表达以悲为美的审美情趣不同，正始作家从哲学思辨的需求出发，更多关注音乐所蕴含的形而上性质，赋予音乐高度抽象的象征意义。因而，音乐群器所发出的纷繁音调不再被充分重视，而是通过音乐器具来以简驭繁，探究蕴含于繁复的生命表象世界的规律性特征和普遍法则。所以，嵇康才在《琴赋》中宣称："众器之中，琴德最优。"②

在正始诗人作品中，群器交响的声音趋于消歇，而更为抽象的琴声，则传达着审美主体沉思宇宙自然、社会人生、历史现实的声响。如嵇康《四言赠兄秀才入军》：

> 息徒兰圃，秣马华山。流磻平皋，垂纶长川。目送归鸿，手挥五弦。俯仰自得，游心太玄。嘉彼钓叟，得鱼忘筌。郢人逝矣，谁可尽言。③

前人注意到此诗的特异之处，《对床夜话》说：

> 古人句法极多，有相袭者，如……"日暮碧云合"及"朝游江北岸"之类皆是。若嵇叔夜"目送归鸿，手挥五弦。俯仰自得，游心太玄"，则运思写心，迥不同矣。④

此诗"运思写心"的与众不同，正在于对自然的刻意欣赏中，融入了对自然的沉思，而这种生命的精神自由意志与宇宙自然至理的俯

---

① 《阮籍集校注》，第73、134页。
② 《嵇康集校注》，第26页。
③ 同上书，第21页。
④ 《对床夜话》，范晞文撰，商务印书馆，1937年版，第7页。

仰无不自得，是通过"手挥五弦"实现的。对于嵇康来说，这种达"道"之士的求"道"之审美历程，仍然充满着"我志谁赏"的深沉苦闷。如他的《四言》之"将游区外，啸侣长鸣。神□不存，谁与独征……"、"藻汜兰池，和声激朗。操缦清商，游心大象。倾昧修身，惠音遗响。钟期不存，我志谁赏"，和《赠兄秀才入军》之"琴诗自乐，远游可珍。含道独往，弃智遗身。寂乎无累，何求于人。长寄灵岳，怡志养神"等诗句，[①] 期冀中有绝望，绝望中有自慰，峻切声调，随处可闻。

在阮籍的诗作中，审美主体总是借音乐来独自完成纯粹的审美活动。在较完整的音乐美学思想指导下，阮籍借助于音乐意象，建构了其理想的音乐表现与理想人生追求的审美系统，表现出"调逸而响远"的特征。关于这一点，本书《音乐意象与阮籍的文学创作》，已有了较详细的论述，不再赘论。

四、结　　论

从前面三部分的探讨，可以看出：魏晋时代的建安之音与正始之音，是魏晋"人的自觉"主题旋律中的两大不同声部。

建安之音追求以悲为美，以悲为乐，偏爱以"清商"之曲来表现其"慷慨"之情。"清商"、"慷慨"体现了激昂、急骤、短促、回旋往复的汉末建安时代之音的旋律、节奏特点，是汉末建安时代志士有感于生命短暂，在强烈的生命意识推动下，渴求建功立业，以追求生命永恒价值的焦灼、苦闷的回响。同时，汉末建安诗人以音乐与美女形象的组合，来象征时代审美理想。以曹植为代表的更

---

① 《嵇康集校注》，第 121、114、115、27 页。

侧重借音乐意象象征审美主体自我形象的表达方式，与以曹丕为代表的更侧重于审美感受和具体描摹音乐表现的表达方式，都为后世文学创作提供了有益的借鉴。

正始之音则表现出明显的沉思倾向，更富有哲学气息和艺术情调，是理性主义与艺术审美的有机结合。

正始诗人直接用音乐意象，来塑造审美主体的自我形象和表现对审美理想的追求，以艺术手段来实现对生命表象世界的否定和超越，与汉末建安诗人借美女与音乐表现审美理想的方式不同，更少伦理化色彩，而多超迈不羁、高扬精神自由意志的自觉追求。嵇康尤重渴求知音不得的苦闷的宣泄，阮籍则更重审美主体的独悟自得，表现出更为深刻的审美眼光。

其次，正始诗人反对以悲为美的审美倾向，认为娱乐不是审美，要求以审美态度来把握人生，故用音乐意象来调节审美主体的悲怨，追求和表现中和之美。

第三，音乐以其所具有的纯粹客观性质，而被正始诗人视为审美主体的求"道"之具，载"道"之体，传"道"之器。他们通过音乐，特别是琴来以简驭繁，探索生命表象世界的规律性特征和普遍法则，借音乐意象传达审美主体的沉思声响。嵇康尤以峻切的声调表达求"道"历程中罕遇知音的苦闷，阮籍则"调逸而响远"，在较完整的音乐美学思想指导下，借助于音乐意象，建构了理想的音乐表现与理想人生追求的审美系统。

要之，魏晋诗人借助于音乐意象，从多个方面和层次，表现了魏晋"人的自觉"的主题，音乐意象对他们的诗歌创作，深具重要价值意义，也对后世文学创作，提供了重要启示。

萧统与音乐赋

梁萧统《文选》在赋体分类史上首次专立"音乐赋"一类，并且所选篇目也仅次于"京都"类而有 6 篇之多。这就使我们面对一系列饶有兴味的问题：在众多赋类中，萧统何以如此重视音乐赋？是偏嗜于音乐，还是对音乐赋创作情有独钟？抑或是持有独特的音乐观念？他多选音乐赋依据怎样的标准？与其他选赋标准有无不同？今试以《文选》音乐赋为主，探讨萧统的音乐观念及其音乐赋选赋标准。

一、萧统与音乐及音乐赋创作

从文体分类学的角度看，音乐赋为《文选》三十八类文体中赋类的子类。《文选序》在叙述赋的演变源流时，这样规定赋的分类标准：

> 述邑居，则有凭虚、亡是之作；戒畋游，则有长杨、羽猎

之制。若其纪一事，咏一物，风云草木之兴，鱼虫禽兽之流，推而广之，不可胜载矣。①

由此，《文选》再分赋为十五子类：京都、郊祀、耕籍、畋猎、纪行、游览、宫殿、江海、物色、鸟兽、志、哀伤、论文、音乐、情。作为子类之一，音乐赋共收 6 篇，在所有子类中，仅次于京都类（7 篇）。其中 4 赋专咏某一乐器，"啸"的功能与乐器差近，惟"舞"例外，系由乐、舞关系密切而收入。可知《文选》以音乐赋属专"咏一物"类。既然专"咏一物"诸类作品，"推而广之，不可胜载矣"，《文选》将以专咏乐器为主的音乐赋独立一类，并且以引人注目的 6 篇作为咏器物赋的代表，而不录《灯赋》《几赋》《扇赋》等，说明萧统十分重视音乐赋的创作。

但萧统对音乐赋的重视，不是由于他对音乐的偏嗜或受他本人创作倾向的影响。《梁书》本传称他"出宫二十余年，不畜声乐"，"少时敕赐大乐女伎一部，略非所好"，有人劝他于泛舟后池时奏女乐，他则咏左思诗句"何必丝与竹，山水有清音"作答。② 在其个人生活与文化活动中，音乐基本上不占什么位置。如《答湘东王求文集及诗苑英华书》述及春夏秋冬丰富多彩的文化活动：

> ……漾舟玄圃，必集应阮之俦；徐轮博望，亦招龙渊之侣。校核仁义，源本山川；旨酒盈罍，嘉肴溢俎。曜灵既隐，继之以朗月；高春既夕，申之以清夜。③

① 《六臣注文选》，第 2 页。
② 《梁书》，姚思廉撰，中华书局，1973 年版，第 168 页。
③ 《昭明太子集校注》，萧统撰，俞绍初校注，中州古籍出版社，2001 年版，第 156 页。

却无任何与音乐相关的活动，其文学创作也不借助于音乐之"兴"。虽然他自以为这样的文化活动，可以与同样具有太子身份的曹丕相媲美，所谓"兴同漳川之赏"，[①] 但在曹丕的文化生活中，"丝竹并奏"，"清风夜起，悲笳微吟"必不可少，[②] 并且每每激发其文学创作的激情。故在萧统的创作中看不到音乐赋，就是很自然的事了。

萧统不好音乐的个人趣味，与乃父梁武和乃弟简文主导的崇尚音乐之梁代文化风气，形成了鲜明对照。《隋书·音乐志》记载：

> （梁武）帝既素善钟律，详悉旧事，遂自制礼乐，又立为四器，名之曰通。[③]

《五代史·乐志下》记载周世宗时兵部尚书张昭《乐议》提到"梁武帝素精音律，自造四通十二笛，以鼓八音。又引古五正、二变之音，旋相为宫，得八十四调，与律准所调，音同数异"之事，[④]《通典》亦载梁武帝制作四通十二笛之事。简文帝《答张缵谢示集书》中强调"时闻坞笛，遥听塞笳"带给他文学创作的冲动；《答新渝侯和诗书》以音乐喻"性情卓绝，新致英奇"之诗："故知吹箫入秦，方识来凤之巧；鸣瑟向赵，始睹驻云之曲。"[⑤] 可见他嗜乐之深。不惟如此，今仅存的两篇梁代音乐赋，也为他一人所创作。

虽然萧统性不好乐，但这纯为其个人爱好倾向，他不会由此来影响好乐的梁代文化风气。特别作为太子，他不可能以纯粹的个人趣味来干预重乐的梁代文化政策。《隋书·音乐志》记载，梁武帝

---

① 《昭明太子集校注》，第 156 页。
② 《六臣注文选》，第 786 页。
③ 《隋书》，魏征等撰，中华书局，1973 年版，第 288—289 页。
④ 《旧五代史》，薛居正撰，中华书局，1976 年版，第 1940 页。
⑤ 《全梁文》，严可均辑，冯瑞生审订，1999 年版，第 114—115 页。

于天监元年，下诏以访百僚：

> 夫声音之道，与政通矣，所以移风易俗，明贵辨贱。而韶、护之称空传，咸、英之实靡托。魏晋以来，陵替滋甚。遂使雅郑混淆，钟石斯谬，天人缺九变之节，朝醻失四悬之仪……①

故要求撰为乐书，以定大梁之乐，梁武并亲定梁代礼乐。对梁代重乐之文化政策与举措，萧统自然不持异议。当他以太子身份主持编选《文选》时，就能以客观立场来看待音乐和音乐赋。而作为一名成功的文选家，萧统注重处理好理论之兼容与作家之特擅的辩证关系。他在《文选序》中谈论文体之"众制锋起，源流间出"现象时，即以音乐和花纹为喻：

> 譬陶匏异器，并为入耳之娱；黼黻不同，俱为悦目之玩。②

这说明他承认人类情感对音乐不可或缺的需求，重视音乐众器的广泛运用。

同时，音乐赋创作具有较普遍的传统，这一不容忽视的客观事实，也是萧统特别关注、重视音乐赋的重要原因。根据我们粗略的统计，《全上古三代秦汉三国六朝文》所收音乐赋的情况是：汉代10篇（费振刚先生等辑校《全汉赋》收12篇），三国4篇，晋代24篇，刘宋1篇，萧齐0篇，萧梁2篇。从汉迄昭明太子生活的梁

---

① 《隋书》，第287—288页。
② 《六臣注文选》，第3页。

代，所收约 40 余篇，再加上亡佚篇章，实际数目应当较此为多。可见，昭明太子为有 40 余篇的音乐赋专立一类，确应属情理中事。

二、萧统与音乐赋选赋标准

萧统不受主观好恶支配，而以客观立场看待音乐赋，专立音乐赋类，并选有 6 篇之多，为什么他选约占总篇数 1/7 的音乐赋时，集中于两汉魏晋（西汉 1 篇：王褒《洞箫赋》；东汉 2 篇：傅毅《舞赋》、马融《长笛赋》；魏 1 篇：嵇康《琴赋》；西晋 2 篇：潘岳《笙赋》、成公绥《啸赋》），①而对东晋、南朝迄梁的音乐赋不收一篇呢？虽然《文选》赋中也有仅收 1 篇或数篇而专立一类的，如论文类收陆机《文赋》1 篇，游览类收王粲《登楼赋》等 3 篇，但考虑到音乐赋有 40 余篇之多，倘昭明太子如其《文选序》所称，对每类作品"以时代相次"而追溯源流，似可做到较完整展现音乐赋的源流演变历程。况且，他对音乐赋的选赋方式，也与其"近详远略"的选文标准有所出入。本文即由此进一步探讨萧统对音乐赋的选赋标准以及他对音乐的观念。

（一）依从各种具体文体的发展演变实际之选文标准

正如《文选序》所说，各种文体之形成发展演变的普遍规律是"踵其事而增华，变其本而加厉"。音乐赋则有异于是。从音乐赋在汉魏迄梁的发展演变看，其兴盛期在两汉魏晋，作品量约占总篇数的十分之九；南朝迄梁，明显是衰微期，作品仅有 3 篇。出现这种前盛后衰现象的原因，简单说一是音乐赋从产生起，便被规范以各

---

① 参《文献通考》，马端临撰，中华书局，1986 年版，关于"乐"之"器"与"舞"部分的相关记载。

种乐器为主要表现对象，并形成了较为固定的创作程式。这就在很大程度上制约了音乐赋题材领域的开拓，也限制了作家的创造力和想象力。从而既使音乐赋的创作陈陈相因，滥调充斥，也使追求"若无新变，不能代雄"的南朝门阀士族作家较少垂青于它。二是审美思潮的演变也使作家的兴趣他移。如南朝刘宋时代作家对山水文学趋之若鹜，他们对山水之美的热爱甚至超过了音乐，左思所咏，可谓导夫先路："何必丝与竹，山水有清音！"如萧齐时代"永明体"大兴，但恰恰是格外注重追求语言自身音律之美的沈约、谢朓等，都很少表现出对音乐赋创作的兴趣。萧统大约正是有感于音乐赋这一门类前盛后衰的实际，才不强求源流完整，而将关注点放到两汉魏晋时代。

（二）"略其芜秽，集其清音"的选赋标准

就萧统所选两汉魏晋 6 赋看，两汉 10 篇（或 12 篇）中选了 3篇，三国 4 篇中选了 1 篇（魏），两晋 24 篇则仅选 2 篇，萧统偏重汉魏而稍轻两晋的倾向昭然可见。笔者认为，这与萧统"略其芜秽，集其清音"的选赋总原则有很大关系。细究《文选序》，萧统心目中所谓"芜秽"、"清音"之标准，主要为两条：

一是凡符合"事出于沉思，义归乎翰藻"的，即为"清音"，不合则为"芜秽"。如专咏器物的赋体创作在魏晋南朝大盛于时，但此类咏物赋，"沉思"之"事"既少，铺陈失度，琐屑无聊复多。与滥调充斥的《灯赋》《几赋》《扇赋》之类咏器物赋相比，一些音乐赋精品确实要胜出许多。故萧统拒收其他专咏器物之赋，而以音乐 6 赋作为咏器物赋的代表。

二是凡符合崇雅去邪标准的，即为"清音"，不合则为"芜秽"。关于第二点，既可从他追溯诗的源流而关注"关雎麟趾，正始之道著；桑间濮上，亡国之音表。故风雅之道，粲然可观"

见出，① 也可参读他《陶渊明集序》对无助于风雅之道、以纯粹追求感官享受娱乐为目的的音乐之批判：

> 齐讴赵女之娱，八珍九鼎之食，结驷连骑之荣，侈袂执圭之贵，乐既乐矣，忧亦随之。何倚伏之难量，亦庆吊之相及。智者贤人居之，甚履薄冰；愚夫贪士竞之，若泄尾闾。②

关于这两条标准的最高理想，见于他《答湘东王求文集》及《诗苑英华》书的描述：

> 夫文典则累野，丽亦伤浮。能丽而不浮，典而不野，文质彬彬，有君子之致。吾尝欲为之，但恨未逮耳。③

可见，萧统是以文化均衡原理来构建他所向往的为文之境的。在他心目中，无论是对"事"的"沉思"与"义"的"翰藻"两极尺度的把握，还是对"风雅之道"、"沉思"的"粲然可观"程度的把握，或是对"翰藻"之"丽"的表现度，都应最大限度地追求其理想之"度"。所谓"典而不野"、"丽而不浮"、"文质彬彬有君子之致"，正是这种理想度的体现。"过"与"不及"则被视为有害无益："典则累野，丽亦伤浮。"以此标准来衡量，两汉音乐赋无疑最符合萧统理想。汉大赋为一代之文学代表样式，音乐赋虽为汉大赋的转型但基本保留了汉大赋的内容表现特征。如所选汉三赋在内容表现上均以悲为美而特重伦理，明显合于萧统之"正始之音表"，

---

① 《六臣注文选》，第2页。
② 《昭明太子集校注》，第199页。
③ 同上书，第155页。

"风雅之道，粲然可观"的标准。汉代王褒等作家处在音乐赋的创始阶段而为音乐大家，他们对音乐赋的创作抱有新鲜感，在创作上具有较大自由度，他们既借鉴汉大赋体制特点而"穷变于声貌"，又能以专擅音乐为突破点而使其音乐赋别具特点，故能多所建树而深得"义归乎翰藻"之旨。汉代其他作家，如张衡写有与傅毅同题之《舞赋》，内容虽亦重伦理，而气魄之宏大，结构之完整，思致之工巧出奇，对舞之全方位的铺叙渲染，较傅作自逊色不少；蔡邕、阮瑀等均为音乐名家，所写《琴赋》《筝赋》诸作却不出王、马范围，且具体描述语焉不详，形象暗淡模糊，故萧统选汉赋最多而执法亦严。至三国魏晋之际，音乐与文学的关系空前密切，音乐赋创作却很少。恒嵇康《琴赋》允为里程碑之作，是音乐赋之极品。其内容虽刻意突破伦理规范，却追求中和之美，故亦为"事"出于"沉思"之一体，艺术表现方面尤能超迈前人，自铸伟词，"翰藻"之"丽"骄人。成公绥《啸赋》写作时代在西晋，却为嵇康《琴赋》之嗣音。虽然两晋时代音乐赋创作空前繁荣，但作家普遍认同陆机"诗缘情而绮靡"的理论，[1] 走向轻视思想内容、注重形式探索之路，故音乐赋精品罕见。如对西晋文学颇具影响力的年长作家傅玄，一人乃有《琴赋》《琵琶赋》《筝赋》《筑赋》4篇，数量不可谓不多，却以模仿为宗，循规蹈矩，少见创新。这一时期的创作情形，诚如陆机《文赋》所自白"彼榛楛之勿剪"，"放庸音以足曲"；亦如刘勰《文心雕龙·明诗》所批判："采缛于正始，力柔于建安。"故潘岳之《笙赋》虽格调不高，形式表现却多有值得称道之处，被视为出类拔萃之作而选入。南朝迄梁情形前已有所述及，恕不赘焉。

---

① 《六臣注文选》，第312页。

三、萧统所选音乐赋发微

《文选》音乐赋的创作，存在较为固定的创作程式。这既使音乐赋特色鲜明，同时也制约和影响了音乐赋创作的推陈出新。下面，试结合美学意蕴，对萧统所选各赋具体运用音乐赋创作程式之"同"而"不同"、"不变"而"变"的特征予以归纳、分析，并辨其优劣。

王褒《洞箫赋》　　根据马融《长笛赋》序，枚乘《笙赋》为今天所知道的最早的音乐赋。但《笙赋》已亡佚，故王褒《洞箫赋》实为今天所能看到的第一篇音乐赋。在《洞箫赋》中，存在着为后代音乐赋作者所普遍遵守的创作程式，故人们认为王褒为音乐赋创作规定了较固定的创作程式。不管怎样，还应注意音乐赋创作程式对汉大赋体制特点的继承发展，特别是枚乘《七发》对王褒等人赋作的直接影响。枚乘《七发》虽以七事相发，但其描写音乐部分已具备了音乐赋创作程式的一些基本要素——以"琴"为主要表现对象，以"龙门之桐"为制琴之材，强调产地、环境对乐器性质、乐理机制形成的决定性影响，描述琴之制作过程，渲染歌、琴并发的音乐效果。而类似枚乘《七发》的音乐描写片断，在汉大赋中并不少见。这至少说明，在王褒之前，即已存在着为汉大赋作家所普遍认同的音乐描写手法。王褒的功绩大约是使音乐赋的创作程式更为完备。可见，音乐赋系由汉大赋衍化而来，至枚乘、王褒始形成创作传统。

王褒《洞箫赋》表现了音乐赋的创作程式：

1. 首重乐器产地。《洞箫赋》界定"箫干"生于"江南之墟"。这种取材高远、远离世俗人群的艺术眼光，来自古人将音乐视为人类高级精神、情感活动的象征这种最一般观念。古人认为：音乐与宇宙自然有着最为直接的联系，代表和体现某种宇宙法则与精神，因此，赋予原初音乐以某种高洁、神秘、陌生的特征。他们由此出发挖掘所描写乐器的出处特征，从而形成"各重其器"的特点。

2. 注重"天"、"人"、"乐"三极关系。强调乐器的潜在音乐结构与自然的繁音交响，以及与人的心灵结构的异质同构。《洞箫赋》极力渲染铺陈产地自然地貌、山川风物之"可悲"与"足乐"。无论风云变幻、鸟语虫鸣，一切都使产地成为一种悲、乐并存而以悲为主的音乐场。这一音乐场使"箫干"既身处其中而与之异质同构，又广收其各种音乐"养分"，弃其繁芜，而具有"宜清静而弗喧"的音乐本质。在王褒看来，理想音乐的表现须最大限度地调动听觉系统和全身心的感知，为此甚至须关闭整个视觉系统。因此，"生不睹天地之体式，闻于白黑之貌形"、"寡所舒其思虑兮，专发愤乎音声"的眸子"丧精"之人，就成为王褒心目中最理想的表演者。于此可见王褒细致入微的观察力，和他对最原始本初的纯粹音乐之声的向往、追求。

3. 描述乐器的具体制作过程和发音机制。音乐赋作家都精擅乐理。他们都对乐器的具体制作过程和发音机制予以精心刻画，以符合表达最理想音乐之声的需求。这既为音乐史留下珍贵史料，亦具有较高的文学价值。《洞箫赋》要求箫的制作者既精擅乐理，又制作技术高明。赋精细描述了选配材料、雕镂装饰、编连胶粘诸制作工序，并对选择宫商部位、鼓腮积气、换气诸发音方法予以逼真刻画，确非专擅洞箫者所能道。

4. 对听曲之审美感受的描述。王褒《洞箫赋》主要是借鉴《左传》襄公二十九年吴季札闻乐的听声类形之法。注重音乐作为时间艺术的抽象特征，而对音乐所表现的想象空间予以多方面的拓展。具体而言，一是兼重悲乐而以悲为主。正如钱钟书先生所揭示，王褒此赋表现了奏乐以生悲为善音，听乐以能悲为知音的汉魏六朝风尚。① 二是受汉代特重伦理之文化心理的影响，王褒追求伦理化心理结构与音乐的共鸣。他分以慈父畜子、孝子事父、壮士、君子、武声、仁声等模拟各种乐声，赞美"吹参差而入道德兮，故永御而可贵"，并以音乐对鸟虫的感化递进表现音乐"感阴阳之和而化风俗之伦"的作用。

5. 以"乱"作结。音乐赋的结尾往往是对某一具体乐器的总括。王褒《洞箫赋》以"赖蒙圣化，从容中道，乐不淫兮；条畅洞达，中节操兮"来概括洞箫的功能作用，与汉大赋曲终奏雅一脉相传。王褒《洞箫赋》在产生之初，即受到汉宣帝太子等的赞扬，② 刘勰《文心雕龙·诠赋》评其"穷变于声貌"，对后世音乐赋的创作产生了深远影响。

马融《长笛赋》 《长笛赋》序申明其创作动机是"追慕王子渊、枚乘、刘伯康、傅武仲等箫琴笙颂"，而有憾于"惟笛独无"，"故聊复备数"，③ 显然受到王褒等的影响。马融遵守音乐、自然与人三极关系的创作程式。但由于直接引起他创作冲动的原因，是听到客人吹奏《气出》《精列》《相和》三支笛曲，他"暂闻甚悲而乐之"。这就使他与王褒赋悲乐相兼不同，格外强调以悲为主。因此，生成音乐之器的环境被描述为："夫固危殆险峩之所迫也，众哀集悲之所积也。"生存其中的竹子，其天然之声固已与"放臣、逐子、弃妻、离友、彭胥、伯奇、哀姜、孝己"等悲怨的心灵深切吻合，

---

① 《管锥编》，第946页。
② "太子喜褒所为《甘泉》及《洞箫》颂，令后宫贵人左右皆颂读之。"《汉书》，第2829页。
③ 马融《长笛赋》引文均见于《六臣注文选》，第325—330页。

使他们"雷叹颓息，捣膺擗摽，泣血泫流，交横而下，通旦忘寐，不能自御"，由此，赋关注悲怨生命出于强烈的生命冲动而不惜经历艰难的砍伐，而请名匠乐师制作长笛。这无疑是对王赋的改造。在描述具体演奏过程时，《长笛赋》真实记录了汉代宫廷演奏长笛的情形。至于对具体指法、节奏旋律的描述模拟，尤为穷形尽相。与王赋一样，马融也强调长笛具有"皆反中和，以美风俗"的伦理感化效果，"通灵感物，写神喻意。涤盥污涉，澡雪垢淬"，显示了作者对笛音审美效果的重视。

《长笛赋》结尾构思有两点颇值得注意。一是它特意将长笛与琴、瑟、簧、埙和钟、离、磬的制作相比较，认为：

> 唯笛因其天姿，不变其材。伐而吹之，其声如此，盖亦简易之义，贤人之业也。

轻年代久远之传统乐器，而重晚出之笛，俨然为大汉争长笛的尊崇地位。这种不厚古薄今的精神不无可取之处。二是结尾以一首七言歌谣取代以"乱"作结的传统表现手法，似比王赋更摇曳有致。

嵇康《琴赋》 与继承前人而有所发展的马融赋等相比，嵇康更多创新精神。这种创新是建立在对前代音乐赋创作深入研究基础上的。《琴赋》序总结说：

> 然八音之器，歌舞之象，历世才士，并为之赋颂。其体制风流，莫不相袭。称其材干，则以危苦为上；赋其声音，则以悲哀为主；美其感化，则以垂涕为贵。[1]

---

[1] 嵇康《琴赋》引文均见于《六臣注文选》，第332—343页。

稽康因此认为，前代音乐赋"丽则丽矣，然未尽其理也"，于是创作《琴赋》以探究他所认可的"丽"且尽"理"的音乐之"声"、"情"。稽康对"琴"的重视，与前代作家因嗜爱而各重其"器"，以表现以悲为美的审美情趣有所不同。一是受魏晋哲学影响，稽康更关注音乐蕴含的形而上性质，不重音乐群器所发出的纷繁音调，而试图通过音乐器具来以简驭繁，探究蕴含于繁复的生命表象世界的规律性特征和普遍法则。二是借音乐来塑造作者理想的自我形象和表现对审美理想的追求，从而实现对生命表象世界的否定与超越。① 因此，稽康虽遵从音乐赋的写作程式，却以全新的审美眼光来发掘"众器之中，琴德最优"。

"琴德"最"优"，首在出处。在稽康看来，琴材"梧桐之所生"的具体地理位置，并不重要。重要的是地理环境高度凝结了适合理想琴材生长的共性特征，使琴材得以"托峻岳之崇冈"，这就使"琴"的出处具有代表其他乐器出处之共性特征的典型意义。

在表现"乐"、"天"、"人"三极关系时，稽康一改前人强调以悲为美的异质同构关系的表现方式，而以中和之美作为纯粹音乐"声"、"情"的底色。《琴赋》着力刻画的是琴材所得自然环境之峻洁崇高至美，所获天地日月之中和精华，所集原初之寂静与康宁，以及琴材生长环境中之山川的至美，区土蕴涵的丰富，物产的充盈，花鸟虫鱼、惠风清露的和谐相得。一切都"固以自然神丽"，而令人"足思愿爱乐矣"。这种对理想音乐和理想自然结构、秩序的发掘与肯定，明显与对现实社会之结构、秩序的否定相关。因此，稽康心目中所谓琴的最理想演奏者，便是要求超越生命表象世界、追求高度精神自由意志的遁世之士"荣期绮季之俦"。当这些

————

① 参看本书《音乐意象与魏晋诗歌》一篇。

时代智者"悟时俗之多累，仰箕山之余辉"，以遗世独立风貌，卓立于其理想审美灵境中，"接轩辕之遗音，慕老童于騩隅，钦泰容之高吟"时，"顾兹梧而兴虑，思假物以托心"，渴望借助音乐来追求、探究宇宙自然的和谐之道，以音乐象征他们高洁的自我形象。于是"雅琴"便应运而生。即使对琴的具体制作，嵇康也不忘借雕刻"伯牙挥手，钟期听声"之象来昭示琴与演奏者内在精神气质的对应关系。

在描述琴的演奏过程时，嵇康特选了几个最足发人琴思的典型场合：一是当雅琴新成，欣赏"新声憀亮，何其伟也"、"固以和昶而足耽矣"之时；二是"高轩飞观，广厦闲房，冬夜肃清，朗月垂光。新衣翠粲，缨徽流芳。于是器冷弦调，心闲手敏，触搊如志，唯意所拟"之时；三是"三春之初，丽服以时，乃携友生，以遨以嬉。……理重华之遗操，慨远慕而长思"之时；四是"华堂曲宴，密友近宾，兰肴兼御，旨酒清醇"之时。描摹与这些特殊场合深相吻合的乐曲以及所引起的不同审美感受，而归之以中和为美。与前代音乐赋相比，实别开生面而堂构特大。至于对具体演奏与赏音的描摹，其丰富、完备、精微，尤超迈前人而集其大成。据杨荫浏的统计，[①]《琴赋》仅具体琴曲即引举了《白雪》《清角》《清徵》《尧昶》《微子》《广陵》《止息》《东武》《太山》《飞龙》《鹿鸣》《鲲鸡·游玄》《流楚》等大量古代名曲和蔡氏五曲，《王昭》《楚妃》《别鹤》等通俗琴曲。杨荫浏对《琴赋》所描写的琴的弹法、表情，也有详细分析。诚如他所评价：

　　嵇康对于音乐的表演技术和表情的多种变化，能作这样的

---

① 《中国古代音乐史稿》，杨荫浏撰，人民音乐出版社，2004年版，第83—85页。

细致的分析，这若不是富有实际经验和亲自有深刻的体会的人，是说不出来的。①

而这些对琴一往情深、令人叹为观止的描摹，仍然是出于探究纯粹音乐之"声"、"情"和对自身生命追求的一种积极肯定。

《琴赋》也强调音乐的感化作用，但较少伦理色彩。结尾提出"识音者希"、"能尽雅琴，唯至人兮"的看法。与嵇康本人渴求知音，追求更高的音乐境界，以音乐境界象征崇高生命境界的追求是一致的。

成公绥《啸赋》 《啸赋》可视为嵇康《琴赋》的嗣响。"啸"既是由人的发音器官发音的特殊音乐器具，作者就对拥有这种特殊乐器的人做了特别的规定：

> 逸群公子，体奇好异。傲世忘荣，绝弃人事。晞高慕古，长想远思。将登箕山以抗节，浮沧海以游志。②

只有"愍流俗之未悟，独超然而先觉"、追求生命的自由意志、超越生命表象世界之人，才配拥有"啸"声。从人自身寻找最佳的音乐结构，这显然是对魏晋"人的自觉"精神的一种音乐阐释。由此，成公绥完成了音乐赋由"各重其器"到"琴德最优"向人声为音声之至极观念的转变。它的重要意义在于，代表了魏晋审美思潮之合乎逻辑的发展轨迹：审美主体由向外在自然的深情凝视到借助外物以探究、把握宇宙自然的普通法则和规律，而转向通过对人自

---

① 《中国古代音乐史稿》，杨荫浏撰，人民音乐出版社，2004年版，第185页。
② 成公绥《啸赋》引文均见于《六臣注文选》，第342—345页。

身的彻底肯定来张扬人的生命主体意识。由此,《啸赋》不厌其烦地强调"啸"之独特发音机制,一则说"啸";"良自然之至音,非丝竹之所拟";二则说它:

声不假器,用不借物。近取诸身,役心御气。动唇有曲,发口成音,触类感物,因歌随吟。……清激切于竽笙,优润和于琴瑟。玄妙足以通神悟灵,精微足以穷幽测深。

三则说它:

能因形创声,随事造曲,应物无穷,机发响速。

四则说它:

音均不恒,曲无定制。行而不流,止而不滞。随口吻而发扬,假芳气而远逝……信自然之极丽,羌殊尤而绝世。

五则说它:

乃知长啸之奇妙,盖亦音声之至极。

正因如此,"啸"的演奏场合也与演奏者的生命追求密切相关:或为"延友生,集同好"逍遥游乐之时,"发妙音"而"激哀音";或为"登高台"、"披文轩"而"骋望","嗢汸仰而抗首,嘈长引而浏亮";或为"游崇冈,陵景山,临岩侧,望流川,坐磐石,漱清泉,藉皋兰之猗靡,荫修竹之蝉蜎,乃吟咏而发散"。

于是，具体的演奏便成为生命自由、精神超越的颂歌：

> 响抑扬而潜转，气冲郁而熛起……飘游云于泰清，集长风乎万里……时幽散而将绝，中矫厉而慷慨。徐婉约而优游，纷繁骛而激扬……音要妙而流响，声激曜而清厉……

至于审美效果仍以中和为美："情既思而能反，心虽衰而不伤。总八音之至和，固极乐而无荒"，"散滞积而播扬，荡埃蔼之溷浊。变阴阳之至和，移淫风之秽俗"，"超韶夏与咸池，何徒取异于郑卫"。

潘岳《笙赋》 《笙赋》在精神气质方面与汉赋相近而与嵇康、成公绥之赋拉开了距离。《笙赋》追溯笙的出处，略同于汉赋，因笙的制作材料不同，分述"悬匏"、"孤筱"出处，以为后文笙簧总萃众音之清，是天下之和乐、"不易之德音"张目。[1] 由于对"天"、"人"、"乐"异质同构模式已颇难出新意，故一笔带过，对笙的制作过程则纤微必表，在诸赋中颇有特色。潘岳对演奏场景的描写，明显由嵇康等的崇高跌入凡庸，格调不高。赋选取两个特定场景，一是"始泰终约，前荣后悴"、今贱故贵者在"众满堂而饮酒，独向隅以掩泪"时，"援鸣笙"而吹奏，音乐成为抚慰失意人生的工具，弥漫着对人生无常的伤感、对死亡的恐惧和要求及时行乐的精神意绪。二是吹笙于"临川送别"，为黯然销魂之别预造一段"乐声发而尽室欢，悲音奏而列坐泣"的情韵。至于对具体发音、指法等的繁复变化的描写，则表现出潘岳深厚的音乐素养和精细的审音能力。

傅毅《舞赋》 傅毅《舞赋》提出"听其声不如察其形"这样

---

[1] 潘岳《笙赋》引文均见于《六臣注文选》，第340—342页。

的音乐见解。① 他创作《舞赋》可视为对以乐器为主要描写对象的
音乐赋创作的一种补充。傅毅对般鼓舞的描写,为研究汉代歌舞艺
术保留了一份宝贵材料。与以乐器为主要描写对象的音乐赋相比,
《舞赋》不重对"舞"的发生演变历史的追溯,亦无意于强调舞由
之以悲为美与否。在承认舞的感化作用的同时,更重视舞的愉悦功
能,特别对郑、卫这样备受儒家诗教指斥的俗乐予以肯定,卓具胆
识。对舞容、舞姿、舞态及其舞之节奏、旋律穷形尽相的描写,饶
具魅力。在结构形式上,受宋玉《高唐赋》以宋玉咏高唐之事结构
文章和精细描写音乐的表现方式影响较深。赋即假借宋玉与楚襄王
谈论观"舞"之事和宋玉赋"舞"作为描述线索。结尾以观舞者散
去归家递进一层写"舞",比之众赋结尾多以论说方式独尊所咏乐
器,亦甚别致有味。

    总括所论,以下五点最值得关注:
    (一)以具体演奏器具为主的固定选题模式,强调乐器产地对
乐器之性质、乐理机制形成的决定性影响,对乐器功能与演奏过程
及其具体的审美感受的描述,对"乐"与"自然"和"人"三极关
系的重视等,是《文选》音乐赋主要作者共同遵守的创作程式。
    (二)《文选》所收音乐赋表现了两汉审美观念的演进。以王
褒、马融为代表的赋更多地体现了以悲为美、特重伦理的审美观
念。以嵇康、成公绥为代表的魏晋作家,则以"人的自觉"为其音
乐赋的主题旋律,追求中和之美,具有浓郁的哲思倾向。潘岳代表
了晋人注重自我情感抒发、由崇高优美转型的审美变化。而从各重
其"器"到"琴德最优",到特重人自身的音乐结构,反映了魏晋

---

① 傅毅《舞赋》引文均见于《六臣注文选》,第320页。

审美思潮合乎逻辑的发展轨迹：审美主体由外在自然的深情凝视，到希图借助外物以探究宇宙自然至理，到通过对人自身的彻底肯定来张扬人的生命主体意识。

（三）对乐器产地选择眼光的不同、审美态度之各异、详略侧重之巧构，在体现不同审美观念的同时，尤表现了作家对音乐本身的不同认识以及作家独特的个性。

（四）由于音乐赋作家往往兼具音乐家身份，因此对具体演奏过程和审美感受的描述是音乐赋作家各擅胜场、着力表现他们音乐素养的最重要部分。

（五）由于音乐赋创作形成了较固定的创作程式，因此，音乐赋作家在创作思维、眼光、表现手段诸方面，往往多雷同之处。限制了音乐赋的推陈出新，而使其呈现出前盛后衰局面。

四、萧统专立"音乐赋"类的意义

萧统《文选》详分文体为三十八类，并于诗、赋等大类中各分若干子类。虽然不无"分体碎杂"之嫌，但它代表了文体分类细密化的发展趋向，无疑是值得肯定的。而专立音乐赋一类，尤为颇具眼光的创举。所选 6 赋亦为音乐类赋精华。这与萧统所持客观选赋标准和"略其芜秽，集其清音"的标准有很大关系。他专立音乐赋类并汰劣存优，为音乐赋的创作起了重要的引导作用。即以萧统之后的陈代而言，音乐赋就有 5 篇，数量比南朝宋齐梁三朝有了较明显增加。至唐代，音乐赋创作空前繁荣，仅《文苑英华》所收音乐类赋就有 9 卷 88 篇。萧统对这种繁荣局面形成的重要意义，是毫无疑义的。

句型文化与魏晋诗赋①

以借鉴西方语言学为主导的语言研究方法，对 20 世纪文学研究有着深刻影响。80 年代以来，以启功等为代表的一批学者，关注汉语研究中语法和汉字问题上的文化认知偏差，深刻反思照搬西方文化语言研究方法造成中国现代语言学的文化断裂现象，倡导从汉语自身的文化特征出发，重新建构中国汉语研究体系。这些，对从句型文化研究文学具有重要的启示意义。但是，与语言学界对汉语研究的深入相比，从句型文化研究文学特别是古代文学，就多少显得有些冷清了。今试从句型文化入手，对魏晋诗赋予以探讨。

一、句型选择与魏晋赋的抒情

魏晋时期，小赋替代汉代骈辞大赋而成为赋创作的主流。赋创

---

① 本篇由著者参加赵逵夫师主持国家教育部项目《唐前诗赋关系探微》部分内容修攻而成。

作上的这种根本性演变，始于建安时代体制较小的抒情赋的大量创作。赋的创作多方借鉴、吸收诗体抒情因素，以凸显赋的抒情功能特征，选择抒情句型就是魏晋赋创作借以凸显赋的抒情功能、诗化赋体结构的重要方式。从对抒情句型的选择看，魏晋作家主要是以抒情句型表现创作主体与自然之间所具有的特定情感关系。这显然是对汉代骈辞大赋客观描写自然方式的反动。关于汉代骈辞大赋主要以客观方式描写自然，德国汉学家顾彬（Wolfgang Kubin）在《中国文人的自然观》中有较为透辟的揭示：

> （汉大赋对自然的客观描写）其价值和功能主要在一种（为宇宙缩图）人类社会的虚构之中，在那里，中国的皇帝是至高无上的统治者。为此，赋作者好像更多地利用固定的形式和经验，而使自身的观念和经历降到了次要地位。……即赋作者是朝廷指派的官吏并依附于朝廷，因此便不能随心所欲地观察自然，也感受不到自然之美。这样自然就成了双重统治的象征，一方面被限制在苑囿之内，另一方面又代表了被征服或尚未被征服的世界各地。因此自然的客观描写便多限于表面，成了想象和幻想，使辞赋缺少个性，显得冷漠无情。①

汉代骈辞大赋不注重对自然美的特别发现，也缺少对自然的热爱或对其现实性的明显关注。魏晋作家则渴望认识、表现自我感情，对自然有了更强烈敏感的感受，并从自然中寻找更多的慰藉，特别关注表现创作主体与自然之间所具有的特定情感关系。表现在赋的创

---

① 《中国文人的自然观》，（德）W·顾彬著，马树德译，上海人民出版社，1990年版，第62页。

作中，一方面，如刘熙载《艺概》所说，"志因物见"，魏晋赋特别
重视通过体物（主要是表现自然）以表情达意；另一方面，如刘勰
《文心雕龙·诠赋》所说"物以情观"。"自然作为人的影子，赋家
好像真的看到了它也描绘了它，但注意力却不在现实自然之上，而
是在自身的感受之上，因此这些感受就总带有艺术的抒情特性。"①

　　具体来看，在赋的开头使用抒情句型，与在赋中大量使用动词
性句型、名词性句型，是魏晋作家描述、发掘、揭示创作主体与自
然之间所具有的特定情感关系，加强赋的抒情效果最重要的三种
方式。

　　（一）赋的开头使用抒情句型
　　魏晋赋开头使用抒情句型的方式主要有两类：一类是将感叹性
虚词前置居于篇中首句句首构成双句，一类是直接以动词居于篇中
首句句首构成双句。直接以动词居于篇中首句句首的双句，讨论动
词句型与抒情的关系时详谈。这里，主要讨论感叹性虚词居于篇中
首句句首的双句句型与赋体抒情的关系。刘勰《文心雕龙·章句》
指出：

　　　　至于夫惟盖故者，发端之首唱。②

赋这种以感叹性虚词作为首字开篇的固定格式，形成于魏晋时代，
实际是对汉代骈辞大赋首客主以问答开篇方式的改造。最常见的
是，使用以"何"、"夫何"、"伊"、"惟"、"嗟"、"有"等感叹性虚
词居于篇中首句句首的双句句型，改变骈辞大赋中所表现的主体与

---

① 《中国文人的自然观》，第83页。
② 《文心雕龙注》，第572页。

客体、人与自然的对立、疏离、隔膜关系，以简洁明快、直接导入或加强感情表达的方式，强调作者与所咏对象的情感联系，往往对全篇的抒情具有兴起或总括意义。

从实际使用情况看，魏晋赋家十分清楚感叹性虚词居于篇首加强感情表达的功能作用，故以感叹性虚词居于句首的双句句型分为三种，显得很有规律：

第一种双句句型，首句以感叹性虚词＋名词或名词性词组＋"之"＋形容词词组组合，名词、名词性词组往往或直指所咏之"物""事"，或表现与所咏之"物""事"的关系，后句表示对前句的感情或事实判断；第二种双句句型结构基本与第一种相同，但在首句名词性词组位置上，则或为形容词修饰名词，或直接为形容性词组；第三种双句句型，以前置于句首的感叹性虚词与指示代词"斯"、"兹"等组合。

今试具体分析这三种句型。

1. 以诘问性感叹词"何"居于句首开篇。第一种如：

> 何天地之悠长，悼人生之短浅！（夏侯淳《怀思赋》）
> 何造化之多端兮？播群形于万类。（张华《鹪鹩赋》）
> 何天道之难忱，信厥命之靡常。（傅咸《登芒赋》）
> 何天施之弘普，厕瓦砾于琼瑛？（傅咸《申怀赋》）①

第一例，首句正常语序本应为"天地何悠长"，现在以疑问词"何"置于首句句首，在"何"原来的位置上加上了"之"予以替代，这样，正常语序中的五言句就变成了六言句：置于首句句首疑问词

---

① 《全晋文》，第 730、601、530、529 页。

"何"＋名词词组"天地"＋"之"＋形容词性词组"悠长"。全句以实在难以理解为什么会如此这种反诘语气，强调了更为强烈的感情色彩。后面的六言句虽为正常语序，但将"悼"与首句句首表反诘语气的"何"在相同位置搭配，这一正常语序的感情力度也大为加强了。这样，作者开篇以居于句首的"何"为统摄，以非正常语序与正常语序构成双句，以不愿承认悲剧人生又必须承受悲剧人生的无奈反诘起兴，在强烈反差对比中质疑、悼叹天地悠长、人生短浅，就使全篇都笼罩于悲叹情绪之中。第二例以"鹪鹩"为题，反诘感叹词"何"的前置，就以双句感叹"造化""多端"，"播群形于万类"，对比强调"鹪鹩"在自然界的渺小地位，寄寓了作者认同、同情"鹪鹩"的强烈感情。

第二种如：

> 何时雪之嘉泽兮，亦应变而俱凝。（李颙《雪赋》）
> 何秋菊之可奇兮，独华茂乎凝霜。（钟会《菊花赋》）
> 何翩翩之丽鸟，表众艳之殊色。（应玚《鹦鹉赋》）
> 何逸群之奇骏，生濛汜之遐滨。（傅玄《驰射马赋》）
> 何异人之挺发？精博善而含章。（王羲之《用笔赋》）[1]

在这种句型中，"何"字前置的作用与第一种完全相同，但在第一种句型的名词位置上，往往通过形容词＋名词，或直接形容词，加强了对所咏对象的艺术修饰、渲染与描述。如第一例以"时"修饰"雪"，第二例，以"秋"修饰"菊"，第五例以"奇"修饰"树"，

---

[1] 《全晋文》，第56C页；《全三国文》，第245页；《全后汉文》，第421页；《全晋文》，第467、204页。

第六例以"异"修饰"人"。有些句子中，名词位置上则直接形容性词组。如第三例的"翩翩"，第四例的"逸群"，分别成为"之"字后以名词为主的偏正词组的修饰部分。这样，多种修饰性词或词组的迭加，配合前置于句首的反诘感叹词"何"，有力加强了感情力度和艺术修饰、渲染与描述。

第三种以前置于首句句首的反诘感叹词"何"与指示代词"斯"、"兹"等组合，如：

> 何斯草之特玮，涉节变而不伤。（卢谌《菊花赋》）
> 何兹虫之姿生，亦灵和之攸授。（卢谌《蟋蟀赋》）①

"斯"、"兹"皆谓"此也"。因此，这种双句句型，以反诘方式引起读者更多的关注，也拉近了作者与所咏之物主、客体之间的紧密感情联系。

2. 魏晋赋家最喜欢以"夫何"作为句首开篇。如：

> 夫何季秋之淫雨兮，既弥日而成霖。（蔡邕《霖雨赋》）
> 夫何大川之浩浩兮，洪流渺以玄清。（蔡邕《汉津赋》）
> 夫何姝妖之媛女，颜炜炜而含荣。（蔡邕《检逸赋》）
> 夫何蒙昧之瞀兮，心穷忽以郁伊。（蔡邕《瞽师赋》）
> 夫何媛女之殊丽兮，咨温惠而明哲。（应玚《正情赋》）
> 夫何英媛之丽女，貌洵美而艳逸。（王粲《闲邪赋》）
> 夫何淑女之佳丽，颜炯炯以流光。（阮瑀《止欲赋》）
> 夫何美女之娴妖，红颜晔而流光。（曹植《静思赋》）

---
① 《全晋文》，第346页。

> 夫何远寓之多怀兮，患霖雨之有经。（傅咸《患雨赋》）
>
> 夫何三春之令月，嘉天气之氤氲。（张协《洛禊赋》）
>
> 夫何天地之辽阔，而人生之不可久长。（陆机《大暮赋》）
>
> 夫何列仙之玄妙，超摄生乎世表。（陆机《列仙赋》）
>
> 夫何乾行之变通兮，昏明迭而载路。（陆云《岁暮赋》）
>
> 夫何怀逸之令姿，独旷世以秀群。（陶渊明《闲情赋》）①

这种句型显然是"何"的第三种句式的变体。除了句式位置与前三种大致相同外，具有指示意味、"为将指此事物而发语"的感叹词"夫"被置于首句句首，"何"则处于第二字"斯"、"兹"的位置上。② 这种句型的重心在于特别强调或拉近作者与所咏对象主、客体之间的情感联系，故多以直接咏叹客体开篇，而不使用"比"体——以其他事物与客体的关系，间接强调作者与所咏对象的感情联系。

3. 以感叹词"伊"居于句首开篇。其基本句型也可分为三种，句型结构及其修辞意义与"何"字双句大致相同。如第一种：

> 伊河海之深广，吁嗟绵邈而无垠。（枣据《船赋》）
>
> 伊公子之可怀，悲永别之局期。（陆机《别赋》）
>
> 伊天地之运流，纷升降而相袭。（陆机《叹逝赋》）
>
> 伊巫咸之名山，崛孤停而嵘峙。（郭璞《巫咸山赋》）
>
> 伊冥造之绵绵兮，缅群象于成遇。（刘瑾《甘树赋》）

---

① 《全后汉文》，第708、708、711、712、418、907、934页；《全三国文》，第128页；《全晋文》，第527、907、1022、1028、1056、1176页。

② 《助语辞》，卢以纬撰，王克仲集注，中华书局，1988年版，第49页。

伊朱明之季节兮，暑燻赫以盛兴。（夏侯湛《雷赋》）①

最后一例，双句的首句和后一句还以"伊""何"在句首位置上相对呼应。

如第二种：

伊寒蝉之感运，迓嘉时以游征。（陆云《寒蝉赋》）
伊良嫔之初降，几二纪以迄兹。（潘岳《悼亡赋》）
伊圣皇之高烈，美治道之穆清。（孙楚《相风赋》）
伊青阳之肇化兮，陶万殊于天壤。（李颙《雷赋》）
伊月正之元吉兮，应三统之中灵。（王沈《正会赋》）②

如第三种，与"何"字双句的第三种相近：

伊夫筝之为体，惟高亮而殊特。（陈窈《筝赋》）
伊兹树之侥幸，蒙生生之渥惠。（傅咸《桑树赋》）③

但"伊"有唯独、唯一的意思，作为句首词，更多以强调所咏对象的独特性来表现、加强感情，与"何"的反诘不同。

4. 以感叹词"惟"居于句首开篇。第一种如：

惟兹市之由兴，自帝炎之所创。（成粲《平乐市赋》）
惟工艺之多门，伟英丽乎创形。（孙惠《�车赋》）

① 《全晋文》，第704、1021、1021、1278、1524、713页。
② 同上书，第1063、972、624、560、273页。
③ 同上书，第1563、534页。

惟鹏鹈之小鸟，托川胡以繁育。（张望《鹏鹈赋》）

惟浑成之既载兮，统天地以资始。（江逌《风赋》）

惟大朴之既判兮，圣应务以表灵。（江逌《井赋》）

惟江南之奇果，资天地之正阳。（胡济《黄甘赋》）

惟羽类之攸出，生东南之遐嵎。（江逌《羽扇赋》）①

第二种如：

惟洪陶之万殊，赋群形而遍洒。（郭璞《蚍蜉赋》）

惟万物之品分，何利人之独书。（张翰《杖赋》）

惟仲秋之惨悽，百草萎悴而变衰。（钟琰《遐思赋》）

惟夫蝉之清素兮，潜厥类于太阴。（曹植《蝉赋》）②

第三种如：

惟兹禽之受命，谅诞生于悠邈。（桓玄《鹤赋》）

惟兹神泉，厥理难原。（傅咸《神泉赋》）③

"惟"与"伊"字义相近，三种句型的修辞特点基本相同。

5. 以感叹词"嗟"居于句首开篇。第一种如：

嗟予生之不造兮，哀天难之匪忱。（潘岳《寡妇赋》）

---

① 《全晋文》，第914、1222、1460、1129、1129、1153、1130页。

② 《全晋文》，第1283、1138、1556页；《全三国文》，第140页。

③ 《全晋文》，第1266、528页。

嗟品物之蠢蠢，惟贞虫之明族。（郭璞《蜜蜂赋》）①

第二种如：

嗟四时之平分兮，何阴阳之不均。（缪袭《喜霁赋》）
嗟万物之殊观，莫比美乎音声。（夏侯淳《笙赋》）
嗟嘉卉之芳华，信氤氲而芬馥。（潘岳《橘赋》）②

第三种如：

嗟夫吴之小夷，负川阻而不廷。（杨修《出征赋》）③

修辞手法基本与前几类相同，但由于"嗟"的感叹意味更浓，在后句相同位置上与其他感叹虚词"惟"、"何"、"信"、"莫"、"谅"等搭配较多。

6. 以感叹词"有"居于句首开篇。这种句型与前五种有所不同。王引之《经传释词》卷三说，"有"作为语助词，是由于"一字不成词，则加'有'字以配之"。但就"有"字本身而言，其本来的意义并非被完全取消，仍保留"有，非无也"的含义。实际上，魏晋"有"居于篇首首字位置的双句句型，正是以"有"的语助意义与其表示存在义相结合，将"有"＋"物"以构词扩大为句子，故其基本句型实际是前句在"有"＋"物"中间加上了修饰性成分，后句表示对前句的感情或事实判断。双句的搭配加强了对一

① 《全晋文》，第 937、1282 页。
② 同上书，第 391、731、980 页。
③ 《全后汉文》，第 527 页。

种特定对象的存在的肯定。前句可概括为："有"＋修饰、形容性词组＋结构助词"之"＋形容词与名词组成的名词性词组。如：

> 有昆山之沙璞，产曾城之峻崖。（曹丕《玉玦赋》）
> 有奇章之珍物，寄中山之崇岗。（曹丕《玛瑙勒赋》）
> 有朱橘之珍树，于鹑火之遐乡。（曹植《橘赋》）
> 有炎方之伟鸟，感灵和而来仪。（钟会《孔雀赋》）
> 有遐方之奇鸟，产瓜州之旧壤。（卢谌《鹦鹉赋》）
> 有幽岩之巨木，邈结根乎千仞。（庾阐《浮查赋》）
> 有东园之珍果兮，承阴阳之灵和。（傅玄《桃赋》）
> 有蓬莱之嘉树，值神州之膏壤。（傅玄《枣赋》）
> 有嘈嘈之鸣蜩，于台府之高槐。（傅咸《鸣蜩赋》）
> 有嘉果之珍树，蔚弘覆于我庭。（傅咸《粘蝉赋》）
> 有都城之百雉，加层楼之五寻。（孙楚《登楼赋》）
> 有自然之丽草，育灵沼之清濑。（孙楚《莲花赋》）
> 有茱萸之嘉禾，植茅茨之前庭。（孙楚《茱萸赋》）
> 有南国之陃寝，植嘉桐乎前庭。（夏侯湛《愍桐赋》）
> 有玟瑶之奇宝，亦同旅于介虫。（潘尼《玟瑶碗赋》）[1]
> ……

　　从前面的讨论可以看到，以感叹性虚词居于首句句首开篇，凸显了魏晋赋家人化、诗化自然的创作倾向。"有"和"惟"字句固然确证着自然在作者艺术世界的真实存在与自我的存在，表现了作

① 《全三国文》，第40、41、137、246页；《全晋文》，第346、389、464、464、537、536、624、624、625、717、1001页。

者要求与自然同一、融合的理想，"伊"字句更表现了像在诗歌中经常出现的"之子"、"伊人"之类的亲昵或异己的感情。"嗟"字句表现了对自然的强烈感叹情绪，"何"、"夫何"不但以反诘表现同样的感叹，更体现了作者要求把握自然、探究自然以及难以真正把握的怅惘与迷茫。

（二）使用动词句型加强抒情

由于魏晋作家渴望认识并表现自我与自然，十分关注表现自我生命的自然律动，关注自然界中的生命过程和各个动因之间相互的动态联系，关注人在自然中充满生命动感的实践活动，大量使用动词句式，就成为魏晋赋家把握人与自然的动态关系与感情联系，人化、诗化自然，加强抒情效果的重要手段。关于使用动词表现人与自然的关系问题，高友工、梅祖麟《唐诗的魅力》有十分深入的研究，[①] 以他们的研究成果为指导，这里分三个方面来探讨魏晋赋动词句型与抒情的关系。

1. 直接以动词居于句首开篇。从魏晋赋创作来看，以动词居于句首开篇，对动词的选择范围较为固定。常见的有"悲"、"美"、"嘉"、"伟"、"览"、"喜"、"毒"等直接表现强烈感情和视觉效果的动词，有意强调作者对特定审美对象带有感情色彩的认知感受，具有强烈感叹意味。故在后句相同位置上，也往往以相近的词予以搭配，以加强这种审美认知感受。至于双句中名词性词组或形名词组，其用法与前举感叹性虚词的用法相近，或确定所咏叹对象的性质，或修饰表现其充满生命动感的情状。如：

　　　　览飞禽之可贵，伟翔雉之嘉形。（傅纯《雉赋》）

———————————

① 《唐诗的魅力》，高友工、梅祖麟著，上海古籍出版社，1989 年版。

览方贡之波珍，玮兹碗之独奇。（潘尼《琉璃碗赋》）

览天人之至周，嘉火德之为贵。（潘尼《火赋》）

步长渠以游目兮，览随波之微草。（夏侯湛《浮萍赋》）

美诗人之攸贵兮，览梧桐乎朝阳。（傅咸《梧桐赋》）

伟圣人之制器，妙万物而为基。（陆机《漏刻赋》）

美允灵之铄气兮，嘉木德之在春。（傅玄《柳赋》）

嘉京都之莺鸟，冠群类之殊形。（钟琰《莺赋》）

嘉阴阳之博施兮，美天道之广宣。（庾儵《冰井赋》）

每霖雨之淹时兮，情怀愤而无怿。（陆云《喜霁赋》）

悲夫冬之为气，亦何慄凛以萧索。（陆机《感时赋》）①

第一例"伟翔雉之嘉形"，以"览"作为首字，从总体视觉感受开篇，强调审美主体对自然之美的积极发现、观察与享受。"飞禽"作为形名词组，表明所"览"的是充满生命飞动活力的雉鸟，从而确定了鸟的动态性质。后句首字"伟"紧承前句"可贵"这一肯定价值判断，也与"览"互补，既说明由"览"而"伟"的心理认知顺序，也强调雉鸟确实值得观赏。"翔雉"的飞动是疾速的，"嘉形"则以静态性形名词组补充说明所捕捉到的瞬间感受。二、三两例用法与此大体相同。第四例其他用法与前三例相近，"步"字提于句首，则强调了审美主体在自然中的积极活动。因"步"而"览"，说明"随波""游目"而发现、赏鉴"微草"之美，是具有特定选择意味的审美活动。第五例"美"字居于句首，强调先由对诗人赞美"梧桐"的认同，而后进行美的追寻，实际是对已有美感

---

① 《全晋文》，第 1373、1001、1000、716、535、1027、465、1556、366、1059、1016 页。

的确认。将间接经验变为直接经验，就表现出"览""朝阳""梧桐"的新鲜视觉感受。第六例以下的动词，或强调圣人的巧夺天工，或赞美自然的穷极变化，或表现自然至美的奇妙生成，或怨愤、或悲叹，都加强了开篇的动态和感情表现。

2. 首字为动词的句群。这类动词句群在赋的结构中，主要服从于感情与意义的表达需要，而成为一个特定的凸显动态和感情表达的单元。其后有时以"至于""若夫""况"等结构连词转折为另一意义层次；有时则直接以其他句型相接，没有固定的规律。

具体看来，有些首字为动词的句群，动词往往意义相近，多以"喜"、"嘉"、"悦"、"慕"、"乐"、"美"等意义相近的动词居于首字，带起句中的名词性词组或形名词组，以醒豁、对称方式叠加表现其赞美感情。如：

> 嘉太极之开元，美天地之定位。乐雷风之相薄，悦山泽之通气。（傅玄《风赋》）
> 喜阴霖之既霁，嘉良辰之肇晴。悦芬电之潜匿兮，乐天鉴之孔明。（傅玄《喜霁赋》）
> 嘉天地之交泰，美万物之会通。悦朋友之攸摄，慕管鲍之遐踪。（傅咸《感别赋》）①
> ……

有些首字为动词的句群，强调运动中动作的连续变换，表现感情的运动轨迹。如张协《登北芒赋》：

---

① 《全晋文》，第455、455、529页。

> 陟峦丘之迤俪，升逶迤之修坂。回余车于峻岭，聊送目于
> 四远。①

前三句以"陟"、"升"、"回"置于各句句首，与最后一句的"送
目"互补，说明这些动态既展示的是审美主体的运动轨迹，同时也
成为审美视野的观赏对象。而正是在审美主体的运动过程中，其审
美视野可以开拓、扩展到广阔的"四远"。

还有些首字为动词的句群，追求动静相间的表现效果。如：

> 寻淑类之殊异兮，禀上天之休祥。含中和之纯气兮，赴四
> 节而征行。远玄冬于南裔兮，避炎夏乎朔方。（曹植《离缴
> 雁赋》）
> 采修竹于层城，历寒暑而靡凋。踞神兽于下趾，栖灵鸟于
> 上标。（潘岳《相风赋》）②

曹植连用六个动词居于句首，其中"寻"、"赴"、"远"、"避"都是
动感较强的动词，"禀"、"含"则为静态性动词。动态性动词与静
态性动词在句首的交替使用，以及与句中的名词性词组或形名词组
的搭配，就完整揭示了大雁的生命习性、运动特征，表达了作者视
其为大自然精华的由衷赞美之情。潘岳赋每句分别由动词"采"、
"历"、"踞"、"栖"统摄名词性词组或形名词组，以空间、时间表
现了"相风"的功能作用。

另有些首字为动词的句群，思想、行为、观瞻相兼，如：

---

① 《全晋文》，第907页。
② 《全三国文》，第139页；《全晋文》，第979页。

抚长风以延伫，想凌天而举翮。瞻冠盖之悠悠，睹商旅之接柢。（张协《登北芒赋》）

览华圃之嘉树兮，羡石榴之奇生。滋玄根于夷壤兮，擢繁干于兰庭。沾灵液之粹色兮，含渥露以深荣。（夏侯湛《石榴赋》）①

前例"抚""想""瞻""睹"相间；后例由视觉之"览"而"羡"，次第进入对审美对象的动态描写。

3. 由关注动词句群的表情作用，发展到几乎全篇句首都用动词。如曹丕《浮淮赋》：

溯淮水而南迈兮，泛洪涛之湟波。仰岩冈之崇阻兮，经东山之曲阿。浮飞舟之万艘兮，建干将之铦戈。扬云旗之缤纷兮，聆榜人之喧哗。乃撞金钟，爰伐雷鼓。白旄冲天，黄钺扈扈。武将奋发，骁骑赫怒。于是惊风泛，涌波骇。众帆张，群棹起。争先逐进，莫适相待。②

除了个别句子，句首都是动词。再如陆机《怀土赋》：

背故都之沃衍，适新邑之丘墟。遵黄川以葺宇，被苍林而卜居。悼孤生之已晏，恨亲没之何速？排虚房而永念，想遗尘其如玉。眇绵邈而莫觌，徒伫立其焉属。感亡景于存物，惋隙年于拱木。悲顾眄而有余，思俯仰而自足。留兹情于江介，寄

---

① 《全晋文》，第908、716页。
② 《全三国文》，第37页。

瘁貌于海曲。玩通川以悠想，抚归途而踟蹰。伊踟蹰之徒勤，惨归途之良难。愍栖鸟于南枝，吊离禽于别山。念庭树以悟怀，忆路草而解颜。甘堇荼于饴芘，纬萧艾其如兰。神何寝而不梦，形何兴而不言？①

只有个别句子首字不是动词。如此大量使用动词，似乎是要最大限度地加强感情表现。但并不是动词越多，甚至每句句首都用动词，就能够有最大限度的表情效果。陆机《怀土赋》只能说做到了动词在形式上的整齐划一，富于修饰性，至于情感的表达则确实"力柔于建安"，远不及建安作家的以"气"为赋。可见，情感表达自有其特定规律，如一味从形式表达来强化作品的抒情性，就会走向其追求的反面，产生负面作用。

（三）使用名词性句型加强抒情

使用名词性句型，也是魏晋赋家借以表现人与自然的感情关系、凸显赋体抒情功能的重要方式。

1. 以两组以上"主"——"述"结构为主构成连续性并列的语法关系，再以这样的相同句式构成特定句群，既表现更多的审美意象，也以连续性并列方式折射出审美主体更强烈的感情色彩。如：

> 春风暍兮气通灵，草含干兮木交茎。丘陵窟兮松柏青，两园菱兮果戴荣。（曹植《临观赋》）
> 原野萧条兮烟无依，云高气静兮露凝衣。野草变色兮茎叶希，鸣蜩抱木兮雁南飞。西风凄悷兮朝夕臻，扇簞屏弃兮缔绤

---

① 《全晋文》，第1020页。

捐。(曹植《秋思赋》)①

前例表现欣欣向荣的春天美景。每句前一主述结构与后一主述结构往往分别表现两个联系紧密方面的特征:春风和畅,春气通灵;草含干,木交茎;丘陵窟,松柏青;南园草木繁盛,花果满枝。后例每句以两组或三组"主"——"述"结构表现萧瑟秋景,满目肃杀。

2. 句首句尾都以名词为主构成句群,减弱动词的动态意义,使意义重心趋向名词,表现一种较为静态性的自然景物关系。如:

> 翡鸟翔于南枝,玄鹤鸣于北野。青鱼跃于东沼,白鸟戏于
> 西渚。(曹植《闲居赋》)
> 苍龙虬于东岳,白虎啸于西岗。玄武集于寒门,朱雀栖于
> 南乡。(曹植《神龟赋》)
> 日月出乎波中,云霓生于浪间。(袁宏《东征赋》)②

像这样的句群,去掉"于"字,就分别变成了五言诗中充满动感的鲜明空间画面:

> 翡鸟翔南枝,玄鹤鸣北野。青鱼跃东沼,白鸟戏西渚。
> 苍龙虬东岳,白虎啸西岗。玄武集寒门,朱雀栖南乡。
> 日月出波中,云霓生浪间。

但加上"于"字,就在一定程度上消解了动词本身所具有的强烈动

---

① 《全三国文》,第 134、126 页。
② 《全三国文》,第 135、140 页;《全晋文》,第 591 页。

感与紧张感，使意义的重心转移于每句中前一名词与宾语位置的名词的关系，并强调其相互关系的特定性。前例，"青鱼"显然不能"翔"于"南枝"，"翡鸟"也非"跃"于"东沼"之物。后例"日月出于波中"，"云霓生于浪间"，也给人以相对宁静的静态感受。故像上述三例同类句式所组成的名词性句群，就构成了一种特定的具有相对静态意义的自然画面，表现了作者较为平和、松弛的感情。再如：

> 行潦归于百川兮，七气彻于天庭。东风穆而扇路，重阳开其舒灵。（傅玄《喜霁赋》）①

前两句与前面的句型用法基本一样。后两句中，第三句动词变为形容词"穆"，"于"变为连词"而"，但"东风"以"穆"的方式"扇路"，仍减弱了动态；第四句动词"升"后也改变为虚词"其"＋动名结构。"舒"既是舒缓性的，"灵"更以拟人方式表现太阳顺应人意。通过名词置于句首的句群，就表达了暴雨过后作者忧虑得以疏解的快慰心情。在作者眼里，雨过天晴时，连自然现象都似乎显得平和而善解人意了。

3. 以名词性词组或名词置于句首，带起两个可以单独存在的语法成分，以表现作者更为细致精确的心理认知感受。如：

> 鸿雁游而送节，凯风翔而迎时。天晴和而温润，气恬淡以安治。（曹丕《槐赋》）
> 晨风凄以激冷，夕雪霈以掩路。辙含冰以灭轨，水渐韧以

---

① 《全晋文》，第455页。

> 凝洹。途艰危其难进，日晼晚而将暮。（潘岳《怀旧赋》）
>
> 鱼托水而成鲲，木在山而有松。（袁宏《北征赋》）①

前一例，句首名词性词组"鸿雁"所带起的"游"和"送节"，"凯风"所带起的"翔"和"迎时"，都可与名词性词组组合而具有独立意义。现在在两个动词中间以"而"连接为一句，于是，其"游"与"翔"就分别成为以"送节""迎时"为行动目的的主动性行为了。"鸿雁""凯风"分别成为以"游""翔"方式"送节""迎时"的使者，显然表现了作者一定程度的夸饰赞美。同样，后两句，"天""气"也分别带起两个与之组合可独立的成分"晴和""温润"、"恬淡""安治"。现在，分别以"而""以"连接为一句。于是，"晴和"、"恬淡"分别成为"温润"、"安治"的必然前提。这种句式更为细致精确地表现了作者特定的心理感受。

第二例每句也以名词性词组居于句首或直接以名词居于句首，分别带起两个与之组合可以独立的句子成分："晨风凄"，"晨风激冷"；"夕雪矗"，"夕雪掩路"；"辙含冰"，"辙灭轨"；"水渐韧"，"水凝洹"；"途艰危"，"途难进"；"日晼晚"，"日将暮"。现在以"以"、"其"、"而"分别连接成句，或强调前一独立成分是造成后一成分的原因，或表现后一成分是前一成分的心理前提。

第三例，"鱼"可带起两个相对独立的成分："鱼托水"，"鱼成鲲"；"水"可带起"水在山"，虽然"水有松"不合文法，但在句法结构中，"水"处于带起两个成分的位置。现在分别以"而"连接成句，"鱼托水"是"鱼成鲲"的必要前提，"水在山"是"山有松"的必要前提。

---

① 《全三国文》，第41页；《全晋文》，第972、591页。

4. 以名形结构的名词性词组置于句首的句群。这种名形结构中，形容词往往确定了名词施动的方式。如：

> 天泱泱以垂云，泉涓涓而吐溜。麦渐渐以擢芒，雉鷕鷕而朝鸲。（潘岳《射雉赋》）
>
> 雪霏霏而聚落兮，风浏浏而夙兴。霤冷冷以夜下兮，水潇潇以微凝。意忽恍以迁越兮，神一夕而九升。（潘岳《寡妇赋》）①

前例中，每句的形容词都是表现较为舒缓的节奏或声音的，动词的动感被限制为较舒缓的方式，句首施动者名词与句尾的被施者名词之间又是统属关系，这种句型搭配的句群，就再现了一种相对祥和宁静的景象，表现的是作者特定的平和心境。后例中，每句形容词所限定的方式则各不相同，且在动词前又加一形容词，就从多个不同的方面表现寡妇特定的悲哀心情。

5. 以形名结构的名词性词组置于句首的句群。如：

> 迅雷震而不骇，激风发而不动。虎贲比而不慑，龙剑挥而不恐。（郭璞《蚍蜉赋》）
>
> 双趾蹶而腾虚，六翮挥而风厉。（张载《羽扇赋》）②

前例中，"迅"、"激"、"虎"、"龙"等作为相应名词"雷"、"风"、"贲"、"剑"的修饰部分，限定名词的强势性质。将这种以限定性

---

① 《全晋文》，第 981、974 页。
② 同上书，第 1283、903 页。

质的形名结构组成的强势名词性词组置于每句句首，而构成否定性句群，就具有特意强调"虻蜉"对外在强力无动于衷的意味，表现出作者对它的强烈认同感情。后例中，以数词"双"、"六"分别修饰"趾"、"翮"，确定名词的数量，两句以正、反成对，"双""趾"的"蹶"而"腾虚"，"六""翮"的"挥"而"风利"，就从扇柄的单与扇羽的多这两个方面，赞美表现扇子无论单、多都有其巧妙功用；同时，改鸟的双"趾"为扇子之单，也暗比所制扇子巧夺天工，"六翮挥而风利"则正比扇子的功参造化。

6. 以"类"名词居于句首，以否定词＋形容词＋"于"＋表具体事物的名词，形成"类"名词与表具体事物的名词的强烈比较意味，表达作者特定的否定性思想感情。如：

> 位莫微于宰邑，馆莫陋于河阳。（潘岳《河阳庭前安石榴赋》）
> 物莫微于昆虫，属莫贱乎蝼蚁。（郭璞《虻蜉赋》）①

7. 连续以多组名词并列构成意象群。如：

> 鸟则爰居孔鹄，翡翠鹔鹴……鱼则横尾曲头，方目偃额……乃有贲蛟大贝，明月夜光，蠵鼊玳瑁，金质黑章。若夫长洲别岛……群犀代角，巨象解齿，黄金碧玉，名不可纪。（王粲《游海赋》）
> 尔乃眩猿之雀，下林天井。青松冠谷，赤萝绣岭。……

---

① 《全晋文》，第980、1283页。

（郭璞《蜜蜂赋》）①

在这些例子中，往往或以多组名词性词组或名词并列，取消动词等成分，仅以"乃有"、"则"、"尔乃"、"若夫"等连词连接各句，以凸显由多组名词性词组或名词构成的意象群；或一些并列的名词性词组后虽有动词，但主要凸显的是由多组名词性词组或名词构成的意象群，表现了作者对所咏对象的生存环境或对由众多景物组成的自然环境的赞美。

二、骈偶句型与魏晋诗赋

要之，魏晋作家在赋的开头使用抒情句型，在赋中大量使用动词性句型、名词性句型等，描述、发掘、揭示创作主体与自然之间所具有的特定情感关系，有力加强了赋的抒情效果。

骈偶化是中国文学的一大突出特征。现当代学者指出，中国诗、文的骈偶化，主要由三种相互关联的因素所造成：

第一，中华民族受其特有文化思维模式的影响，习惯以对立统一的辩证眼光看待自然与人文现象；

第二，一字一音是汉字的特性，以单音字构成词句，易于整齐划一，字句构造又可以自由伸缩颠倒，可以造工整的对句；

第三，追求骈偶成为文人的特定心理习惯。②

就诗文的骈偶看，尽管散文也有较明显的骈偶化倾向，甚至还

---

① 《全后汉文》，第9C8页；《全晋文》，第1282页。
② 参《诗论》，朱光潜著，生活·读书·新知三联书店，1984年版；《汉语现象论丛》，启功著，中华书局，1997年版；《语文的阐释》，申小龙著，辽宁教育出版社，1991年版。

衍生出了专门讲究骈偶的骈文文体。[①] 但骈文主要由于散文文体更多吸收、借鉴汉语言文字的诗性特征，才能够以对偶精工的丽辞（即对句），构成其整齐、和谐的形式美特点。因为，对句"是汉语中重要的独特的诗的表达方法。……当它被最恰当地使用时，它能够揭示出关于自然的潜在的形成对照的方面的一种直觉，并且同时加强了诗的结构"。[②] 诗、赋最适合表现汉语言文字的诗性特征，故与骈偶化有着更为直接的关系。

意义的骈偶本起于诗，但早期诗的创作不刻意追求，赋则先以此为务了。为什么早期诗不刻意追求，赋则先于诗体而走上骈偶化创作道路？这与赋体的文体特征紧密相关。

尽管体物、抒情都是赋体文体表现的重要方面，但比之于诗，赋更注重通过体物表情达意，更宜于铺叙、描写，表现杂沓多端的事物情态。正如刘熙载《艺概·赋概》所说："赋起于情事杂沓，诗不能驭，故为赋以铺陈之。"作为侧重空间描写的文体，借助于以对句为主的骈偶，赋最易于"揭示出关于自然的潜在的形成对照的方面的一种直觉"，"把空间中纷陈对峙的事物情态都和盘托出"，[③] 故虽然并非出于自觉，赋体所具有的文体特征，使赋体创作自然而然地先于诗体走上讲求骈偶的道路。朱光潜《诗论》指出，在汉代赋中，接连数十句用骈语，已较寻常。枚乘《七发》、班固《两都赋》，已经双句多于散句。

魏晋时代，赋创作主要吸收、改造汉代散体大赋的铺排传统，以小赋为主，追求在较小的篇幅中容纳更多的意义蕴涵和更好的艺

---

① 《六朝骈文形式及其文化意蕴》，钟涛著，东方出版社，1997 年版。
② 见刘若愚《汉语诗歌的艺术》，转引自古田敬一著，李淼译《中国文学的对句艺术》第一章"对句的原理"，吉林文史出版社，1989 年版，第 14 页。
③ 《诗论》，第 227 页。

术表现效果。正如刘勰《文心雕龙·丽辞》所说："至魏晋群才，析句弥密，联字合趣，剖毫析厘。"在高度讲求文字修饰的创作氛围中，赋创作注重骈偶，使骈偶化倾向更加突出，骈偶技巧也趋于成熟。

无论是意义的骈偶，还是声音的对仗，赋都明显处于比诗更高的发展阶段，魏晋赋实去汉已远。诗体在建安时代仍有较多古诗风骨，骈偶技巧尚处于初步探索阶段。但由建安时代起程，魏晋诗体创作也已走上骈偶化道路，表现了诗体由古体向近体演进的历史必然。

（一）赋骈化结构的确立

在赋体骈偶化演进历程中，魏晋赋体创作具有独特的承前启后作用：

第一，早在建安时代，已基本完成了赋的篇章结构由散句到双句的"改制"，骈化成为赋体基本结构形式；第二，双句中对句增多，对偶技巧逐渐趋于成熟；第三，对句中注重藻采与用典。骈化结构的确立与对偶技巧的趋于成熟，对赋体艺术表现功能的加强，具有重要意义；对诗体创作走向骈偶化道路，以加强其艺术表现功能，也具有重要意义。

在建安时代，已基本完成赋的篇章结构由散句句型到双句句型的"改制"。从赋的文体结构形式看，由汉代散体大赋演进到魏晋以小赋为创作主流，这种由"大"到"小"的变化，实际意味着赋创作在文体结构形式方面由"散"到"骈"的"改制"。

在篇章结构上，汉代散体大赋主要以散句构成。上句与下句仅在意义上呼应，却无结构上的整齐对应关系。以散句为主极尽铺排夸饰之能事，容易造成篇幅冗长，结构散乱，句式拖沓、重复、堆砌诸毛病。

双句，特别是对句，则在语音、字数、词性、词义等方面大致或完全相对、相同，能够加强事物之间的整齐紧密联系，或强调事物之间的相歧与相互映衬。以双句特别是以对句句式为主，就直接形成文体结构上的整齐对应关系，能够在均衡和谐的整体结构中以少见多，以少总多，以简驭繁。因此，应该说，除了其他因素，由散句到双句，进而以对句为赋体结构句式的主要方式，也是赋家避免大赋体制之"弊"，追求在较小的体制中容纳较多的内容，恰切体物抒情的必然选择。

由"散"到"骈"的改变，首先是由散句到双句的改变。这是改变散体创作思维为骈体创作思维的关键一步。如前所论，在汉代散体大赋创作中，双句就呈现逐渐增多趋势。在一些大赋中，双句的数量甚至超过了散句。而在张衡《归田赋》中，全赋都为双句。尽管如此，汉代赋家对双句的使用还不普遍。建安时代，以双句追求赋体在篇章结构、句式上的整齐对应，已经成为赋家的共识。具体来看，主要表现在两大方面：

第一方面，建安赋"悉以排偶易单行"。① 绝大多数赋都以两两相对的双句构成，以单句存在的散句句式已经很少。同时，除了一些虚词性成分，如双句的前一句因保留"兮"字，而使该句字数比后一句多出一字，以及作为连缀虚词的"至于""若夫""至若""何况"等，双句多保持字数的一致。至于双句中以实词性词组构成，而多出数字的单句，如王粲《白鹤赋》首句"白翎禀灵龟之修寿"这样的多言句，也已经较少。

第二方面，对双句字数的全面探索。建安赋以三言、四言、五言、六言、七言双句为其基本句式，一言、二言、八言、九言等双

———————
① 《论文杂记》，刘师培著，人民文学出版社，1959年版，第117页。

句较少。建安作家实际已认识到，从三言到七言，是赋体较为合适的双句字数范围。而对这五种基本双句句式的探索，又呈现出追求六言、四言这种偶字双句句式，直接以双句字数的偶化，来营造赋的结构整齐对应的倾向。最值得关注的是，六言双句已成为建安时代最主要的双句句式，有大量赋作全篇以六言双句构成。

先来看建安赋六言双句的几种常见类型：

第一类是，以六言骚体双句组成，双句第四字位置往往衬以"兮"字、其他虚字或意义较虚的字。如曹植《感婚赋》：

> 阳气动兮淑清，百卉郁兮含英。春风起兮萧条，蛰虫出兮悲鸣。顾有怀兮妖娆，用搔首兮屏营。登清台以荡志，伏高轩而游情。悲良媒之不顾，惧欢媾之不成。慨仰首而叹息，风飘飘以动缨。①

以六组六言双句组成，前三组每句第四字位置为"兮"字，后三组每句以"以""而""之"等字相互替换。《九愁赋》以四十四组六言双句组成，除了"亮无远君之心"一句"之"在第五字位置，其他各句第四字都以"以""而""之""于"等字相互替换；《愍志赋》由九组六言双句组成，都是在第四字的位置上以"以""而""之"等字相互替换；《出妇赋》由十组六言双句组成，也都是在第四字的位置上以"以""而""之""于"等字相互替换；《感节赋》由十组六言双句组成，都以"而""乎""之""以""其"等字相互替换。其他作家的赋，如曹丕《愁霖赋》《喜霁赋》《离居赋》，王粲《出妇赋》《伤夭赋》《槐树赋》《树赋》《鹦鹉赋》《莺赋》《车渠

---

① 《全三国文》，第133页。

碗赋》，陈琳《美女赋》《离思赋》《归思赋》《鹦鹉赋》《橘赋》《叙愁赋》，繁钦《弥愁赋》，丁仪《厉志赋》，丁廙《蔡伯喈女赋》，崔琰《述初赋》等，都具有同样的句式特点。

第二类是，有个别句子为七言，全篇主要由六言双句组成。如曹植《贤邪赋》除了首句以"夫何"带起的七言句，全为六言。阮瑀《止欲赋》、徐幹《序征赋》等，都是以七言骚体句起句，接下来全为六言双句。

第三类是，以句末为"兮"字的七言句与在第四字位置上是虚字的六言双句构成，上句去掉"兮"字，实际上也是六言。如曹植《东征赋》《迷迭香赋》《娱宾赋》《愁霖赋》等的全赋；《登台赋》前九组双句。

第四类是，有些赋虽然以六言、四言、七言、五言、三言等双句句型相杂构成，但明显地，以六言双句为主。如曹丕《浮淮赋》，先是四组以七言"兮"字句与第四字位置上是虚字的六言句组成的双句，接着是三组四言双句，然后以"于是"带起两组三言双句，最后是一组四言双句。

在诗创作以"五言流调"为主的建安时代，赋创作表现出以六言双句为主要句式的鲜明特点，这是值得予以特别关注的。众所周知，四言虽"文约意广"，"每苦文繁而意少，故世罕习焉"；五言虽"居文词之要"，可以详切"指事造形，穷情写物"，[①] 但在更注重空间铺叙描写的赋的创作中，确实不及六言以字数的偶化，更为直观地表现出赋体形式结构的整齐对应之美。

因此，六言双句成为赋体的主要句式，是赋家在认识了赋体双句字数的基本范围，追求以字数的偶化，更为直观地表现赋体形式

---

① 《诗品集注》，第36页。

结构整齐对应的必然选择。

在建安时代，也出现了全篇由四言双句构成的赋，如曹植《鹞雀赋》、繁钦《暑赋》、丁廙《弹棋赋》等。这样，四言与六言双句相间结构的大量出现，也就有其必然性理由了。

建安赋创作已大量使用四言与六言双句相间的句式结构。如王粲的《酒赋》全篇以四六相间的双句组成：首先是五组四言双句，然后为七组六言双句，接下来以五组四言双句作结。其《登楼赋》《浮淮赋》《大暑赋》等也有较多的四、六相间双句。曹丕《登城赋》开篇从"孟春之月"以下为七组四言双句，接着以三组六言双句作结。《玛瑙勒赋》先以五组六言双句开篇，然后为六组四言双句，接下来为两组六言双句，最后以"尔乃"带起两组四言双句。曹植《九花扇赋》也以四六双句组成。《鹞赋》由"美遰圻之伟鸟"开始，为四组第四字位置为虚字的六言双句，接着是两组四言双句，然后用"若有"带起四组四言双句，最后以一组六言双句作结。《大暑赋》《宝刀赋》等也有较多四、六相间的双句。陈琳《止欲赋》首先是两组四言双句，后面全部是六言双句。繁钦《桑赋》从"上似华盖"起为五组四言双句，后面则为六言双句。

当然，除了使用六言、四言双句和四、六相间的句式结构，以六言和三言、四言、五言双句等多种句式构成全篇，也是较为习见的。如王粲《思友赋》前面三组是六言双句，接着是一组七言双句，然后是两组五言双句，最后是两组六言双句。《寡妇赋》则以六言和三言、四言、五言双句等多种双句句式构成全篇：开篇是一组五言双句，最后八组全部是六言双句。曹丕《浮淮赋》先是以四组七言"兮"字句与六言相间的双句起篇，然后接以三组四言双句，最后以"于是"带起三组三言双句。

综上可知，建安赋创作不但在汉赋双句逐渐增多的基础上，基本完成了赋体结构由散句向双句的"改制",而且对双句的基本句式范围进行了全面尝试、探索。不仅以双句追求结构形式的整齐对应之美,还追求以双句句式四、六字数的偶化,更为直观地表现赋体结构形式的整齐对应之美。从而在赋体篇章结构方面向骈偶化迈出了关键一步。

(二)对偶技巧渐趋成熟

魏晋时期,对句大为增多,对偶技巧渐趋成熟。

使用对句,就是使用对偶方法。刘勰《文心雕龙·丽辞》总结了四种主要的对偶方法:

> 故丽辞之体,凡有四对:言对为易,事对为难,反对为优,正对为劣。①

根据申小龙的分析,所谓言对,即不用事例而仅仅是两句并列,它是一种初始意义上的对偶,其功用在直抒胸臆,所以言对为易;所谓事对,即以两件实例来相互验证,形成事例之对而非仅仅是言辞之对,事对往往涉及用典,颇费文思,"征人之学",故事对为难;所谓正对,是用两件类同的实例来说明相同的旨趣,从信息量来看,正对用两句表示同一个意思,冗余度大;所谓反对,即用两件事理相反的实例来说明相同的旨趣。②

从魏晋赋创作看,一方面,虽然客观存在对偶方法的难易优劣,魏晋赋家的认识却未必如后代一样清楚;另一方面,所谓优劣也只能是相对意义上的。如果只是孤立地奢谈具体对偶技巧的优

① 《文心雕龙注》,第588页。
② 《语文的阐释》,第275—276页。

劣，有可能使人只见树木，不见森林。只有深入考察魏晋赋的篇章结构与对偶的关系，才能更准确认识对偶方法在魏晋赋创作中的实际功用价值。

从篇章结构看，魏晋赋不但被骈化，其骈化结构也逐渐向较为固定的模式演进：开头往往为字数相同或相近的一组或数组双句；中间部分有较多的对句；最后往往为一组或数组双句。而在赋体的双句构成中，对句的数量呈现逐渐增加趋势。主要有两种情形：一种是多组对句以每组对句与双句间隔的方式组合；一种是由接连两组以上的对句，形成中间部分一处或数处的对句句群。对句句群向极限发展，就使中间部分全部成为对句。如前所说，使用对句，即意味着使用对偶方法。更多使用对句，就意味着更自觉追求对偶技巧。从多组对句使用的两种主要情形看，在魏晋赋的骈化结构中，对偶主要有两大方面的功能作用：

第一方面在较小的赋体结构中，扩大、凸显、加强赋对自然景物与空间结构的叙写、表现功能。

第二方面，在注重高度压缩信息的小赋结构中，使用典的功能作用得以凸显。

1. 先谈第一方面。如前所说，赋更侧重通过体物以表情达意，更宜于铺叙描写，表现杂沓多端的事物情态。而为了"揭示出关于自然的潜在的形成对照的方面的一种直觉"，"把空间中纷陈对峙的事物情态都和盘托出"，更多使用对句句群就成为必然。在建安赋家中，王粲的赋被誉为最有"古气"，但其《登楼赋》全赋26组双句中，若去掉"兮"字，已有12组属于对句。这12组对句，处于开头两组双句和最后两组双句之间，以双、对间隔的方式组合，句群间隔的长短也没有什么规律性。但有两处明显是接连的对句句群。第一处，篇首两组双句借"登"、"览"以"销忧"，赞美

"楼"的位置"实显敞而寡仇",就有紧接的四组六言与四言相接的对句:

> 挟清漳之通浦兮,倚由沮之长洲。背坟衍之广陆兮,临皋隰之沃流。北弥陶牧,西接昭丘。华实蔽野,黍稷盈畴。①

如果是散体大赋,必然会以散句为主,进行东西南北、前后左右、上下远近的全方位铺排叙写,这里则由前两组取掉"兮"字为六言的对句,与后两组为四言对句组成对句句群,建构一种较为整饬严谨、充满动感、富有节奏气韵变化的空间结构。就前两组六言对句说,"清"、"曲"相对,"漳"、"沮"二河正对,"清"、"曲"又分别修饰相对的"漳"、"沮";"清漳"、"曲沮"又分别修饰"通浦"、"长洲";"浦"、"洲"也为正对,"清"、"通"、"曲"、"长"则又或句内相反成对,或隔句相互映衬;"背"、"临"反对,"皋隰"、"坟衍"相对,又分别修饰"广陆"、"沃流";"陆"与"流"也陆地水流相对,"广"、"沃"又分别修饰"陆"、"流"而使之相对。"挟"与"倚"又动词相对而分别统摄前后两句。两组六言对句每句都保持了完全相同的句式结构,各句中相同位置上的词,也都保持了大致相同或相近的词性,相互之间具有映衬互补的暗示作用。后两组四言对句,本也可如大赋一样用铺排句式,这里则以四言压缩大赋方位铺叙的冗长,与前两组六言对句形成节奏气韵变化。前组四言对句虽以"北"、"西"代表,与前两组对句实际仍有呼应。"弥"、"接"相对,又统摄相对的"陶牧"、"昭丘",还与前面两组中的动词形成呼应效果。后组对句中,"华实"与"黍稷"名词相对,

---

① 《全后汉文》,第910页。

"蔽"、"盈"动词相对，分别统摄"野"、"畴"，"野"、"畴"又自相对。后组并与前组形成补充关系。

第二处，以双句"步栖迟以徙倚兮，白日忽其将匮"表现时不我待的焦虑，后面紧接四组六言对句（不算"兮"字）：

> 风萧瑟而并兴兮，天惨惨而无色。兽狂顾以求群兮，鸟相鸣而举翼。原野阒其无人兮，征夫行而未息。心凄怆以感发兮，意忉怛而憯恻。①

四组对句共同营造了一个关于痛苦的情绪氛围。前组对句中，"风"对"天"，"萧瑟"对"惨惨"，"并"、"无"反对，只有"兴"、"色"不对。两句为典型的焦尾句，由于句义聚焦于句尾的"兴"、"色"，实为反对。第二组"狂"与"相"不对，但兽因"求群"而"狂顾"，说明是孤"顾"，故"狂顾"与"相鸣"有意义上的反对关系。其他对应位置的词性则完全相同。第三组为言对，"阒"虽为形容词，但"阒"必无动，故与"行"仍相反而对。第四组以名词、双声词、动词（形容词）相对。

曹丕（187—226）对对句句群的探索显得更为自觉。不但在其赋中增多了对句，一些赋除了首尾由双句组成，主体结构完全由对句组成。如《槐赋》就十分典型：

> 有大邦之美树，惟令质之可嘉：托灵根于丰壤，被日月之光华。周长廊而开趾，夹通门而骈罗。承文昌之邃宇，望迎风之曲阿。修干纷其漼错，绿叶萋而重阴。上幽蔼而云覆，下茎

---

① 《全后汉文》，第920页。

> 立而擢心。伊暮春之既替，即首夏之初期。鸿雁游而送节，凯
> 风翔而迎时。天清和而温润，气恬淡以安治。违隆暑而适体，
> 谁谓此之不怡。①

首尾由双句组成，中间部分，除了个别对句不对，大多追求对偶的
工巧。《浮淮赋》取掉"兮"字，除了首尾由双句组成，赋的主体
结构也全由对句组成。到了西晋时代，在赋中大量使用对句，已是
普遍的创作现象。在陆机赋的创作中，首尾用双句，其他部分全用
对句的赋就更多了。如《感时赋》：

> 悲夫冬之为气，亦何憯凛以萧索！天悠悠其弥高，雾郁郁
> 而四幕。夜绵邈其难终，日晼晚易落。欻曾云之葳蕤，坠零雪
> 之挥霍。寒冽冽而寖兴，风谡谡而屡作。鸣枯条之泠泠，飞落
> 叶之漠漠。山嵯峨以含瘁，川蜿蜒而抱涸。望八极以眺涤，普
> 宇宙而寥廓。伊天时之方惨，曷万物之能欢？鱼微微而求偶，
> 兽岳岳而相攒。猿长啸于林梢，鸟高鸣于云端。矧余情之含
> 瘁，恒睹物而增酸。历四时以迭感，悲此岁之已寒。抚伤怀以
> 呜咽，望永路而汍澜。②

《行思赋》《叹逝赋》等也都是首尾用双句，其他部分全用对句。别
的作家如潘岳《莲华赋》、潘尼《琉璃碗赋》，除了以"于是"等连
接词，也都是首尾用双句，其他部分全用对句。

值得关注的是，魏晋赋家在加强、扩大、凸显赋对自然景物与

---

① 《全三国文》，第41页。
② 《全晋文》，第1016页。

空间结构的叙写、表现功能时，越来越追求借偶句表现华丽的藻彩。如阮瑀《鹦鹉赋》在开篇双句"惟翩翩之艳鸟，诞嘉类于京都"后，紧接三组对句，前一组对句赞扬鹦鹉之德，后两组对句描述鹦鹉之"艳"：

> 秽夷风而弗处，慕圣惠而来徂。被坤文之黄色，服离光之朱形。配秋英以离绿，苞天地以耀荣。①

再如应贞《临丹赋》中间的对句句群：

> 陟绵冈之迢邈，临窈谷之浚遐。览丹源之冽泉，眷悬流之清派。漱玄濑而漾沚，顺黄崖而荡博。激重岩之绝根，拂崇丘之飞蓼。②

真可谓"五色相宣"。到了太康作家的创作中，这种倾向就显得特别突出了：

> 背洛浦之遥遥，浮黄川之裔裔。遵河曲以悠远，观通流之所会。启石门而东萦，沿汴渠其如带。托飘风之习习，冒沉云之蔼蔼。商秋肃其发节，玄云霈而垂阴。凉气凄其薄体，零雨郁而下淫。暗川禽之遵渚，看山鸟之归林。挥清波以濯羽，翳绿叶而弄音。行弥久而情劳，途愈近而思深。羡品物以独感，悲绸缪而在心。嗟逝官之永久，年荏苒而历兹。越河山而托

---

① 《全后汉文》，第935页。
② 《全晋文》，第351页。

景，眇四载而远期。孰归宁之弗乐，独抱感而弗怡。（陆机《行思赋》）

背芳春以初载，迎朱夏而自延。奋修系之莫莫，迈秀体之绵绵……发金荣于秀翘，结玉实于柔柯。蔽翠景以自育，缀修茎而星罗。（陆机《瓜赋》）

丹晖缀于朱房，缃的点乎红须。煌煌炜炜，熠炝委累。似长离之栖邓林，若珊瑚之映绿水。光明磷烂，含丹耀紫。味滋芳神，色丽琼蕊。遥而望之，焕若随珠耀重渊，详而察之，灼若列宿出云间。（潘岳《河阳庭前安石榴赋》）

丽华池之湛淡，开重壤以停源。激通渠于千金，承瀍洛之长川。把洪流之汪涉，包素濑之寒泉。（张载《濛汜池赋》）

……或玄表丹里，呈素含红。丰肤外伟，绿瓢内醲。甘祖夏熟，丹柰含芳……（张载《瓜赋》）

尔乃飞龙启节，扬飙扇埃。含和泽以滋生，郁敷萌以挺栽。倾柯远擢，沈根下盘；繁茎篠密，丰干林攒。挥长枝以扬绿，披翠叶以吐丹。流晖俯散，回葩仰照。烂若百枝并燃，赫如烽燧俱燎，暾如朝日，晃若龙烛。晞绛采于扶桑，接朱光于若木……于是……芳实垒落，月满亏盈，爰采爰收，乃剖乃拆，素粒红液，金房缃隔。内怜幽以含紫，外滴沥以霞赤。柔肤冰洁，凝光玉莹。濯如冰碎，泫若珠迸。含清冷之温润，信和神以理性。（张协《安石榴赋》）[1]

可见，在太康作家心目中，自然不仅是被人化的自然，更是富丽堂皇、结构和谐、对比鲜明，适合门阀氏族特定审美眼光的自

---

[1] 《全晋文》，第 1020、1029、980、902、904、909 页。

然，故以对句为主，进行穷形尽相的表现。

2. 再看信息压缩与典故的关系。对句的一大重要功能就是高度浓缩以扩大信息含量与表达效果。从刘勰所列举的四种主要对偶方法来看，如前引申小龙的分析，言对仅是两句并列，其功用主要在直抒胸臆，所以往往信息含量就较少；事对中的用典，也存在信息含量与表达效果的差异。好的用典不但颇费文思，"征人之学"，而且，借助典故能够在较少字数中输入更多内容，在层层装饰中曲折反射出要表达的内心思想，并唤起读者的多种感情与丰富联想。① 因此，尽管魏晋赋家并非出于完全自觉，但已经较多使用典故了。

从魏晋赋对典故的使用看，刘勰所谓的反对优而正对劣就只能从相对意义上来理解。有的正对用典确实存在意义、信息冗余问题。如曹植《释思赋》："乐鸳鸯之同池，羡比翼之共林。"前句意取《诗·小雅·鸳鸯》的"止则双耦，飞则为双"，后句以比翼鸟的共林双飞为喻。这种正对，意义、信息冗余问题明显。《蝉赋》："苦黄雀之作害，患螳螂之劲斧。"引《庄子·山木》等的螳螂捕蝉、黄雀在后说法为喻，两句合成一典，意义蕴涵也不够丰富。《愍志赋》："哀莫哀于永绝，悲莫悲于生离。"典出屈原《九歌·少司命》"悲莫悲兮生别离，乐莫乐兮新相知"，改造原典反对为正对，以互补表现其生离死别的悲哀，虽有加强感情表达的意味，但两句表达的意义，一句就可概括，也存在意义、信息冗余问题。而其《述行赋》的"哀黔首之罹毒，酷始皇之为君"，同为正对，却有出色的表达效果。虽然从语义表达来看两句是正对，但百姓"罹毒"实由始皇为君，二者存在因果与暗比关系。故这种正对，

---

① 参《汉语现象论丛》，第95—102页。

表达了对百姓的深切同情与对暴君的强烈谴责，显然可以视为优
对。王粲《登楼赋》所使用的两组典故对中，后一组"惧匏瓜之
无匹，畏井渫之莫食"也为正对，前句典出《论语·阳货》：孔子
感叹"吾其匏瓜也哉，焉能系而不食！"说自己并非无用之人，
极愿有所作为；后句出《周易·井卦》："井渫不食，为我心恻。"
意谓井水已淘干净，但无人使用，使我内心凄恻悲伤。王粲借这
两个意义相近互补的典故，实际意在强调自己注重修养积极用世
却不能为时所用的焦虑。这样的正对，也应视为优对。阮瑀《止
欲赋》："睹天汉之无津，伤匏瓜之无偶。"与王粲用意相近，也
是较好的正对。

在建安赋家中，不少作家喜欢使用反对。如王粲就较多使用反
对。在他所使用的反对中，《登楼赋》前一组"钟仪幽而楚奏兮，
庄舄显而越吟"，用了两个具有相反象征意义的典故。前句讲春秋
时楚人钟仪以郑人战俘身份被献给晋，晋侯问明他是乐师，请他演
奏。他抚琴所奏，皆是楚音。晋侯称赞他"乐操土风，不忘归也"。
后句讲越国人庄舄在楚国做高官，即使生病，都唱着祖国的歌曲。
王粲引用这两个相反的典故，恰切概括表达了其"人情同于怀土
兮，岂穷达而异心"的乡土深情。故被刘勰举为"反对为优"的唯
一典型例句。曹植也较多使用反对用典，如：

> 穆生以醴而辞楚，侯嬴感爵而轻身。（《酒赋》）
> 慕牛山之哀泣，惧平仲之我笑。（《感节赋》）
> 宁作清水之沉泥，不为浊路之飞尘。（《九愁赋》）[①]

---

① 《全三国文》，第136、130、132页。

第一例，前句典出《汉书·楚元王传》：元王敬礼申公等，穆生性不能饮，元王每次宴会特意为穆生设醴；楚王戊即位后，一次忘了设醴相待，穆生以为楚王怠慢，于是告病辞归。后句典出《史记·信陵君传》：信陵君在大型宴会上礼敬七十多岁、地位低下的魏大梁夷门监者侯嬴，使侯嬴感他知遇之恩而效死力。这一反对不但较为工整，它从正反两方面说明酒对人的重要影响。第二例，典出《晏子春秋》：齐景公游于牛山，以不能长生赏牛山乐景而泣下，诸侍臣耆泣，晏子独笑不仁之君、谄谀之臣。虽然"慕""惧"较好表现了曹植后期备受压抑的忧闷矛盾心境，但两句引用一典，信息、意义容量就不丰富。第三例，以天地生成时气之轻而清者，上升为天，气之浊而重者下凝为地，比喻自己的坚定节操。虽语气果决，富有感情力度，信息、意义容量仍欠丰富。

丁仪《厉志赋》全篇以大量用典反对句构成，不少还紧相连接：

> 羡首阳之遗誉，憎千驷之余讪。宗舍藏之伟节，薄鼎角之自干。嘉《法言》之令扬，悼《说难》之丧韩。……秽杯盂之周用，令瑚琏以抗阁。恨骡驴之进庭，屏骐骥于沟壑。疾《青蝇》之染白，悲《小弁》之靡托。恶晨妇之蒙厚，痛三代之见薄。①

这些反对句，实际与作者所要表达的特定"厉志"思想感情密切相关。如第一例，前句表示羡慕伯夷、叔齐隐居的高风亮节，后句以

① 《全后汉文》，第947页。

追求千驷之荣的仕进思想为耻；第三例崇尚甘于寂寞埋头写作《法言》的扬雄，悲悼韩非干求而"说难"；第六例"青蝇"借《诗·小雅·青蝇》，指斥搬弄是非、专进谗言的小人，"小弁"引《诗·小雅·小弁》，自述无罪而无可告诉。都以正反意义为对，较好地表达了作者的思想感情。

3. 魏晋赋中对偶方法的多种使用。

多种对偶方法的使用，有一个逐渐积累、丰富提高的过程。遍照金刚《文镜秘府论》曾归纳对偶方法凡二十九种，这显然是根据对偶技巧高度成熟的唐代创作情形概括的，并且不无繁杂重复之弊。虽然魏晋作家使用多种对偶方法不及唐人，但在魏晋赋中，对偶方法的使用确已显得多种多样。除了言对、事对、正对、反对，流水对、隔句对、句中对、交络对、顶真对、连绵对等多种方法也被大量使用。这也是对偶技巧日趋成熟的重要标志。

在四种主要方法中，前面较详细讨论了事对的正对反对之分及其优劣之别，讨论了正对是否用典及其优劣问题，正对与事对在魏晋赋中俯拾皆是，不拟赘论。这里再补充讨论一下言对与不用典的反对。魏晋赋中使用言对的，如：

> 情纷拏以交横，意惨凄而增悲。（王粲《闲邪赋》）
> 苞群声以作主，冠众乐而为师。（阮瑀《筝赋》）
> 抱振鹭之素质，被翠采之缥精。（陈琳《鹦鹉赋》）
> 鸟张翼而远栖，兽交游而云散。（曹植《大暑赋》）
> 凯风发而时鸟欢，微波动而水虫鸣。（曹植《节游赋》）
> 屯玄云以东徂兮，扇凯风以南翔。（缪袭《喜霁赋》）
> 颎若飞焱之霄逝，砉似移星之云流。（潘岳《萤火赋》）
> 下修条以迥固，上纠纷而干云。（孙该《琵琶赋》）

露素质之皎皎，绾玄发以流光。（繁钦《弭愁赋》）①

从这些例子可以看到，言对确有如刘勰《文心雕龙·丽辞》所说修辞技巧比事对简单，"双比空辞"、"偶辞胸臆"的特点，故容易流于呆板平庸，出现语义蕴涵较少，信息冗余的毛病。上面所引王粲的"情纷挐"与"意惨凄"，"交横"与"增悲"；阮瑀的"苞群声"与"冠众乐"，"作主"与"为师"；潘岳的"颍"与"彗"，"飞焱"与"移星"，"霄逝"与"云流"等，就都在一定程度上有这样的毛病。但有些例句，却不是这样。如曹植两例，前例的前句捕捉鸟将"栖"前"张翼"瞬间，写出作者观鸟时的预感，后句写兽的群游云散，一栖一散，将静还动，对比鲜明生动；后例作者以情观物，体察入微，分写"凯风"、"微波"、"发"、"动"带给虫鸟的欢鸣，构成一幅气韵生动的画面，就都是妙写自然的佳对。可见，在一定条件下，言对也能较好抒写自然、表达作者特定的思想感情，只是这需要作家更高超的艺术技巧和感悟能力，不易做到罢了。

关于使用反对句型，除了前所讨论的用典反对句型，魏晋赋中还有大量并非用典的句式，也属反对。如：

> 野萧条而骋望，路周达而平夷。（王粲《初征赋》）
> 或老终以长世，或昏夭而夙泯。（王粲《伤夭赋》）
> 昼忽忽其若昏，夜炯炯而至明。（王粲《伤夭赋》）
> 对绿水之素波，背玄涧之重深。（曹植《九华扇赋》）
> 云乍披而旋合，雷暂辍而复零。（傅咸《患雨赋》）

---

① 《全后汉文》，第 908、935、926 页；《全三国文》，第 126、130、391 页；《全晋文》，第 982 页；《全三国文》，第 414 页；《全后汉文》，第 941 页。

前渴焉而不降，后患之而弗晴。（傅咸《患雨赋》）

云暂披而骤合，雨乍息而亟零。（潘尼《苦雨赋》）

悲沧浪之浊波兮，泳芳池之清澜。（陆云《逸民赋》）

戢流波于桂水兮，起芳尘于沉泥。（陆云《喜霁赋》）①

这些例子颇能体现反对为优的相对性特点。如王粲三例就都不能算做优对。因为"野"也包括"路"，二者意义有重复处。第二例过于直白，意义蕴涵较少，不够概括。第三例写因感情悲伤而昼夜颠倒，似还可再精炼些。傅咸"前渴焉而不降，后患之而弗晴"只是两句意义相反的口语。而曹植一例、傅咸与潘尼结构相近的两例、陆云两例，则善于体物，相反相成，属对工整，有较好的表现效果。

除了言对、事对、正对、反对等四种主要方法，魏晋赋创作所使用的其他对偶方法，如流水对：

历千代而无匹，超古今而特章。（阮瑀《止欲赋》）

乃遂古其寡俦，固当世之无邻。（陈琳《止欲赋》）

昼顾瞻以终日，夕抚顺而接晨。（曹植《神龟赋》）②

这些对句，"上句与下句一气贯注，意思顺连，看似一句话分做两句说，而两句间又字字对偶，所谓'以单行之神，运排偶之体。'"③ 如隔句对：

---

① 《全后汉文》，第 909、909、909 页；《全三国文》，第 135 页；《全晋文》，第 527、528、998、1061、1059 页。

② 《全后汉文》，第 934、923 页；《全三国文》，第 140 页。

③ 《语文的阐释》，第 275—276 页。

悲夫！川阅水以成川，水滔滔而日度。世阅人而为世，人
冉冉而行暮。（陆机《叹逝赋》）

熠熠荧荧，若丹英之照葩；飘飘颍颍，若流金之在沙。
（潘岳《萤火赋》）

遥而望之，焕若随珠耀重川；详而察之，灼若列宿出云
间。（潘尼《安石榴赋》）①

这些对句，正如《文镜秘府论》所说，"第一句与第三句对，第二
句与第四句对"，文气错综，前后呼应。

如句中对：

揖回源于别沼兮，食秋华于高岑。（陆云《逸民赋》）
距疆泽以潜流，经昆仑之高岗。（阮瑀《纪征赋》）②

不仅两句相对，"回源"与"别沼"，"秋华"与"高岑"句中相对；
"疆泽"与"潜流"，"昆仑"与"高岗"相对。

如连绵对：

天悠悠其弥高，雾郁郁而四幕。夜绵邈其难终，日晼晚而
易落。

冰冽冽而寝兴，风谡谡而妄作。

山崆峣以含瘁，川逶蛇而抱涸。

鱼微微而求偶，兽跃跃而相攒。（陆机《感时赋》）

---

① 《全晋文》，第 1024、982、1002 页。
② 《全晋文》，第 1061 页；《全后汉文》，第 934 页。

> 舒飘飘以遐洞，卷徘徊其如结。
> 鼓砰砰以轻投，箫嘈嘈而微吟。（陆机《鼓吹赋》）①

每句第二、三字位置均以联绵词相对，形成连绵不绝的语音效果。
   如顶真对：

> 人空室兮望灵座，帷飘飘兮灯荧荧。灯荧荧兮如故，帷飘
> 飘兮若存。物未改兮人已化，馈生尘兮酒停樽。春风兮泛水，
> 初阳兮戒温。逝遥遥兮浸远，嗟茕茕兮孤魂。 （潘岳《悼
> 亡赋》）②

二、三、四句顶真回环，达到了行云流水般悦人耳目的声音效果。
   如交络对：

> 人何世而弗新，世何人之能故？
> 野每春其必华，草无朝而遗露。
> 经终古而常然，率品物其如素。
> 譬日及之在条，恒虽尽而弗瘵。
> 虽不瘵其可悲，心惆焉而自伤！
> 亮造化之若兹，吾安取夫久长？（陆机《叹逝赋》）③

一、二句，七、八句上下句意义相对的字置于不相应的位置上，交
络成对。

---

① 《全晋文》，第 1016、1027 页。
② 同上书，第 973 页。
③ 同上书，第 1021 页。

综上可见，魏晋赋家不但已较多使用四种主要的对偶方法，也探索其它多种对偶方法，对偶技巧已渐趋成熟。他们的有益探索对后世更加成熟地运用对偶方法，具有重要的借鉴意义。

（三）诗体创作的骈偶化

魏晋诗的创作也由建安时代起程，走上骈偶化道路，表现了诗体由古体向近体演进的历史必然。但无论是意义的骈偶，还是声音的对仗，赋都处于比诗更高的发展阶段，魏晋赋去汉已远，而诗的创作在建安时代仍有较多古诗风骨，骈偶技巧尚处于初步探索阶段。诗创作走上骈偶化道路，实际较多借鉴了赋的创作经验。①

建安时代，尽管五言与四言诗体在结构上都保持了双句句式，但对句明显较少；七言诗创作处于初始阶段，被誉为具有创始意义的曹丕《燕歌行》以三句为一解；杂言诗的句式则长短错综。总体上说，建安诗更重作家主观情绪的宣泄，"雅好慷慨"，以气运诗，不少诗的创作寓目辄书、无意为文，"气象混沌，难以句摘"（严羽《沧浪诗话》），有较多古诗风骨。曹操著名的《步出夏门行》第一首就十分典型：

> 东临碣石，以观沧海。水何澹澹，山岛竦峙。树木丛生，百草丰茂。秋风萧瑟，洪波涌起。日月之行，若出其中；星汉灿烂，若出其里。幸甚至哉！歌以咏志。②

如果在建安赋家手中，这是绝好的追求对句结构的题材。但在曹操

① 参《诗论》，第 227 页。
② 《曹操集》，曹操撰，中华书局，2012 年版，第 11 页。

营造的诗的结构中，只是开篇双句"东临碣石，以观沧海"，与以字数相同或相近的一组或数组双句开篇的赋相近；中间部分，就不采用有较多对句的赋的结构方式，而是完全以气写景，表现出"气韵沉雄"的特点；最后两句"幸甚至哉，歌以咏志"，虽与全诗的意义表达有一定关系，但更重视表现音乐性，是为了适合乐府诗的音乐旋律而特意加上去的，与以一组或数组双句收束全赋的结构方式也有所不同。再如：

> 鸣鸢弄双翼，飘飘薄青云。我后横怒起，意气凌神仙。发机如惊焱，三发两鸢连。流血洒墙屋，飞毛从风旋。庶士同声赞，君射一何妍。（刘桢《射鸢诗》）
>
> 方舟戏长水，湛澹自浮沈。弦歌发中流，悲响有余音。音声入君怀，凄怆伤人心。心伤安所念，但愿恩情深。愿为晨风鸟，双飞翔北林。（曹丕《清河作诗》）
>
> 蕙草生山北，托身失所依。植根阴崖侧，夙夜惧危颓。寒泉浸我根，凄风常徘徊。三光照八极，独不蒙余晖。葩叶永彫瘁，凝露不暇晞。百卉皆含荣，己独失时姿。比我英芳发，鹠鸩鸣已哀。（繁钦《咏蕙诗》）①

从这些表现自然景物与人的感情关系的诗例来看，尽管建安诗大都具有较开放的时空世界，但情绪流动较为随意，意象组合较为纷乱，更多局限于表层的描写，缺少对物象的整合能力，更关注单句意义的自然表达而不重对句，体现了"寓目辄书"的创作特点。

---

① 《先秦汉魏晋南北朝诗》，第372、402、385页。

同时，在赋创作的影响下，建安诗的创作也开始走上骈偶化道路。根据李秀花先生的统计，建安诗人中，王粲诗中对偶约有50对，曹丕诗中约有60对，曹操约有21对，刘桢24对，陈琳6对，徐幹7对，阮瑀9对，应玚1对。曹植诗歌的对偶是孤立特出的现象，约有200对。[①] 再试举些建安诗人使用对偶句的例子：

> 脍鲤臇胎鰕，寒鳖炙熊蹯。（曹植《名都篇》）
> 柔条纷冉冉，落叶何翩翩。（《美女篇》）
> 高台多悲风，朝日照北林。（《杂诗》第一首）
> 飘飘周八泽，连翩历五山。（《吁嗟篇》）
> 罗家得雀喜，少年见雀悲。（《野田黄雀行》）
> 君若清路尘，妾若浊水泥。（《七哀》）
> 不见旧耆老，但睹新少年。（《送应氏第一首》）
> 朝游江北岸，夕宿潇湘沚。（《杂诗》第四首）
> 江介多悲风，淮泗驰急流。（《杂诗》第五首）
> 细柳夹道生，方塘含清源。（刘桢《赠徐幹》）
> 白露沾前庭，应门重其关。（《赠五官中郎将》第三首）
> 亭亭山上松，瑟瑟谷中风。（《赠从弟》）
> 旦则号泣行，夜则悲吟坐。……城郭为山林，庭宇生荆艾。（蔡琰《悲愤诗》）[②]

尽管自觉与不自觉的创作情形相杂，笨拙对句多而佳对较少，但在

---

① 《论陆机诗歌的对偶》，李秀花著，载《中国学研究》第三辑，中国书籍出版社，1999年版。
② 《先秦汉魏晋南北朝诗》，第431、432、456、423、425、458、454、457、370、371、200页。

诗创作中使用对句，个别诗人已自觉大量使用对句，是不争的事实。

对句的使用也包括对句句群。一些诗人重视对句句群的使用，这是值得关注的。因为比之于单组对句，对句句群在诗的整体结构中具有更为重要的功能作用。如曹植《白马篇》：

> 控弦破左的，右发摧月支。仰手接飞猱，俯身散马蹄。狡捷过猴猿，勇剽若豹螭。①

虽然这样的对句句群还不足以改变全诗的结构方式，但以接连的三组对句集中表现白马健儿形象，就强调作者的赞美之情而言，在诗的结构中起了比单组对句更大的作用。胡应麟《诗薮·内编》评价说：

> 子建《名都》《白马》《美女》诸篇，辞极赡丽，然句颇尚工，语多致饰，视东西京乐府天然古质，殊自不同。②

"句颇尚工"的艺术效果与曹植自觉使用对句和对句句群紧密相关。曹植《游仙诗》前四句为两组双句，最后也由四组对句组成句群，显然关注对句与诗整体结构的关系：

> 人生不满百，戚戚少欢娱。意欲奋六翮，排雾陵紫虚。蝉蜕同松乔，翻迹登鼎湖。翱翔九天上，骋辔远行游。东观扶桑

---

① 《先秦汉魏晋南北朝诗》，第432页。
② 《诗薮》，第29页。

曜，西临弱水流。北极登玄渚，南翔陟丹邱。①

再如曹丕的《孟津诗》，除了结尾两句为双句，三、四两句不太相谐，别的双句包括开篇的双句，都是对句：

> 良辰启初节，高会构欢娱。通天拂景云，俯临四达衢。羽爵浮象樽，珍膳盈豆区。清歌发妙曲，乐正奏笙竽。曜灵忽西迈，炎烛继望舒。翊日浮黄河，长驱旋邺都。②

如王粲《七哀》第二首：

> 荆蛮非我乡，何为久滞淫。方舟溯大江，日暮愁我心。山冈有余映，岩阿增重阴。狐狸驰赴穴，飞鸟翔故林。流波激清响，猴猿临岸吟。迅风拂裳袂，白露沾衣襟。独夜不能寐，摄衣起抚琴。丝桐感人情，为我发悲音。羁旅无终极，忧思壮难任。③

除了开头四句为双句，后面三组为双句，中间部分为对句句群，这就与建安赋的开头、中间、结尾方式较为相近了，尽管还不是很工整。这样的对句句群，明显借鉴了前所举《登楼赋》从"风萧瑟而并兴兮"至"意忉怛而惨恻"的对句句群，但改"兽狂顾以求群兮，鸟相鸣而举翼"这样的赋家语入诗，却不大成功。因为赋中有"风萧瑟而并兴兮，天惨惨而无色"做语义铺垫，"兽狂顾以求群

---

① 《先秦汉魏晋南北朝诗》，第 456 页。
② 同上书，第 400 页。
③ 同上书，第 366 页。

兮，鸟相鸣而举翼"使得作者的"心凄怆以感发兮，意忉怛而惨恻"比较自然。诗中只说一句"日暮愁我心"，而将"狐狸驰赴穴"与"飞鸟翔故林"并举，这种衔接十分突兀，给人以不相谐和的审美感受。

在魏晋之际，诗的对句创作主要借鉴赋的创作经验是普遍情形，对句仍然只被视为诗的结构的局部成分，并且创作水平不高。如颇能代表当时创作成就的阮籍、嵇康的诗例：

> 战士食糟糠，贤者处蒿莱。（阮籍《咏怀诗》第三十一首）①
>
> 堂上置玄酒，室中盛稻粱。（同上第六十七首）②
>
> 孤鸟西北飞，离兽东南下。（同上第十七首）
>
> 修途驰轩车，长川载轻舟。（同上第七十二首）
>
> 却背华林，俯沂丹坻。含阳吐英，履霜不衰。嗟我殊观，百卉其腓。（嵇康《四言诗》第五首）
>
> 抗首漱朝露，晞阳振羽仪。（《五言赠秀才诗》）
>
> 南凌长阜，北历清渠。仰落惊鸿，俯引渊鱼。（《四言赠兄秀才入军诗》第十首）
>
> 左揽繁弱，右接忘归。（《四言赠兄秀才入军诗》第九首）③

所引阮籍对句中，除了第一例较好，第二例也有同义重复问题，第三、四例分别借鉴曹植《洛神赋》的"御轻舟而上溯"与《九愁赋》的"见失群之离愁，觌偏栖之孤禽"，也存在对句句义重复问

---

① 《先秦汉魏晋南北朝诗》，第502页。
② 同上书，第508页。
③ 同上书，第502、508、500、509、484、486、483、482页。

题。嵇康数例中，第一例从曹植《洛神赋》之"背伊阙，越轩辕，经通谷，陵景山……俯则未察，仰以殊观，睹一丽人，于岩之畔"化出；第二例出曹植《蝉赋》"栖高枝而仰首，漱朝露之清流"；第三例其南北左右俯仰的空间位置经营也是运用赋法，"仰落惊鸿，俯引渊鱼"出《洛神赋》"翩若惊鸿，婉若游龙"，"左揽繁弱，右接忘归"出应玚《驰射赋》"左揽繁弱，右接淇卫"，这些对句或对句句群也都谈不上工整精练。

个别作品则体现了对句句群与诗的整体结构的紧密联系。如阮籍《咏怀》第一首：

> 夜中不能寐，起坐弹鸣琴。薄帷鉴明月，清风吹我衿。孤鸿号外野，翔鸟鸣北林。徘徊将何见，忧思独伤心。[1]

这首诗所表现的情感基调与所使用的自然意象，与大量建安诗歌相像，如王粲《七哀》第二首、曹丕《杂诗》第一首、刘桢《赠五官中郎将》第三首、曹植《杂诗》第一首、曹睿《乐府诗·昭昭素明月》、无名氏《别诗·晨风鸣北林》等，也可在阮籍赋作中看到。如"薄帷鉴明月，清风吹我衿"与《首阳山赋》"风飘回以曲至兮，雨旋转而濡襟"相近；"孤鸿号外野，翔鸟鸣北林"与"蟋蟀鸣于东房兮，鹍鸡号乎西林"相近，"夜中不能寐，起坐弹鸣琴"、"徘徊将何见，忧思独伤心"与"时将暮而无俦兮，虑悽怆而感心。披沙衣而出门，缨委绝而靡寻，步徙倚以遥思兮，喟叹息而微吟"相近。可见作者多方借鉴建安诗的创作经验，并关注诗、赋文体的共同特点。除了由建安诸诗都有较鲜明而单纯的主题，变为"厥旨渊

---

① 《先秦汉魏晋南北朝诗》，第 496 页。

放，归趣难求"（钟嵘《诗品》），阮籍也注意避免建安诸诗结构层次不够精练，语义较多重复的弊病，采用开头为一组双句，中间部分为两组对句，结尾为双句的结构形式，全诗仅八句，而结构层次整饬、分明，以更小的篇幅表现了更为丰富的蕴涵。这样一首八句的诗，其对句技巧在高度发达的近体诗创作中当然平淡无奇，况且，"孤鸿号外野，翔鸟鸣北林"还有同义重复问题，但在诗创作探索对句的初始阶段，应该说，这首诗较为优秀，甚至具有超前意义。①

到了太康时代，一方面，人们对人与自然的关系在文学创作中的重要作用，有了更深入的认识，"遵四时以叹逝，瞻万物而思纷；悲落叶于劲秋，喜柔条于芳春"（陆机《文赋》），成为太康诗人自觉认同的文学创作源泉。另一方面，"析句弥密，联字合趣，剖毫析厘"的风气更盛，诗人"或析文以为妙，或流靡以为妍"（《文心雕龙·明诗》）。

这样，对句不但在赋中，也在诗中急剧增加。以代表诗人陆机为例，根据李秀花先生的统计，陆机全部诗歌对偶句已达 220 对左右。② 陆机不但继承曹植的对句创作经验，而且是中国诗歌史上倾全力于骈偶雕刻的第一人。但在后人看来，他所代表的太康诗歌中的对偶工夫仍然是相当机械、呆板的，缺乏自然圆熟的技巧。他的诗如：

> 总辔登长路，鸣咽辞密亲。借问子何之，世网婴我身。永叹遵北渚，遗思结南津。行行遂已远，野途旷无人。山泽纷纡

---

① 参看本书《〈咏怀·其一〉与阮籍"范式"》一文。
② 见《论陆机诗歌的对偶》，李秀花著，载《中国学研究》第三辑，中国书籍出版社，1999 年版。

余，林薄杳阴眠。虎啸深谷底，鸡鸣高树巅。哀风中夜流，孤
兽更我前。悲情触物感，沉思郁缠绵。伫立望故乡，顾影悽自
怜。(《赴洛道中作》第一首)

种葵北园中，葵生郁萋萋。朝荣东北倾，夕颖西南晞。零
露垂鲜泽，朗月耀其辉。时逝柔风戢，岁暮商飙飞。曾云无温
夜，严霜有凝威。幸蒙高墉德，玄景荫素蕤。丰条并春盛，落
叶后秋衰。庶彼晚彫福，忘此孤生悲。(《园葵》第一首)①

在陆机诗中，机械呆板的对偶句，可谓不胜枚举，故许学夷《诗源
辨体》卷五指出：

(陆机五言诗)体皆敷叙，语皆构结，而更入于俳偶雕刻
矣。中如"怀往欢绝端，悼来忧成绪"、"永叹遵北渚，遗思结
南津"、"夕息抱影寐，朝徂衔思往"、"丰条并春盛，落叶后秋
衰"、"淑气与时殒，余芳随风捐"、"男欢智倾愚，女爱衰避
妍"、"淑貌色斯升，哀音承颜作"、"福钟恒有兆，祸集非无
端"、"烈心厉劲秋，丽服鲜芳春"、"规行无旷迹，短步岂逮
人"等句，皆俳偶雕刻者也。②

张华也大量使用对句而多机械呆板之句，如其《杂诗》第
三首：

荏苒日月运，寒暑忽流易。同好逝不存，迢迢远离析。房

---

① 《先秦汉魏晋南北朝诗》，第684、690页。
② 《诗源辨体》，第89页。

枕自来风，户庭无行迹。蒹葭生床下，蛛蝥网四壁。怀思岂不隆，感物重郁积。游雁比翼翔，归鸿知接翮。来哉彼君子，无然徒自隔。①

"游雁比翼翔，归鸿知接翮"更被刘勰《文心雕龙·丽辞》举为对句"骈枝"的典型。潘岳诗作也表现出同样倾向，如《悼亡诗》其一的"荏苒冬春谢，寒暑忽流易"；其二"清商应秋至，溽暑随节阑"等，也是机械呆板的。

当然，在一些诗作中，虽难免有呆板堆砌的对句，但有些对句句群仍然较好地表现了人与自然的深层关系。如潘岳《河阳县作诗》第二首：

日夕阴云起，登城望洪河。川气冒山岭，惊湍激岩阿。归雁映兰時，游鱼动圆波。鸣蝉厉寒音，时菊耀秋华。引领望京室，南路在伐柯。大厦缅无觌，崇芒郁嵯峨。总总都邑人，扰扰俗化讹。依水类浮萍，寄松似悬萝。朱博纠舒慢，楚风被琅邪。曲蓬何以直，托身依丛麻。黔黎竟何常，政成在民和。位同单父邑，愧无子贱歌。岂敢陋微官，但恐忝所荷。②

全诗篇首是一组双句，结尾为两组双句，中间有较多对句，篇首双句后紧接的三组对句组成的句群"川气冒山岭，惊湍激岩阿。归雁映兰時，游鱼动圆波。鸣蝉厉寒音，时菊耀秋华"，属对较为整饬，景物描写逼真传神。

---

① 《先秦汉魏晋南北朝诗》，第620—621页。
② 同上书，第633页。

左思旳创作注重对句用典与全诗结构的浑融关系。钟嵘《诗品》以为左思的诗"文典以怨",特别是《咏史》八首"以史实典事抒胸臆,刺怨情,颇得风人讽谕之旨"。① 许文雨《钟嵘诗品讲疏》疏说:

> 按太冲《咏史》云"卓荦观群书",则其典可知。又云"著论准《过秦》",是欲效贾生之伤,则其怨亦自明矣。张玉穀《古诗赏析》卷十曰:"太冲《咏史》,初非呆衍史事,特借史事以咏己之怀抱也。或先述己意,而以史事证之;或先述史事,而以己意断之;或止述己意,而史事暗含;或止述史事,而己意默寓。"是则其精切可知。②

左思借咏史以咏怀,其"左氏风力"的形成,与较好使用对偶用典手法有很大关系。这里就举许文雨先生谈论的第一首为例:

> 弱冠弄柔翰,卓荦观群书。著论准《过秦》,作赋拟《子虚》。边城苦鸣镝,羽檄飞京都。虽非甲胄士,畴昔览穰苴。长啸激清风,志若无东吴。铅刀贵一割,梦想骋良图。左眄澄江湘,右盼定羌胡。功成不受爵,长揖归田庐。(左思《咏史》第一首)③

开篇前两组对句"先述己意,而以史事证之",出色刻画了志存高远、才学出众的诗人形象。第三组、第五组、第七组都使用对偶方

① 《诗品集注》,第157页。
② 《钟嵘诗品讲疏》,许文雨著,成都古籍书店,1983年版,第57页。
③ 《先秦汉魏晋南北朝诗》,第732页。

法，分别恰切写出了战事的紧急和诗人报国的豪情壮志。

特别需要提出的是，东晋大诗人陶渊明虽不如太康诸人那样追求对偶修辞，但他的诗，如钟嵘《诗品》所评，"文体省净，殆无长语，笃意真古，辞兴婉惬"，融平淡与醇美、情趣与理趣于一体，往往属对精工、意象密合，写出了人与自然亲密无间的神韵。如《归园田居》第一首：

> 少无适俗韵，性本爱丘山。误落尘网中，一去三十年。羁鸟恋旧林，池鱼思故渊。开荒南野际，守拙归园田。方宅十余亩，草屋八九间。榆柳荫后檐，桃李罗堂前。暧暧远人村，依依墟里烟。狗吠深巷中，鸡鸣桑树巅。户庭无尘杂，虚室有余闲。久在藩笼里，复得返自然。[①]

不重属对而自成名对，不但"狗吠深巷中，鸡鸣桑树巅"比之于王粲的"狐狸驰赴穴，飞鸟翔故林"、陆机的"虎啸深谷底，鸡鸣高树巅"要和谐神妙；从第三组直到第九组，一气用七组对句组成对句句群，写出了人化自然的美好境界。陶诗的对偶与全诗浑融一体，全由于陶渊明在平淡的外表下含蓄着炽热的感情和浓郁的生活气息，他滤去生活的杂质，使其诗更加醇美，更耐人寻味。[②]

要之，魏晋诗的创作从建安时代起程，也走上了骈偶化道路。尽管从总体上说，这一时期诗的对偶技巧直到陆机所处的太康时代都不大高明，陆机等甚至还走向了追求无句不俳的偏误道路。但一

---

① 《先秦汉魏晋南北朝诗》，第 991 页。
② 参看《陶渊明研究》，袁行霈著，北京大学出版社，1997 年版。

些作家如阮籍、左思、陶渊明等，则或个别作品超先于时代，或在对偶的用典方面颇显高明，或以其人生涵养为诗，不重属对而对偶精工，取得较高成就。而从诗体由古体向近体演进的历史进程看，魏晋诗创作的骈俪化探索，无论其成败优劣，都是有益的、重要的，都对后世诗歌创作的发展做出了无可替代的贡献！

附一：英雄时代的社会风气与文学

    王国维在《宋元戏曲史》之《自序》中说"凡一代有一代之文学",举"楚之骚、汉之赋、六代之骈语、唐之诗、宋之词、元之曲",谓"皆所谓'一代之文学',而后世莫能继焉者也"。清代学者焦循也说过类似的话,但不及王氏的概括确当。所以学者们在评论到汉赋或唐诗等的时候,常引到王氏这几句话。但是,如果进而思考为什么"一代有一代之文学",则会发现,除了语言和文学自身发展的一般规律之外,还有当时意识形态、文化思潮、社会风气等方面因素的影响。当然,政治、经济、战争、内外文化交流等对文学创作的影响很大,但是,抛开作品的内容、题材不说,就作品的形式、语言风格、精神风貌方面说,这些因素大部分情况下不是直接影响及作品,而是通过随之而起的文化思潮和社会风气影响到作品。

    春秋战国时代礼崩乐坏,百家争鸣,意识形态领域思想活跃,儒、墨、道、法、兵、名、农、医、阴阳等,各逞其说,俱放异彩,《老子》的深刻玄远,《论语》的简洁隽永,《庄子》的汪洋恣肆,《孟子》的议论风发,《荀子》的朴茂渊懿,《韩非子》的峻峭通脱,皆后世罕有其匹。这一阶段中集结成的《诗经》,奠定了后代文学现实主义的基础;屈原为代表的楚辞作家,以浪漫主义的手法,留下了不朽的杰作。纵横家奔走于各国之间,以三寸之舌谋卿相之位,虽然没有留下重要的文化、思想遗产,但他们冲破宗法制度、积极参与政治、参与国家事务的精神,给后来的士人以很大的影响。但后来四百来年的情况就大不相同。秦代采取思想箝制的办法,造成文化荒漠;汉初鉴于秦朝的苛暴,崇尚无为而治,除贾谊等个别人之外,学者多不见有什么深刻的思想。至汉武帝罢黜百家、独尊儒术,思想领域几成一潭死水。东汉除承袭西汉的重儒宗经,以证明是继前汉正统之外,特重谶纬,使意识形态又多了一层迷信的色彩,儒学转化为神学经学。一直到汉末,汉王朝的统治力量大大减弱,军阀们希望趁乱以取天下,儒学失去了统治地位,思想领域又一次出现了"礼崩乐坏"的局面。士人们择主而仕,有纵横家之风,治诸子之学者,也各自寻求理天下、致太平之良方。只是这一次不是先秦时代各种思想的复活,而是凭借前代的思想资源,形成一些具有融合各家性质的新思想。如曹操,他不仅推崇刑名,且崇尚墨家的俭德;桓范《世要论》取儒法两家之长,提出"治国之本有二,刑也,德也,二者相须而行,相待而成"的思想;杜恕的《体论》主张礼为万物之体,以儒家思想为主导著成《体论》这部具有完整体系的著作,但同时又在刑名学方面有深刻的见解(见《三国志·魏书·杜恕传》所录其上疏"世有乱人而无乱法"一段);王符的《潜夫论》,崔寔的《政论》,仲长统的《昌言》,荀悦的《申鉴》及《周生子》皆是这个阶段具有批判精神和理论深度的论著(周生烈,字文逸,自号六蔽鄙夫,敦煌人。《三国志·魏志·王朗传》中言其"魏初征仕","历注经传,颇传于世"。《抱朴子·审举》言其"学不为禄，味道忘贫"，"学精而不仕"。《十六国春秋》载北凉永和五年其向刘宋献书中有《周生子》十三卷。张澍、马国翰俱有辑本）。另外一些人则凭己之谋略才干，试售于军阀门下，或献诗纳赋，草檄拟书，或随军参谋，亲临战阵。王粲诗曰"被羽在先登，甘心除国疾"（《文选》卷 27 李注引），"楼船临洪涣，寻戈刺群虏"（《太平御览》卷 351），皆其生活写照。徐幹《七喻》曰"战国之际，秦仪之徒，智略兼人，辩利铁轨，倜傥挟义，观衅相时。图爵位则佩六绂，谋货财则输海内。一怒而诸侯惧，安居而天下憩"，也正反映了当时士人的理想与追求。

汉末的文学创作领域，由于长期战乱，一方面残酷的现实使诗人作家不能不去关心切身之事，另一方面又差不多给士人的进取提供了同等的机遇。故"雅好慷慨"，多深沉激越的歌唱。曹操诗云："老骥伏枥，志在千里。烈士暮年，壮心不已。""对酒当歌，人生几何！譬如朝露，去日苦多。"充满着事业未成、时不我待的悲慨，而藏在这悲慨后面的却是自信和积极上进的精神。建安至魏初很多作家的作品都渗透着这样的精神。如陈琳诗："骋哉日月逝，年命将西倾。建功不及时，钟鼎何所铭？"（《游览》之二）阮瑀诗："丁年难再遇，富贵不重来。良时忽一过，身体为土灰。"（《七哀》之一）曹丕诗："嗟我白发，生一何早。长吟永叹，怀我圣考。"（《短歌行》）曹植早期诗中直接表现建功立业思想的作品更多，应该说，这是当时时代精神的反映。史载诸葛亮"好为《梁父吟》"，学者们对《梁父吟》是否为诸葛亮所作，看法至今不一。我以为《梁父吟》不一定是诸葛亮所作，但他既好之，总反映了他的思想。相当一些人是不能理解诸葛亮何以喜欢这样一首反映着历史上一种阴谋事件（二桃杀三士）的作品。按魏刘劭《人物志·英雄》云："聪明秀出谓之英，胆力过人谓之雄，此其大体之别名也。若校其分数，则互相须各以二分，取彼一分，然后乃成。"又云："夫聪明者英之分也，不得雄之胆，则说不行；胆力者雄之分也，不得英之智，则事不立。是故英以其聪谋始，以其明见机，待雄之胆行之。雄以其力服众，以其勇排难，待英之智成之。"又云："故雄能得雄，不能得英。英能得英，不能得雄。故一人之身，兼有英雄，乃能役英与雄，故能成大业也。"以此而解诸葛亮"好为《梁父吟》"之事，一切疑问可迎刃而解。诸葛亮"每自比于管仲、乐毅"，又"好为《梁父吟》"，是赞许晏子之有智有胆，临事能断。他是仰慕那种能驾御众才的英雄人物。建安七子之一的王粲撰有《英雄记》一书（《黄氏逸书考》有辑本），历叙当时驰骋中原或扬名诸侯各类人的事迹。其中有一段说董卓欲任命一位司隶校尉，问于王允，王允荐盖勋。卓曰："此明智有余，不可假以雄职。"则连董卓这样不学无术的暴虐军阀也知道"英"与"雄"之分。《三国志·魏书·武帝纪》载刘备败于吕布，投奔曹操，有人劝曹操："观刘备有雄才而甚得众心，终不为人下，不如早图之。"曹操曰："方今收英雄时也，杀一人而失天下心，不可。"可见其对人才的重视。"三顾茅庐"的故事发生在三国时代，并不是偶然的。徐幹《中论·慎所从》云："智则英雄归之。御万国、总英雄以临四海，其谁与争？"王粲《英雄记》正是各统治集团重视网罗各类人才，而士人或出或处其理想皆在建功立业，立言救世这种风气下的产物。因为各诸侯都希望能发现人才、吸引人才、用好人才，故当时论述有关英雄人才理论的著作比较多。吴国姚信有《士纬》十卷，《姚氏新书》二卷。传为诸葛亮的《便宜十六策》见于著录较迟，但其中至少包含诸葛亮的部分人才思想（其中有的文字为唐代杜佑《通典》卷一百五十六和宋初李昉《太平御览》卷二百九十六、卷三百十三所引，作诸葛亮《兵法》。郑樵《通志·校雠略》谓亡书有出于后世者，亡书有出于民间者。《隋书·经籍志》言"梁有《诸葛亮兵法》五卷，亡"，则实未亡也。）尤其魏国刘劭的《人物志》，实为人才学方面集大成之作。该书对识人、用人，人才的素质、能力、类型，成功与失败间的关系，以及能力的发挥、争取成功的途径等问题都作了深入的探索。其中《流业》篇将人才分为十二类，第十二类为"英杰"。全书共十二篇，其中第八篇为《英雄》，专论各类人才中有胆有识的杰出者，不拘一格。尤其作者将帝王、君主看作"英"与"雄"素质兼具之最优者，纳入整个的人才序列中评说，反映了作者一种新的政治理想。作者一方面说"若一人之身，兼有英、雄，则能长世，高祖、项羽是也"，同时又说，君主应是"聪明平淡，总达众材，而不以事自任者"。则作者是吸收了道家无为思想，法家"乘势"思想，儒家"尊贤使能"思想和对君主的圣哲理想希求等方面合理的因素，体现了作者对几千年政治史的深刻思考和总结，反映着作者的政治理想。

汉末魏初数十年确实英雄辈出，很多人充分表现了才能，整个社会风气为之一变。士人出重功业，处讲著述，言贵救世，文尚通脱。无论在文学上、哲学上、政治上，都出现了明显的与前不同的色调。

还有一个重要因素促成了这个阶段文化思潮上的变化，这便是东汉后期佛教的传入。这不但在打破传统的儒家思想的主导地位方面增加了一股力量，而且佛教看待问题的方法，佛教经典的思辨性，也大大启发了文人学士。这对于魏晋时代文学理论、美学、人才学等方面一些具有较强理论概括性的著作的产生，起了催化的作用。

由魏晋开始，社会风气又为之一变。曹氏虽然篡汉，但确如曹操所说："设使国家无有孤，不知当几人称帝，几人称王。"在一定程度上可以说，曹氏的天下是曹氏自己打出来的。而晋之代魏，虽不能说司马氏于魏国没有功劳，但主要是靠阴谋的手段取得政权。晋初统治者为了保住自己的地位，采取了"诛夷名族，宠树同己"的手段，给知识分子心理造成很大的压力。当汉魏之际，各种思想都有机会被提出，都可以重作阐发之际，由于政治上的这种原因，当时文人们的思想便很自然地偏向了老庄和佛教的方面，因为这二者都可以使人放开想不开的事，从心灵的折磨中得到解脱，都可以遁世。文人、贵族皆避开现实，谈一些玄远的道理，于是，老庄思想和佛教思想结合，产生了玄学。思想上的突破，往往发生在人们思想受到剧烈冲击之时；新的思想，也往往是在几种思想交融的情况下形成。正当各种思想都表现得空前活跃的时候突然出现了警戒线，一阵震动之后，便出现了脱离旧有轨道的新思潮、新风气。它不但不同于汉末魏初，也不同于此前的任何一个朝代。这既是一个"离经叛道"的时代，也是在思想领域产生大的突破的时代。

玄学有脱离现实的一面，佢也有在更高层次上对社会、自然发展中的一些问题进行宏观深入思考的一面。这种思考是在汉末以来政治、名法、人才学等较充分发展的基础上进行的，因而它并不完全是不切实际的空谈，而是含有对现实高度概括和抽象的因素。这样看来，汉末魏初这个阶段思想上的空前活跃所引起的后果，并不是思想上的倒退，而是一种提升。那么，在玄学流行的这段时间的文学和文化现象，也是值得进行深入研究的。

志伟同志一直对魏晋文学与文化有浓厚的兴趣，且注意理论的研究，我觉得他是看到了这段时间中文化的特出之点及其在中国文学史、思想史上的意义的。近年他承担了我主持的《唐前诗赋关系探微》项目中《魏晋诗赋关系》部分的撰稿工作，博士论文又是《"英雄"与魏晋文化研究》，读了很多书。我一直提醒他多读原著，多读别集，多读有关这段时间前后的历史、哲学等著作，他也确实下了很大功夫。近来他根据新旧积累，写成《魏晋文化与文学论考》一书。书中有些内容（如上编的前两篇《中国古典"英雄"概念的生成》《曹操是汉末三国"英雄"典型》）因为在他的博士论文中也涉及，我曾同他多次讨论，也给他推荐过有关的书，其他内容，则由于我最近忙于别的事，未能细看。但根据平时与志伟同志交谈，我觉得他在这方面的思考深入，有自己的心得。全书并未采取章节结构的办法，不是广采各家之说综合而成的高头讲章，而是采用论文的形式，不求面面俱到。可以说，其中每一部分都闪耀着他思想的火花。

对于文学史的研究，50 年代、60 年代是要求必须同各个时代的政治、经济的状况相联系，80 年代以来多强调从文学自身的发展规律进行研究，还有的是着重从审美或着重从揭示人性、人的心理特征、心理发展方面进行探讨，这些方法可以说都各有所长。关于魏晋文学的研究，鲁迅有《魏晋风度及文章与药及酒之关系》，联系当时的社会风气、文化现象，来揭示这段时间中文学特质形成的原因，为我们从更广的视野来考察一个时代文学嬗变之机、文学特质风格形成之因由，留下了范本。这样做可能直接谈作品少，但可以使人看到潜藏在作品中的活着的人。志伟同志这本书，也是用这种方法进行研究的结果，所谓"虽未能至，而心向往之"。虽然几十年来研究魏晋文化与文学的论著不少，但就本书所涉及的范围来说，仍带有探索的性质，其中未妥之处，在所难免。但我相信这本书会对魏晋文学与文化的研究产生积极的影响。

志伟同志要我作序，写出一些浅见，或有不当，读者正之。

赵逵夫

2002 年 4 月 17 日

附二:《魏晋文化与文学论考》序

　　志伟 1984 至 1987 年从我学习魏晋南北朝文学。期间，我督促他标点段注《说文解字》，习训诂、文字、音韵之学，读《资治通鉴》《昭明文选》《文心雕龙》及若干名家专集。志伟中学时受美学家高尔泰昀较多指点，我在《〈文心雕龙〉与黑格尔〈美学〉》课程外，又为他们这一级研究生加授了《系统论美学》课程。屈指算来，16 个寒暑已经过去了！

　　志伟 1995 年破格晋升副教授，1996 至 1997 年做北大访问学者，1998 年应邀走台湾进行学术交流，1999 年考入赵逵夫先生门下，学习先秦至南北朝文学，加强对先秦原著的钻研，走以扎实考据功夫做严谨理论、思想研究之路。现在，他撰成此书，体现了其以论为本、注重考信的旨趣。上编考论魏晋文化研究中五个尚未引起特别关注的方面，勾画出从"英雄"崇拜到追寻审美化生活方式的演进特征；中编专论曹植、嵇康、阮籍、陆机等魏晋文化与文学的代表人物；下编着重论述与魏晋文化联系紧密的文学创作现象，体现了志伟的结构安排。

志伟的书，有五点值得称道：

一、有较开阔的学术视野。如"英雄"问题，志伟以 3 万余言，谈论中、西方"英雄"观，而其考源流、辨异同，思入微茫，可谓精到。如《曹操是汉末三国"英雄"典型》《"胡须"作为权力意志异化的象征符号》《"崇友"意识与魏晋家庭观念的演变》《"痴"与魏晋文化》《子建"尘埃"与魏晋文化创造》等，都是着眼于大的文化现象，论、考结合的扎实之作。

志伟重考证，尤重让考证发挥更大作用。《阮籍诸赋创作时间与赋体创作思维》，是篇好文章。阮籍赞张华《鹪鹩赋》，谁会发现其中藏有大奥秘？志伟能由阮籍与张华《鹪鹩赋》的深层关系切入，抓住阮籍全部六篇赋创作作时的内在联系，发现阮籍六赋与《大人先生传》的创作始末，正与司马氏从窃权到篡权的八年一致；再由《东平赋》作时考辨，发现阮籍后期的"不与世事"、谨慎自保实为苦闷待"时"的真相，揭示阮籍寄托其宏大人生追求境界于赋，和以赋体创作作为其理性批判重要武器的深层原因。这就使传统考证这一手段，为他论证阮籍"言有浅而可以托深，类有微而可以喻大"的赋体创作思维服务了。志伟的追求，与或仅限单篇作品考证，或只重创作时间考辨，或单研究理论不同，其研究价值自然也就不同了。

二、关注学术发展与研究方法问题，能将传统训诂功夫，较为熟练地运用到理论研究中。我以为，理论与材料的关系问题，一直是 20 世纪学术研究没有解决好的问题。学术研究向有义理、考据、辞章之分。如欲三者兼善，必需全面性的知识储备。志伟追求义理、考据、辞章的结合，走文史哲融通之路，这是一条艰难之路。要真正融通，除了天赋和勤奋，还须正心养气，耐得住清贫与孤寂。尽管人心多欲，我以为，"板凳要坐十年冷"，志伟是做到了的。如《"胡须"作为权力意志异化的象征符号》一文，详辨曹操与崔琰之间包括"胡须"在内的复杂恩怨史实，并指出《世说新语·容止》所记，是由司马彪《续后汉书·承宫传》所记承宫事迹巧妙嫁接改写的；以余嘉锡《笺疏》引程炎震等的说法与清汤球辑东晋邓粲《晋纪》等，详考《世说新语·容止》第 27 条记桓温"鬓如反猬皮，眉如紫石棱，自是孙仲谋、司马宣王一流人"的异文问题；引《说文》及段注，指出"脸旁靠近耳朵的头发，与络腮胡须即连鬓胡须并无截然的区别"，以明"鬓如反猬皮"，尤近于络塞胡须，再由《释名·释形体》《玉篇》指出"髯"指两颊的胡须，而"紫髯"，正是孙权形貌的最显著标志，论述桓温眼紫而胡须络腮有如"反猬皮"，与孙权"紫髯"的相似；复由《晋书·帝纪·宣帝》记载司马懿有"狼顾相"，引《诗·豳风·狼跋》与应劭《风俗通义·正失》，及高亨先生"胡"字又变为"髥"说，辨明桓温与司马懿的相像；又详考桓温与刘琨、王敦相像的记载，结合魏晋政治文化现象，勾勒出胡须作为权力意志异化象征的魏晋文化叙事模式。他如详辨曹操早年被桥玄等称为"英雄"；详辨刘备耳朵形貌特征与"圣人"的关系，揭示汉末魏晋时代"圣贤"思想隐退，而其在人们的思想意识深层仍具有巨大的影响力；由"步"与"涉"提出解决从李善到赵幼文以来，解释曹植《洛神赋》"凌波微步，罗袜生尘"难题的路径；考辨"五伦"与"朋友"的关系等，都显示了朴厚的学风。

三、注重文化整合与多学科结合。长期以来，人们每习惯于从某一学科或某一方面研究魏晋文化与文学，显得不够全面；而一些宏观之文，又多空疏之病。志伟探索结合之路，如对学术界所忽略的音乐与文学的关系问题，有较多的关注，书中的专论就有长篇大论三篇。

四、注重先秦原著与魏晋文化与文学的关系问题。这正是当今学术研究中较为薄弱之处。在国内学术界，志伟应能厕身于关注这一问题以取得实绩之列。

五、志伟属于有灵性类型的学者，他的选题多出人意表，创意浓厚。如他从文化语义学角度，发现魏晋时代"痴"的审美与文化价值；从文化叙事模式角度，论述"胡须"与权力意志的关系；从"崇友"研究魏晋文化；从才气角度，研究曹植以"尘埃"进行文学创造；从"崇友"研究嵇康的文学创作；复从创作时间看阮籍赋体创作思维等，我认为都具有首创价值。但志伟并不刻意猎奇、炫奇，他注重研究的客观，以"求真"为研究的终极目的。

志伟今年 38 岁，今后的路很长。除本书外，近年将陆续研写《"英雄"与魏晋文化》《魏晋艺术研究》等著作，本书仅为他"魏晋文化研究"系列中的第一本，其中自有不足。如文笔还可再简练些，有些材料还可再加甄别，若干思绪还有待完善。作为已过九旬的老人，我祝愿志伟继续前进，以取得更大的成就！

郑　文

2002 年 4 月 10 日

附三:《魏晋文化与文学论考》后记

以不安的心情将这本小书芹献于亲爱的读者。

自思于学问还算诚心、勤勉,也远离追逐名利的喧闹,十余年坐冷板凳,守清心淡泊的书斋生活。可是,我视为生命中较为重要的这本小书,实在有不少缺陷。

能够自慰的只有一点:声音虽不怎么好听,毕竟表达的是自己真诚的声音,还寄寓对祖国文化发展的忧思。《周易·系辞下传》:"作《易》者,其有忧患乎?"任继愈先生在《汤用彤全集》序中说:

> 生活在21世纪的人们,都要根据新形势重新审视面对的社会和人生。这一任务只有依靠人文科学来承担。作为有五千年文明史的中华民族,既有丰富的历史经历,又有丰富的人文科学文化遗产。
>
> 指示人类前进的方向,勾划未来生活的蓝图的重任,只有靠人文科学担当。只有人文科学有资格根据人类社会过去、现

在的经验，对未来社会提供参考性的设计。缺了人文科学，人类的知识是残缺不全的，必将陷于历史的"近视"，将患"社会夜盲症"。

漫步于母校南面的滨河路，俯瞰黄河向东奔流，远眺敦煌莫高窟，神驰希腊古文明，我更感到，尽管所从事的是古代文化与文学的研究工作，没有能力达到更高水平，但正像流入黄河的每一滴水珠，都渴望流入大海，自己也应该牢记前贤与任先生的话，关心祖国文化与世界文化的发展，并尽绵薄之力。本书中的相当一部分内容与此相关，可能不尽正确，幸读者教我！

向以各种方式帮助我完成本书的前辈、老师、同仁、朋友表示衷心感谢！特别要提出来的是，赵逵夫师三年来严格督导我下苦功研读文史哲原著、别集，对培养我养成严谨学风和提高写作能力，付出很多心血，并关心、指导本书的写作，在特别繁忙的情况下赐序；郑文师长期关怀、悉心指导，这次又以93岁高龄为本书赐序。我知道，两位先生的热情鼓励，是对我未来进步提出的希望，我将永远铭记恩师的教诲，并以加倍努力来回报。

令我特别感动的是，我与任继愈先生缘悭一面，未能一接清尘，一聆謦欬，仅曾以本书部分内容冒昧求教，任先生于百忙之中亲予审看，又为本书题写书名。前辈学者这种奖掖后学的高风，为我从事学术研究和做人处世树立了榜样。

诸位博士、博士生师兄提供了很多的具体指导和帮助，白文君女士、周宝兰女士帮助打印书稿，一些硕士生同学查找、核实材料，校对文章，做了大量工作，向他们致以深切谢意。

感谢甘肃人民出版社韩惠言主任对本书多所指导和关照。感念挚友范海成兄长做本书的特邀编审。

　　本书得到西北师大文学院、科技处、研究生处和省教育厅黎志强、余学军、赵凯、马正学诸位先生的关心、指导与支持,西北师大文学院并予以经济资助,谨致谢忱!

　　借本书表达我对四位老人的深切怀念。伯父刘聪生前一直盼望看到侄儿的著作,每当写作疲劳,看到对楼一位老人沐浴阳光的安逸之景,我都禁不住潸然泪下,伯父要是健在,在阳光下读他侄儿写的书,该多好啊!为了让我安心学业和写作本书,岳父黄鸿南在病重时都不让我陪院侍奉,在老人去世时,我竟未能见上最后一面,留下了永远无法弥补的憾恨!台湾洪顺隆先生生前一直关心本书写作,田明师教诲我"良工不示人以拙",可惜已永远无法敬奉本书并请二位老人家指正了!

　　对我的家人致以深深的歉意!弟弟每次打电话来,必谈老父老母最想见的是我这最不孝的儿子。从 1979 年离开故乡,当年的少年郎已成鬓有二毛的中年人,每次省亲都是匆匆去匆匆归,近三年春节更在书桌旁度过。老父每次来兰州,我都没有多少时间陪他老人家,我欠父母双亲的,岂是空言能够回报的!三叔刘锐、大哥刘志高为我奔忙借书、购书,大姐黄晓明看我实在忙不过来,亲自来家照料生活半个多月。妻子黄晓源相夫教子,付出了艰辛的劳作。最后,对爱女刘迪写一句话:希望爸爸的付出,能对你将来的发展有好的影响。

刘志伟

2002 年 4 月 16 日

写于兰州"望云楼"